天衣侯人

THE STORY OF FLEETING LIFE

浮生物语 肆

下

裟椤双树 著

长江出版传媒 长江文艺出版社

浮生物语

下 肆

Written by 裟椤双树
Illustrated by 鹿菏

恶魔最大的成就，不是坏人的作恶多端，而是好人的袖手旁观。

泼
墨
双
树

目录

知音动漫图书·新阅坊出品

《漫客小说绘》书系

【第一章】年年

正是那年年岁岁花相似的景象，至于
人是不是相同，也并不太重要，起码
不同的人都曾看过相同的美好。

◉ 楔子 ◉

　　年年岁岁花相似，岁岁年年人不同。

一

　　"给我道歉！"敖炽恶狠狠地瞪着我，手里抱着一个鸡腿猛啃。

　　"爸，吃菜！"未知把一夹青菜放他碗里。

　　"乖！"他扭头朝女儿眯眼一笑，转过头又瞪着我，"给我道歉！"

　　"爸，喝汤！"浆糊盛好一碗热乎乎的鸡汤摆到他面前。

　　"乖！"他朝儿子咧嘴笑，但立刻又扭过头来瞪我，"给我道歉！！"

　　我大口扒着饭，根本不理睬这个在慈父脸跟复读机之间反复切换的男人，即使此刻我的内心是那么的波涛汹涌。实话是，对于突然窜到鱼门国的敖炽，我到现在还有点回不过神来，老怕这是幻觉，或者又是哪个不怀好意的东西变了他的样子来糊弄我。

　　但问题是，敖炽是货真价实的，不是幻觉，不是赝品。他看两个孩子的眼神从来都没变过，装不出的宠爱与重视。在我领着孩子们回到不停，推开门看到这个骂骂咧咧拿着树枝满院子追阿灯的家伙时，那一刹那的心情实在难以表达，像是突然被一盆冰水兜头泼下，又像是被灌了一肚子的辣椒面，喉咙里烧得可怕，自到了鱼门国后曾有过的不能对旁人言明的孤独与虚弱，都在此刻找到了可以宣泄的对象。

　　两个小娃像疯了的小猪一样朝他扑过去，父子三人高兴地在地上打起了滚，未知抱着他亲了一脸口水，很久都不肯撒手，浆糊高兴之余还不忘跟他爹汇报自己已经能熟练背诵好多首唐诗不过未知还是像以前一样不识数没进步。兄妹俩又为此打成一团，而这死鬼身为亲爹不但不劝架还在一旁指点招数，例如未知你不能老用掐的，你得用手肘和膝盖去攻击，浆糊你出拳的速度太慢……在此期间，胖三斤用眼神问过我三次："亲爹？？"我只能翻个白眼……一旁，两条信龙也沉醉在兄弟重逢的喜悦中，抱在一起鼻涕眼泪哥啊弟啊好久没见啊乱叫一通，也亏得敖炽带着信龙哥哥，联系到信龙弟弟才这么快找到不停所在。就是阿灯惨点，敖炽把妻离子散的气都撒在它身上，骂它没有原则怎么能听熊孩子的使唤说走就走，搞得这条憨鲸鱼受完惊吓受委屈，这会儿正闷在池塘里郁闷地吐泡泡，不知要吃掉多少土豆条才能安抚那颗千疮百孔的心。

最冷静的那个自然是我，我就静静地看他们胡闹，最后说一句："闹够了？开饭！"

差点忘了，在回到东坊之前，一直与我们同行的五子棋忽然要求我们停车，他说他想了半天还是不跟我们走了，他还是想回唐府地下，弄明白自己到底在看守什么东西，态度十分坚决，不管未知跟浆糊如何挽留也不肯留下。我一直觉得，五子棋是个有主意的孩子，也可能，他根本不是个"孩子"，无论如何，我尊重他的意愿，掉转车马回到唐府附近，在他跟我们告别时，我叫住他，转身去买了十几个热气腾腾的包子塞给他，说："这些包子想必不如我家胖三斤包的好吃，你随便吃吃。"未知把自己那块绣着小兔子的手帕也塞给他，说男孩子也要常洗脸，脏兮兮的不好看，然后就瘪着小嘴一副要哭的样子。浆糊则像个小大人一样拍拍他的肩膀，说："以后我来找你下五子棋。有时间你也可以来找我。"

五子棋抱着包子捏着手帕笑着跟我们道谢，没有多余的话，只说："这几日很是高兴。"

最后，我抱了抱他，并在他耳畔道："你于众人有救命之恩，将来若想吃好吃的，只管来我不停，管饱。若有难处，也不必自己扛着。"

他咧嘴一笑："我明白。"

我希望他永远都只为第一个原因来找我。

其实我也特别好奇他究竟在看守什么东西……

"诶诶！你倒是说话啊！当我死的？"敖炽突然夹了一块肉塞到我嘴里，正愣神的我吓了一跳，呸一口吐出来，骂道："有病啊！不知道我减肥不吃肥肉吗？！"

"我让你给我道歉！！"他锲而不舍。

"道道道哪门子歉！我凭啥给你道歉？"我啪一声放下碗筷，不耐烦地瞪着他，"你烦不烦，食不言寝不语，你还让不让人好好吃饭了！"

"你掐我电话就是不对！"他也啪一声放下筷子，非得弄出比我更大的响动。

"有话好好好好说！"坐在一旁绣花的胖三斤觉得苗头不对，赶紧上来劝架，"老板娘还有老板娘夫君，都消消气，先吃完饭再说。"

"娘娘腔一边儿去！"敖炽气呼呼地甩他一句，"别叫我老板娘夫君！没准儿明天我就休了这泼妇！叫我敖大爷！"

胖三斤坚持住微笑："好的敖大爷，可问题是在下并非娘娘腔啊。"

"哪个老爷们儿会热爱绣花！"敖炽哼了一声，"我们两口子的事儿你别管！"

我没别的感受，就是想笑，敖炽越炸毛我心里就越高兴，准确地说是觉得亲切……真正思念一个人，应该是思念他的所有，不止他的好，还有他的坏脾气吧。

"那个，其实做女红只是我的爱好罢了……"胖三斤叹了口气，委屈得想去墙角画圈儿，"伤自尊……我去给阿灯做土豆条。"

"爸，三斤叔叔对我们可好啦，每天都给我们做好吃的，还给我们做衣裳哪！"满脸饭粒的未知站出来给胖三斤说了句公道话，"以后你别骂他也别打他呀，打坏了我会伤心的。"

敖炽一愣，不禁摸着她的脑袋："小小年纪就有悲悯之心，也是难得。"

"你女儿只是怕以后要吃你跟我做的饭而已。"我残忍地终结了他的幻想。

未知吐吐舌头，赶紧低头扒饭。

敖炽轻打了一下她的脑袋，尴尬地骂了一句："没出息，就知道吃！"

"民以食为天。"浆糊补了一句，"书上说的！我好有文化……"

"都给我闭嘴吃饭，食不言寝不语不懂啊！"

"可刚刚一直是你在吧啦吧啦说个不停……"

我觉得吧，这一大两小的聒噪真是今天最好的下饭菜，所以这是我到鱼门国之后吃得最开心的一餐。如果天天都能这样，那么把家安在哪里都是一样的。

我决定再吃一碗饭，胃口真好。

二

春天的夜晚总是比别的季节多了几分温柔与甜美，尤其天空还有半弯月亮时。

两个娃早早地睡了，敖炽给他们讲睡前故事才讲了一半，之前跟着我一路奔波也是疲惫，毕竟还是那么小的年纪。

之前信龙弟弟把衣柜当作安乐窝，每天都睡在里头，现在两兄弟则一起挤在衣柜里继续诉说兄弟情义，不过没说多久就传出了通俗跟美声两种呼噜声……委屈的阿灯吃了比平常多一倍的土豆条，又把池塘里的青蛙当球抛了好多次，这才委委屈屈地沉到水里睡着了。胖三斤晚饭后就没再出现，大概躲在房间里悲伤地绣着花吧。

敖炽站在院子里，身后就是我常坐的藤椅，可他还是直挺挺地站着，目光直视前方，不知道在看什么。

我走到他身后，伸手环住了他的腰，把脸贴在他的背上。

他没动，我也没说话。

月色落在我们身上，好像有温度似的。

良久后，他才略略转过头，说："抱歉，我来晚了一点。"

"所以现在是你跟我道歉？"我叹气，"你爷爷怎么办？东海怎么办？"

"我还是那句话，那么容易就死了的家伙是当不了东海龙王的。"他皱眉道，"我更担心的是你们，我留在龙宫的每一天都不曾睡过好觉。我怕你们受欺负。"

我笑："谁能欺负一个老妖怪和两个小魔王。"

他转过身，伸手从我衣领里轻轻拽出怒面龙王，托在手里端详："如果不是它，你大概都死过一回了。"

我把这个"护身符"塞回去，说："那次只是我大意了。"

"大意可以无数次，但命只有一条。"他把我揽到怀里，下巴搁在我的头顶上，"从小到大我没怕过什么，只有你跟孩子是我的软肋。"

我把差点跑出来的眼泪憋回去，抬头看着他的眼睛："你这么跟我说话我很不习惯。"

他居然露出极温柔的笑容："仅此一夜。以后每天打你八遍。"

时间就这么停下来吧，头顶月光脚踏实地，我们一家安好，有吃有喝，六畜兴旺。

"难得月色如水，坐下来陪大爷赏个月呗。"他一屁股坐到藤椅上，还把我也拉到他腿上坐下。

我也想好好赏个月，但又实在没办法不问他："你到底是怎么跑过来的？鱼门国入口有结界，按理说没有胖三斤来接引的话，你是进不来的！"

"天下有我去不了的地方么？"敖炽冷哼，"我不过是去找负责东海交通运输的船务大臣聊了聊人生，他就把能到鱼门国的飞鱼舟给我了，我上了船，就这么来了呗。结界算个屁啊，我动动小指头就能解决。就是这破地方实在让我不开心，一个个老古董们看我跟看怪物似的，一开始我还以为自己穿越了呢。结果那娘娘腔跟我说这里就是这样的民风跟生活习惯。"

听起来似乎没有什么不妥，但我心里隐隐的不安始终没有消退。

"你这一走，你那些叔叔伯伯们一定会钻天入海地找你。"我皱眉道，"尤其那个无藏青霜，他横竖是要找我们麻烦的。"

他狡黠一笑："找我？有那么容易么？"

"你干什么了？"我瞪着他。

"谈完人生之后，船务大臣那胆小的老头子是断不敢多说什么的，我还弄了好多个替身让它们带着我的味道四面八方地跑，要找到真正的我，不花个一年半载是不行的。那时，你也到该出狱的时候了。"他洋洋得意道。

我一翻白眼，就知道他不会有什么高招，除了跟人"谈人生"。

"没什么比我们一家人在一起更重要。"他抬头看着比刚刚圆了不少的月亮，"守在你们旁边，我才能吃得香睡得好。"

我又何尝不是如此。

好吧，不管那么多了，既来之则安之，有敖炽在，倒也没有什么可惧怕的了。

只不过，此刻仍有一件事让我心头忐忑，在考虑半响之后，我对敖炽说："你来之前，我去替人处理了一个乱子。"

"然后呢？"他盯着我。

"我认识了一只妖怪，一只时妖。你听说过这种妖物么？"

"没听过……男的？长得好看么？"

我给了他一拳："我说正经的！时妖其实是时间的结晶，也就是具象化的时间，有干预时间的能力，但因为本身妖力很弱，所以不会闹出大乱子。但是，时妖对未来是有预感的，尽管比较模糊。"

"所以那只时妖跟你说了什么预感？"他有些好奇。

我朝两个娃的房间方向望了一眼："她说，她从浆糊身上预感到了'悲伤'，并且是'很重很重的悲伤'。"

敖炽皱眉，想了半天，憋出一句话："该不会……是被姑娘甩了吧？"

这厮真是悲伤粉碎机……搞得我想难受都难受不起来了。

"要真是这样，也还好……"我转了转眼珠，但转眼又愤愤不平起来，"有你我这样优秀的爹妈，我们家浆糊长大之后怎么也是人中翘楚，谁这么不长眼把我儿子甩啦？？"

"揍她！往她脸上泼卸妆油！！"

"必须的！！"

"等等，还有个事儿！我怎么觉得才几个月不见，两个娃突然长大了好多，如今看起来怎么也是两三岁的模样了，这不正常啊！"

"他们俩本来就不是正常孩子，你跟我都不是人类，难道还要拿人类的发育规律往他们身上套？"

"也是……那啥，你是不是长胖了一点？我腿有点麻……"

"我弄死你！我连肉都忍着不多吃你说我胖！"

突然"啪啦"一声响，藤椅被我俩压垮了……垮了……了……

好吧，希望在增加了敖炽这个大魔星之后，不停未来的日子，不要像这把藤椅一样凄美。

三 ❦

清明时节雨纷纷，路上行人欲断魂——鱼门国跟外头确实没什么两样，二十四节气一个都不差，眼瞅着再过几日就是清明，各家香烛铺里也是人头攒动，生意好得不得了。空气里也总带着隐约的烟火气，偶尔飞过一些灰烬。

除了吐槽没有网络当不了网购达人以及没有电力供应也没有扫地机之外，敖炽越来越习惯这里的生活，也越来越喜欢胖三斤做的饭菜，尽管他依然喊人家娘娘腔。

自打唐府那桩生意之后，不停就没接到过任何值得我自豪的生意，这个把月来我就替人找过五次大门钥匙，六次钱包，还找回了一只猫两只狗，哦，还有一群走失的小鸡。敖炽还嘲笑我靠这些小生意去赚钱还不如把时间用来补瞌睡，我坦白告诉他如果不是因为有他这个对客人态度奇差的客服经理，不停的营业额老早就会冲到新高度了！顺便提醒他是不是能把那身粉红底儿的花衬衫换下来，哪怕随便找个普通袍子裹上也比这一身儿好啊，毕竟鱼门国的百姓还是习惯了古时的生活与审美，我这身旗袍大概已经是他们能接受的最底限了，想想敖炽一身花衬衫加短裤拖鞋在一群着古装的人里晃悠的样子，分分钟出戏啊！

至于聂巧人那边，听说官府将著名的罂家主人判了死罪，罪名是残害无辜，草菅人命，暂行收押，秋后处斩。听了这个消息，我心里竟没有太多大快人心的感觉，说到底，也只是个自己逼死自己的笨蛋罢了。只希望这么笨的家伙，数量越少越好。

"走走，进那家店瞅瞅。"我拽住敖炽的胳膊往旁边一间卖衣裳的小店里走。

"都说了我不爱穿这些东西，再说天气已见闷热，穿袍子哪有穿短裤舒服！"他拒绝配合，指着前头一间卖兵器的铺子说，"去那儿看看呗！早说过要给你弄一个称手的武器防身。匕首怎样？好像太小了点……斧头又太大……要不，榔头如何？"

"……"

今天是我们两口子难得的逛街时间，一大早就听买菜回来的胖三斤说今天在东坊的平安街会有一场烟火祭，其实每年清明前都会举办，不但有各种表演，还有来自各地的美食，最后还会有舞火龙烧小鬼之类的祈福活动。虽然清明是个哀思亡者的日子，但大家也确实把这场节前的烟火祭当成个热闹节日在过，也是，亡者已矣，生者的日子总是要继续，并且能快快乐乐地继续才是最好。

反正不停今天也没啥生意，我干脆拖了敖炽出来看热闹，两个小家伙当然也想跟来，但因为浆糊写了一首狗屁不通的打油诗，未知十道算术题做错了七道，我干脆地剥夺了他们玩耍的权利，让胖三斤监督着他们重做。不过我也是有私心，自打当了妈，感觉人生里的浪漫越来越少，难得有这么个机会，能跟敖炽单独出去逛个街，重温一下二人世界也是极好的。

所以，我们像曾经那样，手拉手穿过大街小巷，敖炽一边说"胖死你胖死你"一边把所有我想吃的东西都买回来。

最终，他的衣服没有买成，我的兵器也没有买成，只吃了一肚子的食物。

现在是傍晚，天边隐隐泛起一丝红霞，没什么美感，像谁不小心切破手指流了点血。

往平安街那边走的人越来越多，一些调皮孩子一手拿着点燃的香，一手拿着小花炮，点燃一个扔一个，砰砰的声音不绝于耳。忽然，人群中发出一阵欣喜的欢呼，原来是悬在平安街入口的一对做成仙鹤状的巨大花灯亮起来了，一只叼着灵芝，一只叼着花篮，很是生动，被风一吹，两只仙鹤的翅膀缓缓而动，马上要飞起来一般。

"过个清明都这么喜庆……"敖炽忍不住嘀咕。

"这不是还没到清明么，就只许大家哭丧个脸？能欢天喜地活着才是对祖先最大的不辜负。"我白他一眼，捏着还剩两颗的糖葫芦串儿走过去。

我不是个喜欢凑热闹的人，但是唯有这种类似庙会花灯会的热闹我喜欢凑一凑。我喜欢在夜里穿行于旖旎的灯火中，耳边是各种热闹的叫卖声，走到哪里都能闻到不同的食物的香气，每一个经过的人脸上都带着笑，摇动的折扇与胭脂的香气绘出俗世红尘里最常见的小幸福。

虽然肚子已经撑得不行了，可我一看见卖蜜汁烤鸡腿的还是走不动路，眼珠子都要掉出来了。

"吃？"敖炽做了一个准备掏钱的动作。

"别……我就闻闻……"我委屈地摇头，"实在吃不下了。"

他看着我的样子，突然哈哈哈大笑起来，揽着我的腰道："你真是太蠢了！"

"滚！"我推开他，往他脚上狠踩一脚，"我再蠢也没有蠢到在水下缺氧！"

"说好不提这事儿的！！"

"我就提！咋样！"

"答应我，别在孩子面前提……"

嘭！几朵烟花在夜空中绽开，人群中又是一阵惊呼，无数惊喜的脸孔在强光下亮起来。

我赶紧双手合十，在烟花消失前许愿，据说很灵。

愿望就两个字——平安。

敖炽又说我蠢，说对着一朵转瞬即逝的烟花许愿还不如对着他这条龙许愿灵验——破坏气氛简直是他的爱好。

不等我骂他不要脸，一阵清脆的吆喝声从左前方传来——

"来来来，道歉道歉啊，一文钱一次，一文钱一次，价廉物美嘞！"

循声望去，一个卖首饰的小摊跟一个卖花炮焰火的小摊中间，摆了一个不到三尺宽的地摊，一块黑布铺在地上，上头摆满了纸折的各种花灯与动物，一根红蜡烛站在小瓷盘里，豆大的光闪闪烁烁，几乎被淹没在四周的光线里。这位置很狭窄，刚刚好能容纳下那个穿着淡粉红袍子、裹着淡粉红头巾的年轻后生，他盘腿坐在黑布后头，生得细眉细眼高鼻薄唇，不过十七八岁的年纪，一手拿着一盏纸花灯，一手拢在嘴边大声吆喝着生意。

我以为自己听错了，他吆喝的是道歉？！还一文钱一次？！这算怎么回事？

我朝那地摊走过去，走近了才发现黑布两侧还各用一块石头压着一张纸。

"年年岁岁花相似，岁岁年年人不同……"我下意识地将纸上写的两句诗念出来。

"这位姐姐是要买个道歉么？"他见我愣神的样子，赶紧问我。

我回过神来，笑了，指着他地摊上的小玩意儿道："难道你想跟我说，这些东西叫'道歉'？"

"也可以这么说。"他见终于有了个主顾，忙道，"姐姐是要买一个么？"

我一挑眉："'道歉'也能卖？"

"为何不能？"他反问，"每个人心里肯定都有一个想道歉但又一直没有道歉的人，买了我的道歉，就不用担心歉意无法传达给对方了。"

"哦？你有这么本事？"我被这小子的描述吸引到了，活了这么久，卖什么的都见过，就是没见过卖道歉的。

"姐姐心中可有一个对不住的人？"他打量我一番，从黑布上拣起一朵折成莲花状的纸灯递给我，"我看这个纸灯很衬姐姐的模样。"

"小子，她最对不住的人是我，你倒是说说看，怎么能让她给我老老实实道歉？"敖炽跳出来，跟我一起蹲到他面前，"只要能行，别说一文钱，一百文我都给你！"

后生将目光挪到敖炽脸上，也是上上下下打量一番，最后摇摇头："这位穿着奇异的公子，你不用被道歉呢。"

"公子就公子，什么穿着奇异！"敖炽立刻不高兴了，"凭什么我不用被道歉？"

后生咧嘴一笑："因为您并没有生这位姐姐的气啊。"

敖炽眼珠一转，看看他又看看我，嘴硬道："瞎说！我脸上写了'我不生气'吗？"

我噗嗤一声笑出来，这孩子太有趣了，真的会读心术么。

"确实是写着呢。"后生点点头，然后又转向我，继续推销他手里的纸灯，"姐姐，你拿这个吧。"

我接过纸灯，巴掌大的一块，叠得倒是很精致。

"只要把那个人的名字写在花灯上，就可以了。"他竖起一根手指，"只要一文钱！"

我将纸灯翻来覆去看了看，最后还是递还给他，笑："虽然你讲得有趣，卖的东西也有意思，但姐姐我思来想去，心头并没有对不住的人。所以，这个我是用不上了。"说罢，我又掏了几文钱出来："看样子你今天还没开张吧，就当我给你的彩头吧。"

他眨了眨眼睛，并没有伸手接过，只说："不会啊，姐姐你心中明明有这么一个人的。"

这孩子……想我历世千年，红尘辗转，见过的人是多不胜数，我恨过、爱过、愤怒过，也帮助过以及惩罚过，但唯独没觉得对不住过谁。我这颗树妖之心，至今俯仰无愧。莫非他是说当初那些把我误认为浮珑山巅的神树，为了向我祈愿攀爬峭壁，最后堕崖而亡的人？也不对，关于这段错误，我老早老早就在子淼的教诲下，去山崖下给亡魂烧了纸钱，还亲手将那些白骨安葬妥当，并且诚恳地向他们道过歉了。除此之外，我不曾亏欠伤害任何人。

"这位小哥，我真的没有。"我想，也许这孩子只是在故弄玄虚揽生意罢了。

"好吧，你说没有便没有。"后生把纸灯摆回原位，"多谢姐姐打赏，但无功不受禄，我不能白拿你的钱，请收回。"

倒是个有原则的家伙。

我也不勉强，收回铜钱，又问："你住在东坊？"

他笑笑："我是到处跑的，哪里有人我就把摊子摆到哪里。"

"生意好么？"

"并不太好。"他老实回答。

我笑："这倒不奇怪。我老家流传过一句话，叫做'道歉有用的话，要警察干吗？'"

"警察？"他疑惑道。

"就是官府衙差之类的意思。"

"哦。"他点点头，转而又道，"可有些问题，只有道歉才能解决啊。"

我站起身，道："这点我同意。人谁无过，说句对不起总比什么都不说强很多。"

他笑笑，不再言语，又把手拢在嘴上吆喝起来。

"你叫什么名字？"我正要离开，又回头问他。

"年年。"他有些不好意思，大约是觉得这个名字就像他衣裳的颜色一样，不太像个男孩子。

"又是个娘娘腔……"敖炽撇撇嘴，拉着我走了。

这烟火祭果然没白来，不但吃了一肚子好东西，还遇到一个卖道歉的少年。

四 🍃

这绝对是我来到鱼门国后最开心的一天。

整个烟火祭上所有被我看中的食物都没放过，从傍晚到深夜，我在吃一下歇一下的模式里反复切换，我也不知道为啥今天的胃口会这么好。

连续打了十几个饱嗝，我抓住敖炽的手臂："快，扶着我……太撑走不动了。"

敖炽一边搀住我一边嫌弃地盯着我微微凸出的肚子："不知道的还以为你又怀上了呢。"

"滚！"我狠狠剜他一眼，"我怀你那两个兔崽子的时候肚子都没这么大过！"

"所以你还有脸说。"他满头黑线，"一把年纪了，至于吃得这么拼命么，活像我虐待你不给你饭吃似的。"

我用力捶了他一拳："别再说话了！让我安安静静消化一会儿行不？"

可能真的是心情影响胃口吧，没来由地就是看什么都好吃，什么都想吃，就算把胃塞满了还是觉得有一部分是空的。

平安街离不停还挺远的，但我坚决否定了敖炽提出的飞回去的建议，非逼着呵欠连天的他跟我一步一步走回去消耗热量。

此刻已近午夜，晚风带着浅淡的花香，扫过人影稀疏的街头。

走过一座横跨在小河沟上的石拱桥，一排民居蜿蜒向前，生着青青苔藓的围墙上挂满了开得正好的胭脂花，太晚了，路上已然没有半个人影。

弯眉那么细的月亮挂在缓慢移动的云层间，淡白的光照应着又一个夜晚的美梦。

不过，好像有什么奇怪的东西闯入了我们的视线——

左侧一座寻常院落的围墙上，坐了一个人，不像贼，因为贼一般都爱穿黑衣裳，不会穿一件在夜里特别打眼的粉红色袍子……

年年？！这小子做生意做到人家墙头上去啦？

我赶紧扯了敖炽躲到一旁的暗影里。

"这不卖道歉那娘娘腔么？"敖炽压低声音，"大半夜骑墙头上，该不是在偷看姑娘洗澡吧？"

"你洗澡喜欢在院子里公开洗吗？！"我白他一眼，差点忘了他就是个喜欢公然洗澡的家伙，"你瞅瞅他看的方向，不是院子里，是院子外头。"

"我去把他抓下来！"敖炽搓了搓手，"一看就不是个正经人。"

我拉住他："等等，他像是在等什么东西。"

话音刚落，一阵古怪的气味随着突然加速的夜风扑面而来，只见月色之下一个暗绿色的玩意儿飞快地从前方的阴影里蹿出来，闪电般冲进了年年所在的那户人家的大门里。

此物速度太快，连眼神甚好的我都没看齐全，从大致的体态上判断，好像是一只长了绿毛的猴子，且身上还散发着令人作呕的腐臭味道……

几乎在怪物破门而入的同一时间，围墙上的年年突然没了踪影，只听见院子里传来噼里啪啦的声音，在我们俩跑上去的一两秒钟之间，那绿怪又从门里滚了出来，以落荒而逃的姿态飞速往来处奔去。

敖炽二话不说，拔腿就追。

我赶紧冲到那户人家的门前，被踢坏的大门有一半已经危险地耷拉着，一个碎掉的大水缸躺了一地，清水流得到处都是。

这院子很小，所有事物一眼收尽，不过两间简陋老旧的小屋罢了。

其中一个窗口很快亮了起来，伴着吱呀的开门声，披着外衣的年轻女子一手举了一盏油灯，一手握了一支船桨，警惕地走出来，见只是碎了一个水缸，便松了口气，抬眼又见我站在大门外，女子走到离我几步开外的地方，冷冷道："你是何人？"

"我路过的。"我立刻举起双手表示我没有武器也没有恶意，"只是刚刚好像看到有个黑影跑进了姑娘家，又听到响动，便过来看看。"

她还是紧紧握着手里的船桨，不太相信地打量我："这么晚了，你一个女子独自行走？"

"其实我夫君跟我一道的。他刚刚……"我想了想，还是先别告诉她敖炽是去追怪物比较好，"他刚刚肚子疼跑去拉肚子了，你知道的，烟火祭上的好吃的太多。"我不好意思地笑笑。

她看了看我的脸，面无表情朝某一处努努嘴："你的东西都吃到脸上去了。"

"啊？"我下意识地往右脸上一摸，带下来一块明显的酱油渍，我去，敖炽瞎的吗，也不提醒我擦一擦！话说那荷叶酱鸭腿真是不错……

"没事了。也许是贼。也不是第一次了。"女子终于放下了船桨，把油灯也放到地上，动手把歪掉的大门扶正。

我上去帮她的忙，又往院里看了看："姑娘你一个人住？"

"嗯。"她点头。

"那凡事要更加小心哪！"我说。

"谁来害我，我便打死谁。"她很平静，像个见惯了风浪的人。

我的目光落在她的手上，老天，那是个姑娘的手么，又大又粗糙，指节处还都是厚厚的老茧，看她年纪大概二十六七岁，五官说不上美但也算清秀，可力气却是真不小，我目测那支船桨的重量可不轻，反正要我不动用灵力把它举起来，单靠一只手肯定不行，而在她手里却轻巧得像一把扫帚。

"多嘴问一句，七十二行里，不知姑娘是哪一行？"我太好奇了。

她倒也爽快，说："我在铁铺帮忙。"

女铁匠？！难怪力气恁大……不过船桨是咋回事，寻常人家一般不会有这玩意儿吧？

"太晚了，都该歇息了。"她勉强把大门弄好，看了我一眼，"多谢提醒。"

我也不好再厚脸皮多说啥，道了晚安便退出来。

大门关上，门缝里透出来的灯火也渐渐消失。

从头到尾，我都没看到年的踪影。他大半夜偷看的，就是这位女铁匠？

又到前头墙根下等了一小会儿，敖炽那家伙才急吼吼地赶回来，人还没到跟前声音就窜过来："呸呸！倒了血霉了！恶心死了！！"他干干净净的花衬衫上多了几坨黏答答的跟浓鼻涕似的绿色液体，只见他恶心万分地扯着衬衫骂："王八蛋啊，打不过我就吐口水！这是限量版花衬衫好吗？！我只有两件好吗？！"

"安静点！瞎嚷嚷什么！狗屁限量版，明明就是某宝爆款。"我瞪他一眼，不过看起来是挺恶心的，而且那些污物还散发着浓烈的腐臭之气，"那你究竟是抓到还是没抓到？"

"趁我拿树叶擦衬衫的时候跑了。"敖炽气愤地看着自己的衬衫，"不过也没啥，就是一只水魅罢了。除了跑得快又爱吐口水，没别的本事。而且也还干净，没有命案在身。也许就是水里呆久了无聊，出来扰个民取取乐。"

难怪看起来像是长了绿毛的猴子……原来是水魅。

江河湖海，历来不缺溺毙之人，若其执念太重，临死前吐出的最后一口气又恰好遇上天时地利的条件，便会妖化成具有实体的水魅，此种妖物模样像猴子，生绿毛，长期潜伏于水底，多以鱼虾为食，偶尔也会袭击下水的活人，不论在水中还是陆地上，水魅均速度奇快，只是它们不能在岸上停留太久。所以一般来说极少上岸，即便上岸，也不会离开自己的水域太远。

可是就我所知，此地附近除了一条浅得只到小孩腿肚的小河沟之外，并无可以容纳水魅的环境。那么这妖物必是从远处摸来的，这倒是少见。而那位姑娘虽是铁匠，家里却有船桨，想来水魅找上她绝不是随意圈个人来找乐子。而年年大半夜守在墙上似乎在等待什么，莫非就是在等这只水魅？？

可惜，我在四周找不到任何年年留下的痕迹，他没有妖气，可也并不像人类。

不等我再回望女铁匠的家，敖炽已经拖着我离开，嘴里叫着赶紧回去洗衣服！

五

回到不停已是凌晨，我没想到的是，都这个点儿了，居然还有客户在眼巴巴地等我。

敖炽看都没看那男人一眼，风一样冲去浴室，吓得那男人站也不是坐也不是。

胖三斤打着呵欠站在客厅里跟我说："这位客人姓马，家住南坊，贩布为生，今日您夫妇二人前脚刚走，他便来了，说无论如何要不停出手相助。我让他明天再来，他死也不从。"

不停的名声好歹是在渐渐壮大呀，如今连南坊的人都找来了。我居然有点感动。

"行了，你先去睡。我来招呼这位马老板。"我对胖三斤摆摆手，又打了个饱嗝。

"您今天吃了酱鸭腿对吧……"胖三斤拿手指掩住鼻子。

"滚滚滚，鼻子比狗灵有什么值得炫耀的！"我尴尬地瞪他。

"我意思是，我做的会更好吃。"他笑嘻嘻地退下，"啊哈，正愁明天做啥菜呢，就酱鸭腿好了。"

客厅重新安静下来，那位马老板上下打量着我，有些怀疑道："您就是不停的老板娘？"

"不像么？"我正要坐下，放弃了，胃里的食物还在，坐下去难受……

"不曾想过这么年轻。"

呵呵呵，你在年轻之后再加个貌美会死啊！！我在心里翻了六十个白眼。

他看着我，又问："这里，真的可以替人寻回丢失的一切？"

"对，连丢的脸都能给你找回来，只要你付我金子。"我微笑着撩了撩头发。

扑通！马老板毫无预兆地跪下来，三十好几的人声泪俱下："老板娘，您一定要帮我把儿子寻回来！"

我连忙将他扶起来："把事情的来龙去脉说清即可，别跪。"

"我不知从何说起啊。六天前我家小乐还好端端的，可谁知眼看着就倒下了，谁喊也不醒……到今天也不醒……我让他娘看好他，然后我就来这里找您。"他有些语无伦次。

"等等。"我打断他，"你儿子到底是丢了还是没丢？我咋听着不对头呢？"

马老板急得想给自己一耳光，解释道："是丢了！咱那儿的老邻居们都说是娃儿的魂丢了！不然不会昏睡六天都不醒啊！"

"六天都没醒？"

"嗯嗯！"他拼命点头，"不但没醒，整个人就跟从水里捞出来一样湿答答的，刚给换了衣裳，立刻又湿了。有时还会从嘴里吐出水来。我寻了道士巫医神婆来给小乐招魂，可全不奏效。我实在是没法子，雇了最快的马车来东坊找您帮忙。如今还不知小乐怎样了。莫非真是招惹了邪祟，要拿他的命？"他越说脸色越难看，最后瘫坐在地上，号啕道："真要拿命走，拿我的走便是！拿我的才是正经，何必祸延子孙！"号着号着，他像是想起什么重要的事情，赶紧从身上摸出一个装得鼓鼓的布囊，打开往地上一倒，五六个金元宝闪闪发光。

"这是我现今能拿出的所有，请老板娘不要嫌弃，若小乐能平安归来，我再付一倍！"他抹着眼泪道。

"哭也是没用的，凡事总有解决的法子。"我蹲下来，毫不客气地把金元宝没收了，说，"要我出手帮你也可以，你得答应我几个事儿。"

"一百个事儿也使得！！"

"一、带我去你家；二、我若有话问你，别撒谎；三、不许赖账。"

他点头如捣蒜。

"嗯，那事不宜迟，我们现在就出发。"

我脸色很严肃，但内心很奔放，六个肥美的金元宝啊！！事成之后还有六个！！！

六

马老板也是真心疼爱儿子，化大价钱租了龙马马车赶来，虽然这匹龙马不及聂巧人那匹快，但也算是风驰电掣了，据说龙马马车的租金可是相当相当的高的呢。为了金元宝，我也是拼了，连觉都不睡便跟着他去了南坊。当然，马车里意见最大的肯定还是敖炽，随便裹了一套越狱兔式的条纹睡衣睡裤就跟出来了，谁让他换洗衣裳只带了两套，昨天洗的花衬衫还没干，今天的花衬衫又被水魅吐了口水，搞得他心情十分不妙。一会儿说心急吃不了热豆腐，好歹睡一觉再去勘察现场，一会儿又吐槽胖三斤身材太差，瘦得跟葱一样，平时穿的衣裳他全穿不上……这个怪谁，说给你买衣服是你自己不要，现在又来生气，不作不死症晚期，哼。

四坊之中，南坊大概是距离东坊最近的，天刚麻麻亮，马车已然停在市集附近一处翠竹掩映的小院前。

初步估算，这位马老板虽说不上土豪，勉强能算一位中产阶级，再收六个金元宝不过分。

进了院子，还没走到房间前，便听到一阵隐隐的哭泣声。

推开门，一个眼睛都哭肿了的妇人先是一愣，旋即又扑到马老板怀中，放声大哭："小乐依然毫无起色，刚刚又吐了好些水。"

"娘子莫再哭了，我请了不停的老板娘来，有她出手，我儿有救了！"马老板难过地给老婆擦眼泪。

"他们……"马夫人看着我跟敖炽，嗫嚅着，"穿着甚是诡异……"

我的打扮还好吧？旗袍这种衣服宜古宜今，并不违和呢。所以，都怪敖炽那只蠢到死的越狱兔！

不过这些都不重要，我连招呼都没顾上跟她打，快步走到床榻前。

六七岁的小男孩，生得细皮嫩肉讨人喜欢，此刻正无声无息躺在床上，额头上的刘海全都湿成一缕一缕的，小脸上也全是水渍，铺在身下的被褥也越来越湿，整个人就像泡在看不见的水里似的。不过，男孩脸色还算正常，连眉头都没皱，很平静。

我伸出食指往男孩眉心中间轻轻摁下去，一道光晕从他额头扫到脚下，身旁的马老板夫妇大气也不敢出一口，紧张地看着我的一举一动。

很快，我收回手指，说："确实没了魂魄。"

马夫人又"哇"一声哭出来。

"这事儿通常是仇人干的。"敖炽横抱着手臂，瞪着马老板，"最近得罪过谁？有没有虐待帮工？有没克扣工资？"

呃，他说的那个好像是我吧……

我拿眼神警告敖炽住嘴。

马老板听了颇为激动，拍着胸口道："我老马家做生意历来童叟无欺，公平公道，就是对邻里朋友也从不亏待。不信的话，你们可以去打听求证！"

"天下没有无缘无故的怨恨。"我直视着马老板的眼睛，"令公子出事前，你与尊夫人可做过或者遇见过什么不寻常的事？仔细想想，不可遗漏。"

夫妇俩对望一眼，马夫人笃定摇头："确实没有。我大门不出二门不迈，终日忙于料理家务，并不曾遇到任何怪事。"

我跟敖炽同时把视线移到马老板脸上，因为他眼中那一刹那的犹疑与闪烁。

"马老板，"我走近一步，"莫忘了你事先答应我的条件。"

"我……我……"马老板攥紧了拳头，犹豫了半天才道，"小乐出事前几天的傍晚，我关了铺子回家，路过市集时，遇到一个摆地摊卖……卖……"他顿了顿，似乎难以启齿。

"卖什么？"我追问。

他吸了口气，说："卖'道歉'的，一个卖'道歉'的小贩。"

这回轮到我跟敖炽对视一眼，我又问："可是个身着粉色袍子的年轻后生，卖一些纸做的花灯？一个道歉一文钱？"

马老板诧异不已："你们也遇到他了？"

"这个可一点都不重要。"敖炽俯瞰着比他矮一个头的马老板，"我们就想知道，你买了吗？"

他脸色变得更加不自然："买……买了。"

"你对不起谁？"我直击核心。

马老板微胖的身子明显哆嗦了一下，他看了儿子一眼，对马夫人道："看好小乐，我去去就来。"

想来马夫人是位对夫君言听计从的贤妻，听了这话，也不多言语，只红着眼睛点点头。

"二位，借一步说话。"他做了个请的姿势，自己先一步出了房门。

寂静无比的书房里，他将油灯的灯芯挑亮了一些，确认四周无人后，又将门窗仔细关好，这才走回来对我们说："二位请坐吧。"

我们坐下了，看来他要说一个很长的故事。

"我活到这个岁数，也算有些见识，却从不知世上还有卖'道歉'的。"他坐到我们对面，苦笑，"那后生说，只要一文钱，歉意便能传达给对方，不论对方是生是死。"

不论是生是死？！

我皱了皱眉。

"我买了一盏纸灯，后生让我把致歉对象的名字写下来。我写了。后生拿回纸灯放在掌心，那纸灯竟燃烧起来，但没留下任何灰烬，只散出一片细碎好看的荧光。"

"就这样？之后你还见过这后生么？"我问。

"就是这样。我之后也再没见过他。"他摇头。

"那，说说你写下来的那个名字的一切吧。"我的直觉是，答案就在里头。

他叹气："其实，我连他的全名都不知，只知大家都喊他二饼。"

"他已经死了？"我看着面色苍白的他，似乎回忆这件事对他而言很不轻松。

他又是一哆嗦，仿佛被敲掉了心脏上最脆弱的一块。

"东坊与南坊交界处，有一块面积颇大的沉龙潭，深不见底。二饼便是沉龙潭上的船夫，潭水另一边有一座书院还有个财神庙，娃儿们去读书，便要坐他的船过去。听说，二饼很小的时候就跟着父亲在沉龙潭里撑船。可惜他幼年时受伤摔坏了脑袋，不但左脚跛了，连智力也受了损，虽不至于完全痴傻，但也只能勉强做到一跟二的加减。他爱吃烧饼，好事者便拿三个烧饼让他数，可他只能数到两个，所以二饼这绰号越叫越响，响亮到连他的本名都被遗忘。二饼虽有残疾，撑船的技术却极好，从十来岁到二十来岁，他在沉龙潭撑了十几年的船，早出晚归，任劳任怨，从未出过任何事故，还救起过好些落水者。他喜欢孩子，不管孩子们喜不喜欢他，他都爱把自己攒下来的糖给他们吃。有孩子愿意吃，也有孩子嫌弃他，说吃了他的糖也会傻的。可二饼从来不生气，还是乐呵呵地把自己舍不得吃的糖都分给这些去念书的孩子。"

马老板的脸在灯火里忽明忽暗："一直传说沉龙潭底有妖怪，沉下去的东西永远浮不起来，所以多年来这里都是禁止他人下水游泳的，妖怪也许是假，但这块潭水不只深，且有漩涡暗流倒是真的，也不是没出过人命，总有人觉得自己命大，总之，溺死在那里的人，连个尸体都找不到。那年夏天，三个十三四岁的少年瞒着家人去沉龙潭游泳避暑，正玩得兴起时，三人被卷入暗流，拼命挣扎呼救中，有人闻声入水，拼尽一身力气将他们三人推出了暗流，三人疯狂游到岸边，回头看去，却只看见一双手在不远处的水面上挥舞，少年之一打算转身去救人，却被两个同伴拦住。很快，那双手沉了下去，潭水上，只冒出几个气泡，便再没有了动静。岸边，躺着一件新衣裳，深蓝色的，衣襟上还绣着'平安如意'几个字，是那个人下水前脱下来的。少年之一认得这件看起来很土气的衣裳，他昨天坐船去书院时，还见他穿过，他说这是隔壁婶子送的，好久没穿过新衣裳，他特别爱惜，有空就拿手在上面掸来掸去。最后，他们在潭边挖了一个很深的坑，埋掉了这件衣裳。他爹已经去世，他没有其他的亲人，死了，也没人知道。埋完衣裳，他们像什么事都没发生过，反复说着'是他自己愿意来的不是我们逼他的，他的死不关我们的事'，很快离开了沉龙潭。翌日，大家发现那个从不缺席的二饼不见了，留在沉龙潭上的，只有那艘被他打理得很干净的小船。大家象征性地找了几天，也就罢了，还有人戏谑地猜测这傻孩子说不定是看上哪家小丫头，追着别人跑了。总之，没过多久又来了新的船夫，二饼的失踪，成了一件很快被遗忘的小事。"

听完这些，我跟敖炽的眉毛都皱得特别难看。这是我最不愿意听到的一种故事，即便它如此简单。

马老板突然抱住脑袋，又狠狠地捶了几下："我应该坚持回去的，哪怕就拉他一把！"他呜咽起来，说，"二十年了，我娶妻生子，生意也蒸蒸日上，若不是他，我早成水底枯骨。这些年月，我也试图狼心狗肺地活着，跟自己说这根本不关我的事，我们当年只是太害怕了，如果被大人知道我们害了一条人命，也许我们会被打死的。可是，无论我如今的生活多么幸福满足，我还是会在梦里见到那双不断挥舞的手，有时候，是二饼的笑脸跟他放在手上的糖果。我甚至二十年都不敢踏足沉龙潭。我想跟他说对不起，可他已经死了啊，我说一万次对不起又如何？那天也是我鬼迷心窍，听了那后生的话，在花灯上写了二饼的名字。"说到这儿，他突然抬起头，一下子扑到我们面前，惊恐地问："是他？！是他来找我讨债了！！"

"别瞎说。"我示意敖炽把他拎起来，"现在一切只是推测，恐怕只有那个卖你'道歉'的人才知道真相。"

马老板好像又看到了一点希望，擦了擦眼泪鼻涕："那我赶紧派人去找！"

敖炽拦住他："别费劲了，他不是你们这些凡人能找到的。看好你儿子，剩下的事交给我们就是。"

敖炽下命令时的模样，一般人是不敢再有二话的，马老板只得颤颤地点了点头。

走出书房前，我突然站住，回头问马老板："当年你那两位同伴如何了？"

马老板道："自那件事后，我们便甚少来往了，最近几年更是断了联系，之前听说他二人去了外地做生意。"

"把他们的名字跟老家住址写给我。"

"好……"

七

如我所料，陈力与齐富贵，也就是马老板那两位伙伴，都不在了。

敖炽带回来的消息。

"其实也没肯定是死了，反正说的是两个人都出去进货，不同时候出门的，去的地方也不同，最后两个人都没回来，三年杳无音讯。"他耸耸肩，"直觉告诉我，凶多吉少。你那边如何？"

我摇头："完全找不到年年的下落，我甚至让两条信龙一起发功给我捕捉他的声音，可这家伙就跟死了一样，完全没有声息。不过也可能是信龙的耳朵过了保质期……"

"不许侮辱我们的功能！"信龙兄弟一左一右站在我肩膀上异口同声地嚷嚷，"我们高贵的听觉是拿来聆听世间最美妙纯净的声音的，你老喊我们去听别人家的八卦，把我们耳朵都弄脏了！"

"怪我咯！"我戳它们的脑袋，"不就是让你们去听了听王大婶两口子为啥打架，张员外一把年纪了居然又有了个儿子这些百姓喜闻乐见的小事么！自己能力不济就不要乱埋怨！"

信龙兄弟不服气地冷哼："我们又不是万能的！世间声音过亿万种，你就给我们半天时间去找，就算是天界大神地音也做不到！"

"少找借口！"

"我们不稀罕借口！有本事你自己循妖气去找啊，去啊去啊！"

"反了你们！信不信把你们做成两条皮带！"

"哎唷，莫再争吵啦。"正在和面的胖三斤感受到了我跟信龙之间的战火，抱着面盆走进来，问，"那个人真是无影无踪？"

我气哼哼地把两条信龙扔进衣柜里，说："再多些时间，以我跟敖炽的能力，上天入地也能把这厮揪出来。可是，那孩子的情况不宜再拖延。"

"既然一切皆因那水潭而起，我这就去那地方看看有无线索。"敖炽转身要走。

"敖大爷等等。"胖三斤喊住他，又道，"有个人或许能帮上忙。"

"谁？"

"南坊天衣侯。"

我一愣："他？那个号称掌管全国民生经济富甲天下但从不露面的天衣侯？"

胖三斤一笑："就是他。他身为老板娘的左膀右臂，可您来这么久，好像还从未跟他接触过。鱼门国七十二行里的人，底细都被天衣侯府详细登记造册。且很多时候，连当事人自己都不知自己已经在天衣侯那儿'挂了号'哟。你们既说那人是摆地摊的，生意虽小，想必也不会被漏掉吧。万一漏掉，也只能叹那孩子命薄了。"

我思忖一番，哼了一声："切！这厮搞的不就是特务那一套么！想方设法监视别人的生活……"

胖三斤捣着面粉，耸耸肩："我只是建议，老板娘您自便，我去擀饺子皮儿啦！"

"去去去！给我包点香菇肉馅儿的！！"

"好嘞！"

这个，东居国主西居官，天衣侯人独坐南……去就去！！

八

下午，南坊。

我以为自己走错了地方，如果聂巧人那座铜墙铁壁的官府是一条汉子，那这个家伙的老窝毫无疑问是个女人，还是个风姿绰约的女人，红墙碧瓦，朱门雕花，连立在门口的镇宅神兽都没有，只有几只翻着肚皮晒太阳的猫，几根猫毛随风飞起，飘过那盏立在门前的长脚琉璃灯，明莹无色的灯罩上，刻了"近水"二字，想来这个传说中的土豪天衣侯，也是个风雅的人呢。不过，拿"近水"作宅子的名号，莫非想永远占那近水楼台先得月的便宜？！

一路上敖炽都在问我，那个聂巧人真是男的？还有一身好武功？长得还不错？还帮你解决了好些事情？他是不是对你有邪念？听得我真想把他封进围墙浇上水泥……

站在大门前，我扣了扣雕成莲花状的门环。

不多时，大门打开，一阵清雅的香风从门后拂来，穿了素白罗裙，云鬓高耸的侍女笑吟吟地看着我们："请问二位有何贵干？"

"东坊不停的老板娘，前来拜访天衣侯。"我朝这位美人笑了笑，"烦请通报。"

"二位请随我来，侯爷说过今日午后有访客，可入内。"侍女垂眼一笑，请我们进去。

我跟敖炽对看一眼，抬脚跨过了门槛。

这天衣侯也是有趣，还会未卜先知不成？！

府中景色跟它的外观一样，很是清丽秀雅，所有建筑都以木竹为主料，小桥流水，潺潺而动，若唐府是一张富丽堂皇的油画，那这一处"近水"便是一卷丹青水墨，似乎跟它主人的属性并不太匹配。这一路上都是淡淡幽香，且随着景致的变换而变换，时而清甜，时而冷冽，实在是个世外桃源般的居所。

走过一条水上曲廊，侍女将我们引至一座凉亭内，一架古琴摆于正中，檀木矮几上放着一套简单素雅但一看便知价值不菲的白瓷茶具，一缕白烟从香炉里蜿蜒而出。

前方再没有路了，只见一片开阔水面，几十米外，一座人工累积的"仙岛"静卧微澜之中，上头只得一座纱幔飞扬的三层楼台，建得是精妙无比，堪比世外仙境。唯一奇怪的是，似乎并没有路通往那座岛……除了飞过去，就只能游过去了，连个船都没有。

别问我有啥想法，我的想法就是，这里随便哪个人都比我有钱，房子都比我的大！！

侍女请我们坐下，问："不知二位此番前来，所为何事？侯爷命我先询问清楚。"

"找人。"我也不绕圈子，"前日东坊烟火祭上，卖'道歉'的后生，自称年年。"

侍女点点头："二位稍候。"

说罢，她袅袅婷婷地朝曲廊那头走去，不过是眨眨眼的工夫，这大活人就像阵烟似的不见了……

敖炽皱眉，小声道："古里古怪，别喝这儿的茶，我怕有毒。"

我瞪他一眼："我是他领导！他若有未卜先知的本事，自然知道我的身份！还敢对我不敬？"

敖炽撇撇嘴，不说话了。

约摸半盏茶的工夫，那侍女又施施然出现在曲廊前，手里多了个琉璃托盘，款款走到我们面前，蹲下将托盘送上前："侯爷吩咐将此天衣金笺交给二位，说二位想知道的东西都在上头。侯爷今日身子不爽利，就不出来招待二位了。"

我觉得我的权威又一次遭到了践踏……一个聂巧人，一个天衣侯，说是我的左膀右臂，却个个不把我放在眼里！到底我是国主还是他们是国主？！

压住火气往托盘里一看，里头只有一张对折的纸，金色的，闪着金子独有的光泽。

这是拿纯金压制的纸？！

敖炽见我眼神发绿，立刻碰了碰我："干正事！"

我把口水咽回去，伸手拿起那张名符其实的"金笺"，打开，几排俊秀的字体以半透明的飘浮方式，"写"在笺上。

看完，敖炽跟我俱是一愣。

也就是这片刻工夫，手中的金笺呼一下化作金粉，在我手里消失得无影无踪。

九

沉龙潭，夜。

敖炽站在乌黑的潭水边做热身运动，眼前，一片冰湿的雾气，鬼魅般游弋在水面上。

我拍了拍粘在手上的污泥，从挖开的坑里，扯出一件已烂成布条的衣裳，依稀可见衣襟上绣着"平安如意"四个字。

埋了二十年的衣裳，握在手里又湿又冷。我沉下气来，手指往这堆破布上轻轻一抹，一道白气从布里散出，凝成汤圆大小的光团，停在我掌上。

"拿去吧。"我将"汤圆"交到敖炽手里，然后朝潭水里努努嘴，"五分钟后你不上来，我就去捞你。"

敖炽冷笑："你不知道我如今的肺活量大了许多么！"

"快去快回！"

敖炽白我一眼，转身深呼吸一口，身形一虚，一道紫光直入深潭。

我在岸边踱着步子，默默数着数。在我数到第两百八十声时，哗啦一阵水响，紫光自下而出，刷一下落到我面前——敖炽用力甩了甩头发上的水，一手抓着一个白森森的骷髅头，一手拎住一只昏死过去的水魅。

"还有赠品？！"我接过骷髅头，看了看那只被打到歪眉斜眼的水魅，嫌弃道，"拿远些，臭死了。"

敖炽闻了闻自己的手，摆了个作呕的表情，说："去寻二饼遗骨时，偏巧这鬼东西正窝在一蓬水草里睡觉，我就顺便打包了。这水魅对你我而言虽微不足道，但对普通人仍有危害，等弄明白它为啥半夜去人姑娘家捣乱，再将它彻底封印到水底吧。"

所以说，有个自己家的男人在身边，是很好的。敖炽虽然聒噪不要脸，但干起实事来也是不含糊的，除了那次缺氧事件。

"好。"我拔了根头发化作绳子，将水魅绑好扔到一旁，再将那骷髅头摆到一处较干燥的地上，然后对敖炽点点头，"来吧。"

敖炽上前，略一发力，一道蓝焰自指尖蹿出，直扑骷髅头，火光转眼便将这玩意儿彻底包裹其中。

几分钟后，半空中突然传来一个颇为痛苦的声音："住手！"旋即一道粉光自空中坠落，化作一个在火光中打滚的粉袍后生。

"出现得比我想象中晚。还挺耐烧的。"敖炽撇撇嘴。

"别烧了……好疼……"年年在地上难受地翻滚，背脊上，蜷缩着一对与身体不成比例的羽翼。

我示意敖炽收手。

火光褪去，年年缩在地上，大口大口喘着气，待缓过劲来看清眼前人是我们时，他先是诧异，但眸子里闪动的光彩很快就黯淡下去，叹了口气，说："姐姐，我并无恶意。"

"年年鸟，自枉死者头骨而生之妖物，人形有翼，通身粉红，天生无妖气，只得一年寿命，若得齐歉意，则可续命百年。"我冷冷看着他，"我说的，可有差错？"

他沉默片刻，道："无错。但不准确。只有心地良善而枉死者，他们的头骨才有可能生出年年鸟。"

"所以你的意思是，你也是心地良善的妖？"敖炽厉声道，"既然良善，又怎将马老板的幼子害成那样？他不是已经向二饼道歉了吗？还有陈力与齐富贵，必然是他们不肯为当年的错误道歉，你心想既无法集齐这三个当事人的道歉，无法续命，不如将他二人杀了解恨！"

年年摇头，努力支撑自己坐起来，翕动着泛白的嘴唇："不是这样……不是。"

"那你告诉我真相。"我蹲下来，望着虚弱的他。

他咬了咬嘴唇。

咕噜，潭里冒了一个水泡。

十

他动了动身子，咕噜咕噜一阵响，一条鱼游过去，吐了一串水泡。

他不太记得自己是什么时候"长"出来的，可能是很久前，反正从这个头骨的眼洞里看出去，不但能看到游过的鱼，还能看到从水面上经过的船，甚至能听到小孩子们在船里说话唱歌。

也许再过几年，他就能脱离头骨，飞出水面，用一年时间去完成一只年年鸟希望完成的事情。

没记错的话，那是一个下雪的傍晚，雪花真好看，纷纷扬扬像跳舞。

那个姑娘又撑着她的木船过来了，她是他见过最多次的人了，有时候她会把脑袋伸出船舷照照自己的倒影。打从他有记忆起，她几乎每天都在这个被他们叫做沉龙潭的地方撑船，从这边的岸到那边的岸，再从那边回到这边，反反复复。船上最多的是孩子，他们要去对岸的书院念书。

有一回，一个顽皮孩子落了水，她去救，水草缠了腿，差点就淹死了，幸而她力气大，挣脱了，孩子也没事。事实上，她不止一次做这种事，救上来的人总是不同的，但相同的是，每次跳到水里，她都没有迟疑过片刻。

有时候他想，等到自由的那一天，第一件事就是把水里的水草割一割，它们太长了，会缠住人的性命。

雪越下越大，木船划过水面的声音越来越近，夹杂着两个男人醉醺醺的笑骂声，浓烈的酒气连鱼都要熏昏了。

"富贵啊，还是属你本事，随便弄点药材就能赚上几十倍的利润！"

"人傻好赚钱，只要随便夸一夸药效，棺材本都要掏出来买。嘿嘿，阿力你也不赖呢，听说你跟人合伙搞金矿生意，很是让人眼馋哪！"

"不及你不及你。哈哈。难得咱们五六年没遇上，却在去财神庙还愿的路上碰到，看来老天是要让我们兄弟俩共享荣华呀！"

"得好好感谢财神爷爷！"

"嘿嘿，还要谢谢那傻子……哈哈，要不是他当年傻不啦叽地跳下来，你我都淹死了。"

"对对……他叫啥来着？二饼对吧？他这条命也不冤枉啊，你想啊，一个傻子多活几年又能干点啥？应该让聪明人活着才对，你说是吧？"

"是是是，嘿嘿……幸好把他的衣裳埋了，神不知鬼不觉，不然咱们肯定被家里打死了！"

二饼……还能有谁比他更熟悉这个名字。年年鸟从"出生"那刻起，便继承了这个头骨的名字以及一点别的信息。

他屏息静气地看向水面。

突然，水面开始不正常地摇动。

一阵叫骂传来——

"死丫头，怎么撑的船，咋晃得这么厉害？"

"你聋啦？怎的越来越晃！"

"你……"

"哎唷富贵你站稳！喂……你别拽我衣裳！啊！！"

接连两声扑通，然后是混乱的水声。

他看见两个三十来岁的男人坠入了潭水，像慌张的鱼一样扭动挣扎，可是大概是喝多了酒，身子并不太灵光，一股幽灵般的暗流涌过，将二人卷得连翻了几个跟头，然后被狠狠往水底压去。可他们毕竟正值壮年，加上求生的意念，硬是从水流里挣脱出来，用力朝水面游去。

可是，落在下头那一个，不幸被水草缠住了脚，慌乱的他本能地抓住了同伴的脚踝，要他下来帮他解开，可那同伴哪里愿意顾他，弯下腰拼命拉开他的手，见他不撒手，便用力捶他的头。哪知越是捶他，这双手便越攥得紧。

很快，两个人渐渐失去了知觉，一个挣不脱又长又韧的水草，一个挣不脱死也不放开的双手。两个死去的人，在潭水里形成一个怪异的画面。

她的船，一直停在不远的地方，他甚至能看到她伸出来的脸，那双愤怒又惊惧的眼睛，以及流到下巴的眼泪。

他好像听到有什么东西碎了，应该是他的希望。

就算自由，就算寻到剩下的那一人，他也收不齐二饼应得的三个道歉了。可是，他好像并不想责怪她。

雪越来越密，水面上的一切越来越模糊。

十一

"这就是你们遗漏的真相。"年年如释重负地笑了笑,"那两人溺毙之后,我眼见着他们那口怨气交缠在一起,化成一只水魅。他们这样的人,长不出年年鸟。有意思的是,那水魅成形之日,也是我离开潭底之时。"

我跟敖炽迅速地交换了眼神,在信不信这只妖怪的问题上,选择了信。如果他说的一切都是真的,陈力与齐富贵的死亡,便注定了他不可能得到多于一年的生命,所以,他完全不必为了求生而欺骗两只随时可以捏死他的老妖怪。

他费力地站起来,看着身后那些远到看不见的城,说:"我不知剩下的那个人是谁,虽然他道不道歉于我都不再有意义,可我还是希望他在我的花灯上写下二饼的名字。那样,可能我会消失得开心一些。"

"所以你化身成卖道歉的小贩,专往人多的地方去,就是等人写下二饼的名字?"我问。

他点头:"但我知道很可能到生命终结之日,还是等不到。"

"你运气还不算坏。"敖炽看他的眼神变得缓和了许多,"只是你明明都等到马老板的道歉了,为何还要继续摆摊?"

"为了心情好吧……毕竟我是年年鸟啊,虽然别人的歉意并不能延长我的生命,但看到他们专心写名字的模样,我就像多活了几年似的。"他摸摸后脑勺,憨笑。

我心头一怔,又问:"那马老板的儿子……"

"你们放心,没有人要害他。"他赶紧道,"九日之后,他自会魂魄归身。我拐走这孩子的魂魄,只为赠他一份礼物。"说罢,他对我附耳片刻。

"你……"我重新打量他一番,"你这样做可能死得更快,也许都等不了一年。"

"年年岁岁花相似,岁岁年年人不同。"他竟念起诗来,"我可喜欢这两句诗了。里头有我的名字。人世间的美好太多,看过一年也就够了。以后,也许有别的比我运气好的年年鸟出生,可以多看看这个世界。"他顿了顿,"但我又想,年年鸟还是越少越好吧,毕竟,我们是等待歉意的妖怪,而真正接收歉意的人,都不在了。道歉这件事,始终还是要趁对方活着的时候才好啊。"

一时间,三个人都沉默。

身为老妖怪,我居然不知妖怪中还有一种年年鸟……更不知它的来历,竟是一场场令人扼腕的悲剧。

突然,敖炽指着还在昏迷中的水魅:"让那个工八蛋给你道歉行不行?它好歹也是那两个畜生的一部分吧。”

"别说傻话了。"我看他一眼，"水魅虽是因人而生，实质上却跟人再扯不上关系。从它成形之日起，便是没有思维只知捕猎进食，跟丧尸没什么区别的物体，唯一比丧尸高级的，是它可能会记得临死前最恨的一个人，然后化成本能，在成形之后去寻找那个人报仇。"

"丧尸可不会吐口水。"敖炽恨恨道，旋即道，"所以说，当年把他们从船上摇下去的，就是住在小院里的女人？"

年年点点头，道："自那件事之后，她就不再做船夫了。改行在东坊的一个铁铺里帮忙。我离开沉龙潭的第一件事，就是去找她，因为水魅也在找她。以我的力量，跟水魅能打个平手，有时还能略胜一筹，且水魅只能在午夜之后上岸，上一次岸就会损耗许多体力，要休息多日才能再上岸。所以我总是算好时间赶在天黑后去她家守着。但我从来没有让她看见我，也不想让她看见水魅。"

"你替她守着家门，替她赶走来报复的水魅，可你知道你守不了一辈子。"我看着这个粉红的家伙，说了实话。

"我不在了，便只能靠她自己了。"年年笑笑，"她力气比我大。"说着，他又看了一眼被五花大绑的水魅："而且，我知道现在我更加不用担心这件事了。"

敖炽皱起眉头："所以，真的没有别的法子了？"

三人之间又是一段长长的沉默。

"好啦。"年年掸了掸身上的泥土，很轻松地对我们说，"没别的事的话，我先走了。纸灯还没卖完，我打算在冬天到来之前，再去北坊摆摆摊子。"

"站住。"敖炽叫住他，伸手往他额头一拍，一道水波似的光纹瞬间浸入他的身体。

"好凉，真舒服。"他长长吐出一口气。

"虽然续不了你的命，起码能治好你身上的烧伤。"敖炽收回手，"走吧。"

"谢谢。"他转过身，特别慎重地看着我们，"你们，究竟是什么？"

我笑笑："以后你的纸灯可以多一些种类，不要总是花啊蝴蝶啊兔子啊，也可以做一棵树，或者一条龙。"

他一愣，旋即又笑了，也不再多问，只说："此建议甚好。告辞了，二位保重。"

"你也是。"

一道粉光，消失在眼前。

云层散开了一些，隐隐有些月光。

我看了看水魅，又看了看平静的水面："你去还是我去？"

年年

027

"当然我去！没有人能解开我下的封印！"

"少来，你下在冰箱上的封印三两下就被未知破掉了。"

"我……那是初级封印！再说，未知是我女儿，她天生神力我高兴还来不及哪！"

"切……"

"你那眼神是什么鬼！"

"快下去！把这玩意儿封印到最深的地方！太臭了！"

"你别踹我！"

十二

东坊，清晨。

曾经的女船夫在看到我时，显然很惊讶。

她会让我们进门，是因为我跟她说，我把二饼带回来了。

站在她的房间里，我将带来的布包放到桌上，说："他的遗骸我们都尽量打捞起来，也许会少一根两根，但请你不要苛责。我们尽力了。二十年了，他独沉潭底，一般人是寻不到的。以后，你给他找个踏实地方长眠吧。"

她惊诧地捂住了自己的嘴。

"告辞。"我跟敖炽转身离开。

"等等！"她有些失态地追上来，拦在门前，"你们是谁？你们都知道了？"

我看着她的眼睛："有些事，我可以当不知道。但下不为例，不管什么理由，都不能成为拿走他人性命的借口。"

她愣住，继而泪崩，哽咽道："我只是太生气，才故意摇晃……若他二人不是站起身想过来打我，是不会掉下去的……"她瘫坐在地，多年的秘密终于冲垮了这个躯壳，抽噎了好一会儿才继续道，"我犹豫，我不知应不应该救他们……可一想到他们那不以为然的样子……那是一个救了他们性命的人哪！"

我将她扶起来："我说了，我可以当不知道。换作是我，未必比你伟大多少。"

"舅父虽然痴傻，但他是个好人……"她用力擦着眼睛。

"二饼是你舅父？"敖炽脱口而出。

"我家世代以此为业，我外公脾气不好，当年因为不满意我爹，所以把我娘赶出家门，没几年我爹娘先后病逝，舅父把孤苦无靠的我领了回去，他虽痴傻，可他能念出我娘跟我的名字，他从没忘记他有个姐姐，还有个外甥女。最后，虽然外公还是不愿意将我接回家，但他把我寄养在一位善心的婶婶家中。此事并无多少人知道，舅父很高兴，大概觉得我又有了依靠吧。他常来看我，给我带吃的。还带我去沉龙潭坐船，教我撑船跟游泳的技巧。他失踪那年，我七岁，那时外公已经去世，他只剩下我一个亲人。可我一个小孩子，又能做什么？我到处去找他，都没有结果。十五岁那年，我决心去沉龙潭当船夫，我想，有一天，把撑船当作生命一样喜爱的舅父，也许会回来。"

我轻轻叹了口气，看了一眼桌上的布包，说："是回来了。以后，你好好过日子吧。"

说罢，我跟敖炽走出了房门。身后传来咚咚咚一串响，磕头的声音。

"谢谢你们把舅父给我找回来！你们若要去官府，我半分怨言也没有。"

我们俩都没回头，径直离开了这座刚刚照进晨光的小院。

官府就算了吧，聂巧人那么忙，这些小事我作为国主就代为处理了，谁敢有意见！

走着走着，敖炽突然说："你好像没收她钱……"

"咦！对哦！我帮她把舅舅找回来了，居然忘了收钱！！"

"太令人发指了！！"

"简直太过分了！所以我们去吃早饭吧……"

"我要喝豆浆泡油条！"

"走着！"

十三

如年年所言，马老板的儿子在昏迷九天后醒来，完好无损，活蹦乱跳。

我又收了马老板六个金元宝，心安理得。

当然，我没有告诉他们，有人拐走他们宝贝儿子的魂魄，仅仅是为了给他贴上一张"避水印"，这是许多从水里生出来的妖怪们都会的小伎俩，用灵力聚成一个无形的"印"，如果这个印被"贴"到人类的魂魄中，那么这个人便具备了在水中能比常人至少多憋一小时气的能力，故而称之为"避水"。这孩子出现的一切症状，只是跟避水印"融合"的必然反应罢了。

告别之前，年年在我耳边说，他除了知道头骨的主人叫二饼，还继承了他最后的一点"信息"，也可以说是二饼在溺亡前脑子里最后的一个念头——不要再有人被淹死了。

不是"你们为什么不来救我"也不是"我恨你们"。

他说他虽做不到让所有人都溺水不亡，起码让马老板这个独生子不要遭遇相同的灾难吧。

他还说，他发现马老板是个喜欢拉别人一把的好人，连一只猫掉到河沟里，他都跳下去把它救出来。如果二饼还活着，一定不会恨他的。

我也这么想。

今天天气特别好，不停院子里的花也开得生机勃勃，春光美妙得让人想吟诗。

敖炽弄了个软垫摆在院子当中，躺成个难看的大字，在阳光下睡得口水横流。

我泡了一杯茶，坐在新买的藤椅上看书。

突然，未知鬼叫着跑出来，手里捏着她的鞋子追打浆糊。

我差点笑死，浆糊这个鬼东西，趁未知午睡时拿墨汁在她脸上画乌龟。

未知委屈万分地跑到我面前，哭成了大花脸，指着笑破肚皮的浆糊喊："道歉！你给我道歉！"

浆糊冲她吐舌头，就不过来。

"浆糊！"我把他喊过来，摆出一张严肃脸，"给未知道歉！"

他噘嘴："就算我道了歉，她的脸还是花了呀！"

我把他们两个抓过来，说："道歉这件事吧，看起来是为了宽慰对方，实际上，却是为了阻止你再犯同样的错误。这才是真正的歉意。"

"哦。"浆糊似懂非懂，转过身对未知道，"对不起。要不你也在我脸上画个乌龟吧。"

"瞎说！身为亲兄妹，在彼此脸上乱画你们不无聊吗？"我瞪他一眼。

"我错了……"两个小家伙低下头。

"我的意思是，你们应该去画你爸的脸……反正他现在睡得跟个猪一样，我不揭发你们就是。"

"我去拿墨汁！"

"我还有颜料！"

春天嘛，就应该多一些颜色，我嘿嘿一笑。

几片花瓣被风卷起来，正是那年年岁岁花相似的景象，至于人是不是相同，也并不太重要，起码不同的人都曾看过相同的美好。

至于年年，我没有问过他会活到哪一天，祝不了你长命百岁，但愿你天天喜乐。

【第二章】夜书

良辰美景奈何天，赏心乐事谁家院——水声淙淙，夜风阵阵，我总觉得有人在唱，一男一女，情深款款。

◉ 楔子 ◉

只要不停还在，杜撰就无法击败真相。

一 🐑

"再不吃就没了！"仅剩的一块西瓜递到我面前，敖炽吐掉一串西瓜籽儿，朝一旁努努嘴，"好不容易抢下来的。"

一旁的小桌前，满脸西瓜籽的未知生怕浆糊来抢，三口并一口地啃着西瓜，无从下手的浆糊只能冷傲地舔着西瓜皮。这是昨天胖三斤从后院摘回来的，他将那里开辟成了一块"私家菜地"，丝瓜茄子大葱土豆西红柿一样不少，这个大西瓜是他最满意的作品，个大皮薄，甜如蜜糖。我并不太清楚他是怎样把季节不同的瓜菜培育到同一个时间段成熟，好像只要他喜欢，冬天也能吃上西瓜。他说，早知今年天时如此怪异，当初就多种一些西瓜了。

清明刚过不久，四月底不到五月的天气，俨然已是酷暑，明明该多雨的季节，却起码有十来天不见半颗雨水。热，没有一丝风，窗外的花叶纹丝不动，连池塘里的水位都低了许多，阿灯露着脊背，无聊地在水里追青蛙。

"鬼地方，没电没空调。"敖炽敞开花衬衫，扯起衣襟扇风，"洗澡都不畅快。没网没电视，一丁点娱乐活动都没有！"

"所以你有大把时间滚去赚钱！"我赏了他一记白眼，"自己数数，这半个月你又吓跑了多少客人！"

"找假牙这种事你能忍我不能忍，那死老头子不会再去订做一副吗！"他愤愤道，"我只是把他拎出去没踢出去已经够尊老了！"我吐出一颗西瓜籽："可我们现在的不停就是帮人找东西，客人有任何要求……"

啪一声响，衣柜门被推开，信龙哥哥探出昏昏欲睡的脑袋吼道："还让不让我睡午觉了？！"

"你明明可以跟你弟弟一起出门逛街，是你自己懒，非要宅在衣柜里！"我扭头骂回去。

"没钱逛什么街！你发工钱给我们了吗！"信龙又骂回来，"连个豪宅都没有，只能睡个破衣柜！"

"你一个瞎子要什么豪宅！""我能聆听豪宅深处蕴藏的天籁！""滚……"

砰，衣柜门又合上了。

在这种炎热干旱，生意又清淡的日子里，大家都挺无聊的。整个不停只有信龙弟弟还保持着活泼度，自打兄弟重逢，我跟敖炽再不需要它们为我们当手机之后，突然拥有了大把闲暇的它们，一个就整天窝在衣柜里睡觉，一个就成天看不到影子。听胖三斤说，信龙弟弟每天都跑出去参观市容，总是很晚才回来，而且一定是哼着小曲儿的。又瞎又没钱还能玩得这么开心，也是人才。

啃完西瓜，感觉稍微有了些凉意，我看着窗外炽热的景色，说："时间真慢。"

"在这儿呆烦了？"敖炽挑眉，"如果你想现在走，我也不介意想想办法。"

"你又在打什么馊主意？"我瞪他，"说好了一年，那就是一年，哪怕鱼门国变成无间地狱，我也会在这里留到我该走的那一天。何况，我现在挺喜欢这儿，跟我们的世界并无区别。"敖炽收起玩笑的神情，认真道："就因为这里看起来太好了，我才觉得危险。"

"有你在，我们母子会有危险？！"我笑。

"这倒是实话。"他摆出受到称赞后的讨打表情，"那就继续玩下去吧，一年期满，我要那些家伙好看！"

"我只想一家人安安稳稳回忘川，每天都能吃到赵公子做的饭，听纸片儿的八卦，听路过的妖怪说故事。"一说起这些简单的希望，我的眼睛里就会漫出笑意，"还要惩治那些来店里吃白食的！也不知九厮那厮怎样了，咱们还在东海时就跟他失去联络了。"

"他又不是第一次失踪了。再说那种老光棍需要担心吗？"敖炽冷哼，"还不就是跑哪个犄角旮旯追妹子去了，追汉子也有可能……"

"去去！他不是说他早有未婚妻了么！"我捶了他一拳，"反正我觉得不妥当。不过你说的也有道理，以他的资质跟不要脸程度，好像没什么事会难住他……"

"本来就是。"敖炽耷拉下眼皮，拿过一把蒲扇使劲扇，"热死了！"

"要是子淼在就没问题了。"我脱口而出。

因为这句话，敖炽跟我展开了长达一个钟头的辩论赛，核心内容是他其实也会降雨只是不太熟练，但肯定不比子淼差。我说你们东海龙族擅长的是搬运水源，得从一片水域吸够了水才能到另一个地方降雨，就算你们也可以靠自身能力制造水源，但也治标不治本，不能从根本上改变天气状况。敖炽说不过我，恨恨地用一句"他再厉害不也翘辫子了吗！"收尾。

曾经不能说不能想的子淼，不知何时起，变成了我们之间再平常不过的话题，时间的强大，无非如此。

"滚去把洗好的衣服拿出来晒！"我踢了他一脚。

"那是娘娘腔干的事儿！"

"你不要把什么事都扔给胖三斤！"

"去就去！"敖炽边走边嘀咕，"再这么热下去，那些人走在街上都会自燃……"

二 ✿

真是个乌鸦嘴！

在敖炽说完那句话的第二天，东坊着火了。

入夜不久便听到外头远远传来惊叫与锣声，那时我正跟敖炽坐在顶楼上喝茶乘凉，忽然一阵火光亮在西面不远处。这鬼天气，入夜后的温度也没有降低半分，即便隔着几条街，也能感到扑面而来的热浪。

我最怕火了。

我跟敖炽用最快速度赶到起火的宅子前，火势正盛，附近的人们正源源不断赶来，最先到的人提着水桶抱着脸盆，手忙脚乱地往火场里泼，现场一片混乱。

"我的儿啊！他还在里头啊！"一个年轻妇人拼命要往火里冲，被身边的男子拦腰抱住，他疯了般喊："进不得进不得啊！我去！"

旁人赶紧将这对男女拦住："火这么大，你们进去也是个死！"

敖炽见状，拉着我退到一个没人看到的死角，化成一道紫光，闪电般冲入火海，我连一句小心点都来不及说。片刻之后，他脸上沾着黑灰，抱着个吓傻了的小男娃出现："孩子放这儿，咱们继续扮路人吧。"

旁边，熊熊大火像是受了遏制，渐渐熄灭了。

"你手怎么了？"我盯着他的右手背，一道血痕。

他抬手看了看，不以为然："肯定是刚刚一拳把塌下来的横梁打碎时弄伤的。"他摸了摸孩子的脑袋，笑，"这孩子也是聪明，居然跳到水缸里躲着，不过幸亏里头只有半缸水，否则不烧死也淹死了。"

"你就不能少用点蛮力？"我看那伤口还挺深，里头还扎着木刺，说不心疼也是假的。"哪管得了那么多。"敖炽撇撇嘴，拉起我没事人一样融进了人群里。

很快，有人发现了孩子，通知了那对要死要活的夫妻，大悲大喜的父母，抱着捡回性命的儿子又哭又笑。没人去追究孩子是怎么出来的，大家都以为火势突然减弱直到熄灭的原因是泼进去的水起了作用。总之没有人死也没有人受伤，那就是大喜事。

房子是没救了，连光架子都没留下多少。

"我说如意他娘啊，你们在家里放了啥啊？这火噌一下便燃起老高，连个前奏都没有，可吓死我们了。"一个壮汉擦着脸上的汗水，心有余悸道，"以后可要留点神了！幸好井口离咱们不远，不然今晚遭殃的怕不止你一户。"孩子母亲急忙道："我家什么都没有放啊！又不是火药作坊，又不是油粮铺子，我心里也奇怪啊！"

"就是就是，本来好好的，我们只是去打水给孩子洗澡，前脚出门，后脚就烧起来了！"孩子爹也一脸委屈，"我们真的什么都没干，出门时我可是连孩子房里的油灯都吹灭了！"

众人一时议论纷纷，有人说："该不是近日天气燥热，惹来天火烧屋吧？"

"要是天火来袭，咱们半个东坊都会化成灰烬吧，怎可能只烧这一间？我看哪，可能是妖物作祟。"

"真有妖怪啊？""当然有啊！"

这时，旁边又一阵喧闹，七八个年轻人，有几个脸上还勾眉画眼，留着来不及卸掉的戏妆，正闹腾着把几口大木箱以及一堆戏服行头搬回火场隔壁的园子里，我看那扇青砖拱门上用朱漆填刻着"绕梁"二字。

"都利索点！"一个年近四旬的高胖男人匆匆从拱门里跳出来，一身暗蓝绣铜钱纹的绸衫，像个有钱的小老板，他一边指挥着年轻人搬东西，一边责怪，"年纪轻轻的比谁都怕死！都说了莫慌莫慌，哪有那么容易就烧过来！看看看！戏服都弄皱了！"

一个年轻后生道："班主，火那么猛，谁敢担保不会殃及四邻，熄得快是我们运道好，再多烧一会儿，咱们凤鸣班的家底可就都没啦！"胖班主往后生脑袋上敲了一记，骂道："你练功能有耍嘴皮子一半勤快，我就是运道好！有你们这群猴子，真不知我凤鸣班还能撑到几时！还不给我把东西搬回去！"

后生嘻嘻一笑，边搬箱子边道："有大师姐在，凤鸣班自然千秋万世，叫好叫座，班主您就别瞎操心了。"

"大师姐能保你们一辈子么！"后生后脑勺上又挨了一下，胖班主愤愤道，"不思进取！哎，丁香把箱子抱稳，里头可是你大师姐最喜欢的头面，小心点！"说着他又跑到一个抱着木匣子的小姑娘面前，叮嘱她小心。

一个戏班子？

家当刚刚搬完，人群里匆匆走出几个穿着体面的公子，班主见了他们，立刻满脸堆笑打躬作揖。

"冯班主，一切可还安好吧？"其中一个灰衫公子很是担忧地询问，边问还边往那扇拱门里瞧。其余两个公子也是相同神情，一边慰问一边朝拱门里瞅。

"卢公子宽心，凤鸣班一切安好。"冯班主赶紧道，说着又善解人意地补充一句，"夜书也好，并未受到惊吓。"公子们这才放了心，松了口气道："我们见绕梁园这边起了火，赶紧过来，实在担心得很。"

"几位放心，纵然天上下刀子，我们该几时登台仍旧几时登台。"冯班主心知这几位在担心什么，忙不迭地保证，说着还扯起嗓子朝拱门里喊："夜书！卢公子他们来探你，你且出来见见吧。"

不多时，空气里拂来沁人心脾的兰麝香气，由淡转浓，伴着由远及近的细致脚步，一个清澈婉转的女声自拱门后传来："多谢几位公子记挂，夜书一切皆好，还请几位公子早些归家歇息。"

因为光线与角度的缘故，我看不到拱门后的人，只看见一只雪白纤细的玉手自门中探出，优雅地做了个"请"的姿势。

有些女人，就算只露一只手，也足够颠倒众生。所谓吸引力，无需刻意便能打你个措手不及。就在我们愣神时，脚步远去，香气飘散，公子们脸上的痴笑变成淡淡的失落，依依不舍地告辞离去。看着他们的背影，冯班主长长吁了口气，摇摇头，转身进门。

我走上前，打量着紧闭的拱门，随便抓了个过路的大叔："请问'绕梁'是什么地方？"

"绕梁园里是个有年月的戏台子，还有可供休息的房间，外地来的戏班子通常都住这里。"大叔说得口沫横飞，"这凤鸣班可是数一数二的，尤其是当家花旦丽夜书，不知多少人拜倒在她的金嗓子下，她唱的《牡丹亭》可是一绝呢！他们上个月来了东坊，戏迷们得了消息，高兴得跟过节似的。"大叔说着说着，打量了我跟敖炽一眼，咳嗽几声道，"看你们这装扮，多半是刚从北坊来的吧，那边的人常穿得怪气，听说比起听戏他们更爱打架。难怪你们不知凤鸣班，不知丽夜书。"

咦，感觉好像被歧视了？！

"神经病！听戏不都是老头老太才热爱的事儿吗！"敖炽对着大叔的背影呸呸呸。

"这就是他们唯一的娱乐呀。"我提醒他，又看了看那"绕梁"二字，"名字倒取得贴切，要不咱们哪天也找个时间来听他们唱戏？"

"不去！"敖炽皱眉，"我会睡着的。"

"不想见见那个什么……丽夜书？"我坏笑着碰了碰他，"刚刚你不是流着口水说人家的手好看吗？"

"现在讨论这个合适吗？人家隔壁刚刚火灾啊！"敖炽戳我的脑袋。我打开他的手："人没事，房子烧再多也能重建起来。所以我现在心情还满好的。"

"什么鬼逻辑……"敖炽转了转眼珠，"那你拿钱买票！我的钱昨天给未知买糖葫芦了！"

"滚！你明明是拿去买什么奖券然后一个钱都没中！浆糊去买梅子干时都看见了！"

"……我要跟他谈谈。"

我收起想打死他的心，左右看了看，却没看到有卖戏票的地方，我走到拱门前敲门。刚刚那个被班主敲头的后生开了门，问我："啥事？"

"想请问一下贵班下一场戏几时开锣？何处可购买戏票？"我满脸笑容道。后生挠挠头："后天入夜之后，咱们戏班都是在入夜后开锣，而且后天的戏票已经售罄。哦不对，之后十场的票都售罄喽，我们一个月只演三场，十场之后便要离开东坊去别处，你们要赏戏的话，恐怕只能到咱们下一个登场地买票啦。"

"这么紧俏？"我挑眉。

后生得意起来："也只咱们凤鸣班能有这光景，丽夜书的大名一摆出去，真真一票难求。抱歉啦。"

"好吧，那只能有缘再见了。"我笑着告辞。大门关上，敖炽又翻白眼："专家门诊都没这么高冷吧！还一个月只演三场……追着看的人也是无聊透了。"

话音未落，一阵急促的马蹄声从街道另一端传来。

高头大马停在与绕梁园一墙之隔的火灾现场前，容貌端丽的白衫女子利落下马，走到尚未散去的人群中，取下一块金光浮动的腰牌亮在众人面前，一只造型精美的貔貅口叼铜钱，霸气伏于腰牌顶端，一排水波花纹衔于底部，秀美又不失刚劲的"天衣侯府"四字端刻正中。

"侯爷听闻此处走水，特遣我来照应，谁是屋主赵明福？"女子收起腰牌，环顾四周。

"我，是我！"那男人一手搀着妻子，一手抱着孩子，怯怯走到女子面前。

夜书

037

"屋主赵明福，三十有二，娶妻韩氏，二十有八，育有一子名如意，四岁三个月。"女子不慌不忙道，"可正确？"夫妇俩对视一眼，点头。

"莫怕，我只是循例核实尔等身份。"女子笑笑，取了一个金纸制成的信封递给他们，"里头是天衣侯府出具的银票，四坊通兑，数目足够你们另觅新居。"

夫妇俩面面相觑，不敢接，嗫嚅道："这位姑娘，此宅乃是在下祖屋，虽不幸被毁，但我们还是希望在此地重建家园……"他话没说完，已被女子打断："侯爷说走，你们便走，并没有商量的余地。若你们执意留下，后果自负。"

两口子脸都吓白了，旁人也纷纷劝道："天衣侯府惹不起啊，且他们送钱给你另寻家宅，这是盼都盼不来的好事，你们还扭捏什么？拿了钱去过好日子啊！"

一番犹豫后，夫妇俩只得接过那金灿灿的信封，哆嗦道："谢侯爷！"

"只要家里人齐齐整整，哪里不能生活。"女子笑着摸了摸孩子的脸，"侯爷是为你们好。"

夫妇俩不敢再搭腔，只是默默点点头。

这白衫女子，我们是见过的，天衣侯府中替我们引路倒茶，又奉上天衣金笺的侍女。

她显然一早就发现了躲在人群中的我们，径直走上来，朝我们微一躬身："侯府一别，多日不见，老板娘可还安好？"说着，她又瞟了一眼敖炽手背上的伤，笑："大火未得殃及四邻，也是劳二位费心了。"

"你们天衣侯府的动作也真快，东坊的房子烧了，烟都还没散，你们南坊的侯爷便知道了，你也就到了。"我笑道，"上次匆匆一别，未请教姑娘芳名，与侯爷又是什么关系？"

"侯爷赐名霜官，侯府中寻常侍女罢了。"她笑道，"凡与四坊民生相关之事，都是我天衣侯府管辖范围，今日既有百姓屋舍被毁，天衣侯府循例是要来查验。霜官尚有些琐事要办，得闲再与老板娘话家常。"

"请便。"我点点头。

言毕，霜官回头遣散人群，行事言语十分老练。

敖炽将我拉到一旁："以前老百姓遭了灾，天衣侯府都会来送温暖么？"

"我怎么知道，我就比你早来几个月罢了！"我白他一眼，"就我印象中，倒是没见过这样的事，当初因为蟾宫路的事儿，好些民居也遭了损毁，也没见天衣侯送钱来补贴。或是他送了，但是我不知道？"

"切，照你这么说，这鱼门国岂不是没有穷人了？反正只要生计上出了问题，就有天衣侯出来救济？"敖炽脸上跳出一百个不相信。我皱眉："正因为不可能，我才奇怪为何他独独对这起火灾这么重视。"

敖炽看着身后那片余烟袅袅的残垣断壁，说："刚刚我进火场的时候，发现一件有趣的事。"

"怎么了？"

"一间这么大的宅子遭了火灾，不管火势多大后果多坏，也一定是先从某个部分烧起来，再蔓延开去。"敖炽认真道，"可从我们亲眼看到这宅子起火，到我们赶过来救人，不过片刻工夫，这宅子却烧得十分均匀。"

"你意思是，这不是普通火灾，而是像有人拿一把巨大的火焰喷射器，把整个宅子瞬间卷入火海？"我试着打了个比方。

"没错。房屋所有部分都是在同个时间燃烧起来的，就像一股火海涌来，瞬间吞没。就算事先把整个宅子泼满汽油，要同时燃烧，也得好几个人站在不同房间跟位置同时点火。"敖炽继续道，"那家人也说过，他们不过寻常人家，家中也没有储备危险品。"

"一股火海涌来……"我打量着夜色下的废墟，路人甲们刚刚的议论在耳畔回响——

"我看哪，可能是妖物作祟！"

敖炽思索片刻，看向霜官玲珑婀娜的背影，嘴角一扬："咱们得晚点回家了。"

三

天上没有一丝云，月亮比任何时候都圆，氤着淡淡的、被烧红了似的颜色。

已到凌晨，温度不降反升。人群早已散去，当事人夫妇也带着孩子去了客栈，走过的野猫也悄无声息。

火场里，霜官缓步行走，手里捏着一个小小的无色琉璃瓶，每走三步便从瓶子里倒一滴水下来。

"霜官姑娘行进的路线，似乎是在画一个看不见的符咒呢。"我自她背后现了身形，笑嘻嘻地说。

"这么加班加点地工作，必须让你们侯爷给你加工钱！"敖炽挡到她面前。对于我俩的前后截击，她短暂的诧异立刻被释然的笑容取代："侯爷说，老板娘两口子定是极爱管闲事的人，来前侯爷也曾叮嘱，若遇你们插手，也随你们高兴便好。"

"你家侯爷深居简出，倒也不耽搁体察民情，连人家今年多大生了几个孩子都一清二楚。恐怕连我家今天吃了多少西瓜他都能数出来吧？"我现在更确定我这个所谓的下属的情报局头子属性，我佩服他庞大低调的情报网，以及对事态发展的准确把握，不过，一切都在对方意料之中这种感觉，我并不喜欢。

敖炽冷笑："照你家侯爷这特务性子，该不会连我洗澡都要监视吧？告诉他，偷看我可以，但是敢偷看我老婆孩子，我就拆了他那座狗屁的近水楼台！"

霜官掩口一笑，道："侯爷心系四坊民生，唯愿百姓平安康乐，非礼勿视，非礼勿听，君子也。老板娘夫君多虑了。"

"既是君子，又何必躲躲藏藏。"敖炽不屑。

霜官笑而不答。

"你留下来究竟所为何事？"我盯着她手里的琉璃瓶。

"侯爷说，万一遇到你们，此事也不必隐瞒。"霜官的神色严肃起来，"此地疑有魃，不除恐有大患。"

"魃？！"我跟敖炽同时脱口而出。

霜官点头。

"心性暴虐，吞风卷水，所过之处，赤地千里……"我眉头深锁，"你说的，可是有妖中恶鬼之称的'魃'？"

"正是。"霜官又道，"失火的消息送至侯府时，自火场中取来的土与焦木也一并附上，侯爷见了，说土泛赤色，木透殷红，疑为魃，着我即刻赶来。"

"负责送消息的人，速度倒是奇快。"我看着霜官镇定的脸。"既是为侯府办事，速度是必须的。"霜官微笑，"想必老板娘对下属的要求也是相同。"

"我只替人寻找失物，监视他人我没兴趣。"

"不可能！"一直沉默的敖炽突然打断我们，"早在千年前，东海龙族便联手天界诸神将魃这种恶物剿灭殆尽，之后再未闻其踪迹。你家侯爷搞错了吧？"

"侯爷也只是说'疑有'，但他能做出这般推断，多少也是有根据的吧。"霜官举起手里的瓶子，"为防万一，侯爷嘱我置伏火印于火场，若真有魃作乱，可暂起阻隔之用，防止邪火以此为起点，蔓延成祸。你们既知魃这种妖物，也该知它所过之处皆有火灾大旱，一旦它妖性大发惹起第一场火，若不及时阻止，不消十天半月，方圆百里皆成火海，大患！"

"但愿是你们搞错了，不然会很麻烦。"敖炽蹲下来，抓了一把焦土在手里，借着朦胧月色细细查看，土中确实泛着一股隐隐的红气，他皱眉，"我听闻当年与魃的一场恶战，龙族与天界虽胜出，但也损失惨重。这种妖物放火的本事太厉害，一旦被它们的火沾上，世上寻常的灭火方式均无法扑灭，物成灰，人成灰，它们的终极目的大概就是烧尽整个世界。"

其实我也老早听闻过"魃"的大名，子淼也曾说过，魃是最难对付的妖怪之一。但魉究竟长什么模样，却没有个统一说法，有人说像猴子，有人说像狗，还有说像美男的，但皆因这种妖物早已罕见于世而得不到印证，随着时间流逝，关于魉的一切资料也越来越少，许多人连魉的名字都没听过。

但是，我又看了看眼前的废墟，总觉得哪里不对。

"还是不对。"敖炽将手中的土扔掉，"如果真是魉，你们觉得我还可能从火场里救出那个娃娃么？早就烧得渣都不剩了。还有，我可是随便用了点灵力便将火势压住了。"

此言一出，三人面面相觑。

"可是，土见赤色，又烧得如此均匀，除了魉，还有谁？"霜官皱起柳叶眉，"何况，侯爷神机妙算，应该是不会出错的。"

"你家侯爷既如此厉害，何不直接算出魉在何处，一举歼灭？"我揶揄道。霜官笑笑："侯爷说万事万物，岂能尽在掌控。善缘孽缘，也都要靠个缘字。他只是掌管民生事务的天衣侯，并非无所不能的神。何况，就算是神，也难以无所不能吧。"

我耸耸肩："所以他把找出魉的任务扔给你了？"

"正是。"霜官突然笑得顽皮，"但侯爷也说了，若我觉得难以胜任，不妨在布好伏火印后去一趟不停，所需费用，由天衣侯府一力承担。"

我眼睛唰一下亮了："那你的意思是？"

"寻人之事，老板娘比我擅长。我宁可选择花钱消灾。"她笑，随手摸出一张金笺给我，"听闻老板娘挚爱黄金，这是五百两黄金，老板娘可自行往四坊里各间银号去兑领金条。若能寻得此妖，另有五百两黄金作酬。"

一把火就给我送一千两黄金来……天衣侯府，果然富可敌国，随便给给就是千两黄金。

"那么，老板娘的意思是……"

"成交！"敖炽赶紧拍胸口，然后立刻转向我，"一人一半！"霜官松了口气："如此大好，我真怕你们因为魉的缘故不愿接这生意，我这人粗心，平日里丢的戒指朱钗不计其数，没有一件寻回来的。"

"霜官姑娘谦虚了。"我笑，"在天衣侯府任职的人，没有真正粗心的。"

"老板娘谬赞。"霜官朝我们微一躬身，"伏火印一出，最多可保一月平安，余下的事情就拜托了。"

说罢，她又走几步，将瓶子里的水洒尽之后，转身出了废墟，跨马扬鞭，很快消失在夜色里。来得突然，走得爽快，活像个来去自由的幽灵。

"我看，就算我们今天不在现场，她也会来不停找我们的。"敖炽拍拍身上的尘土，

"她的主子一开始就打定主意要我们出手了。可见你这个下属还是有自己办不了的事。"

"管他呢，谁给得起金子我就帮谁的忙。"我高高兴兴地把金笺收好，又抬头环顾四周，"火场在此，若因魃而起，那这只魃应该就在附近。"

正在这时，一阵婉转优美的唱腔从隔壁的绕梁园中徐徐而来——"原来姹紫嫣红开遍，似这般都付与断井颓垣。良辰美景奈何天，赏心乐事谁家院。"

我很少听戏，分辨不出这是京剧还是昆曲，只觉字正腔圆，气韵醇厚，更有以情带声之意，连我这不懂戏曲的人也觉得五脏六腑都被这里头的每个唱词给熨了一遍，淡淡的忧思与牵念，从心底深处一点点被牵扯出来。敖炽缩了缩脖子，说："凌晨吊嗓子，要是在我隔壁我非打死她不可。"

"挺好听的。"我看着绕梁园高高的围墙，"这个凤鸣班有意思，若是旁人见邻居家被烧成那样，哪里能这么镇定。偏那班主就像知道隔壁的火烧不过来似的，不慌不忙。"

"还有只露手不露脸的大师姐，也镇定得不像个活人。"敖炽摸着下巴。

动人的唱腔还在继续，唱词与此刻的景象也是出奇的般配，我站在绕梁园门前，四周依然燥热，但某个瞬间，我偏偏觉得有一股阴寒之气，从门缝里挤出来……

四 ❧

回到不停，已是天光微明，一路上我跟敖炽商量好了，要用最不动声色的方式接近凤鸣班，既买不到戏票，那就只好从那几位狂热粉丝手里直接抢了，这种事是敖炽的强项。

胖三斤听见动静，打着呵欠走出来："回来得好晚。要不我直接做早饭了？"我这才觉得肚饿难忍，说："我要吃你前天做的肉馅脆皮烧饼！三个！"

"我也要三个！"敖炽一屁股坐到椅子上，瞪着我，"你最近越来越能吃了，都赶上我的食量了。"

"能吃是福。"我瞪回去。都说心情影响食欲，我把这一切都归结于敖炽回到我身边的缘故。万幸虽然饭量大涨，但身材没变，这一点太让人羡慕！

"啊！"胖三斤突然一拍脑袋，"忘了件事！"他匆匆忙忙跑出去，拿了一个信封回来，"瞧我这记性！这是前晚有人送来给你们的，当时你们俩出去散步了，我收起来后竟忘了。"

接过信封拆开，两张印着凤凰图案的纸券露出来，正中写着"凤鸣"二字，右下角落着后天的日期，背面用篆字印着"牡丹亭·丽夜书"，旁边画了一枝清俊的梅花，简简单单，毫无累赘，似是戏票。抽出第二张戏票，背面的梅花下头却多了两行蝇头小楷——"寻人心切，请至朝云街绕梁园一见。丽夜书。"

敖炽将戏票反复看了几遍，疑惑道："这么巧？不停的名气已经大到连一个外来的戏班子都知道？"

"你要是对客人的态度好一些，不停的名气会更大。"我把戏票抢过来，"怎么，不敢去见传说中的大师姐？怕被美人勾了魂？"

"该害怕的是你吧，万一我被勾了魂，喜新厌旧，你下半辈子咋过？"敖炽冷哼，"人家可是连一只手都风情万种呢，哪像你，除了赚钱就是吃！还动不动就虐待我！"

"你要是看上别人了，走就是。"我打了个呵欠，"我去睡会儿，你自己玩儿。"走了几步，我又停下，回头笑眯眯地看着他："要是以后我也新人胜旧人了，麻烦你也自觉点。"

"你敢！""我一个老妖怪，有什么不敢的。"

"站住！你是不是已经看上谁了？姓聂的还是姓唐的？要不就是家里的娘娘腔？"

胖三斤从大门外冒个脑袋出来："敖大爷，我始终是有尊严的！"

"你不做饭在这儿偷听什么！"

"你声音那么大，我不需要偷听……"

如你所见，多了敖炽的不停，任何时段都很热闹。

大概疲倦过度，我反而了无睡意，摸摸浆糊的睡脸，又替睡相极差的未知盖好踢下来的薄被，窗外的鸟鸣已稀稀落落地响起来，我坐到窗前，淡淡的晨曦穿过我手里的两张戏票，背面那枝梅花生动得像要从纸上落下来，似乎还有一丝细细的香，从花瓣里飘出来，穿过空间的限制，落入我的呼吸……

五

"原来姹紫嫣红开遍，似这般都付与断井颓垣。"

小小一方庭院，细雪飞扬，红梅正盛，假山下已结冰的水池边上，绿裙素面的年轻姑娘正扯着一方手帕，柳腰轻摆，巧笑倩兮，边练嗓子边练身段，身旁的石桌上，摆着一本略微泛黄的册子，"牡丹亭记全本"六字端端正正写在封面，几片梅花瓣散在上头，红得可爱。纵无华服粉黛，也是个清丽佳人，举手投足，眼波流转，又有落雪红梅为衬，却也美成了一幅画。

"良辰美景奈何天，赏心乐事……哎呀，谁！"

一个从墙头跳进来的人，不但砸碎了墙边的花盆，压死了好几株无辜的植物，也惊吓了她。白衣黑发的年轻公子，嘴角挂着未干的血迹，身上的袍子也沾满污泥，连脚上的鞋子都少了一只，十分狼狈。

她捂住嘴，竭力不让自己尖叫，小心翼翼靠过去，问："是贼么？"公子一阵咳嗽，坐起来抬头看她，哭笑不得："贼不会在白天翻墙入室。"

"哦。"她松了口气，马上又紧张起来，"那你是什么？"话音未落，她脸色急变，指着公子的耳朵，"你你你……你的耳朵……耳朵……"

公子眉头一皱，摸了摸自己的耳朵，咬牙道："臭道士，伤我真元。"一对雪白毛茸的狐耳，渐渐现出。

她连退三步，慌张地差点跌倒，结巴道："你……你是猫？不不，是狐狸精？"公子费力地站起来，捂住右胸上一道深深的剑伤，沾染在上头的血，比枝头红梅还艳丽。"你别过来……我会喊人的！"她脚软，一屁股坐在积雪斑驳的地上，"别吃我，我不好吃！"

公子走到她面前，伸出染血的手，挤出笑容："我吃素的。起来，地上凉。"她呆看着他，不敢伸手，说："你……你真是狐狸精？"

"有人想将我开膛剖腹，取我内丹，姑娘，可否施以援手，救我一命？"他直视她的眼睛，言辞恳切。

"可我只会唱戏不会打架，我救不了你的！"她慌忙摆手。他煞白的嘴唇微微翘起："不用你打架，只求你将我藏起来，躲过这群歹人，我自然一切安好。"

"可是，我们凤鸣班里没有地方可以藏你啊……"她又怕又愁，"我的房间很小，藏不住你的，被班主发现就麻烦了！再说我们过几日就要离开此处，我……"

他伸出食指轻轻摁住她的嘴："我知道一个藏身之处，但只有你能替我引路，你可愿意？"

她小心翼翼地挪开他的手指："你真不吃我？"

他笑着摇头。她松了口气，说："好，那你告诉我，你要去哪里，我带你去便是，但不能离这里太远啊，我还要赶回来练功，后天还要登台。"

他的目光落到那本册子上，问："你是梨园中人？"

她点头。

"常唱哪一出？""牡丹亭。""杜丽娘？""是。"

他端详着她的脸："扮相定然很好。"

"我喜欢唱这出戏……"她答非所问地垂下眼睛，长睫毛挡住了视线，她还是不太敢正视一只妖怪，虽然这只妖怪长得也并不太吓人，客观说，他的模样还很好看，凤眼高鼻，线条优美，即便受了伤脸色不好，也未得折损多少姿容。听人说狐妖变的男女，都貌美之极，原来是真的。

他伸出手："我们走吧，能扶我一把么？"

她犹豫片刻，起身将那本唱词抱在心口，另一手轻轻抓住了他的指尖。

"这本唱词很要紧？"他笑看她仿佛抱着绝世珍宝的模样。"我娘留下的。"她低声道。

"你的手真热。"他抓紧她的手，缓缓朝前走。

"你的手真冷。"她垂着头，看着自己的脚尖，随着彼此体温在手中的传递，她高悬的心渐渐放下，起初的恐惧也像融雪一样化开。

她觉得，他们只是走出了后院，吱呀一声，北角那扇破破烂烂的后门被他推开，清甜冷冽的香气扑鼻而来，一大片雪地上，寒梅盛开，小小一座木屋隐于梅林之中，秀雅精致。

"啊？我竟从不知后院之后有这样一处梅林。"她张大眼睛，神情欣喜。

"就是这里了。"他松开她的手，笑，"我可以在此安心养伤了。"

忽然，雪花大片大片落下，天地一片寂静，只有红白二色相映成趣，她抑制不住内心的兴奋，抓起一把雪往天上撒："好大的雪！好冷的天儿，真好！"

他笑看着她："你喜欢冬天？"

"嗯！"她用力点头，"冬天我才能做许多事。"

他笑："做事还挑季节么？"她神情略略黯然，也不再有心思玩雪，说："我该回去了。"

"门在那里。"他指了个方向。她默默走了几步，回头："你不会死在这里吧？我看你的伤口好深。"

"休养一段时间自会痊愈。你快回去吧。"他朝她挥挥手。她转身，走了几步又停下，又回头："你既然不吃人，他们为什么要杀你？"

他吸了口气，笑："因为我是妖怪。"

她愣了愣，什么也没说，转身离开。

"谢谢你。我会去看你的。"他的声音越来越远。

又是吱呀一声，她推开那扇破门，眼前仍是那座班主临时租来的庭院，然而并没有落雪，地上还是像之前那样积雪斑驳。明明没有走多远，身子却疲累起来，她坐下来靠在墙边歇息，揉着大概被雪风吹疼了的脑袋。

"夜书！"班主从旁边的回廊里走出来。她一下子坐直了身子，慌慌地应了一声。班主打量着她："处处寻你不着。你不是在后院练功么？"

"练得乏了，四处走走。"她起身搪塞道。

"回去吃饭吧。"

"嗯。"临走前，她又回头看了一眼那扇门。

六

他果然有妖法。

她鼓起勇气去找他，可推开那扇破门，迎面却只有泥泞曲折的小路，对面还坐着一位摘菜的老太太。雪地，梅林，木屋，无迹可寻。

她微微有些失落，一只狐妖，突然闯进她的世界，又突然消失了。她的生活还是没有任何改变，每天练功练嗓，在定好的日子登台献艺，她是凤鸣班最红的台柱最好的花旦，丽夜书，也是最受戏迷欢迎的"杜丽娘"，与她搭戏的"柳梦梅"已经换了好几个，可那并不重要，反正台下最热烈的掌声，最青睐的目光，都是只给她一人的。她喜欢自己的职业，再简陋的舞台，她也能光彩照人，也只有在舞台上，她觉得自己是被世界善意相待的。

冬天，她的演出场次会很频繁，隔两三天便有一场，而夏天，大概一个月顶多一场。

这些都是班主的意思，他姓冯，她刚刚认识他时，他还是个不到三十的青年，能用一枚绣花针取一个人，或者妖的性命。但现在，他是一个圆润敦实、小腹微凸的中年男人，带领一个戏班子，走南闯北，赚回来的钱，一点血腥都不带。

认识班主之前，她跟着母亲生活，她家的院子离一座和尚庙很近，附近也没有多少邻居。

母亲喜欢唱戏，每天捧着一本发黄的《牡丹亭记全本》，反复地看，反复地唱。家中的小院里种满梅花，那是母亲唯一喜欢的花，她喜欢跟冬天有关的一切。每到夏天，母亲就足不出户，屋子里有一口大水缸，一入夏她就把水缸注满水，然后几乎不吃不喝地呆在里头，睡一整个夏天。

对父亲，她没有任何印象。这个男人自她记事起，就没有出现过。母女俩的生活很清苦，没有什么朋友，但因为母亲那张年轻好看的脸，来滋扰的狂蜂浪蝶倒是常常出现。她记得最清楚的是一个瘦成杆子的男人，左脸上的痣还长着长毛，他常常躲在母亲去洗衣服的小路上对其动手动脚，被母亲斥责之后不但不收敛，反而变本加厉，有一次竟还拿了几块糖来诱她，让她跟他回家做他女儿。母亲赶来时，气得直哆嗦。

那天，母亲让她自己先回家里，她跟那男人一道，往旁边的树林中去了。一盏茶的时间后，母亲独自回来，她有些害怕，想上去抱母亲，却被她一把推开。她觉得肩膀那儿很疼，好像被很烫的东西碰到似的，母亲的手，刚刚正碰到她的肩膀。

母亲在水缸里呆了整夜，第二天才像往常一样，给她梳头做饭。从那天之后，那个男人再没出现过。不光是他，所有对她们母女不怀好意的人，都渐渐没了踪迹。她问母亲，为何要住在和尚庙附近，他们每天都要敲钟，好吵啊。母亲摸着她的头说，这里安全。

安全吗？如果安全，他又怎么会出现？

那天在下雨，很大，院子里，母亲跟他对面而立，她站在他们中间，嗅到了不安的气息。

"你以为，和尚庙的香火气就能盖住你的踪迹？"雨水顺着他棱角分明的脸孔往下滑。

"起码，得了十年安稳。"母亲微笑。

"你应承过我不杀人。"他冷冷道，"你也应承过我，会善待师兄。"母亲沉默。

"十年前，红袖楼大火，百条人命。"他抬手，指向院外竹林方向，"十年后，那里又藏下数条冤魂。你让我如何再信你？"

"你可以替他们报仇。"母亲叹了口气，"只是别当着孩子的面。"

她不太听得懂这些对话，但她突然觉得母亲会离开她，她飞跑过去，紧紧抱住母亲。他像被人刺了一刀，压抑的痛楚在眼底挣扎："我曾说过，一切只能靠你自己。可你一再破杀戒，终有一日会重归本相，届时自有别人来找你斩草除根。比我厉害的，大有人在。"他看着紧搂着母亲的她，叹息。

母亲蹲下来，抱着她，不哭不笑，许久之后，她对他说："七天后你再来吧。我的生活，我自有打算。"

雨越来越大，把所有人与物的轮廓都模糊了。

七天之后，他如约而来。也是在这天清晨，她失去了母亲的踪迹，留下来的，只有一本《牡丹亭记全本》。十岁的她，没有哭，没有闹，只抱着这本唱词，问他："我娘会回来吧？"

"如果她爱你，就不会再回来。"他蹲下来，直视她的眼睛，她跟她母亲很像，小小年纪，已是明媚动人。她的眼泪终于吧嗒吧嗒掉下来，落在唱本上。

房间内的温度突然升高，离她最近的木凳突然腾一下燃烧起来，火焰来得无凭无据。他皱眉，拂袖生风，火焰骤灭。随后，他一把摁住她的肩膀，咬牙道："盘腿坐好！"她惊慌，照做。冰凉刺骨的气流，从他的手掌流向她的天灵盖，她无法言语，不能动弹，灵魂像要被挤出去似的。

一切都结束在他吐出一口鲜血之后。她抚着心口，所有的不适都消失了。她回头，愕然看着瞬间虚弱不堪的他，一缕新生的白发飘在鬓边。

"你叫夜书是吧。"他擦去唇边血迹，费力坐起来，调匀呼吸，"你爹丽敏知，神知堂的弟子，我的师兄。"

她怯怯道："我不知我爹的名字。我没见过他。"

"你当然没有见过他。"他苦笑,"十年前,一个叫红袖楼的地方失火,火烧得太快太猛,所有人都没有逃出来,包括你爹。而那时候,你还在你娘的肚子里。"他顿了顿,在短暂的犹豫后,说,"那场火,因你娘而起。"

她茫然,惶惑,这些事,并不是她这个年纪能承担的。

"跟我走吧。"他起身,一缕白发垂在肩头,他拈起几根,自嘲地笑笑,"以后,咱们都得学着过寻常人的日子了。"

她是怕他的,但他跟那些来滋扰的人不一样,他身上没有猥琐,没有恶意。没有拒绝的立场跟勇气,她抹着眼泪站起来,抱着那本唱词,跟他走出了大门。

又是十年,她再没回去过那个和尚庙附近的家。

他组了一个戏班子,取名凤鸣班,从此天南海北讨生活。他说,你娘唱的牡丹亭,天下一绝,你虽比不了,但也勉强接近。

凤鸣班,丽夜书,在无数次粉墨登场后,渐渐广为人知。

在她真正长成一个大姑娘后,她才知道,神知堂是专门抓妖怪的地方。那个大雪纷飞的夜里,已是班主的他看着她的眼睛,说,"你娘是一只魃,你身上,流着一半妖血。"

她愣了许久,最后只是"哦"了一声。原来,妖就是她这个模样,但是,跟人又有什么区别?

"魃,身藏异热,不善加控制,赤地千里,万物成灰。千年前,魃被龙族天界联手剿灭,只有极少数幸存下来,隐藏妖力匿于人群,甚至与人结为夫妻。随着时间流逝以及血统的混杂,魃的后代们也渐渐失去了祖先们强大的能力。但它们仍有'怒火一起,百里成灰'的危险。"他看着她的脸,"你娘屡开杀戒,妖性渐浓,留在你身边,早晚害你尸骨无存。若她还保有一丝良善与理智,自当寻得极寒之地,了断残生。"

她紧紧抓住手里的唱本,指甲憋得通红:"我跟她一样对么……"她抬起头,眼睛有些发红,"是一只随时会烧死别人的妖怪?就像当年那张木凳……"

"不一样。"他摇头,"你只有她一半妖力,当年我已用尽全部修行将之封印,虽不能根除,但只要你心境平和,夏热之时打坐调息少出门,冬雪之季多受些寒气护体,便与常人无异。这几年,你做得很好。"

她沉默半晌,忽然笑了:"难怪你夏天都不让我多登台。"

他笑:"万一你唱激动了,烧了戏台子可怎么好。"

"你再也抓不了妖怪了,对不对?"她突然问,"这些年,你老了,胖了。"

"不抓就不抓,当戏班班主更赚钱。"他笑笑,低头看了看发福的肚子,"没了飞檐走壁打打杀杀的能力,说胖就胖了。"

"杀了我，杀了我娘，你本可以这样做。"她望着他。"你娘是我师兄的妻子，你就是我的师侄，没有杀自家人的道理。"他坦白道。

一时间，两人相顾无言。

"今晚雪好大，我出去走走。"她起身告退，推开门，雪花打着旋儿挤进来，她回头，"班主，你喜欢我娘，对吧。"

他微愕。她笑笑，迎雪而出。

不多时，庭院里传来优美的嗓音——则为你如花美眷，似水流年，是答儿闲寻遍，在幽闺自怜。

一遍一遍又一遍，她不知自己唱了多少遍牡丹亭，当了多少回杜丽娘。

也许，她是世间心态最好的一只妖怪？班主说了，只有心境平和，她才能安安稳稳地做一个寻常人。而她也明白了，为何母亲最爱梅花，最喜冬季，只有在这个季节，她们才能放开怀抱去跳去闹，去哭去笑，而不用担心情绪的激烈勾起妖火，伤及无辜。她们一直在被局限的命运里，寻找夹缝中的自由，与为数不多的幸福。

坐在颠簸的马车上，她不断将头伸出去看那座离自己越来越远的院落，他们的戏班又要去别处了，可是，那只狐狸直到她离开，都没来同她告别，他的伤好了么？该不会死了吧？

七

这个冬天，走到了尾巴。

她在新的落脚点里整理着行李，窗外已敲过三更，桌上的香炉里细烟成线，清冷微甜的气味飘浮于室。

"这一霎天留人便，草藉花眠。"有人突在她身后亮了嗓子，吓得她慌忙回头。"则把云鬟点，红松翠偏。"他笑吟吟地看着她，一身白袍干净如雪，狐耳也化回了人耳，好一个羡煞世人的翩翩公子。

"你来啦？"她一下子高兴起来，上下打量，"伤势可好了？"

"已无大碍，休养一年半载，自当彻底康复。"他忽然朝她躬身作揖，"夜书姑娘救命之恩，没齿不忘。"

"我也没有做什么呢。"她有些不好意思，指着凳子道，"坐吧。你一定赶了很远的路才找到这里吧。"

他坐下，笑笑："我是一只狐妖，去哪里都容易。"

049

"那些杀你的人追来了吗？"她担心道。

"他们一时半刻寻不到我。"他拍拍她的手，"放心。"

"你的手还是这么冷。"她看着他细长的手指，"狐狸都是这样么？"

"大约是动得太少，身子暖不起来吧。"他笑，"要不你教我唱戏，听说光是练身段都是极不容易的，没准唱上一出'牡丹亭'，我身子就暖了。"

她噗嗤一声笑出来："狐狸学唱戏……"

"你教是不教啊。"他佯作生气状，"瞧不起我们狐狸么？"

"不不，我教。"她赶紧点头，"不过我听你刚刚唱的那两句，也不比我们戏班的小生差啊。"

他有些得意："那便是天分了。"

"好吧，那你是唱旦角还是生角？"她打量他的脸孔，"你这模样，扮哪个都漂亮。"

"你是杜丽娘，我自然是柳梦梅。"他摆了个夸张的姿势，拖长了声音，"小姐，小生这厢有礼了！"

她一甩衣袖，娇羞一笑。暖黄的烛光下，两个秀美的人影投在墙上，声如天籁，才子佳人，一段牡丹亭记唱得有板有眼，如痴如醉，可惜没有观众，只有月色虫鸣，无声地欣赏这场难得的好戏。

天亮前，他要走，她问："狐狸，你叫什么名字？"

"梅梦柳。"他笑。

"你唬我。"她不悦，"一听就是随便编派的，人家叫柳梦梅，你就叫梅梦柳？"

"不骗你。"他特别真诚地看着她，"因为我今天才有名字，以前那些人都只管叫我妖孽或者狐狸精。"

她想了想，说："罢了罢了，梅梦柳就梅梦柳吧。"

"你快休息，我下回再来看你。"

"嗯，路上小心。"

自称梅梦柳的狐狸没有食言，之后近两年的时间里，不论他们戏班去了哪里，他都会找到她，除了跟她学戏，也会将他曾遇到过的稀奇事讲给她听，有时还会带她飞到天上，落到那些她从未见过的山清水秀的地方玩耍。她喜欢跟他在一起，觉得平静的生活多了颜色，他说的每个笑话，给她摘来的每朵山花，都是宝贝。

梅花树下，青山深处，许多地方成了他们两人专属的戏台，她想，如果可以，她愿意跟他唱一辈子牡丹亭。但一切都很保密，他总是挑四下无人的时候找来，没有人知道他的存在。

这一天，是除夕。他带着她回到最初的那片梅林，雪很大，他背她，深一脚浅一脚在雪地上行走，她摘了一枝红梅，摘下梅花来，恶作剧般插到他的发间。

"你最近是不是吃太多了，好重。"他故意一个趔趄，把她摔到软软的积雪上。

她翻身坐起，抓把雪砸他："我的腰只有一尺六！"

"哈哈。"他躲开积雪，轻盈落到她身后，伸出双臂将她裹到怀里，"冷吗？"

她摇头："我怕热不怕冷，越冷越好。"

一阵寒风吹过，殷红的花瓣从身后的梅树上飞下来，落到他们的头上，衣裳上。她握着他的手，看着不远处的木屋："要能一直住在这里就好了。"

"夜书……"他的声音有一丝黯淡，"兴许再过一个月，我就要走了。休养两年，我已经快痊愈了。"

她心下一沉，却强迫自己微笑："伤好了是好事，你还是会来看我的吧？"

"我是妖，我们不一样。"他的下巴停在她的头顶，"只有在这里，我才能这样安心地抱你，不用担心背后会不会突然冒出一把想杀死我的刀。"

"我们不一样？"她咬紧嘴唇，最终还是脱口而出，"我们一样！"他转头看她，疑惑道："你说什么？"

"我娘是一只魃。"她深吸了口气，"我身上，流着一半妖怪的血。班主牺牲修行封印了我的妖力，所以你才以为我是个真正的人。"

他诧异地松开手："你是……魃？"她转身，看着他愕然的脸，笑："你总说我的手为何那么热，魃就是这样的妖怪啊，最擅长制造高温干旱与千里赤地。"

寒风卷起雪花，打在他们的身上。

良久，他长长吐出一口气，说："你一定有过一段很不易的日子。"她笑着摇头："虽然没见过我爹，但我娘待我很好，她不在之后，班主待我也很好。"

"你爹娘都不在了？"他问。

"听说，我爹是神知堂的门徒，以抓妖杀妖为己任。但他遇到我娘。"她笑笑，"世间相爱的故事都大同小异，背叛的原因也大同小异。因为我娘，我爹被废了修行逐出神知堂。也许柴米油盐的生活跟他想象的太不一样，最初的激情与新鲜过去后，他渐渐厌倦，开始流连烟花之地，从那些女人的逢迎里寻找满足与尊严。那天，那间红袖楼突然着了大火，百条人命，无一幸免。"他皱眉："是你娘……"

她点头："她只是被反复的绝望击垮了。我爹的师弟，也就是后来的班主，他本可以杀掉我娘，但他没有，只是要她承诺，今后都不得再犯杀戒。那时，我娘已经怀孕了。"她断断续续将之后发生的一切，毫无保留地说给他听。

风雪渐渐止住，地上的积雪又厚了一层，他们坐在雪地上，四周只有梅花瓣簌簌落下的声音。

"你怕我了么？"她打破沉默，"他们都说，魃是最凶恶的妖怪。"

"不早了，我送你回去吧。"他起身，拍了拍身上的积雪。她不知道自己为什么想哭，但她忍着，利索地站起来："好的。"

一根残枝落在地上，她不小心踩上去，咔嚓一声脆响，这声音好刺耳，一直钻到了心里。

她第一次觉得冷。

八

除夕过去了整整半个月，新春伊始，万物复苏，可他再没来看过她。除了登台，她整天留在房间里，抱着那本翻旧了的唱本，把心事都说给它听，如今，也只有它是唯一长伴身边的朋友了。

"你看，他应该已经离开那里了。"她自言自语，渐渐泪流满面，"他怕我……不会再来见我。"

"良辰美景奈何天，赏心乐事谁家院……"她哽咽着唱，最后整个脸埋到自己的臂弯里，呜呜地哭。

也只有登台的时候，她觉得自己还是活着的，只是常常恍惚着把跟自己对戏的小生看成他。

那天清晨，她突然从床上坐起，脑中只得一个念头——她要去他们相遇的那个院子，她要把那片梅林找出来，她想见他，哪怕就一面，她对他没有任何要求，只想他好好跟自己道个别。她悄悄走出房间，直奔后门，连她最要紧的唱本都没有带上。

飘着薄雾的清晨，院门吱呀一声打开，衣衫单薄的她跳出去，却冷不丁被三个高大的身影挡住了去路。

"就是她了。"有人冷冷地说。

薄雾突然厚重起来，盖住了天与地，以及身在其中的一切……

"嘿！吃饭了！"肩膀上，有人拍我。

我猛然惊醒，敖炽拿着一个烧饼在我眼前晃动。

"怎么热成这样？"他见我额头上渗出细密的汗珠，赶紧替我擦去，"没事吧？"

我下意识地看向我的右手，两张戏票，还紧紧攥着。我一把抓住敖炽的手，说："我做了个很长的梦。"

"噩梦？"敖炽松了口气，"可怜的，一定是太担心我手上的伤了吧？皮外伤而已。"

"谁担心你啊！"我白他一眼，"我梦见丽夜书了。"说着，我把戏票举起来："这戏票有问题，有人在上头作了法，引我入梦。"

敖炽看出我不是在开玩笑，拿过戏票上下翻看，问："究竟梦到什么了？"

我将梦中所见所知的一切，一字不差地告诉他。

听罢，敖炽冷笑："这妖怪倒还坦白，连你的人都没看到，就抢着把她的老底都交了。这也好，省得我们麻烦了，直接去绕梁园抓人吧。"说着他又摇摇头，"不过说不定是陷阱，欲擒故纵，还是不能大意。"

"如果梦里的一切是真的，那么我们要对付的魅，已经不是传说中最凶恶的妖怪了，她母亲的血统已经不纯了，到她这儿还只有一半妖血，最后还被封印。论实力，她根本不是你我的对手。"我略一思索，"昨夜大火，只怕是有事情让她情绪激动，才动了妖火，连累隔壁邻居。她既来找我，只怕是真的有求于我。"

"也是。如果她真是一只纯粹的魅，昨夜咱们就不可能救回那个孩子，那场火也不可能只烧掉区区一间宅子。"敖炽想了想，"别瞎想了，反正人家戏票都送来了，咱们大大方方赴约就行。"

一场牡丹亭，咱们是非看不可了。

九

三天后，夜。绕梁园外，来听戏的粉丝们老早排起了长队，鱼贯而入。凤鸣班的人气确实高得离谱。

整个绕梁园的布置很简单，正中间一方搭建完好的戏台子，四周散布着大小均一的房间，整整齐齐摆在戏台前的数排长凳上，座无虚席，伴着锣声鼓点，丝竹器乐，戏台上已然造出另一个光彩照人的世界。

我跟敖炽坐在最后，无数惊艳与崇拜的目光都投到了舞台上那个长袖如云，顾盼生辉的女人身上。

"袅晴丝吹来闲庭院，摇漾春如线。停半晌、整花钿。"

就是她，哪怕脸上浓墨重彩，我也确定她就是我梦中见到的丽夜书。她行云流水地演着她的杜丽娘，台下随时都有热烈的叫好声。

可是，真正吸引我的并不是她精彩的表演，而是作为布景的一片梅树，他们倒也花心思，都不是用一幅画来当背景，而是用了真实的梅树，也许大多数人会以为那只是手工制成的模型，但在我眼里不是，从树到花，怎么看都不像是假的，每一朵都鲜活得像是刚刚盛开，红得刺眼，现在可是近五月的天气。

我低声对敖炽道："梅树有问题。"

他皱眉，闭上眼，提起灵力，伸出右掌往双眼前一抹，再睁开，不禁倒吸一口凉气："我去，全是狐狸！"

戏台上，她继续顾盼生姿地唱着，可身后的七八株梅树实际上只是七八根枯枝，但每一根都插在一只半死不活的狐狸身上，这些狐狸，有白有黄，有大有小，被妖术困住，不得不拿自己的血肉去供养枯枝，继而造成梅树茁壮，红梅盛开的假象。

"这是虐畜啊！"敖炽啧啧道，"女人的恨意太可怕了，被一只狐狸甩了，就残害它的同类泄愤！"

我没说话。一场牡丹亭唱毕，她落落大方地领着众同僚上台谢幕，台下掌声雷动。

戏终人散，众人忙着收拾道具。

"大师姐，这些假梅树还是就放这里么？"一个后生问道。

她回头，轻笑："就放此处。反正也不是什么要紧东西。"

"走！"我拖着敖炽往后台去。

看来她早已吩咐下去，我们一亮身份，立刻就有人将我们带到园子里最僻静的一处房间前，说这是大师姐专属的妆室。不算太大的房间里挂满精美的头面与戏服，灯火明亮，她端坐妆台前，细细卸妆。妆台上摆满胭脂水粉，颜料画笔，椭圆的镜面里，慢慢露出一个正常的美人。

"地方狭小，两位凑合坐坐。"她目不斜视。

"不必了。"我笑笑，"你煞费心思送来戏票，如今我梦也做了，戏也看了，夜书姑娘有话就直说吧。我不停童叟无欺，只要你给得起钱，我就找得回你要的东西。"

"老板娘果然心直口快。"她擦去脸上最后一点残妆，"难怪还没到东坊，就已经听到有人夸你的不停。我想让你替我找一个人。"

"梅梦柳？"我干脆地替她说出了这个名字。

"对。"她笑，"我平日里不爱说话，又怕你们管我打听来龙去脉，索性把要说的一切都封在戏票上，一场长梦，犹胜千言万语。"

"他一直没回来？"我问。

"呵呵，许是怕我像我娘那样，因为一件不能原谅的事，便要他灰飞烟灭吧。"她冷笑，"毕竟，我是一只魃。"

"隔壁的宅子是你烧的？"敖炽质问。

"一时气愤，无心之失。"她轻描淡写。

"无心之失？"我走到她面前，突然伸手去摸她的脸，"这么俊的脸，干这么危险的事，很不好。"

她推开我的手："老板娘言重了，不是没死人么。"

我笑着搓了搓手指："真出人命就晚了。"

"你究竟做不做我的生意？"她似乎有些不耐烦，"只要能把梅梦柳找回来，多少酬金都不成问题。"

"找回来你想干嘛呢？跟他再唱一出牡丹亭？"我冷笑，"还是跟台上那些狐狸一样，拿他来当种树的土？"

她脸色微变："你看见了？"

"既是替人找东西的，眼神自然得好点。"我收起笑，"在我考虑要不要接你这笔生意之前，咱们还是先谈谈那些狐狸，以及你'放火'的原因吧。"

"抱歉，我可没心思跟你们谈这些。"她拂袖道，"既不想赚我的酬金，二位就请回吧。"

"谁说我不想赚。"我耸耸肩，"但我的习惯是，赚钱也得赚明白钱。今天不把我想知道的弄明白，我们是不会回去的。"

"无礼！"她红颜大怒。腾一声响，离我最近的圆凳突然烧起来，房间里的温度也骤然上升。

"滚出去！"她怒吼。

"是你千方百计请我们来，如今又让我们滚？无礼的是你吧？"敖炽把我拨到身后，"爷玩火的时候，你娘都还没出生哪。"说罢，他手指轻动，微光射出，她拖在地上的裙摆顿时燃起火苗，吓得她脸色大变，慌忙用脚踩灭。

"还以为你胆子多大，一点点火苗也吓成这样。"敖炽讥笑。

"你们……"她大概是后悔找我们做生意了，猛然起身，双手握拳，大喝一声。

轰！整个房间都烧起来，可是，火焰却始终烧不到我身边，准确说，是烧不到敖炽身边，一层淡蓝光华在他身上跳跃，将火焰隔离到一米开外。

她大吃一惊："你们究竟是何人？"

敖炽不理她，问我："就地弄死还是留活口吊打？"

不等我回话，火海中突然窜出一阵怪风，一道黑影闪电般冲出来，拽住丽夜书的手臂，飞快冲出火海。

跟我这种老妖怪比速度，并不明智。我化身为光，嗖一下追了出去。敖炽一挥手，先熄了房内大火，旋即也紧跟出来。夜空下，一绿一紫两道光，紧追着前方一阵混沌的怪风。

十 ❦

"减减肥，也许你能飞得快一些。"敖炽讥诮着，俯视着倒在地上的人。

我们一直向北，追到这座孤立于水的小岛上，准确说，是被追的人体力不支，掉到了这里。

孤岛很小，来回顶多二十米的距离，岛上除了一座坟，什么都没有，淙淙水声时缓时急，发出古怪的调子，像哑巴在努力学说话，无端端的压抑。

满脸大汗的冯班主，喘着粗气从地上坐起来，左手仍死死拽住丽夜书，并努力挪动身子，把她护在后头。大概是这一下跌重了，丽夜书还有些发蒙，微张着嘴，神情茫然，像条缺氧的鱼。

"当年你的修为一定不低，哪怕散尽修行，如今也还能御风而行。"我真诚地称赞冯班主，"可惜了，若不是为了她，说不定你能成一代宗师，斩妖除魔。"

冯班主笑道："一代宗师不过是句玩笑，道高一尺魔高一丈才是正经。"他看向我们，"难怪火灾那晚我觉着园外有奇异的气脉，想必二位那时就来过了？"

"我家离失火现场不远。班主既能察觉出我二人与众不同，那么对你当家花旦的所作所为也是了如指掌吧。"我的目光瞬间犀利，投向他拼命维护的女人。

"你挡着我做什么？"回过神来的丽夜书猛地推开他，跟跄着站起来，指着我："我好心给你们生意做，不帮手就算了，还要对我无礼！简直跟梅梦柳一样狼心狗肺！"

极致的愤怒，化成了在她双手间燃烧的火球。

"夜书！不要胡来！你根本不是他们的……"他扑上去阻止，却被她一脚踹开。

嘭！巨大的火球气势汹汹地朝我跟敖炽咬过来。

嗤——火球停在离敖炽不到半尺的地方，化成了一道轻飘飘的蒸汽，对面，敖炽只是竖起手掌，做了个"禁止靠近"的姿势。

"你……"她一直在低估我们的实力，情急之下，火焰竟从她全身各处冒出来，聚在空中形成一个张牙舞爪的怪物。敖炽冷笑，手指一勾，呵了声："去！"

岸边的水面顿时绞出一根水柱，以迅雷之势卷过来，将她浇个透心凉晶晶亮。没时间再跟她闹下去了，我化出一根绳索，将她绑得严严实实。

"二位手下留情！"冯班主见状，扑通一声跪在我们面前，"她没有你们想的那么坏，她只是……"

"还不够坏？房子都给人烧了好吗？"敖炽怒道，"要不是我去得及时，那孩子能活下来？"

他难受地摇头："她也是无心的。"

我冷冷道："无心？你身为修道之人，虽修行已失，但眼见她以妖术残害生灵却不加阻止，也是无心？"

他长叹一口气，咬牙走到仍对我们骂骂咧咧的丽夜书身边，突然一耳光打下去："你这不长记性的东西！"话音未落，他将她拎起来，疯了似的拖到那座坟包前，将她用力摁在墓碑前，大声道："你看清楚！你再给我看清楚！看清楚这里埋的人是谁！"

她仇恨地看了他一眼，不情不愿地把目光移到墓碑上——丽夜书梅梦柳之墓。

简简单单的八个字，我们也看到了。

十一

没有光线的房间里，她被一桶凉水泼醒。看不清面目的三个男人，在模糊的视线中鬼魅般晃动。

是强盗？她的心砰砰跳。

"你把那只白狐狸藏到哪里了？"有人恶狠狠地问。她愣了愣："什么白狐狸？"

一记耳光打下来："还装傻？你身上可明明白白染着那狐狸精的味儿！我们寻了好久才寻到你！快说！"

这就是他说过的恶人了吧，要将他开膛破肚的家伙。她突然庆幸他没有再来找过她，不然被绑在这里的，恐怕就不是她了。

"我只见过白猫，不曾见过白狐狸。"她轻轻说。

又是一记耳光与各种辱骂。

黑暗里，有光闪过，她只觉得左臂一热，继而便是钻心的疼。一个人晃着他手里的短刀，冷冷道："不说也行，今天只在你手臂割一刀，明天割两刀，后天再不说……"冰凉的刀刃抵在她的脸颊上，"听说你是个唱花旦的，要是没了这张脸，还能唱么？"

冷汗从她的背脊渗出来。

三人离开了房间，没有给她松绑，也没有给她吃喝。她从来是不怕冷的，但这个晚上特别冷，她甚至有些发抖。

忽然，有人轻轻捧起她的脸，喊她的名字。她睁眼，久未谋面的他，好端端地在眼前，只是眼睛很红，像哭过一场。身边也不再是那间阴暗的屋子，而是那片她做梦都想回去的梅林，想不到都春天了，这里的积雪还在，枝头红梅依然盛开。

"你快走！"她猛地推开他，"那些要杀你的人找来了！我没有跟他们说你在哪儿！你快走啊！"

"你知道我在哪儿吗？"他忽然问了一个奇怪的问题。

嗯？！她的脑子突然像被一根针刺了一下，对啊，他在哪儿？她好像从未意识到这是一个问题……他就在她身边，在那个破落的后门背后，在那片落雪红梅的世界里。可是，她竟说不出他究竟在哪里，他的出现与离开都像梦一样不经意。

"你不是在那扇门后么……"她喃喃。

他怔怔地看着她，手指轻轻抚过她的脸孔："夜书，我藏在你的梦里。"

她看着他的眼睛，梦呓般重复："梦里？"

"这是我最擅长的法术，也是我能找到的，最安全的藏身之处。"他垂下长长的睫毛，握住她的手，神情里有一丝歉意，"抱歉一直没有告诉你。"

"你是说，你与我的每一场相见，我们唱过的每一段戏文，我们经过的每一个地方，都是我的梦？"她突然受到了惊吓，抽回手，"怎么可能……怎么会……"他忽然笑了："杜丽娘与柳梦梅不也是在梦中相识的么。梦境与现实，有时并没有界限。"

"所以你一直都在我身边。"她咬紧嘴唇，"你知道我在找你，但你不想见我。你怕我。"

他不作声，雪花落在他的鼻尖，化成一滴水。

"我从不相信人类。"他缓缓道，"我躲藏，是为了活命，我修炼，也是为了活命。我最大的愿望是能击败所有想杀我的人。术士们想要我的内丹，妇人们想要我同类的皮毛，我从一场又一场的追捕中活下来。我救过一个女子，可她最后却只是带来一群拿着火把与利器的村民。"

"你以为我也是那样的。"她忽然笑出来，"可惜我连人都不是。"

"我只是以为，你比我见过的任何人都蠢。"他笑，"没有人会那么轻易地同意带一个陌生人去一个陌生的地方，何况还是一只陌生的狐狸。"

"班主也说过，我并不太聪明。"她收起笑容，却不看他，说，"你走吧。他们抓住了我，早晚会发现你。"说着，她突然抬头："他们会找到你么？"

"若被他们发现蛛丝马迹，也许会在你睡着后来找我吧。"他笑，"不过不用担心，就算他们找来，也未必能打得过我，我的伤已好得差不多了。"

她好像没听见他在说什么，嘴里喃喃着只有她自己才听得到的词句。

"夜书,告诉他们我在哪里。"他轻轻摁住她的肩膀,"你要是有事,你们戏班就唱不下去了,你的班主一定会恨死我。"

她疑惑地看着他:"为何你还要留下来?"

他微微一怔,说:"因为这个法术有时间限制,我还得再过三天才能离开你。"

"哦……"她点点头,"那你走了以后,好好修炼,早些当上一只很厉害的狐狸精。"

"夜书……"他皱起眉头。

"再陪我唱一回牡丹亭吧,如果你为利用了我而感到抱歉的话。"她仰起脸,露出只在见到他时才会露出的快乐的笑,"可我从不知道,我的梦会这么好。"

寒风卷过,落雪红梅交缠成一幅天然的幕布,戏台之下没有观众,只有她与他,云袖轻舒,形影不离。

一桶凉水泼下来,世界分崩离析。

"居然还睡过去了!"有人在骂,"大哥,我看这小妞不吃点苦头是不会招的。"

"干脆划花她的脸吧!"

"还是给她点时间吧,这么好一张脸,毁了就太可惜了。"领头的人不怀好意地笑,拧住她的下巴,"再给你三天,再不说,我让你比死还难受。"

她由始至终都没有看过这些人一眼。

这几个人,活得比妖怪还可怕。

这样的三天,长过了三年。

没有人给她吃喝,手臂上的伤口沾了水,比新割的时候还疼,一条乌黑的铁链深深勒进她的身体,深得快要触到骨头,稍微动一动就疼得钻心。

她累,渴,很想睡觉。但是,每一听到房间外来回的脚步,她就命令自己睁开眼。可是眼皮还是越来越重,也许快要昏迷了吧,可是昏迷时也会做梦吧……

她开始哼戏文,回想在凤鸣班度过的每一天,开心的事,不开心的事,只要能阻止她的思维模糊下去,她就拼命去想,拼命不让自己的脑子停下来。

可还是不行,最后,被反绑着的她动了动手指,这是她此刻唯一能活动的部分。于是,每当想睡的时候,她便用尖尖的指甲,用力掐自己的指尖,很用力。

渐渐地,她感觉不到时间的流逝,空气的湿冷,难捱的饥饿,只是睁大了眼睛,机械性地掐着手指,用血肉模糊的疼痛让自己保持绝对的清醒。

第三天还没到,房门被人撞开了。

班主提着刀,满身是血地冲了进来,那一瞬间,她仿佛又看到了十年前那个英姿勃发的青年。

夜书

铁链被他斩断，他背着摇摇欲坠的她朝外头冲。

三个敌人虽受了伤，却仍然像三头狼，拿着各自的武器追上来。他既要拿刀去挡，又要护住背后的她，随着几道凌厉的气流，他的身上又多了好几道深深的伤口。他显然没有以一敌三的本事。

最后，她看见领头的那个坏人，手中举着一根尖锐的降魔杵，朝他的天灵盖刺下来。不不，班主是不能死的，他是她在世上唯一的亲人了。

"滚开！"她尖叫，血液像沸水一样在身躯中翻滚，一道熊熊火焰从她心口冲了出去，转眼将三人裹进火海。他们尖叫，在地上扭动，像三条丑陋不堪的虫子。

她喘着粗气，身体像一块发热的炭。班主背着她在夜色下飞奔，她从不知班主还残留着御风而行的本事。很快，他带着她落到一片四面环水的孤岛上。

她的身体越来越烫，他束手无策地抱着她，反复嗔怪："怎的不听我的话？不听我的话？这十年来我一直要你心境平和，如今你这样，我……"

"班主，眼看你都要被人杀掉了，我还能心境平和，那我就真是个怪物了。"她虚弱地笑出来，"我觉得我好像快融化了。"

"你的本能强行催动被封印妖力，而你的身躯并不足以支撑这股突然爆发的力量。所以……"他突然说不下去了。

"所以我要被自己烧死了么？"她平静地问，"我能感觉到那股看不见的火焰，在我身体里乱跑。"

"不不，我会想办法！"他用力摇头，"夜书，你撑着一点，乌川尽头有映骨冰峰，是极寒之地，我们去那里，一定能压制住你体内的妖力。"

"我可能去不了了，班主，我的身子越来越轻了。"她的脸比任何时候都红，抓住他的手也开始冒出缕缕青烟，她赶紧松开手，竟还玩笑道，"可惜了，你该拿两个地瓜让我握在手里，很快就熟了。"

"夜书！"他红了眼睛，心脏难受得要裂开。

"再去找一个杜丽娘吧。"她让自己躺平，仰头看着夜空，"班主，你一直知道他住在我的梦里吧？"

他点头："我第一次在后门前叫醒你时，便觉察到有妖物躲到了你的梦里。而你连你刚刚是睡着了这件事都浑然不知。"

"为何没有替我赶走他？"她笑，"是怕我伤心？"

"是法力不足。"他皱眉，"如今的我，连那三个混账东西都敌不过。除了残留的感知力与御风飞行，再无别的本事。不然，我也不会用了两天才找到你。"

"以后，别再这么不要命了……"她的呼吸越来越慢，"班主，不是所有妖怪都是坏的吧……"

"当然不是。"他紧紧抓住她的手，哪怕烫得他发疼。"我娘还活着么……"她连甩开他的力气都没有了。

"我不知道。"他摇头。

"她回来，你跟她说，那本唱词，我保护得很好，一页都没少……"她的眼神里透出莫名的喜悦，"班主，死了就跟睡着一样吧，也会做梦，梦里有落雪，有红梅，还有会唱戏的狐狸……"

"别睡，夜书你继续跟我说话！"他硬是憋住眼泪，大声喊她的名字。

突然，炽热闪亮的火焰从她的每一寸身体里轰然而出，足足烧起几米高，他被气浪冲开，重重跌落在数米开外的地方。火焰里，忽然浮出一股白气，飘忽的形状像一只狐狸。

"狐妖？"他吃了一惊，"为何你还不离开？你可知若夜书死去，你便永远也出不来了！"

"我早就放弃离开了。"一个男人的声音轻轻地说，"若我是被外力抓出去，她尚可平安。一旦我主动离开她的身体，她就会魂魄俱散，当场殒命。这是藏梦之术的后果。不然，哪里轮到那三个畜生造次！"

他愣住。

"她不是第一个为我提供梦境的人，但是，从前我都走得轻松潇洒，我是妖，他人死活与我何干。"声音冷笑，"都说魃是最凶恶的妖，可我比她凶恶多了。"

"你……"他攥紧拳头。那声音突然笑起来："纵然凶恶如我，到底也遇到了舍不得离开的地方。也许，我并没有你们人类想象的那么坏？"

"你这又何苦！"

"她一个人如何唱牡丹亭，总得有个伴儿不是。"声音又笑，"你改行是对的，你不够狠毒。"

他看着渐渐变小的火势，与身形已经虚化的夜书，咬牙道："你没有时间了，火焰一灭，夜书就会消失。"

"我对时间并没有眷恋。因为它们中的大部分都被我用来躲避追杀。"声音里钻出一股悲凉，"你们都说妖物穷凶极恶，得而诛之，可真正践踏性命的，也许不是我们。"话音未落，最后一簇火焰，熄在风中。

他怔怔地看着眼前那一片焦土，颤抖着伸出手去，抓了一把土在手里，很窝囊地哭出了声。他挖了一个坑，将焦土埋进去，慢慢地，垒出一座新坟。

回到凤鸣班，已是数日后的深夜。他没有惊动任何人，只悄悄地去了她的房间。一切如故，《牡丹亭记全本》默默躺在窗口前的桌子上。

他把它抱在心口，从母亲到女儿，人世间匆匆一遭，到最后只留下这泛黄的本子。

她等了一生，也没能等回曾经对她山盟海誓的"柳梦梅"，她的女儿，算不算是圆了这场梦？

他一会儿笑，一会儿哭，抱着本子在油灯下坐了一夜，说了一夜，关于自己的没用，关于夜书的死去，关于狐狸的愚蠢，好像怀里的不是纸做的玩意儿，而是两个他一辈子都找不回来的灵魂。

翌日，鸡啼三遍。他从昏迷般的睡眠中醒来，怀中的纸册不知去向，床上，却坐着一个活生生的丽夜书，眉目如故，笑颜如花。

十二

"我确曾听闻，一些家传的物件，只因跟在主人身边久了，又得主人真心喜爱，沾染了生灵之气，便有妖化的可能。"听罢冯班主的故事，我看着他旁边的"丽夜书"，"一本唱词，竟能化身得如此完美，也是少见了。刚刚我摸她的脸，便知她不是魃，她的体温太凉了。"

"我一直认为，是夜书的死讯刺激了它。"冯班主叹息，"那晚后，它一直认为自己就是夜书，它跟在夜书身边多年，她的音容笑貌，甚至她唱戏的天分，它都能复制得天衣无缝。可是，它对夜书最后的记忆，停留在那天她独自出门去找那只狐狸，之后，它就一直认定夜书的死，是因为找不到那只狐狸，是那只狐狸辜负了夜书。所以它一直在找，三年，它'扮演'了三年的夜书，却始终找不到那只狐狸。所以它抓了那些狐狸，用它的方式泄愤。"

"你就听之任之？"敖炽责问。

"它的妖力，比我强。"他无奈地摇头，"何况我有私心，凤鸣班需要丽夜书，活着的人还要继续活下去。只要它开心，我也只能随它去。虽然我一次次告诉它，那只狐狸并没有辜负夜书，但它第二天就会忘记，依然坚持自己的想象与判断。"他顿了顿，脸色越发沉重，"几个月前，我发现它不但能模仿夜书的模样与嗓门，竟连魃的妖性也模仿起来，凡是它停留的地方，气温就会升高，一旦它生气，身边的东西就会被妖火烧毁，一开始只是些小物件，但那天，我要它收敛心性，勿伤无辜，或许语气重了些，它便怒火大起……唉，幸好只是烧了房子，没有殃及生灵。"

"跟着主人久了，死物也会有感情。"我看着目光呆滞，嘴里反复念着"你是夜书我是谁"的她，"只可惜性情太偏执。"

我蹲下来勾起她的下巴："你弄错了你该找的人。"

她瞪着我："我要找梅梦柳！我要找那只狐狸！"

我笑："你真的是你以为的那个自己吗？"

"我是丽夜书！"她像个孩子一样不服气，"我就是丽夜书！"

我摇摇头举起右手掌覆在她的额头上，默默念了一段咒语。彩光流过，掌下的她身形骤缩，直至化作一本泛黄的册子，"牡丹亭记全本"于封面上清晰可见。

冯班主看得呆了去："你……你竟有将妖物打回原形的能力？"

"快别提了。"我抱起这本册子，开始捶心口，"作孽哟，钱还没收，我就把我的客人弄死了！"

敖炽赶紧把我拉起来："快别丢脸了！别忘了还有天衣侯那个土豪，这本册子可值五百两黄金！"我这才稍微平复下来，把这本册子紧紧搂在怀里："对哦。"

"你们究竟是何来历？"他盯着我们，"你们身上明明有非人类的气脉。"

"你还是多想想怎么把你的戏班子搞好吧。"敖炽白了他一眼，"我们俩是不停的男女主人，如果以后你丢了假牙，欢迎来找我们。"

冯班主哑然。

我走到那座孤坟前，挖了一个小坑，把这本唱词放了进去。

"你干吗？！"敖炽跳过来，"五百两黄金啊！"

"没有它，我照样有本事把金子收过来。"我头也不抬地埋着土，"它应该跟他们在一起。"

敖炽嘟囔几句，也不再反对了。

良辰美景奈何天，赏心乐事谁家院——水声淙淙，夜风阵阵，我总觉得有人在唱，一男一女，情深款款。

◉ 尾声 ◉

那晚发生的事冯班主请我们保密，我没有收他的封口费。戏台上的狐狸敖炽全部救了下来，装进袋子带到深山放了，他说那些狐狸不讲卫生，放屁特别臭。

凤鸣班在东坊剩下的演出全部取消，冯班主带着他的人马趁夜离开了，无人知道他们的去向。许多人为错过了丽夜书的表演捶胸顿足，包括那二位忠粉公子，听说气得病倒了。

　　炎热的天气恢复了正常，初夏的凉风在我们的院子里来回。我跟敖炽坐在院子里喝绿豆汤，未知跟浆糊在池塘里跟阿灯玩水。我在计划明天几时去天衣侯府找土豪拿金子，敖炽则捧着一本不知从哪里搞来的《牡丹亭记》唱词，看得呵欠连天。

　　"山猪吃不了细糠，你这样的糙汉哪里是赏戏的材料。"我把那本唱词抢下来，"啧啧，怎么全是绿豆汤在上头！"敖炽躺到躺椅上，双手垫在后脑勺下，看着风轻云淡的天空，忽然说："你知道最惹我发脾气的是哪种人么？"

　　"喜欢我的！"

　　他朝我翻了个白眼："是随意杜撰他人的家伙。一如当年的子淼跟你，在完全不认识我的时候便认定我是草菅人命的孽龙。"

　　我被绿豆汤呛了一口："后来不是给你平反了吗！"

　　"因为是龙，所以被杜撰出无所不能与神匹敌的荣光，因为是妖，所以被杜撰出皆是凶邪的面孔，因为记忆里最后一个背影，所以杜撰出负心郎的故事。"敖炽很少说这么长的句子，"喜欢杜撰的家伙，都应该拖到孤岛上去埋了，很讨厌。"

　　我耸耸肩："那座岛可埋不下那么多人。"甘甜爽口的绿豆汤被我一扫而光，我咂咂嘴，"只要不停还在，杜撰就无法击败真相。"

　　敖炽听了，嘿嘿一笑："再来一碗绿豆汤！"

　　"没有了……"

　　"你把一桶绿豆汤喝光了？"

　　"嗯。"

　　"你是猪啊！"

　　"你再说一次！"

　　初夏的傍晚，不停的院子里又热闹得鸡飞狗跳起来。

他当了『神』，却从此一无所有。

◉ 楔子 ◉

幽帝，由乌云沐赤雷而生，落地生根，非妖物，反得仙灵之气。得其允许入内者，可避天劫，效用等同长生引。然幽帝一生只可挡九次天劫，数满则亡。此物难说成因，只当上天有好生之德。有缘得其庇护之妖物，当珍惜今后，慈悲生灵。

一 ❧

女人在收拾好的行囊上打了最后一个结，这个结她打得很慢，仿佛想打一辈子。

男人站在窗口，焦急与期待在脸上交替而现，月光透过窗户纸，贴在上头的红囍字还像新的一样。

"我们成亲还不满一月……"女人声音很小。

男人好像根本没听到，只看着窗外，头也不回地问："收拾好了么？"女人低头，不说话，细白的手指在包袱上揉来揉去。男人回头，不解地看她："我问你收拾好了么？"

她把鼓鼓的行囊抱在膝盖上，舍不得交出去。

"嘱你准备的黄酒与干肉都放进去了没有？"他的注意力里完全没有这个女人的存在，见她沉默不语，他走过去，伸手抓住行囊。

"都……都妥当了。"女人也抓住行囊，紧紧地，很怕被他夺走似的。

当男人感受到从行囊上传来的阻力时，他才终于意识到什么，把散出的心思收回来放在眼前的妻子身上，蹲下来，轻抚着妻子的脸："你不是答应了的么？"

她垂着头："我不想答应，我后悔了。"

"阿藤……"他叹了口气，握住她的手，"我也是没有法子，我也是为了我们这个家着想，娘亲的病一日重过一日，我不会放弃任何救治她的机会。"

她抬头，杏核大眼里满是不安与悲伤："乌川尽头是禁地，没有人知道那里是怎样的，大家都说没有人能活着从那儿回来！"

"不是说过么，我并非去乌川尽头，只是去鬼针岛。"他的眼中没有恐惧，只有向往，"罗武他们行走江湖见多识广，断不会错的。有他们作伴同行，阿藤你大可放心，罗武可是有功夫的。"

"此人终日醉心于玄术丹药，病了也不肯去见大夫，委实让人无法放心。"她柳眉微皱，"你被他三言两语说动了心思，当真相信那个吉凶未卜的地方藏着让凡人成仙的法子？这样的故事，连小孩子都不信……"

他突然生气了，一把拽过行囊，用行动打断了她。

她被拉了个趔趄，差点从床沿上摔下来。

"我意已决。"他站起身，决绝得像个陌生人。

眼泪终是流了出来，她还是坐在床沿上，红着眼睛望着将尽的烛火，千言万语都堵在喉头，只一句："你走吧。"

咚咚咚！有人敲门，喊着他的名字。他将沉重的行囊挎到肩上，连一个回头都没有，决然走出房间。

烛火燃尽，女人的脸隐入黑暗。

没有月色只有黑云的夜晚，有人满怀欣喜奔向远方，有人独守空房彻夜不眠。

白华菅兮，白茅束兮。之子之远，俾我独兮——

窗户上的囍字被揭了下来，她靠在冰凉的窗口，梦呓般低吟。

二 ❦

"你要我替你找铁果？"一大早的，我盯着眼前这个身高不超过一米，还是个驼背的老头，不太确定地又问了一遍，"传说中一千年都未必开一次花，一万年都未必结一次果的铁果？"

老头点头。

"你要那东西干啥？"敖炽一边砸核桃一边瞪他，"又不能吃又不好玩，人家找这玩意儿是拿来炼兵器的，你这把岁数，风都能吹倒，还想玩暴力？"

老头沧桑的老脸被他说得通红，攥在手里的我家的名片被揉成了另一张老脸，但态

幽帝

067

度依然很坚决："我要找铁果！你们不是专门替人找东西的店么？"

"大爷，您大概弄错了一点点。"我喝了一口茶，"我们不停只替人寻找遗失物，并非赏金猎人，不是你让我们去找什么我们就去找什么。这铁果，是传说中只生活于地底深处的铁骨兽的食物，数量稀少，生长环境隐蔽且恶劣，只有铁骨兽能寻到，许多人莫说见过这种植物，连铁骨兽都不知什么模样，所以，这肯定不是大爷您的遗失物吧。"

被我这么一说，老头的驼背更弯了，看起来像只快死的虾。

"我若得了铁果，纵是拼了这条命，也不让它离我而去。"老头的嘴唇颤抖着，突然从椅子上跳下来咚咚咚地朝我们磕头，"求二位帮老朽这个忙！此恩此德必当铭刻于心，今后必为两位鞍前马后鞠躬尽瘁……"

"别别！"敖炽赶紧把他从地上拎起来，"就你这风烛残年的老头子还为我们鞍前马后？你一不小心嗝儿屁了我们还得替你办后事呢！"

老头的小短腿在空中乱踢着，大声争辩道："我烧了一辈子的饭！我烧的饭煮的菜都是一等一的美味，从不会烧焦！"

话音未落，在门外晒被子的胖三斤扯起嗓子喊了一声："大爷，这技能我也有！您换一个呗！"

"我……"老头的脸都憋到发紫了，最终颓然地垂下头，"我不会别的了。"

敖炽把他放回地上，说："都这把年纪了，别胡思乱想了，还是回去享享天伦之乐是正经。走吧。"

老头摇头："没有天伦之乐，我一个人，一条命。"

我放下茶杯，问他："您究竟找铁果来干什么？"

就在这时，窗外突然响起一阵隆隆雷声，初夏五月，最近总是打雷。老头突然哆嗦了一下，脸色变得特别难看，嗫嚅道："我……我就是急需它，我有一种病，只有它能治得好。"

啪！我重重扣下茶杯的盖子，厉声道："你这妖怪，还不说实话！"

老头吓了一大跳，本能地摆手否认："不不不，我不是妖怪，你弄错了！"

敖炽叹了口气，蹲下来敲了敲这个惊慌失措的家伙："亲，你现形了自己都不知道吗？一把年纪还这么不经吓……"

敖炽的手指敲出了几声闷闷的金属声，驼背老头不知去向，我们面前只有一口铁锅，没错，就是百姓家中最常见的那种炒菜的铁锅，唯一的区别是它比它的同类们多长出了一对人类的手脚，并且它会说话。

"啊？！"它诧异地摸摸自己的脸，然后发出一阵惊叫，居然就这样抱着头飞快地跑了出去，一口撒腿就跑的铁锅，场面真是又诡异又滑稽。

敖炽望着它迅速消失的背影，啧啧道："这年月，连一口锅都能修成人形了……"

"妖怪无处不在，你又不是今天才知道。"我打个呵欠，"这家伙看起来老，其实修为尚浅，被人一吓就露原形。不过我好奇它找铁果干吗，那玩意儿只在铸造兵器时有用处，它不过是一口锅，看起来毫无武力值……"

轰！突然又是一声炸雷，声音之大，把我都惊了一惊。其实窗外的天气并不是太糟糕，有几朵乌云，但微不足道，雷声虽不断，却并不见落雨。最近的天气好像一直是这样。我走到窗口，抬头看天："你觉不觉得这雷声不正常？"

敖炽走到我身边，举目远眺，又一声炸雷在天际劈开，隐隐伴有几道闪电。

"赤雷？！"我跟敖炽异口同声道。

我长长吁了口气，说："不知是哪些妖怪要过天劫了，难怪最近总见小妖异动。你看咱们院子里那条会骂脏话的蛇都躲起来了。"

我跟敖炽眼中的"赤雷"，人类是看不见的，那种近乎血色的"红"，只是一道若隐若现的气，一旦天起旱雷，闪电之中又见此红气，基本就可断定为"天劫"——世间每个妖怪一生中总要遇到一次的"命坎"，躲得过捱得住，你的身份才算是得到了"认可"，可以有资格继续活下去。通常修炼五百年以上的妖物才有过天劫的一日，许多小妖怪甚至都等不到老天出手的那天，便因为各种原因夭折。我将"天劫"视为一只妖怪的期末考试，跨过去，你就是一只合格的大妖怪，有能力走到足够强大的前方，跨不过去，便只有灰飞烟灭一条路。如果你们还记得梁宇栋，便该知道这是一个对妖怪严格到残酷的世界，哪怕是修行千年的银杏树，不管内里有多少悲天悯人的曲折，拿不到长生引，跨不过天劫，也只有一个结果。

敖炽皱眉："总不会是那口锅要过天劫，铁果是它的长生引，所以必须找到？"他马上又摇头，"那口看起来很没用的锅怎么看都不像超过五百年修行的样子，该不会只是个神经病吧？"

我白他一眼："五百年很长？对一棵树来说，五百年可能只够它拥有独立而清醒的意识，对一只狐狸来说，五百年可能仅仅只够它变成一个女子，当然，也有一些妖怪，可能只要修炼一百年就能呼风唤雨。每只妖怪都有个体差异，时间并不能说明什么。"

"那如果那口锅真要过天劫，我们不帮它，是不是有点说不过去？"敖炽挑眉，"你不是一贯悲天悯人么？"

"它都跑了，我怎么帮？"我叹气，"即便我们帮它去找铁果，也未必能保证一定找到，铁骨兽可不是街边的猫狗，你想见就能见。就算找到，也未必能赶上最后的期限。

过不过得去，只能看它自己的造化。"

一阵风吹过，院子里的花草簌簌作响，天上的云朵也跑得快起来，雷声是暂时止住了。

"这么多年了，你还没有过天劫。"敖炽看着天空，突然说了这样一句。

我愣了愣。对，我在这世上何止存活了千万年，但从没有动过一次与"天劫"有关的感受。据说，每只妖怪在过天劫之前，身体自然就会意识到这件事，甚至能清楚知道自己离那一刻还有多少天。天劫这件事就像埋在每个妖怪的DNA里的一个按钮，一到时间就会自行启动。可我身体里的"按钮"，至今都没有动静，我从未觉察到任何来自"天劫"的危险。

"咋啦？你还盼着我被雷劈是不？"我用力踩了他一脚，"是不是盼着我被劈死然后你好讨个小老婆！"

"我就只有这一双人字拖！这破地方只有布鞋卖你又不是不知道！"他愤怒地指着自己的脚，"还小老婆，我敖炽真要讨小老婆，根本不用等到你挂掉！"

"那你跟我扯什么天劫！"

"你不是树妖吗！"

"那又怎样！"

"当然不怎样！我就是说说！"敖炽气哼哼地转过头，"天劫算个屁，横竖都有我给你顶着，要劈也是先劈我。等我挂了你才好去勾搭小鲜肉，哼！"

"滚！我喜欢吃腊肉。"

"真的？骗人没肉吃！"

然后，这场架就再也吵不下去了。我相信敖炽说的每个字都是真的，不管他的神态表情有多么的不靠谱，如果真有一天，老天爷不想放过我了，千刀万剑，他都会给我挡下来。

我根本不怕天劫，我怕的，是敖炽的孤注一掷。

正因我知道天劫的厉害，知道妖怪跟人类一样，有太多不能舍弃的东西，这么多年来，我帮过不少妖怪寻找它们需要的长生引，有很多成功了，也有很多失败了，但我还是尽力去做，毕竟，不论妖怪还是人类，想活下去的本能都是一样的。

三 🎀

我跟敖炽出门去找过那口锅，但它显然因为自己身份的暴露感到了极大的恐惧与羞辱，跑得无影无踪。罢了，命由性定，看它自己的造化了。

回到不停，已近傍晚，屋子里，端端正正坐着数日不见的霜官，胖三斤刚刚把一杯茉莉花茶放到她面前，见我们回来，他赶紧说："霜官姑娘等好久了，说是来送酬劳的！"他把最后一句说得特别大声。

我立刻喜上眉梢，热情万丈地迎上去。

霜官微笑着起身，朝我行了个礼："前日老板娘来侯府，恰好侯爷外出，害老板娘白跑一趟，侯爷深感歉意，故遣我赶来，将剩下的一半酬金如数奉上。"

不说还好，说起这事我就生气，解决了丽夜书的事儿之后，我理直气壮地赶去天衣侯府，谁知连大门都没让我进，开门的小丫头说侯爷不在，天大的事也办不了。当时我还想，这藏头藏尾的老家伙怕不是想赖账吧，如果真是这样，我就只好把敖炽喊来，夫妻同心，用实际行动告诉他，妖怪的工资不能拖欠。反正那天我悻悻地回了不停，并在回来的路上规划了一百种吊打天衣侯的方法。

"哪里哪里，侯爷太客气了，我跟他都是大忙人，能理解。"我一边笑嘻嘻地说着客气话，一边接过霜官奉上的小锦囊，从里头掏出一张闪闪亮亮的金笺，跟我之前收到的那张一模一样，除了金额不对。

我保持着笑容，把金笺举到霜官面前："不是说剩下的一半酬金也是五百两么？咋只有三百两？"

霜官微笑："侯爷说了，若带回那罪魁祸首，方算完整，可领走五百金。可惜老板娘并未带回，故而只能领走三百，此为公道。"

我居然无言以对。

"看吧看吧，我就知道会这样。"敖炽白我一眼，"一本唱词，两百黄金！"

"闭嘴！"我掐了他一把，把金笺收好，拿出硬装出来的好脸色对霜官道，"三百就三百。你家侯爷还真是一点便宜都不让人家占呢。"

"放弃一件东西远比捡回它容易，既然一开始就选择放弃，便要心平气和地接受一切后果。"霜官笑道，"起初我还怕老板娘为难我，可侯爷说你一定会欣然接受少拿两百金这个后果，因为老板娘活得比许多人都清醒。"

清不清醒我已经不知道了，我只知道我现在浑身肉疼，两百两黄金啊！说扣就扣了啊！这个活在阴暗处的老不死的天衣侯啊！

给了金子，霜官连茶都没有喝一口便告辞而去，我让她代我问候她侯爷全家，包括侯爷他妈。

今天的晚饭又要多吃两碗了，气的！

"有钱拿总好过没钱拿。"胖三斤一边收拾茶杯一边安慰我，"晚上我准备了糖醋排骨，又香又甜又糯，小未知最爱吃的。"

好吧，就当那二百两金子都拿去买小鱼干喂猫了！

"未知跟浆糊还没回来？"我看看天色，不停里只要没有那两只小魔怪在，并且我跟敖炽也没有吵架，就安静得很明显。

敖炽望望门口："肯定是又跟小伙伴跑去糖画摊了！我听浆糊说过几回，你那丫头已经被糖画摊的老板恨死了，每次去转糖画都能转到一条龙，她不但自己转，还替别人转！糖画摊杀手说的就是她！"

我"噗嗤"一声笑出来，说："那是咱闺女手气好，我记得你也去转过糖画啊，每次啥都转不到，唯一一次还是个小鸡，你这种才是糖画摊老板的真爱。"

不停附近有条街，街上全是各种小吃摊，那是小孩子们最爱的地方。未知以前喜欢那里的桂花糖糕，后来又爱上了转糖画。糖画就是将红糖融成液状，有时糖画摊的老板还会加一些香喷喷的桂花汁或者别的果汁在里头，然后凭借多年功力，以勺子当画笔，舀起糖液往光滑的白玉石板上倒出各种精美的图案，待糖液凝固之后就成了甜脆的糖画，又好看又好吃，小孩子们没有不喜欢的。不过每次你得先转一转糖画摊另一边的竹针，竹针停在哪个图案上，你就能得到相应的糖画，最吸引孩子的，自然是头奖的龙，其次是凤凰，最差的就是桃子跟小鸡……我陪未知去玩过好几次，每次她都能转到一条龙。难道有龙的血统的家伙转糖画也能转到龙？那她爹又该怎么解释？！

"切，我是看人家小本生意，不愿意增加他的成本。"敖炽冷哼，"我出去接他们。"

"不是说好了要锻炼他们的独立能力吗？"我叫住他，"总有一天他们是要离开我们独自生活的。"

敖炽想了想，又坐回来嘟囔："他们还这么小，何必把他们送去学什么书法跟刺绣，晚几年再说嘛。"

几天前，我把未知跟浆糊送到了位于相思里另一头的宋先生家里，他与他的夫人一道，在自己家开设了一个专教小孩子学习书法与刺绣的"私塾"。宋先生教书法，他的夫人教刺绣，已小有名气，来往于宋家的小孩子络绎不绝。他们的学费收得顶便宜，遇到家里清贫的甚至会免掉，有时候还管孩子一顿午饭，倒是一对厚道人。作为邻居，在好几次听到旁人对宋先生夫妇的称赞，以及看到别家孩子从他们那里学到的技能之后，我考虑了十分钟，决定把整天游手好闲的浆糊跟未知也送他们家去。事实证明，两个小东西很快就爱上了这种类似上学的生活，连懒觉都不睡了，总是准时出门，高高兴兴往宋家去。

但敖炽一直是不太赞同的，总说孩子还小，未知又那么调皮，学刺绣免不了要拿针线，戳到手指咋办。我说，你担不担心，她早晚也是要受伤的，凡事要从娃娃抓起，吃过亏才学得乖，再说了，你两个娃也不是普通孩子，早跟着他的亲妈见过许多次世面了，小小一根绣花针能难倒她？！

敖炽还是不高兴，横竖就是心疼，这个也没有办法，谁让他是亲爹。我走到敖炽面前，看着他不高兴的脸，说："你以为我送他们去宋家是为了让他们当书法家或者刺绣达人？"

"不然呢？"他瞪我。

"从出生到现在，他们的生活里有你有我，有赵公子有纸片儿有各种妖怪，有东海龙王有东海龙宫，现在还有胖三斤有信龙有阿灯，听起来好热闹。"我叹了口气，"可你从没意识到，他们的生活其实从来没有突破过'不停'这座堡垒，他们从来没有真正地靠自己去接触过不停之外的世界，他们需要年龄相仿的朋友，也需要从现在开始，学习如何与这个世界独立相处。跟人类的学校一样，学习知识与技能固然重要，但更重要的是你面对的每一个人，每一件在家里遇不到的事，以及你对它们的处理方式。"

敖炽愣了愣，没说话。我蹲到他面前，握住他的手："浆糊将来要娶媳妇，未知要嫁人，他们会有自己的世界。我们陪不了一辈子。"

敖炽又沉默许久，看着我，突然说："未知嫁人那天，我一定会躲在墙角哭的。你不要告诉她。"

我笑出来，喉咙有点哽。

敖炽越发一脸悲色："感觉自己好不容易养大的水灵灵的小白菜，一下子就被猪给拱了！"

我捶了他一拳："有你这么说女儿跟未来女婿的吗？！你才是猪！"

"我是龙。我就是这么个感觉！"

"龙里头的猪！"

"那嫁给一头猪的又是什么？"

"你晚上没有肉吃了！"

正斗嘴时，噼里啪啦的脚步声从院子里传过来，挎着小书包的浆糊欢欢喜喜跳进屋来，红扑扑的小脸上都是汗，一下扑到我跟敖炽中间欢呼："赢啦赢啦，我赢啦！"

"你丫什么赢啦？"我嗔怪着给他擦汗，"跑那么快，鬼追你啊！"

"是未知追我啊。"浆糊得意地笑，"她今天跟小蝶她们比谁跑得快，输了，被我笑话了，她不服气，非说我没资格笑话她，因为我跑得比她还慢，所以今天下课我们就比看谁先跑到家，输的那个今晚一块糖醋排骨都不许吃！"

"你们还真是无聊。"敖炽拧了拧他的脸，"你是哥哥，偶尔让让妹妹，不丢人！"

"今天不行。"浆糊撇撇嘴，"糖醋排骨不能让！"

"去去，让三斤叔叔给你洗洗脸，脏得跟流浪猫似的！"我刚要让他走，又把他拉回来，嗅了嗅鼻子，"你身上怎么一股子硫磺味儿？"

浆糊扯起自己的衣裳嗅了嗅，说："不知道呀，今天整个院子里都是这个味道，小蝶身上特别浓。硫磺是什么呀？"

"回来再跟你说，赶紧去洗脸换衣服！"我戳了戳他的脑袋。浆糊刚要走，又折回来，打开书包，摸出一张小心叠好的宣纸递给我，说："这是今天宋老师教我写的，宋老师说我是写得最好的一个！送你们当礼物。我洗脸去啦！"

我打开这份礼物，白净的纸上端端正正写着五个字——家和万事兴。敖炽拿过去看了半天，红了眼圈："突然觉得咱家孩子有文化了！"

"他们以前也不是文盲啊！"我忍不住又给了他一拳，这厮到现在都没学会怎么好好夸人。

"我要把咱家浆糊的墨宝裱起来挂床头！不，挂在大门口！"敖炽很兴奋，但很快，莫名的沧桑突然爬到脸上，他看着浆糊跑开的方向，"老婆，我怎么觉得他们出生还是昨天的事？当年连'床前明月光'都念不好的小浆糊，如今已经会用毛笔写'家和万事兴'了。原来时间已经过去了那么久。"

我笑笑，突然给了他一个拥抱："这不是好事吗？"

"只是有点感慨。"他也笑出来，"我的字写得还没有浆糊好看，对吧？"

"很难得你能这么客观地评价自己。"

"你知道吧，跟你结婚这么多年，我最讨厌的就是你老不夸奖我！"

"你自己夸奖自己已经足够了，不需要外援。"

"你……"敖炽突然收起跟我斗嘴的心，看向门外，"未知怎么还没回来？"

是不太对劲，以这小丫头的脚力，就算用滚的也该滚回来了。

出门，街上行人不多不少，忙着回家吃饭的人里，没有哪个是未知。糕饼店、糖画摊，所有未知爱去的地方都没有她的踪影。她不是那种一声不吭就改变计划的孩子，既然她决定了跟浆糊赛跑，就一定会完成这件事之后，再去干别的。宋家位于相思里另一端的末尾，跟不停刚好摆在一条直路的两端，顶多五六百米的距离，很近。而我跟敖炽几乎将灵力提升到最高点，却也捕捉不到未知的任何气息。

未知丢了？！我们迅速回到不停，要浆糊把下课后的所有事情全部跟我们讲一遍。

"没有任何事情发生，我们以宋家为起点往家里跑，我们一起出发，小蝶还给我们发令，说要当裁判呢。我一口气就跑回来了。"浆糊一口气说完，不加掩饰的担心霸占了他脸上的每块肌肉，"未知真的不见啦？"

我点头。浆糊扭头就跑："我去找！"

敖炽一把拎住他的后衣领："从现在起，你留在不停哪里都不许去。我跟你妈会去找。"

"不要！"浆糊不妥协地踢着腿，"妹妹是跟我在一起的时候不见的，我要负责的！"

浆糊很少管未知叫妹妹。但许多时候，称谓并不重要，重要的是对方一直在那个位置上，从未被挪动。

"这件事并不是你的责任。"我把浆糊解救下来，轻轻摁住他的肩膀，"如果你一定要为这件事尽点力，就留在不停跟三斤叔叔一起把晚饭准备好，等我们把未知找回来，再把所有的糖醋排骨都给她吃。如何？"

浆糊想了想，伸出小手指："你们把她带回来，我以后都不跟她争糖醋排骨！说定了！"

我点头，慎重地跟他拉了勾。

胖三斤问我："附近都找过了？"

"连公用的茅厕都没放过。"敖炽皱眉。

"不光是用眼睛找的吧？"胖三斤又问。

"我们今天耗费的灵力，足够小妖怪们修炼五十年。"我坦白道。

总是一副欢乐脸的胖三斤第一次严肃起来："如此，只有两种可能。一是小未知已不在你二人能掌控的范围之内，二是她还在附近，只是被'藏起来'了。"

"你这不是废话么！"敖炽没好气道，又对我说，"我再出去找找！"

"我跟你一起。"我把浆糊推到胖三斤身边，"替我看好这一只。"

胖三斤在我们身后喊："去找找聂大人吧，人多好办事！官府经常处理拐卖孩童的案子，很有经验！"

敖炽听了，愤愤回头："你孩子才被拐卖呢！娘娘腔！"

胖三斤一脸无辜："我是好意……"

暮色渐浓，我们问了她可能经过的每条路线上的路人与摊贩，相思里的蚂蚁洞都搜索过几遍了，未知依然下落不明。她就这么轻而易举地消失在离家五百米的距离之内。

站在人烟渐稀的街头，敖炽的脸上没有我想象中的焦躁与暴怒，他只是特别坚定地问我："咱家闺女不是那么容易被拐卖的吧？她可是我敖炽的女儿呢。"

丢了女儿的父亲，需要支持，哪怕只是口头上的。

"当然不会。"我握紧他的手，未知跟浆糊原本就不是普通孩子，他们成长的速度，尤其是心智这块，根本不能拿正常标准来衡量，一块糖就想骗走未知是绝对不可能的，十块也不行。但是，如果她不是被拐走，而是真的被"有心人"绑走了呢？她虽然会飞会吐火，但始终还是个武力值低下的孩子，她还没有对抗刻意的险恶的能力。

我急，我慌，可我不能表现出来，更不能跟敖炽说我已经无法控制地脑补到未知被坏人抓去塞进炉子里炼丹的场面。

轰隆！一声闷雷又在头顶炸开，我不禁倒抽了一口冷气。

"小蝶？"敖炽突然说，"浆糊说，小蝶要当他们的裁判，那么她就是最后见到未知的人？"

我们都认识小蝶，她是宋氏夫妇的独生女，七八岁的年纪，早在我把未知送去学习之前，她们便常在一起玩耍，小蝶还来过不停，跟未知浆糊一起捉蜻蜓，乖巧懂事的小姑娘，像个小姐姐一样照顾着他们。

我跟敖炽立刻再次往宋家赶去，之所以说再次，是因为之前我们已经去过一次，宋先生说未知他们下课后就离开，并没有返回，还很着急地表示要出门帮我们一起找，但被我们婉拒了，那宋先生虽写得一手好书法，奈何一介文弱书生，去也是白去。更重要的是，宋先生受了伤，左脸颊上青一块紫一块，他说走路不小心撞树上了……唉。

我跟敖炽跑得比风都快，眨眼间已在宋家门口。

四 🐚

宋夫人开的门，她身形一贯消瘦，右手上缠着纱布，隐隐透着血迹，开个门都吃力。

"是老板娘啊。"她见了我们，神色并不太自然，"未知可有下落？"

我摇头："暂时还没有。你家小蝶在吗？我们有些事想问她。"

她本能地回头看了看，说："在。你们进来说。"

"你的手怎么了？"我问她。

"方才做饭时不当心，割伤了手指。不碍事。"她尴尬地笑笑，"我至今都不太擅长拿刀。"

宋夫人本姓什么全名什么我都不知道，只听宋先生喊她阿藤，熟络之后我也喊她阿藤，连未知都叫她阿藤老师，是个十分秀丽娴雅的女子，说话的声音总是低顺温柔，但那一手飞针走线的本事足称鱼门国之最。她绣的任何图案，都鲜活得像要从布料上跳下来。作为一个织围巾都能织成梯形的手工渣，我对她佩服得五体投地，还专门跟她学过几次如何顺利地钉扣子，她十分耐心地教我，虽然我是个笨学生，但起码现在不会把扣子钉成鸡屁股了。对阿藤的喜欢，也是我把未知送到她这里学习的原因之一，毕竟还是女儿家，感受一下针线女红总好过天天跟她的狂野亲爹学拳脚功夫，我是真怕未知长大后搞不清楚自己的性别……

天已黑尽，宋家小院里不知何故并没有点灯，黑漆漆的一团，但我还是一眼看到了几张东倒西歪的桌椅，那块地方平日里总是收拾得整整齐齐，孩子们就坐在那里，阿藤喜欢在院子里教小丫头们刺绣，小男生们则跟着宋先生在屋子里学习书法，夫妻二人琴瑟和鸣，又各不相扰。

"是老鼠。"阿藤看出我的疑惑，主动道，"刚才我拿扫帚赶它时不小心弄的。"

空气里，飘荡着一层刺鼻的硫磺味。里屋，硫磺的气味更浓。宋先生正在跟小蝶说话，小姑娘似乎受了什么惊吓，窝在父亲怀里，缩成一团，一根手指上缠着纱布。见了我们，宋先生正要起身，却被小蝶死死拉住不让他离开，他只好抱歉地笑笑，又关切地问："未知找到没有？"

"没。"我看着小蝶，"所以才来问问小蝶，我想她应该是最后一个见到未知的人。"

"啊？"宋先生愣了愣，转头问小蝶，"是这样么？怎的没有听你提起过？"

小蝶把头埋得很低，只摇头，不说话。

阿藤走上前，心疼地把女儿揽在怀里，抱得紧紧，生怕被谁抢了似的。

敖炽想冲上去，被我拽住。我蹲到小蝶面前，摸了摸她明显发冷的小脸，尽量温和地问："小蝶，今天未知跟浆糊赛跑，你是不是给他们当裁判呀？"

小蝶从母亲怀里勉强露出脸来，小声说："是。"

"浆糊是不是跑得很快，把未知远远甩在身后？"

小蝶点头。

"那你有没有跑过去给未知加油呢？"我微笑，不能再吓到她。

"有……未知跑好慢……她说她午饭后不该去我家厨房偷吃一整个西瓜，所以跑不动。"小蝶怯怯道。

我跟敖炽很尴尬，家里又不是没有西瓜吃！！

"然后呢？"我耐着性子继续问。

"我就陪着未知往不停走……"小蝶突然停住，害怕地把头埋回阿藤怀里。

"小蝶，你不要怕，告诉我之后发生了什么事，你也不想以后都见不到未知吧？"我强压下快要爆炸的心情，抓住小蝶的手，"乖，告诉我究竟怎么了？"

宋先生也在一旁劝慰："小蝶，勇敢点，把你看到的都说出来。"

阿藤没有说话，只把小蝶抱得更紧。

"有……有怪物！"小蝶犹豫了好久，终于说了出来，"好大的风沙，把我跟未知

幽帝

卷住了，风沙里有怪物，长了翅膀，还有尾巴，还有鱼鳞……我吓得哭，未知把我推开，怪物扣住她的肩膀把她带走了……风沙也没有了，我还站在我们刚刚在的地方，旁边经过的人好像什么都没看到……我就跑回家了。"

敖炽的怒火都要从眼睛里烧出来了，他竭力冷静下来，问宋先生："你们不知情？"

宋先生摇头："这孩子一回家就躲进被窝，又哭又发抖，问她出了什么事，她一句话也不说。"说完，他突然抬头看着我们，"世上真有妖怪？"

"你不信你女儿？"我反问。

"小蝶从不撒谎。"他说完，突然朝我们跪了下来，"对不起！"

这个行为在我们看来完全不能理解，小蝶没有一开始就说出实情也是正常，被妖物吓坏的孩子，连回忆都是惊恐的。我知道宋先生是一介书生，肩不能扛手不能提，平日里与人为善从不跟谁争执，你可以说他是个老好人，也可以说他胆小怕事，虽然因为小蝶间接延误了我们的时间，但他也委实不必为这个跟我们下跪道歉。

"你这是做什么？"敖炽去扶他，他却执意不起，又连说了好几次对不起。

"你快起来，小蝶也是受了惊吓，不怪她。"我去拉他，"幸好小蝶没事。事已至此，我们自会处理。但我希望你们能仔细回想一下，最近你们有没有遇到些奇怪的事，或奇怪的人。"

宋先生立刻摇头。阿藤看着丈夫，欲言又止。

敖炽将我扯到一旁，低声说："若真是妖怪，小蝶身上定会染上妖气，你试试能不能从这里找出线索。"

"没用。"我对他附耳道，"你没闻到整个屋子都是硫磺味？就算真有妖气残留在小蝶身上，被这么浓的硫磺味一冲，也剩不下什么了，何况刚刚我们急用灵力找未知，一时半刻还恢复不过来。"

"等等，他们家又不是药店又不是火药铺，怎么会弄这么多硫磺？"敖炽突然问，"我只知民间有用硫磺祛蛇虫的习惯，还有道士会拿硫磺粉来驱妖。"

我跟他对视一眼。

"宋先生，"我转身走到他面前，端详着他脸颊上的伤，"你真是撞树上了么？"

"是……是的。"他脸色有异，声音并不够理直气壮。我深吸了口气，对他们夫妻道："时候不早，我们先回去了，你们夫妇二人方便送我们到门口么？"

他们有些紧张，阿藤为难地看着自己的夫君。

"不愿意？"我笑笑，"比起下跪，这件事不是容易很多么？"

"好，我们送二位出去。"宋先生轻轻拉了拉阿藤，"走吧。"又摸了摸小蝶的头："你乖乖睡觉，爹娘很快就回来。”

小蝶虽不愿爹娘离开，但她似乎也觉察到空气中有一些奇怪的压力，看了看我跟敖炽，听话地钻回被子，把自己紧紧地捂起来。

四人一路无话地走到大门前，我突然站定，回头，宋先生差点撞到我身上。

“你真撞树上了？”我又问了同样的问题。

“是……”他都不敢看我的眼睛。

“还撒谎！”我厉声呵斥，右手一扬，旁边摆放的一张木凳顿时四分五裂地飞开了去。

两口子都吓下了一大跳。

“我们不想吓着孩子。”敖炽冷着脸。

“都说远亲不如近邻。”我看着脸色发青的他们，“你我两家认识的时间不长不短，相处也算愉快，皆是为人父母，你们若知道些什么却不愿如实相告，我会极其失望。”

“我……”宋先生垂着脑袋，像是要在地上找个洞钻进去。

“是鬼针岛上来的怪物！”阿藤终于冲口而出。

“阿藤！”宋先生慌乱地拉住她。

“不能再瞒下去了。”阿藤难受地看着他，“你我也是为人父母，若被抓走的是小蝶，你我又何尝不是心如刀割！”

宋先生沉默。

“鬼针岛？”我一把抓住阿藤的胳膊。

五

三年，杳无音讯。

他病重的娘亲没能等到他成仙归来，连看他最后一眼都成了永久的奢望。已经有人劝她改嫁了，趁她还年轻。她温和地拒绝了所有好心人。既然说了要等他，天塌了她也会守在这个家里。

他走后的数月，她生下了他们的女儿。她亲手给女儿做衣裳，绣在上头的蝴蝶比真的还灵动。她喜欢在女儿的衣裳上绣蝴蝶，女儿的名字也叫小蝶，老人说，蝴蝶就是“福叠”，她信这个说法。

没有人知道她夫君离开的真正原因，邻居们都当他是外出做生意了，毕竟他不算个合格的书生，只是个随处可见的、平庸的读书人，他既没有博取功名的能力，又没有淡泊名利的胸襟，要不是有个青梅竹马的阿藤，恐怕连老婆都不太容易找到呢，这样的人，出去做做小生意赚几个钱养家才是正经。

他们不知道，面对他们的轻视，他跟阿藤说得最多的一句话是："不过凡夫俗子，有朝一日我得了机缘成了仙，才让他们晓得我的厉害！"

在他出发去鬼针岛前，阿藤都以为他不过是在说笑，因为每次她都只是对他的愤愤不平抱以一个宽容的笑。谁还没有个梦想呢。

在阿藤心里，他也没有旁人说的那么不堪，他是很瘦，扛一袋米都费劲，杀个鸡反而被鸡追得满院子跑。但他很孝顺，走十几里山路只为去一条山溪里抓一种鱼做药引，然后不眠不休守着药罐一整夜，再一口口喂母亲吃下去。他对自己也好，虽然没有哪份工作做得长久，赚不回多少钱，每次回家，总会变戏法似的拿出一支廉价的珠花，或者一包香粉，天气好的时候，他会带她去风光秀丽的郊外走走，把采来的野花插在她的鬓间。他们很小的时候就认识了，她父母走得早，婶娘带着她过活，隔壁就住着他跟他娘。他们一起玩耍，一起上过学堂，有一次，他们不知怎的惹恼了一只在街头觅食的恶犬，他把她推开，自己被狠狠咬了一口，胳膊上鲜血淋漓，后来敷了好多药才好起来。当时她吓坏了，以为他要死了，哭着说只要他活着，将来她就跟他一辈子不分开。

阿藤觉得，这就是男女之爱了，所以，嫁给他是顺理成章的事。但她没有料到的是，她以为会在一起一辈子的人，就为了那么个可笑的理由，那么轻易地就走了。原来，他曾经说过的话，不是一个玩笑。

分别的那个夜晚，他的兴奋让他看起来完全是个陌生人。

三年，就在她快把无望的等待当成习惯时，三年又三个月时，他回来了。他回来的时候是晚上，她几乎认不出他来，还以为是哪个乞丐闯进来，衣衫褴褛，头发胡子又脏又乱。烛火之中，她看清了来人，忍了三年的眼泪再也忍不住。

"阿藤……"他怔怔地看着她，突然冲上去一把将她搂到怀里，红了眼圈，哽咽道，"我不走了……我哪里都不去了！"

她抽噎着点头："好！"

浴盆前，她小心地替他加着热水，心疼地看着他："怎么弄成这样？罗武他们呢？怎的没有同你一道回来？"他深深皱起眉头，忽然握住她的手："阿藤，你相信世上有妖怪么？"

"妖怪？"她愣了愣，"也许有吧，北坊那边不是常有奇怪的东西吗？"

"我是说，吃人的妖怪。"他松开她，难受地抱住自己的头，"罗武他们全都没了！"

"没了？"她大吃一惊，"什么意思？"

"罗武他们说，鬼针岛上住了一位仙人，不但能赐医治百病的仙药，还能指点凡人修炼仙法，若能求得仙人青睐，飞天遁地，点石成金，都不在话下，人再厉害也只是人，怎么也比不上仙。"他的身子微微颤抖，"我们在乌川上行进了三个月，终于找到了那座像针一般狭长的岛屿。可那上头哪有什么仙人，只有一只浑身乌黑看不出形状的怪物，它自称幽帝，是鬼针岛的主人，然后它……它就把罗武他们给吃了！"

她吓得捂住了嘴。

"当时我只记得我没命地往前跑，最后跌进了乌川，一个漩涡把我拉到水底，我以为我死定了，谁知醒来时，却被水流冲到了另一座不知名的荒岛上。我完全迷路了，不知回家的方向在哪里，我在那座岛上以野果为食，绝望地等了三年，才等到一艘商船。"他垂着头，竟呜呜地哭起来，"等了那么久，终于不用再呆在那个鬼地方了。"

她听得惊心动魄，抱住他："回来就好。"

"阿藤，答应我，不要跟任何人说起这件事。"他握住她的手，"那是一场噩梦，我永远都不想记起来。从今以后，我们一家三口，好好过日子。"

她用力点头。

之后的日子，风平浪静，大难不死的他，变得比从前勤勉了许多，不再三天打鱼两天晒网，做任何工作都认真仔细，他不再采野花给她，但是会在她肩膀疼的时候适时拿出一帖配好的膏药，还会仔细替她按摩好久，他也不再送她廉价的小礼物，但是在两年后，他买下了相思里的这间小院子，郑重地把大门钥匙交到她手里，说："以后你可以有足够大的地方去教小孩子学刺绣了。"她曾经玩笑般说过，若有一日能换个大些的住所，最好能有个小院子的，她就可以开班授徒了。原来，他都记住了。

他对书法产生了浓厚的兴趣，还专门去拜了师父，不曾想竟被师父夸奖他是个难得一见的天才，几年时间，写出来的字个个精妙绝伦，诸多大家都要甘拜下风。老师父的夸奖可能有些夸张，但他从此写得一手好字却是事实。她说，干脆你也开班授徒吧。他想了想，说好。

不知从哪个时候开始，阿藤渐渐明白，原来爱也可以这么实在。

这些年，也没有谁来找他们询问罗武等人的下落，他说，罗武他们四海为家，连家人都没有，以后，每逢清明，都给他们烧些纸钱吧。阿藤叹气。从此之后，每年清明，他们都会买回大把纸钱，而鬼针岛也变成了一段永不提起的过往，化在纸钱的灰烬里。

然而，他们都以为已经永远摆脱掉的噩梦，在几天前突然缠了回来。它就停在院墙上，一条超过正常体型的、巨大的四脚蛇，碧绿的鳞片闪着幽冷的光，光是身躯都足有三尺，还不算上长长的尾巴，可是，它还有一对巨大的蝙蝠似的翅膀，四脚蛇是没有翅膀的吧？还有，四脚蛇不会用冰凉的目光一直看你。

最重要的是，它还会说话。

"三天后，我会带走你的女儿。"这是它对他们说的唯一一句话。

似乎，只有他们能看见这只怪物，那些从院墙外经过的人，没有一个发现它。所以，它是妖怪。

他的额头，出了一层密密的冷汗。

阿藤喊他，他没有反应，仿佛丢了魂魄。很久之后，他才缓过来，对阿藤说："我曾见过它的！"

阿藤愣住。

"鬼针岛上……它跟那吃人的怪物是一道的。"他开始发抖，"它又找来了，它一定是不甘心。"

"我去收拾行李！"阿藤反而坚强起来，"不能坐在这儿等它。我们还可以去找人帮忙！去天仙观找木道长！都说他能降妖除魔！"

"不能让旁人知道鬼针岛的事！"他拽住她，"他们不会相信罗武他们是被妖怪吃掉的，他们只会以为我疯了！而且会把他们的死因怀疑到我身上，到时候，我们只怕家无宁日了！"

"可那是只活生生的妖怪啊！"阿藤急了，"它说要来带走小蝶啊！"

"不要慌，让我想想法子。"

他想了一天一夜，翌日傍晚，他对阿藤说："快去买硫磺粉，能买多少买多少！一半撒到家里，每个地方都要撒到！另一半撒到小蝶的衣裳上。"他攥紧了拳头，"只能拼一拼了！听说硫磺的气味能驱赶妖怪，不管怎样，先把这三天顶过去！不能乱，我们该干什么还干什么，我们越是表现得害怕，那只怪物只怕越得意！"

阿藤一时也想不出别的主意，只得飞快地出了门。

之后，宋家院子里便散发出浓浓的硫磺味。旁人问起，他们只说是家里有虫子，拿来熏虫子的。

再然后，就是今天发生的一切。

怪物如期而至，依然停在院墙上，那时候，还没下课，它居高临下地看着一院子的小丫头。

他们看在眼里，又不敢声张，怕吓着孩子。强撑到下课，落到最后的未知与浆糊打赌赛跑，小蝶说要给他们当裁判，当三个孩子走出宋家时，它突然展开了双翼。见状，阿藤也不知哪来的力气，跑过去跳到墙下的椅子上，试图用手去抓它的爪子不让它走，宋先生也跑过去帮忙，还拿了一根铁棍在手里。可是，它都不需要挣脱，只是扇了扇翅膀，怪风顿起，阿藤重重摔了下来，手上还被划出了一道深深的伤口，怪力还波及到她身后的宋先生，站立不稳的他倒地时被脱手的铁棍反砸到自己脸上，狼狈之极。

这是一场实力悬殊到好笑的对抗战。

但是，关未知什么事？！

"我知道你是书生，你胆小，但不知你竟胆小到这般程度，就因为害怕曝出旧事惹来官非，宁可冒着女儿被抓走的危险，都不肯寻求外援！"听罢，我气得胃疼，指着宋先生的鼻子，"你真是读书读到地沟里去了！糊涂到连轻重缓急都分不清！你以为靠那点破硫磺粉就能制服妖怪？"

阿藤生怕我忍不住动手伤他，急忙挡到我们中间："老板娘息怒，我们并非刻意隐瞒。未知被抓走，我们心头也难受之极，老实说我们很矛盾，一边自私地想要不要将错就错，一边又在犹豫要不要把事实告诉你们，我们很怕你们知道之后会迁怒于我们，甚至迁怒于小蝶。我们真的很怕，脑子也很乱，才装作不知情。看到你们第二次来，还指名要找小蝶，我便知此事瞒不住了，所以也没有阻拦小蝶说实话。"

"这些废话我都不想再听了。"敖炽出乎意料的冷静，"如果你们不想我们真正迁怒你们，现在就赶快把去鬼针岛的路线以及有关那个什么幽帝的一切详细告诉我们！"

宋先生把阿藤拨开，一脸歉疚道："我这就画地图给你们。如果你想杀了我，我也没有二话。"

敖炽冷冷看了他一眼，什么都没有说。

六

唐夫人说过，乌川尽头是鱼门国最大的隐秘。

此刻，头顶的夜空与脚下的乌川一样深不见底。

敖炽现了原形，载着我在云层里飞速穿行。雷声变得频密，连闪电都近在咫尺。

乌川比我想象中更长更宽，这条承载着整个鱼门国的河川蜿蜒地趴在氤氲的水雾里，像一条蛰伏的龙，哪怕我们的视野已经这么广阔，却还是看不到尽头。

我们按照宋先生给的地图一个岛一个岛地找过去，越往前，水域越广阔越曲折，大大小小的岛屿与草甸星罗棋布，看得人眼花缭乱，赛过迷宫。

我们居然花了三天时间，才在乌川的一个弯道处，发现了一块像针一样狭长险恶的岛屿。大海捞针，大概就是这种感觉。宋先生说，他们当初走了快三个月才走到鬼针岛，乌川之长，难以想象。

幽帝

083

落地，脚下一片绵软，鬼针岛上的每寸土地都烂如沼泽，并散发着一种淡淡的腥臭之气。

身在其中才发现这里比想象中大许多，一眼望不到边际的、被风化的岩石在两侧层层叠叠，形成一座天然的屏障，把一条狭窄弯长的路夹在中间。

这条路是被踩出来的，细看之下，各种各样的脚印混在一起，但大多数都不属于人类。

"小心些。"敖炽走到我前头，"妖气很重。"

越往前，妖气越浓，住在这里的家伙似乎根本不屑于掩藏自己的气味。路上，我渐渐看到一些零散的骨头，全都炭化了，黑漆漆的一坨，已经看不出它们原本属于哪种生物，还有一些连骨头都不是的黑炭块。

忽然，一团亮光出现在道路的尽头——一根两三米高，直径约一尺的黑色石柱，不知是什么构造，在夜色里有频率地闪烁着荧荧的青幽之光，这柱子下头粗上头窄，顶端几乎像针头一样细，柱身上没有特别的纹饰，斑斑驳驳。

真像一根巨大的针，这就是鬼针岛名字的由来？

那些围在它周围的小屋子又是什么鬼？那并不是用世间任何常见的材料搭建而成，而是云，并且是乌云，用乌云"搭"成的房子居然这么实实在在地摆在地上。我数了数，有四间，目测每间屋子有个十平米左右，有门有窗，看起来像是供人类居住的宿舍似的。

可是，没有一丝人气，每个窗口，都黑黢黢的。

我跟敖炽迅速走到其中一间屋子前，敖炽先凑近紧闭的房门听了听，冲我摇摇头，又伸手去推，门没锁，乌云做的门，竟也吱呀吱呀地叫唤。

一股腐败的气味从门后钻出来，熏得我干呕了几声。屋子里伸手不见五指，敖炽示意我不要进去，他站在门槛外，打了个响指，一团火光从他手里飞出去，停在屋子的最高点，照亮了每一个角落。

桌子、椅子、衣柜，还有一面破损的铜镜，屋子里的家具还算齐备，但是并不成套，像是东拼西凑来的，角落里竟还有一架织机，一个身着罗裙的女子背对我们盘腿坐在它面前，长长的黑发垂过腰际，应该很年轻。

敖炽依然不许我进去，他从地上捡了个石子儿，对准那女子的肩膀击去。女人的身体摇晃了一下，竟毫无反应地歪倒在地，并且一直保持着原来的姿势。

我顾不了许多，一个箭步冲进去，发现这女人的确年轻，甚至貌美，但她已经死了，虽然身体已经有了难闻的气味，但没有腐坏，早已僵硬如铁。看起来，要么是她在纺线时突然死去，要么就是有人故意把她摆成这种姿势放在这里。

"走！"敖炽拖着我离开这间屋子。

我跟他心中已对另外三间屋子有了相同的猜测。

果然，一模一样。

每间房子里都摆放着拼凑来的家具，似乎想努力营造出一个正常的"家"的感觉，但是，每间房子里，都留着死去的人。第二间房，一个年轻女人带着一个四五岁的小女孩，睡在冰冷的床上；第三间房，也是个年轻女人，也带着小女孩，趴在饭桌前；第四间房，还是年轻女人，怀里抱着又一个小女孩，靠在躺椅上。

"变态！"敖炽冷冷道。

"幽帝……"我皱眉，宋先生说这个怪物是鬼针岛的主人，喜欢以年轻女人和小女孩为食，为食……

我腿突然软了一下，幸而敖炽及时扶住了我。我不敢去想未知，更不敢想如果她有什么事，我会不会立刻疯狂到杀掉整个鱼门国里的妖物。

"未知不会有事。"敖炽用力搂着我，"那么容易被吃掉，就不配当我的女儿。"

突然，一片阴影从我们头顶飞过——一只巨大的、长着蝙蝠翼的绿色四脚蛇，落在石柱前方，鳞片在闪动的荧光里闪着冰凉的光，一对墨绿色的眼球紧紧盯住了我们。

就是它！是它把未知带走的！

"这不是飞鳞吗？"敖炽打量着它。

确实是飞鳞。所有带鳞片的爬虫一旦修炼成有翅膀的妖物，便统称飞鳞，以壁虎与蜥蜴最常见，但飞鳞通常体态偏小，是没有什么危险性的小妖怪，最喜欢偷一偷人类家里的食物或者好看的珠宝，然而这么大的飞鳞我还从未见过。

"我女儿呢？"我竭力保持着镇定，上前一步，"交出来，我不杀你。"

飞鳞像石头一样纹丝不动，不是说它会说人话么？会说不会听？

我又重复了一次，剩余的理智已经不多了。

它还是没有任何反应，只嘶嘶地吐出长长的信子。

"它身后是什么？"敖炽突然问我。

我顺着他指的方向看去，石柱顶端，浮着数块连成阶梯状的乌云，诡异的云梯一直延到黑云滚滚的夜空里。因为都是黑的，不仔细看根本发现不了。

我跟敖炽几乎同时纵身而起，直奔云梯而去。

见我们有了动作，飞鳞一声怪叫，展开巨大的双翼，气势汹汹地朝我们扑来。

怪风骤起，一个炸雷撕裂夜空，赤色的闪电像一条条暴露出的血脉，见者惊心。

就在我们与飞鳞即将正面交手的瞬间，一团不知从哪里飞出来的乌云，对准我们笼罩而下……

幽帝

七

一辆马车在荒无人烟的野地里飞奔。车内，阿藤抱着熟睡的小蝶，紧靠着宋先生，忧心忡忡。身旁，堆满了他们的全部家当。

"不是说不走么？"她轻声问。

"留下也不妥。"他叹气，"若未知有个三长两短，只怕他们夫妇二人不会饶过我们。"话音刚落，只听马儿发出一串惊恐的嘶鸣，马车被一股巨大的阻力挡住了。

不等车内的人说话，只见紫光闪过，宋先生只觉脑子里嗡一声响，眼前的世界顿时化成一片混沌，所有意识都被咔嚓一下切断了。

完全不知过去了多久，只觉一股冷流劈头而下，飘远的魂魄顿时聚拢归来，宋先生猛地睁开眼睛。

我扔掉手里的水瓢，蹲到他面前："醒了没？没醒我再替你浇点水。"宋先生惊惶地看了看四周，脸色大变："你们……你们怎的把我带到这里来？！"

"带来？不应该用'回来'才对吗？"敖炽冷笑，"亲爱的幽帝大人。"

宋先生一愣，脸上的惊恐旋即像面具一样碎掉，露出了被刻意隐藏的淡定与平静。他拍了拍身上的土，慢慢从地上站起来："未知呢？"

"在你的计算中，她应该已经被吃掉了吧。"我笑笑，抬头对天上喊了一声，"还玩儿？快下来！"

一道绿光自厚重的云层中突然蹿出，飞鳞展翼，又快又稳地朝地面而来，它的背脊上，坐着毫发无伤，还咯咯直笑，开心得不得了的未知。

宋先生愕然。

飞鳞落地，吭哧吭哧地喘气，未知跳下来搂着它的脖子说："一会儿你再带我飞飞飞，你比阿灯厉害多了，它从来飞不了那么快，慢吞吞的一点也不好玩！"

飞鳞迅速往后退了一步，怕了她似的，赶紧摇头。

敖炽把她抓过来抱在怀里，说："有本事你自己飞，不要总想着靠别人！好好跟你多学习，包你一年后飞得比它还快！"

"真的吗？可你只教过我怎么用最快的法子从浆糊那里抢吃的啊。"未知噘嘴。

"那是基本功的修炼。"敖炽翻了个白眼，"连吃的都搞不定，怎么翱翔天际！"

再没有比他们父女互相吐槽更美好的画面了。

宋先生看着飞鳞，脸上的神情变得十分复杂，喃喃："怎会这样……"

"在你的记忆中，鬼针岛上的飞鳞是一只热爱吃活人的妖怪，被它抓到的活人，从来活不到第二天。"我冷笑，"一直以来，它在你眼中只是个有求于你的，凶狠的可怜虫。"

宋先生不说话。

"这是飞鳞给我的。"我拿出一张缺角泛黄的纸，"'未得长生引，但寻幽帝护。乌云如针立，便是避劫处。见水沿水上，遇岛入岛中。若有造化深，当无绝人路。'也怪我是个少耐心的家伙，这大部分妖怪人手一本的《妖灵长生方》，我从没有很仔细地读过，尤其最后一章。"

宋先生继续沉默。我走到那根"石针"前，伸出手，整个手掌轻而易举地没入了柱子里，之前我们都看岔眼了，这针状的柱子根本不是石头的，而是由乌云状的无形之物交缠在一起形成的，因为都是黑里见灰的颜色，加上当时是晚上，难免弄错了质地。

"幽帝，由乌云沐赤雷而生，落地生根，非妖物，反得仙灵之气。得其允许入内者，可避天劫，效用等同长生引。然幽帝一生只可挡九次天劫，数满则亡。此物难说成因，只当上天有好生之德。有缘得其庇护之妖物，当珍惜今后，慈悲生灵。"我说完，看着他，"我想我能了解你对自己的不满。"

他把目光缓缓挪到我脸上，笑："你了解？你了解什么？你能了解一个家伙生下来就是为了替那些根本不相干的妖物挡天劫，然后无声无息地死去？你能了解从生到死都只能困在一个地方？你能了解你可以看到尘世间的一切，看到人类活得有滋有味其乐融融，而你只能看的心情？"他一口气反问了我无数个问题，停顿半晌，又问，"你了解一个绝望的家伙对希望的渴盼？"

他一定以为我无言以对，但他错了。

"我了解。"我毫不犹豫道，"因为我曾经跟你差不多，固定在一个地方千万年，寸步不能离。没有朋友，没有家人，没有未来，无聊到以玩弄人命为乐。"

他怔了怔。我脸色一沉："可即便如此，我也从没有想过要偷取别人的人生。"

他皱眉，暗暗咬紧了牙关，仰起头道："我没有偷！当初是他心甘情愿要与我交换，是他说他想当神仙！而我又那么想当一个人类，两全其美，互相成全的事，又怎么能说是偷！"

"如果你如实跟他说，你只是天生有仙气，你生来是要帮妖怪们挡天劫，你是乌云所化的灵体，一生都不能离开这个鬼针岛，如果你这样说了，他依然愿意同你交换，那就不是偷。"我看着他不服气的眼睛，"可你说了吗？你只告诉他，你是神仙，连天上能劈死妖怪的巨雷都伤不到你分毫的神仙，你长生不死，无病无痛。"

他脸色发青。

原来，罗武他们根本不是带他去鬼针岛寻什么仙人，而是去抓一只会飞的四脚蛇，他们说这怪物只在鬼针岛及其附近活动，如果能抓到活的，带回北坊就能卖个天大的价钱，不过就算是死的，也值钱。药铺老板说这是千年难见的灵物，做成药岂止能长生不老。

当他知道这个真相时，他已经被罗武他们绑在鬼针岛上一块显眼的巨石上，对，他们带他来的唯一目的，就是拿他作饵，因为听说这个怪物喜欢吃人肉，活的。在那一刻，他觉得身边的那几个人，才是世上最恐怖的怪物。

他们成功地引出了那个怪物，他绝望地闭上了眼。

可是，最后活下来的却是他。罗武他们反而成了怪物的腹中食。吃饱了的怪物走到他面前，嗅了嗅他的味道，他吓得尿了裤子。

这时，一团乌云般的玩意儿，飘到他面前。

"你来这里做什么，人类？"乌云会说话，一阵气流拂来，绑他的绳子断成几截。

他吓得哆嗦："我……我来找神仙！他们骗我，说鬼针岛上有神仙……"

"你找神仙做什么？"乌云又问。

他嗫嚅着："我是想……想求神仙指点我，因为我也想当……当神仙。"

"为何你想当神仙？"乌云再问。

"可以无病无痛，不老不死，不用再看任何人的白眼，不用再活得那么艰难，还能用仙术治好我母亲的病。"他老实回答。

乌云沉默了片刻，问："你家里都有什么人？"

"我娘，还有我娘子。"

"你已经成亲了啊。"

"是的，我离开时，刚刚成亲一个月。"

乌云说："你回去吧。"说完，乌云慢慢退开。

"请问，"他壮起胆子叫住它，"这里是不是真的住着仙人？"

乌云停住，说："是。"

"真的？"他顿时喜出望外，刚刚才受的惊吓瞬间忘得一干二净。

"你跟我来吧。"乌云往前移动。

那只长翅膀的怪物，也跟着乌云往前飞。他看到了那根由乌云组成的神奇的"针"。

"这就是神仙。"乌云说着，飞向那根"针"，很自然地与它融为一体。

在它面前，那凶悍的四脚蛇变得像一头绵羊，收起翅膀落到地上，低眉顺眼地趴着。

他没有见过神仙，但是能化成云朵，还能以无形之力断掉绳子，还能让如此凶恶的怪物毕恭毕敬，神仙也不过如此了吧！他扑通一声跪在它面前，用力磕头："请大仙指点迷津！小人做梦都想摆脱凡体，早入仙界！"

"当了神仙，便不能再回到从前的生活。你愿意舍弃你的妻子，你的家，你已经拥有的生活？"

他脱口而出："我可以！"

它说："如果，你来当我，我去当你，你也愿意？"

他愣了愣，说："我当你？"

"对，你将拥有我现在拥有的一切，无上的法力，无病无痛的身躯，还有无数崇拜与哀求。"它说，"他们都称我为幽帝。"

"你肯把你的一切给我？"他诧异道。

"是。如果你发自内心的愿意与我交换的话。"

"我愿意！我愿意！我愿意！"他惊喜得几乎要跳起来。

"那么，你到我身边来。"它的身体上突然生出了一只"手"，"握住它。"

他迟疑了片刻，伸出手去，只觉得触到了一片冰凉的气体。它低声对他说了一句奇怪的像咒语一样的话，让他照着大声念出来。他记下，念出。

之后，世界便熄灭了。

他没有听到任何怪声，连一阵风都没有，当他醒来后，发现自己成了那根长在地上的"针"，而对面，那个曾经的他正从地上爬起来，然后兴奋地又跑又跳。

"那个……"他说话，却已经不是原本的声音，喉咙像是有火在烧。

曾经的他停下来，微笑着看他："三年，你的愿望达成了。"

三年？他不过是眼前黑了黑，这就三年了？他不知说什么好，他甚至不知道自己是不是在高兴。

"我走了。还好，你这里还留着记忆，这样我就不会出错了。"他指了指自己的脑袋，正要走时又停下，回头，"轻易放弃的东西，想再拿回来就难了。好好当你的神仙吧。"

等等，他是要干什么呢？他成了自己？他要回去找阿藤吗？可不对啊，阿藤还是他的妻子啊！

他越想越不对，用力挣脱出来，也化作一朵云，飞快地朝他离开的方向追去。

可是，晚了一步。罗武留下的船，已经驶离岸边。他想跟过去，谁知刚到岸边便被一股力量狠狠扯回去，重新落回了那根针里。

眩晕之中，那些不属于他的记忆从这个不能叫身体的"身体"里源源不断地塞进他的意识——关于幽帝，关于要过天劫的妖怪，以及自己存在的意义。

原来，这个所谓的神，就是这样的……

接下来的日子，他像疯子一样寻找离开鬼针岛的方法，徒劳。

然而，他却能看见万里之外，自己家中的情景，看见另一个自己狼狈地回到家里，看到阿藤抱着他痛哭流涕，看着他抱着他的女儿痛哭，看到他越发活得像个一家之主，把家里打理得井井有条，看到女儿抱着他甜甜地喊爹，看到阿藤用世上最温柔爱慕的眼神与他对视。

他突然觉得自己被彻底抛弃了，他甚至觉得，比起原本的自己，阿藤更爱那个人，只要在他面前，她每个表情都是幸福的。那个人，把原本属于他的生活，过得比他好太多。

愤怒，难堪，挣扎，把所有极端情绪都经历完整之后，他终于没有力气了。

幽帝永远都不可能离开落地生根的地方，他顶多能将自己的精魄化成一朵云分离出去，沿着鬼针岛走一走，然后望着永远也不可能再回去的家的方向。

轻易放弃的东西，想再拿回来就难了——那个人临走时的话，成了他心上永远也拔不下来的刀。直到这个时候，他才觉得曾经的自己有多蠢多可笑多好骗，人生又多么的一塌糊涂。

他当了"神"，却从此一无所有。身边，只有那条巨大的四脚蛇。那只四脚蛇原来会说话，它总是哀求自己，说自己修行不易，求他帮它挡天劫，它还说，如果它能过得了天劫，以后都不吃人了，它愿意用自己最大的爱好来交换生存的机会。

之前他一直是拒绝的，你吃不吃人与我何干……不止四脚蛇一个妖怪，每一年，都有几只不知从哪里打听到鬼针岛的大小妖怪们来求他，他装作看不见听不见。那个家伙留下的记忆告诉他，身为幽帝，那个人从来没有履行过自己的"神力"，没有为任何妖怪避过天劫。

是啊，谁会傻到拿自己的生命为不相干的妖怪阻拦灾祸，何况还只有九次机会。

妖怪们绝望离开，那些掐着点儿找来的，来不及离开便被劈成了焦炭。他木然地看着眼前发生的一切。

可是，当那个雷声滚滚，狂风四起的傍晚来临时，他把瑟瑟发抖的四脚蛇喊了过来，问它当初为什么不吃掉自己。四脚蛇老实地回答，它就是觉得他看起来太瘦，应该没有那几个壮汉好吃。

他竟然笑了。然后，他用自己的身体替它挡住了整整九个狠劈下来的炸雷，他至今都记得那天的天气有多恐怖多糟糕，闪电都是红色的。他不是想救它，不过是突然觉得，这样活着，还不如早点死去。

得了生机的四脚蛇没有离开鬼针岛，它说他救了自己的命，要报答他。

他呵呵笑，说你走吧，你能给我什么。

四脚蛇说，我把你的妻女带来！你们一起生活！

他毫不犹豫地拒绝。这样的他，还能给她们母女什么"生活"？

四脚蛇并不太理解他的想法，但它不打算违逆他。

那你想要点别的什么吗？四脚蛇还是不甘心，不送他点什么，它不舒服。

我想有妻有女。他说。

那我就去把她们带来！再把那个家伙吃掉如何？

不行！你如果真要报答我，那么，这一生都不要出现在他们面前！还有，你不是说过得了天劫就不吃人了么？

好吧，我不吃人。可我不懂你！

不懂就不懂吧。

最后，四脚蛇飞走了，他想，也许它被自己矛盾的表述给气跑了。

但很快，它回来了，还抓来一个年轻女人。

它把女人扔到他面前，说，像不像你的妻子？

妖怪的逻辑，也是不好理解。他端详着这个面露恐惧的女人，觉得她长得居然有些像阿藤，阿藤看见蟑螂的时候，就是这个样子。

他突然想她留下来。别人可以偷走他的一切，为何他不能拿走别人的东西？包括人。

他用云修了一座小房子，四脚蛇真是个天生的大自然的搬运工，今天拿一把椅子，明天拿一张桌子，东拼西凑出了一个完整的房间。

我不杀你，也不伤你，我只想看你在这里生活的样子——他这样跟女人说。

女人不敢有任何反抗，心惊胆战地住了下来，其间也逃跑了好多次，可她哪里又有法子离开鬼针岛。

他让四脚蛇给她抓鱼吃，他站在窗口看她对镜梳妆的样子，每天都这样，他只是看看。

可是，不到一个月时间，女人在一个清晨死去了，坐在织机前，不是自杀。他不知道为什么。

但从此以后，他大概是爱上了那种有人可以让他"看看"的感觉，他不再拒绝来求他保护的妖怪，他跟它们说，只要你们带年轻女人跟小女孩给我，我就保你们过天劫。

数年间，有三只妖怪成功地做成了交易。

他享受着这一切，看着那些被他认为跟阿藤很像的女人，抱着可爱的小女孩在云屋里生活的样子，就觉得心里不那么难受了。他甚至想加入到她们的生活里，跟她们一起吃顿饭，但是，他每次分身出现，就把孩子吓得哇哇大哭。算了，还是在窗外看看就好。

但，这些女人和孩子全部都在来鬼针岛后不到一个月的时间死去，症状跟第一个女人一样。直到这里有了四座云屋，他才觉得事情不对，让四脚蛇去查，原来鬼针岛上的岩石散发出的古怪腥气，对妖怪无害，却是人类的慢性毒药，会在毒发之时让人不知不觉停止呼吸。人类根本不能在鬼针岛上存活超过一个月。

知道这个后，他一整天都没说话。

大概因为云屋的缘故，里头的遗体都没有腐坏，他总是舍不得把她们扔到水里，依然让她们保持着生前最后的模样。

后来，再有妖怪来找他，他不再提出这样的交易，看得顺眼的，就帮，不顺眼的，不帮。时间一天天过去，所有人都在自己的命运里，越走越远。

事情大概就是这样，飞鳞告诉我们，它是整件事唯一的目击证人。

我冷冷看着"宋先生"，说："飞鳞虽然有眼睛，可那基本上是个摆设，看不清东西的，它们是仅靠气味来分辨一切的妖怪。你老早就知道这一点，所以才把家里以及小蝶身上都洒满硫磺，为的就是破坏飞鳞的嗅觉。"说罢，我把未知抱过来，看着她后脖子上一块不起眼的，已经干涸发乌的血迹道，"你再趁机将小蝶的血抹在未知身上，如此，飞鳞自然把未知当作小蝶带走。你也真是机关算尽，动歪脑筋到我家未知头上。你也不看看她爹妈是谁！"

"宋先生"突然笑出声来，一副已经不怕生死随我们处置的模样："正因我知道未知的父母是怎样的家伙，我才选中了她来代替小蝶。"

我跟敖炽愣了愣。

"飞鳞突来，说三天之后带走小蝶，我与这妖物好歹在鬼针岛上共度数十载，太了解它乖戾残暴的性子。虽不知它要带走小蝶的真正目的，但我肯定，落在它手里，小蝶是没有活路的。当然，也可能是岛上那个蠢货指使飞鳞来抢孩子，可是，我如何能让我的孩子被抢走？"他一字一句说得倒是畅快，"我如此不易才得来今天的生活，阿藤与小蝶对我而言重于一切，我费尽心思割断鬼针岛的一切，我把我们的日子过得那么幸福那么好，我不能让这些怪物毁掉我的人生！"他又笑，笑得很难听，"别人应该斗不过这些怪物，但我想你们一定可以。我曾听不少人夸奖你们的不停，说世上没有你们找不回来的东西，还有人说你们本就身怀异能，连天仙观的木道长都对你们毕恭毕敬。而你们平日里的言行，在我看来也不是泛泛之辈。呵呵，你们一定能帮我的忙。"

"帮忙？"我顿时恍然大悟，指着他，"你选中未知，不是因为相信我们有能力把她找回来，而是算准了她一旦有个二长两短，我们夫妇俩暴怒之下必然将鬼针岛夷为平地，从此，你大可带着妻女远走他方，再无后顾之忧。之前你装无能装不知情甚至对阿藤都不说实话，但又故意露出疑点惹我们怀疑，就是为了不让我们看穿你的真正意图，让我们以为一切都是我们自己发现的端倪，好一招借刀杀人啊。"

敖炽一听，到底忍不住，一脚将他踹翻在地，骂道："畜生！你偷了人家的生活不说，还偷了我的孩子让我们帮你杀人灭口！"

这一脚很重，他几乎爬不起来，只能半坐起来，忍痛笑道："我此生计算错两件事。一是飞鳞竟会帮他，我本以为他此生都要困于鬼针岛，永远不可能再介入我的生活。二是没想到飞鳞这样的怪物会转了性子，不但没有吃掉未知，还愿意给那个家伙当证人。"他看着飞鳞，问："为什么？"

飞鳞的脑袋转向他这边，说了一句："他救我，你没有。"

他笑，费力地站起来，捂住心口："求生是本能。我不愿为你们献出自己的生命也有错？"

"当一个不作为的幽帝，也好过当一个贼。"我冷睨着他，"你觉得你能把别人的人生过得更好，所以理直气壮地偷了来。可我想跟你说，别人的人生不管多糟糕，那也是别人的人生，你没有任何资格替他活下去。你到人间这么些年，却连'不问而擅取是为贼'这个道理都不明白。"

他沉默，强撑着笑脸："又如何呢？事已至此，无路回头。你们大可杀了我，再把我的尸体扔进乌川，一了百了。"

"你以为，我们会留你活口么？"敖炽步步逼近，脸如阴云。

说不怕死，恐怕还是很难。"宋先生"下意识地退了好几步。敖炽眉头一皱，突然一掌劈在了他的天灵盖上，他哼都没哼一声，便倒在了地上。

九

"你确定要这样做？他这样的家伙，就算被扔到乌川里喂鱼，也是公道的。"我看着声息全无的"宋先生"，问那朵从我身后飘来的，像一团棉花糖似的云，它不是乌云，是白云。

"我已经让阿藤与小蝶无依无靠过一次，实在不能再有第二次。他虽然说了太多谎，但他对阿藤母女的好倒是真心的。"云朵发出百岁老人似的声音，还伴着几声咳嗽。未知跑到云朵面前，不高兴地问它："幽帝伯伯，飞鳞说你要死了？"

"嗯。快了吧。"云朵里伸出一只手，摸了摸她的头顶，"每个人都会死的。"

"那我是不是不能再去天上那间大大的云屋里玩了啊？"未知瘪着嘴问。

"虽然以后没有云屋了，但你还是可以让飞鳞载着你到天上去玩啊。"云朵发出轻轻的笑声，然后对我说："你家女儿真好，不怕我，也不嫌弃我。"

飞鳞说，他已经保住了九只妖怪的命。他还没有消失，仅剩的元气还支撑着他的身体，但他越来越虚弱，越来越"白"，幽帝的颜色越浅，代表离生命的终点越近。

那天，它瞒着他违背了永远不出现在宋家的承诺，同时，为了让自己的行为看起来正派一些，它硬是提前三天通知宋家要带走小蝶，这样就不算偷了吧？！最重要的，这不是报复，它只是想把他的女儿带到他面前，趁他还在，还有能力伸出一只手摸摸她的脸。

可还是搞砸了。

"还有多久？"我看着"幽帝"。

"三天，或者四五天吧。"云朵的口气很轻松，"我现在还能走能飞，还能跟小未知玩游戏。"

我说："抱歉，我没有能力把你们再换回来。如果你们交换不足四十九日，彼此魂魄未稳，或许我还有法子。但现在，你们的魂魄已经跟身体完全融合，他成了一个真正的人类，而你也是真正的灵物了。"

"我只是个灵物，依然算不上神仙吧？"云朵忽然笑起来。

"也能算是神仙。毕竟，你能挡住天劫，这可是许多天界神君都办不到的，可见造物之神奇。"我说，旋即又郑重道，"你真的不见你的妻女？我可以帮你。"

"就让她们以为我从未离开，不是更好？"他笑，"从前，我一事无成，明明已经有了世上最好的东西，自己却不要了。等我想拿回来时，才发现已经拿不回来，因为那些东西根本不会在原地等我。于是我也去偷别人的东西，可是，偷来的东西只能让我高兴一下子，而我想高兴一辈子。你看，我就是蠢得要死吧。"

"这个时候明白，也不算太蠢。"我笑笑，想拍拍他的肩膀，却不知该拍哪里。

"你也是妖怪吧？"他突然问。

"是。"我没什么可隐瞒的。

"你过天劫了么？"

"没有。"

"那你要早作打算，不然未知要伤心的，无论如何，都别抛下她。"

"我自有打算，你放心。"

一番折腾下来，天也渐渐亮了。

我们把云屋里的遗体全部火化，骨灰撒进了乌川，岸边，他跟飞鳞一道，非常非常认真地对着滚滚河水说了三次对不起。

我没有问他为何后来改变了态度，愿意无条件帮妖怪过天劫，我猜也只有两个原因，一是他依然抱着早死早解脱的念头，二是，他从来没有忘记他是一个"人"，是人，就该有人性，好的那种。

"你们保重。"他跟我们道别。

未知搂着飞鳞的脖子恋恋不舍，这孩子，啥不喜欢偏偏喜欢一条巨大的四脚蛇！

我把她抱起来，敖炽则扛着"宋先生"，想跟他们再说点什么，又不知道说什么好，算了，回家吧，只愿各归各路，心安理得便好。

"妈！"未知突然喊我，"别走！我想留下来陪幽帝伯伯吃一顿饭，他那天跟我说，要能再跟家里人吃顿饭就好了。但以前那些孩子都不肯跟他吃，都怕他。"未知认真说，"我们跟他一起吃好不好？"

我捏了捏她的脸，回头问他："要一起吃个饭么？"

那朵云用力地跳了跳："好！"

敖炽把"宋先生"扔到地上，不耐烦道："好吧好吧，吃完再走！"

飞鳞好像也有点高兴，立刻飞出去，不一会儿就抓了好几条肥美的鱼回来，又飞出去，带回来一堆野菜野果子。敖炽生火烤鱼，我从云屋里抬出桌子找出碗碟，像模像样地凑了一桌菜。不过我真的很好奇，一朵云怎么吃东西……会像长出手那样长出嘴吗？只是这些好像都不重要了，重要的是，有些遗憾，多多少少得到了弥补。

那顿饭大家都吃得很高兴，虽然敖炽把鱼烤糊了。

临走时，我问飞鳞有什么打算，它说会继续留在鬼针岛，就算他不在了，它也会留在那里继续修炼，因为它不讨厌这个地方。我觉得它是我见过的、最有潜力也最坦白的四脚蛇，祝它早日修炼成厉害的大妖怪吧。

坐在敖炽背上，鬼针岛越来越小，吃饱喝足的未知已经在我怀里睡着了，这样的结果，也不算太坏。

◉ 尾声 ◉

相思里另一头的宋家悄无声息地搬走了，好多孩子的家长都嘀咕，怎么招呼都不打一声就走了呢。

荒野的马车里，昏睡的阿藤与小蝶缓缓醒来。

"相公！"阿藤见宋先生还在昏睡，赶忙紧张地喊他。

幽帝

095

"爹！"小蝶也推了推双眼紧闭的宋先生。

他慢慢张开眼睛，长长吐出一口气，然后捂着发疼的脑袋坐起来："这是怎么了……"

"不知何故，总觉得刚刚好像有什么东西撞到我们的马车，然后我们都晕了。"阿藤回忆着。

"马车？"他看看四周，"我们怎么会在马车上？"

阿藤一愣："不是你说要离开东坊，去别处定居么？"

"我们为何要离开东坊？"

阿藤又一愣，想了半天："对啊，我们为何要离开？"小蝶也很茫然地看着父母。

他坐起来，下了马车，四周景色如故，毫无异常。

阿藤也下了车，问："我们掉头回去？"

他看了看来路，又看了看前方："还是往前走吧。我记得我是要带你们去另一个地方生活的。也许另外的地方更适合我们一家。"

"嗯，那走吧。我也想去别处看看。"

"好。"

马儿嘶鸣一声，车轮渐渐转快，朝前方奔去。

我跟敖炽抱着未知站在他们看不见的地方，目送这一家三口远去。删除他人的记忆并不容易，但我起码还有法子暂时封闭他们跟某个"点"有关的记忆，能封多久我不太清楚，反正，只要他们记得自己要去一个新地方开始新生活就行了，既然已经留了他的命，就成全他当一个彻彻底底的人类吧。鬼针岛的一切，愿他们此生永不记起。

"走啦，回去吃饭！几天没回去，胖三斤跟浆糊要急死了吧。"

"切，浆糊才不会急呢，他巴不得吃独食！"

"可是浆糊跟我说，如果你能平安回去，他把所有糖醋排骨都给你吃。"

"真哒？"

"回去就知道了。"

"妈，我还能去鬼针岛找飞鳞玩吗？"

"以后再说，先回去洗澡，你都发臭了。"

"是爸爸放了个屁！"

"呃……之前吃的那个鱼可能不卫生……赶紧走赶紧走！"

一家三口，匆匆消失在野地之中。

浮生物语 下

【第四章】太岁

东坡安家，四百年前自外地迁入，于南郊荒地建宅，形奇特。后子孙兴旺，家宅富裕。数年后，传此宅中太岁现身，引为奇谈。

◉ 楔子 ◉

冬，大雪日，枣树下，寒风旋卷，枯枝如灰。

她在树下埋东西，冻到通红发紫的十指，缓慢而机械地将覆着冰雪的土拢起，压实。

这是一片荒地，四下无人，只得这一棵枣树，说不出的孤单冷清沉甸甸地挂在枝头。

她靠着树干坐下，身上的衣裳太单薄，薄到随时都会消失在这个冬天似的，两块并不正常的红晕挂在曾经清秀明媚的脸上，一道长长的疤，从右脸颊一直延伸到下颌。

杨柳青青著地垂，杨花漫漫搅天飞。

柳条折尽花飞尽，借问行人归不归——她轻轻地唱，那是寻常市井里听不到的调子，精致，悲伤，每个音符都绵长柔软，仿佛能从里头拉出剪不断的丝。

她一开口，北风也缓了些。

翌日，路过的樵夫发现了她，然后，果断报了官。

那一年，官府里堆积如山的文案里多了这样潦草的一条——

"东坊南郊无名地，一女倚树而僵，双臂微伸，无伤无毒，系天寒致命，无疑。亡者生年不详，估为二十一二，身份难定，遗体无人认领，由官府代为安葬。结案。"

数百年后，又逢落雪之日。

写着"安宅"二字的灯笼在精致的屋檐下随风摇动，裹成一个球的小厮拿着扫把，打着呵欠拉开大门，旋即变了脸色大喊起来："哎哟喂可了不得啦！门口有个死人！！！"

他还没死，起码还有半口气，至少还能听到有人在大喊大叫。

冰凉的砖石垫在脸下，他竟然一点也不觉难受，肚子里是空的，五脏六腑都是空的，整个人都是空的，难受与好受都不再属于这个身体。

他是怎么走到这户人家前的，他也说不清了，就是觉得这户人家比别处都亮，他就跟飞蛾一样，循着亮光，跟跟跄跄地来了。

又一阵急促散乱的脚步声后，有人来试他的鼻息，旋即便是斥责："小兔崽子胡喊个什么！这哪里是死人了，分明还有气！快将他抬进去再说！"

这是他在彻底昏迷之前听到的最后一句话。

混乱的光线与嗡嗡的人声在身边交织，灵魂仿佛也脱离了去，朝前方那团若有若无的光飞过去……

一 ✿

"逗我玩儿是吧？"我急吼吼地从外头冲进来，将手里印着"公函"二字的信封与信纸朝桌上一摔，跳到板凳上咆哮，"三府会考是个什么鬼？还要我参加？"

抱着一本闲书窝在躺椅里的敖炽不耐烦地冲我道："管他什么鬼啊，不想去就不去呗！一把年纪还在椅子上跳啥！我正看书呢！"

"闭嘴！有本事你去当这个狗屁国主！"我跳下来冲到他旁边，一把从他手中抽走那本《百美图集》扔到地上，"这也算书？哪有人会一边看书一边照镜子说这个没我帅那个没我帅全部没我帅的！"

敖炽所谓的书，其实是一本从街头书摊上买回来的类似画集的玩意儿。也不知是哪个无聊画师弄出了这么一本东西，把鱼门国历代男女美人的画像都给列了出来，美女五十名，美男五十名，美其名曰"百美图"，销量居然还不错，连卖烧饼的不识字的李二麻子都买了一本。

得了这本书，敖炽就像找到了生命的灯塔，一边看一边照镜子，并喜滋滋地从中获得毫无根据的优越感。

只有闲成了太平洋的人才会干这种无聊事吧。

"这难道不是事实吗？！"敖炽弹起来，"我仔细研究过好多遍了，这里没一个男人比我英俊。女人的样貌么，倒还可以……"

"那你倒是都娶回来啊！"我冷哼。

他摸摸下巴作沉思状："那不行，我看这里头大部分女人都是'古人'了，活到现在的也肯定老得不能看了，综合评定，还是你好点儿。"

"滚！"我朝他屁股上踹了一脚，"去看看未知跟浆糊的作业写完了没有！"

"肯定没写完，等会儿再看，急啥，我们应该多给年轻人一点时间。"他白我一眼，走过去拿起被我摔到桌上的信封跟信纸，"国主大人，这可是火漆封口的公函呢，我能看看不？"

"我说不许看你就不看吗？"我回瞪他。

"当然不会。"他贱贱一笑，拿起信纸，"来来，我看看到底是啥东西惹我夫人这么生气。"

几分钟前，有两个家伙同时来到不停，一个是天衣侯府的小厮，一个是官府老大聂巧人的属下，不但同时到达，目的也一样——给我送公函。

身为挂名国主，又没钱又没权还不被下属尊重，我都快忘记这层身份，突然出现一份公函，着实吓我一跳。当下打开，两封公函连内容都几乎一样——

"三府会考将至，请国主府循例主事，我处自当从旁协助。"

落款处分别是天衣侯府与官府鲜红的印章。

可是，啥是三府会考啊？我不用装也是听不懂的样子啊！

"三府会考？"敖炽把只有一句话的公函来来回回看了几遍，"听起来似乎是一场很牛的考试？但问题是你一个连学校都没进过的半文盲怎么去主持考试呢？"

"只有文盲才会看什么百美图。"我把公函抢回来，愤愤道，"这胖三斤出门买东西到现在还不回来，他是个女人吧，这么磨叽！"话音未落，胖三斤拎着菜篮子哼着小曲儿滚回来了，还没站稳就被我抓住，把公函扔给他："啥意思？"

他看过公函，不禁瞪大眼睛："哟，三府会考之期又到了呀。啧啧，看来老板娘您要忙一忙了。"

"啥啥啥？"我急了。

"鱼门国每隔三年都有一次全国性的考试，国中有才之人自四坊而来，齐聚东坊，文武双试，过五关斩六将，全程由国主府坐镇，官府与天衣侯府从旁协助，三府共同选拔出最优秀之人才，善文者多由天衣侯府所用，善武者自然收归官府。特别出类拔萃者，国主可留为己用。不然您以为这么多年，三府之中的人才从哪里来。"胖三斤不慌不忙道。

我望天，想了想："听起来不是跟考状元差不多？"

胖三斤点点头："是差不多，不过咱们这儿的三府会考说不定比考状元还刁钻些呢。考官们出的题目也是五花八门无奇不有呢。"

"等等，考官是谁？考题谁出？"我瞪着他。

"既是三府会考，考官自然是老板娘您和您的文武二将啊。"胖三斤微笑，"哎呀，要说这三府会考，因为早些年国主之位悬空而暂停，如今可好，咱们鱼门国又有一桩盛事了。"

"盛盛盛事？盛事个毛线球啊！"我忍不住又在他面前跳起来，"我是老板娘啊，全国人民甚至都不知道我是国主啊，我没进过学堂没文凭怎么当考官？你这不是给我挑事儿吗！"

胖三斤无辜道："这又不是我定的。三府会考乃国中大事，沿袭多年，并非某一人说了算，老板娘你虽然对国主身份一再掩饰，这也不耽搁你当考官的，实在不行，你戴个面纱？"

"你个娘娘腔才戴面纱！"我忍不住戳他的脑袋，"你不是说这个什么会考因为没有国主暂停过么，既然我从未公开过我的身份，那么不知真相的吃瓜群众们肯定以为国主之位依然悬空，既然如此，为什么突然又把这事给提出来了？"

胖三斤耸耸肩："想必是聂大人与天衣侯觉得需要补充新血了吧。"

我就知道是这两个在使坏，咬牙道："他们要招兵买马自己去招就是了，扯上我干啥？我这就去找聂巧人算账！"

"您找他们也没用啊。那二位是什么性子，您又不是不知道。"胖三斤拉住我，"既然他们二位已经联手出了公函，那表示此事势在必行。您也不必担心身份暴露，纵然大家免不了会知道有了新国主，可也不知道新国主就是不停的老板娘。您还是可以自由翱翔的，还是可以跟卖葱姜蒜的小贩讨价还价的。"

我垂下头，哭丧着脸道："群众里面有坏人啊！他们俩欺负我！"

胖三斤哭笑不得："老板娘您究竟在担心何事呢？当考官罢了，具体要做什么，聂大人与天衣侯自会与您商议，我也会为您提供力所能及的协助，您不是一个人在战斗呢。再说，三府会考本身也是一件好事，既能挖掘出一批有用之才为国效力，同时也是给有抱负有能力的人提供发挥价值的机会，您身为国主，自然也希望鱼门国欣欣向荣，代代繁华吧？"

我长长叹了口气："你知道我有多讨厌考试这件事么？一次输赢又能证明什么？"

胖三斤想了想，道："确实不能证明所有，但起码能证明一部分。至少这是一场公平的竞争。"这么说，也不是全无道理。我看了看他："啥时候开始考试啊？我要做什么呀？"

胖三斤掐指算了算："会考之期通常于大暑之日开始，要考哪些内容，考多少时间，都由三府商议决定。如今连小暑都还没到，老板娘您还有大把时间准备。至于要做些什么，相信届时聂大人他们会跟您详谈的。"

大暑之日，现在还不到六月，就是说起码还有一个多月时间，想到这里，我总算是平静了些。

"我做饭去啦。"胖三斤挽着菜篮子朝厨房走，走出几步又停下来，回头冲我一笑，

"您从不拿自己当国主，但您总是会做国主该做的事。"

这话说的，我干什么惊天动地的大事了？不就是解决过一条有问题的路，挽救过一个差点走上邪路可能现在也没多正直的臭道士，收拾过一只石头老虎，扳倒了一个卖毒品的不法商人，以及帮各位大爷大妈找猫找狗找假牙等等等，我做的明明是一个生意人该做的事。胖三斤这句话，是称赞还是有别的意思？

不觉间我来鱼门国已近半年，也就是说，我还能在这里留半年。

想到半年之后我就吃不到胖三斤煮的饭菜，听不到聂巧人的冷嘲热讽，不能再跟唐夫人八卦，不能再教训木道长那个老油条，不能再坐在竹帘之后看夕阳之下东坊的大街小巷，也不可能再生活于一个仿佛倒退千年时光的世界，心里居然隐隐有些舍不得。

直觉告诉我，鱼门国只能是鱼门国，这里的一人一物，一草一木，都注定要留在原地，而我只是偶然的过客，一旦离开，永无归期。

可是……我真的可以全身而退？初入国境行舟水上时看见的生于水下的彼岸花，还有青山之后历代国主的坟墓，无数暗藏在平静生活背后的秘密，一直是我最大的不安的来源。

平心而论，这里并不是一个糟糕的地方，但为何会成为龙族惩罚罪犯的"监狱"？

正午的阳光洒下来，很热，我捏着那两封公函，出神地站在阳光里。

"你在那儿晒腊肉呐？"敖炽从窗户里探出脑袋来朝我招手，"还不快过来！你女儿刚刚写完了一篇作文，名字叫《我的爸爸妈妈》，看完我保证你一定会打死她的！"

"来了来了！喊什么喊！"我回过神来，深吸了口气，快步朝他走去。

我清清楚楚地记得，我来到鱼门国的第一天，胖三斤便对我说过——

真正的龙，永远不可能突破鱼门而入。

但是，敖炽就在我面前，看得见，摸得着。

二

咣咣咣！

从来没人把不停的大门拍得这么响。

我前脚刚进屋，后脚就把我给震了回去。就算是聂巧人和天衣侯的人来找我，也不敢下这么大力气！

"谁啊这是？！"心情本来就不够爽朗的我没好气地冲到门前，猛一下拉开大门，劈头就骂，"敲这么大声是想拆我房子吗？！"

还没看清来者何人，一股销魂的大蒜味就扑面而来，熏得我连退八步。

"您是老板娘？不停的老板娘？"

伴着一声惊喜的呼唤，更浓郁的蒜味快马加鞭朝我扑来。五十来岁的光头大叔，比我还矮半个头，穿着像是小了一码的绸衫，露出一口并不好看的牙，一脸兴奋地盯着我。

我掩着鼻子，瓮声瓮气答道："自然是我。"

没有一点点防备，他就这么向我扑过来了，双眼放光。

然而有人比他动作更快，一脚将他踹翻在地。

"咋？大白天的还想耍流氓？"敖炽嫌弃地瞅着地上那四脚朝天的家伙，皱眉，"你把全东坊的大蒜都吃了是不是？这么臭！"

"哎唷……"大叔揉着肚子，龇牙咧嘴地爬起来，一边从袖口里掏东西，一边又朝我走过来。

敖炽挡在他跟我之间："有话就站那儿说！不然别怨爷拆了你的骨头！"

大叔停下步子，一个沉甸甸的小布包被掏出来，抖开，哗啦啦一阵响，好几条沉甸甸的金链子落到地上，在阳光下闪闪发光。

"给您的，都是给您的！"大叔捂着肚子，总算是恢复了一点正常人的样子，"听说不停专为人寻找失物，我有急事相托！"

客户？我瞄了一眼地上的金饰，迅速估算着它们的重量，脸上立刻由阴转晴，拨开敖炽走到大叔面前，忍住蒜味笑道："您早说呀，吓得我以为家里来疯汉了呢。我夫君下手没轻重的，您没事儿吧？"

大叔赶紧摆手，咧嘴笑道："也怪我太激动，一见老板娘您就跟见了亲人似的，唐突了唐突了！"本来我想说屋里坐吧，但一考虑到这漫天遍野的大蒜味，我改口道："院子里坐吧，就冲您拿我当亲人，怎么也得喝杯好茶才是。"说罢又赶紧把金链子捡起来，装模作样地要还给他，"您都还没说说丢了什么，我也还没答应要不要接这桩生意，金子您还是先收起来。"

"不不不！"大叔慌忙把金链子推回来，"不管老板娘您接不接这单生意，这些都是您的，权当是个见面礼，买卖不成人情在。我成大远没别的意思，就是敬佩老板娘的为人，老早听说您的不停专为人寻找失物，童叟无欺，连老太太的假牙都能找回来，不但有本事，又是菩萨心肠，哪怕今日您不帮我，能见到您一面，我也倍感荣幸呢！"

真是千穿万穿马屁不穿，这话一出口，连那股蒜味都不那么令人讨厌了呢。

"来来，坐坐坐。成老板是吧？"我喜笑颜开地将他领到院子里的树荫中坐下，又喊来胖三斤给他沏了一杯香气扑鼻的铁观音，"喝茶喝茶，这天气怪热的，歇歇再说。"

他端起茶杯嗅了嗅，连声说好茶好茶，但旋即又放下，急迫道："老板娘，不管怎样，还是希望您能帮我一把啊。"

"丢啥了？说说看。"我端起茶杯喝了一口，敖炽坐在我旁边，一手捏着鼻子，一手拿一把大蒲扇使劲儿扇风。

"宅子。"他脱口而出。

"房子也能丢？"敖炽噗嗤一笑，"难不成还长腿跑掉了？"

他长叹一声："此事说来话长。东坊南郊那所大宅本是安家祖宅，据说安家乃是个百年大族，人丁兴旺，显赫一时，只怪时运弄人，这几十年来越发凋敝了，现在就剩一位安老爷子主事，膝下还有一位小少爷。去年立夏之时，安家少爷拿了祖宅的房契来我钱庄借钱，说好一年还清，逾期即拿祖宅抵债。我宽限了他们好几日，也不见他们拿钱来还，我自然就拿了房契与当时立下的字据去安宅收房子，谁知他们竟一口否认有借钱这回事，甚至说根本不认识我，死都不肯搬出去。我气得呀，白纸黑字的事啊！可恨我又不是那些狠辣货，也想不出什么好法子对付，索性带着手下住进安家。可没住上几天，我贴身收藏的房契不翼而飞。这必然是安家人搞的鬼啊！这年月，欠债的倒还厉害过放债的！别人都当我们开钱庄的心狠手辣，赚的也是容易钱，哪个知道我们这些正经人的苦啊！"说完，他还可怜巴巴地抹了抹眼睛。

我笑笑："为了逼他们搬走，你真的什么事都没干？没往人床上扔过死老鼠？没往人水缸里下泻药？没装神弄鬼吓唬人家？"

"没有！绝对没有！"他赶紧否认，"我是正经生意人。有借有还，咱们之前说得好好的。我们装神弄鬼？我看他们才装神弄鬼！"说到这儿，他压低声音，"您当我稀罕他们安家的宅子么？好些人都说，那老宅子里有古怪！我就算收了这宅子，也是打算推倒重建再转手卖钱的。"

"古怪？"我看着他。

他又凑近了些，声音压得更低："不干净的东西啊！您想啊，百年老宅，又没几个人住里头，能不古怪么？我那两个手下都在半夜见过怪东西，有说是个没脸的黑影，有说是个穿红衣裳的女人，在宅子里飘来飘去……也亏得是我们胆子大，想着怎么也得把房子收回来，这才坚持在里头住着。"

"那你自己看见什么东西了么？"我问他。

他挠了挠自己的光头："我倒是没见着，我这人睡觉特别死，天塌了都不醒的。不过就是觉得那宅子里冷，彻骨的冷，您看看这什么天儿，还是冷！"

"所以你想让我替你找回房契？"我放下茶杯，"话说这事儿不该我管啊，丢了房契属于盗窃案，你应该找官府才是正经。"

"怎么没找啊！"他一脸沮丧，"官府每天要处理的案子那么多，杀人放火哪件都比我这件麻烦，官府也是人力有限，等到他们排出时间来查我这个'小案子'，再快也是几个月之后了。我这儿等不起啊！这房子一日不推倒重建，我就得损失一日的银钱啊！我连新屋舍的买家都找好了，答应别人两年后交付，本来一切都计划得好好的，你看现在这事闹的……"

我想了想，笑："听你这么一说，你似乎不光是要我们替你寻回房契吧。"

他嘿嘿一笑，有些尴尬地搓着手："这个嘛……如果老板娘肯帮手让安家人搬离，我更有重谢！您看，这毕竟也算是替我彻底找回属于我的宅子嘛，跟您的生意不冲突是吧？"

敖炽碰了碰我，小声道："这事儿棘手呢，他都说了现在是个安老爷子主事，这些老人家可不好对付，稍微用力过猛，老头儿一激动，挂了咋办？万一没挂，半身不遂，干脆赖上咱们又咋整？犯不着为了几条金链子接这烫手山芋。"

敖炽说的也不是没有道理，但一看到那些金光闪闪的宝贝儿，我又欲罢不能。

"成老板您也别着急，接不接这单生意，我现在还不能答复你。"我把金链子推到他面前。

"不不不，老板娘您别这样成不？"他又把金链子推回来，"你收下金子慢慢考虑也不迟。不过也别太迟了，明儿日落之前能给我个答复么？我就在安家等您！"

"没有正式接下生意，我是不收分文的。"我坚持把金链子还给他，"这些您先拿回去。我会仔细考虑考虑，就明天日落之前吧，我亲自去安府拜访，届时再给您一个确实的答复，如何？"

"这……"他面露难色，思忖半晌又道，"明天日落之前？！说定了？"

"就这么愉快地决定了。"我笑。

"好，我等老板娘大驾光临！"他无奈地收起金链子，"那就先告辞了。"

我看着那杯一口未动的铁观音，笑问："成老板不爱喝茶？"

"粗人一个，平日里就好喝几口老白干。"他嘿嘿一笑，"再配上几头我最爱的老蒜，那滋味真是绝了。"

我跟敖炽对视一眼，从没听过老白干配大蒜这么酷炫的组合。送走成大远，敖炽问我："你要接？"

"金链子诶！"我说，"大拇指那么粗的金链子诶！"

"你要应付的很可能是一个固执到死，可能还会有各种怪癖的老头子，单从借钱不还还能理直气壮这点来分析，这安家就不是省油的灯。"敖炽边扇蒲扇边说，"当然我也

太岁

105

有一百种方法让老头子从宅子里消失，如果有这个必要的话。"

"肯定没这必要。"我白他一眼，"我们开的是不停，不是强盗窝子。天下没有任何事是不可以商量的。先摸摸那家人的底细再说呗。"

正在厨房里洗菜的胖三斤被我叫了出来，手里还捏着滴水的竹笋。

"东坊南郊的宅子？姓安的人家？"胖三斤仔细回忆着，"倒是有些印象。这宅子颇有些年头了，少说也有几百年了吧？！姓安的人家世代居住于此宅，关于这户人家倒也没听说过什么特别的事情，是个大户人家，家中子孙混迹于各种生意场，倒也风生水起，显赫一时，只是后来似乎遇到了难处，渐渐家道中落，人丁稀少，再后来……就没后来啦，普普通通的人家，似乎也很少与外界打交道，也并不惹是生非。"

"就这些？"我打量着胖三斤，"你在鱼门国恐怕不止呆了几百年吧，连安家大宅的底细都不清楚？"

胖三斤耷拉下眼皮，无奈道："老板娘您恐怕也不止几百岁了吧，那您能知道您所居住的地方的所有人的底细么？我并非闲来无事热爱家长里短的婆婆大婶，许多事也仅仅是道听途说知道个大概罢了。"

说的也是……我挥挥手："去去，做饭去。竹笋烧肉是吧？"

"嗯嗯，我特意选了肥瘦适宜的五花肉哦！保证入口即化，不油不腻。"胖三斤笑嘻嘻地说，末了又道，"若老板娘想知道关于这宅子的详细来历，想来国中也只有一个地方会有详细记载。"

我撇撇嘴："天衣侯府？"

胖三斤点头："正是啊，凡与民生有关之一切，皆被天衣侯府记录在案，连小小一个摊贩的来历底细都能查到，何况是有百年历史的老宅子。"

"可我一想到天衣侯那个老不死的就来气怎么办？"我还记挂着被他扣走的金子呢……

"忍着呗。干吗跟生意过不去呢？"胖三斤笑着回了厨房。

"去吗？"敖炽问我，"话说那厮府中的婢女们个个颜值都很高呢，不比那百美图里的女子差多少。"

我打了个呵欠："哦，你不知道聂巧人手下的衙差们也个个都是英俊非凡的小鲜肉么，还个个都有六块腹肌，正好我有事想去官府一趟，要不你我分头行事？"

敖炽转了转眼睛，突然在我身后暴跳如雷："你咋知道人家有六块腹肌的？你一把年纪还偷看人家洗澡？"

一只拖鞋飞过去砸他头上。能动手解决的，绝不多废话。

三

在东坊住了半年，时间越长，越觉得这里太大太大，许多地方是我至今都未曾涉足过的，比如，"安宅"。

在我印象中，从东坊的南门出去之后，是一片开满山花的缓坡与洼地，远处落着几个村子，一条弯弯曲曲的石子路跟一条半干不干的小河水并驾齐驱，延伸到模糊的远方。

没记错的话，当初聂巧人带我去的弥弥村以及木道长的天仙观就在附近吧，但又好像不是。路痴的痛，请谅解。

在问过路人之后，我才知道从那片缓坡上爬过去，走到一片竹林时左拐，竟然有另一番光景——一座大宅安然立于夕阳之下，尽管染着岁月的痕迹，却不曾失掉半分威赫，像个阅尽沧桑的老者，依旧矍铄地看守着它在乎的一切。

反正吧，我去到的每个宅子，不管唐府还是罂家还是这个安宅，都比我住的房子好一万倍！感觉人家一个厨房就比我的卧室还大……

敖炽碰碰我："看啥呢？口水都要掉下来了。"

"这宅子修得好啊，上百年的老房子看起来还这么扎实。"我说。

"我东海龙宫的集体宿舍都比它华丽得多，怎不见你夸赞几句？"敖炽白我一眼。

"光华丽有什么用。"我冷哼，"一座有历史有故事的宅子，一定会被一种无形的气场包裹着，让你忍不住想进去一探究竟，哪怕是里头的一棵荒草，一根立柱，也是与众不同的，所谓神秘感，便是如此。"我啧啧两声，又道："这么好的宅子，推倒重建未免可惜。我得好好建议一下成大远。就算改造成高档观光客栈也不错啊，你看这外头环境多清幽。"

"说这么多，就像你已经替成大远把宅子拿回来了似的。"敖炽横抱双臂打量着眼前的大宅，"别忘了你要面对的是个欠钱不还的老油条，你敢碰他一下他立刻就能倒下来装死的。"

我冲他嫣然一笑："再老能老过我？"

"也是。走，敲门去。"他也笑，牵起我的手往前走去。

高大的宅门巍然于前，上好的木材在岁月里依然坚实挺括，每一道痕迹都泛着无法复制的古朴幽光，铜质的虎头门环上布满了淡绿的锈迹。

"一点人气都没有啊。"敖炽啧啧道，拿手指碰了碰门环，"常常被人摸着打理着的门环不至于锈成这样嘛。"

我轻轻捏住门环，扣了几下。

没人应门，我又加重力气扣了几下，老头子耳朵背听不到，年轻人总该听到吧，再说成大远不是还在里头么？

正在我准备喊敖炽翻墙进去瞅瞅虚实的前一秒，大门打开了。

面容白净清秀的年轻男子站在高高的门槛后，浅灰色的袍子整整洁洁，头发梳得一丝不苟，藏青色的头巾在裹着热气的晚风里微微晃动。

"二位有何贵干？"男子的声音跟他的面容一样轻柔秀气，透着股读书人的味道。

"哦，我们是成大远的朋友，他是住这里吧？"我探头探脑往里瞅，门缝后头，只见一条长长的通道，没有什么光线，也看不到一个人影。

百姓人家，开门不见庭院而是一条不见天日的通道，这样的布局倒是少见。

年轻人皱了皱眉头："你们找他啊。"

"是的，我们约好了的。"我猛点头。

年轻人想了想，让到一边："那你们进来吧。"说罢，他又多看了敖炽的花衬衫一眼，觉得奇怪又不好意思说出来的样子。

这事我也毫无办法，也不是没有替他准备随大流的袍子，胖三斤给他做了好几件，他非说丑非说像浴袍反正就是不穿。最后胖三斤无奈，找来他能找到的最花哨的布料，照着敖炽穿来的花衬衫给他重做了好几件，大红大绿的花朵简直丧心病狂。

总之每当敖炽穿着崭新的花衬衫在我面前晃，我心里都有一只巨大的羊驼狂奔过去……

"打扰了。"我拉着敖炽不动声色地迈过了门槛。

入门后的通道很长，灰色的砖石密集地叠出一个固若金汤的空间，几个火把插在墙壁上，但是都没有点燃，整个通道的照明仅仅依靠尽头处的亮光。

好歹走完了，我眼前顿时敞亮——好大的宅子啊！！！

房间排列倒是中规中矩，四四方方地围成一个巨大的矩形，一共三层，每层房屋前都是朱漆立柱串成的长廊，檐下每隔一段距离就挂一串铜质的风铃，而东南西北角又各有一个往里延伸的巷道，不知后头还有多大的面积。总之，这个宅子十分方正对称。

但怪的是，放眼看去没有任何花草点缀其中，除了院子中间那棵矮矮的枣树。

这棵树应该被照顾得很好，枝繁叶茂，翠绿满目，枣花尚在花期，一串串乖巧地躺在枝头。但是，这么大的院子里只有一棵枣树是不是太浪费了？

"那个人住在二楼东厢房里。"年轻人顺手指了指左前方。

"未请教公子是……"我打量着他。

"在下安玉禾。"年轻人拱手道。

我笑问："安家的公子爷？"

他不否认，将我们带到长廊东角的楼梯前："自此上去左转第二间房便是。"

真是个心大的人呢，面对陌生人一点都不警惕，甚至都不问我们姓甚名谁，随随便便就把我们放进来了。

"你很讨厌成大远吧，安少爷？"敖炽指了指楼上，突然问。

他又皱皱眉，把明显的厌弃控制在这个小小的表情里。

"没有见过这样无赖的人。"他淡淡道，"非说我跟他借了钱，要拿我家宅子抵债。我们自然不从，他便带了手下硬住进来，硬要我们搬走。此行径与强盗有何异。"

我与敖炽面面相觑，一个指天誓日地说借钱不还，一个言之凿凿说子虚乌有，两个人都不像在撒谎……

"既如此，为何不报官？"敖炽盯着安少爷，"这可属于私闯民宅，怎么也得把他们抓起来重判才是。"

安少爷沉默片刻，道："且看他们如何胡闹，小事无须劳烦官府。"

"安少爷的心胸果真如大海一样宽广呢。"敖炽笑，"这些讨债的家伙没少骚扰你们吧？"

"就是住着，也并未造次。"安少爷道，"所以才没有报官的心思，世道艰难，兴许他们有他们的难处，闹一闹也就过去了。何况宅子宽大，多住几人倒还热闹。"

啧啧，这思路……不过总算有一点跟成大远说的一样，就是他没有对安家人做过缺德的事，只是住在这里碍他们的眼，希望用这种精神压力逼他们搬走？！而安家上下对这种"我用眼睛杀死你"的逼债方式显然并不接招，你爱住就住，我不报官也不骂你当你小透明……这种交锋也算少见了。我活了这么长时间，债主逼债的法子自古以来都没大变化，没有哪一种是能上台面的，但落到成大远身上倒是例外了，这么礼貌的债主也是清新脱俗呢。

正说话间，北角那儿走出两个人来，俏生生的翠衣小丫鬟搀着年近古稀的老头子，在老头手中的拐杖发出的嗒嗒声里，沿着走廊缓缓朝这边来。

"是……谁？"老头微佝着背，紫到发黑的长袍像一片甩不掉的阴影，裹住行将就木的身体，连声音都比寻常人慢了一拍，像是出了问题的老唱机，握住拐杖的右手少了一根食指。

"来找成大远的。"安少爷迎上去，扶住老头的胳膊，"爷爷，日暮风起，您出来做什么？"说罢他看向小丫鬟："你也是，怎的不给爷爷披上披风？受了风寒如何是好？"

"老爷子死活不肯穿，说热。"小丫鬟也一脸无奈。

安少爷皱皱眉："算了算了，你快将他扶回房去。"

太岁

109

"是……谁？"老头像是听不到身边人的说话，自顾自地又问了一次，老迈的双眼里一片浑浊。

我用询问的眼神看着安少爷，他方才道："这是在下的祖父，身子不好，脑子也有些糊涂，毕竟上了年纪，难免的。"

"原来是安老爷子。"我笑着朝老头施了礼，"小女子姓沙，今日与夫君来府上拜会成老板，叨扰到您不好意思。"

话音未落，小丫鬟噗一声笑出来："老爷子记不住的，您说了也是白说。"

安少爷看了她一眼，她吐吐舌头，不敢再言语。

"爷爷，您先跟泥儿回去，我一会儿就来陪您吃晚饭。"安少爷替老爷子整了整衣领，对小丫鬟道，"把爷爷扶回去。"

"好。"她挽着老爷子正要离开，突然又回头笑嘻嘻地看着我的旗袍："你这裙子好生怪异，我从未见过，但是真好看。"

不等我回应，安少爷已开口斥责："多嘴！还不回去！"小丫鬟又吐舌头，赶忙扶着老爷子走了。

"家中丫鬟疏于管教，二位见笑了。"安少爷朝我们一拱手，"天色将晚，外头的路不好走，二位访客完毕后还是尽快离开吧。"

"好的好的，您忙您的。"我赶紧道，"我就是来跟成老板说两句话，说完就走。"

安少爷点点头，转身离开。

暮色之下，整个安宅变成了老照片似的颜色，夜风偶过，檐下风铃叮当作响，走廊上安少爷的背影，轻飘得像个幽灵。

"无头公案啊，一个打死都说借了钱，一个打死都说没借，你怎么想？"敖炽挠着鼻子问我，"要不别理这麻烦事了，咱不差那几条金链子，等年底出去了，你想要多少金子没有。"

我想了想："上去跟成大远碰个头再说，总得有个交代。"

说罢，我噔噔噔地上了楼梯。大概是时间久远，我总觉得每走一步，楼梯就晃悠一下。

四 🦢

成大远的房间房门紧闭，听不到任何声音。

敖炽咣咣咣地敲了好几次门也不见人来开门。

"那厮说他睡着了就跟死了一样，该不是睡着了吧？"敖炽把耳朵贴到门上。

"这时候是睡觉的点儿吗？"我皱眉，吸了口气，将手掌覆在门上，稍用灵力一推，房门应声而开。

熟悉的蒜味又扑面而来，普普通通的卧房里空无一人，对面的大床合着帐子，一双男人穿的黑布鞋摆在脚踏旁。

真在睡觉啊？我跟敖炽走上去，敖炽撩开帐子，床铺上躺的，正是那成大远，此刻这厮正枕着松软的枕头，双目紧闭，躺得笔直，对我们的到来没有丝毫反应。

我跟敖炽对视一眼，心知不对，敖炽推了推他露在外头的胳膊，脸色微变，又立刻探他鼻息，片刻之后，他对我摇摇头："挂了。"

啥？昨天还在我面前活蹦乱跳的汉子，今天就变成一具僵硬的尸体了？！

我环顾四周，房间里整整齐齐并无特别，且房门是从里头上锁，看成大远的表情也是毫无痛苦或惊讶之状，跟睡着了并无两样。

难不成这厮太爱睡觉不注意锻炼，所以睡着睡着就睡死了？！

但几率小到连我都不相信啊！正疑惑间，我突觉脚下有异，与敖炽同时低头一看，两双枯黄的手，瘦得只有一张皮，出人意料地从床底探出来，没骨头似的缠上了我跟敖炽的脚踝，并试图继续往上爬，力气还不小。

但是，这种级别的暗算还是不要用到我们身上吧。我出指一挥，低喝一声："断！"

四只枯手应声而断，落在地上化成几段黄藤，扭动几下便没了动静，但床底旋即又钻出十几只枯手来，报仇似的往我们脚上狠狠缠过来。

敖炽拉住我举起来的手指："你那没用，我来给它们断个根儿。"

不得不说这些黄藤化的枯手还是有些本事的，起码在敖炽跟我说话的这一刹那，它们已经缠过了我们的膝盖，很紧，这种骨头都要勒碎的力道一般人恐怕承受不住。

一团拇指头大小的火光，随着敖炽的一个响指落到爬得最快的枯手之上，腾的一下，所有枯手都烧了起来，纷纷落到地上。我跳到一旁，飞快掸去裙摆上的火星，骂道："你下手注意点！烧坏我的裙子咋办？！"

"你那旗袍又不怕火。"敖炽白我一眼，"对付这些藤蔓植物，没有比火更有用的了。"

说话间，一个人从床底滚了出来，哎呀呀地乱叫着，拼命甩着手，最后一截正在燃烧的黄藤就拴在他的手腕上。

"木道长？！你怎么在这儿？"我瞪大了眼睛，指着面前这个好不容易甩掉黄藤的笨蛋，天仙观的主人，很久没见的木道长！

木道长一边吹着被烧疼了的手腕，一边诧异地看着我："老板娘啊？您身边啥时候多了这么个妖孽啊，乱放火是要出人命的！"

太岁

111

"管谁叫妖孽呢？"敖炽瞪着这个秃顶老道士，"你喊的老板娘是我老婆知道不？"

"啊？"木道长瞪大了眼睛，立刻转向我："当真？"

敖炽来到鱼门国后，好像的确还没有见过木道长，我点点头："是。"

木道长立刻换上他惯有的谄媚的笑脸，一把握住敖炽的手道："对不住啊对不住啊，不曾想是老板娘夫君，冒犯了冒犯了，今儿真是大水冲了龙王庙，自家人打自家人哪。"

敖炽嫌弃地抽出手，没好气道："自个儿照照镜子，都秃成那样了，谁跟你自家人！"说着他又转过头问我："你以前跟我说的就是这个臭道士？想揍我们家浆糊的那个？"

"哎唷，那都是多久前的误会了！"木道长赶紧赔笑脸，"如今见着您了，才知道为何浆糊小公子会生得如此丰神俊朗，小小年纪就气势万千，原来都是随了您这位亲爹啊！"

坏了，我觉得敖炽马上就会改变对木道长的看法。

果然，敖炽的脸立刻就不那么臭了，居然还笑着拍了拍木道长的肩膀："眼神儿不错。改天来我家坐坐，顺便传授你一套生发秘方。"

"都给我住嘴！"我站到他们俩中间，"床上还躺着个死人呢，你们两好意思在这儿相见恨晚？"

木道长这才道："我也纳闷儿啊，您二位大老远的跑这宅子来干吗？我还以为抓到那贼人了呢！"

"贼人？"我跟敖炽俱是一愣，"偷啥了？"

木道长指了指成大远："他。"

"偷成大远？"我跟敖炽脱口而出。

"成大远？谁是成大远？这位叫胡大远啊。"木道长迷惑地挠着秃头，"我也是受人之托啊，找了足足六天才寻到这位的下落。"

"胡大远？"我也蒙了，急问道，"受谁之托？"

"胡大远的老婆呗。"木道长说，"七天前，这胡方氏哭哭啼啼地寻到我天仙观来，抱着我腿就不撒手啊，说她刚刚下葬还不到三天的夫君被人偷了，墓地被掘了个大坑，大家都说造孽哟，又说那块地曾有人狼出没，喜以亡者为食，只怕是被那妖物掘去了，她一个妇道人家又惊又吓，本身就是个没主意的人，一听有妖物作祟，这不就火急火燎地找到我这儿来了么。"

敖炽脸色变得很不好看了，问："你说，躺这儿的家伙七天前就是个死人了？"

"是啊。"木道长笃定地点点头，"这胡大远以前也常来我天仙观烧香祈福，添香油也还大方，他家就在天仙观附近的胡家坳里，平日里做点小生意，是个规矩人。我与他也算熟识，又见胡方氏可怜，加上此事蹊跷，还扯上妖物，于是便亲自跟胡方氏去了他的墓地一探究竟。"

"是妖物所为？"我问。

"呃……"木道长支支吾吾了半晌，"恐怕是。"

"恐怕？"我一挑眉，"你看不出来？"

"哎哟，我有几分本事，别人不知，老板娘您还不知么？"木道长有些尴尬，"我让胡方氏拿了胡大远平日里最爱穿的衣裳，最爱吃的东西，还有他留在梳子上的头发，作法追寻他的下落。整整六天啊，才得知这家伙居然在安家。今儿一早我循着踪迹追来，潜入安家，本打算偷偷带走他了事，但横竖又觉得此事怪异，也是脑子发热，便藏到床下，心想这死了的人总不能自己走到这里来吧。再说了，这安家人活得与世隔绝，起码在我接掌天仙观之后，我从没在任何公众场所见过安家人，听说连他家平日里的菜肉瓜果、灯油火蜡啥的，都是让人送到宅子里。安家显然不该跟胡大远扯上任何关系才是啊。所以我才想躲在暗处等等，看看一会儿是不是有人进来做些什么说些什么，如果真有人来，不是盗尸贼也跟贼脱不了关系，到时候只要拿住对方，总能问出个缘由。"

说着他又无可奈何地看着我们："我在这儿藏了快一天，老骨头都要散了，正打算放弃这念头，要带胡大远离开时，你们却来了。我又不知来者何人，就看见两双脚过来，所以才使出这招鬼藤缠，打算抓住你们审问清楚。"

"你那些烂藤子，对付小猫小狗还行，以后别随便拿出来丢人了。"我白他一眼，突然问，"胡大远最喜欢吃大蒜？"

"大蒜？那倒没听胡方氏提起，她说胡大远最爱吃的是烧鸡。"木道长回忆着，不解道，"吃不吃大蒜有什么要紧的么？不过也是，我今天一进这房间就闻到蒜味儿，浓得很，还以为是安家的人在这房间里用大蒜驱虫什么的。"

敖炽看着胡大远的尸体，说："我知道他为什么要这么说了。"

"他？"木道长一愣，"他说什么了？他不都死了么？"

敖炽不理他，只看了我一眼。我当然也明白了，打量着这具声息全无，冷硬如冰的躯壳："浓烈的蒜味可以掩盖他的死气，不仔细分辨的话，连你我这样段位的老江湖都很难发觉。问题是，他来找我们，用假名假身份不说，只怕说的话也大半不可信。一个死去的躯壳，装成活人拿着金子来骗我们，意义何在？"

"啥？老板娘您说啥？"木道长大吃一惊，指着胡大远道，"您说他去找过你们？"

"昨天中午的事。"我也不瞒他，"他说他叫成大远，开钱庄的，安家少爷借钱不还，不肯按约定拿安家老宅抵债，他才带了手下住进这宅子讨债，但是不久前房契被偷了，他要不停尽快帮他找回来。而安少爷一口否认有借钱这件事，但是对他的强行入住又并不太激烈地反对，不驱赶，也不报官。你说这算怎么回事？"

木道长听得瞠目结舌，想了想又问："那老板娘您答应接这笔生意了么？"

"我今天来安宅就是看看情况，然后再决定要不要赚他的钱。本想着上来给他个答复，谁知道人都没了。"我看着敖炽，"你咋看啊？我现在脑子有点不够用。"

敖炽沉默半晌，反问我："如果胡大远活着，你是答应帮他还是不答应呢？"

"答应啊，为啥不答应。我从来不跟金子过不去。"我的目光被枕头旁边的一个布包吸引过去，因为颜色跟床铺挺接近，刚刚没留意到它，现在看来倒是挺眼熟，好像就是他昨天拿来装金链子那个，鼓鼓囊囊地躺在那儿。

我俯身拿起小布包，抖落出里头的东西，果然是那几条金链子，还有一张叠好的纸条，打开来，寥寥两行字——身无长物，仅有薄金，若偿心愿，千恩万谢。

这倒怪了，感觉就像是知道我会来，特意备好了给我似的，另外，这字迹娟秀清雅，横竖都不像是个五大三粗的男人能写出来。

我能想到的最合理的解释，是"胡大远"知道自己已经不能再"活着"，而他算准了我会来，所以留下金子跟纸条，赌我会接这笔生意，为他一偿心愿。且不管他告诉我的那些话是真是假，他最终极的心愿一定是真的，那就是——把安家人赶出安宅，把这个宅子替他"找"回来。

看起来这并不是一个有正义感的人会去做的事，如果他知道不停，那么多少也该知道我的风格，但他依然来了，依然提出了这样的请求。不知是他太不了解我，还是他到最后一刻都认为他的这个要求并不是一件坏事？

想不出答案。

"那就住下来吧。"敖炽走到窗前，将紧闭的窗户推开一半。

"住下来？"我跟他看着同一个方向，窗外暮色已浓，空荡荡的屋舍与院落都陷在模糊阴沉的轮廓里，没有半个人影，只有时不时一阵风过去摇动老旧的风铃，每一声铃响，都有回音。

木道长缩了缩脖子，说："还是不要了吧……此事诡异，不如先让我把胡大远带回天仙观去，好歹给那胡方氏一个交代，再说死者为大，入土方安，老搁在外头不是个事儿啊。"

敖炽断然道："不行。"

"为啥？"木道长急了，"这不比活人啊，再放下去会坏的……你看他皮肤已经开始变色了！"

敖炽走回床边，发现胡大远的脸色确实比刚才难看了许多，已隐隐透出了死灰之气，没有生命的躯体到底难以支撑时间带来的侵蚀。敖炽想了想，出掌往胡大远身上一拂，一层水波似的光流便自他头顶蔓延而下，转眼便包裹了整个身躯，闪烁几下之后，光流无迹可寻，而胡大远的肤色也在此时恢复如常，与活人无异。

敖炽收回手掌："现在你不用担心他腐烂变质了，我丢出去的这丁点灵力，至少保证他一个月都完好无损。"

木道长诧异之余赶紧向他竖大拇指："厉害厉害！能令逝者如生，这不是一般人能做到的啊！难怪您能娶到老板娘啊！"

敖炽这回倒没有洋洋得意，只一字一句道："已死之人不可能自己从坟墓里爬出来到处跑，此人不过是个傀儡，不管他是被心术不正之人以邪术控制还是根本就是为妖物所纵，要把藏于背后之人挖出来，只能从胡大远身上找法子。他哪家都不去，偏偏赖在安家，足见这家人跟此事脱不了关系。我一进门就奇怪，这么大的宅子，就住三个人。而且还有个怪事，你们自己过来瞧。"

说罢他又走回窗前，朝我们招招手。

好难得看到敖炽这么正经的样子呢！不耍宝胡闹的他，果然还是有几分谜之姿色的呢。我跟木道长赶紧凑过去："什么怪事？"

他指着窗外院落的正中间："那个。"

那棵宅子里独一无二的枣树。

"那棵树啊，我来时就看见了。"木道长不解道，"如此大的地方就栽这一棵树，孤零零的，又不好看。是挺怪的。"

夜色中的枣树在地上投下了斜长的影子，枝叶**窸窸窣窣**地摇动，毫无美感，倒像个病入膏肓，被全世界嫌弃的可怜人。

"你看看这宅子，再看看那棵树。"他回头看我一眼。

我又仔细看了片刻，恍然大悟："困？"

闻言，木道长也猛一拍脑袋："对啊！我也是光顾着胡大远这事儿，都没留神这茬！"

安宅是个标准的四方形，院落中心却独独只有一棵枣树，但凡对建筑稍微有些见识的人，都不会让这种"格局"出现在自己家里，四方加独木，则成一个"困"字，大不吉。

既然安家是一个延续百年的家族，又非目不识丁的乡野粗人，对这种事情必然更加讲究，怎可能眼睁睁看着而不做改善。换成别人，最简单的法子就是直接把那棵枣树移走，或者干脆砍掉，可他们非但没有，还把这棵树照顾得很好。

除非，他们需要这个"困局"？！

"此宅除了人气稀少，倒也没觉察出'不干净'的地方。但是胡大远来找我们时，可是言之凿凿说这里不对劲。"我从枣树上收回目光，笑，"也许是该住下来感受感受。"

"啊？那我也留下来吧！"木道长急忙道，"你们去探探安家人的口风，我在这里看着胡大远，万一有什么怪东西找来，我们彼此也好有个照应！"

我瞟了他一眼："几日不见刮目相看啊，你这秃道做事几时变这么积极了？"

木道长转转眼珠，马上觍着笑脸解释："那胡方氏思夫心切，我既应允她找回胡大远，自然要保证把她的亡夫齐齐整整地带回她身边，万一有个闪失，我也不好交代。"

"收了人家不少钱吧？"我从鼻子里哼了一声。

"没没没……"木道长赶紧甩头，"当初老板娘醍醐灌顶，我早已舍了那歪门邪道的心，如今只一心为百姓们谋福利。"

"信你才有鬼。"我撇撇嘴，"那你好好在这儿守着吧。我估摸着安家人压根儿还不知道自己家里住了个已经死了的人。"

"好好，二位快去，有什么发现一定知会我一声，若真有妖物作祟，我木道长第一个不饶它！"木道长满脸正义道。

走出房间，关门之前，我又回头看了看房里，木道长背对着我们，站在床前，一只脚有些焦灼地点着地面。

关上门，我对敖炽耳语几句，他看我一眼，没有作声。

下了楼，一阵夜风吹得我起了鸡皮疙瘩，四周明明流动着尚还燥热的空气。

安宅虽大，找个人却不难，只管往那亮着灯火的房间去便是了，一目了然。

敲门。

"谁？"

"安少爷，是我们呀，成老板的朋友。"

"门未上锁，进来便是。"

五 ❧

"你们要留宿？"昏黄的灯火里，安少爷放下手里的书卷，不解地看着我们。

"方才跟成老板聊得太起劲，竟忘记了时间，想告辞时天已黑尽。不瞒安少爷，别看我与我夫君长得健康，其实我们俩都有眼疾，这一到夜里就不太看得清东西。"我有声有色地编理由，"你刚不也说外头夜路难行，我只怕此刻离去我们会不小心跌沟里去呢。哈哈哈。"

"原来如此。"他点点头，"那也无妨，你们就去成大远隔壁落脚吧。之前那是他两个手下住着的，这两日像是没见着他们，许是出去办事了。若房间空着，你们就住下吧，我家空房虽多，但常年无人居住，积灰甚重，不宜住人。若他那手下回来了，你来跟我说，我着泥儿给你们重新收拾一间便是。"真是知书识礼又体贴入微的年轻人呢，横看竖看都不是那种会拿着祖宅的房契去借钱的败家子儿。

"行行，太感谢了。"我满脸堆笑，又装作随意地问道，"安少爷，您这宅子就住了您跟老爷子还有小丫鬟？"

安少爷点头："正是。"

"这人确实有些少啊。"我笑，"不觉冷清么？"

"我生性不喜嘈杂，能安静度日，求之不得。"安少爷笑笑。

正在这时，敖炽的肚子很不给力地咕噜噜叫了几声，尴尬之极。

安少爷听了，脸上也没有别的表情，仍是浅浅淡淡地，朝一旁的柜子看了看，说："那里头搁了几个梨子，你们拿去充饥吧。厨房已经熄火，今夜怕是不能招待你们了。"

敖炽立刻不客气地走过去，从柜子里拿出个小竹篓来，几个已经干瘪变色的梨子挤在里头，也不知道被存放了多久……他看了一眼，又把竹篓放回去，回头对安少爷露齿一笑："还是留给你们自己吃吧。"

安少爷也不多劝，说："只怕是搁得有些久了，吃起来也不入口，是我唐突了。"

"没事没事，饿一顿死不了的。"我赶紧道，又将话题一转，"安少爷，我冒昧多问一句，令尊令堂是不住这里还是……"

他的手指缓慢翻过一页书，说："二老已去世多年，我由祖父一手养大。"

说罢，他打了个呵欠："时间不早，二位还是早些歇息吧。"

见他不再接招，我也只得跟他道了晚安，乖乖退出房间。

"怎么看？"敖炽问我。

"有血有肉，非妖非鬼，普通人一个。"我答，"就是少年老成，心如深海。这种人，你光靠套话是套不出什么的。"

"严刑逼供如何？"敖炽亮了亮拳头，"就算不是妖邪，他也不是个普通人，哪有人会任凭外人住到家中胡闹还不报官的？不想报官的人只有两种，一种是不想，另一种是不敢。你说他是哪种？"

"不好说。"我摇头，看着眼前这座四四方方的建筑物，觉得自己像是被无意中关进了一座严丝合缝的堡垒，居然找不到一点突破口。

"我去四下看看。"敖炽说，"总有蛛丝马迹。顺便再找找有没有能吃的东西，饿死了。你回胡大远房间去守着。"

"你小心些。别什么都拿来吃！"我叮嘱道。

"这话留给你自己。"他戳了戳我的脑袋，迅速转身而去。

我回头，北面尽头安少爷的房间依然亮着灯火，除此之外的所有窗口都漆黑一片。他就真不怕有贼人趁虚而入么？就真的那么放心我们几个陌生人在自己家里来来去去？

我沿着走廊往回走，心头正盘算着，谁知刚经过一条巷道口时，一双冷冰冰的手突然自暗处伸出来，一把抓住了我的胳膊！

也幸亏我眼明手快，才及时收住了拳头，否则这风烛残年的安老爷子还不得被我打到支离破碎……我是惊出了一身冷汗的，不等我放下拳头，这老爷子跟没事人一样继续抓着我的胳膊，絮絮叨叨地说："枣花儿开啦！"

我吁了口气，对着这张皱纹密布的老脸道："安老爷子，这赏花吧，得白天才是时候。您黑咕隆咚地到处乱跑，跌了撞了可不得了。"

"枣花儿开啦！"他指着院中的枣树，语气比刚才更欢乐，还跟个孩子似的抓着我的胳膊用力摇，"枣花儿开啦！"

"哎唷老爷子您别激动！"我赶紧拉住他，"您那小丫鬟泥儿呢？怎么不跟您一道？"

"泥儿睡啦。"老爷子又不像完全糊涂了，有些话还是听得明白，"我们看枣花儿去！"边说他边把我朝那边拽。

"好好好，看枣花儿去。"我只得顺着他往枣树那边走，还得挽着他，万一摔了，我是要负责的……紧走慢走到了树下，安老爷子指着树枝上的一朵朵枣花，高兴得皱纹都舒展开了，但又生怕被人发现似的，做了个嘘的动作，小声说："我们看枣花儿！"

"嗯嗯，好看呢。"我附和着。

安老爷子一直仰着脖子，使劲儿仰着往树上看，看了半天，又说："没有！"

我耐着性子问："什么没有？枣花儿不是都在那儿吗？"

老爷子皱起了眉头："没有！"

"有啊，这不是吗？"我指着离我们最近的几朵枣花。

"没有！没有！"老爷子越发不高兴了，垂下头，受了莫大打击似的嘟囔，"没有……没有……"

"好好，说不定明天就有了呢。"我看夜色渐深，不能再由着老头在外头瞎逛，只得好言哄起来，"要不我先送您回去？等您睡醒了，明天就有啦。"

安老爷子抬头看我："明天有吗？"

"有有有，肯定有。"我用力点头。

老头儿垂下脑袋，若有所思地点点头，忽然又盯着我："饿啦？"

跳跃好大……不过我饿了是事实，难不成被老头听到我肚子唱歌了？

"哎呀，我没吃晚饭。"我嘿嘿一笑，"这您都知道啊。"

"吃饭！吃饭！"安老爷子抓住我的手往前拖，"吃饭！"

"好啊，您老请我吃饭吧。"我突然放弃了把安老爷子直接塞到安少爷房间的打算。

他一直抓着我的手，跟个迫不及待要把自己的宝藏给人看的孩子一样，着着急急地往前走。

我被他带着原路返回，又跟着他拐进他刚刚走出来的巷道里，从灰黑的砖墙之间穿过，走到这座宅子的"第二圈"。跟我想的一样，安宅就像是被两个四方体重叠围住的建筑，第二圈跟第一圈的布局一模一样，也是三层楼宇，走廊环绕，四角有巷道，连屋檐下的风铃都一样，而大门却避开了这一圈，直接通往种着枣树的第二圈，难怪我们进门时要走过那么长一截不见天日的通道。

这种层叠修建，正中间最显要之处又只种一棵孤树，真是困上加困，连我这外行人都能看出不妥，着实无法想象谁会设计出这样一座宅子，跟安家人有仇么？

老爷子拉着我，直奔东边走，越走他越表现得小心，快到东边底层最后几间房子前时，他更是蹑手蹑脚地走起来，边走边说："吃饭……吃饭……别吵别吵……"

一直走到最末的房间前，老爷子轻轻推开房门，小声道："快进来！"

我跟在他后头进了房间，他又轻手轻脚地把门关上，这才松了口气，说："吃饭！"

"很黑啊，点个灯吧？"我睁大眼睛，用最快的速度去适应眼前的黑暗。

"嘘，吃饭不说话！"

老爷子从我身边走过去，我听到凳子被挪动的声音，然后，有铁链晃动摩擦时的哗哗声。

不对头。我伸出手掌，呵了声："亮！"

一团碧绿通透的光球在我掌中亮起，缓缓升到上空，照亮了整个房间。

看清眼前一切时，我实实在在地往后退了两步，说出来也不丢人，被吓的——

一张古朴的八仙桌前，坐着四个人，四个从模样到年纪到衣着都一模一样的安老爷子。唯一区别是，其中三个的腰上紧紧缠着乌亮的铁链，铁链另一端深深嵌进了他们身后的三面墙壁里，而且，这三个人由始至终也没看我一眼，只是坐在那里，做出不断拿东西吃的动作，事实上他们面前空无一物。

安老爷子坐在我的正对面，也跟他们一样，伸手从空空的桌面上抓起一把空气，然后放到嘴里，吧唧吧唧地嚼，嚼完了还往下咽，咽下去后又重复之前的动作。

他"吃"得很高兴，见我愣在对面，还对我招手："一起吃！"

太岁

119

虽然我是老妖怪，但这种情况下还是寒毛都竖起来了好吗！

但落荒而逃是不可能的，我深吸口气，走到八仙桌前，壮起胆子将手指伸到另一个"安老爷子"的鼻子下，没气儿。再试其他两个，也是没气儿。

三具没有生命的躯壳坐在桌子前"吃饭"，这又是逗我玩儿哪！！

不过，场面虽诡异，但这三个家伙好像并不具备危险性，只无知无觉地重复着他们的动作。而且我还发现一个细节，这三个"安老爷子"跟那个安老爷子一样，都少了一根手指。

"一起吃。"安老爷子还在跟我招手。

我知道从这个稀里糊涂的老爷子身上是问不出什么了，挤出个笑容："老爷子您慢慢吃，我突然不饿了，回去睡觉啦。"

说完，我火速熄灭亮光，退出房间，关好门，正要原路返回时，前方忽然隐隐飘来一点亮光，有人提了一盏灯笼往这里来了。

我略一思忖，飞身跃起，紧贴着走廊顶端飘浮着，屏息静气等那个人过来。

来人是泥儿，东张西望，时不时懒洋洋地打个呵欠。一直走到最后一间房前，泥儿停下，把耳朵贴在门上听了听，重重叹了口气，推开房门走了进去。

小姑娘声音不大，我隐隐听个大概。

"哎呀，爷爷你咋又趁我睡着了乱跑呢，万一摔了，少爷是要责怪我的。"

"吃饭……"

"好好，吃饱了没？吃饱了我们回去。"

"我要看枣花！"

"枣花也要睡觉的，明儿早上看行不行？"

"行……"

又是凳子被挪动的声音，然后，泥儿扶着老爷子走出来，关了门，一老一少在灯笼的幽光里远去。

我落回地上，忍不住又朝那紧闭的房门看了一眼。

六 🌺

胡大远的房间里，敖炽已经先我一步赶回来。见我进来，他劈头就问："我正要出去找你，去哪儿了你？不是让你回来呆着么？"

"你查看得如何？"我反问。

敖炽道："这里每间房我都看过了，除了家具与灰尘，什么都没有。我还找到了他们的厨房，唯一奇怪的就在这里。"

　　"厨房怎么了？"

　　"没有食物。"敖炽道，"一丁点食物都没有的厨房你见过吗？"

　　木道长听了，插嘴道："是不是刚好吃完了啊？"

　　"吃完？会吃完到连根葱都没有，连糖盐酱油都吃得一滴不剩吗？"敖炽白眼道。

　　木道长挠挠头："那倒也不太可能……"

　　敖炽又道："虽然没有食物，厨房里的刀具倒是挺齐全，而且每把都擦得光光亮亮的。"

　　"没有食物，却有刀具……"我喃喃，"老爷子还总是把吃饭挂在嘴边……安家人到底吃什么呢？"

　　"喂喂，发什么愣呢？"敖炽伸出手在我眼前晃了晃，"你还没告诉我你去哪儿了！"

　　我把刚才所见简明扼要地向他们讲述了一遍，不出意料，在听到有四个一模一样的安老爷子围在桌前吃空气之后，他们两个的下巴都差点掉地上。

　　"你不是饿昏头眼花了吧？"敖炽摸我的额头。

　　"滚！"我打开他的手，"我能眼花吗？我还去探了另外三个的鼻息，都不是活的。而且你刚刚有没有去后面那一圈？你没发现这座宅子本身修建的格局就很有问题吗？四四方方的两圈，正中间一棵树，困上加困！"

　　"困上加困？"敖炽一愣，"刚刚我忙着找厨房去，是发现这外头还有一圈一模一样的建筑，但我确实没想到这一茬。"

　　"你就知道找吃的！"我狠狠瞪他一眼，"我看这里不简单，不管也得管了。"说着我又看了看躺在床上的胡大远，叹气："你的金子还真不好赚。"

　　"连老板娘您都觉得麻烦？"木道长有些担忧地看着我们。

　　"这宅子如果已经存在数百年，当初又被人刻意修成这个格局……"我看着窗外，清冷的月色自云后露了一线，给眼前的世界蒙了一层诡秘的白翳，"也许，这宅子本身就是个妖物了吧。"

　　敖炽的脸色顿时严峻了。木道长吓了一跳，忙道："不会把我们吃了吧？这这这……我还有好多事没办哪！"

　　我斜睨他一眼："你是想说你还有好多钱没花死了好憋屈是吧！"

　　木道长顿时涨红了老脸，支支吾吾说不出话来。

　　"做道士做到你这份上也可以去死一死了。"我鄙视道，"我也只是推测而已，事实上我到现在也没觉得这里有任何妖邪之气。"

敖炽突然攥紧拳头，转身就要走。我拽住他："干啥？"

"把老安小安还有那小丫鬟一起绑了啊！不说清楚就往死里吊打！"敖炽不耐烦道，"你我三个在这里嘀咕半天有什么用，这事最好速战速决，虽然胡大远已经没气儿了，但好歹也是牵扯到人命的事，万一他老婆一直等不到秃道士把她夫君带回去，她一着急去报了官，我们说不定还会被安一个知情不报延误案情的罪名呢！"

"刚刚我还幻觉你变聪明了呢。原来真是幻觉。"我狠狠掐了他一把，"一个手无缚鸡之力的青年，一个行将就木的老头，还有个不谙世事的小丫头，看起来毫无战斗力的组合，却可以对外人的强行入住淡定以对，甚至放任我们这些陌生人在他家里自由来去，所有一切都只能说明一件事。"

我顿了顿，认真道："就是他们不怕。"敖炽一怔。

"有时候，没有畏惧的人，是没有弱点的。"我说，"起码，很难被找到弱点。所以不到万不得已，我们不要与他们正面硬碰，以防万一。"

"那现在怎么办？"敖炽气鼓鼓地坐下来，"陪一个秃道士还有一具尸体聊天吗？"

我深呼吸一口，说："我去一趟天衣侯府。"

"我跟你一道。"敖炽立刻站起来。

"不要。"我把他摁回去，"此宅诡异，有你坐镇起码不会出大乱子，我速去速回。"

敖炽想了想，只得点头："快些回来，别跟那变态侯爷多废话。"

"跟他多废话？到今天为止，我们连跟他说话的机会都没有吧。"

说罢，我走到窗前，探头看看外面，没人，旋即跃出窗外化身为光，用最快的速度往天衣侯府方向飞去。

七 ❧

南坊离东坊还真是挺远的，用这么快的速度急飞过去，起码也用了我将近两个钟头。

我想的是，如果敲了三下门还没人来开的话，我就直接奔天衣侯的卧室去。

但是，敲第二下时门就开了，值夜的婢女居然都不是睡眼惺忪的样子，特别精神地把我迎进了府中，像我第一次来时那样，将我引到临水的凉亭里坐下。

那里的摆设还跟上次一样，古琴檀香，细烟袅袅，一水之隔的对岸，三层楼宇隐隐有灯火闪动，水光潋滟，如梦如幻，这老不死的居所仍是一副出离尘世的姿态。

很快，霜官来了。

"老板娘深夜驾临，倒是难得啊。"她笑着给我倒茶。

"茶我就不喝了，此事急得很。"我示意她不用再倒了。

"哦？"她停下手，茶杯里刚好倒了一半，"何事令老板娘如此重视？"

我一字一句道："东坊南郊，一户安姓人家。"

"安姓人家？"霜官不解，"他们如何了？"

"不是他们如何，是我要知道他们世代居住的这座宅子的来历，以及这些年它经历过的一切，当然，如果能包括安家祖辈的种种事迹就更好了。"我如实道。

霜官面露思索之色，道："这户人家，我印象不多，依稀知道他们本是大户人家，子孙绵延数百年。怎么，他们来跟老板娘做生意？"

我笑："他们的钱，恐怕我赚不了。霜官姑娘，还是烦请天衣侯赐教吧。"

霜官面露难色："侯爷刚刚就寝，这……"

"事关生死，横竖都比他睡觉重要。"我看着对岸，"或者，我亲自去他卧房给他问个好？"

"老板娘言重了，我这就去通传。"霜官起身，很快消失在夜色里。

从沉重诡秘的安宅出来，坐在这细腻温和，隐有仙家之气的天衣侯府里，整个人都感觉舒爽了许多。

远处隐隐传来柔美悠长的古琴之音，倒不知是哪个有雅兴的人在深夜抚琴，调子虽是平常，入耳却很是平和安静，急躁的心情仿佛被熨了一遍，整颗心都服帖了。琴声淡香，月清水静，散落湖面的光点像从梦中醒来的精灵，在我眼前跳来跳去……

忽然，有水声传来，对面的楼宇里，有人走出来，提了灯笼，踏上一只不知从哪里飘来的小舟，不慌不忙朝我这边驶来。

咦？那老不死的终于肯露面了？我站起来，走到凉亭边缘，与舟上之人对视。

还是看不清样子啊，只看见一件黑色的斗篷在夜风里微动，巨大的帽檐垂下来，连个下巴都没露出来。

我突然有一丁点紧张。

小舟终于停在了凉亭之外。乘舟之人不疾不徐地走下来，一直走到我面前，但并不说话，只提起手中灯笼，细细地照亮我的脸。

这么对待上司是不是不太礼貌啊？！

我有点生气了，说："你老花眼啊，凉亭里灯火这么亮，你还拿灯笼照我？"

对方仍不言语，也没有放下灯笼的意思。

我火了，伸手一把掀开了对方的帽子——

什么都没有……帽子下头什么都没有……不但如此，整个斗篷都在我眼前突然塌了

太岁

123

下去，灯笼也掉在地上，滚向一边。

"啊！"我忍不住惊呼一声。

"老板娘！老板娘！"

霜官的声音响起来，趴在木几上的我猛一下睁开眼，迅速坐直了身子，心里咚咚地跳。

做梦？！

对面的湖水上，却真有一只小舟正向着对岸而去，舟上仿佛站了一个人，但几乎连轮廓都看不清楚。

我站起来，指着前方："那是谁？"

霜官掩口一笑："自然是侯爷。"

"啊？"我一惊。

霜官道："我去通传时，侯爷说前几回都因故错过了，今次也该跟老板娘见上一面，闲话家常。谁知我们来时，您已经睡着了。侯爷说还是莫要打扰您，便回去了。"

我不禁用力拍了拍自己的瞌睡脸，一定是没吃晚饭太饿了才犯困，竟然把这么难得的会面错过了！

"是我失态了。"我朝她笑笑，"算啦，以后有缘再见吧，反正，三府会考之期临近，有的是碰面的机会。"

"那倒是。"霜官说着，将旁边的托盘送到我面前，一张金笺在里头闪闪发光，"侯爷给您的。"

我赶紧将金笺抓过来，仔细一看——

"东坊安家，四百年前自外地迁入，于南郊荒地建宅，形奇特。后子孙兴旺，家宅富裕。数年后，传此宅中太岁现身，引为奇谈。某夜，安家一门三十八口皆亡。传有妖物为夺太岁灭其满门，有修道者至安家，降妖孽而去。然太岁何在，不得而知。"

"太岁……"我皱紧眉头，捧着金笺继续看下去。

天衣侯这次给我的内容，比上回多了很多。

当金笺在我手中再次化为金粉分散而去时，我的心情却比来的时候更糟糕了。

杨柳青青著地垂，杨花漫漫搅天飞。
柳条折尽花飞尽，借问行人归不归。

◉ 楔子 ◉

傻孩子，一边割你的肉，一边说我是全世界最希望你幸福的人，你信吗？

反正我是不信的。

一 🎀

破晓前，我回来了。

敖炽跟木道长居然都没打瞌睡，一个站在窗前俯瞰安宅，一个坐在桌前瞪着胡大远的遗体发呆。

"见到了？"敖炽问。

"见了。"我点头，"事情有趣得很。"

"你真见到天衣侯了？"木道长赶紧凑到我面前，"那可是个轻易不见人的主儿，许多人连天衣侯府的大门都进不去！"

我上下打量了他几眼："你今天确实比平常积极很多呀。"

木道长眼珠一转，连声道："这不是关系到我天仙观的声誉么，要是处理不好这件事，十里八乡的百姓就会以为我木道长是骗吃骗喝之辈呢。"

我瞥他一眼："行了，一会儿有让你帮手的时候。"说罢，我狡黠一笑，"长夜漫漫无心睡眠，不如玩个游戏吧？"

"玩游戏？"

两个老爷们儿同时瞪大了眼睛，尤其敖炽，一脸"你有病吧"的嫌弃。

"玩不玩嘛？"我撇撇嘴，"赢了有大奖哟！我私人提供的金子！"

"老板娘您到底想玩啥？"一听有奖品，木道长态度立刻缓和下来。

我走到窗前，看着漆黑一片的宅子，说："在不动用武力的情况下，谁能让安家的人走出这座宅子，哪怕只是迈出门槛一步，谁就是赢家。"

敖炽皱眉："你到底在盘算什么？"

我耸耸肩："玩玩儿呗。"说罢我拉起他的手，笑，"走嘛，闲着也是闲着。"

木道长想了想，问："赢了真有金子？"

我严肃道："我不骗没头发的人！"

木道长摸了摸瓦亮的脑门，沮丧地叹气："咱们轮流去？您二位先请？"

"不，一起行动，在这个过程里谁能让他们中的任何一人离开宅子都算赢。"我说，"咱们三个各凭本事呗。"

木道长看了看床那边，为难道："这不好吧，咱们都出去了，没人看着这里……"

"这有什么可担心的？难不成你怕他还能再活过来一次？"我伸手揪他的胡子，"走！少废话！"

木道长连声叫痛，不得不随我出了房间。

下楼，凉风扑面，檐下风铃叮叮当当摇晃，声音略显杂乱。

敖炽停下步子，拽住我的胳膊："你想验证什么？"

我笑："想知道天衣侯的金笺有没有胡说八道。"

敖炽挑眉："确实有眉目了？"

"一会儿你就知道了。"我吐舌头。

"先把话说清楚！"他不让我走，"危险系数多少？"

我看着他的眼睛："万一怎样，恐怕只有你能镇得住它。"

敖炽的脸色顿时严峻。

我握紧他的手，踮起脚对他耳语几句，末了又道："无论如何，都不能让它离开这座宅子一步！"

敖炽一怔，没再多问什么，只点了点头。

议时，木道长转回来，很是得意地跟我们说："我想到了一个最简单的法子，不过需要你们配合，这样能算我赢么？"

我看着这个胸有成竹的老油条："只要你的法子能引他们出去，都算你赢。"

砰砰砰！安少爷的房门被敲得震天响。

很快，安少爷披衣而起，开了门，不解地看着门外气急败坏的我："何事？"

"你家老爷子刚被人劫走了！！"我惊慌地指向大门口，一口气道，"我方才睡不着起来喝水偏巧看到窗外有个陌生男子肩膀上扛着你家老爷子跑得飞快！"

"我也看见了！"敖炽煞有介事地证明，"怕是成大远那伙人熬不住了，绑了你家老爷子做肉票呐！"

安少爷脸色骤变，立刻冲出房门往不远处的安老爷子房间奔去。

房门洞开，内无声息，他火速进屋，外间泥儿的床铺与里屋老爷子的床铺均空无一人——至少在他眼里，房间里是空无一人的。

木道长屏住呼吸，满头大汗地盘腿坐在房间中央，捏诀默念障目咒，硬生生将好好睡在床上的泥儿跟安老爷子从安少爷眼中"抹掉"了。

我心里暗骂木道长不中用，障目咒这种初级法术都使得这么吃力！而且在跟我们商量好用这个法子时，老家伙还特意说千万不能拖太久，不然他怕顶不住。我很是奇怪，木道长虽算不得高手，小小一个障目咒对他来说该是易如反掌，怎么搞得跟放大招似的。

"泥儿……"安少爷脸色大变。

泥儿……我以为这时候他脱口而出的应该是"爷爷"。

敖炽一把抓住他的手腕："还愣着干啥？追啊！"话音未落，他朝我使个眼色，拽着失魂落魄的安少爷就往外跑，边跑边说，"我亲眼看那贼人出了大门往南边去了，咱们现在追应该还能追上！"

安少爷被拖得跟跟跄跄，两人一直冲到离大门不到十米的地方，安少爷突然跟回了魂似的，也不知哪来的力气，一把甩开敖炽的手，整个人就势收住脚步，定在原地，怎么都不肯再往前一步。

敖炽故作诧异："安少爷这是做什么？不追了？那可是你爷爷啊！"

安少爷深吸了口气，镇定道："我并未亲眼见他离开宅子。我要先在宅子里找找。"

"我跟我夫人亲眼所见还能有假？"敖炽急吼吼地指着门外，"再不追就晚了！"

"多谢关心，此事我自会处理。"安少爷冷冷转过身，一只手攥成了拳头。

敖炽一跺脚，指着他骂："你这人好不孝！亲爷爷被抓走了都不管！不行，你必须跟我出去把人追回来！"说罢，他追上去再次抓住安少爷的手腕，这回他下了真力气，硬是拖着安少爷往大门去。

"你放手！放手！你这人好生无礼！我好心留你们过夜，你们便是这样恩将仇报吗?!"安少爷奋力挣扎，却死也挣不开敖炽铁锁般的大手，眼看着就要被他拖到门后。

"你才恩将仇报！爷爷把你养大，他出事了你都不管！"敖炽反唇相讥。

此刻安少爷已整个人蹲在地上，拼命往后仰着身子阻止敖炽的拖拽，场面有点滑稽，像生气的父亲拖着死也不肯回家的顽皮儿子。

"放开我！我不能出去！不能出去！"安少爷的神情从愤怒转成了恐惧，他瞪着越来越近的大门，所有的镇定荡然无存。

"看起来，你并不担心你爷爷呢。"我慢慢走到他身后，看着这狼狈不堪的年轻人。

他怨毒地看我一眼，几缕乱发贴在冷汗淋漓的额前，咬牙道："你们不是成大远的朋友！你们究竟来我家做什么？"

我笑："我们想带你离开这宅子，去外面看看。"

"不！我不想出去！"他怒吼。

"不想，还是不敢？"我直视他的眼睛，突然收起笑容，"今天非让你出去不可！"

敖炽斥了声："走！"说着便将他继续往前拖。

"不！我不出去！"他面色煞白，挣扎之余更撕心裂肺地喊了一声，"泥儿救我！"

安老爷子的房间里，传来东西被撞翻的声音，一个绿色的影子冲出来，鬼魅般轻飘而迅速地越过庭院，无声无息落到安少爷身边，细白的手掌挥出去，一下将敖炽的手击开，旋即将安少爷拽到自己怀里，跳到离我们几米开外的地方。

泥儿还是穿着那身绿裙子，打着赤脚，散着头发，紧紧挽着安少爷，大大的眼睛望着我们，眼神里有敌意，但更多的是不解。

"比你的力气还大。"敖炽走到我身旁，揉着发疼的右手，低声道，"留神些，小丫头不可小觑。"

我点点头。

木道长大汗淋漓跑过来，看着眼前两人对两人的阵势，道："老板娘，您果然不是真的想玩游戏啊！"

我笑笑："我就想知道，这宅子里住的人，谁力气最大。果然一试就试出来了。"

"力气最大……"木道长抹了一把额头上的汗，嘀咕道，"我这条老命差点就交代出去……"

"你今天大失水准啊。"我斜睨了老家伙一眼，"是你的问题，还是别的原因，你心里自然有数的。一会儿我再跟你聊人生。"

木道长面色一变。

枣花

129

就在这时，我出其不意地将早就绕在指间的一根头发抛出去，细细长长的一道光，麻利地将泥儿一圈圈绕了进去，收紧，再收紧。泥儿的喉间发出一声难受的呻吟，瞬间无法动弹，咚一声倒在地上。

安少爷见状，慌忙扑上去将泥儿揽在怀里，愤怒地冲我吼："我安家历来避世不出，从不与人结怨，更与你无冤无仇，你为何要这样！给我放了她！"

我没时间理会他，只看向敖炽，点了点头。

敖炽皱眉，果断地伸出手掌，那团只有他才能操控、可烧尽天下不净之物的海蓝真火，犀利地在他掌上跳动，越来越亮，越来越热。

火焰在安少爷的眸子里跳动，他突然整个人挡到泥儿面前："你们想干什么？你们想杀泥儿？"

我对木道长道："把他拖开，这个你总办得到吧。"

木道长不敢多言，赶紧上去把安少爷拖开。

"给我放手！"安少爷又踢又打，最终还是被木道长拖到一旁。

突然，安少爷不再挣扎，也不再歇斯底里，他扑通一声跪下来，声泪俱下地朝我们磕头："你们放过泥儿吧！我求你们了！！她是我在这世上唯一重要的人了！我爱她！我比爱我的性命还爱她！"

"是吗？"我笑了，手指一动，厉风突起，直扑泥儿。只听刷刷几声，泥儿身上的裙子被撕得粉碎，木道长啊呀一声捂住眼睛："非礼勿视非礼勿视！"一边说着，又一边从指头缝里朝外瞅。

很快，木道长的手放了下来，嘴张得老大，诧异地看着泥儿。衣裙之下的身体，应该不能被叫身体了，除了露在外头的脸脖与四肢，泥儿全身找不到一块可以被称之为"肉"的地方，虽然每寸皮肤都极其光滑，光滑到发亮，但它们是乌黑的，无数错综复杂的脉络在皮肤下隐约跳动，并且在她身体上找不到任何属于女性的特征，这让她看上去就像是被一层厚而滑腻的膜包裹住了，但奇怪的是，这块覆住她的"膜"并不够平整，到处都是缺损的痕迹，似乎被人割掉了一般。

安少爷愣在那里，他并不惊诧，只是有一种仿佛自己被扒光了衣裳的慌张。

我蹲到他面前，冷冷问："你想跟我说，你爱上了一只太岁？"

他的嘴唇颤动了几下，什么也没说出来。

"哥哥爱我。"被五花大绑的泥儿突然开口，认真地争辩，"我们说好了的，生生世世不分离。"

我皱眉："那么，你们的'誓言'要在我手上终止了。"

腾！耀眼灼热的火焰在她身上窜起，越烧越猛。

"不！泥儿！泥儿！"安少爷狂吼起来，拼命要往那边去，被木道长一掌劈晕过去。

敖炽走到我身边道："好多年没有遇到这玩意儿了。没想到这个鬼地方居然有。"

"太岁出恶地，不稀奇。"我注视着火焰中的泥儿，从头到尾她都没有挣扎，甚至连一声叫喊都没有。

"天衣侯那边的情报倒是齐全，连几百年前的隐秘事都记录在案。"敖炽啧啧道。

就在这时，一团说不出形状的物体突然从泥儿的身体里蹿出来，轻松地从火海中突破而出。

"不能让它出去！"我大喊，跟敖炽几乎同时跃向空中。

可是，不等我们出手，这团绵软无骨的玩意儿就像是在空中触碰到了什么不得了的东西，几团火花噼嚓闪过后，它重重跌在地上，一片黑气从它滑腻的身体里渗出来，流血似的。

"别被黑气碰到！"我冲木道长大喊，"太岁毒，普通人触之即死！"

木道长赶紧架起安少爷，跳到危险范围之外。

"我过去，你别动。"敖炽将我扯开，大步流星朝太岁而去。

"此物不在三界之中，你小心些！"我大声提醒。

太岁散出的黑气越来越浓，范围越来越广，敖炽以强火击之，那厮却丝毫没有退避之意，只在火中扭动着身躯，更出乎意料的是，它居然还有能力从东海龙族的海蓝真火里跳出来，凶狠地扑向敖炽。

啪一声响，太岁就像烤化了的口香糖般，紧紧黏在敖炽身上，它的身躯仿佛没有任何限制，越变越大，不断蠕动，竟在须臾之间把敖炽整个"包"了起来。

见势不妙，我冲木道长大喊："桃木剑给我！"

木道长赶紧从背后取下通常被他拿来当摆设的桃木剑，扔过来大叫道："老板娘出大招出大招啊！"

死秃头知道个屁啊！太岁乃世间极恶之物，生来便是三界之外的异数，它连东海龙族的海蓝真火都不怕，我这木妖还能发什么大招！只能硬碰硬，且普通刀剑奈何它不得，唯天生有守正诛邪之效的桃木或可一试。

紧握木剑，我照准太岁便是狠狠一剑，没用刺的，直接削，一大块黑肉被削掉，伤口处青烟顿起。太岁身躯一抖，却未见大损害，反倒赶在我出第二剑之前伸出几堆软肉缠住了我的手脚，用对付敖炽的法子对付我。

腐烂腥臭的味道直冲我的鼻孔，我觉得就算不被它包起来闷死也会被熏死！动弹不得的我眼看着身上的黑肉迅速生长扩大，正打算用蛮力挣脱时，眼前突然一亮——兀数道犀利的紫光利箭般穿透太岁的身体，只听轰一声响，困住我们的太岁被一股由内而外的力量震得四分五裂，强光过后，紫色巨龙腾空而起，一颗光华流转的珠子在它口中飞快旋转。

四分五裂的太岁眨眼间又合为一体，生命力确实超乎寻常的顽强。但是，它没来得及使出第二波攻击，一道巨大的紫光从敖炽口中呼啸而出，仿若一柄直取命门的长矛，狠狠刺穿了太岁的身体。

这道光线，跟我以往见到的任何一种都不同，它出现时，我耳朵里轰一声响，分明感到连空气都在震颤，四周的温度在极热与极冷之间迅速切换。

没有任何声响，嚣张至极的太岁居然像水蒸气一样在我们面前消失了，连块残渣都没留下。

敖炽自空中落下，恢复人形，胸口大起大落，但仍摆出屁事没有的姿态，冲我吹胡子瞪眼："不是让你别动手吗！你以为这坨烂肉能把你夫君吃了？"

我没心思跟他斗嘴，上前抓住他明显发凉的手："不要跟我撒谎，你真的没事？"

他看着我的眼睛，半晌才道："好歹是动了龙珠，稍微有些心动过速也是正常的。"

"有必要这么拼？"我下意识将他的手抓得更紧了些，想把自己的温度都给他似的。

单当初敖炽因为龙珠稍有闪失就退化为幼年状态的往事，便知龙珠之于龙的重要性，命脉所在，岂能大意。所以我是真的被吓到了，到了这把年岁，这世上没什么东西能吓到我，除了身边挚爱的生死安危，如果说我还有软肋，那就在这里。

"此物太凶，连海蓝真火都不怕的玩意儿，不放大招是搞不定的。不过也不算太大的招，不过是用龙珠的一点点力量直接攻击罢了。"他没事人一样摸摸我的脑袋，嬉皮笑脸道，"看你这么担心我，我就放心了。这个老婆肯定是不会被小鲜肉勾搭走了！"

"要不是看你动了龙珠损了真气，我肯定揍你。"我拉下他的手，"还好这次的敌人是太岁，此物虽凶，生命力极强，但攻击性不足，换成别的魔物，你暴露龙珠便是给它们最好的弄死你的机会！以后能不能不要这么胡闹？你明明可以用别的法子收拾它！"

敖炽白我一眼："你站在原地不动，我就不会出大招。你都被抓住了，我心里急，哪还管得了那么多！"

我气得要死："你被困住我不急吗？！"

"你急我也急，那你还生什么气！现在你没事我没事，太岁也收拾了。"敖炽伸了个懒腰，"可以回去吃早餐了！"

"事情还没完,吃个屁的早餐！"我掐了他一把,朝躺在地上的泥儿和安少爷努努嘴。

我手指一动，给泥儿松了绑，海蓝真火并没有给她的身躯留下任何痕迹，她还是保持着蜷缩的姿态，身子微微有些颤抖，眼睛一直是睁着的，过了好一会儿，才从昏蒙中渐渐有了意识。

我从枣树上摘了一片叶子，化成衣裳遮住面色惨白的她。她慢慢从地上爬起来，吃力地走到仍未苏醒的安少爷身边，跪下去，伸出手虚弱地推着安少爷，喃喃："哥哥，别死……别死……"

"放心，他死不了。"我走到她面前，看着她残破不堪的身体，"倒是你自己……泥儿，你真的不疼吗？"

她没吱声，仍是呼喊着安少爷。

我叹了口气。

这时，一直在旁边呈惊讶状的木道长终于回过神来，飞快地跑到我跟敖炽面前，指着敖炽："你……你是龙？"

我一把打开老家伙激动的手指，狠狠瞪着他："第一，对刚刚你看见的所有，一辈子保持缄默。第二……"我出其不意地揪住他的胡子，"到现在你还不肯说实话？"

"好好好！一定不说出去！"木道长疼得龇牙咧嘴，连声道，"但我没说啥假话啊！哎哟哟，胡子要断了！"

"你如果只是替人寻回胡大远，老早就该带着他的尸体离开安家回去复命拿钱了，你偏偏躲在床底下，还骗我说是想找出盗尸贼的线索，你这种多一事不如少一事的尿性我还不知道？你会主动替人找盗尸贼？但你确实这么做了，依我看，要么人家重金拜托，要么就是这盗尸贼跟你自己脱不了干系！"我松开他的胡子，"连使出障目术都吃力，这绝对不是你的实力。要是我没猜错，安宅里一定有什么东西压制了你的法力，正因为许多法术你使不出来，所以才一直窝在安家想法子。而你见我跟敖炽出现，你又急着要带胡大远的尸体回天仙观，莫非，你很怕我们知道你来安宅的真正目的？"

木道长被我一连串问题打得满脸通红，老家伙搓着手指，支支吾吾。

"不说清楚，我就带你去见聂巧人！"我冷哼，"只要官府一插手，你以为你还能瞒得住？聂巧人那性子，连你祖坟里的秘密都能挖出来！"

"别别，千万别惊动官府呀老板娘！"木道长急了，脱口而出，"这事要是捅出去，我天仙观数百年的名誉就毁了呀！"

我跟敖炽对看一眼，老家伙果然有问题吧！

"还不说清楚！"我戳着他的秃头。

木道长哭丧个脸，跺脚哀号："作孽哟！祖师爷爷您倒羽化升仙了，留下我来给你收拾烂摊子啊！"

"祖师爷爷？"我一怔。

"是厉天师。"

一个不属于在场任何一人的声音幽幽飘出来。

"谁？"我猛回过头，凉风之下，空荡荡的大院里只有那棵枣树，几片没站稳的树叶随风而下，在最后的夜色里发出细微的声音。

"辛苦几位了。"

还是那个声音，轻轻柔柔，虚无缥缈。

敖炽皱眉道："懂不懂礼貌，滚出来说话！"

"老板娘夫君，今夜你居功至伟，多谢了。"

敖炽四下搜索，依然不见说话人的踪影，我们甚至连一丝异常的气息都捕捉不到。

木道长听了，突然激动起来，对着空气怒斥："妖孽！还不现身！"

"小木头，我现不了身了。"

小木头……我忍住笑，说："不管怎样，让你的恩人老对着空气说话，不太好吧。"

"我就在你们面前。"

面前？面前不就只有那棵枣树？

我们三人迅速走到枣树前，仰头看去，除了满树绿叶与一串串乖巧的枣花之外，没有任何活物。声音从树上落下来："抱歉，我命不久矣，无力现身。"

敖炽竖起耳朵分辨了片刻，狐疑地盯住那些嫩黄嫩绿的枣花："是枣花在说话？"

"枣花！"木道长突然反应过来，指着满树枣花道，"你这妖孽竟躲到真身里去了？难怪说最危险的地方最安全！我搜了整个安家都没发现你的踪迹，你居然藏在这里！"

"是小木头你学艺不精，若换你祖师爷爷，哪怕我只剩一口气，他也能寻得我下落。"

"妖孽你还说风凉话！快把东西还给我！"

我听得真真切切，说话的，真是一树枣花……

一个白晃晃的东西从枣树上凭空落下，骨碌碌滚到了我脚边——一个绢布卷轴。

木道长眼睛一亮，冲上来就想抢，被我一脚踹开。

"你再乱动我就烧了你的胡子！"我警告他。

木道长苦着一张老脸道："那老板娘您一定要保证，不能把您看到的东西说出去！一个字都不可以！"

把卷轴拾起来，细腻滑腻的触感紧贴着我的指尖，打开卷轴，原本雪白的丝绢已有了旧色，一行行楷书慢慢露出来，字是平庸的，难得的是每个字都力透纸背，方方正正，应该是男人的手笔。

"有四百多年了吧……"

枣花里，传来一声浅浅的叹息。

三

"你可想好了？"

"嗯。"

"就算用尽全力，你也只能做得了二十年的人。"

"二十年……好长呀！！！"

"……"

都过去二十年了，他还是记得那个早晨跟她的对话，一字不差。

现在是下午，没到饭点，但杏花村里的位置早被占满了，他坐在东南角最不起眼的地方，一边剥着花生米，一边看向所有人都翘首以待的方向。

晶光璀璨的琉璃帘横在那里，优雅地把杏花村的大厅隔成了两个世界。

因为有枣花姑娘抚琴唱曲，杏花村的生意从未差过。枣花姑娘唱的曲子，连怡红楼的花魁都比不上，枣花姑娘的模样，走遍四坊也寻不到比她好看的，枣花姑娘的气韵，只有天上的仙女才能有，枣花姑娘除了名字不够别致，哪里都是完美的——所有见过她，听说过她的人，都这么想。

他给自己斟了一杯酒，他不爱喝酒，觉得喝酒误事，但今日天寒，又身在杏花村这样出名的酒馆，起码应该装装样子。

从进来坐下到现在，凡是经过他身边的女子，不论年纪，没有不偷瞧他的。多好看的男人，睫毛那么长，眼睛那么亮，鼻子那么高，脸庞的线条挑不出一点瑕疵。就是穿得太随意了，灰扑扑的旧袍子，粗糙得像一大块洗碗帕，随便用一根黑腰带系着，沾着泥土的旧布鞋也不打理打理，一个用旧布缠起来的细长包裹摆在靠里的凳子上，放在随手就能拿到的距离里。

这样漂亮的人，应该是不修边幅的世家公子，应该是读万卷书的俊俏书生，应该是红粉丛中游刃有余的倜傥郎君，这是多年来，各位陌生人关于他的猜想，可谁都没猜中。

谁会想到这样一个纤瘦挺拔、姿容出色的年轻男人，会是个以降妖除魔为业的道士。知道他的人，都尊他一声厉天师，不知这是他的姓还是他的名，总之，他很厉害是真的，落在他手里的妖物，从无生还的几率。

枣花

135

　　有时候照镜子，他也觉得自己不像个道士，长得不够蛮横，不够有力。而且，只要他笑，就很暖，不笑，就很冷，所以他从来不笑。有时候他故意不刮胡子，摸着满脸扎人的胡茬子，他觉得这样挺好。

　　但今天他刮胡子了，刮得特别干净，当一个糙爷们儿的心思，被杏花楼里的酒与人轻易化解掉。

　　记得二十年前，他被师父捡回去养，那座比茅房大不了多少的道观连个名字都没有，但那里成了他五岁之后的家。

　　师父爱喝酒，但不许他喝。师父懒得要死，却逼他记熟各种心法咒语。师父带他去无名荒山里修炼，自己找借口跑了，留他一人在深山中，收拾了两条蛇精、三只蜈蚣精，以及一只豹妖。握着沾满妖血的桃木剑，他才突然知道，原来自己已经这么厉害了。

　　可师父还是不满，说你啊就是长得太俊秀，没什么震慑力，搞不好还会被妖怪看上，麻烦啊麻烦。

　　他觉得师父太不正经，世间妖邪太多，诛之不尽，老东西还有心情开玩笑。

　　他对自己很严厉，练法、练剑、练心，没有哪天是浪费的，既然要当天师，就要有该有的觉悟。

　　破道观的隔壁是一处民居，住着一对没有孩子的中年夫妻，他们的院子里，有一棵不知年岁的枣树，未见他们悉心照顾，却每年依然按时开花。一到花期，藏着甜味的淡香就会越过墙头，落到他鼻子里，这香气与寻常枣花颇有不同，哪里不同又说不上来，总之，无数个月夜，他在一地银光里舞剑，枣花的甜香就是他唯一的陪伴。

　　他喜欢这个味道，温柔绵长，从不争锋人前。从五岁到二十岁，他把一树枣花的香味当作了朋友，毕竟，他真的没朋友，每天除了在观中修炼，就是外出杀妖，所有想跟他做朋友的人在知道他的身份之后，都犹豫了，因为他们害怕妖怪，顺便连他一起怕了。喜欢他的姑娘也有好多，但每个都在靠近他之前，就被他用最冷的眼神最无情的言辞赶走了。他是道士她们不知道吗，道士怎么可能有男女之情？

　　就在那年枣花开的时候，师父在喝了一葫芦的酒后，再没醒过来，连死都带着满足的笑。他感觉这老家伙的一生就是个谜，活得太自在，说不定他真的脱掉臭皮囊，羽化登仙了？老家伙曾说，自己已经有三百岁了，要是徒弟你肯努力，说不定活得更长。问题是，他根本不需要活那么长啊，人生近百年，已经很多了，为何还要执着更长？而且老家伙说不定是骗人的，三百岁的人，已经算老妖怪了吧！

　　观里突然就冷清下来。

　　他没想过离开，也没想过要收个弟子，虽然以他现在的功力，收十个弟子也是可以的。

一个人守着一座破道观，倒也清净，他喜欢清净，天生的。

那天清晨，他在院中打坐，隔壁突然传来砍树的声音。他睁眼，莫名一惊。原来夫妇俩准备回南坊老家生活，已卖了房子，明天就要动身，走之前打算砍了这棵枣树，说枣木多少还能换几个钱。

他看着已经被砍出几道伤口的枣树，说："也卖不了几个钱。都长这么高了，砍掉可惜。"

那妇人直言："厉天师，你与我们为邻十余载，竟没发觉这棵枣树从来只开花不结果？我与夫君成婚多年，膝下犹空，焉知不是这枣树冲撞了我们？砍了它，也是图个好彩头。"

他微微一愣，这些年只顾着闻香舞剑，倒真没留意枣树有没有结过果实。

只开花，不结果的枣树……他仰头看着满树嫩黄嫩绿的枣花，说："我给你们银两，就当把这棵树卖与我吧。至于冲撞一说，实属无稽，有无子女皆看缘分，怨不得其他。"

对于他，夫妇二人还是敬畏的，既然他开了口，他们也无话可说，收了他的银子，留下了枣树。

四 🌸

师父没了，邻居也没了，初夏的夜晚也清冷了。

他坐在院中的石桌前点了一盏油灯，静静地看书。

"谢啦。"

女子的声音从围墙另一边传过来，仿佛近在耳边。

他纹丝不动，目光依然留在书上："跟我说话，你也是胆大，不知我是谁么？"

"你是厉天师。"女子的声音里有笑意，"五岁来到隔壁，偷吃过糖罐里的糖，被老道士打了屁股；七岁时，练习御剑术被剑追着满院子躲，鞋子都跑掉了；八岁时……"

"好了好了！"他啪一声把书放下，"你知我是何人，还敢出来，不怕我收了你？"

"十五年了呀，我要有事，早该有事了。"她嘻嘻地笑，"反倒是我想问你，你明知我是谁，为何留下我？"

"小小花精，连妖都算不上，又无害人之举，我并无对你出手的理由。"他坦白道，要是没了你，我就闻不到我最喜欢的枣花香了——后面一句，他没说出来。

"所以我才谢谢你呀。"她真诚地感激，"这么多年我都不敢跟你讲话，怕打扰你修炼。但今天无论如何都要跟你道谢的。"

"嗯。"他不再跟她多言，拿起书继续看。

枣
花

花精也没有再说话，只是空气里的甜香，比平日里浓郁了一些，闻上去更觉舒心。

那天之后，他的生活渐渐有了热闹的迹象。

隔壁一直未见新主人入住，只要他在院子里，花精就会跟他说话，什么都聊，什么都问。比如他今天出去又降伏了什么妖怪，发生了什么惊险或者有趣的事，他今天吃了什么，喝了什么，大街上的姑娘们是不是都盯着他看。

刚开始他不习惯这样的"问候"，但渐渐地，他有了一种"有人在家里等我"的感觉，这感觉并不坏。

她还有一副天生的好嗓子，喜欢哼唱自己编的小曲儿，每一支他都喜欢听，但他从不表露，怕被笑话。

花期过后，枣树上只剩枝叶，但他有几次在夜里往墙那边看时，能看见树上隐隐藏着一点萤火虫般的微光，那就是她的样子吧，一点小小的，温柔的光。

邻居搬走之后，给枣树浇水打理的事就由他来做了，他做得很细心。有一年夏天，雷雨之夜，他整晚没睡，穿着蓑衣守在枣树旁，时刻注意着空中闪电的走向。

她说："你快走吧，万一雷劈下来，你挡不住的。"

然而，他就是用那把穿了符纸的桃木剑，生生将一道朝枣树劈来的雷电改了方向。枣树没事，他握剑的右手，虎口被震出了一道口子，血流如注。

天明之后，他疲倦地回到自己的住处，包扎伤口，然后睡了一整天。

之后一连三天，她都沉默着，从早到晚连哼都没哼一声。

他觉得奇怪，忍了三天，还是忍不住了。夜里，他装作散步的样子，走到枣树下："吓得不敢说话了？"

许久后，她终于开口："厉天师，我想有手有脚。"

他一愣："你想修人形？"

"没有脚，一个大雷下来我跑不了躲不过，兴许就劈死了，没有手，我……"她顿了顿，"总之我想跟你们一样。"

他诚实道："你只是花精，世间最弱的灵体，想修成人形是不可能的。"

"但你是最厉害的天师啊！"她一点不沮丧，反而充满了期待。

"不行。"他断然拒绝，"助妖成人，有悖天道。师父是给我立了规矩的。"

"你知我不害人。"她轻轻哀求，"我只想过一过另外一种生活。"

他摇头："我说过你修不成人形，纵然用别的法子'借'你人形，也维持不过二十年，并且为了这二十年，你最终要付出的……可能是灰飞烟灭的代价。"

"那样也不坏啊。"她一点都没害怕，也没犹豫，"厉天师，我愿意拿所有去换这二十年。"

他陷入了长时间的沉默，然后，转身离开。

天没亮，他便离开了道观，一走就是三个月。

再回来时，他风尘仆仆，脸上手上添了好些伤口。

"你又去杀妖怪了？"薄雾如烟的清晨，她看着树下的他。

他没说话，从怀里拿出个布包，里三层外三层地解开，露出个泥巴捏成的小人儿。

"离尘土做的身子，能保你二十年平安。"他将泥人摆在树下，自己盘腿坐下。

"身子？"她惊讶道，"你肯帮我？"

"你可想好了？"他问。

"嗯。"

"就算用尽全力，你也只能做得了二十年的人。"

"二十年……好长呀！！"

"……"

"厉天师，谢谢你呀！"她高兴极了，"现在我该做些什么？"

"不看，不说，什么都不必做。"

五　🌺

不知是不是每个花精所成的人形都有这么美，他背靠着树干，脸色像是生了一场大病。

雾气未散，小小院落像是有了仙气，她笑颜如花，婀娜娉婷，仅仅是站在那里，已是美人如画。

他拼命掩饰真气耗损带来的不适，淡淡道："你有手也有脚了，可以离开了。"

她尚沉浸在初成人形的喜悦里，一听这话，连忙跑到他面前："离开？"

"你有二十年时间，难道还打算用在这无人的小院里？"他看了看她微红的面颊，很快又把视线移开，闭目养神。

"你不陪我？"她瞪大了眼睛。

"道不同，不相为谋。"他身如磐石，"助你成人形，我已是大错，当在观中静思己过。你且记好，红尘万丈，人有千面，不论你际遇如何，都不可生害人之心，否则，我绝不手下留情。"

她垂下长长的睫毛："厉天师，我明白，我始终是为你们所不齿的妖邪，这些年你能

枣花

如此待我，已是我莫大的福气。我会记住你的话。"

他轻轻吐出一口气，点了点头。

她转身朝大门走去，没几步又停下，转过身对他道："厉天师，我可否……"

他睁开眼："可否什么？"

她下意识地抬起双臂，但最终又放下来，不太好意思地说："算了，没事。你保重。"

然后，他看着她像只初得自由的小鸟一样，兴奋地飞出了他的世界。

他叹气，重新闭上眼睛，自己在干什么呀，堂堂一个守正辟邪的道士，却帮一个妖精踏入人间。这事要是被旁人知晓，只怕连地下的师父都要被口水淹死吧。但是，他就是拒绝不了她，不忍心，不愿意，不舍得。她那么微小，无害，甚至天真。

小院之外的世界，真的会让她幸福吗？

她走后不久，有不认识的人拿着地契来道观，说这块地已经卖给别人了，麻烦他尽快搬走。

他连地契都懒得多看一眼，搬走就搬走吧，对他而言，哪里都能容身。

临走时，他只对来人说，不管将来你们要拿这块地做什么，隔壁那棵枣树，你们一定不许碰，不然我会不高兴。来人多少知道厉天师的名号，惹火了他，搞不好怎么死的都不知道，于是连忙保证绝不动枣树一根毫毛。

其实，又有什么意义呢，没有了花精的枣树，即便再开花，味道也不一样了。留着它，也许只是不想伤害一段透着甜香的回忆？

他背着师父留给他的桃木剑，开始了浪迹天涯的日子。

被他降伏的妖物，已经数不过来，今年他四十岁，看起来却依然是二十来岁的样子，可能师父说的是真的，时间对他们特别宽容。

突然，热烈的掌声打断了他的回忆，琉璃帘后隐见倩影，款款落座，声如黄莺："大家久等了。"

声音一点都没变呢，他微微一笑，情不自禁。

婉转的琴声像一条粼光斑斓的溪水，从她的指尖淙淙而出，听者无不心旷神怡。

杨柳青青著地垂，杨花漫漫搅天飞。

柳条折尽花飞尽，借问行人归不归。

他仔细听着她唱的每一个字，跟当年一样，她唱的曲子总有与众不同的气韵，只是这支改自无名氏的《送别》，在他听来，却从头到尾都布满了深刻的伤口，对的，是伤口。

一曲唱罢，掌声雷动，叫好声此起彼伏。

琉璃帘被撩起，她走出来，身姿婀娜如昔，脸上却蒙了一块面纱。

"感谢诸君抬爱，今日是枣花最后一次登台。"她看着台下的拥趸，最后将目光定在他所在的位置，眼睛里浮出笑意，"告别之时，又逢故人，枣花愿意再献唱一首，聊表寸心。"

台下一片哗然，无数人扼腕叹息。

一首只有他听过的曲子，从琉璃帘后传出。

他忽然觉得，他只是跟她分开了一小会儿而已。

六 ✿

夜，暗香浮动的房间里，她笑着说："也不知怎的，你一来，我便知道了。你身上有枣花的味道。"

他冷面如冰，看着她右脸颊上那条长长的伤疤，皱眉："怎么弄的？"

她摸了摸那道疤，无奈地笑笑："怕是大限之日临近，以前还能用灵力隐藏它，这几日却是再也藏不住了。"

他沉默片刻，望着她依然年轻的脸："这二十年，过得如何？"

"厉天师，你还是那么年轻好看。"她细细看着他，"我以为你我再无相见之期了。"

"说说吧。"他坐到她对面，烛光在他们之间跳跃。

其实没多少可说的呢，她离开小院，去了无数地方，这个世界对她而言，哪里都是新奇的。她不怕冷不怕热，也不会肚子饿，但是总这么走啊走啊也有些累。幸而她长得好，唱歌也好，只要亮亮嗓子，哪个酒楼都愿意留下她。有一份工作，又能被人喜爱，多好啊，做人的乐趣就在这里呢。

厉天师说，人有千面，意思是人也分好坏吧。她觉得自己没有遇到什么坏人，至少在前十年，她无忧无虑。直到那年冬天，她居然发烧了，还以为自己是不会生病的呢。她独居，无人可使唤，只得自己去医馆，那天的雪特别大，她走了一半的路便再也走不动了，坐在拱桥的台阶上歇息。

不知几时，她以为雪停了，迷迷糊糊抬头，一把伞与一张年轻俊俏的脸，出现在头顶。他是个刚刚出师的郎中，一双手温暖得像三月里的阳光。他说不能再坐在风雪里，要扶她走，她走不动，他只好背起她，小心翼翼地朝自己新开的小药铺里走。

他说话特别温柔，看着她的时候，笑容是从眼睛里透出来的。

原来爱上一个人的感觉就是这样啊，你看到他就想从心里笑出来，你想把世界上最好的东西都给他，你不想跟他分开，不想他生病，不想他不开心。

她从独居的小屋里搬了出来，他说，等他在业界闯出了名堂，就跟她拜堂成亲。

　　之后的无数个日夜，冬天，他苦读医书，她便默默替他沏杯热茶，煮碗甜汤，自己打了无数个呵欠都不舍得去睡；春天，他给患者诊病，她就在后院里拿着蒲扇拼命扇火，小心看守着每个在火炉上煎熬的药罐，弄得满脸都是黑灰；夏天，他疲倦地倚在院子里的躺椅上时，她总有办法把所有蚊子都赶走；秋天，她牵着他的手，走在金黄翠绿的郊外，边走边唱歌，他摸着她的头，脸上尽是宠溺的笑容。

　　这样的日子，再过一百年也不会腻啊。

　　但，还是遇到了坏人。

　　那年的一个夏夜，几个大汉闯进了药铺，砸了所有的东西，还抽出亮晃晃的刀，说要断了他的手指，看他以后还敢不敢嚣张。他们不像开玩笑，把发抖的他逼到了墙角。她走到他们背后，请他们住手。大汉让她滚，不然连她一起收拾。

　　她问他们，怎样才能放过他。

　　其中一人不怀好意地摸了摸她的脸，半真半假地说，你这小妞肯在脸上划一刀，我就不切他的手指。

　　她连一个多余的表情都没有，从大汉手中抢过刀来，往右脸划了下去。所有人都惊了。

　　他的手指保住了。临走时，那几条汉子对他说，你小子有福气，这样的女人肯跟着你。

　　他慌张地替她上药，包扎伤口，并不断说你怎的那么蠢！

　　她笑道："不碍事，这伤口，明日就没有了。"

　　他不解。第二天，伤口真的没有了。他吓到了。

　　她握着他的手，把关于她自己的一切都讲给他听，包括她是一只花精。

　　他下意识地抽回了手。

　　"你怕我？"她看着他，心里划过不好的预感。

　　"不不……不怕。"他不敢看她，潦草地应付着。

　　几天之后，她看着他收拾好行囊，他说，上次那些人是一个有地位的同行派来的，因为他医术出众，锋芒太露，得罪了这位老前辈，他怕他们再来滋事，索性去北坊的亲戚家避一避。

　　"你等我，等风波平息了，我便回来！"他斩钉截铁道。

　　"好，我等你回来。"她从不纠缠，他说要走，便让他走吧。

　　就在他出门前，她叫住他，伸出双手，笑："能再抱抱你么？我好不容易才有一双手。"

　　他愣了愣，最终只对屋檐下的她说："快回去吧，要下雨了。"

　　直到看不见他的背影，她才慢慢放下了手。

　　七年过去，他没有回来。

"这就是我二十年来的生活。"她笑着替他斟了杯茶。

他看着已经没有热气的茶："高兴吗？"

"高兴。"她笑得特别灿烂。

"那就好。"他一口喝尽了那杯没有温度的茶，"我走了，你保重。"

"厉天师……"她望着他的背影。

"怎么？"他头也不回地问。

就像二十年前那样，她笑了笑："算啦，没事。你也保重。"

数日之后，东坊南郊一片荒地的枣树下，人们发现了一具冻僵的女尸。

荒地上曾修了一座民居和一所道观，但后来被拆掉了，这块地就渐渐荒凉下来。没有人知道她是谁，但有些人觉得自己见过她，可始终想不起来哪里见过。

他在远处，看着她被人抬走。

一道寻常人看不到的，微小的光，从她的心口飞出来，隐入枣树之中。

二十年，过完了。

夜里，他独自在枣树下打坐，一滴滴鲜血从他腕上的伤口流出来，然后像鸟儿一样飞进了枣树。

还是不能看她灰飞烟灭啊，能留多久是多久吧。

一抹霜色，渐渐生在他的两鬓。

七

百年后，安宅。

一个中年人坐在床边，问那刚刚醒来的年轻人："你姓甚名谁？来自何处？怎的在我家门口晕倒？"

床上的人眉头紧锁，想了半天，喃喃："我……我是个郎中……我去了很远的地方，我回来找我的妻子……可我找不到她……"

一个家丁道："老爷，这位怕是神志不清，还是尽快打发了吧。"

中年人摇摇头，又问："你真是郎中？"

他点头。

"我正琢磨往家里放个大夫，以后我们瞧病也方便。若他真是郎中，便留下。若是个疯子，再打发了不迟。"中年人道，又问他："你记不起自己的名字？"

"是……"他揉着脑袋。

枣花

143

"那你就暂且跟我们姓吧。"

他终于有了落脚点。他不知道该怎么形容以前的生活，从他有记忆起，他就在市井流浪，他没有亲人朋友，也没念过书，但他真的懂医术，这些就像天生刻在他灵魂里似的，他给街头艺人治病，给流浪汉治病，换回微薄的银子跟馒头。他一直在乱走，他觉得自己是有妻子的，她在某个地方等他，可她长什么样子他完全不记得。直到那天走到这座大宅子前，他总觉得里头有一道光，他必须要进去。

可是这里的人，他一个都不认识，他只能小心地在他们的家里生活下来。

这座宅子好大，四四方方的，而且整个院子里只有一棵枣树，真奇怪。

但他喜欢这棵枣树，说不出的喜欢，不忙的时候他总爱坐在树下，望着满树的枣花发呆。

安家上下一共三十来口人，很有钱，但并不张扬，并且一家上下都对这棵枣树很好，浇水施肥从不怠慢。他们对他也不错，因为他们发现他确实会治病，还治得不错。

那天是清明之期，安家老小都出门去祖坟祭拜，宅子里只剩看家的小厮跟他这个外人。

中午，他端了一把椅子，坐在枣树下打盹。

迷迷糊糊中，有人在叫他。

他睁眼，却见枣树之上，坐着一个年纪轻轻的漂亮姑娘，笑吟吟地看他。

他猛坐起来，失声喊道："枣花？！"

他认得她，她叫枣花，他在一座桥上遇到她，她陪自己过了许多个春夏秋冬，她曾为自己划伤了脸，她是一只花精……模糊的记忆突然就清晰起来，仿佛一场大梦惊醒。

"你还是回来了呀。"她叹气。

"我回来了！我说过我会回来的，我要娶你的！"他仰着头，一脸兴奋，"你快下来吧！"

"我不能下来。"她遗憾地晃着小脚，"这里也不该是你留下的地方，你快走吧。"

"好不容易才寻到你，我不会走，除非你跟我一道走！"他急了，"我们回药铺去，我们还像以前那样过日子！"

"回不去了。"她温柔地看着他。

"不不，我错了，是我错了！你不要生气，跟我回去好不好？"他不顾一切往树上爬，谁知才爬了几步，便重重摔下去。

他猛然睁开眼，自己好端端地坐在椅子上。

梦？！他站起来，突然抱住枣树，仰头问："枣花？你在这里是不是？刚刚是你在跟我说话？"

回应他的只有树叶摇动的声音。

即便如此，他仍莫名地高兴起来，自言自语道："我不走了，哪里都不去，我在这里等你，你一定还在生气，所以不肯见我。"

此后，他比谁都照顾这棵枣树，他还跟它说话聊天，不分白天黑夜都跟它在一起。安家所有人都觉得他有病，要不是看在他的医术，以及他除了这个怪癖之外并无别的出格之处，连安老爷都想把他撵走了。

到后来，他干脆整晚睡在枣树下，连做梦都喊着枣花的名字。

那晚，中元之夜，炎热异常。他照例睡在树下，半夜，他突然被一阵古怪的呻吟声惊醒。

枣树下的土地，不停地拱动起来，像孕妇的肚子，下头似乎有什么活物想出来，而呻吟声就是从土里冒出。他吓了一大跳，看着地上那个"大肚子"，加上不断的呻吟声，他不知出于什么心思，拔下头上的发簪，用尖端往"肚子"上一划，只见白光一闪，一个软绵绵的东西从土里跳出来，正好落到他怀里。

十五六岁的小丫头，眉目清秀，睁着一双大眼睛，好奇地看着他，而她除了脖子以上以及四肢是正常肤色外，身体其他部分皆是乌黑一片，像是罩了一层光滑无比的"皮"。

他大叫一声，将她推到一旁。

小丫头趴在地上，笑眯眯地看着他，毫无恶意。

"你是谁……"他满头大汗。

话音未落，被惊动的安家人跑了出来。

小丫头看着眼前这些陌生人，有些害怕，不停往他身边靠。为首的老管家见了小丫头的脸，面色大变，立刻回去把安老爷请来。安老爷到场后，脸色铁青，对老管家耳语了几句，然后对在场所有人道："今夜之事，谁都不许向外透露半分！否则家法伺候！"

几个家丁拿来被子，将小丫头一裹，迅速带走。

他总觉得这个夜晚是一场噩梦，但那丫头看他的眼神，却怎么也忘不了。

之后的十来天里，他再没见过那丫头，也不知安家拿她怎样了。她不是人类吧，不然怎么会长成那个怪样子？

他又不敢多问。一段时间相处下来，安老爷并不像表面那样和善，他是一家之主，他说一没有人敢说二，也许正因为有他这样威严的大家长，安家才能坐拥大笔财富，生意做得顺风顺水吧。

不管怎样，一切与他何干，他只关心这棵枣树，只关心他的枣花几时愿意回到他身边。但他没想到的是，在安家看似平静的生活，突然被切断了。

枣花

145

他是郎中，不怕血，但是这么多这么多血，他还是怕了。

完全不知道事情是怎么发生的，他好好地蹲在自己房间里整理医书，毫无预兆的尖叫声突然在窗外炸起，惨烈地要刺穿他的耳膜。

他慌忙推开窗户，一团带着腥气的黑影嗖一下从眼前窜过，他还来不及看清是何物，黑影便去了另个方向，然所到之处，只见鲜血飞溅，众人倒地，那些尖叫着逃跑的家丁与婢女，一个都没活下来。转眼之间，好好的一所大宅，淹没在血海与死亡之中，除了呜呜的风声，再听不到一点动静。

太快了，一切发生得太快了，他张大了嘴巴，木头人一样杵在窗前。

黑影终于停下来，失踪了许久的小丫头，赤身裸体地站在死不瞑目的尸体前，左看看，右看看，最后发现了窗后的他。

他不敢动，不敢呼吸，木然地看着她蹦蹦跳跳地朝自己跑来。

她进了屋，走到他面前，仰头看着他，突然朝他的脑袋伸出手。

"不要杀我！"他大叫一声，抱头蹲下。

她的手指，从他发间拈走一片不知几时沾上的落叶。

没死？！

他试着睁开紧闭的眼睛，浑身发抖："不要杀我！"

她蹲到他面前："哥哥，你怕什么呀？"

他哆嗦着看向她："你杀人……"

她仔细地想了想，说："他们先杀的我。哥哥，你不知道地下有多黑多冷，那些石头有多硬。我不能说，不能动，好难过。"

"你……你在说什么？"他大惑不解。

话音未落，窗口有人叹气。

他扭头一看，又吓一跳，窗外不知何时出现了一个半透明的白影，像个女子的轮廓，一股暗香，浸着甜味，挣扎着从一片血腥中飘出来。

"你终究还是放不下。"白影轻轻地对小丫头说。

"这声音……"他一愣，脱口而出，"枣花？是你吗枣花？"

白影始终在窗外，没有进来，对他道："该回来时没有回来，又何必再回来。"

他扑到窗前，激动道："枣花，真的是你！是我对不起你，我回来晚了！"

小丫头见状，走到他身后，望着这团白影："枣花姐姐，这些年你总劝我勿有戾气，忘却前尘，我也这么想啊，但放不下的不是我，是安家的人。百年前他们杀我一次，百年后他们又想割我的肉。我生气了。他们能杀人，我就不能杀他们？"

"泥儿，你这样做了，姐姐怕你无路可走。"白影叹气。

他夹在她们二人之间，惶恐道："你们……这究竟是怎么回事？"

"一笔冤孽债。"窗外，一个男人赤手空拳从天而降，道袍加身，白发如雪，面容却是年轻的，只是眼神太多沧桑，他环视周遭一切，叹气，"紧赶慢赶，还是差一步。"

不等房间里的人回过神，道士已如一阵风似的"飘"到他们面前。

他的舌头打结，指着道士问："你……你又是谁？"

道士看都没看他一眼，只打量着一旁的小丫头，自言自语："都说太岁出土，必生大凶，如今看来话是说反了，若无大恶在前，又焉有太岁出世。"

"厉天师？"白影诧异中又有惊喜，"你怎来了？"

道士走到窗前，端详着这团白影："你强行脱离真身，太耗损真气。"

白影不以为意："你来得正好，我有话要问你。"

"待我先料理了这妖孽。"道士从背后抽出桃木剑，砍向小丫头。

"不可！"白影嗖一下飞进来，挡在小丫头面前。

"她杀了安家上下，此物留不得。"道士皱眉，"你让开。"

"我若告诉你，安家上下是我杀的，你要杀的应该是我呢？！"白影断然道。

道士不为所动："让开！"

"我以为二十年一过，我必灰飞烟灭。可我没有，我好端端地在枣树里醒过来。没过几年，有人带着道士来了这块荒地，道士见了我，面露喜色，一番查看后对雇佣他的人耳语几句。不久后，这里便修起了宅子，我被围在中央。然而在宅子即将完工的头一晚，中元之夜，有人带来了五花大绑的泥儿，她身上被贴满了奇怪的符纸，嘴也被塞着，然后他们硬把她塞进一口缸里，封死，埋在了枣树下。"白影的声音越来越低，"我看着她用头撞缸子，看着她痛苦挣扎，看着她一点点咽气……可我只能看着，我连脱离真身的能力都没有。"

她顿了顿，继续道："后来我才从安家人口中依稀听到，有'人牲'在地，安家从此必大富大贵，世世家业兴旺。我猜想，他们说的人牲就是泥儿吧。不知怎的，她尸身一直不腐，且还会跟我说话，她说她叫泥儿，家在一个开满野花的山坡下，后来爹娘没了，她流落市井乞讨为生。那天，一个穿着富贵的老爷来到她面前，端着一碗热腾腾的汤面给她吃，她太饿了，吃了，边吃边向他道谢。可是，吃完面之后的记忆都没有了，她再醒来时，已经被绑起来，不能动，不能喊。"

房间里异常安静，泥儿垂下头，默默抹起了眼泪。

"人心不正，邪术不绝。"道士缓缓放下剑，打量着泥儿，"看来，当年他们之所以挑中这里建宅，就是看中了此枣树有灵气，且方圆十里又只得这一棵树，是天生用来做困龙局的好地方。以少女生葬，辅以邪咒，再以此局困其魂魄，催旺主家财运，恶毒之极。但人算不如天算，恶土出太岁……这也是万里无一的巧合了。"他扭头看着窗外那一片惨状，又道："恶土出太岁，此物多借亡者而生，头颅四肢之外，皆覆黑肤，光润滑腻，割肉食之，可得长生，然此物最恨取其肉之人，必杀之后快……安家人也非泛泛之辈，想来对玄异之物也颇有了解，不然不会以邪术催财，更不会认出这就是太岁。若非动了取肉之心，只怕也不会有灭门之祸，实是一错再错。"

"你永远如此明事理。"白影高兴了起来，"你会放过泥儿的吧？"

"我放过她，别的道士也不会放过她。"道士冷冷道，"太岁出土，但凡有些本事的同道都有所感应，我只是来得比他们快些。不出一日，别人也就到了。"

"她本性不坏。"白影恳求道，"若落到别人手里，只怕没有活路。何况你也知她身负异力，若再有人想割她的肉，岂非又一场血案！"

道士沉默良久，最后说："那就只能委屈你了。"

"我？"白影一愣。

九

他不知道枣花跟道士达成了什么协议，只知道她要跟道士走了。

昨天，安家来了好些个陌生人，有男有女，有的拿拂尘，有的握宝剑，每个都有腾云驾雾的本事。

但，他们对道士十分尊重，甚至敬畏，一口一个厉天师的叫着。不知道士对他们说了什么，这些家伙在面面相觑之后，都说"那一切听凭厉天师处置"，随后便四散离去。

今天一早，官府终于来了人，四下一查看，只从厨房里寻到一名幸存的家丁，此人已是疯疯傻傻，只不断说有妖怪吃人。他们问他是谁，他顺口说自己是安老爷的远房侄儿，惨案发生时在房间里昏睡，什么都不知道——没有任何线索，衙差们收了尸体，悻悻而去。

傍晚，她依然保持着一片白影的状态，飘在他跟泥儿面前。

"你不走行不行？"他想拉她，手指却只碰到一片虚无。

"我没有再留下的理由了。"她的声音像多年前一样温柔，"倒是你，别浪费一身本事，离开这座宅子，去任何一个地方都可以。"

"不！我说了我要娶你！"他坚决摇头。

"此生能遇到你，我从未后悔，从未埋怨。"她轻声道，"你保重。"

"枣花姐姐，你要走？"穿上衣裙的泥儿，看起来就是个清秀的小姑娘，"你怪我不听你的话？"

"不不，泥儿，你好好留在这里，不要再杀任何一个人，总有一天，你会真正自由的。"她看着这个一脸天真的姑娘，总觉得像看到了某个时候的自己。

泥儿似懂非懂地点点头。

"我们走吧。"她对道士说。

道士大袖一挥，她化了一道光，被他拢进了袖中。

"枣花，我在这里等你，我哪里都不去，我等你！！"他望着天，对着那渐渐远去的光点，大声地喊。

泥儿看着他的脸，说："哥哥，我也哪里都不去，我陪你可好？"

他颓然地垂下头，看着泥儿的脸，苦笑着点点头。

空中，道士御风而行，快得像一道光。

"如今，你可是背负着杀人夺太岁的大罪的妖怪了。"他说，"不后悔？"

"你的同道真的肯信你的说辞？"袖子里，传出她不太安心的声音。

"身为天仙观的主人，我说的话还是有分量的。"他笑笑，"这些人啊，只想要个结果罢了，我说我毁了太岁，再当着他们的面'降伏'了你这杀人的妖孽，就算对他们的交代了。只是你今后，只能在我的天仙观里过生活了。"

"你终于还是收徒弟了。"她笑，"为何要叫天仙观，我以为你会起个更威武的名字。"

他的白发在风中飞扬："我都快一百五十岁了，收几个徒弟打发时间也好。"

她噗嗤一笑，旋即又问："那安宅的结界……"

"放心，我的结界，至今无人能突破。有它在，太岁无法离开安宅，只要泥儿不动杀心，它便无法现原形，也就不会泄出太岁毒。即便露了原形，它依然出不去。"

"说太岁入世，会死伤无数？"

"太岁不在三界之中，本身力大无穷，其肉有长生之奇效，一旦由它入世，太岁毒泄出，莫说吃它的肉，能从太岁毒下逃生已是万幸。不过，说到底也只是由大恶而生的怪物，若世道昌明，人心向善，这恶气总有散去的一日。恶气一散，太岁枯萎，结界便会自行消失，届时泥儿或可重得新生。"

"厉天师，谢谢你。"她特别真诚地说。

他面色有些不自然："别说话了，节省点真气。"

"不，还有个问题……"

"你想问他怎么来找你？"

"对。"

"你回到枣树之后，我去找过他。他娶了妻，生了子，在岳父的资助下经营了一间小医馆，日子过得很平静，不过不到四十岁就病逝了。我曾听他在梦里喊你的名字。"

她一惊："你对他做了什么吗？"

"我们永远不知来世如何，能继续做人，还是别的，我们甚至不知有没有来世。"他看着远方，"我给他下了很重的咒，只要他有来世，不论是人还是猪狗，他都不会忘记你们的点点滴滴，不论他在哪里，都会回来找你。你看，你好不容易变个人，有了手脚，最后却连抱一下他都办不到。"

"你……你看见了？"

"那天，我在你家房顶上。"

"哦……"

"花精是不是都像你这么不聪明？"

"可能是吧……"

风声与云朵簌簌而过，道士与花精渐渐消失在旖旎的光线里。

十 🌿

丁零零，风铃又清脆地响了起来。

木道长沮丧道："就是她说的这样啊，祖师爷爷的结界不但能困住太岁，连他门人的法力也会被压制，所以我才使不出全力啊！"

我合起卷轴，转头问枣树上的家伙："为何不继续留在天仙观？"

"厉天师将我安置在他亲手种的枣树上，失了真身的我，全靠他以真气维持性命。没有人知道堂堂厉天师在他的天仙观里养了一只花精。他老了，我也老了，连唱歌给他听的力气都渐渐没有了。我去天仙观的第二十个年头，他走了。直到最后，他的脸还是像以前那么好看。"枣花轻轻一笑，"我不知他给弟子交代了什么，之后的三百年，都没有人来打扰我。我平静地住在他的枣树里，听小道士们聊东聊西，有时还会围观调皮的孩子火烧天仙观。"

这个……当初未知跟浆糊大闹天仙观时，她也在场……我有一点点尴尬。

她继续道："我没有再想过离开，不管我还能活多久，我都愿意留在他给我种的枣树里。可是……"她顿了顿，"我始终没能放心安宅里的两个人。"

我皱眉。

"这些年，我常拜托路过的鸟妖或者虫怪帮我去看看，毕竟安宅离天仙观并不太远。"她坦白道，"它们回来都跟我说，宅子里住了一个安少爷，还有一位安老爷，还有个小丫鬟。几百年了，它们带回来的消息永远是一样的。这不对啊。"她叹气，"他是人，怎可能一直活着。我终是决定亲自去看看。可我力量太弱，所以离开天仙观前，我偷进了天仙观的密室，吃了一枚聚神丹，然后跑去天仙观附近的坟地随便寻了一具新葬的尸体，附身其上，还拿石头化成手下，假装债主杀进了安家。"

也算是真相大白了，我深吸了口气，说："你查到什么？"

"他还是他，可又不完全是他。而泥儿……"她沉默片刻，"泥儿看他的眼神，跟当年完全不一样了。那是一个女人在看她心爱的男人。我不知这三百年他们是如何生活下来的。更不知那安老爷子是哪里来的。我只知他没有听我的话，离开安家重新生活。直觉告诉我，我不能再让他留在安家。可我力量微薄，做不了什么。所以才想到来找老板娘求助。可我又怕说出实情，你们会觉得事情凶险而拒绝我，而聚神丹只能保我十日平安，时间无多。所以我决定赌一把，将你们引去安家，再加上胡大远的尸体，你们应该会深究到底。"

我撇撇嘴："整这么麻烦！你怎么不直接找木道长帮你！"

她无奈道："小木头学艺未精，为人轻浮，实非最佳人选。"

木道长一听，气坏了，指着枣树跳脚道："你这妖精！要不是祖师爷爷有令，要我们每个掌门弟子世代保你周全，我早灭了你！你偷吃那么珍贵的聚神丹跑路也就罢了，把祖师爷爷的卷轴带走是几个意思？生怕旁人不知你跟祖师爷爷的往事，非要败坏我天仙观的名声吗？！我追到这里来拿回卷轴容易吗！"

"住嘴。她说的是事实啊。"我白了木道长一眼，老家伙自己不要脸，面子观还挺重。

我掂了掂手里的卷轴，里头的内容我一字不漏地看完了，厉天师确实将他跟枣花发生过的一切都记在了里头，跟枣花说的分毫不差。

我回头，那边的泥儿在发呆，安少爷依然昏迷不醒。我走到泥儿面前，她缓缓抬头："我被他们埋在枣树下，很久之后，我的身体里钻进了奇怪的力量，我看到了光，那道光后面，是哥哥的脸。他是我回到这个世界后看到的第一个人。我喜欢他，很喜欢。"

"就算没有结果，你也没想过离开。对么？"我看着她认真的脸。

"他也没想过离开啊，他一直在等枣花姐姐回来。"泥儿轻轻摸着他的脸，"十年，二十年，他一直等到白发苍苍，枣花姐姐也没回来。他快死了，在枣树下拉着我的手说

枣花

他不想死，死了，枣花姐姐回来就找不到他了。"

我一怔："那你怎么办呢？"

"我是太岁啊，能帮人长生的太岁呢。我愿意帮他，心甘情愿。"泥儿笑了，"我问他愿不愿意长生不老，他说愿意。所以我割下自己一块肉喂他吃下去，然后断了他的食指，再割下一片肉与断指放到一起，四十九天后，断指便成了一个小婴儿。而他，渐渐失去了意识，成了个疯疯癫癫只知喊吃饭的老头子。婴儿渐渐长大，这便是又一个他。不但模样相同，行为举止，甚至脑子里的记忆都一模一样。他不再需要进食，只是，他也变得跟我一样，再不能走出这座宅子，只要跨过界线，身子就痛入骨髓。但他不介意，说这样也好，可以一直等下去了。"

敖炽听得目瞪口呆："复制人么……太岁就是这样帮人长生？"

我示意他闭嘴，又道："于是你们就这样'循环不息'地生活在这里？每到他快死的时候，你就喂他吃你的肉，再用他的食指'养'一个新的他？"

泥儿摇摇头："也不一定要等到他快死时。第二次，他三十岁时便要求有新的他，然后他跟我一起，把这个婴儿当自己的孩子养起来。但是孩子越大，他的意识就越模糊，时间过去，他又渐渐变成那个只知要吃饭的老头子，一模一样。"

"没有人发现你们的秘密？"我问。

"刚开始那几年，官府来过几次，找不到任何有用的线索，安家灭门案也就不了了之了。再有人来，我便说我是安家幸存的丫鬟，他是安家唯一的血脉。加上许多人以为安家是不吉之地，根本不愿靠近，我们又避世不出。时间一长，也没有人再留意我们了。顶多传言安家家道中落，人丁稀薄。不过为了掩人耳目，我们还是会在大门上贴招工启事，雇佣几个仆从，让他们出出进进置办吃穿。不过每隔几年就会换一批。到了最近几年，我们连仆从都懒得请了，吃穿都是请人直接送进宅子。所以成大远来找我们讨账时，我着实吓了一跳。"她苦笑，"我们以为他是疯子，想他闹够了自会离开。我本可以杀了他，可枣花姐姐让我不要再杀人了。那就算了吧。"

"你说，他爱你？"我突然这么问了一句。

她露出羞涩的表情，点点头："那天，我看他又在跟枣树说话，不知怎的，我不高兴了。我赌气说，以后再不帮他了，死就死了吧。他愣住了，然后就把我抱在怀里，说'泥儿啊，我是全天下最希望你幸福的人，我很爱你，所以我活下去并不光是为了等枣花，也是为了能跟你永远在一起啊。'"

好烂的台词……我不禁在心头冷笑，敖炽也是一副起了鸡皮疙瘩的样子。

"这就是爱你了？"我蹲下来，看着这个好像什么都懂，其实什么都不懂的丫头。

"说出口的，还不是爱？"泥儿反问我，仿佛不懂的那个是我。

我笑了笑："傻孩子，一边割你的肉，一边说'我是全世界最希望你幸福的人'，你信吗？反正我是不信的。纵然你曾是太岁，这么多年你身上的伤口却从未愈合过，割一块少一块，你真的不疼？"

她愣了愣，下意识地看向自己的身体，那个伤痕累累、丑陋不堪的身体。突然，她的眉头紧紧皱起来，她看向自己的双手，一股焦黑的颜色慢慢从指尖往上蔓延。她失声惊叫："这是怎么了？"

"太岁已灭，你只是它的宿主。"我起身，退开一步，"你本就是没有生命的，如今一切也该终结了。"

"不不……我不能消失……"她哭起来，"我走了哥哥怎么办？我……"

话没说完，扩散得越来越快的黑色已然吞没了她的整个身体，连带着她身上的衣裳一道，瞬间化成了一缕烟尘。

望着这缕往高空飘去的烟，我又深深叹了口气。

"老板娘。"一直沉默的枣花开口道，"泥儿的魂魄自由了，是不是？她会有下辈子吧？"

我直言："抱歉，我不知道。"

我也很希望每个受伤的灵魂到最终都会得到补偿，但总有那么一些悲伤的人，一次次地选择，一次次地选错，最终走到回不去的路上。

如果当年枣花不是对她心存怜惜，恳求厉天师手下留情，如果厉天师不是选择用结界困住她，而是直接让太岁消失，如果没有那个心存执念又随口说爱的男人……最起码，她不会有这三百年的剐肉之痛，也许早已轮回转世，另有人生。

事到如今，对错已然不重要，重要的是，你要为你每一次的选择，承担所有后果。

地上一阵窸窣的动静，那昏迷的男人，终于睁开了眼睛。

"泥儿……泥儿！"他坐起来，第一件事就是寻找她的踪迹。

"她永远不会再回来了。"我冷冷看着他，"太岁也消失了，你再无长生的机会。"

他愣住，旋即跳起来，一把抓住我的胳膊："你们把泥儿怎么了？把她还给我！还给我！你们为何要毁掉我的人生！"

敖炽的拳头被我制止，由得这个男人在我面前发狂般地叫喊。当他达到声嘶力竭的顶峰时，我一耳光扇到他脸上，特别狠的一耳光。他一个趔趄坐到地上，捂着脸，蒙了。不等他说话，我一把揪住他的衣襟，拖沙包一样将他往宅子东边拖。

很快，他被我扔在那个角落里的房间前。

枣花

我一脚踢开房门，全程没有出现的"安老爷子"又坐在了八仙桌前，跟另外三个"同伴"一道，傻子一样吃着空气。

他瘫坐在地，却下意识地将脑袋别开不去看房间里的一切。

我捏住他的下巴，把脑袋给他正回去，逼他直视那四个老头子，冷冷道："你跟我谈人生？你看清楚了，你面前的一切，就是被你浪费的人生。"

他的身子剧烈地颤抖，嘴唇神经质地翕动，说不出话来。

"你本来有机会走出这座宅子，有一段正常的人生，但你不愿意。"我松开他，"你舍弃了枣花，你后悔了，你固执地认为等待就能弥补当初缺失的一切，可你在等待一个女人的时候又对另一个女人说爱，仅仅因为你怕她不再割肉给你。你命好，轮回两世皆为人，但你还真是一点都没变，连你的'爱'都没有进步，又容易又廉价。"

他嚅嗫着："不是那样……不是那样……"

这时，远远传来几声鸡啼，一道浅浅的白线在漆黑的天际渐渐明晰。房间里突然传出咔咔的声音，八仙桌前的四个老家伙接二连三地倒在地上，像落地的瓷器一样，摔得四分五裂，最后成了一堆堆灰黑的粉末。他吓得惊叫一声。

"没有太岁之力的支撑，这些本已老朽的活死人也就只能化成灰了。"木道长不知何时出现在我身后，看着他，"不过安少爷你不用怕，你还年轻，还有大几十年，说不定上百年活头呢。"

"你一直知道安宅里有太岁。"我狠狠瞪着木道长。

木道长转了转眼珠，尴尬道："我是知道，可我也知道它跑不出安家，不会出大事。祖师爷爷既然留它性命，我就不能伤它。再说了，硬碰的话我也不是它对手啊。要不是那花精顺走了祖师爷爷的卷轴，我这辈子都不会来安家的！"说着他又嘿嘿一笑，"不过，太岁始终是个凶物，留下来也是后患无穷。如今是老板娘你们收拾了太岁，与我无关，所以我也没有对不起祖师爷爷，想来他老人家也不会托梦骂我的。"

"不要脸！"我简直想啐他一脸，"我一直以为天仙观是你一人搞起来的三脚猫道观，没想到它的创始人竟真是个高人中的高人，你说你现在这败家样子，怎么对得起你祖师爷爷！"

木道长委屈道："讨生活并不容易嘛……能支撑着道观不倒闭我已经费尽心血了。"

"别扯闲话了，这厮怎么处理？"敖炽打断我们，朝失魂落魄的"安少爷"努努嘴，"他现在恐怕是鱼门国里唯一一个吃过太岁肉的人了，要不要解剖了做研究？"

"不如交给我带回天仙观吧。"木道长说，"禁足，然后每天让他抄一百遍道德经，或许有朝一日他能真正清醒过来。我也算积了功德。"

目前好像也没有更好的法子了。

"就这样吧。"我拂袖而去。

"诶诶！老板娘留步！"木道长急忙追过来，伸出手，"有劳把卷轴还我吧！这东西真不能外传！"

我举起卷轴，笑笑："先借我用用，今天日落前，我自会送还到天仙观。"

"这……"木道长为难了半天，"好吧……但老板娘一定要保证，不能把卷轴上的内容给宅子之外的人知道啊！唉唉，你说祖师爷爷咋想的啊，这些事你自己知道就好，白纸黑字写出来干啥呀！我们又不敢毁了它，毕竟是祖师爷爷的珍贵手迹，怕祖师爷爷生气，谁知道他是不是在天上看着我们呢……"

"啰唆！快带着人滚蛋！"

◉ 尾声 ◉

敖炽跟木道长都被我遣走了。

晨曦之下，整个安宅只得我一人，搬来一张小桌放在枣树下，又烧了一壶水，取了两个茶杯。

"你为何还不离开？"枣花奇怪地问我，"整这些东西做什么？"

"你在纸条上说你'身无长物'，确实，你给的金链子也不算多贵重。"我取出个随身携带的小香囊，从里头抖落出几片茶叶，"我很久没跟外人喝茶了，你陪我喝一杯，就当你给我的酬劳。"

她嗤嗤一笑："我如今这样子，怎可能陪你饮茶。"

两杯碧绿的茶水在杯中荡漾，我举起其中一杯，一扬手，茶水飞起，落入花间，转眼无迹可寻。

"啊！"她叫出了声，"好苦！这是什么茶！"

"此茶出自一座名为八苦园的茶园，名浮生。"我笑着抿了一口，"很苦，很多人都喝不惯。

"是很苦，不过现在好像又有了一丝甜味。"

"甘苦皆有，方为一世浮生。"我放下茶杯，"你觉得你这一生如何？"

她沉默片刻，说："很长一段时间里，我以为我爱的是那个在雪中邂逅的人。"

"不是他吗？"我笑问。

"我说不上来。"她又沉思了许久，"我只是偶尔会想，当年离开那个小院子时，如……

枣
花

果鼓起勇气跑回去抱抱他，我的际遇会不会不一样。他让我有了双手，可我从来没有抱过他。"

微风吹过，树叶轻摇。

"你看过厉天师的卷轴吗？"我突然问她。

"我曾见过他往那卷轴上写字，但我并不知他写了什么。我问他，他只说是一些琐事。"她说，"这次我孤注一掷去偷聚神丹时，这卷轴就摆在旁边的锦盒里，我知道平日里小木头他们很紧张这个，想着我也命不久矣，也就对这卷轴起了好奇之心，一并拿走了。我看了，但时间仓促，没来得及看完，我看到的那些，跟我告诉你们的往事一样。也许厉天师只是闲来无事，写了这些打发时间吧。"

"我看完了。"我拿出卷轴，"卷轴里最后一句话，我觉得有必要说给你听。他说，他用了一辈子的时间，去否认自己爱上了一只花精。"

枣树上，突然没了任何动静。

许久后，一滴露水落下，打在我的手背上。

"他没有将这个秘密带进坟墓，或许这就是他表示遗憾与内疚的方式吧。"我叹息，"他也真是个别扭的男人啊。"

她轻笑："这就是我们彼此的选择啊，我选择了扭头就走，他选择了闭口不说。所谓命运，不就是这样被我们自己改变了么。"

"也许吧。"我又喝了一口茶，"如果以后你们还能遇见，麻烦你们不要再这么别扭了。我这个外人看着都觉得好遗憾。你们把他说得那么英俊……太可惜了！"

"我们还能遇见吗？"

"谁知道，万一呢。"

"谢谢你啊。"

"话说你给我的金链子哪儿来的？"

"哦，那是胡大远的陪葬品，顺手就拿了。"

"……"

太阳从云层里露出大半个脸时，我离开了安家。

对了，卷轴里厉天师还说，他起天仙观这个名字，是因为多年前那个清晨，他在简陋的小院里看见了一个天仙般的姑娘。不知她有没有看到这一段。

回头，一束光线刚刚笼住那棵枣树，空气里，隐隐有一点甜香。

敖炽一直在门口等我，见我出来，劈头就问："你在里头干吗？还把我撵出来！"

"女人跟女人之间的对话，你杵在里头干什么？"我翻了个白眼，旋即又道，"不过我想问问你，要是有一天我走了，你会等我回来么？"

"肯定不会啊！"敖炽戳了戳我的头，"以爷的性格，就算你走出了银河系，我也会抓你回来啊！怎么可能在这里死等，神经病啊！"说着他目光落在我手里的卷轴上，一口气说道，"你可别被那些傻瓜带坏了啊！你看看他们这辈子都干了些什么蠢事！爱你不就是要在你身边吗，爱你不就是要带你吃好吃的吗，爱你不就是你不开心了我就得负责逗你开心吗，爱你不就是哪怕你变成一棵树我也不嫌弃你吗，爱你不就是不能让你被别人抢走吗？！就这么简单，哪儿那么多废话，真是的。"

"你这口气好长……"

不过，也确实是这么个道理？！

我嘻嘻一笑，抓住他的手："那我们去那家新开的店吃臭豆腐吧！"

"不要……"

"你不爱我！"

"我爱你但我不爱臭豆腐！"

"……"

好吧，虽然没吃成臭豆腐，但不管怎样，我选择了跟这只东海孽龙在一起，从未遗憾过。

枣花

157

头巾下的脸，既不是丑陋不堪，也不是非人怪物，甚至连一丝狰狞的表情都没有……

◉ 楔子 ◉

她说，每个人的影子里都藏着他们的秘密。

一 ✤

蝉声起伏，盛夏如火，我最不喜的季节还是准点到来了。

我把自己越发嗜睡的原因归咎于夏季的到来，但敖炽十分不赞同，他说夏天让人困倦是真，但没见过谁一边恹恹欲睡一边又那么能吃，吃了睡睡了吃，这是冬眠才对，但你一棵树有什么资格冬眠，你好意思吗？

然后就没有然后了，我把他打到冬眠了。

了结了安家那件事之后，我遵照约定把厉天师的"心路历程"完好无损地送还给了木道长。

谁都年轻过，谁都爱过，恨过，遗憾过，没有什么丢人的。

我历来跟道士们针锋相对，永远站在他们的对立面，但厉天师是个例外，虽然我们已经没有相见的机会。

至于木道长，至今我都还记得他涨红着一张老脸，在从天仙观里头送我出门的短短距离里复读机附体，反复叮嘱了一万次要我千万不要把这段埋藏多年的"风流韵事"说出去。

作为报酬，他会在天仙观里给我们一家四口免费点平安灯，最大最亮的那种。

我还以为他要把他搜刮的民脂民膏分我一半呢，这抠门的老东西！！！

饶是如此，我还是把枣花顺手摸来的金链子交给了他，要他代为归还给胡大远的老婆。

失物不能当报酬，我有点心疼，忙前忙后，又是一桩没赚钱的生意。

总之，此事之后我倒是过了一段安稳日子，不停的生意一直挺轻松的，没有大主顾上门，尽是些琐碎不赚钱的小生意。

连浆糊跟未知都能帮不停工作了。

他们帮那个没牙的老太太找到了她遗失的绣花针，老太太说这是宝贝，她家老头子留给她的纪念品，也只有两个小家伙有恁好的眼神，硬是从她枕头边儿上把这枚针寻回来了，得到的报酬是一大包老太太自己做的桂花糖。

唉，小鬼们还觉得是自己赚到了，拿着桂花糖请不停里每个人吃，连阿灯跟信龙都有份。

而我还必须表扬他们干得好，不忍心跟他们说他们付出的精力跟回报从生意角度来说实在不成正比，如果不停每笔生意都这样，我们一家老小早晚上街讨饭去……

但是，一块心病，随着大暑之日的临近，越发缠得我坐卧不宁。

对，就是那个没事找事的"三府会考"。

我现在既担心没人来敲门，又担心有人来敲门，没人敲门就代表没生意，有人来敲门吧，我又担心是天衣侯或者聂巧人又来送什么跟这场考试有关的消息。

敖炽不但不帮我纾解心情，还成天统计我又多吃了多少东西，不但统计还要吐槽，说人家有心事都是吃不下，我倒好，化焦虑为食量，再这么下去，他要养不起我了。

你们听这算什么屁话，说得就像他养过我似的，成天盘算着拿我金子的人才最可耻好吧。

总之，这个夏天我十分不舒坦，可能真的患上了夏季焦虑综合症什么的。

今天天气多云，暑气没有那么浓重，敖炽硬是把我从午觉中拖起来，说我好几天不出门就知道睡觉吃饭，腰都粗了一圈，今天必须出门走走，最要紧的是陪他去买西瓜。

胖三斤自己种的西瓜老早就被摘光了，敖炽加上两个小家伙，绝对是不停的吃瓜大户。对他们来说，夏天有了西瓜就等于有了全世界。

这个时候，瓜摊上的瓜已然没剩下几个，敖炽火急火燎地抢了两个，心满意足地抱在怀里，好像那才是他的老婆孩子。

虽然没有太阳，但空气仍旧像个湿热的罩子，把每个人困在或多或少的烦躁里。

幸好我的旗袍冬暖夏凉自带空调模式，把敖炽羡慕得要死，那天还在骂乌衣小气，给我做衣裳不给他做衣裳。

我说那么好的料子做成花衬衫也实在太浪费了，你也就只适合在某宝上买点打折还包邮的货色，当时就把敖炽气得连西瓜都吃不下了。

午后的街头一如往昔，店铺摊档热闹非凡，来往车马川流不息，我忽然问敖炽："你觉不觉得街上跟平日里有些不一样？"

敖炽左右看看，说："有啥不一样，人还是那么多，西瓜还是卖得那么快。"

人还是那么多……我前后环顾，道："你不觉得人好像比往日更多了吗？"

话音未落，一辆马车轰轰而过，前头还有两人骑了高头大马引路，再看那马车，木料扎实，锦缎覆面，一袭素纱遮住窗口，所过之处还带起一阵淡淡香风，也不知里头坐的是哪位大户人家的小姐公子。

不过领头两人看起来就不那么有美感了，膀大腰圆，黑脸虬髯，都跟李逵投胎似的透着股草莽的狠劲儿。

"这样的排场比较少见呢。"我扇着马车扬起的尘土，看着远去的车马。

"你有钱你也能坐这么华丽的马车。"敖炽白我一眼，"走啦走啦，热死了。"

"你少吃两个西瓜我就有钱了！"我掐他一把。

正说着，身后又传来一阵有规律的"嘚嘚嘚"的声音，回头，一个独眼老头子，穿了件花里胡哨的褂子，骑在一头也是独眼的毛驴上，手里托着烟杆，吧嗒吧嗒地吸着，脚上的布鞋没穿好，一甩一甩的，悠闲得很。

我看着那一人一驴，碰了碰敖炽："跟你的穿衣风格挺像的。"

"他穿的那是乡下老奶奶家里的花被面！能跟我的品位比吗？！"敖炽恨不得把西瓜砸我头上。

小毛驴不慌不忙地走，经过我们身边时却忽然放慢了步子。

"请问二位……"独眼老头俯下身子，笑呵呵地看着我们，"可知'知秋馆'怎么走？"

知秋馆……东坊还有这么一个地方？！

"不好意思，我不太清楚。你还是……"

我话没说完，旁边那个摆摊卖花瓶的小贩已然打断我，热心地指着左前方跟老头说："你走完这条街左拐，再往前数三个街口，门口立了一对石麒麟的就是知秋馆啦。"

"啊呀，谢谢小哥指点！"

老头高兴地朝小贩拱手，然后拍了拍驴屁股，欢天喜地朝前头奔去。

那小贩看着他的背影，啧啧道："这把岁数也来凑热闹……"

我听得好奇，忙上去问道："小哥，请问'知秋馆'是什么地方？"

小贩打量我跟敖炽一番，反问："您二位穿得如此怪异，应该也是从别处来东坊的吧？"

"哪儿呀，人家是在东坊开店做生意的老板娘呀！"小贩旁边那个卖炒货的胖大婶赶忙替我解释，又赶忙抓了一包炒瓜子塞到我手里："这小子头天来摆摊，看您面生，您别介意。"

我看看手里的瓜子，又看看大婶红光满面的大脸，问："咱们认识？"

"哟，您真是贵人多忘事啊。我家那只蠢猫丢了，还是你们不停帮我找回来的呀！"大婶哈哈一笑。

鉴于帮人找猫找狗的生意太多，我确实不记得这位大婶也曾是我的客人了……

"这样啊，哈哈，怪我记性不好。"我不好意思地笑笑，又摸出钱要给她。

"一包瓜子儿值几个钱！您给钱就是看不起我。"大婶硬把我的手推回去，又道，"您刚刚问知秋馆啊？"

我只得收起钱，跟她道了谢，说："是啊，之前没听说过这个地方呢。"

"那是专供那些来参加三府会考的考生们吃住落脚的地方。"

大婶指着左前方："就那边。不过这三府会考都暂停好些年了，今年不知上头又发了什么心思重开会考，这不，眼看着会考之期将近，来咱们东坊的外地人也多了。"

一听"三府会考"四个字我心里就阵阵发凉，脱口而出："那个独眼老头子也是考生？"

"是吧。"大婶点点头，"听说这考试并无年龄身份的限制，只为选拔有用之才。"说着，她眼睛一亮，拉着我的手道："老板娘你也可以去参加的！你看你有才有貌，爬树也那么厉害，万一脱颖而出走上高位，就更能帮老百姓的忙啦！"

"不不不，她这种笨蛋只适合在家里带孩子。谢您的瓜子，下回再来光顾！"敖炽赶紧把我拖走了。

树上的蝉声越发刺耳，我忧心忡忡地走在树荫下，扯着敖炽的袖子道："你看你看，老头子都来考试！还有那驾马车，我觉得里头的人也一定是去参加考试的！这些人看起来都好可疑！到时候还要我去给他们做考官，天知道他们会给我找什么麻烦！真是想想都头大！"

敖炽呵呵一笑："要是来考试的都是花样小鲜肉，你就不会头大了对吧。"

"你更年期了吧？"我嫌弃地瞪着他。

"我可是一个年龄已经有四位数的高贵的男人，你有什么依据说我更年期？"

"你……"

怪人

163

"给我站住！还敢跑！"

我们夫妻二人的对话中突然窜出来一声巨大的吼叫。

前方，踉踉跄跄跑出来一个人，后头风驰电掣追着两个人。

没跑出几步，前头的人大概被什么给绊了一下，重重跌倒在地。后面两个气势汹汹的汉子猛地扑了上去，其中一人更是骑在那人身上，醋缸那么大的拳头雨点般落在那人身上，另一个汉子则站在旁边，死命拿脚踢上去，被打的人蜷着身子抱着头，一点声音都没发出来。

群众们迅速围上来，有人出言相劝，却被汉子吼了回去："你们知道个屁！这种敢在光天化日之下偷东西的贼，打死了是为民除害！你们谁给他说情，谁就来替他挨揍！"

大约是被汉子那一脸的横肉与凶煞的表情吓到了，所有人都缩回了脑袋。

"胆子不小啊，偷到你爷爷我身上！"骑在他身上的稍微瘦一些的黄衣汉子怒不可遏，硬是拉开那人的手，逼他露出脸来，再使劲扇上去，三两下就让对方的嘴角渗出血来。

"大哥，这种贼就得让他吃点大苦头！"

站着的黑衣汉子顺手从路边拾来一块拳头大小的石头，扯过那人的右手摁在地上，举起石头毫不犹豫地砸了下去。

石头狠狠砸在了手上，不过是敖炽的手。

他几时走过去，几时伸手截住那块石头，周围的人都没看太清楚。到大家都反应过来时，那块石头已经在跟他手掌的碰撞中四分五裂了。

黑衣汉子显然是被吓了一跳，飞快缩回手，恼怒道："哪个王八蛋多事！"

敖炽拍着手里的石屑，也不看他："打几下就算了，断人手脚轮不到你。"

"你是哪里钻出来的？"黄衣汉子见状不对，站起来警惕地打量敖炽，"这小贼偷我的钱，我不管难道你管？"

"自然应该由官府来管。"我走到他们面前，蹲下来看了看地上那个口鼻流血的人，应该是个十四五岁的小男孩吧，穿了件破破烂烂看不出本来颜色的衣裳，瘦得像棵葱，巴掌大的小脸白得像敷了一层面粉，不知是吓的还是本就虚弱，两手紧紧护在心口，好像那里有什么极其重要的东西。

"官府？"黑衣汉子哼了一声，"官府日理万机，这等小蟊贼由我们代为惩治，也不算过分吧。"

我问男孩："你偷他们钱了？"

男孩嗫嚅着，双手护得更紧了些："我……我不是故意的……"

"那你是承认了。"我叹气，"把钱还给他们，剩下的事我替你了结。"

"不能还……"

男孩的拒绝实在出乎我的意料。

两个汉子听了顿时又得意起来，瞪着我们道："听到没有？这种死不悔改的贼，打死也是自找的！"说着又要拿脚去踹，被敖炽挡开。

"为什么不还？"我问他。

"我需要钱。"

"谁都需要钱，但偷钱不行。"

"没有钱买药，我妹妹就没命了。"

男孩费劲地坐起来，眼睛里没有委屈没有后悔，连求饶都没有。

所以这又是一个毫无亮点的，跟贫病与亲情有关的市井故事么……

"谁知道这小贼是不是撒谎！"汉子又愤愤道，"你家人生病了你就理直气壮地偷别人的钱？"

敖炽用眼神让他们闭嘴，很奏效，我们家的敖大爷一旦开启高冷模式，那绝对是自带杀气，见者胆寒……

"你妹妹重病？"我直视男孩的眼睛。

男孩难过地点点头。

我想了想，说："把偷的钱还给他们，你妹妹买药的钱，我替你给。"

敖炽立刻扭过头："喂！我买两个西瓜你都说我乱花钱……"

"你再闹，以后一个西瓜都不许你买！"我粗暴地打断他。

男孩皱起眉头，并不太相信地看着我："你说真的？"

"自然是真的。"我笑笑，"要骗也不骗你这样的小毛孩子。"

"可是，那个药很贵。"男孩犹豫着。

"再贵我也买得起。"我朝他心口努努嘴，"拿出来吧。好好一个孩子，别落个窃贼的名号，不好听。"

他沉默半晌，终于慢吞吞地从怀里掏出一个鼓鼓的荷包，放到我手里。

"拿回去。"我把荷包扔给黄衣汉子，"这事就算完了。"

汉子仍有不甘："你说完了就完了？"

我头也不抬道："他偷你钱不假，你当街殴打滥用私刑也不假，要不我们这就去官府聊聊？"

"算了算了，算这小贼好狗运。"黑衣汉子拽了拽他的大哥，"走吧走吧。"

"呸！以后别让老子再看见你！"黄衣汉子朝男孩啐了一口，悻悻离开。

怪人

165

"还能走么？"我问他，这满身的伤，看着都疼。

"我要抱西瓜我不会背他的。"敖炽抢先道。

男孩咬咬牙，在我的搀扶下站起来，轻声说："没事，我自己能走。"

我白了敖炽一眼，又看看渐晚的天色，道："那你随我回家去吧，我拿钱给你，顺便让我家里人替你上点药。"

他有些踌躇。

"放心，我不会把你骗去卖掉的，也不看看自己瘦成什么鬼样子了，谁稀罕买一棵葱回去。"我不客气地说道。

他也抬头看了看天，又犹豫片刻，终是点点头："好，我跟你回去。"

二 ✿

未知跟浆糊好奇地打量着坐在椅子上神态局促的男孩，胖三斤刚刚给他上了药，幸而都是些皮外伤，疼肯定是疼，但死不了人。

"妈，他为啥挨打呀？"浆糊小声问我。

我本来想说他偷钱所以挨打，但不知怎的又改口道："他为了救自己的妹妹，出了点意外。"

男孩听到我们的对话，他看我一眼，什么也没说。

"小哥哥，请你吃糖。"

未知大方地拿出剩下的桂花糖，递到男孩面前："我妈说吃东西能分散注意力，你专心吃糖就不会觉得疼啦。"

男孩愣愣地看着未知，眼神很复杂，始终没有接过她的糖，只说："我不爱吃糖。"

"哦。"未知有些小失望，抱着糖走回我身边，嘀咕："还有不爱吃糖的人，真怪。"

我摸摸她的脑袋："人各有爱，不要勉强别人吃自己不喜欢的东西。"

未知点点头，把糖塞到自己嘴里，吧唧吧唧嚼得很高兴。

男孩扭头看了看窗外，天色越发暗淡。

他蹭地站起来，急急问我："你……你不是说要给我钱么？"

"你很急么？"我反问，"你妹妹究竟患了什么病？"

他咬咬嘴唇，似有难言之隐，只含糊说："反正是一般人治不好的病。"

"什么症状？"我追问。

他又看了看窗外，更急了，说话也语无伦次起来："总之我需要钱去买药，今天要是买不到，又会拖延一天。而且还不知道卖药的人明天还在不在。"

见他急成这样，我也不好再追问，只说："好，你等我一下。"

说罢，我走到院子里，把蹲在池塘边假装钓鱼的敖炽揪了起来，伸出一只手："拿出来！"

"什么？"敖炽翻白眼。

"钱！"我揪住他的耳朵，"你以为我不知道你把钱都藏起来了吗？"

"不知道你说什么。"敖炽继续翻白眼。

"别闹了行不行，那孩子还等着呢。"我捶了他一拳。

"你才别闹了呢！"敖炽愤愤道，"这些日子生意本来就不好，你还瞎大方！咱们把那小子救下来已经是大恩大德了。再说你连西瓜都不许我买！"

"好好好，你买你买，你一天买十个我都不骂你了。"我哭笑不得，"快说你把钱放哪儿了？！"

"阿灯肚子里……"敖炽撇撇嘴，"反正那家伙什么都能吞。"

我还没来得及骂他，未知就大叫着从屋子里跑出来，边跑边喊："爸爸妈妈！有怪人有怪人！"

怪人？

我俩脸色一变，撒腿就往那头跑。

敖炽一把抱起未知，警惕地望着屋子里："怎么了？伤到你没有？"

未知一脸惊奇地指着屋里："小哥哥是个怪人诶！他的脚不见啦！"

脚不见了？！

敖炽把未知塞给我，抢先跑进屋子，我跟进去一瞧，浆糊好端端地站在男孩面前，也是一脸惊奇，眼睛一直看着男孩的脚。

男孩显然是我们这群人中最慌乱的一个，站也不是坐也不是，他紧紧抓着自己的手，站在椅子前，然而脚踝之下，空无一物，这让他看上去就跟个没有双脚的人飘浮在空中一般。

他的身子在微微发抖，好像最隐秘的事情被揭发人前，惊恐，羞怯，无所适从。

"妈，他的脚消失了！"

浆糊还是很镇定的，指着男孩已经不见的双脚："挨打会产生这种后果么？"

我无法回答，一头雾水。

男孩躲闪着我们的目光，仿佛犯了不能被原谅的错误。

确认他除了双脚消失之外并无其他异常后，我放下未知，走到他面前，"你的脚……"

怪
人

167

他低头，不敢说话。

"我正在问小哥哥叫什么名字呢，小哥哥突然叫了一声'不好'，他的脚就不见了。"未知在我身后积极地描述："就跟被橡皮擦擦掉了一样呢。"

大概她觉得这是一件挺好玩的事……

敖炽警惕地围着他走了几圈，扼住他的手腕，冷冷道："我们对你从无恶意，你如果不想解释，我只能把你扔出去。"

"不要！"男孩一哆嗦，"我现在这个样子不能出去，他们会把我当成怪物的。"

我让敖炽放开他，说："你也生病了，对不对？"

他不看我，不说话，也不知还在抵抗着什么。

"只要你愿意告诉我们发生了什么，没有人会把你当怪物，起码在这间屋子里，没有人会这样想。"说完，我摸了摸他的头。

"我……"他攥紧了拳头，低头道，"天黑之后，我就会彻底消失，天明之后，再度出现。"

所有人都愣了愣，包括听到动静赶过来的胖三斤。

"这就是你的病？你妹妹也是一样？"

这样的"病"，我没有见过，好奇心跟同情心，一边一半。

"我妹妹不一样。她的病严重太多。"他皱眉，"她不能消失，如果彻底消失了，她就再也回不来了。"

我正寻思着如何让这小子爽快地把事情的原委都说出来时，胖三斤突然将我跟敖炽扯到一旁，压低声音道："你们看那小子脚下，除了没有脚，还有件东西也没有吧？"

我跟敖炽顺势看去，他呈悬浮状的脚踝之下，空空如也，除了少一双脚，还少什么？

灯火之下，我们的影子在地上交错摇晃着，突然，敖炽脸色一变："影子……这小子没影子。"

确实如此，我仔仔细细将地上的影子来回数了好几遍，只有五个，可我们现在有六个人。

这家伙，确实没有影子。

男孩似乎觉察到我们异样的目光与表情，把头埋得更低了，也就在这时，他消失的部分从脚踝又往上挪了两寸。

"凡是这世间的东西，不论活人还是死物，都是有影的。"胖三斤皱眉道，"没影子，可不是什么好事。"

废话，若是寻常人，怎么可能没影子。

我跟敖炽交换了一个眼神，不动声色地把浆糊跟未知挡在我们身后。

男孩忽然慢慢抬头，朝我们这边看过来。

现在他每个小动作都会引起我跟敖炽的高度戒备，敖炽习惯性地把我拨到身后，问他："小子，你究竟是什么人？"

"你们不要怕我。"他声音有些发抖，"我知道我这样子会吓坏你们，所以才想赶在天黑前拿了钱赶紧离开。可是……"

"为什么会这样？"我看着他。

他咬咬牙，道："我的影子丢了。我妹妹也是……"

我的好奇心又被刷出了新高度，丢猫丢狗丢人都不算啥了，居然还有丢影子的……

"自从失去了影子，我们的身体便起了奇怪的变化。先是我妹妹，每到日落之时，她的身体就会一点点地消失，天黑之后，她便整个人都不见了。"

他开始低声啜泣："我知道她就在我身边，可我听不到她，看不到她，只能等到翌日天明，她才会重新回来。

"可谁知她的症状越来越严重，以前第二天就能回来，越到后头，她回来的时间就越迟，从一夜延迟到两天，然后是三天。

"她每次回来时都十分虚弱，她说我虽看不见她，她却能看见我，她好饿，好渴，可是她吃不到东西也喝不了水，她的手根本接触不到任何东西，只能硬撑到回来的时候。"

他狠狠擦掉落下来的眼泪，又道："我这才意识到事情的严重，现在是三天，如果以后变成七天十天甚至更长，她不是会被活活饿死么！

"我只得带着她去看大夫，大夫说她好好的，没病。我又带她去见过好几个道士，他们全被吓跑了。

"我不知道该怎么办，我坐在街边哭，我没有父母没有家，这些年我带着妹妹东躲西藏，要是妹妹也没了，我就只剩一个人了。

"那天夜里，我哭得正伤心时，一个婆婆经过，问我怎么了，我瞧着她面善，应是个好心人，便将我们的遭遇和盘托出，谁知她听了便说此症有药医，并说她认识一个人，专卖能医治我妹妹的药，只是此人爱财，不给够钱是一定买不到的。"

男孩终于说出了见到我们之后最长的，也是最有价值的一段话。

"一个随便路过的老太婆说的话你也信？"敖炽忍不住道，"就不怕她是个老骗子？"

"世人常说病急乱投医，我已经没有资格去质疑了。"他皱眉，"而事实是，婆婆没有骗我。我找到了那个卖药的人，买到了药。妹妹吃了之后，虽然未能痊愈，但消失的时间又缩短到一夜，若能长期如此，我也心满意足。只要妹妹能活着，终有一日能找到治愈她的人吧。"

"那你呢？"我打量着这个瘦弱不堪的少年，他消失的部分又多了一些，"你的病又如何？"

"我发病的时间比妹妹晚，最近一个月才开始。我还撑得住。"他认真说。

"小子，你把最重要的一段漏掉了吧。"敖炽急了，"你说你们的影子'丢了'，怎么丢的，难不成你带它去散步被绑架了么？！"

"我不知道。"他红着眼睛摇头，"两年前，我跟妹妹寄居在一座荒废的古庙，那天我偷了一只鸡回来，我生火烤鸡，很香，妹妹坐在我身边直咽口水。

"外头一直下雨，从白天到夜里，越来越大。突然有奇怪的声音由远而近，我看见一个黑乎乎的东西从庙门外窜进来，接着我的心口便像被什么东西用力撞了一下，痛入骨髓，但我没有晕，疼痛只持续了片刻便消失了。

"我回过神来，眼前一切如故，烤鸡还在冒着香气，妹妹也安然无恙，我以为刚刚是我饿得太厉害所以有了幻觉。

"但妹妹跟我说她刚刚心口好疼，好像被什么奇怪的东西撞到似的。可我们确实没有在彼此身上发现任何伤口。但我很快发现，我们两个的影子没有了。不管我们站到怎样的光线里都看不到它。"

我想了想，问："所以你们兄妹俩的'消失症'是从丢了影子之后开始的？"

他点头。

我又问："闯进来的黑影，你当真没看清楚？"

"太快了，不过眨眼的工夫。"他摇头，"甚至到今天我都不能完全肯定那是不是我的幻觉。"

我在脑中迅速构建出当时的场面，如果这黑影不是幻觉，它不伤人，却带走人类的影子……

谁会有这种古怪的行为？是人为施展的秘术，还是妖物所为？

以我的见识跟资历，似乎也没有多少跟这种行为有关的信息。

越是诡异，我越有兴趣。

"你想过把影子找回来么？"我突然问他。

他沉默许久，反问我："方才我听你家的小妹妹说，你开的店，是专为人寻找失物的？"

我笑："是。"

他黯淡的眼睛里突然有了一点光："你能帮我们找回影子么？"

但那点光很快又熄了，他低头："可我已经没有钱了。你们开店做生意的，都是要赚钱的。"

我无视敖炽的白眼，说："你可以先欠着，待你跟你妹妹恢复如常之后，你好好去找个活儿干，别整天偷鸡摸狗的，等拿了工钱，你分期还我。"

"可以吗？"他又见到了希望，声音都明亮起来，只是他的身体已经只剩半截了。

"我说怎样，就是怎样。"实话是我还真不习惯跟半截身子对话……

"谢谢。"他向我鞠躬。

"先别忙道谢。"我心里已然有了盘算，"你说你要去买药，找谁买，买何药，你一五一十跟我说明白。否则我帮不了你。"

说话间，这小子基本上只剩个头了。他低头看着自己消失了大半的身体，低声道："卖药人我不知其来历也不知其姓名，每次给了钱拿了药就走，并不交流。"

"药呢？可是市面上能见着的？"

他似是下了极大的决心，说："他说，这味药叫'两脚羊'。"

我倒抽了一口凉气，两脚羊……古时对人肉之别称。

"荒唐！"敖炽毫不掩饰他的恶心，厉声道，"你确定他给你的不是猪肉羊肉？"

他被敖炽吓得一哆嗦："我……我也不能肯定，反正他是这样讲的，说我跟妹妹的病，唯有两脚羊可缓。"

赶在他彻底消失前，我问了他最后一个问题："卖药人在哪里？"

"他在……弥弥村。"

言罢，他终于是不见了。

而我，心里却咯噔一下。

弥弥村，那个与我只有一面之缘的地方，要不是他提起，此地几乎都要淹没在我的记忆中了。

我开始回想那个村子里的一切，爬满青苔的石碑，残破凋敝的屋舍，没有任何生机的空荡……还有它后头那个神神秘秘的山洞。我不喜欢弥弥村，那骨子里的荒凉让人留不住任何念想。

"天亮后，我们去弥弥村。"我对敖炽说，"虽然我并不想再去一次。"

"你去过？"敖炽皱眉，"我居然不知道你曾去过一个卖人肉的地方！"

"那时候你又不在！再说我去的时候那里根本没有人。"

"我不管，反正能卖人肉的地方绝对不是好地方，明天你不要乱来，一切听我安排。"

"你把你的西瓜安排好就行了。"

"啊，西瓜！走走走吃西瓜去。还有啊，今晚你别洗澡了。"

"为什么？"

"那小子说过，他消失后只是我们看不见他，他能看见我们！你懂的！"

"为什么我们的关注点永远不能在同一个层面上呢？"

三

即便是在夏天的清晨，有阳光，有热度，弥弥村的颜色还是没有一丁点改变。第一次留在我印象中的灰与黑，青苔与乱石，已经是此地的灵魂，拒绝光线，拒绝生机。

敫炽四下环顾，情不自禁地抚了抚手臂，厌弃道："什么鬼地方，这种天气都让人起鸡皮疙瘩。"

"让你穿长裤，你非要穿短裤，怪谁。"我同样拿嫌弃的眼光瞟了瞟他身上的短裤。

那是他自己去买的布料，回来逼着胖三斤给他做的。你做短裤就做短裤吧，非得选块鲜绿色的料子，配上花衬衫，看上去就是一场灾难好吗！难得他还沾沾自喜，觉得自己是有足够气场驾驭大红大绿的奇男子。

"不是我的原因，是这里有问题。"敫炽一本正经道，"你看看四周，连只鸟都没有。"

确实没有鸟，此刻走在弥弥村里的活物，只有我们三人而已。

恢复正常的男孩急急忙忙地走在凹凸不平的田间小道上，我让他带路。

我问他叫什么名字，他说他叫小音。

走的人越少，路就越难走。脚下这条路遍布碎石，坑坑洼洼，要随时小心崴到脚。

小音走得太快，一脚踩进凹处，身子一歪差点栽倒，幸好被敫炽一把拉住。

他赶紧挣开敫炽，说："我没事，我自己能走。"

他似乎很喜欢说类似的话，他自己能走，这种刻意的坚强自立也许会令人欣赏，但也容易招来嘲笑。对于一个假装坚强的弱者，世界通常会更严苛。

我看着他摇摇晃晃的背影，没来由地觉得这个孩子身上，背着比我想象中更复杂的故事。

走过荒芜的庄稼，一间又一间破败的农舍被我们甩到后头，小音指着前方："那里就是了！每次我都在那间屋子里买药。"

那是一间摇摇欲坠的屋子，房顶上的野草长得比房子好多了。门口用竹竿搭起的晾衣架上还挂着几件破破烂烂、早已褪了色的衣裳。

小音推开房门时，我都担心这朽烂的木门会直接碎成渣子。

房子里没有人，家具摆设都蒙了厚厚一层灰，桌子上还摆着没吃完的饭菜，当然早已经霉变到看不出本相，完全没有住人的迹象。

小音在里头来回找了几圈，顿时绝望起来，一屁股坐在地上，在腾起的灰尘里喃喃："他走了……我应该昨天就赶来的。是我失约了……"

敖炽捂住鼻子，四下打量："你确定是这里？这房子里可是一点人味儿都没有呢。"

"是这里。"他肯定地说，"我们每次都是在这里见面。"

"那个人长什么模样？"我的目光从房间里各种物件上一一扫过。

"他是个老头，个子很矮小，留着长胡子，也不怎么跟我讲话。"他抱着头，懊丧道，"怎么办，买不到药，妹妹就没法子活着回来了。"

"你先别急。只要这世上真有这个人，我们肯定能找到。"

我顺着屋子走了一圈，内外室都没有人来过的迹象，灰尘盖得完完整整。

小音从地上爬起来，转身朝外走，敖炽拦住他："去哪儿？"

"兴许他没走多久，我去外头找找。"小音急急道，"别拦我！"

"敢卖'两脚羊'的，必然不是普通药贩子。"我站到他面前，"他若无心见你，你是找不到的。"

"那我怎么办？"他慌了，"只有他能让我妹妹活下去！"

"带我们去见她，我们……"

敖炽突然捂住了我的嘴，示意我们不要再发出任何声音。

仅仅千分之一秒的时间，有个影子从窗外闪过。

敖炽冲出门外，前后左右上下，除了渐渐燥热起来的空气，没有别的。

回到屋子里，敖炽冲我摇摇头。

不管那影子是什么，小音的脸色已是煞白一片，身子下意识地往后缩，神情也恍惚起来。

"是谁？"我抓住他的胳膊，"谁让你这么害怕？拿走你影子的家伙？"

"不，不是。"小音摇头，嘴唇哆嗦着，"是那个人。"

"哪个人？"我终于明白这小鬼是属牙膏的，一次把话说完有那么难受吗？

"坏人。"小音的声音也在哆嗦，"他又追来了……他又找到我们了。"

话音未落，这小子突然发了疯似的往门外冲，被敖炽拦腰抱住，怒道："发什么疯！把话说清楚再走！"

"放手！"他用力挣扎，"我要回去！那个人来了，他能找到我就能找到我妹妹，他会把我妹妹抓走的！"

"让他走。"我让敖炽放手。

敖炽撒开手，这小子立刻狂奔而出。

都到这个时候了，我没有不追上去的理由。

要追上一个孱弱的孩子是没有难度的，我跟敖炽跟在后头，跟他保持着七八米的距离。

只是他奔跑的方向，让我有似曾相识之感。

果然，他一路跑到了弥弥村的尾部，越过那一片用鹅卵石累积而成的矮墙时，还差点摔一跤，然后继续狂奔，直到那个夹在两棵老槐树之间的山洞出现在视线里。

这些日子，他跟他妹妹就躲在这个山洞里？！

我跟敖炽加快了速度，跟他冲进了山洞。

我突然想起昨晚他曾说"这些年我带着妹妹东躲西藏"，一个如他这样的男孩，要钱没钱，要权没权，不会打架不会骂人，模样也普通，这样的人也会惹来江湖恩怨，那确实是有趣极了。

山洞内外俨然两重天地，外头的热度已经能让奔跑的人汗流浃背，而里头的温度又瞬间把你所有的体温驱赶得无影无踪。

这感觉跟我上次来时一模一样。

"真黑。"敖炽打了个响指，放出一团火光去照明。

两侧的山壁湿漉漉的，参差不平的缝隙之间生着苔藓与一些叫不出名字的植物，越往里头跑，温度越低。

"这小子有病吧，选这样的地方落脚，也不怕冻死？"敖炽疑惑道。

"看看再说。"我仔细辨别着小音的脚步声，在蜿蜒曲折、岔路不断的山洞里前进。

小音的速度比我想象中快，他的动静，很快消失在前方的一个岔路前。

敖炽停下来，拽住我，重新认真打量着我们身处的环境。

这里寒冷，安静，除了植物就是我们，石壁在深灰与墨黑中交替层叠，组成奇怪而狰狞的图案，看不清这里究竟有多高，火光之上是无尽的黑暗。

"怎么了？"我问他，"再不追，那小子可就跑远了。"

"如果你是一个流离失所的十几岁的孩子，你会选这样的地方藏身？"敖炽反问我。

"你怀疑他？"我想了想，"普通的孩子就一定不会，但长期生活得像一只惊弓之鸟的孩子，可能会。"

"不不不，可能是之前天气太热我脑子有点糊，现在冻清醒了。"敖炽仍然拽着我不松手，"我总觉得有哪里不妥，这个山洞给我的感觉太坏了，出去再说。"

说罢，他不由分说地拖着我掉头往回走，可是才走出两步他又突然停下了，低声说了句："见鬼……"

一片湿漉漉的石壁挡住了我们的去路，它本身并没有古怪，古怪的是，我们来时，身后明明是一条弯曲的通道，虽然不是直来直去，但也不至于一回头就变成一条死路。

"原本是通道，对吧？"敖炽一动不动地瞪着眼前的石壁，问我。

"嗯。"我投赞成票，因为我们两个确实都没有眼花，记性也不差。

敖炽冷笑："也是胆大，敢跟我们两个玩鬼打墙的游戏。"

但是，我没有从这里捕捉到任何跟异类有关的气息，虽然冷，但这寒气只是寒气，没有其他的东西夹杂在内。

"别闹了，鬼都没有，谁跟你玩鬼打墙。"我退后几步，从突然出现的石壁左侧，发现一条不易察觉的，狭窄的口子，刚刚好能通过一个人，再看右侧，也有一个口子，也是能通过一个人。

这山洞也是调皮，一声不吭就把自己的构造给改了，并且是在我们毫无觉察的情况下，如果我们两个再笨一些，说不定跑着跑着就撞上原本没有的石壁头破血流了呢。

"上次好像不是这样的……"我嘀咕着。

敖炽一听，又诧异道："你还来过这里？"

"嗯。"我伸手摸了摸石壁，冰湿一片，即便只是指尖那一丁点寒意，也有穿肌透骨的能力，我不禁打了个寒颤。

"你到现在都没告诉我，为什么你会来这个空无一人的村子，还钻进这个不见天日的山洞！"敖炽厉声道，"你不说，我就直接把这个洞夷为平地，省得我们还要找路出去。"

"你正常点好吗？"我白他一眼，"我也是无意中来的，你以为我想进来啊！"

不能说实话啊，一来我跟聂巧人有约定，要替他保守秘密；二来，我要是说了实话，比不说还麻烦，敖炽身为史上最简单粗暴的醋缸子，他能忍受我跟一个长相不赖、身手不凡的年轻男人暗夜奔逃独处一室？天知道他还会脑补出什么奇葩的情景……嗯，不能说，绝对不能说。

"好，现在先不跟你说这个。"敖炽虽然满脸怀疑，但又奈何不得我，说，"既然你来过，上次也是这样？"

"不一样。"我回忆着当初跟着聂巧人跑进来的情景，"上次进来时，我一路向前，从未回头。"

"所以你的意思是这破山洞的规矩，是回头就迷路？"

敖炽看着左右两道缝隙："那你是怎么出去的？一直不回头直接横穿？"

"虫子。"我如实道，"这里有个地方长了一种像 QQ 糖一样的虫子，会飞，捉出来往暗处一放，跟着它就能回到入口。"

敖炽皱眉，回头道："那现在是怎样？捉虫子回去还是继续找那个臭小子？"

"我猜，虫子跟孩子在一个地方。"我转身看着延伸向前的通道，"这山洞里，只有那个地方有光。如果我要落脚，会选那里。所以不管我们接下来要干吗，都得去同一个地方。"

说罢，我闭上眼，示意敖炽不要说话，在极端的安静中，沉下来心，努力回忆着那天跟着聂巧人走过的路线。

"直走……左转……再左转……直走……右转……"我睁开眼，拉着敖炽朝前跑去。

"你记得路？"敖炽一万个不相信，"你可是著名路痴。"

"当然不可能完全记得。"我没好气地回他，"有什么办法呢，只能赌一把。只要去时的路没有改变，我有百分之五十的几率顺利到达。"

"好吧，我跟你走。"敖炽哼了一声，"要是走错了路没有找到你说的虫子，我就用我的法子出去，你不要阻止。"

"行。"

湿冷的空气从我们耳畔呼呼而过，我让敖炽熄灭我们顶上的火光，黑暗更有利于我回忆方向。

千万别撞墙！千万别走错！我默默祈祷。

四

完全不知道我们跑了多久。当一束微光出现在不远的前方时，我整个人都轻松了。

敖炽的惊奇大于惊喜："你居然找到路了？！"

"你老婆一直是很靠谱的。"

我得意得很，心里却把各方叫得出名号的大神菩萨们统统跪谢了一遍。

离那透着光线的洞口越近，寒气越重。敖炽的嘴里吐着白气，骂道："什么鬼温度，冻死爷了！"

我不忍心告诉他，等下进去会更冷。

我们在洞口几步开外的地方停下来，有哭声从里头断断续续传出来，是小音，而哭声之中还伴着一阵散乱的敲击声。

放轻脚步，我们俩做贼似的走进了这山洞中唯一有光的地方。

里头没有什么变化，六角形的寒明虫密密麻麻地趴在石壁上，正是它们的身体在不间断地散着明亮的白光，让这块百来平方的空间亮如白昼。

正中间那一座巨大的冰柱依然保持着它张牙舞爪的本相，覆着寒霜的铁链弯弯绕绕地拖在地上，沉重不堪。

而我第一个念头居然是，聂巧人当时是怎么从那么粗的铁链里脱身出来的，何况把他绑起来的人还是我这只千年老妖怪……

不过确实也多了一些东西。

靠北边的石壁下，有一张用干草堆起来的"床"，一张旧棉被乱七八糟地缩在一角，用旧衣裳裹成的枕头斜躺在上头，床铺不远处还有一个拿粗树枝搭出来的临时衣架，上头晒着几件姑娘穿的衣物。

再远点，是个拿石头垒起来的灶台，里头的燃料还没用尽，一星半点的火光仍在挣扎，几个敞开的包袱随意堆在另一头，露出来的无非是锅碗瓢盆之类的生活用具。

这小子，居然真的住在这里？！天生自带防寒模式？

我看他确实不怕冷，因为这会儿他正趴在那冰柱之上，手里拿了个锅铲子，一边哭，一边对冰柱又敲又打，连我们两个进来他都完全没有察觉。

这里有姑娘的衣裳，问题是，姑娘呢？！

敖炽走过去，一把拽住了他的手腕。

他吓了一大跳，回头见是我们，顿时跟见了救星一样，一把抓住敖炽的手："帮帮我！她要冻死了！"

敖炽听得糊涂，将他从冰柱上扯了下来，斥道："年纪轻轻的，说话一点条理都没有！给我镇定点！"

他根本听不进去，用力挣脱敖炽，又往冰柱上扑过去，疯子般拿锅铲往上头敲打，大概是拿出了他一辈子的力气，虎口都震裂开来，鲜血顺着手掌往下淌，然而并没有用，冰柱连一块冰碴子都没掉下来。

敖炽也来了脾气，上去抢了他的锅铲扔到一边，再抓住他的肩膀拖下来往地上狠狠一摔，一脚踩在他心口上，冷冷地道："你再动一下，我就踩断你的骨头。"

他涨红了眼睛，双手用力掰住敖炽的脚，但又不敢太挣扎，哭喊着说："那个坏人来过了！他始终不肯放过我们，他始终想杀掉我们！他把她关起来了，他要把她活活冻死！"

如果这小子的精神没有出问题……我的目光落到冰柱上。

怪人

177

上次来时，我只是在绑住聂巧人的时候靠近过冰柱，且从头到尾都没有将它看仔细，只道它是一个模样怪异体积庞大的冰块……

"别让他乱动。"我对敖炽说，随后快步走到冰柱前，忍住刺骨之极的寒气，把脸贴到离它最近的地方，睁大眼睛朝里头瞅。

淡淡的白气氤氲在它的表面，我时不时地吹口气让视线能更深入一些，当我的睫毛已经挨到冰面上时，我心头一惊，下意识地退开一步，愣了两秒，又把脸凑了上去——

冰柱里头，有个人。

我看不清此人的面容，也不知是钻入冰层内的光线，还是冰柱内部也有光源，光线从不同方向而来，交织出一个光怪陆离的世界，也阻碍了我分辨冰中之人的视线，只隐隐看出是个女人的轮廓，个子不高，娇小玲珑，双手交叉放于胸前，长而黑的头发跟身上那件水蓝色的裙子一样，如鱼尾般散开着。

"怎么了？"敖炽见我保持着同一个姿势愣在冰柱前，着急地喊，"你别靠那么近，当心脸粘到冰上扒不下来！"

他的大嗓门把我的魂给叫了回来，我退后几步，转身看着他："冰柱里……有个女人。"

"啊？"敖炽一愣，俯身把小音拽起来，"是你妹妹？"

精疲力竭的小音喘着粗气，带着哭腔道："我不知道怎么回事，我来时她就不见了。她身子虚，大半时间都在昏睡，不可能自行离开。可这里只有这么大一块地方，我到处看……结果却在……在那块冰里发现了她。"

他抓住敖炽的手臂："帮我救她出来！是那个人找来了！他一直想杀掉我们！"

救她……如果她是个普通姑娘，又身染怪病，还被封冻在冰中不知多长时间，缺氧与低温早就杀她千百次，谁也不可能救她了。

我走到小音面前，他歇斯底里地朝我吼："你们说过要帮我的！现在我妹妹危在旦夕，你们怎能袖手旁观？！"

"你不说明白，我们只能袖手旁观。"我的眼神比那块冰还冷，"如果你妹妹是普通人，她现在不可能还活着。你认定她活着，要我们救她，要么是你疯了，要么……她不是人。"

小音急了，脱口而出："她不是人又如何？她不是人，也是我的妹妹。我们相依为命多年，我不会眼看着她出事不管的！"

"你说实话，全部。"我指着那块冰，"你说明白了，我便替你破开那冰柱，把她放出来。"

"你先把她放出来，我再告诉你行不行？"他抹着眼泪哀求，"再放她在里头，只怕真的救不回来了！"

敖炽拿眼神征求我的意见，我权衡一番，对他摇了摇头。

"我坚持我的意见。"我拿出最后一点耐心，"如果你不接受，我们这就离开，你自己想法子救人吧。"

说罢，我拉上敖炽，作势要离开。

"不要走！"身后传来扑通一声，他无力地跪在地上。

"我们不是亲兄妹。我爹说，我出生后的第二年，有人将一个女婴弃在我家门口。虽然生活艰难，爹娘还是收养了这个孩子。

"爹娘在时，日子虽贫苦，家里也是欢欢笑笑。她跟我一起长大，我一直以为她就是我一母同胞的亲妹妹，我喜欢她，护着她，不许任何人欺负她。

"可是，她五岁那年生了一场大病，高烧到差点死去。乡里的郎中好不容易将她救回来，也就是从她病愈之后起，这丫头便跟以前不一样了。"

他转过头，看着我们投在地上的影子，缓缓说："她能看见别人的秘密。"

"秘密？"我不解，"怎么说？"

"她说，每个人的影子里都藏着他们的秘密。"他抬起头，看着我们，"那些不想被别人知道的、不能见光的秘密。"

他的声音不大，语气也平缓，但我就是觉得一股寒意从背上蹿过去。敖炽的脸色也变得更不好看了。

"她说，村里的牛大哥杀过一个人，为了钱，那人还埋在后山的枯树下。"

四周的白光落到他本就没有血色的脸上，苍白到下一刻就要死去似的："这话被人听了去，捅到官府里，衙差来了，往后山一搜，当真寻到了那具白骨，还在牛大哥家里寻到了刻着死者名字的金锁牌。

"牛大哥被抓了，认了罪，砍了头。牛嫂却疯了，她始终不肯相信老实巴交的丈夫会干这杀人抢钱的勾当，她天天堵在我家门口骂人，骂我家养了一个怪物，看到我妹妹就会冲过来打她。

"村里人对这件事也有看法，他们虽然认为杀人偿命是应该的，但比起牛大哥，他们更怕的是我妹妹。

"有人欺我妹妹年幼，好几次诱她去看别人的影子，然后问她他们有啥不能见人的事。我妹妹老老实实地说了，结果又引起了几场混乱。连村长在外头养了个外室的事都被她说出来，村长夫人自然不依，闹得鸡飞狗跳。"

我摇摇头，说："虽然她有这样的能力，那也不能说明她不是人类啊。"

"病愈之后，她没有了体温。"他苦笑着，"任何时候触摸她的身体，都像一块冰。

她对季节没有任何概念，不怕冷，不怕热。加上她异于常人的能力，村里人找了外头的道士来看，泼了她一头一身的黑狗血，她吓得大叫，疯了似的在村子里乱跑，谁抓她她咬谁，连我爹都被她咬伤了。可是，谁被泼到一身血都会吓到的不是吗？何况她当时只是个六岁的孩子。但她的反应更坚定了大家的想法，在他们心里，只有妖魔鬼怪才会对黑狗血有这么强烈的反应。所以，他们听信了道士的话，把她关进了贴满符纸的铁笼里，沉到了后山的河里。"

悲伤从他的眼中弥漫出来："爹娘不顾众人的拉扯，跳到河里去救，却再也没上来。那条河太深，水流太急。"

短暂的沉默之后，敖炽很投入地看了我一眼："若是有人敢泼浆糊和未知狗血，我会亲手把那人做成狗粮。"

旋即他又问小音："既然你父母施救未果，那你妹妹是如何活下来的？"

"直到晚上，村民才把我放了。"他冷冷一笑，"大概他们以为我妹妹已经不可能有活路了，我一个小男孩子，也闹不出什么花样了。"

他的身子有些发抖，是寒冷，也可能是愤怒："我跳进河里，脑子里是空白的，只知道我爹娘死了，妹妹也死了，我应该去找他们。我在黑暗冰冷的河水里下沉，我一点都不害怕，也不难受。身边一切越来越模糊，直到我的脚突然碰到一块坚硬的物体，我本能地摸过去，是个铁笼子。我像是突然被惊醒的人，紧紧贴着铁笼，把手往里伸，虽然那时我知道妹妹已然是一具尸体。"

回忆让他的面部表情变得特别丰富，情不自禁露出劫后余生的喜悦，他伸出手，做出当时的样子。

"我伸进笼子里的手，突然被一只软绵绵的小手抓住了。妹妹最喜欢牵着我的手出去玩，那种感觉太熟悉了。当时我脑中只有一个念头，就是我妹妹还活着。我也不知哪里来的力气，硬是将那铁锁从笼门上掰了下来，打开门，把妹妹拖了出来，拼命往水面上游。"

我皱眉："她活着？"

如果他的回答是肯定的，那么我只能相信那个姑娘的确不是人类。

他终于是点了头："是的，她活着。她呼吸，被那些人弄出来的伤口也在流血，身子仍旧一如既往的冷。她很害怕，抱着我不停发抖，说不要再把她关到那么黑的地方。"眼泪再次从他的眼眶里落下来，"看到她这个样子，你们不会知道我有多难受。那时候我就发誓，我要让她好好活着，谁都不能再伤害她。当晚，我偷偷回到家里，收拾了一些衣物，带上爹娘剩下的所有钱，领着妹妹永远离开了我们出生长大的故乡。"

我听到敖炽假模假样地咳嗽了两声，通常他有这个行为，表示他内心正在纠结，也许，他开始同情这个一直被他看不顺眼的小子了？

"你不怕她？"我问他，"一个被沉在水里一整天的小姑娘居然还能活着，一般人是很难接受的。"

"我跟她之间不是'一般人'，虽然我们没有血缘关系，但我们是彼此唯一的家人了。"他口气坚决，"我带着她四处流浪，我偷钱，偷衣服，偷吃的，也没少挨打。但是只要看到她平安，看到她高高兴兴的样子，我什么都不怕了。我以为，我们能这样跌跌撞撞地生活下去，起码再不会有人想把我们置于死地。可是……"

他的眉头深深地绞起来："可是我没想到，即便我们逃到了离家乡那么远的地方，也没能逃脱死神的纠缠。"

"村民们知道你们还活着？"敖炽按他的逻辑猜测着，"他们仍然不愿意放过你们？"

他摇头："离开家乡后，我们再没遇到过这些人。"

"我们流落到北坊的时候，住在郊外一处荒废的宅子里。那年，我十二岁，妹妹十一岁。

"我喜欢那个宅子，尽管旁人都说那里死过人闹过鬼，但我们都不怕，比起看不见的鬼，看得见的人才可怕。至少那里的屋顶不会漏水，门窗可以抵御风寒，那是我们住得最久的地方。我以为我们会一直住下去。可是，在那个暴雪的夜里，一个男人毫无预兆地出现在我们面前，腰间挎着一柄长剑，抽出来的时候，剑光晃得我要闭上眼睛。"

他攥紧拳头，咬牙道："他把我绑在柱子上，不管我如何怒骂，如何哀求，他还是把长剑刺进了妹妹的心口。她倒在地上，身下的鲜血流成了河。他割断绑我的绳子，只说，有人要她死。然后，他消失在夜色里。我不懂他在说什么，只知道他毫不犹豫地杀了我妹妹。"

"然而他并没有杀死她。"我揉了揉有点发胀的脑袋，"或者说，你妹妹又活过来了？"

"我无法解释。"他苦笑，"总之她就是活下来了，只是伤好之后，身子变得更虚弱了些。我怕那个疯子知道她还活着，不得不带着她离开，东躲西藏的日子很不好过，但我只能如此。幸而之后的几年，那个人再没出现过。我本以为雨过天晴，我们总算能过些正常人的日子了，谁知在破庙又遇到那样的灾难……"

他长长地吐出一口气，问我："真的有命运这个东西吗？我们的命运真的是一早就被定好的吗？凭什么？我们没有任何奢望，只希望留下一条性命过寻常日子，过分吗？"

他一拳砸到地上，用近乎嘶吼的声音吼道："过分吗？！我妹妹做错了什么？我又做错了什么？我的父母为此而死，我的家灰飞烟灭，这些年我们像老鼠一样在各种阴暗的

怪人

夹缝里活着，在别人踩死我们之前狼狈逃命！"

他的每个问题，都是没有答案的，至少我给不了。

我在世上活了这么多年，有些人，有些妖，他们丢掉性命的原因未必是犯下了不可饶恕的罪过，而是因为他们的存在就是原罪，一种对他人而言，隐蔽的威胁。

自远古时期至今，跟世界上的诸多动植物一样，妖怪中也有许多种类已然灭绝，当他们天生的力量被认定为不能驾驭的隐患时，不论这隐患是否真的是隐患，他们的未来便成了定局。

越脆弱的人，越没有安全感，也越有铲除一切的执念。

如果小音说的一切是真的，我同情他们。但同情归同情，理智是不能丢的。

从昨天到现在发生的一切，没有哪里不对，但我又总觉得哪里不对。

我把敖炽拉到一旁，问："你怎么想？"

他往冰柱那边瞅了一眼："放出来？再冻下去，说不定真就冻死了。"

"底细未明。你也知道那姑娘十之八九不是人类。"我有些犹豫。

"再厉害不也就是个小妖怪？"敖炽不屑道，"有你我坐镇，还能让她反了天？再说，不把她弄出来，我们也无法查明她究竟是哪一路的。"

他顿了顿，又把我拉到离小音更远的地方，低声说："不过听那小子的描述，我倒是突然想起了一个东西。"

"什么？"

"上古之时，世间有一种妖物，能自影中窥人之秘密，它们具体长什么模样没人知道，也没有任何文书记载，只说它们从不自己养育后代，一旦有了子嗣，便将之遗弃到人类的村落或者别的人来人往的地方。"

敖炽又分析道："如果这是真的，那说明至少这种妖怪的后代长得跟人类很像，不然哪个正常人会收养个青面獠牙长尾巴的怪物。但是，因为这种妖怪的本事让太多人忌惮，所以众人一直捕杀，据说几千年前它们便绝种了。至少从我出生到现在的这么长时间里，阅妖无数，也从未见过这种妖怪，甚至连跟它们有关的传闻都没听到过。所以我觉得这东西是真的灭绝很久了。"

"万一有幸存呢。毕竟这里是鱼门国，不是外头的世界。"

我奇怪地看着他："为什么你知道我不知道？阅妖无数这个词显然更适合我吧？"

"切！撇开老家伙不说，其他三海龙王之中，西海龙王圆月川算是跟我关系最好的。这家伙成天不干正事，就喜欢东奔西走，又爱跟妖魔称兄道弟。论起对妖怪的了解，你我加起来都未必有他熟。"

"我也是多年前偶然听他说起的，记得他当时喝高了，我还问他这妖物叫什么名字，他说他也忘了，然后就醉倒了。"敖炽撇撇嘴，"只怪你没有我这么多亲戚。"

"现在知道秀亲戚了？从前不知道是谁把自己说得跟个放浪不羁爱自由的孤儿似的。"我白他一眼，"行了，不管那姑娘是什么，弄出来再说。"

"那我去了，你站远点。"敖炽转身朝冰柱走去。

小音一直用非常复杂的眼神看着在一旁窃窃私语的我们，有好几次想冲过来问我们话，最后还是没敢过来打扰，现在见敖炽突然有了动作，他急急忙忙地站起来，一副要跟过去帮忙的样子。

我抢先一步摁住他，摇摇头："他一个人就够了。你帮不上忙。"

他闭紧了嘴唇，比什么时候都紧张。

敖炽围着冰柱转了一圈，停下来，将右手掌覆在离冰面不到一厘米的地方，深吸了一口气，然后便一直保持着这个姿势，再没有别的动静。

几分钟过去，敖炽依然如此。

小音再也憋不住，急急问我："他在做什么？不是要破开这冰柱吗？为何一动不动？"

他大概是没有看到敖炽手上隐隐暴起的青筋，他没有用灵力，而是用元气催动蛮力汇聚于掌中，打算将冰柱由外向内震裂开去。

这是一个很笨的、跟敖炽的实力很不匹配的方法，但是，比起用灵力直接摧毁，这个笨法子最大限度地保证了困在里头的人不会在暴击的那一瞬间，跟冰柱一道化成渣子。

只是敖炽本人会辛苦不少，看他涨红的脸就知道他花了多少力气。

偶尔，他考虑事情会比我想象中更周到。

"你别闹。"我示意小音闭嘴，"他在用他的法子把你妹妹弄出来。"

小音似乎不相信，但也不敢再说话，拳头攥得死紧，身上每块肌肉都绷紧了。

四周恢复了绝对的寂静，呼吸声都变得异常清晰。

咔！

一声细微的响动。

敖炽掌下的冰面上，出现了一道寸把长的裂纹，很浅。

我的心也跟着缩紧了一下，有戏！

敖炽又一个深呼吸，连额头上的青筋都冒了出来，可见使出去的力气起码又多了一倍不止。

但是，裂纹仿佛被固定了一样，没有加深与延展的迹象，不管他头上再冒出多少条青筋，这条裂纹都不为所动，那歪斜的一道，像一张不屑的嘴，用实力嘲笑他的无力。

以敖炽的性子，怎么能忍受在我们面前失手的耻辱……

他皱眉，将另一只手也覆上去，双掌齐齐发力。连我都替他捏了一把汗。

然而没有用，裂纹没有丝毫变化。

一滴汗水从敖炽额头上滑下来，他收回手，尽量保持若无其事的样子，交叉十指，看似随意地活动了几圈。

小音心慌地抓住我："打不破吗？是不是力气不够？"

这话被敖炽听见了还了得，不等我说话，敖炽喉咙里已然蹿出一声怒吼，双掌如雷击出。

咔咔！

裂纹从一条变成了两条，交织在一起，缓慢延长。

我有些诧异，起初我以为这冰柱顶多是个终年极寒，不会融化的奇物罢了，虽然罕见，但在我眼里也不算了得，可敖炽在急怒之下使出的蛮力，别说区区一根冰柱，若是打在石壁上，只怕这整座山都碎了。但事实是，这样的攻击对那块冰而言，只是区区两条裂纹，这非常非常不合常理，再回想当初聂巧人要我把他绑在上头，还有那圈牢不可破的铁链，一个不好的预感在我心里炸开。

敖炽仍在努力，我分明看到他的手掌都开始发抖了。

突然，一道雪光刺破洞顶最高处的黑暗，凶悍且迅速地朝敖炽击去。

然而那厮忙着跟冰块较劲，根本没工夫注意头上的动静。

"快闪开！"

我扔下小音，飞身跃到半空，在离敖炽不到两米的地方，一脚朝那不明物体踢去。

"当"一声巨响，一把雪光犀利的长剑，深深没了对面的石壁中，十几只倒霉的寒明虫成了剑下亡魂，唰唰地掉到地上。

我落到敖炽身前，警惕地望着头顶，说："别管那块冰了，洞顶有人！"

敖炽收回手，连呼了几口大气才勉强平复下来，看着对面那柄剑，咬牙道："搞偷袭的都是龟孙子！"

我同意他的看法，但现在最关键的不是偷袭，而是有人藏在洞顶，我们两个却毫无察觉。也是我们大意，这里虽然有寒明虫照明，但它们的光芒并没有覆盖全部空间，寒明虫的数量越往上越少，逐渐弱化的光芒在我们头顶形成了一片井盖大小的黑暗，由此推断洞顶离地面极高，藏人太容易。

利剑出鞘，主人却半晌没有动静，不知是不敢妄动，还是在酝酿第二轮攻击。

敖炽怒火烧心，一道火光自掌心而出，化成飞龙冲向洞顶，轰轰有声。那阵势吓得四周的寒明虫唧唧叫着乱飞起来，无数团白光在我们眼前晃动，场面一时混乱不堪。

火龙奋爪摆尾，将顶上的黑暗烧成一片火海，烈焰之中，突然有黑影落下，身姿轻盈矫健，镇定自若。

我的目光死死盯着对方，此人落地时不但姿势利落漂亮，且连一点声音都没有。

应该是个男人，个头比敖炽矮不了多少，一身黑色的夜行衣包得未免太严实。

别人做贼蒙面，起码面巾之外还得露双眼睛，这位倒好，整张脸都蒙上，一个窟窿都不留，就算功夫高到可以听声辨人，也不怕把自己闷死？又是个绝世怪人。

小音被这不速之客吓得面无人色，连滚带爬地躲到我们身后，指着黑衣人道："是他！就是他要杀我妹妹！"

黑衣人见状，纵身朝身侧的石壁跃去，一把抓住剑柄，不费吹灰之力便将整个身子都没入石壁的长剑拔了出来。

我那一脚的力气也非同小可，他能这么轻松拔出来，足够资格当我的对手。

"阁下在上面偷听也就罢了，出手暗算未免太小人。"我冷笑，"我且不管你跟这对兄妹有何过节，现今他是我的客人，酬劳没付清楚之前，我是不许人动他的。"

长剑上的光，亮得耀眼，黑衣人一动不动地站在十步开外的地方，一言不发。

"不说话，害怕了？"我假装捋头发，悄悄缠了一根发丝在指间，又看了敖炽一眼，从牙缝里挤出话来："我先上，你留神别把他打死了！"

不等敖炽发话，我纵身跃起，右臂一扬，手中的发丝化成细绳，稳准狠地朝黑衣人扑去。

我现在不要他的命，我要他的真面目。

可是他的功夫确实太好了，明明我的绳子已经挨到他了，他却跟个幽灵一样闪到一旁，用千分之一秒的时间让我扑了个空，并且在闪躲的同时手起剑落，将绳子一斩为二。

我的绳子虽然只是一根头发，但它的坚韧度从未让我失望过，从没有什么兵器能在这么短的时间内斩断它，或者说，从未遇到过有这么大力气的操纵兵器的人。

一根头发，已然告诉我对方是什么实力。

不等我再发招，敖炽已经把我扯到了后头，说："退下吧，这个人你收拾不了。"

话音未落，敖炽飞身而出，一拳击向对方面门，这一拳太快，带着呼呼的风，谁挨上都吃不消。

但他又闪过了。

敖炽的拳头在砸到石壁前及时收住，他回头，一掌劈出，灵力凝成的蓝光呼啸着击出。

轰一声巨响，对面的石壁瞬间破出一个人头大的洞来，寒明虫又死了一片。

然而，犀利冰凉的剑尖从飞舞的寒明虫里刺出来，直逼敖炽而去。

见此情景，敖炽也没后退，反而迎着剑尖而去，伸出右手二指，准确地夹住了剑身，任凭对方再怎么用力，此剑也没能再往前移动半分。

敖炽眉头一皱，指下用力朝后一推，竟逼得对方连退三步，再一咬牙，那长剑竟被他生生掰断，剑尖嗖一下飞出去，擦着小音的脑袋撞上了冰柱，当啷啷地落到地上。

黑衣人手握断剑，跳到一旁，冷冷道："滚出去。"

隔着厚布传出来的声音并不太清楚，但这三个字我们还是听明白了。

"滚出去可以，但我们得带着她一起走。"我朝冰柱里努努嘴。

黑衣人攥了攥拳头，举起断剑朝我刺来，我也不示弱，连拔两根头发化成长绳，左右围攻。

敖炽则忍下想一把火烧死他的心，赤手空拳与他缠斗以求能留个活口。一时间，我们二对一斗得不可开交。

不过，我们存着不伤他性命的心，他却没有半分领情，一把断剑舞成了一片眼花缭乱的光，每一招都想取我们性命般凶猛。

终于，我的一条绳子瞅准了机会，缠住了他的脚。

他一时失了平衡，跌倒在地，就在这一瞬间，一个单薄的身影不顾一切地冲上来，手里紧握着那截断掉的剑尖——小音像个疯子一样喊叫着，把剑尖对准他的身体刺过去。

我们来不及阻止小音杀他，也没来得及阻止他狠狠一拳击中小音的心口，剑尖刺进他胳膊的时候，小音也飞了出去，重重地撞到冰柱上，头破血流地落了地。

在他试图爬起来的瞬间，敖炽一拳击在他的脑袋上，他咚一声栽倒下去，另一条绳子唰唰几下缠上了他的腰，总算将他从头到脚绑了个结结实实。

来不及理会这个混蛋，我飞快跑到小音身边，把趴在地上声息全无的他扶起来，他双目紧闭，全身骨头都像断了似的，软绵绵地躺在我的怀里，身上到处都是血迹。

我心知不妙，伸手探了探他的鼻息，没有，又摁住他脖子上的动脉，不跳……

意料之中，也是意料之外。

一个身体并不够强壮的孩子，那一拳加上后来的撞击，足够要他的命了。

而我从未如此沮丧过，我的客人在交易尚未完成时，居然在我面前被人杀死，头一回。

"小音……"我不甘心地摇动他的身子，喊他的名字。

敖炽拉住我的胳膊，摇摇头："别摇了，他死了。"

我咬了咬牙，放下小音的尸体，费力地站起来。

敖炽扶住我：“不怨我们，是这孩子太鲁莽。”

我深吸了一口气，说：“把那厮的头巾摘下来，我要看看是哪路三头六臂的混账，居然对一个孩子下这样的杀手。”

黑衣人挣扎得很厉害，然而绑在他身上的绳子，越挣扎就越紧。

我以为这是个不怕死的人物，原来为了求生也能挣扎得这么难看。

走到他身边，敖炽一脚踩在他背上，没踩断他的脊梁已经是忍耐的极限了。

剑尖扎得很深，那小子一定把自己所有的埋怨与恐惧以及愤怒化成了此生最大的力气。

我蹲到他面前，看着他的伤口，伸出手指夹出剑尖，用力朝外一拨，一股鲜血喷出来，应该是很疼的，不然他不会闷哼一声。

“你也知道疼啊。”我看着手里那染血的剑尖，“我以为你的身体跟你的心一样，不是肉长的呢。”

他不作回应，仍旧徒劳地扭动着身体，绳子已经深深勒进去，其中一截已经勒破了他露在外头的双手。

我举起剑尖，挑断了他系在脑后的绳子，蒙住他面容的头巾立刻松开来，我只需用一根手指就能将它挑开。

“不要！”他突然爆出一声怒吼。

“不要？”我冷笑，“莫非你还怕丑不成？”

“你们给我滚！”他声嘶力竭地喊叫。

头巾松开之后，他的声音清楚多了，但是，为什么听上去有些耳熟？！

我愣了片刻，拽住他的头巾用力朝下一扯。

头巾下的脸，既不是丑陋不堪，也不是非人怪物，甚至连一丝狰狞的表情都没有，他只是神情复杂地看着我。

而我，却像见了鬼一样，噌一下从地上弹起来，抓着那条头巾，连退了好几步，指着地上的人，连手指都在发抖：“你……你……怎么是你？！”

聂巧人长长叹了口气，无力地把脸贴在地上，咬牙道：“我不是已经让你们滚了吗？”

最吃惊的还是敖炽，他收回脚，看看这个男人，又看看失态的我，问：“你们认识？”

“早就听她说过，她有个脾气极坏的夫君。如今一见，果真名不虚传。”他呵呵一笑。

敖炽的坏脾气立刻就上来了，冲过来大声问我：“他是谁？你们俩是怎么回事？”

不管敖炽的声音有多大，跳得有多高，我也听不见看不见了，脑子里只有繁杂的嗡嗡声，眼前只有乱飞的寒明虫。

怪人

东居国主西居官，天衣侯人独坐南——为什么会是聂巧人？

他不是鱼门国中最受爱戴、最刚正不阿、最维护正义的官府首领吗？！

要是聂大人在就好了——我不止一次听到有百姓这样说。

我到鱼门国这些日子，跟他虽称不上知己好友，但在往日遇到的风波里，不管他为人多死板说话多难听，从头到尾，他却永远跟我站在同一阵线，也实实在在地帮过我。

他虽然是一个不讨喜的死脑筋，但身上那股子嫉恶如仇的气味，从未在任何时候衰减过。

我视他为朋友，且我历来自信于自己挑选朋友的眼光。

往日跟他相交的种种飞快从我眼前闪过，我混沌一片的脑子理不出任何头绪，一个众人爱戴的、英雄般的人物，如何能跟一个杀人不眨眼的混蛋扯到一起？！

我用力甩了甩头，警告自己马上把理智跟镇定找回来，但是，挺难的。

"你……你是不是有个双胞胎兄弟？"我憋了半天，却憋出这样一句话来，我多想笑出来啊，这么笨的话都说得出来。

但是，我笑不出来，除了这个，我想不出任何别的原因。

倒是聂巧人笑出来了，然后，他一字一句道："世上只有一个聂巧人。"

巨大的沉默横亘在我们之间。我最后的一点希望都碎了。

"这到底是怎么回事？！"

整个山洞里，只有敖炽的声音在回荡。

他停在一块石碑前，望着刻在上头的三个字，笨拙地一个字一个字地念出声：

『弥……弥……村。』

◉ 楔子 ◉

那些消失的人好像又回来了，他们站在他身边，高兴地称赞着他：你是弥弥村的福气啊，我们都很喜欢你啊。

一 ✑

我觉得冷，特别冷，身上自带御寒功能的旗袍好像失去了作用。四周只听得寒明虫扑扑乱飞的动静，以及地上那个人沉重如铁的呼吸。

"他就是你说的聂巧人？"敖炽站在我跟聂巧人中间，把这个问题重复了三遍。

我如何回答？我到现在都不愿承认面前这个被五花大绑的家伙就是聂巧人。我不敢回答他，一个"是"字，不仅仅是答案那么简单，那还意味着决裂与敌对。

很早很早前我便说过，我不惧外敌，最恨内贼。

但，还是得冷静，不能乱。我深吸了口气，问："你觉得有必要给我个解释吗？"

尽管处在我认识他以来最狼狈的状态，聂巧人还是保持住了惯有的镇定，冷冷道："你们要么趁现在杀了我，要么赶快离开！"

"你当着我的面杀了一个孩子。"我强压下怒气，"他还是我的客户。他连酬劳都还没来得及付给我！"

他加重了口气，没有任何内疚："我再说一次，要么杀我，要么滚！"

"官府首领，知法犯法。从前的那个你是我的幻觉，还是整个鱼门国的幻觉？"我被他的回应气得胃疼，"你今天不把话给我说明白，我要你比死还难受！"

聂巧人皱眉，闭紧嘴巴再不开口，而是拼命扭动着身子往冰柱那边挪，鲜血不断从他胳膊上的伤口涌出来，在地上印出一道深色的痕迹，看他的表情，大有视死如归之态。

敖炽一脚踩到他身上，怒道："都绑成这样了还不老实，还想往哪里去？你已经弄死了那个孩子，莫非还惦记着他的妹妹？"

我被敖炽的话提醒了，小音的妹妹还封在冰柱里。我快步走到冰柱前，发现冰柱上被敖炽弄出来的裂痕开始有了变化，伴随着细微的咔咔声，裂痕从起初的两条分支出来，在冰面上缓慢延展。

"妹妹……"聂巧人冷笑，"他怎么说，你们就怎么信么？"

我听这话不对，指着冰柱扭头质问："那我们该信谁？你吗？那你告诉我，这里头的人是谁？"

"你们既然不走，那就留下吧。"他答非所问，放弃了动弹，只长长叹了口气。

"你到底跟我玩什么把戏？我有什么地方对不起你你要这么刺激我？！"我终是忍不住了，蹿过去一把拧住他的衣领将他拖起来，抬起右手怒道，"再不好好说话，信不信我一掌劈死你？"

敖炽见状忙上前拉住我："别瞎闹！你能一掌劈死他才怪，这事我来。"

"别拉着我，我今天非得打死他不可！枉我拿他当朋友，他却……"

我话说一半，却突然被噎住了——

聂巧人的眸子消失了，整个眼眶里只见一片血红，两只耳朵瞬间拉长变尖，五官也在变化，一对牛角状的物体刺破他的双肩，如两柄杀气四溢的弯刀立于两侧，而他的身体也同时发出了咯咯咯的诡异声响，我拽着他的手尚未松开，清楚地感觉到一股巨大的力量正在迅速膨胀。

敖炽一把将我拖开。只听咔嚓几声，缚住聂巧人的绳索断成了几截。我心下一惊，这绳索是我的头发所化，坚韧非常无可匹敌，能硬生生挣断这束缚的，足够拿"怪物"来形容。

聂巧人慢慢从地上爬起来，在他直起腰身的瞬间，随着布料的撕裂声，他的身体放大了整整一倍，青黑色的脉络从他裸露的每寸肌肤上凸显出来，杀气腾腾，触目惊心。

我跟敖炽都愣住了，记忆中，从没见过这种红眼尖耳双肩生牛角，且身高体格相当于两个敖炽的物种。

"你跟这种大块头怪物当朋友？"敖炽挡到我前头，强压下心头的诧异，用他一贯吊儿郎当的口气道，"我不在你身边，你也是心大呀。"

我一句话都说不出来，脑子里嗡嗡乱作一团，与聂巧人相识以来的种种场面飞速而

弥
弥

191

凌乱地砸过来。

这个男人，一身好武功，嫉恶如仇铁面无私，他总是跟我不在一个频道，不给我面子，他不懂得什么叫谈笑风生，骨子里天生缺乏叫"幽默"的东西，最重要的是，他不止一次表达出他不相信世上有妖魔鬼怪，即便无数次亲眼所见亲身经历，他依然用一种我不能理解的固执排斥着这种认可。

现在我才明白，原来他不是排斥妖怪，而是他自己本身就是妖怪。他以为单方面否决妖魔鬼怪的存在，就是对自己真实身份的摈弃，多年如一日地坚持掩耳盗铃，或许能让自己好受一些，能够继续理直气壮地坐镇官府，受万民景仰。

他隐藏得太好了，认识这么久，他居然没有露出一丝破绽。我习惯以妖气去区分人类与妖怪，虽然我在这方面的本事已经足够优秀，但不得不承认，随着时间的推移，世间万物都在变化、进步，包括妖怪，也在漫长的修炼中越来越擅长掩饰自己的身份，扰乱视听。这一点上我应该检讨，自打当了不停的老板娘，我忙着吐槽赚钱结婚生孩子，确实疏于修炼，在灵能术法上没有退步已是万幸，但现在看来，已是不太够用。唉，怪我懒！回头一定要找个山灵水秀之地闭关修炼，争取当一只更专业的老妖怪！

但现在，我不知道眼前这个变异的聂巧人究竟是什么属性，善恶难定，实力不明，他想弄死我怎么办？我打不过他怎么办？万一敖炽也打不过他怎么办？我们都挂了的话，浆糊未知就变成孤儿了，好可怜……

我完全控制不了自己的胡思乱想，对面，聂巧人一步一步朝我们逼近，巨大的阴影把我们两人笼在其中。他每呼吸一次，就有淡淡的白气自口鼻而出，他身上每一条丑陋的脉络跟虫子似的微微蠕动，肩头的牛角太锐利了，被刺中的话，一定肠穿肚烂没有抢救价值。

"你以前见过这种怪物吗？"我竭力镇定下来，在敖炽身后小声问他。

"人不像人，牛不像牛，哪儿有牛角长肩膀上的！"敖炽皱眉，"这是一个新物种！没现原形的时候就杀人不眨眼，现在更麻烦，你别乱来，我去收拾。"

话音刚落，敖炽仰头直视这大块头血红的眼睛，攥紧拳头，提起一口气，蓄势待发。

他离我们越来越近，我甚至听到了他喉间发出的呼呼的怪声，光线落在他的肩上，牛角上反射出来的光，从眼睛扎进我的心里。

这种感觉太坏了，对未知物种的忌惮是本能，但我并不恐惧，我只是……有点伤心。

咫尺之外，他停下了，俯瞰着我们。

敖炽举起拳头。

"你以为我要杀你们？"他突然开口，声音也跟平日不同，又粗又厚，像没有打磨好的石头。

敖炽冷笑："谁宰了谁还不好说呢。"

他长长叹出一口气，抬起一只手，尖利的指甲指着自己："这样的我，谁见了都想让我消失，对吧。"

突觉画风不对……我设想的场面是东海孽龙大战牛魔王……可是，妖魔化的聂巧人却没有半点丢失理智的迹象。

我从敖炽身后走出来，警惕地看着那双高高在上的血红眼睛："你不打算跟我们动手？"

他居然笑了，声音大得像打雷。

"长得凶狠丑陋，就一定会干凶狠丑陋的事？长得好看，就一定会干好看的事？"他震颤的心口渐渐平复下来，"你应该不是这种简单粗暴的脑子。"

我皱眉："你刚刚才杀了一个孩子。"

他没有做声，转头看了看小音的尸体，说："在你眼里，他是孩子。在我眼里，他是死一千次一万次都不够的仇敌。"

我跟敖炽俱是一愣。

他回头看着我，语气沉着："我掌管官府多年，自然比谁都明白杀人偿命的道理。"他指着自己，"我常常想，自己会苟活到什么时候。"

苟活……他居然用了一个如此消极的词语。

"我不懂。"我坦白道，"你的秘密藏得太深了。"

他笑了笑，转身走到冰柱前，端详着那一道道仍在扩散中的裂纹，道："此冰柱非凡物，寻常人动不得它分毫。可见，你夫君也非寻常。"

敖炽却少见地没有摆出得意之态，反而觉得他是在讥讽自己没有把冰柱一击而破，费了那么大的力气才仅仅造成了缓慢内伤，实在有些丢面子。想到这一层，敖炽不禁冷笑道："把好好一个姑娘冻在里头，你的爱好也相当脱俗呢。"

"是你干的？"我望着那个在冰面之下隐隐约约的女子，"既然不打算跟我们动手，也没有什么疯癫的迹象，是不是能跟我说说心里话？"

他的手指轻轻抚过冰面，说："她，是我亲手放进去的。"

"你跟小音有仇，跟他妹妹也有仇？"敖炽斥问，"犯得着用这种法子对付一个女流之辈？"

他凝视着冰下之人，缓缓道："她叫鲈儿。"说着，他脸上忽然泛出跟外形完全不匹配的温柔，不知是哪段回忆，让他唇边挂起了微笑。

弥弥

193

鲈儿……我突然想起我将他绑到山洞那日，在他剑穗上看到的那个"鲈"字，心下一惊，脱口而出："鲈鱼的鲈？"

他点点头，又道："如你所说。我的秘密藏得太深了。"

二 🍃

咕噜，咕噜，他一连喝了两口水，又冷又咸又腥。

大雨在乌川的水面上砸出无数小坑，他在里头浮浮沉沉，身上到处都是伤口，头上的伤最重，但不太疼，因为他天生对痛觉不敏感，就是脑子里总嗡嗡地响着，对方向也彻底失去了判断。不知还能撑多久，再无法靠岸的话，他就一辈子都上不了岸了。

乌川原来有这么长，这么深，这么多弯折，水下还暗藏各种危险，比如咬掉了他腿上一小块肉最后被他捏死的怪鱼，还有试图用自己的身体困住他的蛇一般的水草，对，还有从船上飞来的长矛与渔网，船上的人大约将他视为危险或者猎物。

他一无所有，除了一身力气。他记不起自己在乌川上漂了多少天，错过了多少可以让他上岸的孤岛，他的身体只是在顽固地执行一个命令——不能上岸，走远一些，再走远一些。他总是觉得还不够远，却并不记得产生这种固执的原因。

然而到了现在，力气渐渐不足以保证他的性命了。划动的手脚已经疲累到好像不属于这个身体了。

但，还是不想被淹死啊。密集的雨水打在脸上，又痒又疼。他腾出一只手擦了擦眼睛，再睁开时，模糊的视线里忽然出现了与众不同的轮廓——迂回的河岸，广袤的树林，跟他沿途见到的孤岛完全不一样的，一块巨大的陆地。

可以上岸了，也必须上岸了。他拼命游动，挣扎着摆脱了几个漩涡，在精疲力竭前的最后一刻，抓住了岸边一簇坚韧的草根。

憋足一口气将自己拖上去，他瘫倒在绵软的草丛里，像一条快死的鱼，这时候，哪怕是个三岁小儿，也能一脚踩死他。幸而，没有人经过。

直到大雨变成小雨，他才渐渐从被掏空的状态中缓过来，慢慢从地上坐起，警觉地四下打量。

这是个空无一人的河岸，长满了野草野花，大大小小的乱石散落其中，离岸越远，地势越高，一座植被丰茂的小山横在右前方，再远一些，便是挽手矗立的巨大山峦，在灰白的天空下透出碧绿的颜色。

他收回目光，看着手边的一朵橘色野花，不禁伸出手指小心翼翼地抚摸着柔软的花瓣，然而他的指甲太尖太利，即便是这种没有力道的抚摸，也害得好几片花瓣脱离身体，无辜地掉进草丛。

他收回手，又看向另一朵粉色的小花，又好奇地伸出了手。灰白，碧绿，橘色，浅粉——这里的颜色真新鲜，记忆里从来没有这么多的色彩。但是，这究竟是哪里？

他徒劳地思考，一个连自己从哪儿来都不记得的人，又怎可能知道自己去了哪里，脑子里仅存的记忆也是模糊断裂的，用力地想，才会想起连绵的火光，巨大的嘶吼，可奇怪的是，他并不难受，好像失去的并不是什么无论如何也要找回来的东西。

他晃了晃脑袋，慢慢站起来，在短暂的犹豫之后，朝对面的小山走去。

身上的伤口已经不再流血，他从来不怕疼，唯一能让他难受的，只有饥饿。在乌川里漂了多久，他便饿了多久。别人是活不成的，但他不一样，似乎连死神都嫌弃他。

踩着凹凸不平的土地，他在暮色的掩映中走到小山脚下，空气里飘来柴火的烟味，混着淡淡的清香。他抬头，一条逼仄的山路弯曲向上，气味似从那里而来。腹空难忍，他拖着疲倦的身躯，沿路而上，越往前，气味越浓郁。

山路的尽头，是一块空地，四周围满高高低低的野草与树木，一座小巧的庭院落在中间，断瓦残墙，不见人踪，荒凉得像座孤坟。

他走到轻轻一推就可能坍塌的围墙前，以他的身量，连脚都不需要踮就能将院子里头的景象尽收眼底。石桌石凳乱七八糟地躺在茂密的野草中，几棵有年月的银杏树也老早枯死了，只剩下朽烂的躯壳，树前的鱼池不见一滴水，铺了一地枯草树枝，假山在里头摇摇欲坠。三间房舍有两间都烂得没了房顶，只剩一间勉强齐全，跳跃的火光与吸引他一路而来的气味，便是自这间房中弥漫而出。

咳咳咳咳——有人在里头咳嗽。

他走到门前，推开连锁都没有的大门，弯下身子走了进去。

这庭院不知有多少年没人清理过了，地上的落叶积了一层又一层，踩在上头咔咔作响。他径直走到那间房门口，毫不犹豫地推开房门，迎面便是一堆在地上燃烧的篝火，上头挂着一口烧黑了的铁锅，一堆糊糊状的玩意儿在锅里咕嘟咕嘟地翻滚。

他进去，眼前除了篝火与铁锅，便只剩烂家具，四条腿都被砍掉的桌子上凌乱地放着几个包袱，折断的高脚宫灯被当成衣架，挂着一件灰色袍子，只有一张床还算完整，铺在上头的棉絮上全是破洞，脏兮兮的被子堆在一角。

没看见人。

正当他这样想时，身后却传来啊一声大喊，紧跟着就是棍子断裂的声音——突然有人从石侧的衣柜里跳出来，将一根子腕粗的棍子狠狠打到了他的背上。惊恐之下的力气往往凶猛，棍子应声断成两截。但他只是稍微朝前趔趄了一下，背上仅仅是有点麻而已。

他回头，高瘦的蓝衣书生紧握着剩下的半截棍子，牙关咬得死紧，颤抖着仰望他。任何寻常人看到他的样子，都会跟这书生一般反应吧，谁能接受一个跟他们长得如此不像的……怪物？！

"你……住在这里？"他问书生。好久没有说话，有些不习惯了。

书生想跑，但即便眼前这红眼如血，双肩生牛角的家伙没有表现出半分怒气，他的腿也不争气地粘在原地。手里的半截棍子成了书生最后的支撑，他发白的嘴唇不停哆嗦着，半晌才挤出一个字："是。"

他走到篝火前，指着铁锅里的东西问："这是什么？"

"米……米糊糊。"书生结巴着。

"吃的？"他俯下身子，好奇地看着那一锅并不好看的玩意儿。

冷汗从书生额头滑下来："我只剩这么些米了……你要吃就都拿去。"

他伸出手，直接从锅里抓了一把米糊塞到嘴里。

书生吓坏了，脱口而出："烫！"

是有点烫，但他天生对痛觉不敏感，囫囵着咽下去，也没什么大感觉。

"真难吃啊。"他把嘴里残余的米粒吐了出来。

书生扑通一声瘫坐在地上，带着哭腔问道："你是鬼？还是妖怪？你我无冤无仇，为何要找上我？"

"我？"他也坐下来，背靠篝火，密布于身体上的青黑脉络在逆光里跳动，与人类相似的脸孔上一片茫然，"我从乌川那头漂来，我不知道我是不是妖怪。"

闻言，书生的目光落到他头上的伤口上，壮起胆子问："你脑子被伤到了？"

他下意识地摸了摸脑袋，说："伤口有些深。"

"有有……有人敢伤你？"书生难以置信，在他眼里，这种怪物不该是金刚不坏之身吗？

他陷入短暂的沉思，说了一句："这些伤，也算不得什么。"

谁在他身上留下如此多伤口，谁逼得他坠入乌川，谁让他远走千万里流落到一片陌生天地，都想不起来了，唯一留在意识中的，依然只有零碎的彼此没有任何牵连的画面，连天的火焰，疯狂的嘶吼，没有任何颜色的世界……

书生或许觉得他不像他的外表那么可怕，也没有要伤害他的意思，胆子比刚才大了一些，问："你到底是何方神圣？"

他盯着书生："神？你觉得世上有神？"

"当然有。"书生点头,"举头三尺有神明呢。"

"我没有见过。"他如是道。

要不是心里还有紧张跟防备,书生简直要笑出来了:"我也没有见过,世上也没有多少人见过。神又不是路边卖烧饼的,谁都能见到。"

他不再说话,又将四周打量一番,最后盯着立在床脚处的一把剑,问:"你的剑?"那是一把普通的剑,只比寻常的剑稍长了一些,黑褐色的木质剑鞘透出一抹暗红的颜色,上头布满岁月的痕迹。

"嗯。"书生怯怯点头,"我爹留下来的。"

"那你为何用棍子打我?"他回过头,"你明明有一把剑。"书生红了脸,不好意思地说:"我不会使剑。怕它割了我的手。"

"你爹呢?你爹会使它吗?"他的问题总是转得很突然。

"会。"书生老实道,"我爹是镖师,这把剑跟着他走南闯北许多年,比我的年纪还大。死在剑下的宵小之辈,不计其数。"

"那你爹很厉害啊。"他由衷地赞许,"他希望你也能如他一般吧?"

书生嗫嚅着,半晌才道:"我连只鸡都不敢杀。平生最了得的,唯有读书这一件事。只求能在三府会考之中脱颖而出,谋个一官半职。"

"你爹也赞成?"他又看了那把剑一眼。

书生垂下脑袋:"赞成不赞成,他都不在这世上了。"

"你爹死了?"他问。书生点头。

"如何死的?"他追问。

"仇家做的。当着我的面,杀了他。"书生把棍子握得更紧了些,"我躲在柜子里,不敢出声。"

"那你杀了那些人么?"他的表情异常平淡,好像在他心里对人命生死并没有什么概念。

书生仿佛听到了一个极大的笑话,苦笑:"怎么杀?我哪里是他们的对手,能捡回一条命已是大幸。"他思索了一会儿,认真道:"你怕他们?"

"没办法。"书生无奈地摇摇头,"他们知道我还活着,追杀过我。我只能逃。亏得找聪明,之前客栈那回,若非我用计跟隔壁男子互换了房间,深夜里死在乱刀之下的就是我了。从此我连客栈都不敢住,只能委身于荒山旧宅。"

"哦。"他点点头,"你不想死,所以让别人去死。"

"身不由己。"

弥
弥

197

"你也不想记起过去的一切吧？"他看着书生苍白的脸。

书生摇头："不想。我只想寻个安稳之地，改名换姓重新生活。"

"你有名字吗？"他又问。

"当然。每个人都有自己的名字。"

"你叫什么？"

"聂巧人。"

篝火渐渐小了，铁锅里的食物也安静下来。

三 ❧

清晨，阳光从破碎的窗外照进来，灰尘在光线里欢快地跳动。

他平展双臂，左右看看，又扯起身上那件灰袍子端详一番，再紧了紧腰带，这才满意地吐出一口气。但是没控制好，这口气变成了一个饱嗝。

他挑出几件换洗的衣裳，几块碎银子，打成一个包袱挎到肩上。床脚处的长剑刚好笼在一束明亮的光线里，剑鞘上的各种痕迹比夜里更深刻，它沉默地立在老地方，像个被全世界抛弃的委屈的幽魂。

他走过去，握住剑柄，将它扛在了自己肩上。

篝火老早成了一堆白灰，脚下的地面依然是湿润的，他不慌不忙打开房门走出去，望了望天空，半眯起眼睛。天气真好啊，记忆中完全找不到这样的蓝天白云，澄澈光明。

穿过小院，身后的地面上留下一串泛红的脚印，随着他的远去，渐渐变淡。

鸟语花香的晨光穿过树梢洒在水洼里的模样，就像有人掰碎了金子扔到里头，一只青蛙从水草之间跳过去。

他站在水洼前，低头看自己的倒影。

比起原来，水面上的人似是健壮了一些，模样倒是没有太大走样，眉眼鼻口，仍是那俊秀过人的年轻书生，只是，越发没有书生的味道了，连肤色都不如之前白皙，横在肩上的长剑，毫不客气地驱走了一切与软弱有关的气味。

他摸着自己的脸，说不上喜欢还是不喜欢，反正不坏吧，毕竟脚下这片土地，只习惯这样的自己。既然打算在这里活下去，尊重这里的喜好也无妨。

他长长地吐出一口气，对着水中的倒影，试着做出一个微笑的表情，但最终还是放弃了，最终面无表情道："自今日起，你便是聂巧人。"

几只飞鸟不知受到了什么惊吓，自林间冲向天际。

四

他分不清东西南北，只随意给自己设定了一个方向，笔直向前，遇山翻山，遇河涉水，中途绝对不因为任何原因改变方向。

最初陪伴他的，只有天上的日月，林间的鸟兽，荒芜的狂野，但慢慢地，路途中有人了。砍柴的樵夫，河边浣衣的妇人，起初只是三两个，渐渐就多了，凉棚下吃饭喝茶大声聊天的，路旁设摊做买卖的，骑着马扬鞭飞驰的，各种各样的人物塞满了他的视线。

景色也不同了，连绵的房舍与田地取代了深山老林，孩童们追逐嬉戏的声音盖过了飞过的雀鸟的鸣叫，常常还有些猫狗跳出来，为了各自的食物大打出手。

他试着喝过路边小贩卖的凉茶，还在河边看过几个老头子钓鱼，看了一个时辰之后终是默默走了，他无法理解将无限期的等待视为乐趣的人。路过一座村落前的树下时，几个十来岁的乡野少女为挂在树梢上的风筝发愁，她们看着他，羞红了脸却又什么都不敢说。不就是一只风筝么，何至于将她们为难成这样。他跃起，轻松落到树枝上，取了风筝送回她们面前，谁知几个丫头互看一眼，谁也不敢接，红着脸跑开了，剩他一人拿着风筝，不明所以地站在树下。

这里的人，相处起来有些难呢。他把风筝放到树下，继续他的行程。

他越往前走，越不知道要去哪里，没有目的地的感觉微微勾起了他的厌烦。气候也随着旅程的延长而变化，从春风拂面到骄阳似火。

一直走到那个晚霞灿烂的傍晚，他停在一块石碑前，望着刻在上头的三个字，笨拙地一个字一个字地念出声："弥……弥……村。"

"站住！不许跑！不许跑！"

一个飞奔出来的身影打断了他的思绪，十七八岁的姑娘，在田间小路上跑得飞快，身上的水蓝色裙子像一朵从天上掉下来的云，换了个地方飘荡。她的前头，风风火火跑着一只大白鹅，怪叫着踩出各种迂回的路线，无论如何都不想被她追上。

原来这里的人，把时间都花在钓鱼放风筝以及追赶禽类上面了……难怪他们的身材那么瘦弱矮小，力气也让人耻笑。

不过，他原来又干了些什么呢？虽然没有了确切的记忆，但一定不是这些事。

白信的大白鹅在 系列旋转跳跃中落到了他的手里，抓 只鹅罢了，不就是伸个手的事。

姑娘气喘吁吁地冲到他面前，指着被他抓住翅膀的鹅："你跑……有本事你跑上天去！"

"它在地上跑你都抓不着，上天你就更抓不着了。"他老老实实地回答。

姑娘噗嗤一笑："你家的鹅能飞上天呀？"

"我没有养过鹅，不太清楚。"他认真道。

大概被他的认真吓到了，姑娘站直了身子，将他从上到下打量了一番，好奇道："你不是咱村里的人，是路过，还是访友？"

"我……"他被问住了，想了想，说，"我走了太久，有点烦，不想走了。"

姑娘又笑："你从哪里来？"

"我从……"他又被问住了，他哪里记得，跟她说自己是从乌川里漂来的？好像又不妥。左思右想，他又低头看了看此刻自己身上穿的衣裳，说："我从一座山上的荒宅里来，我叫聂巧人。"

姑娘又将他打量一番："你拿着剑，莫非是住在山里的猎户？要么就是隐居山林的剑客？可看你一表斯文的样子又不像。你怎么会住在山上的荒宅？"

"我爹娘被仇人杀了，他们还想杀我，我跑了。"他回忆着在荒宅里听来的故事，努力将它置换到自己身上，"我爹是一个镖师。"

姑娘一惊："有这样的事？后来呢？你有没有报官？凶手归案了没有？"

他看着她脸，有些奇怪她为何会露出这么急迫但又真诚的表情，他只是个陌生人而已，他们刚刚才遇见，交集仅仅是他帮她抓住了一只鹅。

他直言道："我连他们是谁，长什么模样都不知道。如果他们以后找到了我，我会好好处理这件事。"

"这么说你没有报官了。"姑娘皱起眉头，"人命关天，要不我带你去官府？"

"官府？"他不解，"那是什么地方？"

"可以给你讨回公道，惩治凶手的地方。"姑娘见他好像不是装傻，又问，"你不知道官府？"

他摇头。

"那你们一定住在很远的地方，并且你爹从来不告诉你有官府的存在。"她猜测着，"我也知道有人天生就对官府有排斥，希望自己一辈子都不要跟那里有牵连。可能他们大多数是害怕吧。"

他听不太懂她的意思，把鹅递给她："还给你。"

她接过来，双手拎着愤怒的白鹅的翅膀，笑道："不管怎样，谢谢你帮忙。要不是你，我还真抓不住这小畜生。看你这风尘仆仆的样子，鞋子都破了，不如到我家去吃个饭洗把脸，我再替你把鞋子补一补。"

他低头看自己的脚，鞋子上全是灰土，两个大拇指还戳出来了。

"走吧。"她催促道，"天都快黑了，再晚回去我娘会发脾气的。"

"有饭吃吗？"他摸着自己的肚子，里头咕咕响，自打有了这样的身体，他对饥饿有了新的体会，一天不吃都难受。而且，他爱上了这些人都喜欢吃的东西，馒头，咸菜，蒸的烤的炸的鱼或者猪肉牛肉，并且惊奇于他们怎么能想到这么多折腾食物的方法……

她哈哈一笑："叫你跟我走就是请你吃饭呀，你帮我抓住了鹅，算是我的回礼呗。我娘煮的饭虽然不是太好吃，但总比饿着肚子强。"

"哦，那我跟你去。"他看着前方大大小小的房舍，炊烟与灯火跟暮色组合成宁静安乐的画面，他想，如果要停下来，这个地方比之前见过的都好。

走在田间小路上，姑娘问："你说你姓聂，那我以后管你叫聂大哥好吧？"

"嗯。"

"你都不问我的姓名？"

"哦。你叫什么？"

"我姓魏，平日里大家都叫我鲈儿。"

"鲈儿？"

"鲈鱼的鲈。"

"为啥你要叫一条鱼的名字？"

"这是弥弥村的风俗呢。传说以前这里是一片巨大的水洼，后来干涸了才渐渐有人来住，最后成了村落，'弥弥'的意思是水多得要漫出来，所以咱们村叫弥弥村。也不知从哪辈先祖开始，说这里本是水洼，在这里出生的孩子起个跟鱼有关的名字会好养活。所以我就叫鲈儿。我爹单名一个鲲字，也是鱼呢，哈哈。"

"起个鱼名字就好养活？为什么？"

"这……反正就是一种祝福吧，我也说不上为啥。祖祖辈辈都这样。你就别纠结这些了。"

"哦。"

虽然他对身边这个姑娘说的话有许多都不理解，但是他并不讨厌听她叽叽喳喳说个不停，这一路上，他从未跟任何人有过这么长时间的交流。

夏天的夜晚有风，但还是热，时不时有蚊子在耳边嗡嗡叫，他跟她在野花的香气与蛐蛐儿的鸣叫声中并肩向前，心中甚是平静。

五 ❧

他留在了弥弥村，不想走了。

那晚在鲈儿家吃完了她娘煮的并不好吃的饭菜之后，他放下碗筷，说："我能不能留在你们的村子里？"

鲈儿将他的身世跟她娘讲了一遍，这个中年妇人在洗碗的时候认真考虑了一番，说隔壁七叔家正好有间空房，收留他不是问题。但还是要跟村长说说，得他同意才行，毕竟是个外乡人。再说，你就凭他帮你抓住了鹅，就确定他是个好人？还是你看他年轻英武，眉眼出众，动了心？

鲈儿顿时红了脸，连声否认，还说她老早立下誓言，这辈子都不会嫁人。

他坐在外屋，隐隐听到母女之间的谈话。好人跟坏人，在他们这些人眼里应该是如何区分呢？帮你抓鹅，帮你拿风筝，看到狗掉进水里就把它捞出来，这是不是就是好人？如果是，那么他也算吧。那坏人呢，寻仇杀人的匪徒，眼见双亲被杀却无动于衷的子女，为了自己的欲望牺牲掉别人的家伙，这就是他们眼中的坏人吧。那么，自己又算什么呢？

确实还不太了解这些人生活的方式与准则。

但最终，他还是被允许留下了。在他主动帮村子里的人一口气扛回数根沉重的原木时，村长觉得可以留下他，村子里的年轻男子大多离开这里去了繁华之地，平日里但凡要做些跟力气有关的活儿就变得十分为难，连伐木修个房子都不容易。再说，一番交谈下来，村长觉得这男青年除了说话有点呆笨木讷之外，也没看出什么坏习气，既然他说他无家可归，那便暂时留下他，如若以后他犯下什么错误，再撵走不迟。村长最强的技能是打算盘，从不做亏本生意。一间房子三顿饭就能换来这么一个超强劳动力，何乐不为。

从此，他就成了七叔家的房客，三餐有时在七叔家吃，有时鲈儿会叫他过去吃，他都无所谓，反正两边的饭菜都一样难吃，但他从来都吃得很香，一句抱怨都没有，只要肚子不饿，他就舒坦。每天，他都要帮村子里的人干活，替这家修理屋顶，替那家砍柴打水，村里人都挺喜欢这个不善言辞闷头做事的年轻人，时不时送他吃的或者衣物，对他的帮忙也是连声道谢。弥弥村的村民都是这样，每天不论谁见了谁都是笑呵呵地打招呼聊天，从没见过谁跟谁吵架，打架就更没见过了，对许多地方来说，一团和气只是个说说就算了的美好愿望，但弥弥村做到了。

他发觉，自从在弥弥村中生活之后，时间就变得短了。每天清晨起床，喝两碗大米粥，帮七叔喂喂鸡鸭，中途再帮花大婶挑挑水，顺便听她跟自己讲年轻时的貌美如花差点就当了哪儿哪儿的花魁之类的往事，吃罢午饭，可能又要帮村长去劈柴，他家的柴堆成了山，怎么也烧不完，村子里的男孩子也喜欢找他，因为他不但力气大，还会拳脚功夫。只怪有一日一群泼皮不知怎的找来，挨家挨户抢钱抢粮，自然被他三两下收拾了，打得半死不活，鬼哭狼号逃命去了，大家这才知道，原来他不光只会挑水砍柴，对他的喜爱里又多加了几分惊讶的钦佩，更庆幸村子里有他这号人物。孩子们见识了他的本事，缠着他不放，他抵挡不了，只得当了他们的师父，教一些简单拳脚。有人问他这身功夫哪里得来的，他答不上来，只能含糊应付过去。他也回想过很多次，也想知道这身本事从何而来，但最终没有结果，只觉得这是藏在他的骨子里的，与生俱来的东西。

有时候，鲈儿会驾着驴车，带他去西坊的集市上采买食物衣裳或者工具，鲈儿告诉他，鱼门国的核心部分便是东南西北四坊，弥弥村虽远在郊外的郊外，也属于西坊范围，西坊不但住满了各式各样的人物，还有高楼华宅数不胜数，吃的用的玩的也是弥弥村这样的乡野之地不能比拟的。不过，鲈儿跟街市上那些姑娘不一样，她们总是流连于制衣店首饰店胭脂水粉店，但鲈儿每次去西坊只会在一个地方恋恋不舍。

那堡垒一般密实森严的黑色建筑，连墙壁都是拿铁水浇筑而成，门口的飞翼麒麟兽傲然而立，面目凶悍，同为铁质的身体散着寒气，离老远都能感觉到。鲈儿流连不舍的，正是这个跟四周的繁华缤纷格格不入的地方，她说这就是西坊的官府，掌管鱼门国治安法度，百姓安危。

每一次，她都会在官府前面站很久，铜墙铁壁而已，也不知她在看什么。

在陪她第五次观赏官府外观之后，在回弥弥村的路上，他终于忍不住问她："首饰店不比官府好玩？"

鲈儿停下驴车，放小毛驴到小河边喝水，她自己也坐到河边，拔了根野草在手里玩。

"我的问题很复杂吗？"他站到她背后。

"我爹就是官府的衙差。"野草在她手里晃动，"忙起来的时候，一年都回不了一次家。"她笑笑，"不过村里人都以他为荣，他在的时候，没人敢来村里捣乱。我从小就爱听他讲他办过的案子，抓过的恶徒。他总说，生而为人，便要讲天地良心，不行恶事。但是，人性难测，良善之人再多也无妨，恶人有一个便令一方不得安宁，他身为官府中人，当秉法理公义，惩恶扬善，至死方休。"

他坐到她身边："你爹的身手一定很好。"

"不比你差。"她有些得意，"他轻功好得能在水上如履平地。"说着，她的得意之情很快黯淡下去，"不过，他还是在我十三岁那年死了。"

"我知道。"他点头，"我刚到弥弥村不久，你就跟我说过你爹不在了。"

她看着眼前缓慢流动的河水："但你不知道他是怎么死的。"

他皱眉："你不说，我如何知道。"

"追捕杀人犯，为了救途中跑出来的一个小孩，被对方的刀戳中了心口。那犯人不地道，刀上喂了毒。"她表情很平静，"我爹到最后一刻也没撒手，死死抱着犯人的腿。路人胆小，谁也不敢上前帮手，我爹被断了双手，犯人正要逃时，官府同僚赶来，制服了犯人，不多久便砍了头。"她低下头，"他连句遗言都没留给我和我娘。但我不怪他。"

他沉默片刻，问："你想跟他一样？"

"我要是个男孩，一定会投身官府。"她遗憾地笑笑，"可惜我是个姑娘，连一只鹅都抓不住。顶多替瞎眼老太太带个路，捡到钱包一定要还给失主，在小偷行窃时提醒被窃者注意。"说着她张开嘴，指着自己一颗缺了一小块的牙齿说，"看到这颗牙了没？三年前我在西坊集市上遇到个对老人大打出手的流氓，我劝他住手不然我报官，他给了我一巴掌，然后我没忍住，拿了一根擀面杖就上去了，结果他被我打破了头，我的牙也缺了一块。最后还是官府出来把他带走了，有几个我爹的旧同僚认出了我，还说虎父无犬女。我也是真不好意思啊，哈哈。"

他看着她一脸无所谓的笑，忽然说："你不要打架了。以后，都由我去打。"

她微微一怔。

河水淙淙，几只飞鸟点水而过，惹得毛驴昂昂叫。

回去的路上，改成他来驾车，在集市上走了大半日，她也疲了，靠在他肩头睡着了。

他微微把头斜过去，跟她的脑袋靠在一起，心里跑过从来没有的感觉，暖暖的，甜甜的，无论如何都想抓紧的……幸福？！

这些人常常说的"幸福"，就是现在这样吧？没有烈焰跟嘶吼，没有汹涌的河水与死亡的气味，日出而作，日落而息，每一天都平静轻松，身边的人没有异样的眼光，没有恐惧没有攻击，他们喜欢自己。

聂巧人的生活，就应该是这样啊。

他看着她的睡脸，放慢了车速，希望在这条路上能走得更久一些，最好，能走一辈子。

六

弥弥村要办喜事了！

大大咧咧的鲈儿姑娘终于有人肯娶了。最高兴的还是鲈儿娘，恨不得天天烧香拜佛感谢老天让她这个女儿嫁出去。

对于婚姻这件事的意义，他的了解还不够深，只知道娶了一个女人，就意味着今后的日子都要跟她在一起，每天醒来看到的第一个人就是她，不准别人打她欺负她，吃她煮的饭，跟她一起坐着驴车来往于山路与市集，春夏秋冬，再无更改。

而这些，恰恰是他所希望的。所以，他愿意跟这里任何一个普通男子那样，娶了她。

以村长为首，村里每个人都开心，娶了村里的姑娘，代表着这个有力气有本事的小伙子算是在弥弥村扎下根了，以后再不用担心流氓泼皮来闹事，劈柴挑水之类的体力活也不怕没人干了，啧啧，真是天大的喜事。

婚期定在这个月的最后一天，村长挑的日子，说那天宜嫁娶。好像是全村嫁女儿似的，每家每户都挂上了红花红灯笼，喜气洋洋，花大婶亲自拿红纸剪了双喜字贴满鲈儿家的每扇窗户，村里跟鲈儿玩得好的小姐妹更是帮她将屋子收拾得干干净净，村长做主，找木工给鲈儿打一个新衣柜当礼物。等待鲈儿出嫁的这些日子，是弥弥村最幸福热闹的时光。

这一天，他又跟往常一般，陪着鲈儿娘去了村子后头那座寒明洞，鲈儿娘说她十几年前便将一坛酒埋在里头，如今也是该取出来的时候了。

寒明洞本身是个奇怪的地方，不论四季，里面都寒气袭人。山洞里的通道漆黑一片，难辨方向，行走其中绝对不能回头，一旦回头，里头的道路就会自行变化令人迷失其中，你只要一路往前，便一定能走到一处有光亮的地方，那里立着一根巨大的冰柱，四周石壁上还爬满了白色的会发光的寒明虫，出去时只要捉一只放到外头的黑暗处，寒明虫便会朝洞口飞去，跟着它就能出去。所以，"去时莫回头，归来跟虫走"，就是出入寒明洞的法宝。对他们而言，寒明洞除了出入方式怪异一些，本身却是个天大的好地方，大夏天的把瓜果蔬菜与肉类往冰柱旁边一堆，怎么都不会腐败，哪怕一两个月后再拿出来，食物仍旧新鲜如初。所以，寒明洞就是弥弥村的天然储藏室，只要有食物需要储藏，村民们就往洞里搬，据说这是弥弥村的祖先们发现的，一代代传下来，惠及子孙。不过，也是弥弥村历代相守的秘密，除了村民，外人均不知这座看似寻常的山洞的玄机。说来也是，这么好的一个地方要是被别人知道了，都把东西往里塞可怎么得了！

冰柱前，他帮鲈儿娘把埋在地下几尺深的酒坛子挖出来。鲈儿娘抱着酒坛验视片刻，欢喜道："封得严实，没有半点损坏。"

"这里如此寒冷，不会坏的。"这些年，他帮村民往寒明洞里搬运过无数次蔬果肉食，确实保存极好。

鲈儿娘笑看着他："这坛酒跟鲈儿的年纪一般大，是鲈儿爹在她出生那年亲手埋下去的。村里的习惯是，谁家生了女儿，就要埋一坛酒，到她出嫁时挖出来，谓之'女酒'。如今鲈儿爹虽不在了，有这坛酒陪鲈儿出嫁，也算圆满。"

他点点头：“好。”

“你这孩子呀，就是心眼儿简单，说不出什么花哨话。”鲈儿娘笑道，“不管你过去如何，以后我们就是一家人，鲈儿这丫头大大咧咧不懂得保护自己，你要好好看着她才是。她若为难你，你也尽管告诉我，看我不扒了她的皮。”

说不上是个什么滋味，就是四周这么冷，心里却温温暖暖的。他很少笑，但此刻却自然地微笑起来：“她从不为难我，我喜欢她，她喜欢我。”

“哈哈，村里人都喜欢你，说你到来是咱们全村的福气。”鲈儿娘哈哈一笑，“行了，出去吧，还有好多事要忙呢。”

他点点头，抱起酒坛跟着鲈儿娘往前走。

忽然，他回过头，盯着身后那根看过无数次的冰柱——刚刚是自己眼花么？为何好像觉得有什么东西在里头晃动了一下？但是再看，却又什么都看不到。

鲈儿娘催他走快些，他用力眨了眨眼睛，走了出去。也许真的只是眼花罢了。

回到村子里，立刻又忙碌起来，结婚要准备的事情太多了。

好不容易干完一天的活儿，回到鲈儿家吃完晚饭后，他坐在院子里陪鲈儿看星星，弥弥村的夏夜里，头上常常星河璀璨，鲈儿最喜欢看，她说，听说人死去了，若有人牵挂着，灵魂就会升到天上变成星星，永远看着地上那个牵挂自己的人。

按照他的性子，应该直接回答她从来没听过有这种说法，人死了就死了，变成腐肉白骨，也可能变成一堆灰烬。但是，大概是在这里生活久了，性子有了一些改变，总之，在鲈儿说不知道她爹是不是也是其中一颗星星时，他说的是：“可能是吧，天空那么大，能装下你爹的。”

鲈儿靠在他怀里，哭笑不得。今晚的星光也是闪烁不停，鲈儿坐了一会儿，突然像是想起什么事，起身跑到屋子里，捧了他的剑出来。这把剑很少出鞘，只在为数不多的几次对付泼皮流氓时，展露过它的杀气。

“我替你打理了一下。”她递过来的剑，剑鞘跟剑把被皮绳细心缠过，剑尾上还多出了一个用红线编成如意双蝶结的剑穗儿，双蝶结中间还绣了一个乖巧的“鲈”字，“这把剑是你爹留下的，不能弄坏了。我看剑鞘上已经有许多小裂纹，所以拿绳子替你缠好，剑柄也缠了，以后你使剑时便不容易脱手。”

他握着这把装饰一新的长剑，捧着那块剑穗儿，说：“好看。”

鲈儿高兴道：“我不善手工，花了好多天才弄好这个剑穗儿。”

他微笑：“我不会弄丢的。”

鲈儿靠在他肩头，说：“绣了我的名字，不是怕你忘了我，是希望你以后不论走多远，不论遇到什么事，都能顾着自己的性命，得想着家里还有人在等你。"

"我不会死的。"他揽住她的肩膀。

她满足地点点头，看着满天星子道："遇到你之前，我有时候会遗憾自己不是个男孩子，不然我就能跟我爹一样考进官府，惩恶扬善，保护身边的人。现在有你了，我不遗憾了，你在，我们就很安全。我相信以你的心地与身手，没有坏人是你的对手。"

他笑："这么说，我也应该投身官府才是。"

"你真要去，我会支持你的。"她坐直身子，看着他的眼睛认真道，"以你的实力，能保护的不仅仅只是一个弥弥村。"

"那……改日我去试试？"

"不过我怕我娘不答应……毕竟我爹……"

"说说罢了，现在村子里的事我都应付不完呢，哪儿有时间去管别的。"

"对了，村长让我们去看看那衣柜还有没有要修改的地方。"

"好，明天去。"

夏夜的静谧与甜美，随着桂花的香味释放到弥弥村的每个角落。

如果天天都这样，该多好。

七

鲈儿发烧了。额头烫得像一块火炭。

大夫来看，说是劳累过度，热毒攻心。喝了药也没有大起色，高烧一直不退。大夫说，得尽快找些冰块回来冷敷，不然怕有危险。可是，炎夏正盛，村子里哪来现成的冰块！

众人正着急时，他已经火速往寒明洞跑去，找冰块还不容易，那里有一整根冰柱呢！

冰柱前，他举起带来的斧头，狠狠砍下去。

虎口震得发麻，可冰柱上连一道划痕都没有。

他皱眉，又接连几斧头下去，依然如此，冰柱的坚硬程度超出了他的想象。

在旁人眼里已是力大无穷的自己，却对一块冰无计可施？还是说，这块冰寻常人是动不了的？想到昏迷的鲈儿，他一咬牙，拿起斧头果断朝自己左手的掌心用力一划，伤口豁开，鲜血涌出。

他盘腿坐到地上，深吸一口气，静静等待。

时间分分秒秒过去，他的身体渐渐有了变化，无数青黑的经脉在皮肤下跳动，两根尖角白双肩破山，好好的一双眼睛只有一片血红，身量也暴涨两倍。

他喘着粗气走到冰柱前，屏住呼吸怒吼一声，疾风顿生，手起斧落，只听铿一声响，尺把长的冰块应声落地。也就在此刻，冰柱发出诡异的咔咔声，无数裂纹以它那道"伤口"为始，迅速遍布到整根冰柱上。

他正不明所以时，裂纹越来越多，越来越深，更有奇怪的白色强光自裂缝中射出，晃得他睁不开眼睛。

不知过去了多久，强光渐渐弱去，他才勉强睁开眼睛，旋即吃了一惊——冰柱上的裂纹消失了，此刻的它就跟什么都没发生过一样，依然保持着原来的样子，孤独地立在这个与世隔绝的山洞里。

但是，地上多了一个东西。六七岁的小儿，肩上生着两个脑袋，一男一女，赤裸着身子斜躺于地。

冰柱里怎么会有人？他走上前，将这双头小儿拎起来，晃了晃。

很快，小儿长长吐出一口气，慢慢张开了眼睛。

见了他，小儿的两个脑袋都露出欣喜的笑容，男声女声同时道："出来了。真不容易。"

他将小儿扔到地上，问："你……你们是什么？"

不问还好，一问，两个脑袋都难受起来，哽咽着说："我们的父母亦是弥弥村的村民，只因我们出生时一身双头，便被村民视为妖孽，爹娘顶住压力将我们养到七岁，最终还是敌不过村民的嫌弃与恐惧，他们请来法师，将我们关在这冰柱之中，过去了多少年，我们自己都不知道了。"说着，两个脑袋哭得更厉害，"我们想家，想爹娘，这里好冷。"

也许，再没有人能比他更清楚这种孤独无助的寒冷了吧，毕竟他是在乌川之中捡回一条命的家伙。现在他生活的地方，人们对于各种与他们不一样的存在，比如妖怪，比如鬼魂，比如长相奇特的残疾之人，确实抱着畏惧与嫌弃，甚至厌恶与憎恨，他数次在集市上见过无知孩童追打谩骂模样丑陋的乞丐，还见过有人将不知从哪里寻来的四不像的怪物套着锁链，命令它们在火圈之中来回，以此博得观众们的打赏，还见过道士将抓来的所谓猫妖当众剥皮处死，众人拍手叫好的场面。渐渐地，他终于明白，"你跟我们不一样"往往是最容易被仇视的原因。

两个头的孩子，被当做妖怪有什么奇怪的，没有一出生就杀掉，已经是他们走运。

"哥哥，你能带我们出去吗？"孩子可怜巴巴地看着他。他想了想，说："等一等。"

说罢，他走回冰柱面前，整个人贴了上去。很快，白烟自他背上散出，身上那些经脉开始剧烈跳动，没有任何词汇可以形容的巨痛瞬间布满了他身体的每一部分。他紧咬住牙关，不知在压抑着什么，当目光落到冰柱下的铁链上时，他突然大吼："快拿铁链把我绑起来！"

孩子不知道发生了什么，慌忙跑过去，照他的吩咐，吃力地拖起那条算不出长度的铁链，一圈一圈勉强绕到他身上。

"哥哥，你这是怎么了？"做完这一切，孩子惶恐地看着他。

他一句话都说不出来，只痛苦地扭动着身子，身体里散出的白烟越来越多。

不知过去多久，白烟散去，铁链松掉，脸色苍白的聂巧人跌落在地，手掌上的伤口已然无迹可寻。

"哥哥，你怎么了？"孩子跑过去搀扶他。

"没事了……"他喘着粗气站起来，"刚刚你们看到的，不能跟任何人说。"

孩子用力点头。

"你跟我出去吧。"他捉过一只寒明虫，抱起被他砍下来的冰块。

"可是……"孩子又有点犹豫，"我们害怕外头的人拿石头丢我们。"

"我在，没有人会打你们。"

"好！"

八

他的狼狈把大家都吓了一跳，取冰块而已，居然弄得面色苍白，连衣裳都破破烂烂。他说是从寒明洞出来时遇到了野猪，打架打成这样。

不知是冰块来得及时，还是大夫的药终于起了作用，鲈儿的烧渐渐退了。但是，新的问题又来了，那就是他带回来的这个长两个脑袋的小孩子。他隐瞒了孩子的真实来历，怕他们知道那冰柱有异之后再不敢去寒明洞，只说是在洞口捡来的，遇到时已经半死不活，顺便带回了村子里。

他素来有一说一，村民们没有怀疑。但是，对这个孩子，他们的恐惧是写在脸上的。

"在替他们寻到更好的去处之前，他们跟我住在一起。我会看管好他们，不让他们给大家找麻烦。"他对所有人道，"他们只是被抛弃的孩子，你们不要太介意。"

还能说什么呢？他是村子里最受人喜欢的人，再说这孩子除了有两个头之外，倒也没有其他，模样长得还颇乖巧，还会在他的示意下不断跟大家道谢。

最后，村长发话，那就暂且让这孩子住下，等寻到合适的去处再议。

他松了口气，弥弥村的村民本性善良，只怪这孩子运气不好，出生时恰恰遇到一群心如铁石的人。想来那冰柱确实有异力，不但能保存瓜果蔬菜，连人都能保存下来。他寻思着回头得找个机会向村子里的老人打听一下究竟是哪个年月，村里人找法师对付这个孩子。应该是许多年前了吧？

孩子就这样住了下来，跟他同吃同住在七叔家里。

鲈儿对他的决定总是无条件支持的，不但不嫌弃这个孩子，还给他送去合身的新衣裳。孩子始终怕生，好几天都不敢出门，只呆在他的房间里。

怪事也是在这几天发生的。

七叔失踪了。这个和蔼可亲的老头一声招呼也没打就不见了，他的房间里还放着只吃了一半的花生米。他最爱吃花生米，每天晚上都要吃完一碟才肯罢休。

里里外外都不见人，甚至都没有人见七叔出过屋子，连他都以为老头跟往常一样，吃了花生米就哼着戏曲儿睡觉了。七叔的什么东西都还在，就是人没了。大家猜测他是不是有急事，趁夜离开了村子，决定再等两天。

然而，七叔失踪还不到两天，花大婶也不见了，情形跟七叔一模一样，也是一大早起来，家里人发现卧室里空无一人，然而花大婶最喜欢的绣花鞋还好好摆放在床下。

众人觉得不妥，一拨人忙着继续找人，一拨人去了官府报案。但，最大的不妥被他发现了——一直足不出户的孩子，在短短几天时间里，从六七岁的模样突然长到了十二三岁。

他关上门窗，问孩子出了什么事。

两个头，少年与少女，仍旧微笑：“谢谢你打开封印把我们放出来。”

“封印？”他诧异。

“冰柱就是封印啊。”两个脑袋咯咯笑，“也不知几千几万年了，老被关在里头，也挺难受的。”

“你们不是弥弥村的人？”他脑中一片混乱。

“你真好骗。随便一个谎话就信了。”两个脑袋同时朝他吐舌头，“我们是妖怪呀，哈哈哈。”

他皱眉，一把拿起挂在墙上的长剑。

“你杀不了我们的。”他们毫无忌惮，“我们是‘暗’，是这个世界上最老最老的妖怪之一，骗你无非是想通过你的帮忙，光明正大住到村子里，人类越没有防备，越方便我们捕食。”

唰，利剑出鞘，剑尖直指他们的咽喉。他们连退一步都不屑：“我们同你讲这么多，无非是看准了你不会对付我们。我们不怕你。”

“你们的脑子，是不是被我的斧头劈坏了？”他冷冷道，“这世上，没有我不敢杀的东西。”

"包括真正的聂巧人么？"他们嘻嘻地笑出来。

他脸色骤变。

"野山荒宅，好好的一个书生，被一只怪物当了美餐。吃完之后，怪物便成了书生。"他们居然鼓掌道，"能如此不留情面地吃掉一个人，我们也十分钦佩哪。"

他执剑的手有些微微颤抖："你们如何知道的？"

"嘻嘻嘻。"他们指着他落在地上的影子，"影子里，藏着你们的秘密。最难看的，最不想被人知道的秘密。"

他一惊，长剑竟然脱手落地。

"人类的影子是我们最爱的食物。"他们缓缓道，"我们还能从影子里见到你们拼命掩藏的秘密。"说着，他们凑近，在最近的距离里直视他的眼睛，"这么多年，我们一直在封印里寂寞地活着，我们能听到看到进来的每一个人，包括他们的秘密。但是，最吸引我们的，还是你的秘密。你究竟是什么呀？"

他强迫自己与这两个脑袋对视："你们不是能看到秘密吗？"

"但我们在你的影子里看不到别的，只有你如何取代聂巧人这一个秘密。"他们惋惜道，"我们说过，我们只能看到你们最不想被人知道的东西。"

他脚下一动，落地的剑被挑起落回手中，眨眼之间，剑尖直刺入他们的心口，穿背而出。

他们低头看着从心口穿过的长剑，面色没有半分惊惶，反而笑着一步步后退，直到把刺入身体的剑一点点退出来。

他的攻击，连个伤口都没给他们留下。

"刚刚不是才说了吗，你杀不死我们的。"他们笑着坐到床边，无所谓地晃悠着双腿，"我们定个协议吧。你把我们放出来，我们也不想为难你，但也不希望你阻碍我们觅食。不如你就装什么都不知道，至于我们，胃口并不很大，我们再吃两三个就会离开，并且保证不碰鲈儿姑娘。你仍然可以用聂巧人的身份跟她在一起，继续你正常的生活。否则，我们自然有法子让所有人都知道你的秘密。届时有什么后果，你敢不敢赌一把？"

他攥紧了拳头，额头渗出了冷汗，各种念头在内心疯狂地冲撞与纠结。

"你放心，被我们吃掉影子的人，会立刻消失，没有什么痛苦。"他们淡定道，"当然，你也可以去找一些所谓的法师高人来对付我们，但我们会把这些行为视为破坏协议。"

他咬紧牙关，一言不发。

"不说话，便当你同意了。"他们满意地躺到床上，狡黠笑道，"谢啦，聂巧人。我们会替你守住秘密的，嘻嘻。"

那天，他不记得自己是怎么从房间里出来的。

他自己都没有想到的是，在这个两头妖怪……不不，应该是在自己的秘密面前，他居然软弱成这样。如果弥弥村的人知道他本来的样子，知道他吃掉了真正的聂巧人，还会喜欢他吗？如果鲈儿知道她要嫁的人跟真正的人类是不一样的话，她还会靠在他的肩上吗？

他不知道自己吃掉聂巧人算不算滔天大罪，只知道那天他太饿了，他身体的本能告诉他，吃了这个人就不饿了，还能接替他的身份，像这里大多数的人那样生活下去，只是不能自己弄伤自己，不然会现出本来面目。但是，这些话说出去又有什么用，以他对人类的了解，他们不会原谅这吃人的怪物，他在弥弥村做过的一切讨人喜欢的事情，都会被立刻抹杀。

这样的事不能发生。不能。

他握着长剑的手，终于松开了。如果几个人的消失能让一切保持原状……

最终，他跟自己妥协了。

九

继七叔与花大婶之后，又有三个人失踪了。

官府来查，没有头绪。弥弥村再难觅到欢喜之意，村民们个个愁眉苦脸，心有恐惧，生怕下一个不见的，是自己的亲人。

鲈儿每天都要出去找人，走得双脚都起泡了也不愿放弃，她说万一他们被贼人绑了也难说，不找下去，就一点希望都没有了，要是爹在就好了，他一定能查出原因把他们找回来。

他默默陪在她身边一起找，最后她实在走不动了，他才踩着暮色把她背回来。内心从未如此憋闷过。

那晚，他在房中，看着那已经长成十六七岁模样的妖怪，说："你们说的数目，已经到了。你们长得如此迅速，不可能一直躲在房里不见人，早晚会被村民发现。你们走吧。再也不要回弥弥村。"

两个脑袋做沉思状，然后对视，少年问少女："你觉得呢？"

少女噘起嘴想了半晌："行啊。明天就走吧。有好多地方可以去呢。"

少年点头："行。"

他松了一口气。

十 ❧

清晨，他握着剑，跟满脸泪痕的鲈儿站在空荡荡的村子里，不敢动，也不敢说话，生怕一动，眼前的景色就要撕裂成碎片。

整个村子的人都消失了，包括鲈儿娘，包括村长，包括所有所有曾跟他朝夕相处的朋友。

鲈儿是个很少流泪的姑娘，但今天，她除了哭，已经不知道能做什么。

整个村子的人哪，几百条命啊！

那只妖怪……没有遵守承诺。身体里所有的血气都往脑子里灌，他疯了般冲到村子中央的空地上，嘶吼道："滚出来！给我滚出来！"

见他这样，鲈儿更慌了，跟过去抱住他，哭喊道："聂大哥你别这样，你吓到我了。我现在很乱，你能不能……"

话音未落，正对面的屋顶上出现了笑嘻嘻的他们，此刻，他们已俨然是成年人的模样了。

他愤怒地跳上去，一把扼住了他们的脖子，硬生生将他们从屋顶上拖下来，狠狠摔到地上，疯了般举剑往他身上乱刺："你们说过今天离开，你们说过只吃两三人，言而无信，可耻之极！"

鲈儿冲上去拖住他，惊惶地问："他们是谁？那孩子吗？为何几日不见便长成这样了？"

妖怪向鲈儿露出笑脸，说："鲈儿姑娘，我们不是孩子，我们叫做'暗'，是妖怪哟。"

鲈儿大吃一惊："妖怪？"

"不光我们，你心心念念要嫁的男人……"

"住口！"他怒吼，一脚踩到其中一个头上。

"鲈儿姑娘，咱们给你变个戏法呗。"另一个头说着，突然伸手从一旁拾起一块碎石，朝他裸露的脚踝上狠狠一划。

他避让不及，鲜血洒出，整个人顿时石化在那里。

"聂大哥！"鲈儿惊叫，本能地伸手去捂住他的伤口，却被他一把抓住，吼了一声："快走！"

"我不走！你要我去哪儿？"鲈儿哭喊着。

见她如此，他扭头便跑。暗见他想逃，诡笑着爬起来，飞到旁边拉起晒在竿子上的渔网扔出去，一下将他困住。急怒之下的他，突然身量暴涨，转眼便现出了本相。鲈儿双腿一软，瘫坐在地。

"比我们还难看吧。"暗嘻嘻一笑，拍拍手，"走啦，你们自己玩儿。嘻嘻。"

话音未落，便听嗤啦一声，碎成小块的渔网飞溅开来，他闪电般从里头冲出来，同时拾起地上的长剑，高高跃起，对准暗的两个头颅横劈下去，所有的愤怒与绝望都灌了进去，这一刻，他脑中什么都不存在了，他只要杀了那只妖怪，他要它灰飞烟灭，挫骨扬灰。

剑锋凌厉而下，血光暴起，一男一女两个头颅自暗的肩上滚落而下。世上，没有他杀不掉的东西——他心中只这一个念头。

没有了头颅的身体扑通倒在地上，很快便化作了一摊血水。可地上的两个脑袋却没那么容易对付，男头竟然还能跳腾而起，化作一道薄烟遁形于半空。

女头则盯住了呆若木鸡的鲈儿，电光火石的瞬间，它嗖一下朝鲈儿的背脊上撞过去。

追逐男头未果的他猛一回头，趴在地上的鲈儿，背上竟钻出那女头的脸来，阴笑道："斩下我们又如何。呆在这个姑娘身上也挺舒服，嘻嘻嘻。"

鲈儿用力撑起身体，满脸冷汗，巨大的撞击与痛楚反而让她镇定了下来。他飞快跑过来，本想抱住她，却在半途收回了手。他不敢碰她了，这样的自己，还有什么立场去碰她。

"聂大哥……"她撑在地上的手臂剧烈抖动，费力地抬起头看着他，"你原本是这个样子的吗？"

"可不就是吗。"她背上的脸笑得十分得意，"他根本不是人类，他吃人啊，血淋淋地吃下去，比我们还狠呢。"

鲈儿闻言，突然变得异常平静，红着眼睛看着他："是这样吗……"

再没有任何可以躲避的借口了，他点点头，手中的剑当啷一声掉在地上。

"我吃了聂巧人，身体也随之起了变化。他是个很胆小的书生，我很饿，而且我不喜欢他。"他想笑，但是脸上每块肌肉都是僵硬的，"本想用这个崭新的样子生活下去，我以为可以，但最后还是失败了。"

一滴眼泪落到他的手背上，鲈儿闭上眼睛喃喃："为何会这样……"

"你别怕，我一定会把你身上的妖怪清除掉！"他皱眉。

"我劝你别乱来哟。"那张脸又发话了，"现在，就算你打我一个耳光，她的脸也会疼哟。"他心下一怔。

"早说过我们是杀不死的呀！你真是个傻大个。"那张脸越发得意起来："姑娘，说起来，你们村里的人虽是我们吃的，但这傻大个才是一切的根源啊，哈哈。"

这妖怪的无耻超过了他的认知，他愤怒，却不知如何反驳，因为它说的是事实，如果不是他的妥协，起码大家会有所防范……比起以人为食物的暗，更不该被原谅的，是他自己。

"聂大哥，你扶我回去。"鲈儿突然说，"你会杀掉这妖怪的，对吧？"

她的语气里，没有半分埋怨。

他错愕道："你……你不恨我？不怕我？"

她咬牙道："事已至此，不能让这妖怪，哪怕只是这妖怪的一半，再有机会出去害人。"

"小姑娘你太天真了……"

"住嘴。"她打断它，又指着不远处的地上，对他说："聂大哥，我一只鞋掉那儿了，那是我娘给我做的，帮我捡回来吧。"

他看过去，的确是她的绣鞋落在十几步开外的地方。"好，我去拿。"他起身而去。

"小姑娘，有你护着，你真以为这个废物能对付我？"背上的脸又得意起来。

"我不会护着你。"鲈儿的唇边突然露出一个决绝的笑，她一把拾起地上的长剑，毫不犹豫地刺向自己的心口。

当他意识到身后不对的时候，长剑已然穿过了鲈儿的身体，从那张脸的眉心刺了出去。

他第一次听到，身体里有碎裂的声音。眼前的世界突然没有了颜色，只有从鲈儿身体里流出的血是红的。像从前那样，鲈儿靠在他怀里，吃力地笑："我要是个男孩子，一定会去官府当差……我不光要抓坏人，还要抓坏妖怪……"

他觉得眼睛很烫，但无论如何也没有一滴眼泪。

"聂大哥……我从头到尾都不相信那个妖怪。"她用尽最后的力气抬起头，看着眼前面目全非的他，"你还是我的聂大哥……"她的气息越来越弱，最后，停止在一个浅浅的微笑上。

一声惊雷在天边炸响，四面八方涌来的乌云把天都要压塌了一般。雨点啪啦啪啦地砸下来，他抱着鲈儿渐渐冷掉的身体，随着她一道，凝固在空无一人的弥弥村里。

这就是一切的结局了？那些消失的人好像又回来了，他们站在他身边，高兴地称赞着他，你是弥弥村的福气啊，我们都很喜欢你啊。好不容易积攒起来的，跟快乐有关的记忆，一点点被抽离出身体。

咯咯的笑声从鲈儿身上突兀地响起来。

他心头一惊。

"可惜啊，多好的姑娘啊，就这么死了。"鲈儿背上的脸笑得合不拢嘴，"你以为这一剑我就死了？"

他像被毒蛇咬过，整个人僵在那里。

"你能斩断我们倒是出乎我的意料。"脸的笑声不断，越发刺耳，"但以你的见识跟智慧，不是我的对手。你以为我是那个无用书生么，任你想杀就杀。"

他没有说一句话，突然抱起了鲈儿的尸体，以此生最快的速度，奔入寒明洞。冰柱前，他爆吼一声，一拳击出，冰柱上顿时露出碗口大的洞，冰渣四溅，裂缝如网，刺眼的白光再一次从中射出。

这时，那张脸不笑了，反而惊恐吼道："你要干什么？"

"我也不知道我在干什么。但我知道哪里来的，就该送回哪里去。"他双手扶着鲈儿的肩膀，将她的背脊贴到冰柱上，谁料她的身体竟跟融化了一般，突然自冰面沉了下去。

他本能地伸出手想拉住她，但已经来不及，昨天还在他眼前活蹦乱跳的鲈儿，成了冰柱之下一个隐隐约约的影子。

白光散去，冰柱又自动恢复到本来的样子，连一个伤痕都没留下。

他呆呆抚摸着刺骨的冰面，无力地跪了下去。

十一 🎵

因为我们三个人都没说话，冰柱上裂痕扩展的声音便成了最响亮的动静。

敖炽最先打破僵局，劈头就骂："你吃啥长大的呀这么蠢？不就是吃个人吗？那种对父母性命弃之不理为了苟活陷害别人的懦夫，被吃了也是活该。你知道全世界的妖怪们一天要吃多少人吗？当然吃人肯定是不对的。但你至于把这看成你最大最阴暗的秘密吗？爷当年洗澡也间接害了不少性命，可我的心里依然充满了阳光啊！"

"闭嘴！别提你当年的破事了！还要不要脸？！"我狠狠掐了他一把。

"现在看来也许很傻。"聂巧人坦白道，"但当时，我无法轻看这个秘密。我怕的东西太多。"

"越怕什么，越来什么。想太多未必是好事。"我看向冰柱，又问，"你怎会想到将鲈儿带来寒明洞？以你的性子，不该是拿起剑把那个脑袋斩成肉酱么？"

"如果那样，我就是真的蠢到无药可治。"他走到裂纹几乎已经遍布全身的冰柱前，"暗说过，冰柱是封印。当初正是我损坏了冰柱，白光泄出，才放出了这妖怪。当时我已经被悲伤与愤怒填满了，当情绪处于极端状态时，我反而清醒了，其实当时也是赌一把而已，我想既然冰柱能封住它们那么多年，必然有制服它们的力量，说来可笑，我将鲈儿贴到冰柱上，本是想借冰柱之力冻死那个女头，谁知却误打误撞，将之再次封印其中。后来我猜测，这封印打开与启用的法子是一样的，就是破坏它的完整性。但此冰柱非凡品，能在它身上留下伤口的，这些年来除了我，便只有你夫君了。"

敖炽有些不痛快了，走过去戳着冰面道："照你这么说，这封印被我打裂了，应该很快就会再度解开，那为啥你的生平都说完了，它还是没动静？"

"因为你用尽全力，也只是让它有了微小的裂纹。所以解封的时间变长也不奇怪。我一掌就能劈下它一块'肉'，你跟我不能比。"聂巧人直言不讳。

"我去！你意思是我的实力不如你？"敖炽气坏了，举起拳头就要往冰面上砸，但是在挨到冰面的瞬间停住了，突然问，"等等，这里封着'暗'的一半，另一半呢？"

"多此一问。"我白他一眼，看着地上的小音，"另一半，就是他吧。小音……连名字都是一半。"

聂巧人冷睨着小音已经僵硬的尸体，说："离开弥弥村后。我在西坊流浪了一些时日。后来官府招考，我去了。时间一晃便是二十载，我从衙役做到了官府首领，弥弥村的往事便跟弥弥村本身一样，变成了荒芜的废墟。这些年，我每年都会外出远游，目的就是寻找暗的另一半。自打进了官府，接触到的各种奇闻异事与典籍记录都比从前多出许多，我费了不少心思，终于查到跟'暗'有关的信息。这种妖怪生于上古之时，可说是世上最早的一批妖怪，它天生双头，男头专食人之影，女头则窥影中之秘密，两头皆在时，刀枪皆不能取其命，唯有斩断其头方有破解。"他顿了顿，继续道，"两头落地虽能令暗的妖力大损，但并不代表终结，此物但凡还有一口气，便有附身活人之能力。男头逃走后，我断定他会附身于人类，伺机而动，不过男头一旦附身人类，便跟寻常人无异，如若不小心生活，任何会让人类死亡的方法都对它有效，但一日不见其尸体，我心便难以安定，毕竟它以影为食的能力还在，多少还会祸害世间，故而多年来我仍四处寻查，但此妖狡猾，隐藏太好，我始终未得其踪迹。反倒是女头我不太担心，虽然还没有查到彻底消灭女头的法子，但除非有人破坏冰柱，否则她永远都只能是半只无用的妖怪，再不能用他人的秘密作为要挟了。"

"二十年……"我想了想，"'小音'躲了你二十年，为何今日要大费苦心，先引得我们插手此事，来到寒明洞，而你居然也埋伏在此。他明知这么做自己是死路一条，莫非他是活腻味了？"

"昨日夜里，我收到一封信，上头只得一句'暗之一半，明日将往寒明洞'。"他深吸了口气，"以我对这个妖怪的深仇大恨，无论这封信是真是假，我都会去。可我没想到，你们居然也来了。我本改变计划不打算出手，但我眼见你们在那'小音'的诱骗之下，动手攻击冰柱，我心想这妖物骗你们来，必是要救它的同党，若成功解除封印，女头被放出，两头重聚，妖力互增，恐有重生之望。虽然只剩了一个头，这妖物依然狡诈，它算准我在你们面前不敢轻易出手，怕被牵扯出旧事。"

敖炽想来想去都觉得不对："等等，如果这小混蛋是骗我们来替他打开封印，他又何必通知你来现场？万一你还是出手了并且阻止了我们，他岂不是竹篮打水还赔上性命？你说过，男头附身于人后，随随便便就能弄死他。"

"小音并不确定我们是不是真有力量打开封印，如果有，固然大喜。同时，既然我们有开封印的本事，自然就够资格对付聂巧人。退一步说，即便我们没有能力打开封印，只要聂巧人在这个过程中出手阻止，只要我们把他当成那个故事里的'恶人'，自然会全力攻击，如果他露出本来面目就更好了，没准我们一怒之下杀了这怪物。更重要的是，即便我们不动杀心，聂巧人也未必会放过知道他真面目的我们，毕竟，他曾经为了守住自己的秘密，间接害死整个弥弥村的人。如今他身居高位，更应该要守住秘密。只要他动了杀心，我们必会全力抗击。既然这小音能引我们插手此事，可见其花了不少时间去打探以及确认我们夫妇的背景与实力，两强相斗的后果，怎么都是渔人得利。聂巧人视他为死敌，他又何尝不盼着聂巧人早日消失，毕竟聂巧人是能砍掉他脑袋的人。"我冷笑，"不过他什么都算计好了，甚至利用我们的善意与同情心，骗得我们相信了他的悲惨故事，却算漏了一点。"

聂巧人发出沉闷的笑声："算漏的，是我从头到尾都没有对你们起杀心。我已经不介意将自己的秘密暴露在你们面前。"

"或许小音已经觉察出这一点，所以他才拼命刺伤你，要你露出原形，逼我们动手。"我不禁又想起当时将他绑在这里的场面，"所以你是只要受伤流血就会突破原本人类的模样，变成这样的怪物？"

"不完全是。"他摇摇头，"只有我自己，或者知道我本来面目的人让我受伤，我才会变成这样。原本我以为只有我自己能做到，因为在这里生活以来，也被别人无意伤过，但身体没有任何变化，所以我才猜测，知道我原形的人也有这样的本事。"

"上次路镇之祸时，你故意割伤自己，再让我把你绑到这里……"

"唯有使用我'本来的'力量，才能尽快制服对手。人类的身体，是有极限的。"他如是道。

"你这样相当冒险啊，如果你没来得及赶到寒明洞，半路上就露了原形，岂不是整个鱼门国都知道你的秘密了？"我觉得此人的脑子可能真的构造奇异。

"调慢呼吸，平息气血，便能延缓变化的时间，这些年我对自己的身体，也算控制得很好了。让你把我绑到冰柱上，一是只有极寒才能快速愈合我的伤口，让我恢复正常，二是这个过程极其痛苦，几乎会丧失理智，我一个人在那儿还好，你在那儿，我怕中途神志丧失，做出什么伤害你的事。"他叹息，"不管怎样，都谢谢你。"

敖炽听得频频点头，但旋即又觉出不对，大声问我："你跟他单独来过这个破山洞？"

"来过又怎样啊？"我踢了他一脚，"没听到我是为了不吓着无辜群众才拼命跟他赶来吗！"

敖炽揉着屁股："说说都不行啊！以后不许这么干了！孤男寡女的！"

"我觉得，现在的重点是封印就快开了。"聂巧人打断了我们，看向冰柱的眼神突然犀利起来。

"怕啥！有我在，还能让一个头跑了？"敖炽愤愤道。

"跑是跑不了了。"聂巧人道，"妖身残缺，元气外泄，又被封印侵蚀封闭二十年，我想这个头大概连睁眼的力气都没有了。"

"还是留神些好。"我看着已经渐渐露出白光的冰柱，心头总觉得哪里不对，"等会儿鲈儿一出来，敖炽立刻擒住她，封印恢复之后聂巧人你立刻击破，再马上把鲈儿放回去。此后，我们想法子封闭寒明洞，在没有得到能彻底清除女头的方法前，就让它安安生生留在这里吧。"

另两人表示没有异议。

很快，冰柱破裂的声音响彻整个山洞，随着耀眼四射的白光，一个身着水蓝色衣裙的年轻姑娘落到了地上，双目微闭，宛若沉睡。我看到聂巧人脸上复杂的神情，时隔二十年再见到曾经要共度一生一世的人，换谁都无法心如止水。

破裂之后的冰柱很快又像镜头倒带一样恢复成完整的模样，敖炽紧紧摁着鲈儿冰冷的身体，朝发愣的聂巧人吼道："还看！干活去！"

聂巧人猛一下回过神来，忙朝冰柱举起了拳头。

然而就在此时，敖炽手下一空，鲈儿的尸身居然凭空消失了，害得他差点跌个嘴啃泥。

我心头咯噔一下，一个残缺不全，附身他人，还被封印了二十年的半死不活的妖怪，不可能还有隐身脱逃的本事啊！而且还拖着一具尸体！

聂巧人也脸色大变。

"嘻嘻嘻。"山洞之外的黑暗里突然传进来两个声音，一男一女异口同声，"你们以为我隐藏筹谋二十年，挑选过无数有能之人，煞费苦心布卜今日之局，是为了让两个头重聚？聂巧人，你看了那么多书，查了那么多线索，都没看到那句'两头若分，女头附人身七日后，男头亡，则可再生于新体'？这才是我们重生的关键。不过也是，这么关键的东西，我们怎可能随便让人知道。哈哈哈。从你斩断我们的头开始，我们的计划就开始了。我们的失误在于当时我还没来得及自杀，你就把鲈儿放进了封印，害得我只能苟活于世，想方设法让封印再次破除，才敢放弃这条烂命。谢谢啦，以后我们会更加小心，不再低估任何人的实力，不然又被砍了头就太麻烦了。"

三人俱惊。

我说我怎么觉得整件事有一个点始终不对——"小音"明知自己会死，却那么容易就把自己送到聂巧人的拳头下，原来是吃准封印已破，女头早晚脱身，只要自己一死，便能再生于鲈儿体内。妖身完整，一旦封印解除，我们又无防备，自可溜之大吉……

"老板娘，还有聂大人，好心提醒你们一句。"不敢露面的混蛋洋洋得意道，"只要人们心里还藏着不可告人的阴暗秘密，'暗'就会永远存在。来日方长，我们当有再会之日。"

之后，四周便陷入了死一般的寂静。

突然觉得，来鱼门国这么久，我终于遇到了最难缠的敌人。一个连我跟敖炽都不熟悉的，生于上古之时的老妖怪。

来日方长……行，下次再见时，让我这老妖怪好好跟你谈谈人生吧。

帐篷门口立了一块木牌，上头歪歪扭扭写着——有怨报怨，有仇报仇。恭候诸君，大驾光临。

◉ 楔子 ◉

危险的不是"暗"，是那些不愿被人知道的秘密。

一 🎐

"站住。"

我听话地站住，回头："有事？"

聂巧人站在冰柱前，不太能理解地看着我："你们就这样走了？"

我左右瞅瞅："难不成你还指望我们替你清理现场？那具尸体是就地销毁还是你回官府替他寻到来处，你决定，我不管的。"

"带回官府？"聂巧人微愕，"你知晓了关于我的一切，我本相如此，我吃过人，我没有过去，不知未来，你还……"

"等我确定你不再是我的朋友之后，我才会做你以为我要对你做的事。"我打断他，"在那之前，还是让这里的百姓继续有一个被他们所信任的聂大人吧。不过……"

我顿了顿，盯着那具曾经被"暗"所利用的尸体，然后继续道："所有的内疚与罪恶感，都不及尽量去弥补来得有用，我留下你的性命与身份，你别浪费才是。"

聂巧人锁紧眉头："我是你朋友？"

我撇撇嘴："普通朋友而已，别指望高攀。"

"我明白了。"他背靠着冰柱坐了下来，"你们走吧。"

"不用把他绑起来？"敖炽不放心地问，"不是说他靠冰柱恢复人样时会失去理智么。

这种危险的生物还是控制一下比较好吧？"

"比起他，你才是真正危险的生物。"

我白他一眼，顺手捉了一只寒明虫在手里，又对聂巧人道："不绑你了，留给你一次磨练理智的机会。连自己的身体都不能掌控的人，拿什么去掌控自己的人生。"

聂巧人嘴角一扬："恢复人形所要承受的痛苦，换作你们，只怕没有机会跟我谈人生了。"

"后会有期。"我冷哼一声，拽着敖炽往外走。

"不能放过那个妖怪。"他突然又在我们身后说，"太危险。"

我停下，头也不回道："危险的不是'暗'，是那些不愿被人知道的秘密。你我能做的很有限，尽人事吧。"

"老板娘。"他很少如此正经地称呼我，"你的影子里，有没有那样的秘密？"

敖炽不高兴了，回头骂道："关你屁事啊？就算有秘密也只能告诉我，我才是她夫君！"

"没有人要抢你的位置。"聂巧人闭上眼睛，"我只是不希望以后连你们都成为被威胁的对象罢了。如果有，不妨在暗找来之前，自己处理一下，不要弄成我这样。"

敖炽冷笑道："你敖大爷我一生光明磊落，唯一的黑历史，无非是当年在断湖洗澡间接害了人命，这个所有人都知道。当然，私房钱藏在哪里也是秘密，如果那只老妖怪敢给我爆出来，我一定弄死它，我保证。"

"终于承认有私房钱了哈？"我狠狠拧了拧他的胳膊，"还有那东海三公主呢？"

敖炽叹气："你到现在还那么记挂她不如你去娶了她吧！说不定你们才是真爱……"

"行啊，到时候你别抱着我的腿哭！"

"你试试看！"

聂巧人听了这乱七八糟的一堆，摇头道："你们快走吧，不然我更痛苦了。"

"行，你自己悠着点，一会儿要是痛死了没人埋你的。还有啊，以后不许单独跟我老婆去任何地方！"敖炽翻了个白眼，拖着我走了出去。

寒明虫从我手中飞了出去，我们跟随着这团黑暗里的微光快步前行。

"恐怕还是得去找找天衣侯。"我说。

"打听'暗'的事儿？"敖炽皱眉道，"这老妖怪跟咱们以前遇到的那些不是一个段位的，说不定连他都不知道。"

"不止是'暗'，还有寒明洞。"

我认真道："上一次，是什么人封印了'暗'？能对付这样难缠的妖怪，能力怕是不会在你我之下。要是能获知此人的信息，我们对付'暗'也许会更容易些。"

"不过封印一只妖怪罢了，有什么了不起的。"敖炽不以为然，"最厉害的难道不是那个曾经封印了十二天神的人么？虽然我们东海龙族有媲美于神的尊贵身份，并不太把天界那群老家伙放在眼里，但真要让我们出手封印他们，可能还是有点难度……"他顿了顿，又道，"你知道我从不高看谁，但唯有这个人能让我放在眼里。"

说得倒也没错，寻找那十二块石头的事虽已过去许久，但那个从未露面的、以一己之力封印天神的人，再加上同样从未露面的"将军"，我所有隐于深处的最大的不安，归根结底就在这里。

前者能制服高高在上的天神，后者将万千妖物玩弄于股掌，他们从未实实在在出现在我面前，但也从未离开过我的生活。

有时候我甚至觉得他们离我很近，在我看不见的地方窥视我的一举一动。

"也许那个人已经不在人世了。"我说，"一个人有多少能力去拯救，就有多少能力去毁灭，如果他还在，对这世界未必是好事。"

"可我始终很好奇。"敖炽道，"什么人能做到这一步……"

"你有这心思好奇倒不如担心担心你爷爷。"我叹气，"你说跑就跑了，现在咱们跟外头也算断了联系，万一……"

"在我这儿没有万一。"敖炽打断我，"老家伙不会有事。"

"敖炽，"我突然问了一个在他看来一定特别蠢的问题，"我再慎重问你一次，为什么你一定要来鱼门国？就不能好好在你家等我一年吗？"

黑暗模糊了他的脸，却让他的声音分外清晰："你离开东海之后，我天天都梦到你。"

"就为这个？"我哭笑不得，"梦见我找到你的私房钱了？"

"你说你要走了。"他缓缓道，"我问你去哪儿，你不回答，我生气去拉你，却始终碰不到你，而你只是站那儿看着我笑。"

我愣了愣，旋即哼了一声："别人都说梦是反的。你坦白吧，现实里是有多巴不得我走！"

"我很少会记得自己的梦。"敖炽居然不跟我抬杠，"但天天做同一个梦，我想忘记都很难。"

"你天天都梦到我跟你说我要走？"奇怪的感觉从我心里跑过去。

"是。"敖炽坦白道，"所以无论如何我都要来，我不在乎梦里是怎样，我只要现实里你齐齐整整站在我面前，我想拉你的手就能拉到，我想跟你吵架就能跟你吵架，我想同你去哪儿就能去哪儿，我要我自己踏实下来。你要我的答案，这就是答案。"

我沉默片刻，说："明白了。"

也许，真的没有任何力量能把我们两人从彼此身边带离——我得让自己相信这一点。

但那样的梦，听起来真是让人不舒服呢。

眼前的光线渐渐多起来，洞口就在不远处了。

胃里空得难受，一直被我刻意忽略的饥饿感潮水一般压过来。光线越来越强，强得刺痛了我的眼睛，体力的消耗与精神上的起伏所带来的虚弱拉慢了我的脚步。

我看见了洞口，然而那片白色的光线开始摇晃，碎裂，我背上冒出了冷汗，本能地抓住了敖炽："走慢些，我有点……"

"晕"字还没说出口，我的意识已经断了。

耳边留下的最后的声音，是敖炽在喊我的名字……

二 🎵

据说，我昏迷了整整三天。

再据说，敖炽把他能找到的所有大夫都抓来抢救我，然而每个大夫诊脉之后都说我没病，不过是饥饿引发的体虚昏厥。

敖炽不信，说我平时体壮如牛连个感冒都没有，区区肚子饿哪能昏迷三天，然后边骂人庸医边把人打出去。

其实他也是病急乱投医，我是妖怪啊，人类医生真的适合我吗？！

其间胖三斤把各种食物打磨成浆混到米汤里喂我，但我基本没有吞咽的意识。浆糊未知守在我身边一边叫我一边哭，信龙兄弟俩听说我最不喜欢人骂我，于是坐在我头顶骂了我一个通宵，希望我突然跳起来打它们一顿，连阿灯都趁人不注意从水塘里吸了水然后全喷我脸上……

不停里所有成员做了他们能做的一切，但我依然没能醒过来，直到第四天早晨，我才毫无预兆地睁开了眼睛。

三天而已，敖炽的下巴好像都尖了，用几乎勒死我的力气把我抱在怀里干号了五分钟。两个小鬼的眼睛肿成了桃子，信龙小心翼翼问我有没有听到它们怎么骂我的，阿灯高兴地又喷了我满脸的口水。

最挺得住的还是胖三斤，一句废话没有，直接把厨房里能吃的全堆到我面前。

我其实想笑的，不过是睡了三天罢了，至于搞得跟死而复生一样么，我要是再睡几天他们是不是连追悼会都开起来了……

青
童

225

但是我又不敢笑，我怕敖炽会掐死我，所以只能埋头大吃，把胖三斤拿来的所有食物都给消灭得一干二净。

一连打了三个饱嗝之后，敖炽才盯着我的脸："还有哪里不舒服吗？"

"我哪里都舒服。"我忍不住又打个饱嗝，"吃饱了还能不舒服么？"

"妈，你吓死我们了！"浆糊瘪着嘴，"怎么叫你你都不睁眼，还以为你……"

"以为我死啦？"我戳了戳他的脑袋，"哪儿有那么好的事！我死了，好吃的就都被你们霸占了，想得美！"

未知一把抱住我，把小脑袋紧靠在我心口，泪汪汪地，一句话都不说。

看到她这个模样，铁打的心都软了，我亲了亲她的额头，轻声对她说："这样吧，以后我不睡这么久了。"

未知不撒手："你保证！"

"我保证以后每天睡眠时间不超过八小时！"我认真地举起左手发誓，"做不到的每天胖十斤！"

小丫头这才罢休，依然赖在我怀里不肯离开。

"你确定没事？"敖炽还是不太相信地看着我。

我伸出手指，摸了摸他眼下新鲜的黑眼圈："你都没睡觉么？"

敖炽拉下我的手："你必须说实话，究竟身体还有什么不妥？"

"没有没有啊！"我一把抱起未知跳下床，神经病一样在地上跳来跳去，"要力气有力气要精神有精神！你让我马上打你一顿都没问题啊！"

敖炽赶紧拽住我，上上下下打量半晌，皱眉道："莫非那些庸医说的是真的？你这个蠢货只是饿晕过去了？"

"人是铁饭是钢，一顿不吃饿得慌！"我白他一眼，又凑到他耳边小声道，"不过咱们得有默契，我饿晕了这件事你以后不许跟任何人提起！好丢人……"

敖炽长长吐出一口气，冷冷一笑："那你为什么把我缺氧的事到处跟人说？"

"因为你奇葩呀哈哈哈！"只要一想到这件往事我就没法忍住不笑。

"你更奇葩！没见过把自己饿晕三天的奇葩！你家一户口本都奇葩！"

"说得就像你不在我们家户口本上似的……等等，咱们家什么时候有户口本啦？连身份证都是假的好吗！"

"我不管！反正你也是有把柄的人了哈哈哈！"

一旁的胖三斤也是松了口气的样子，边收拾碗筷边笑："你们不吵架我都不习惯了。"

"我们是在双边会谈，谁说我们在吵架！洗你的碗去！"敖炽白他一眼，又把我摁回床上，"继续躺着！别乱动！"

这次我听了他的话，刚刚蹦了几下好像是有点气紧，该不是吃太多了吧……

"嗯嗯，洗碗洗碗。"胖三斤永远好脾气的样子，又看着我道："老板娘，不管怎样都不能亏了自己的身子，您不在了，我只是少个要伺候的人，但对他们来说，是整个世界都崩塌了。"他顿了顿，又笑笑，"这滋味不好受。"

世界变了呀，连胖三斤都这么感性了……

"所以你以后更应该潜心研究菜谱，多弄些好吃的来伺候我，别再想着当音乐家当诗人了，你就不是那块料。"

其实我心里有点小感动，跟胖三斤相处的这些日子，这个男人毫无怨言地照顾我的起居，虽然偶尔有点娘娘腔，但从不给我找任何麻烦，他一直用最亲切简单的方式跟我生活在同一屋檐下，不打听我任何私事，尽管他也从来不解释为何他这么瘦却叫胖三斤，以及为何他从来不用进食，更不提起他伺候过的历任国主。

"不冲突，我可以一边做饭一边想想怎么谱曲子。"胖三斤哈哈一笑，端着碗筷走了出去。他刚一出去，我便听到外头传来他的声音："呀？聂大人来啦？"

闻声，我跟敖炽对视一眼。

弥漫在房间里的暑气因为聂巧人的出现突然消散了不少，这是我跟敖炽共同的感觉，从寒明洞出来之后，聂巧人就变成了自带冰镇模式的男人……

胖三斤很殷勤地给他搬了个凳子过来，但他不坐，站在我床边打量我："几时变这么弱了？我都没事，你倒躺下了。"

我让胖三斤把两个小家伙带出去，把信龙也撵了出去，这才抬头打量他。

此刻的他红光满面，中气十足，浑身上下看不到一处伤口，如此一来我还就真找不到词来反击他了，仿佛之前那个巨大而丑陋的怪物只是我们的一场梦，眼前的聂巧人依然还是那个姿容飒爽众生赞赏的官府首领。

于是我只能故作虚弱地叹了口气："所以你好意思吗，来探病连个水果都不带！"

"少站着说话不腰疼了，你一个老爷们儿，跟女人比身子骨，你是找骂呢还是找骂呢？"敖炽嫌弃地瞪着他，一点不跟他客气。

"你别只顾着跟我耍嘴皮子。"聂巧人认真地回应着他的视线，"我来时，有两个大夫和一个药店老板拉住我，跟我哭诉说你不但绑架他们，还无故殴打他们。如果情况属实，按照官府规矩，你得捱五十到一百大板，并且需要向受害者赔偿其因伤而起的各种损失。"

青

童

227

敖炽一听脸就绿了，火冒三丈地指着他的鼻子："你打我的板子？你敢打我？是哪几个王八蛋说我殴打他们的？证据呢？"

"回头我自会查明，反正你已经在我这儿备上案了。你是叫敖炽对吧？"

聂巧人一如既往地严肃，说的每个字都硬气得像拿铁凿子凿出来的一般。

"你行啊你，翻脸不认人呐？"敖炽大概被这个男人毫无预兆的另一面气昏了头，转过身去指着自己的屁股就道，"你打！有本事照这儿打！我就看你敢不敢！"

"抱歉，罪犯都由专人执行处罚，我身为官府首领，不可滥用私刑。"聂巧人都不拿正眼看他，只对我道，"老板娘，你夫君很狂躁，给他抓些清火静心的药是正经。"

我实在看不下去了，跳起来照准敖炽的屁股就是一脚："带着你的臀部速度滚！你就不能好好跟人说话吗！"

聂巧人叹了口气："显然你也没有学会好好跟人说话。果真天生一对。"

"喂！你不念着我的好，也请对一个大病初愈的人善良些吧！"我揉着有点发疼的脑袋，白了他一眼，"从寒明洞出来之后你都还没来得及回官府吧，直接跑到我这儿来干吗？"

"既然我还是官府首领，该做的事就不能耽搁。"他严肃道，"七日之后，便是三府会考之期，我特意来通知你，届时需要你移步东坊知秋馆，以国主身份主持这场大事。"

他脑子里到底塞了什么啊？一个刚刚经历了那么大变故的人，一个差点就当不成"聂巧人"的家伙，好不容易保住了现状，居然不给自己一丁点休息时间，刚一复原就把那狗屁考试当成一等大事，还如此兴师动众专门来通知我？！他要是来跟我商量如何对付"暗"我心里还好受一点，这家伙在角色切换上的本事太大了！

"七天？胖三斤说以前的三府会考不都是在大暑之后么！"我声音拔尖了几个度，"为什么缩短了？谁同意了？"

"天衣侯府提出的，我们官府觉得早几天晚几天并无区别，也同意了，若不是被前几天的事耽搁，我早已签下正式文书发你手里了。待我回到官府后，便将文书送来。"他轻描淡写道。

我指着自己的鼻子："我啊！我才是一国之主！我还没死哪！凭什么你们两个说什么就是什么？"

"鱼门国惯例，三府之中有两者赞成，另一府不得异议。"他简直不给我一丁点活路！

"我不去！"我也气昏头了，跳到床上扯过薄被蒙住脑袋，又打滚又踢腿，"有本事你们俩把我打晕了扛出门去！"

聂巧人看看我，又看看敖炽，又是一声深重的叹息："不是一家人，不进一家门。"

"我知道你嫉妒我们两口子一样貌美。"敖炽冷哼，"我老婆为了帮你都累晕了，你还逼她做她不想做的事。反正一句话，只要我在这儿，她不想做的事就可以不做！"

聂巧人依然油盐不进的死样子，道："在其位，谋其事。三府会考乃国中大事，选拔贤能关乎国之将来、百姓福祉，她身为一国之主，如何能缺席？"

可我年底就要走了啊！等那个什么龙门一开我就要跑路了啊！

我只在这里呆一年啊！我连我在忘川的小店都没工夫管理，怎么可能把一国社稷扛到肩上啊！我没兴趣啊！我只想安安稳稳过完剩下的日子啊——我的内心在咆哮。

我从被子里探出脑袋，态度坚决地说："既然你们两府就能做决定，那么这次会考你跟天衣侯看上谁就是谁，我不管！反正我不是没资格否决你们俩的意见吗？"

"不可。若我与天衣侯在最后选取之时意见相悖，你的意见便是决定性的。"他认真道，"而且，我相信你识人的眼光……也不是那么差。"

你能把后半句省了么！！

我哼了一声，扭过脸："就是不去！"

聂巧人摇摇头，说："你就真的一点都不好奇？"

"好奇？请问这里有什么值得我好奇吗？"我把脸扭到另一边。

他皱眉："鱼门国各色人才齐聚一堂，坑蒙拐骗之辈固然居多，但身怀本领的人也有，你就不想见识见识？"

"切！我这辈子见过的高人比你吃过的肉还多。"我不屑。

"那鱼门国的过去呢？"他突然道，"难道你从未想过鱼门国的来历，从未想过在你之前的历位国主的种种，从未想过为何在龙域之中会有这样一个易进难出的世界？"

三个问题都击中了我。

回想起来，第一天来到鱼门国时，我便问过胖三斤，可那厮当时就直接拒绝了，只告诉我之前的国主们都挂了，还教育我衣食住行才是要紧，往事已成烟，不提也罢。

身为历任国主的贴身保姆，他甚至连我的前任们是怎么翘辫子的都不肯告诉我，是他自己都不知道所以故弄玄虚，还是另有别情，我不得而知。

国主府中留下的书籍札记虽然不少，但没有一本是跟鱼门国本身有关的。这个疆域不明的国度诞生了多久，住在里头的人们是原住民还是从别处迁移而来，为何犯了大罪的人会被流放到这里当一把手，为何有"鱼门入，龙门出"的说法？如果要离开这里仅仅是走过一道门，那为何我的前任们的结局，却都只是在远山之上留下一座孤坟？！这一切我到现在都找不到一丁点蛛丝马迹。

胖三斤说过，除夕之夜龙门开，在等我的，真的只是一扇门而已吗？

我把脸扭回来："这跟那场考试有什么关系？"

聂巧人看了看门外："看来，胖三斤还真是只管照顾你的起居，其他一概三缄其口呢。"

我笑笑："能天天给我做好吃的，已经算尽职尽责了。倒是你，难道不也是对我三缄其口么？"

聂巧人转回头："我？"

"你不要跟我说连你都不知道鱼门国的来历。"我收起笑容，"你生长于此，又供职官府多年，见多识广，连谁家丢了一只狗都知道。"

"你想知道的，也正是我想想知道的。"他认真道，"你忘记我是一个没有过去的人了吗？虽然乌川尽头也是鱼门国范围，但我一无所有流落到四坊之中，跟你从外头来到鱼门国，没有本质区别。这些年我尝试过各种渠道去探查鱼门国的底细以及乌川尽头的种种，皆无所获。这里的百姓生活安稳，鱼门国如何来的，乌川尽头又是什么，他们根本无心关注，也无人知晓，对他们而言，鱼门国里的日子很好，保持现状就是一切之王道。'习惯'会损耗掉许多东西，包括好奇心。"

在聂巧人跟我的日常对话里，很少出现这么长的句子。

"需要整这么麻烦吗？"敖炽不耐烦道，"你往那个什么乌川尽头去看看不就啥都知道了？我就奇怪了，你宁可花无数年在这里瞎打听，却舍不得花一点时间自己去看看？"

聂巧人的眼神有些复杂，脸上有片刻的犹豫，他说："我暂时无法化解我的恐惧，但又始终丢不开过去。"

"又怕又想知道？"我觉得自寒明洞事件之后，聂巧人离我更"近"了，起码，从前这个男人不会轻易跟人谈起自己的"恐惧"。我也好奇究竟他曾经历过什么，才会对那乌川尽头无法释怀，他本可以对过去不闻不问，继续当他的聂大人就好，反正我已经不打算揭穿他了。

他点点头："这种心情大概很难理解。"

"是要弄明白的。"我表示并不难理解，"过去虽然并不太重要，但起码是我们的来处，可以不在乎，但这种不完整感也挺讨厌的。"

聂巧人没说话。

"你既然查了这么久，一点蛛丝马迹都没有？"我又问，"胖三斤只告诉我，此地易入难出，只有一年一开的龙门是唯一出口。那么龙门在哪里？开启之时是否谁都可以通过？这些你应该知道才是。"

"事实是，不到龙门开启之期，谁都不知龙门位置所在。"他如是道。

"鱼门国中百姓众多，能有幸亲见龙门者，凤毛麟角。每年只有为数不多的几人能收到'龙骨帖'，据说那是一块用龙骨切成的方牌，上刻龙门位置，得之者可往龙门去。但仅得帖者一人可以，即便你将龙门位置告诉他人，别人也是去不了的。此物珍贵，连我都不曾亲见过。"

我想了想，突然问："你想过要离开鱼门国吗？或者说，这里的百姓们有过'离开'这个概念吗？从我这些日子的经历跟见闻来看，大家好像并不热衷这件事。"

"求而不得太久，大概就会习惯成自然了。"他看着窗外，"但，始终有人无法习惯吧。"

"你吗？"我直言。

"对我而言，身在哪里都一样，我只是不想活得像一只被豢养并且随时可以被戏耍的兽。"

他转过头，看着我的眼睛，道："你也不想，不是吗？"

我本来想跟他说年底我就会离开了我只是鱼门国的过客，但又把话吞了回去，总觉得一说出口，就把他推入了孤军奋战的境地，有点不忍心。

"你用'被豢养'来定义你现在的生活？"我反问，"你觉得鱼门国是个笼子吗？"

"难道不是？"聂巧人皱眉，"你，我，这里每个人都没有说走就走的权利。此地唯一的优势，是绝大多数被关起来的人，并不觉得自己是囚犯。"

是，连我都不觉得自己是被流放于此的"罪人"，不过是换了一个地方过日子而已，而且这地方还不赖……

"所以你跟我讲了这么一堆，跟你要我出席三府会考究竟有什么关系？"说再多，我也必须回到这个问题。

他深吸了口气："天衣侯。"

我一愣。

"据说天衣侯之所以叫天衣侯，是因为他做事天衣无缝。"他又一次皱起眉头，"他一直活得像个影子，但鱼门国之内，似乎没有他不知道的事，可能连我都难以例外。我一度担心过有朝一日他会揭穿我的身份。但是，没有。是他没有发现，还是知而不言，我猜不到。"

他顿了顿，道："但是，鱼门国的'国书'在他手里。"

"国书？"我不解，"什么玩意儿？"

"国书记载了鱼门国的来历，以及进入与离开的方法。"他认真道，"若真要论国中最珍贵的东西，除了龙骨帖，便属此物。只可惜从没人见过，它就跟天衣侯的真面目一样，至今隐于暗处。"

"等等……"我突然觉得不对，"既然是国书，为啥不在国主府而在天衣侯手里？"

青童

231

"具体缘由，我也并不是太清楚。自我定居弥弥村之时直到你出现，这些年来国主之位一直空置。"他左右环顾了一番，"此物由他看管也算合情合理。若放到你手里，我反而不敢放心。国中百姓大多不知此物之存在，但总归有些别有他意的'高人'对此物颇为上心。想来也是一群不愿接受被囚禁这个事实的人吧。"

"那你是怎么知道有国书的存在的？"我狐疑地瞪着他。

"查的地方多了，自然有蛛丝马迹，以我的资质，顺藤摸瓜也不是难事。"他坦白道，"当初我几乎查遍了国中所有可供查阅的文献典籍，包括官府璇玑塔中的各种记录，除了那首七言诗，我竟然找不到跟鱼门国诞生历史有关的任何资料，这实在是太奇怪了。后来我知晓了国书的存在，也就格外留心起天衣侯府了。但天衣侯深居简出，行事太过低调诡秘，我纵是官府首领，表面与他平起平坐，却也难以接近他分毫。这些年我们最多的交集，无非是偶尔互通一些无关紧要的公文罢了。"

他顿了顿，道："再说，我对这个人也确实没有多少好感。"

我有点明白了。

"你大概还不知道。"他又道，"因国主之位悬空，本该三年一次的三府会考暂停多年。这次重开，却是天衣侯提出。"

"是他提出来的？"我确实没想到这个，一个彻底的死宅为什么会对这种需要抛头露面的事这么积极？

"不管他本意为何，至少这是我能接近他的最好机会。"他看定我，"如果你跟我有一样的好奇，我想不出你拒绝出席的理由。"

我确实无法否认我的好奇，任何一个世界都不会平白无故地出现，或许弄明白某些事之后，我心中的不安才能得到消解。

"行了行了，"我又跳回被子里，"你先回去，反正还有七天，我再考虑考虑。"

"好。我先走，你考虑。"他转身离开，步伐比来时轻松，似乎很满意我的答案。

"等等。"我叫住他，"这些日子你多留神些吧，我想'暗'不会舍得放过你我。如果有什么不好的'谣言'传出来，你第一时间告诉我，我会想法子替你摁下去。只要我还是鱼门国的国主，官府一把手就不能换人。"

他没回头，我听到他笑了笑："谢了。那妖物刚刚脱离封印，元气未丰，想来最近该是寻个无人之处喘息恢复，怕是没有多少力气兴风作浪。此番会考之期，不妨顺便跟天衣侯讨教讨教，以他的本事，同我们聊聊与这妖物有关的故事，应该不难。"

也算是想到一块儿去了，比起对付一个麻烦的敌人，更麻烦的是根本不懂这个敌人……

我跟敖炽对"暗"的了解，仅限于西海龙王提起的只言片语以及在寒明洞中所知道的一切，这些太不够了。

我需要更有用的信息，否则，一只自由自在的"暗"完全有能力令眼前的世界不得安宁。

"记住，七日之后，东坊知秋馆见。"聂巧人出门前再次提醒我，"已过初选的考生们已执云头白笺陆续入住，就看老板娘，哦不，国主大人你如何施展慧眼识人的本事了。"

"等等，已过初选？什么又是云头白笺？"我噌一下坐起来，一头雾水。

"想参加会考之人多不胜数，怎么可能全都放进知秋馆。"他解释道，"会考之事公之于众后，欲参加者需先将自己的身份履历以及擅长之事详细列出，交由天衣侯府审核，合格者可获一张绘有云纹的白色纸笺，称云头白笺，执此物方可进入知秋馆参加正式考试。"

我居然有点高兴，这么看来，并不会剩下很多人让我应付吧。

"那还剩下多少考生？"

"每次的考生数目并不固定，你去了便知。"

"哦……"

聂巧人的背影消失在门外之后，我拉住敖炽，伸出两根手指："两件事，一、灭了'暗'。二、把国书弄回来，如果确实有这么个玩意儿。"

敖炽却不由分说把我摁下去，再把被子甩到我身上："在我这儿只有一件事，就是你得好好的。睡觉，休息，晚饭时再喊你。"

"睡不着……"

"那我给你唱歌。"

"我睡了……"

三 ❧

吃饱睡好，我的身体迅速恢复到正常状态。

这几天我天天一睁眼就掐着手指算还有几天到会考之期，然后就是一阵唉声叹气，给我吃多少好吃的都不开心，平时听来不觉得烦的蝉声也突然变得闹心起来，非要让敖炽拿根杆子去树枝间搅和搅和把蝉赶走。这厮又说我提前更年期，被我拿拖鞋撵着打了十分钟。

两个小家伙倒是很听话，天天搬个小桌子坐在树荫下读书识字。不擅数学的未知已经能把九九乘法表完整准确地背出来了，为此浆糊又输了两个晚餐的鸡腿，而从来对文字不敏感的浆糊居然都可以写诗了，比如："爹在前头跑，娘在后头追。两人都暴躁，世界真不妙。"

你们说我是该夸这孩子呢还是该教育他诗歌其实并不需要太写实？！

不过从昨天开始，小未知脸上却看不到什么笑容了，整天都闷闷不乐，默默练字，默默做数学题，时不时还要托着腮帮子叹一口气，像是一只被放了气的小皮球。

今天依然如此，她的桌子上摆着胖三斤特地给她做的果肉水晶冻，只吃了一小块，那可是小丫头最近最爱的小点心，吃起来没够的那种。

我当然知道原因。

前天傍晚，我跟敖炽带着两个小鬼出门散步，还没走出相思里，正跟浆糊打闹追逐的未知在一块围墙根下发现了一只幼猫。

黑身白爪，奄奄一息地趴在那里，最揪心的是，幼猫的两只眼睛都被故意戳瞎了，肚子上还有被刀割的伤口。

散步取消了，我们立即把猫带回了不停。我一边让胖三斤找来止血消毒的药膏，一边用清水混了茶给猫清洗创口，即便我下手很轻很小心，但那样的重伤还是免不了疼痛的，不过猫全程没有反抗，应该是早已经没有反抗的力气。

其间未知一直问我："猫咪不会死的吧？妈妈你能救活它的吧？爸爸也可以的吧？"

我含糊地嗯了一声，小丫头这才安下心来，目不转睛地看着我抢救这个小东西，唯一跑开了一次也是去衣柜里翻找衣裳，说一会儿等猫咪好了要拿自己那件小袄子给它当床垫。

可能在大多数孩子眼里，自己的父母都是无所不能的，我跟敖炽这样的身份更不可能让孩子失望，可事实是，我们确实没救回这只猫。

当未知抱着她精心挑选的小袄子跑回来时，我很抱歉地跟她说小猫没能活下来，它的伤太重了，能支撑到我们发现它，已经是它的极限。

小丫头的眼泪马上就下来了，抱着小袄子，看看小猫的尸体，又看看我，抽噎着小声说："可是……你不是会法术吗？"

我擦干净手，蹲下来摸着她的脑袋："未知，这世上没有任何技能是万能的，尤其在生死这件事上，我们只能尽力而为。等你再长大些，再多看看这个世界，就能明白这件事了。至少，比起见死不救，你已经做得很好了。"

她低着头，半晌才抬头，问我："猫很坏吗？"

我愣了愣："为什么这样问？"

"不然为什么要用刀子割它，还要弄瞎它的眼睛？"未知红着眼睛，不解地说，"你们总说坏人才会受惩罚。"

小孩子的问题很简单，但有时候偏偏不知该如何回答才好。

"这不是惩罚，只是欺负。"

一直旁观的敖炽走过来，把未知抱了起来继续道："欺负比自己弱小的存在，会让一小部分人幻觉自己很强大，然而这种'强大'的唯一意义就是证明他们的人生有多失败。所以爸爸总跟你们说，作为我的孩子，你们永远不能干这样的事，否则我会觉得非常非常丢脸。明白吗？"

未知想了想，似懂非懂地点点头。

"明白了就自己把眼泪擦了，眼泪流得再多，猫也不会活过来。"敖炽盯着她哭花的小脸，"眼泪不能帮你保护到任何人，把哭的力气花在反击上才不叫浪费。"

"就是，爱哭鬼！"浆糊从敖炽背后跳出来，"我要是你才不会哭呢，我的时间要花到抓坏人身上！"

"那你去把伤害小猫的坏人抓出来呀！"未知在敖炽怀里气呼呼道，"我是爱哭鬼你就是吹牛鬼！"

"好了，都不许说话了。都是大孩子了怎么还这么不懂事，吵吵闹闹像什么样子！"我把未知抱下来放到地上，"去把小猫埋了吧。"

正好胖三斤进来，一听我这话，不禁掩口一笑，说："老话说上梁不正下梁歪，孩子也是有样学样罢了……"

不等我反击，敖炽已经顺手拿起我刚刚剪纱布用的剪刀，冷冷指着胖三斤："你具体阐述一下我哪里'歪'了？"

"我什么都没说。"胖三斤缩着脖子，把桌子收拾干净后赶紧出去了。

我们给小猫举行了一个简朴的葬礼，未知跟浆糊一起在院子里的花丛中挖了一个小坑，未知把小猫裹在她的小棉袄里，放进胖三斤专门钉的木盒中，抱了好一会儿才放进坑里。

填好土之后，未知还在上头插了一块做成小鱼形状的木牌子，牌子上写着"好好"，那是小丫头给猫咪起的名字。

埋好之后，小丫头跑回我身边，抱着我问："以后它不会疼了吧？"

我点点头。看着花丛中那个小小的木牌子，我心头有些莫名的压抑，一个人可以轻易杀掉一只猫，那么我们自己呢？如果这个宇宙中有比我们更"高级"的存在呢？我们是不是也变成了可以被随便欺负的"猫"，生死都要看他人的心意？

敖炽见我发愣，拽了拽我，不放心道："你没事吧？又头晕？"

"没事。"我回过神，摇头。

他放下心来，抬头看天："月亮不错啊，要不要晒晒月光？"

此时，半弯月亮挂在天上，青蛙在荷叶上发呆，阿灯在水里吐泡泡，我跟敖炽坐在藤椅上，中间的茶几上摆着两杯余烟袅袅的浮生。

未知赖在我怀里已经睡着，浆糊拿着一把小木剑，在面前的空地上认真比划着，一招一式都还蛮像个样子。

这孩子现在每天临睡前都要到院子里练练拳脚剑法，我问过他为何这么勤快，他说现在不练习，以后你们老了谁来保护你们，如果有一天你们都不在了，谁来保护未知——浆糊说出这句话时，我才突然觉得这孩子的心智已经成长到我预料之外，尽管他依然会跟妹妹抢东西吃，但他的外表似乎渐渐追不上他的内心了。

看着这仍旧一脸稚气的小东西，我欣慰于他已然是个小小的男子汉，但我内心最隐蔽的角落里，却无端想起石姨在婚宴上对我说过的话……

然而，我尽量让我所有不妥的情绪只是一闪而过，端起细致的茶杯，我看着杯子里微微荡漾的碧绿茶水，笑着对敖炽说："我们好像已经很久没有一起喝过浮生了。"

被视为不停特产的浮生，我跟敖炽反而很少一起喝。

"我又不爱喝这个。苦得要死。"敖炽端起杯子喝了一小口，又吐舌头又皱眉，"所以你说那些妖怪是不是有病啊，要死要活地想跟你喝这杯茶。"

我抿了一小口，笑："他们想要的不是茶，而是在一杯茶的时间里弄明白自己弄不明白的事。"

敖炽咂咂嘴："我一直认为我们自己不怎么喝浮生的最大原因是，我们俩都活得特别明白。"

眼前这居住了大半年的院子沐在一片微白的淡光里，浆糊的身体灵巧得像一只小豹子，手里木剑的每次舞动似乎都带着光迹，那有板有眼的样子居然有点帅气。

未知则睡得呼呼有声，口水顺着嘴角淌下来，时不时听她含含糊糊地喊着喵喵或者好好之类的梦话，娇憨地让你忍不住想使劲揉她肉乎乎的脸。

儿女安好，夫君在旁，我们吃吃喝喝玩玩乐乐，一直这样行不行？

"敖炽，我们认识多少年了？"我忽然问。

"鬼才记得。"敖炽打个呵欠，抓了一颗瓜子扔到嘴里，"我只记得你暗恋子淼的那副蠢样子。"

我居然一点都不生气，反而笑出来，抓起桌上的瓜子壳砸他头上："小心眼。"

"你说实话吧，晚上做梦有没有梦到过那厮！"他不依不饶。

子淼……

他离开我后的几十年里，我没有一晚上不梦见他，但时过境迁，这个曾改变我一生的人很少再光临我的梦境，即便偶尔梦见他，也仅仅是一个远远的影子，虽然看不清脸，但我知道那是他。上次东海三公主事件，能再见到他，哪怕那只是一个"暂时"的他，我心头的遗憾也算有了了断。分别时，我在他手心里写了四个字——非亲胜亲。

我与子淼曲曲折折的情感，终是寻到了最好的去处，再没有比这四个字更贴切，更坦然的了。

敖炽一直很想知道我写了什么，我就是不告诉他，于是他瞎猜了诸如"敖炽太丑""赚钱第一""下次再约"等等各种毫无下限的内容。

他越是这样，我越不告诉他，我就喜欢他这种又气愤又不能弄死我的蠢样子，夫妻之间若没有点有意思的小秘密，拿什么去抵抗漫长的时间与重复的生活，对吧。

"我梦见了子淼又如何？"我白他一眼，"有本事你上我梦里揍他一顿呗。"

他气哼哼地抓了一把瓜子扔进嘴里，指着我，从牙缝里挤出五个字："精神出轨！你！"

我嘻嘻笑出来。

青蛙扑通跳进水里，青翠的荷叶微微摇动，几片浮云慢吞吞地从弯月上移过去，混着花香的夏夜把最好的模样呈现在我们面前。

"等离开鱼门国之后，我们继续去周游世界吧。"敖炽吐着瓜子壳，"不要再为了什么石头什么天神，只为了我们自己。"

说着，他又扭头对浆糊道："小子，我们一家去环游世界，开不开心，惊不惊喜！"

浆糊停下，擦了一下挂在脸上的汗，认真道："那可是要花很多钱的哦！"

"你这小鬼咋一点都不按套路来呢！"敖炽痛心疾首地看着儿子，"你难道不该像只快乐的小鹿一样蹦过来，抓住我的胳膊说'爸爸你太伟大了'吗！"

他说完还不解气，又指着我说："看看看，说这不是你儿子都没人信！就知道钱钱钱！平时都怎么教育的！"

"我儿子像我很正常，不像我才不正常。"我指了指完全不为外界所动沉睡在自己世界中的末知，"你女儿也很像你啊，蠢到深处自然萌。"

"我女儿再蠢，也没蠢到把自己饿晕过去啊哈哈哈哈哈。"

"……"

如果不是顾着末知，我真的会跳起来拿拖鞋抽他的嘴。

但是，我也真的想跟他继续周游世界。我们结婚旅行那阵就发过誓，只要我们还活着，就要不停地走下去，走遍世界每个角落。

当两个人的旅行变成四个人时，我要带浆糊未知再去南非，让他们看看生活在动物园之外的动物是什么样子，跟他们一起坐在猴面包树上，给他们讲一只叫小青的猎豹的故事，我还要带他们去南极的雪地上打滚，去乌尤尼盐沼照照天空之镜，我还要带他们回一次浮珑山……

太多地方要去了。

想到这些，我的意念便比任何时候都坚决起来，不论内心若有若无的不安来自哪里，会不会变成现实，我都会好好活着，绝不食言。

四 ❧

三府会考倒计时，三天。

我拖着敖炽一大早地去街上转了一圈，人来人往，热闹如故，没有看到什么奇怪的事与人。

敖炽照例买了个西瓜，喜气洋洋地盘算着一半切片吃一半榨汁吃。

回家路走到一半时，我突然站住，说："咱们去知秋馆看看吧。"

"知秋馆？"敖炽不解，伸手摸了摸我的额头，"发烧了吧你？你不是烦那个考试烦得要死能晚去一天是一天吗？"

我打开他的手："避不开的事就不避了。既然通过初试的人都聚集在知秋馆，先去摸摸虚实，省得到时候正式入场之后不小心跌坑里。顺便再帮我想想怎么才能又当考官又不暴露我国主的身份。"

"暴露就暴露了呗，你怕个啥？"敖炽奇怪地看着我。

"如果我只是个老板娘，我们的安全系数会高很多。枪打出头鸟这件事你又不是不懂。"我叹气，"换成以前我倒也没那么多顾忌，可现在有浆糊未知，低调些总不是坏事。"

敖炽想了想，大概也觉得我说得没错："那……像胖三斤建议的那样，你戴个面纱？要不换件衣服再把脸涂黑？"

"我收回让你给建议的权利。"

"你咋没幽默感了呢？这有啥难的，随便使个变身法不就行了。变成志玲姐姐嘉欣姐姐都可以啊，冰冰也行啊！"

"一时半刻没问题，三府会考要持续多久我到现在都还不知道，肯定不是三两天的事。变身术虽然不难，但是要长时间维持另一种面貌需要耗费不少灵力，万一中途遇到什么棘手的事，我如何全力以赴？"我否决了他的建议，"不过，你什么时候喜欢上志玲姐姐了？"

"我一直都很喜欢啊！"

玩笑归玩笑，我想，到时候我就说国主大人身体违和，特别授权我为金牌特使，全权代表国主处理会考事宜，这样也算合情合理，能够蒙混过关吧？

反正来考试的人只想出人头地罢了，谁当考官有什么要紧。

就这么一路胡思乱想着，又问了一个路人后，我跟敖炽穿过三条大街两条巷子，走到一座绿树掩映，藤蔓满围墙的宅子前。

门庭不大，九级石阶上左右各立一只黑石貔貅，左天禄，右辟邪，栩栩如生，除此再没有多余的装饰。"知秋馆"三字刻于正门顶端，草书，飘逸潇洒。大门两侧还各刻了两句疑似对联的玩意儿，左为"天知地知春去秋来"，右为"风起云起君生吾息"，笔力倒是不遒劲，字面看去也是平庸随意，但多读几次，总觉着有些绵里藏针的气味。

敖炽打量着两只貔貅，撇嘴道："这里又不是银行又不是开门做生意的地方，立两个貔貅也是多余。"

我笑笑："有进无出。"

"嗯？"敖炽看我。

"我猜这两只貔貅不是为了招财，而是给所有进去的人提个醒，没有真本事勿入知秋馆，否则落个有进无出的下场就不好了。"我边说边抬脚往台阶上去，打算从门缝里偷看几眼，然而，却突然停在了第八级台阶上——奇异的气流波动将我迈出去的脚"推"了下来。

我也没有强行继续，转头走了下来。

"你干吗？不是要去偷看吗？"敖炽奇怪地问。

"这宅子不让我进去呀。"我耸耸肩，"有结界阻隔。恐怕只有拿到那张云头白笺的人能进去。"

敖炽不信，自己也去试了试，发现果然迈不到第九级台阶。

知秋馆所在之处颇僻静，但也不是荒无人烟，一对貌似夫妇的中年人说笑着走过，见了门口的我们，热心的大叔冲我们道："你们干啥呢？也是来参加三府会考的考生么？榜文没看吗？昨天就是入知秋馆的最后期限，过时不候啊，错过就只能等下次啦。"

榜文？

肯定又是天衣侯搞的，反正他做任何事都不需要知会我，既然这样他怎么不当国主，

青童

239

切！我这么想着，转头笑嘻嘻跟大叔道："我们就是听说快考试了，所以专门来看看热闹。不是说全国各地的高人都往这儿来了嘛。"

"那是啊，我还是小孩子的时候就听我爹说过三府会考不得了，能在这里胜出的，都是栋梁之才，咱们普通百姓只能仰望呀。"大叔啧啧道，把烟杆往鞋底磕了磕，"可惜中断了好多年，要是赶上我年轻的时候，我也来！"

旁边的妇人瞪他一眼："酒还没醒吧？你有啥本事？就你，连知秋馆的门都进不了。"

"我养猪的本事一流。"大叔嘿嘿一笑，"不然你咋能长这么好。"

妇人掐了他一把，扭头对我们道："别瞅了，知秋馆只有被认可的考生才能进去。"

说着，她又左右瞅瞅，见四下无人方才压低声音对我道："这宅子邪性得很，没事别跟这儿瞎转悠。"

我装作特别诧异的样子："邪性？不会吧……我看这宅子挺好啊。"

"大家都知道这是给考生准备的住地。"妇人又道，"可也只在会考之期才有人，平日里这么大个宅子都空着，这都空了多少年了。我还以为我有生之年都看不到什么三府会考了呢。"

"可这跟邪性有啥关系啊？"

"你也是年轻。"妇人煞有介事道，"山深必有精怪，屋空自来鬼魅，听说这宅子已有千年的岁数，也只有那些艺高人胆大的才敢往里去。莫说我没这本事当考生，就算有，我也是万万不敢进去的。既然你们不是考生，劝你们也莫在此围观了。咱们老百姓，只要安安分分等着考试结束后的庆典就成，听老人们说，每次会考结束后全国上下都会大庆三天，热闹得很呐！"

"好了好了，啰唆，走走走。"见她说得眉飞色舞，大叔赶紧把她拖走了。

我走回台阶前，仰头看着"知秋馆"三个字，住到里头的人，究竟有多"艺高人胆大"呢？以我的见识与能力，又能不能应付呢？而且我还肩负着跟聂巧人里应外合找出那本"国书"的秘密任务……

奇了怪了，明明那么讨厌这场考试，现在居然有点期待了。

敖炽却对妇人的描述很不屑，连声说人家是无知妇孺，然后又不甘心地绕到围墙下，见左右无人，把西瓜一扔，一跃而起。

那围墙不过两三米高，敖炽要通过本该易如反掌，但，他离地不过一米时便被"拍"了下来，落地姿势又不好，吧唧一声趴在了地上。

"都说了这宅子有结界。"我无奈地看着他。

他一骨碌爬起来，恼怒地把脑袋伸我面前，指着某处道："快给我看看起包了没有！

你大爷的拍得我还真疼。"

"你的脑袋不用拍也全是包好吗。"我检查一番，倒是没事，只不过能一下子就把敖炽拍地上，这结界也是有个性。

敖炽抬头，边揉着脑袋边骂："我看能住在这种变态房子里的人，也只能是变态。你可得留点神。"

"刚刚看到什么了吗？"我望着围墙，"好歹你也跳了有一米高。"

"就那一下子能看到啥？"敖炽走近围墙，但也不敢完全贴上去，竖起耳朵听，"不过好像能听到一点声音，你来听听。"

我凑上去，屏息静气听了半天，一阵轻微但有节奏的"当当"声从围墙里头传出来，听起来倒像是打铁的动静。

"好像……在打铁？"我说。

"也可能是有人在拿刀互砍！"敖炽的脑洞永远不会小，"我跟你说啊，考试这种事本身也是一种竞争，少不了你死我活的场面。你刚刚不也说这里'有进无出'么。"

"你砍人会砍得这么有节奏感吗！"

"那你又会在这么一个充满神秘感的宅子里打铁吗！"

正在我们互呛时，紧闭的知秋馆大门突然传来开门的动静。我跟敖炽赶紧躲到最近的一棵大树后头。

伴着吱呀的开门声，一个花里胡哨的人迈过门槛走了出来。不就是那天在市集上遇到的骑驴老头？就算不记得他的脸，我也记得他那一身可以挑战敖炽花衬衫的大花褂子。

他一出来，大门便自动关上了。

这把岁数居然还来当考生，这小身板风一吹就倒了吧。

我跟敖炽目不转睛地窥看这个家伙，既然能进知秋馆，照聂巧人所说，那这老头必须是经过天衣侯首肯的，也就是说，他起码在表面上是有本事的。

他一手握着烟杆吧嗒吧嗒地抽着，另一手背在身后，整个背脊已略有佝偻，加上那一身大红大绿的褂子，活像一只被炸坏了的老虾。

他慢吞吞地下了石阶，停下来上下左右地瞅了半天，也不知在看什么，反正就是不走，最后干脆坐在石阶上，不慌不忙地抽烟。

我跟敖炽都不知道他到底想干吗，难道只是出来透透气？

就在我站得脚发酸时，一个七八岁的孩童从另一头蹦蹦跳跳地过来，手里还拿着一串糖葫芦。

老头懒懒的表情突然有了变化，站起身，笑眯眯地朝孩童喊道："小朋友！"

梳着瓦片头的小男孩站住，左右看看，问他："老爷爷你喊我吗？"

"是啊是啊。"老头朝他走过去，"小朋友你跑这么快去哪里呀？"

"回家。"小男孩舔了舔糖葫芦。

老头笑看着他的糖葫芦，又问："跑出来就为买糖葫芦？"

"嗯。"小男孩点头，"可好吃呢，我天天都要吃的。"

老头哈哈一笑："这个可不能多吃，牙会坏的。"说罢，他看了看前方，又道，"小朋友，你可知众乐场如何去啊？就是那个有各种好吃好玩的，还有人唱大戏玩杂耍的地方。"

小男孩立刻点头，给他指了个方向："知道知道，沿着这条路直走，看到一间茶铺时左转，再直走下去就到啦。"

说着他上下打量了老头一番，又道："不过路程还蛮远的，老爷爷你这么老了能走得动吗？前头有雇马车的地方。"

"好孩子，真是懂事。"老头赞赏地摸摸他的头，"要是爷爷拜托你背我过去，你愿意吗？"

小男孩想了半天，说："可是我连我家的大狗都抱不动啊，如何背你呀？"

"如果爷爷让你马上变成一个特别有力气的家伙呢？"老头的嘴角露出诡秘的笑。

不等男孩回应，老头的烟杆出其不意地敲在他的脑门上。

一个活生生的孩童在我们眼前消失了，地上只见一只昂昂叫的小黑驴，驴头上飘着一块瓦片似的毛，只吃了一块的糖葫芦躺在驴腿下。

老头拍拍小驴的脑袋，心满意足地跳上驴背，一拍驴屁股："走吧，有你驮着爷爷，咱们就能好好出去转转啦。"

小毛驴居然也听话，甩着尾巴，嘚嘚嘚地朝他指定的方向走去。

我跟敖炽的嘴半天都没合上……老头每次出门，都是用这种方式寻找交通工具？

"他只拿烟杆敲了一下孩子的头，就把他变成了驴？"我看着敖炽，"我没漏掉什么吧？"

敖炽都懒得回答我，拉起我就朝他们消失的方向追去。

所以，这就是三府会考的考生的实力？

我要应付的，不止是一个可以随便把孩子骗过来变成一头驴的怪爷爷，还有一群即将跟他同场竞技的人物？

这个……我能完好无损地回来吧？！

五 🎀

众乐场我跟敖炽也去过，此地也确是应了它的名字，独乐乐不如众乐乐。

由白色围栏划出来的庞大场地，可说是整个东坊娱乐业最集中的地方，很像外面世界的游乐场，除了没有现代化设施。

来自各地的手艺人都在里头占了一席之地，使出各自的看家本领吸引来客，唱戏的杂耍的变戏法的更是此起彼伏。

当然其中也不乏卖假药的开赌档骗钱的，甚至还有一家名为"惜花小筑"的酒馆。说是酒馆，里头全是花枝招展的姑娘，内里勾当，心照不宣，总之是形形色色鱼龙混杂。

我们也曾带两个小鬼来过，未知最喜欢里头卖的拔丝栗子糕，浆糊则最爱围观各种功夫表演。不过我始终认为此地太过复杂，常有小孩子走失被拐之类的事，加上我自己本来也不太喜欢过于吵闹的地方，也就渐渐不往这里来了。

想来那怪老头也是人老心不老，连路都走不动还想沾染这份热闹。

我跟敖炽一路跟着他，还没到众乐场，便有各种丝竹之乐混着喧天锣鼓铺天而来。任何时候，众乐场都跟安静无缘。

入口处，老头跳下来，找了根绳子把小驴拴在门口的马桩上，又给了负责为客人看守坐骑的小厮几个钱，然后笑眯眯地摸摸驴头说："一会儿你还得送我回去，乖乖等着。"

见他离开，我跟敖炽才快步走到小驴旁边，这小东西倒也安稳，完全没有想逃跑的意思。

"别打草惊蛇，先让它在这儿吧，看起来还算健康，死不了。"敖炽的目光追上正随着人流往里走的老头，拽着我离开。

此刻已是中午，来众乐场觅食的游客达到了顶峰，场内各处食肆都人满为患，一路上还不断有人来拉我跟敖炽去吃饭，在如此混乱的状况下敖炽还能不丢失目标，也算他一个小本事了。

老头中途没有任何停留，专注朝一个方向走去。

"再往前可就是那个'惜花小筑'了。"敖炽忽然说，啧啧道，"这老家伙还真是人老心不老呢。"

可是，老头却在快到惜花小筑时停了下来，钻进了右手边一个大约四五十平方的简陋帐篷里。

我跟敖炽加快脚步跟过去，印象中，惜花小筑前并没有这样一顶大帐篷，也许是新来的杂耍班子？

帐篷门口立了一块木牌，上头歪歪扭扭写着——有怨报怨，有仇报仇。恭候诸君，大驾光临。

从没见过这么骨格清奇的招牌，既不是店名，也不说经营内容，头两句话更是吓死个人。

就在我跟敖炽还在纠结牌子上的话是什么意思时，身后来了两个年轻男子，其中的矮个子精神萎靡，耷拉着脸，好像全世界都欠了他一碗饭，高个子则不断跟他说："你且信我，我包你去了之后，所有怨气一消而尽。你只管下手往死里打便是，有多大的委屈就下多重的手！"

敖炽拦住他们，问："你们去这里头？"

高个子把敖炽上下打量了一番，大概是觉得穿这种奇怪的花衣裳的男人肯定不太好惹，有些胆怯地点点头。

"这里头卖啥的？"敖炽指着帐篷入口。

"不不……不卖啥。"高个子摇头，结巴道，"有个人在里头……可以随便打，打完了给钱就是……"

"打人？"我愣住，"还随便打？"

天下还有这种奇葩的生意？

"真的。"高个子用力点头，"但要给钱！"

我跟敖炽毫不犹豫地钻进了帐篷。

全是人！

不大的空间里简直围了个水泄不通，幸而有敖炽开路我才能顺利挤到前排。

刚刚站定，我便在我的斜对面发现了怪老头，他也挤到了第一排，目不转睛地盯着场地中央。

一个五十来岁的中年男人，胖得像个汤圆，袖子撸得老高，正把另一个身穿黑衣的小个子摁在地上，拳头雨点似的落到对方身上，边打还边骂"你也有今天！""我看你以后还敢不敢骂我！"之类的话。小个子蜷着身子，双手护住头，一动不动。

看客们有的在欢呼加油，有的表情漠然，有的双眉紧锁，面对这样野蛮且不正常的场面，每个人都在脸上摆出了自己的看法，但是，没有人阻止。

我想跳出去，敖炽拦住了我，他低声道："你忘了小音吗？我们当初就是出手太快才让他得了算计我们的机会。既然这里开门做生意，就该估算到风险，我们看看再说。"

很快，中年男人没了力气，满头大汗坐到地上，揉着发疼的双手。

小个子动了动，缓慢地舒展开身体，费力地站了起来。

我应该没眼花，小个子居然是个年纪轻轻的姑娘，黑发编成了一条大辫子，斜垂在身前，但是没什么光泽，还透着一些黄气。鱼门国没有染发这门技术，有这样的发色只能说明这个人的身体并不够好，起码营养不良。

　　"一两银子，谢谢。"她朝中年男人伸出一只手。还真是个姑娘，说话都细声细气，看年纪不会超过二十岁。

　　"咱们不是说好的半两银子么？"中年男人气喘吁吁地站起来，没有掏钱的意思，反而还一脸上了当的不满。

　　"我们约定的是一两银子。"姑娘的脸上看不到一滴汗，也没有明显的外伤，除了脸色过于苍白之外，看起来还不算太狼狈。

　　男人有些恼羞成怒，喊道："你这是讹钱！无凭无据，我们明明说的是半两！"说罢，他摸了一小块碎银子扔到地上扬长而去，"爱要不要！"

　　姑娘没有骂也没有追，俯身拾起银子，又朝围观者们鞠了一躬："接下来给大家表演一段拳脚，还希望大家捧个场！"

　　然后她就像什么都没发生过一样，专注地耍起功夫来，虽然她的拳脚功夫看起来并不够娴熟，好几次差点把自己摔了。

　　人群中传出失望的嘘声，有人在说"不挨打有啥好看的"，她的一套功夫还没耍完，观众已然散去大半。但她不为所动，依然很投入地表演。

　　老头没走，还是站在那儿，全程保持着同样的表情跟姿态。

　　表演完毕，姑娘脸不红气不喘，转身去角落里捧了一个光可鉴人的黄铜圆盘出来，像所有的江湖卖艺人那样沿着围观者走了一圈。

　　大多数人都选择了回避离开，有的即便打赏也只是几枚铜钱，只有老头跟一位年轻的白衫公子往里投了几块银子。

　　不论钱多钱少，姑娘对每个人都是相同的感激的样子。

　　到了我这儿，我在给她银子的同时，忍不住问她："姑娘，你不疼吗？"

　　她微愕，旋即笑着摇摇头。

　　我在近距离里仔细观察她的脸，嘴角那里还是有一小块瘀青的，被人那样打，没有伤是不可能的，既然有伤，又怎么可能不疼。

　　到底是什么原因，才会让这样一个小姑娘用这种简直是自杀的方法来赚钱……

　　她很快离开了我，朝剩下的几个人走去。

　　那边，老头一言不发地朝帐篷出口走去，脸上还是那种悠悠闲闲的神情。

　　我低声对敖炽道："你跟着老头。别让那孩子出事。"

"你呢？"敖炽不解。

我看着那个还在跟人鞠躬的姑娘，说："我跟这姑娘聊聊，她太让我不能理解了。"

"这世上你不能理解的事情多了！"敖炽眼看着老头走出了帐篷，只好叮嘱，"反正你只能跟她聊天，聊完就回家！"

我点头："你也别瞎胡来，老头子不是省油的灯。"

"我有分寸。"敖炽不动声色地跟了出去。

一圈打赏讨下来之后，姑娘的铜盘里只有零零落落的收入，她走到一旁，小心地把里头的钱收到一个钱袋里，只留了一块在手里。

现场观众只剩下我跟那白衫公子。

"多谢了，幸公子。"她走到白衫公子身边，把他给她的银子放回他手里，"你这么帮我，我都不知该如何答谢你。"

公子一缩手，银子掉在地上："别说笑了，除了在这里带头给钱，我根本做不了什么。"

"可我不能每次都拿你的钱。"她把银子捡起来，"没有谁赚钱是容易的，无功不受禄。"

"你打了功夫给我看呀！"公子连忙道。

她噗嗤笑出来："你什么都看不到呀。"说完又马上觉得自己失言，连声道歉。

"傻丫头，我本来就是瞎子，你说不说出来有什么打紧。"公子不以为然，"你下午没有客人了吧？"

"没有了。总是看热闹的多，花钱的少。"她摇头轻笑，"我收拾好就回去了。明早再来。"

"那……明天见。"

咦？认识的？传说中的"托"？

当白衫公子挂着一根竹杖从我身边走过时，原本不快不慢的脚步突然加快了一些，用一个盲人不该有的速度走出了帐篷。

瞎子还走那么快……我心里嘀咕。

姑娘发现我还在，边收拾边说："请回吧，下午没有表演了。明天请早。"说着又抬头冲我笑，"如果你心里有什么怨气一时又找不到发泄的地方，不如试试让我帮你。"

"打你一顿么？"我也笑，"我再愤怒也不会把怨气发泄在无辜者身上。"

"都像你这样，我就没法子赚钱了。"她把那铜盘捧在手上，用袖口小心地擦干净。

"赚钱有太多方法，为什么一定要用如此危险甚至不可理喻的方式？"我看着她那张并不难看的脸，"你是个人，不是木头，更不是沙包。"

"这位姐姐，我真的不疼，也不难受。"她一面头也不抬地擦着铜盘一面道，"我就想靠自己踏踏实实地赚钱。"

"我可以给你介绍别的工作。"我认真道，"可以去客栈里帮忙，也可以去成衣铺帮掌柜卖衣裳，哪怕你在街头摆个卖烧饼的小摊也比做这个安全，赚来的钱也未必比现在少。"

她又笑："可是我不会做烧饼。"

"我只是打个比方……"

"姐姐，我知道你好心。"她抱着铜盘走到我面前，擦得真干净，把我的影子照得清清楚楚，"可我并不需要你的帮助。"

大概我已经太习惯被求助，姑娘如此直接的拒绝倒是挺让我意外，不过能把自己当沙包卖的人，也难怪会执拗成这样。

良言不劝该死鬼，我也只好收起那份恻隐之心："好吧，祝你好运。"

"谢谢。"她又给我鞠躬。

我正要离开，忽然又回头："姑娘，你叫什么？"

她微微一笑："青童。"

六

顶着快起火的大太阳回到不停，敖炽还没有回来，胖三斤坐在院子里哼着歌择菜。

"这么晚才回来呀？给您留了午饭。"胖三斤站起来擦擦手，"我还熬了消暑的绿豆汤。"

我还没说话，房间里便传出未知欢喜的笑声，要知道这丫头因为小猫的事，可是一连好几天都愁云惨雾的。

"发生什么了吗？"我问胖三斤。

胖三斤一笑："还不是因为猫。"

"猫？"我一愣，扭头看向花丛里，木牌还在。

"不是那个猫。"胖三斤解释道，"今早你们出门之后没多久，一只小猫不知从哪里溜到了咱家，这颜色模样大小又跟之前死掉的那只一模一样，未知见了，自然是高兴得不得了，之前的伤心难过是再也没有了。"

"自己找上门的猫？"

"嗯。"胖三斤点头，"怕是之前那只的兄弟姐妹？都说猫也算个灵物，说不定有些什么感应，知道咱家小未知难过，所以才找上门来安慰她。"

"你想太多了吧。"我是个妖怪我都不相信一只寻常的幼猫能有这种觉悟。

走进房间，未知一见我就兴奋地跑过来："妈妈你看你看，跟好好一模一样的猫猫！三斤叔叔给它钉了一个小床！"

我走过去一看，桌子上的木盒子里铺着未知的衣裳，一只黑身白爪的幼猫正蜷在里头呼呼大睡，除了它没有任何伤痕看起来很健康之外，确实跟那只抢救无效的猫咪一模一样。

"妈妈，"未知拉住我的手，"我们可以收养它的吧？"

虽然这只猫咪来得有点奇怪，但我没办法拒绝未知。

养不养一只猫真的只是件小事，但是大人眼中的"不值一提"，有时候会是一个孩子的全部世界。

"那么，你以后就要勤快起来，照顾它的责任就交给你了。"我摸摸她的脸。

"你答应啦！"未知高兴得跳起来。

"猫粑粑好臭的。"浆糊从门外走进来。

"你的粑粑也不是香的。"未知冲他吐舌头。

浆糊哼了一声，把一碟蒸得很软的鱼肉放到桌上："三斤叔叔做的，说小猫能吃这个。"

未知顿时笑出来，跳过去挽住浆糊的胳膊："我就知道你其实也很喜欢好好。"

"我不是喜欢它，只是有它陪你，你就不用老是烦我了。"浆糊一本正经道。

"说谎话！"未知腻在哥哥身上挠他痒痒，浆糊就是硬绷着不笑。

兄妹俩难得有这么和谐的时候，既然一只小猫就能让他们高兴，那就养下吧。

整个下午，兄妹俩都忙着跟猫咪玩耍。

但是，直到天黑，敖炽还没回来。

我到门口张望了几回，还是不见他的影子。虽然老头看起来有两把刷子，但真要硬拼起来，敖炽不可能收拾不了他。

正当我心有不安，出门打算再去一趟知秋馆时，巷子那头匆匆走来了熟悉的身影。

我快步迎上去，斥责道："这么晚才回来？又跑哪里鬼混去了！"

敖炽居然没有用一贯的吊儿郎当的语气反驳我，反而眉头深锁，一副思考人生但又怎么都想不透的难受样子。

我奇怪地盯着他："咋满脸都是大写的'我吃错药了'？让你跟踪的人呢，那男孩怎样了？"

一直走到不停门口，敖炽才站定："他放了那个孩子。"

"哦？"我有些惊讶，"真放了？没有别的附加伤害？"

"真放了。"敖炽点头，"我一路跟着他回到知秋馆门口，他又拿烟杆敲了敲驴子的脑袋，那孩子便安然无恙地回来了，样子也是清醒的，他还变戏法似的给了孩子一串糖葫芦，让他快回家去。他进了知秋馆之后，我追上那孩子，问他知不知道今天发生了什么，身体有没有什么不舒服，孩子说自己挺好的，还说爷爷说他白天突然就睡着了，好像确实是，而且他还做了个梦，梦里他变成了一头小毛驴，驮着爷爷到处走。"

我皱眉："老头的目的真的只是给自己找个临时交通工具？"

"目前看来的确如此。"敖炽道，"我仔细看了那个孩子，确实没有受到伤害的迹象，活蹦乱跳的。"

"也好，孩子没事就行。不然父母多伤心。"虽然满心疑惑，但我始终是松了口气，又看着敖炽，"既然事情也算圆满解决，你为啥还这副表情？"

按照敖炽的性子，他回来必然会喋喋不休绘声绘色地跟我夸奖他出色的跟踪技巧，但这次他脸上完全看不到相关的表情，甚至我能感觉到他整个人都是紧绷的。

"到底怎么了？"我追问道，"你在跟踪他的时候还发生别的事了？"

"这老头是个疯子。"敖炽吸了口气，"他从众乐场出去之后，我跟着他到了一处民宅，宅子里只有一个老太婆和他的孙子，还有一只狗。他翻墙进去，二话不说就朝那狗头上劈了一掌，那狗当场毙命，然后他没事人一样大摇大摆地走了。老太婆跟小孩都惊呆了。"

"闯到别人家里把人家的狗杀了？"我愕然。

"对。"敖炽继续道，"之后他继续在市集里瞎逛，一会儿去面馆里吃东西，一会儿去赌坊里晃悠，什么都没做，直到傍晚，他才骑着驴进了一条小巷。我看着他拐进了一间客栈，正要跟进去时，这老东西已经出来了，只是手里多了个鼓鼓囊囊的布袋子。我寻思他多半是偷了客栈住客的财物，就一路跟了上去。老东西径直往人少的地方去了，一直走到无人的河边才终于停下，鬼鬼祟祟地把布袋子埋到了一棵树下，然后便驴不停蹄地回了知秋馆，中途再没有去任何地方。"

我听得糊涂："就这些？那也不至于让你出现这么深邃的表情啊。"

"我回来晚了，是因为我从知秋馆又返回到河边那棵树下。"敖炽说，"我肯定要知道老家伙在那里埋了什么呀。"

"埋了什么？珠宝还是金子？"我试图让他轻松一点。

敖炽摇摇头，脸色越发不好看："一个女婴。应该只有三四个月。救不活了。"

我的表情，终于跟敖炽统一了。

"老头子去客栈里抢了别人的孩子，还把孩子给活埋了？"我实在不能接受这种设定，那么小的孩子，怎么下得去手？

敖炽沉默半晌，缓缓道："如果我没有继续跟踪他，而是在他离开后就把布袋挖出来的话，也许孩子能活。"

我这才明白，敖炽的反常不是因为一只狗以及一个孩子的死去，毕竟生死之事他经历过太多，他只是觉得自己有机会救活那个孩子但是错过了，所以一时间无法消减心头的懊悔。

我知道这个男人内心的最深处，跟他的外表从来不一致。

"咱们俩的字典里没有'也许'跟'早知道'，这不是你的错。"我握住他的手，"这件事太蹊跷了。你还记得那间客栈的名字跟位置吗？我们马上去。丢了孩子是大事，父母一定急死了，虽然结果很难让人接受，但这事既然被我们遇到，再难受也要尽快给他们个交代，顺便打听一下他们跟老头子有什么仇什么怨。"

敖炽表示同意，回想了一下："好像是……云来客栈。"

话音未落，不停里突然传出未知的尖叫。

我跟敖炽心头骤紧，飞快冲了进去。

真是不省心的一天！！

我紧紧捂住自己的嘴，心跳跟呼吸瞬间弃我而去，眼中除了那张再熟悉不过的脸孔，四周一切都化成了混沌的乱流——子淼，静静地躺在里头。

◉ 楔子 ◉

已死的东西，不可能再回来。

一 ❧

从来没有谁敢在我的不停里如此放肆，这只猫做到了。

椅子翻了，茶杯倒了，果盘里的水果滚得到处都是，犯罪嫌疑猫此刻正蹲在房内最高的装饰柜上，本该摆在柜子里的我特别喜欢的一个花瓶，正四分五裂地睡在地上。

浆糊挡在未知前头，我挡在浆糊前头，敖炽挡在我前头，武力值为零的胖三斤不知从哪里抓来一个锅盖，煞有介事地挡在自己前头，五双眼睛的焦点都在那只猫身上。

浆糊的右手背上多了三道抓痕，不轻，见了血，刚刚未知的尖叫也是因此而来。

我们一冲进去便看到浆糊抓起脚边的小凳子往那只猫身上砸，未知惊魂未定站在他身后，而凶手则仗着自己天生的敏捷躲开浆糊的攻击，一跃上了柜顶，原本黑亮温顺的猫眼中刺出了不怀好意的凶光，它居高临下地看着我们，时不时舔着自己的爪子，喉咙里发出低沉的呜呜声。

受到了惊吓下的未知看见我们的第一句话是："好好变坏了！！"

浆糊的描述是，他们正在看好好睡觉，谁知这只猫突然跳起来，目露凶光，疯了似的一爪就朝离它最近的未知脸上抓去，被他给挡住了。

我就说这只猫来得蹊跷。

敖炽皱眉："要死的还是要活的？"

我看了看惊慌得要哭出来的未知，以及浆糊手上的伤，说："能活捉就活捉，不能就算了。此物邪性，你留神。"

"一只猫罢了。"

敖炽盯着它，顺手从桌上抓起胖三斤刚留在那儿的抹桌帕，一跃而起，以帕为鞭，狠狠朝那小东西抽过去。

猫顿时拱起身子，嘴里发出嘶嘶的声音，眼中红光犀利得像两把刀。

啪！柜顶被抹桌帕击出了一道裂纹，猫却在那电光火石的刹那间避开了，但它不是逃，而是反攻，尖利的指甲全部从肉垫里刺了出来，在扑向敖炽的瞬间对准了他的眼睛，毫不留情地抓过去。

一人一猫在半空中上演了你死我活的画面，也亏得敖炽有多年打架斗殴的经验，及时避开了凶残的猫爪，但是耳边的鬓发还是被抓断了几根。

敖炽落地，面色严峻，迅速从脚下挑起一块花瓶的碎片接在手里，回身击出，只见瓷片快成一道白线，精准击中了已经朝我这边扑来的疯猫，一击中头。

猫跌在地上，瓷片深深嵌进它的头骨，它抽搐几下便不再动弹了。

室内一片死寂，好几秒后，未知才"哇"的一声哭出来，跑到浆糊面前，想抓他的手又不敢，一个劲儿问他疼不疼，而浆糊只是嫌弃地看着她，让她赶紧把鼻涕擦掉看着好恶心……

可是，一定很疼啊！

胖三斤取来药箱，我负责给浆糊上药包扎，敖炽负责处理猫尸。

还好，只是外伤，看起来也不像有中毒的迹象，我问浆糊有没有别的不舒服的地方，他摇头说："这么小的伤，能把我怎样。你们别操心我了，看看那只猫吧。"

越来越像个小男子汉了……

"死透了。"敖炽踢了踢猫尸，"没有异常，有血有肉的一只猫。"

我上前，蹲下来摸了摸尚有余温的猫尸，确实没有异常，也没有妖气，一切的狂暴与邪性都随着它的死去而终止。

未知抽抽噎噎地跟所有人道歉："是我不好……是我要养它……差点害死浆糊……呜呜呜。"

看来这丫头真是被吓到了，不由分说抱住浆糊，声泪俱下："浆糊，以后好吃的都给你，我不跟你抢。以后你要是有危险，我不要性命也会救你的，像你救我这样！"

我跟敖炽哭笑不得，也难怪小丫头反应这么大，他们长到现在，被打屁股拧耳朵虽然是常事，但从未受过见血的伤。

魇镜

253

"你有病呀，我是男人诶，哪能让女人救我！"浆糊皱着眉，用左手笨拙地擦掉她的眼泪，"就知道哭，哭能当饭吃啊！"

"你真的不疼啊？"

"烦不烦啊！"

我上去摸摸未知的脑袋："你哥哥没事。你也不要再责怪自己，连妈妈都没看出这只猫有问题，何况你。"

未知这才稍微好了些，后怕又不解地看着地上的猫尸，小声问我："它是讨厌我们吗？不然为什么要这样对我们？"

"大概它生病了吧。"我也不知如何跟她解释。

"好了好了，没事了。"胖三斤收好药箱，松了口气道，"你们都休息去吧，我来收拾。"

我叫住他，问："这只猫真是自己跑来的？"

胖三斤点点头："是呀，一大早就在咱们院子里溜达着。"

我点点头，牵起浆糊跟未知的手道："今天这件事到此为止，猫咪为什么变成这样，爸爸妈妈会查清楚。回房睡觉吧。"从敖炽身边走过时，我对他道："再把这只猫检查一下，仔仔细细地。"

"还要怎么仔细？"敖炽打量着猫尸，"要真有什么，我早该看出来了。就是一只失去理智的猫而已。"

我瞪他一眼："再看看！"

把两个小鬼带回房，看着他们爬上床躺好，又把房间四周检查了一遍之后，我亲了亲他们的额头，又将油灯的灯芯拨暗，守着他们睡着，这才安心朝房门口走去。

可是刚走过衣柜，便听到里头传来嘭一声响，柜门被撞开了一半，信龙弟弟应声滚了出来，吧唧一下摔到地上。

我压低声音怒道："你们两个搞什么鬼！没看到两个小鬼刚刚睡着吗？"

两只信龙喜欢睡在衣柜里，有时睡在我的衣柜里，有时睡在两个小鬼的衣柜里，自打敖炽回到我身边之后，这两个家伙的存在感几乎为零了，除了每天在不停里头游荡睡觉吹牛之外，无事可干，我跟养了两只米虫没两样。

信龙哥哥从衣柜里探出头来，小声说："我们俩闹着玩儿呢。"

"闹着玩？"我把信龙弟弟从地上拎起来，看着它脖子上的一道明显被抽出来的红印，"你们俩没事打耳光玩吗？"

一贯话痨的信龙弟弟居然没吱声，在我手里一副垂头丧气的样子。

"真是闹着玩儿，这不是天热睡不着么，刚刚你们又那么吵闹……"信龙哥哥敷衍道。

我把信龙弟弟扔回衣柜里，想了想，问："刚刚发生恁大的事，你俩居然没来围观？"

"我俩需要围观吗？我们可是信龙，一双耳朵征服世界。"信龙哥哥摇晃着尾巴，"那只猫太凶了，我们才不要跟它面对面呢，又打不过它。"

我眼睛一亮，一把将信龙哥哥抓起来："差点忘了你们的本事，快说，你们从那只猫身上听到什么异常了？你们不是能靠声音分辨一切妖魔鬼怪的信龙么？！"

信龙哥哥从我手里挣脱出来，跳到我肩膀上，振振有词道："我跟我弟弟的耳朵确实能听到许多你们听不到的声音，但我们也仅仅是听到而已，我们只能告诉你我们听到了什么，并不能解释那声音因何而起，代表了什么。"

我白了它一眼："你弟弟当初可不是这么说的，它说它能靠声音分妖魔辨生死，连亡者的声音都逃不过它的耳朵。"

"生活总还是需要一些夸张的……你体谅一下这个年轻龙吧。"

它抬起爪子抓了抓脑袋："通常情况下，我们确实能分辨发出声音的是死物还是活物，但如果遇到段位特别高的非人类，又或者人类中真正的高手，我们的耳朵也会受到阻碍的。"说着他看向我，继续道，"比如你跟敖炽，我们便只能在近距离内听到你们说出口的那些话，除此之外，我们无法从你们身上听到任何别的'声音'，毕竟你们一个是千年妖怪，一个是龙王后裔，修为比我们高太多。而且去听那些非常态化下的声音，是十分损耗精力的，会头晕恶心，比怀孕还难受。"

"反正我是不爱听的，我宁可'关上'耳朵，像个普通生物那样去听身边正常的声音，不要让自己走路或飞行时撞墙上就够了。我的生活态度比我弟弟踏实多了。"

信龙弟弟趴在衣堆上，"切"了一声。

"说得像你怀过孕似的。"我哼了一声，"但那只猫不算高手吧？你们什么都没听出来？"

信龙哥哥跳回衣柜里，说："它没有任何奇怪的声音，就是一只活着的猫。"说着，它又踢了它兄弟一脚，问："我说得对不对？"信龙弟弟闷闷地嗯了一声。

我扫了兄弟俩一眼，点点头："行，睡吧。"

说罢我又走回床前看了看，两个小鬼一贯睡得沉，丝毫没有被我们这边的动静影响到，只是未知偶尔会皱皱眉头，嘴里含含糊糊地说几句梦话，也许她又梦到了那只猫。

我把手轻轻覆在她的额头上，片刻之后，她的眉头舒展开来，呼吸也平稳了许多。

身为他们的亲妈，我会尽我的一切努力守住他们的安稳。

关上房门，我回到敖炽面前，看着他收在盒子里的猫尸，问："如何？"

"没有异常，要不要解剖来看看？"敖炽盯着我。

我伸手摸了摸这具已失去温度的身体，闭上眼，屏息静气地捕捉任何留在它身上的气息。

一无所获。这真的就是一只已经死去的猫。

我睁开眼，说："让胖三斤埋了它吧。"

说罢我走到窗前，看着浓重的夜色，道："你快去那个客栈看看，如果女婴的父母已经报了官，你就把白天那老头干的一切都告诉聂巧人，先把那老东西抓了再说。我留在不停，出了这样的事，咱俩不能都走了。"

"我知道。"敖炽转身就走，出门前又折回来，叮嘱我道："你给我小心一些，如果有什么，打不过就跑！"

"哪有那么严重。谁敢跑到我的不停来大动干戈。"我笑，"怎么觉得你越发胆小起来，像个有被害妄想症的老太婆。"

他瞪我一眼，没有回答，只在出门前停了片刻，然后头也不回地说："因为你跟浆糊未知是我最大的软肋。"

看着他消失在夜色中的身影，胖三斤边扫地边说："他除了脾气暴躁一点，对美的定义奇怪了一点，倒也没有什么缺点。"

"你什么时候跟他这么熟了？"我坐下来给自己倒了杯水喝，"他的缺点堆起来比长城还长。你一定不知道当年我跟他的第一次正面交流，是互相给了对方一记耳光。"

胖三斤捂住嘴直笑，说："您还是嫁他了。"

我笑笑："以后你找老婆，记得找个温柔贤淑的。你这薄如蝉翼的小身板，母老虎吼一声就四分五裂了。"

说着，我突然想到了一个被我忽略了很久的问题，我问他："你在这里蹲了这么些年，就没有看上哪家姑娘？就没有成家立室的打算？"

"我一个人挺好的呀。再说伺候国主大人是大事，我也无暇分心。"胖三斤把碎瓷片小心翼翼地扫起来装好，"我如此忙碌，少不得轻慢了人家姑娘，何必呢。"

我想了想，不太相信，脱口而出："你该不是喜欢男人吧？"

胖三斤被呛得直咳嗽，拍着心口道："老板娘您莫要这么吓我，我无断袖之癖。"

我撇撇嘴，将他上下打量一番："你长得也不丑啊，就是瘦了点，难道就没姑娘看上你？"他哭笑不得道："老板娘，夜深了，您该歇着了。或者我给您煮碗青菜肉丝面吃了再睡？"

不说煮面还好，一说面，我就开始想念赵公子了。不知道他跟纸片儿有没有照看好另一个世界里的不停。

等我回去了，不知道纸片儿会不会又把自己哭得全身湿透，又得拿吹风机吹好久……

见我突然出神不说话，胖三斤举手在我面前晃了晃："老板娘，您吃不吃啊？"

我回过神，摇摇头："不吃。会胖。"

他一笑："那您快去歇着吧。明天我熬些鱼汤，对小浆糊的伤口恢复有好处。"

说罢，他把扫到一起的垃圾收拾好，握着扫把往外走去。

"胖三斤，"我叫住他，"为何你从来不进食？"

他站定，回头一笑："因为我不饿啊。"

"那为何你每次做饭，都会在给我们准备的份额之外再额外留一份起来，你又不吃，也不给别人吃，只放着，坏掉之后就扔掉。"

我放下喝光的杯子："夜深人静没别人，咱们主仆二人也聊一聊呗。"

"一定是浆糊跟未知告诉您的。这两个小家伙经常跑到厨房捣乱。"

他无奈地摇摇头，转过身，望着门外如墨一般的夜色，平静道："我曾允诺过，给一个家伙做一辈子的饭。"

咦，好像被我挖到了什么不得了的事！"谁啊？男的女的啊？"我一下子精神抖擞，"所以你每次留出饭菜，是为了履行这个承诺？"

"是。"胖三斤深吸了口气，"不过这个人已经不在了。但我还活着，所以不想失信。"

认识胖三斤这么些时日，头一回觉得他的背影染上了一点落寞。

这个每天只把心思放在做饭与家务杂事上的、总是笑呵呵的没有脾气的男人，突然像此刻的夜色一样，近在眼前，远在天边。

"歇着吧。"胖三斤回头，又恢复到了我熟悉的模样，笑眯眯地说，"明早我蒸糯米粑，您要吃豆沙馅儿的还是肉馅儿的？"

"都要！"

本来我还有一肚子的问题，突然就没办法再问出口了。

每个人都有自己想守着的故事，要不要说，不强求。

桌上灯火如豆，我盯着它，宁神静气。

今晚不能睡，我得守着不停，等敖炽回来。

二 🌿

"你怎的在这儿睡着了？"

有人轻轻拍我的肩膀，声音由远而近，温柔熟悉的口吻把我从梦里一点点牵扯出来。

睁开眼，四周一片光亮，我坐直身子，揉了揉眼睛，懵懵懂懂地想这么快就天亮了么。

"你就是这样，随便哪个地方就睡着了。不像树，倒像只小猪。"

一身月白衣裳的人站在我面前，笑吟吟地摸了摸我的头："去洗把脸清醒清醒，一会儿九厥要来，你去采些野果吧。"

我抬头，看清了那张迎着晨光的脸，打了个呵欠，脱口而出："我才不要伺候那个讨厌鬼，你让他自己去采果子。子淼，我好困，再睡一会儿行不行？"

他笑着转身离去，说："外头的山花都开了，姹紫嫣红，你不出来看看？"

我扑通一声趴回桌子上，浑浑噩噩道："我要睡觉……"他笑而不语，径直朝最亮的一束光里走去，月白的袍子在风中飞拂，像流动的云，离我越来越远。

"我再睡会儿就去摘果子，总有一天撑死九厥……"我把脸埋在自己的手臂上，喃喃着。

子淼……

九厥……

我的身体突然似有电流窜过，整个人一下清醒过来，猛然睁开眼。四周一片黑暗，天没有亮，我也还坐在桌前，油灯不知几时熄了，只有轻薄的月光在门窗上浸出一片微光。

我赶紧坐直身子，用力拍了拍自己的脸，说了不睡的，还是没挺住。

梦中子淼的脸到现在都还印在脑海中，仿佛他刚刚真的就在我身边，时光倒流，我不是老板娘，只是浮珑山上随他左右的小树妖。我轻轻吁了口气，梦境确实是世上最无道理可言的东西了，你无法控制只能顺从，许多被遗忘被深藏的片段，只能收留在梦中，突然出现，又突然消失，来去都不由你自己说了算。

短暂的怅然与思维的散乱，很快被回到现实中的理智驱散了，我深呼吸了几下，敖炽还没有回来，胖三斤应该也睡了，整个不停到了一天中它最安静的时候，一切正常，没有异样。

我起身，摸黑往里屋去。两个小鬼睡得很踏实，我把未知踢开的薄被盖回她的肚子上，轻手轻脚地离开。

走过衣柜，我突然停下，把耳朵贴近了一听，里头好安静。我明明记得信龙兄弟是著名的呼噜组合，虽然没有敖炽的呼噜厉害，但很有节奏感，有时跟山东快板似的。

我小心地将衣柜门拉开一小半，里头除了衣服，并没有信龙兄弟的身影。我又在里头摸了一遍，确实没有它们，但最上头的一层衣裳还留着一丝温度。

这就太奇怪了，虽然我从不干涉不停里这些家伙的自由，但这个点儿往外跑就不太合情理了吧。再说，我印象中的信龙兄弟，几乎是大门不出二门不迈的，毕竟两条瞎龙，对逛街应该没有太大兴趣才是。

应该刚离开。我立刻出了房间，直奔不停门外，整条巷子皆无人迹，更没有信龙的踪迹。折返回来，我又在不停里上上下下搜索了一番，也不见它们。

回想起之前信龙弟弟明显被信龙哥哥打了一顿的事实，我心里有了巨大的疑惑。

想了想，我摸去厨房找了个空碗，装了一大半清水，回到院子里，面朝弯月站定，默念出几句咒语之后将盐水往空中一洒，水化弧光，于半空中拢成一面微光流动亦真亦幻的大圆镜，我以食指轻触其上，低喝了声："现！"

这是子淼教过我的水月悬光之术，能看到施术者身周百米范围内发生过的事，不过仅限于一个钟头之前，且出现的场面并不受人为控制，多为杂乱无章的片段。此术比较消耗灵力，又没有太大的实际用处，且还只能在有月光的夜里才有效，故而我很少使用。但现在，或可碰碰运气。

半空中虚化的"镜面"上，隐隐约约出现了不停的院子，接着又跳到在床上翻了个身的浆糊，然后是伏在桌上睡着的我。

灵力从我的指尖源源不断灌入镜面，我清楚感觉到身体在迅速地疲倦，但"镜子"里一直没有我想看到的画面。

我咬牙坚持，手指开始微微颤抖。

突然，镜中的窗口出现两道白光，正是那信龙兄弟鬼鬼祟祟飞过院子，停了在大门前。

落地时突起一团白雾，雾散之后，信龙无踪，只有个白衣公子站在那里，左听右听，确认四周无人后他才伸手开门，而他的身体里，却隐隐有两个声音在交谈——

"你现在去找那家伙又有什么用！"

"我就是要弄明白这是怎么回事！未知浆糊差点被害死！"

"我老早让你不要同她往来！"

"说我？你不也一样不放心她吗！"

"我……"

嘭一声轻微的响动，我造出来的"镜面"在这个画面下四分五裂，碎片化成水滴，无声落地。

我的手臂无力垂下，强撑着走到藤椅前坐下。原本最近身体就不太强健，撇开这法术对我的损耗，真正令我诧异的，是那两条在生活里永远是被忽视对象的信龙。

好歹也相处多日，我知道它能互相传递信息，知道它们能倾听寻常人听不到的声音，但却不知这两个家伙还有化成人形的技能。

不过修为应该是还差了些火候，得集齐双方之力才能化成一个人身。

魔镜

259

但最击中我的，是它们化成的白衣公子我见过啊！！！

白天在众乐场里，给那个青童姑娘当托儿的盲公子不就是这两个小王八蛋吗？！

也怪我大意，当时的注意力根本没放在这个陌生公子身上，难怪白天这厮见了我居然走得那么快，不是心虚是什么？！

现在我的身体有点虚弱，心情也很复杂，靠在藤椅上努力调匀气息。

我最讨厌的，是自己人出问题。我不止一次说过，我不惧外敌，最恨内贼。

这只猫的事，可大可小，因为我跟敖炽都在，所以浆糊未知不会出大事，但若我们不在呢？想想也是后怕。

可我还是不愿用恶意去揣度信龙，哪怕它们对我刻意隐瞒。

凉风乍起，弯月入云，院子里骤然陷入了更深的夜。

我理智地回想着镜中的片段，又想了想白天遇到的一切，所有看似不挨边的事情，好像都隐隐沾染到一个人——青童。众乐场里，变成盲公子的信龙兄弟，有杀人嫌疑的怪老头，他们都是冲着这个以挨打谋生的小姑娘去的。

三

我一夜未眠。

天快亮时，敖炽回来了，进门时肩膀上还扛着一个硕大的塞得满满的麻袋，眉头绞在了一起，熨斗都熨不平的样子。

"如何？"我赶忙迎上去问，又指着那麻袋道，"这是啥？"

"先别管这个。"他把麻袋放到地上，把我扯过来，"你干吗了？脸色怎么这么差？"

"一晚没睡死不了。"我着急道，"怎样了？找到孩子的父母没有？聂巧人知道了吗？"

"压根没有人报官。"敖炽的眉毛绞得更厉害了，"整个客栈里没有任何人承认自己丢了孩子。"

"啊？"我愕然。

"可其中一对年轻夫妇被我问到的时候，眼神躲躲闪闪，尤其是妻子，眼睛又红又肿，明显是哭的呀。然而她丈夫说他们几年前生过一个女儿，但是夭折了，现在不能提孩子，一提他老婆就会哭成泪人。"

敖炽撇撇嘴："这种段位的谎怎么可能骗过我，我假装离开，然后又摸回去，先把那两人弄晕过去，细细翻了他们的行李，其中一个包袱全是婴孩换洗的衣裳与尿布，其中一条红花肚兜跟那女婴身上穿的一模一样！"

我更愕然了，丢了女儿硬说没有丢，为人父母者，但凡心智正常的，干不出这事。

"还有别的发现么？"我问。

"当然。我可是目光如炬心细如尘的敖大爷！"

敖炽脸上露出了得意之色，继续道："我在包袱里找到了一个瓶子，里头装了半瓶极有可能是人血的液体，而那对夫妇的手腕上都缠着纱布，我解开看了，是割伤。"

"你意思是，这对夫妇把自己的血收集在瓶子里？"

"不然呢，哪有那么巧两口子都是手腕受伤，那么巧包袱里又正好有半瓶血？"

敖炽皱眉："但我就是想不明白其中缘由。两口子非妖非鬼非术士，就是街头路人，但行为偏偏如此古怪。丢了孩子死不承认，就算不是亲生爹妈也没必要否认啊，毕竟一条人命。"

我想了想，又问："那两口子现在如何？"

他踢了踢麻袋："这儿呢。"

我一惊："你把他们绑了？"

"事情没弄明白之前，我可没打算放他们走。"

敖炽蹲下来把麻袋口解开，两个身形都十分瘦削的年轻男女露了出来，被绳子扎实地绑在一起，昏迷不醒。

我叹气："如果他们去报官，你在聂巧人那儿又多一条绑架罪。"

敖炽不屑："连女儿丢了都不敢报官的人，你觉得他们敢对我怎样吗？"

"解开吧。"我动手去解他们身上的结，"万一有什么内情呢。"

可我居然解不开敖炽打的结，手指到现在都还不是很有力气。

敖炽看出我的不妥，抓住我的手问："你究竟做了什么？就算一夜没睡，也不至于连绳结都解不开吧。"

我只得坦白："你走之后，我用了水月悬光术。"

他眼睛顿时瞪得比牛还大："那个只能看到一小时前零碎片段的屁用都没有的还要耗费大量灵力的，子淼教给你的破法术？"他所有的重点都在最后半句上。

我白了他一眼："子淼教的是破法术，你教的就是好法术？！"

"难道这不是事实吗！"他十分不满，"你用它做什么？还想再晕一次？！"

我把信龙的事原原本本地跟他说了一遍。

"信龙？"敖炽一脸的难以置信，"那两个活体手机怎么会牵扯进来？在东海的时候，我也从来没见过它会变成人样啊。这两个小王八蛋，居然隐藏得这么深！"

我摇摇头："这些只能问它们了。"

"它们上哪儿去了？"敖炽愤愤道。

"不知道。"我看向大门处，"不过我大概能猜到它去找谁。"

"谁？"

"众乐场里那个靠挨打赚钱的姑娘，青童。"

"她？"

敖炽百思不得其解，旋即又诧异道："那老头也是冲她去的呀！且跟信龙一样给了她不少银子。全场只有他们两个最大方。"

我点点头："这个姑娘没有表面上那么简单。"

敖炽思忖片刻，说："如果我们现在去找她，好像连个质问她的理由都没有。她根本没有在这些事件中出现过。"

"是。"我看向麻袋里的夫妇，"所以还是得先问问这两位。把他们带到房里去吧。"

夫妻俩被我们安置到椅子上坐好，敖炽以指为笔往二人额头上各划了一下，不消片刻，两人眉目松动，渐渐醒转过来。

意料之中的惊恐在他们身上爆发，两个人抖如筛糠，以为自己成了倒霉的肉票，跪在地上一个劲儿说自己无权无钱只是平凡的小老百姓。

"我们不要你们的钱，也不要你们的命。"我看那妇人骨瘦如柴，面色憔悴，也就收了先吓唬吓唬他们的心。说罢上前把她扶起来坐下，继续道："我们请你们来，只想要句实话。"

妇人跟她夫君对望一眼，哆嗦道："我们……我们并不认识你。"

"你们绑我们来究竟想做什么！"男人两腿发软地挪到妻子身边，紧紧扶住她的肩膀，语无伦次道，"我们夫妇都是老实人，从不伤天害理，你们不要害我们！"

"没有谁要害你们。"敖炽不耐烦道，"只要你们说实话，我们就放你们走。"

妇人带着哭腔道："实话？什么实话……"

"你们的女儿。"我直言不讳。

夫妇俩脸色一变。

"为何女儿被人抢走，你们竟不声不响，甚至都不敢承认有这件事？"我盯着妇人的眼睛，"别骗我，我能听出来。"

夫妻俩对望一眼，犹豫着不敢说话。

"我数三声，再不回答的话我就把你们装回麻袋捆上石头沉到水底。"敖炽发了狠话，一把将麻袋踢到他们面前。

妇人的声音颤抖不止，抓住夫君的手道："说吧……"

"可我们答应了青童姑娘不说出去的！"男人脱口而出。

青童姑娘……我跟敖炽对视一眼。

"我夫君亲眼见到有人将你们年幼的女儿，埋在了河边的树下，人命关天，既然我知道了，就不能不报官。"我沉下脸，"你们既然不跟我们讲，那便留着时间同官府讲吧。只怕深牢大狱坐起来，可没有我家里这么舒服。"

妇人一听要报官，慌张地跪下了，连连摆手道："不要报官！不要！那是我们的孩子……"

她顿了顿，紧接着又摇头道："可那又不是我们的孩子。"

"说清楚！"敖炽呵斥。

男人咬了咬牙，说："我们家在南坊，三年前，确实有个不足一岁的女儿，原本一家三口其乐融融，可是一场伤寒要了小女的性命。为人父母，再没有比失去儿女更痛苦的事，之后这几年，我们夫妻没有一天过得好，夜夜梦中都见到女儿在到处寻找我们，我们喊她的名字，她听不到，去抱她，走不动。我娘子总是哭着醒来。

"只可惜我们命途多舛，女儿出生时本就是难产，稳婆好不容易保住了大人和小孩的性命，但我娘子却再无做母亲的机会，就这么一根独苗，到头来还是保不住。"

他停住，擦了擦发红的眼睛，继续道："多年积郁，我娘子的身体越来越差，前不久又患上了心悸心疼的毛病。有人介绍说东坊有个大夫善疗此病，我们这才从南坊赶来寻医。大夫诊了病，说得扎一个月的针，故而我们暂时落脚在云来客栈，想着治好了病就回家。

"大概六七天前，我听闻东坊有一处名为众乐场的地方，热闹好玩，便带着娘子去散散心。在那儿，我们遇见个拿自己当沙包让别人打的姑娘，当时我们觉得太不可思议了，怎能有人拿这种法子赚钱呢。想来，若真有别的法子，谁又愿意以此为生呢。那天，直到她做完最后一笔生意，围观者散尽之后，我娘子才走过去把刚刚从另外一个摊子上买的跌打药塞给她，说了一句'你爹娘要是见你如此艰辛，该有多心疼'。

"这姑娘接了药，笑着说我们是好人，我见她一直在擦那个铜盘，擦得特别干净，把我们的脸都照得一清二楚，可惜之前她拿铜盘要打赏时，却没有一个人解囊，也是心酸。我额外给了她一些钱，说'姑娘，能转行还是转行吧，天天这么卜去，铁打的身子也扛不住'。她只是笑，说不妨事。我们也不好再说什么，便离开了。"

他顿了顿，眉头深深锁起来："本以为我们与她只这一面之缘，谁知翌日深夜，这姑娘竟寻到我们的住处，还……还给我们带来了一个女婴。"

说到这里，夫妇二人的神情骤然复杂起来，一种交织着希望与绝望，欣喜与悲伤的矛盾浮现在他们接下来说出的每句话里。

"我们被吓住了。"妇人眼里闪着泪光，"她抱来的，分明是离开我们三年的女儿，那双圆眼睛，那张红苹果一样的脸蛋，连哇哇的哭声都一模一样。她把孩子放到床上，回头笑着跟我们说，梦境里最清晰的那个人，一定是你们的挚爱。我们都呆了，我好不容易回过神来问她是怎么回事，她说没什么，就是想我们高兴，所以特意来把这个孩子还给我们。"

"'还'给你们？"

我承认我也被惊到了，一个天天挨揍的姑娘，凭什么把一个已经死去三年的孩子"还"给她的父母，而且她跟这对父母不过一面之缘。

男人点点头："她确实这样讲的，一字不差。我初以为这孩子是她偷来的，可那眉眼那模样，真的同我们的女儿毫无二致。我问她这孩子哪里来的，她却笑言是从我们的梦中来的，让我们放心养着。我们哪里肯信，可一看到孩子的脸，我们又再无力量拒绝，这分明就是我们失去的女儿啊！离开时，我们问她名字，她说她叫青童，还叮嘱我们，不要将这件事告诉别人。"

"你们手上的伤是怎么回事？"敖炽朝他们的手腕努努嘴。

夫妇俩陷入了沉默，半晌妇人才说："她走后，我们抱着孩子泣不成声，也不想再计较孩子的来历，三年来的痛苦都在这一瞬间化解了。我们甚至以为这个青童姑娘是隐于人世的神仙，专门解人痛苦。可是这种失而复得的幸福并没有持续太久。我们发现这个孩子不肯进食，不论米粥还是羊奶……就在我们无计可施之时，她竟抱住我的手，一口咬在我的手腕上……"

我皱眉："这孩子嗜血为食？"

她垂下头，男人把她揽得更紧了些，道："起初我们也害怕，但是，'不能再失去她'这个念头很快压制了我们所有的恐惧。这孩子除了这个之外，并无其他异常。所以我们才……"

"所以你们觉得就算让她喝一辈子血，你们也认了。"我冷笑，"如果有一天她不止要喝你们的血，还要喝别人的血呢？"

夫妇二人愣了愣，无言以对。

我加重语气："昨夜发生了什么？"

男人深吸了口气，道："我们刚要熄灯休息，一个从未见过的老头子竟在没有开门的情况下闯了进来，一把从床上抱走了孩子，临走时扔下话，说'你们就当做了场梦，这孩子留不得。也不要对外张扬，仔细惹了麻烦。'"

情势转变有点快。老头是善是恶，突然不是那么好判断了。

敖炽合上惊讶的嘴，转头问我："怎么看？"

"有点乱。"我如是道，"但信龙一定知道怎么回事。"

此刻，天已大亮，我们将夫妇二人毫发无伤地送出了不停。

分别时，我对他们说："已死的东西，不可能再回来。"

他们沉默，颓然离开。

然而，一直到夕阳西下，信龙兄弟也没有回到不停。

四 🌸

暮色初临的众乐场，人潮不减，灯火闪亮。她今天的生意似乎也还不错，一个揍她揍得满头大汗的年轻人慷慨地给了她一锭银子，身心舒畅地拨开人群离开。

直到此刻我依然不能理解，正常人怎么可能用这种法子谋生。至于那些付钱揍她的人，但凡有些理智的，纵然心有积愤，又怎能对一个无辜的姑娘下得去拳头？

说实话，我对这种"买卖"充满反感。我追出帐外，叫住刚才那个年轻人。

他回头，疑惑地看着我："您哪位？"

"看热闹的。"我笑笑，"就是好奇想问问小哥，你揍那姑娘时是不是特别高兴？要是打人真这么舒爽，我也想试试。"

年轻人的表情松懈下来，说："高兴也谈不上。最近我是被一些事烦躁到想揍人，但给钱打人这事吧，一开始我只是好奇罢了，也没想真打。可也不知怎的，一站到那姑娘面前，一股邪火就打心里冒出来，脑子里只得一个念头，便是狠狠打她，等我打得没力气了，这邪火才散。唉，世道不好混哪，谁心里没点戾气，也说不准啥时就爆发了。"

看着年轻人的背影消失在人群中，我皱眉想着他刚刚说过的每个字。

敖炽从帐内快步出来，将我扯到一边："她准备回去了。"

"信龙没有出现？"我望着陆续从里头出来的围观者们。

敖炽摇头："老头子也不在。"

他朝帐内望了一眼："看来只能直接向嫌疑犯下手了。"

"跟她回家，我想看看这姑娘一路上还会干些什么。我对她太好奇了。"我把敖炽拖到了更隐蔽的角落里，"我还怀疑她有一种让人愤怒的'能力'，不然那些人不会跟疯了似的揍她，毕竟大多数人还是正常的。"

魇
镜

265

敖炽耷拉着眼皮道："那这种能力跟这个人的智力肯定成反比，谁会有事没事惹人暴打自己啊！"

"可目前的事实就是这样。"我叹气，旋即又想起一个更要紧的事，"不停的结界你确定布置妥当了？"

"这事哪能马虎。"敖炽信誓旦旦道，"我下的防御结界最少能维持三天，这三天除了我们俩谁也进不去。再说还有阿灯在呢，不是交代了它一旦有风吹草动立刻把两个小鬼吞了跑路么，阿灯好歹也曾是龙王坐骑，有隐形变化的本事，想抓到它并不容易。咱们尽可放心出来把这姑娘的事料理明白。"

我点点头，心里稍微安生了些。在等了一天都没等到信龙兄弟回来时，我猜这两兄弟要么是心存愧疚不敢回来见我，要么是被什么东西绊住了回不来，而唯一牵扯到它们的人，只有众乐场那位青童姑娘。

我原本要敖炽留在不停照看，我去众乐场瞧瞧，但他说心里毛躁得很，无论如何不能放我一个人去。权衡之下，我们设了防御结界，以免再有奇怪的东西跑进来影响到两个小鬼。

唉，只在这个时候我会特别想念我的世界里的家伙们，要是九厥在，孩子交给他是再放心不过。不知他现在如何了，是不是把我存在不停里的白酒红酒全给喝光了？

正胡思乱想之际，青童从帐中走了出来，怀里抱着个用布包起来的圆圆的玩意儿，我猜就是那个她拿来讨钱的像镜子般亮的铜盘，除此物与她挂在腰间的钱袋之外，她身上再别的物件。一块新添的瘀青挂在她的眼角，却不见她有半分苦色，步履轻松无比地朝众乐场出口而去。

我和敖炽跟了上去。她没有代步工具，全程靠走，出了众乐场便往集市上去，在一家小店里买了一袋肉包子，又在另间干杂铺里买了一包晒干的小鱼干，然后一路往北。

目前看来一切正常，不过肉包子跟鱼干都是她自己吃的话，量可能有点多。

夜色已浓，今晚的天空无星无月，闷热异常，怕是有一场暴雨。

她走的路，越往前人烟越稀少，不知不觉间，我们已跟着她走到临近郊外的荒芜之地，几团青白色的磷火在前方的黑暗里闪跳着。

坟地？！

没了来往不息的路人为我们掩护，我跟敖炽早已隐了身形，小心翼翼跟上去。

这里确实是一片坟地，大大小小的坟包之间纵横着长满野草的窄路，她轻松地在里头绕行，连灯火都不需要，一直走到坟地背后一座挂了一盏白灯笼的房舍前。

我跟敖炽无声无息落到她身后不远处，灯笼微弱的光线，勉强照出一座朽烂的木板屋，随便一推就会倒掉似的。

她坐到木屋的门槛上，一边解开包着鱼干跟包子的纸包，一边朝四周轮番地大喊着："大米，二妞，胖胖！"

很快，几只野猫野狗从暗处钻了出来，它们围到她面前，熟门熟路地大吃起来，呜呜喵喵的声音此起彼伏。她把所有食物送到它们面前，自己却一点也不碰，抱着膝盖笑眯眯地看它们大快朵颐。

我蹑手蹑脚绕过她，走到只剩半扇的窗户前往里瞅，光线太差，费力辨别了好半天才隐约看出房间里除了几副乱七八糟放置的棺材之外，中间的空地上就只有一张破破烂烂的草席。她是住在这里，还是仅仅来给野猫投食？

走回来，她仍目不转睛盯着进食的猫猫狗狗，眼神里的慈爱与温柔像溪水一样自然地溢出来，不但与四周的气氛背道而驰，反而令到这块死气沉沉的地方也有了些微妙的生机。

曾有人说，能善待小动物的人，坏起来也有个限度。

很快，猫狗们吃饱了肚子，在她的腿上蹭了几下之后便四散而去。

她起身，朝着它们离开的方向，笑着说了声晚安。言毕便转身进了房间，关上那扇形同虚设的门，看似惬意地躺到了里头那张草席上，把铜盘当枕头，侧卧着闭上了眼睛。

我们所想象的都没有发生，她的所作所为风平浪静，除了住的地方诡异了些，没有任何可疑之处。再看下去也是看不出什么苗头了，到此为止吧。

我跟敖炽现了身形，站在门前，我把敖炽打算踢门的腿打回去："好歹里头是个姑娘，你斯文点。"

"我可没拿她当姑娘看。"敖炽直言，"哪有送人小吸血鬼的姑娘。如果信龙真跟她有瓜葛，那只凶到想杀人的猫肯定也是她的杰作。"

"这些都是推测。答案在里头。"我伸手敲门，没敢太用力，生怕把门敲垮了。

没多久，门后传来她的声音："谁？"

"青童姑娘，我是昨天说要给你介绍工作的那个姐姐。"我用轻松的口气应道。

细碎的脚步声之后，木门吱呀一声打开，青童揉了揉惺忪的眼睛，有些意外地看着我："是姐姐你呀？你如何找到我家来的？"

我环顾四周，反问："这是你家？"

她点头："来到东坊之后，我就住在这里。有什么不妥么？"

"这是坟地……"敖炽插嘴道，"你是缺钱么？"

"我赚来的钱足够我生活。"她奇怪地打量着敖炽，"您又是哪位？"

魔镜

267

"他是我夫君，昨天跟我一道看你表演来着，后来有事先走了，你大概没有印象。"我笑笑，探头朝屋里看了看，"你一个人？"

"嗯。"她点点头，又问，"都这么晚了，姐姐你们找我有何贵干？从没有人能寻到这里来的。你们跟踪我么？"

"是。我来是为了跟你打听个人。"我直截了当地问，"昨天也在现场看你表演的，并且给了你不少银子的白衫盲公子，你知道他现在在哪里么？"

她一愣："你说幸公子？"

幸公子……这两条瞎龙起化名倒也随便得很。

"他今天没有来过众乐场。"她笃定道，"我在众乐场这个把月以来，只要我有表演，他一定到场。我也有些奇怪呢。"

她神色自若，一点都不像在说谎的样子。

"你跟幸公子是朋友？"我问。

"是啊，他是个极好的人。"青童认真道，"我去过好多地方，多数人都把我当一场好戏看，他却把我当朋友，不，当亲人那么看。像你一样，他也劝过我好多次要我改行，有一次我被个客人打得厉害了，他居然跳进来把我护在怀里，他那么文弱，又看不见，白白挨了对方好几下拳头。你们也是幸公子的朋友？他是出什么事了么？"

呃……她说的信龙跟我认识的信龙真是同一只吗？

"我们也不瞒你了，这家伙本是在我们夫妇开的店里工作，那天在众乐场碰到他才知他常来捧你的场，他怕我们责骂他溜出来玩耍，那天赶紧就跑了。我见他今天一整天都没回来，店里的活儿还堆在那儿呢，心想是不是又来找你，所以才专程来问你。"我编了一套半真半假的说辞。

"哦，原来如此。"她还是一脸不解，"可你们应该早点来问我呀，何必一路追到我家。"

我眼珠一转："我怕你瞒着不告诉我，万一这喜欢偷懒的家伙先跟你打过招呼要你帮他隐瞒，然后等你表演结束你们再在别处碰头呢。"

她笃定地摇头："没有，他今天确实没有来找过我。"

"哦，那算了吧，也许这家伙又跑去别处玩耍了。"我摇摇头。

这时，天边隐隐响起了雷声，蛰伏已久的风也一阵强过了一阵。

青童望望天，说："要下大雨了，要不你们进来坐？"

敖炽的表情特别复杂，只有我知道他现在的内心戏是姑娘你是不知道你房间里摆着的不是桌椅板凳而是棺材么，就这么心大把人往里头请？

"不过，我这里头没什么东西，而且还堆着几具不知是谁留下的空棺材，你们介意的话，就算了吧。"她指了指屋里头，表情稍有些尴尬。

我赶紧道："棺材而已，没什么可介意的。"

我跟敖炽对视了一眼，怀着十二万分的警惕走了进去。

夏天的暴雨，说下就下，豆大的雨点劈里啪啦地砸下来，荒野坟地，空棺孤宅，转眼被淹没在巨大的雨声中。

五 ❧

青童从角落里找了一截蜡烛，又花了更多时间去找来了火折子，边点蜡烛边抱歉道："我睡得早，也从未有人在这个时间来拜访我，所以连一盏油灯都没有买，你们别介意。"

蜡烛点燃了，又没有东西安放，她又匆匆跑到房间另一头找只豁口的碗过来，回来时不知脚下踩到了什么，一不小心滑倒在地，碗被摔得粉碎。

我赶紧过去把她扶起来，她特别不好意思地说："其实我有些紧张，家里从未来过客人。"

"受伤了？"我盯着她突然捏起来的右手。

"不碍事，划了一下。"她笑笑。

敖炽重新找了个碟子，把蜡烛放到上头，三人围着这一小团维持不了多久的光芒坐下来。

"你这姑娘也是奇怪，就不怕我们是坏人，随随便便就往家里引？"

敖炽大概跟我一样，到现在都没有从青童身上找到任何跟"坏"有关的东西，此刻在眼前的不过是一个会因为来客人而紧张得摔倒的笨丫头。但是，我们谁都没有对她放松半分警惕。

"不怕。"她摇头，又笃定道，"我分得出好人坏人，姐姐是对我好的，你是姐姐的夫君，自然也不会坏。"

烛光在她明亮的眸子里跳动，她曲起双腿，将下巴搁在膝盖上，定定地说："世上愿意对我好的人太少，所以分辨起来并不费力。"因为这个姿势，她本就单薄的身子显得更小了，无法想象这样微弱的一个躯体，是如何承受卜那些重击的。

"你对自己都那么差，凭什么要求人家对你好？"我忽然有些生气，"你干什么不好，为什么要靠这种奇葩的'工作'赚钱？哪怕去洗碗、去卖菜、去写小说，哪样不比现在好？就不怕哪天被人当场打死？就算不被打死，那也疼啊！"

魔镜

269

说着说着，我下意识扯起她的右手，指着她掌上那道刚才被碎碗划出来的伤口："血肉之躯，就算这样一个小伤都会疼的！你……"

话没说完，我却愣住了。那道半寸长的割伤虽不严重，但也是破了皮肉的，可烛光之下，伤口之中却不见半点血迹，她没有洗过手，没有上过药，有伤无血，不合常理。

她将手抽回去，低头道："你发现了。"

不止我，敖炽也发现了，我们不会放过她身上任何一个细节。

"姑娘，解释一下。"敖炽冷冷道。

她抿了抿嘴唇，说："我同你们不一样。"她比我们想象中更镇定，并不因为秘密被撞破有任何慌张。

我沉住气："哪里不一样？"

她笑笑，摸着手上的伤口："我没有痛觉。"

我一怔。

她接着说："我连呼吸都是装出来的，为的是白天能尽量看起来跟你们一样。"

"你是……"我重新认真地打量着她。

"我记得有人跟我说过，我是生死之间的怪物，世间人管我们这样的存在，叫僵尸。"她小心翼翼地说，生怕这些字眼吓到了倾听的人似的，"没有痛觉与呼吸，我不是活人，能看能听能说能走，我又不是尸体。"

她忽然又笑出来："我总说讨生活讨生活，其实我都不知道我每天的日子算不算是'活着'。不过我一般不太去想这个问题，毕竟我现在每天都过得挺好，想去哪里就去哪里，靠自己的本事赚钱，买点食物回来喂猫喂狗，偶尔还能遇到像幸公子跟你们这样的朋友，我要说我挺开心的，你们信么？"

我盯着她的脸好几秒，突然抓过她的手，摁在她的腕子上——确实没有脉搏，我又伸手去摸她的脖子，却被她把手带到她的心口上。

她笑："没有心跳对不对。"

我信了，但是她跟我见过的僵尸完全不一样，世上绝大多数僵尸是没有自主思维的，不过是一口死了都没咽下去的气撑起一具残躯，除了力气大点，除了想咬人，跟机械没区别。她没有攻击性，至少到现在，她都像个理智的正常人。

敖炽挪到了离她更近的地方，心里盘算着万一她有什么不好的动作，他可以一击即中。说起来，在我们漫长的一生当中，妖怪见得多，僵尸倒是很少遇到，大约都被道士们制服了吧，毕竟对付僵尸比对付妖怪容易得多。

我把手收回来："幸公子知道你的身份？"

"知道。"她点头，"他虽然看不见，耳朵却特别厉害，他说他曾有一个时辰听到我没有呼吸的声音。"

她笑："有时候忙起来我会忘记呼吸。"

"所以你对他坦白了你的身份？"我问。

"想瞒也瞒不住啊。何况我也不想瞒他。"她像是想到了什么有趣的事，自己把自己都逗笑了，"别人是提醒你按时吃饭睡觉，他提醒我却是记得按时喘气。"

看她的神情，是真把信龙当成了朋友。

"你们不怕我吗？"她问。

"一路跟到坟地都能面不改色，你觉得我们会怕吗？"我反问，笑道，"我是个生意人，见过的世面也算多，深知世上并不止人类一种存在。"

"那就好。"她舒了口气，"我多怕吓到你们。"

我的目光移向草席上的铜盘，暗淡的烛光都掩藏不住它异乎寻常的光彩。

"我见你到哪里都抱着那铜盘，"我好奇道，"拿它当枕头不嫌硌得慌？"

她看了那铜盘一眼，说："它不是铜盘，是一面镜子。"

"镜子？"我记得它的确光可鉴人，连我的头发丝都照得很清楚。

"每当我想送别人礼物时，就得靠它。"她认真道，"所以一定不能丢了，到哪里都得跟我形影不离。"

礼物？

我心里咯噔一下，正要问她那女婴的事，她却抢先对我道："姐姐，虽然我之前说不需要你的帮忙，但心里是感激的。所以，我也准备了礼物给你，本想明天送到你府上，既然你都寻到我这里来了，不如就提前交给你好了。"

"我也有份？"我表面受宠若惊，内心疑云翻滚，一种奇怪的紧张攫住了我的神经。

要不是我及时瞪了敖炽一眼，他肯定脱口而出我们不要吸血婴也不要暴躁猫！

"姐姐，你随我过来。"她起身，举起快要燃尽的蜡烛，带着我走到了角落里的一副棺材前，敖炽紧跟在我身后，暗自攥紧了拳头。

"算算时辰，也差不多该醒了吧。"她自言自语，伸手去推棺材盖。

一寸，两寸，棺材盖渐渐挪开，倒在地上。

她举起蜡烛照着里头，回头对我笑："姐姐，你来看。"

我跟敖炽一起凑上去，顺着跳跃的烛光朝棺材里看去。

当躺在里头的那个人清清楚楚出现在我们的视线中时，敖炽竟然"啊"一声怪叫出来，表情跟见了鬼没两样。

他是见过腥风血雨大场面的东海敖炽，再厉害的妖魔鬼怪也没让他露出过任何跟"惊恐"有关的表情，但这次却是罕见的例外。

至于我，紧紧捂住自己的嘴，心跳跟呼吸瞬间弃我而去，眼中除了那张再熟悉不过的脸孔，四周一切都化成了混沌的乱流——

子淼，静静地躺在里头。

黑色的头发，月白的衣裳，温和的眉眼，一切一切都跟我的记忆没有任何差别，他白皙修长的手指交叠着放在胸前，心口正在微微起伏，我甚至还听到了他轻微的鼻息声。

我完全蒙住了，脑中除了嗡嗡的声音，什么都没有。

这绝对不可能，青童只是僵尸，她不可能如当初的玄武那般，利用子淼封存在手镯中的元神将他从过去暂时带到现在！

可是子淼现在就活生生躺在我面前，我不相信这个僵尸有与神匹敌的能力，也不相信她能施展出能同时迷惑到我跟敖炽的幻术，更不相信她能靠什么别的把戏凭空变出一个子淼，因为她身在鱼门国，根本不可能见过子淼！

我的身体微微颤抖，我不知道如何去形容我现在的情绪，一个已经只能活在我们回忆中的，确定了永远不可能再回来的故人……

我得用非常大的力气与意念，才能撑住自己不要晕过去。

敖炽跟一座石像一样在棺材旁凝固了许久，突然深吸了口气，然后狠狠给了自己一记耳光，那声音响得，连我都觉得疼。

"大爷的，不是做梦。"他揉了揉发红的脸颊，多少恢复了一些理智，犹豫片刻之后，他伸出手去，捏了捏子淼的脸，旋即像被蛇咬了似的弹回来，哭丧个脸看着我，"暖的……还很有弹性……这混蛋是活的！！"

我呆看着他，又呆看着那睡梦中的人，不知怎的，我只想往后退。

这个人离开我太久了，久到我已经失去了判断他真伪的能力。本以为忘川一别便是永不复见，连梦中的重逢也渐渐稀少，我与子淼的一切都终结在我写在他手心里的四个字里……

敖炽的脸色也越发难看起来，与其说子淼是我的心结，倒不如说是他的。

我俩的反应大概吓到了青童，她站在棺材的另一边，不安地看着我们："姐姐，我做错什么了吗？"

我本应该狠狠朝她吼叫，问她这到底是怎么回事，但我吼不出来，全身都没有力气。

窗外雷鸣不止，雨声犀利，倒是很好地配合了我此刻的心境。

而敖炽心里，应该是大地震吧。

见我们二人都不说话，她咬了咬嘴唇，又小心地问："姐姐，这个人难道不是你心头最要紧的吗？"

她的话，不啻于当头一棒，打醒了我，还打疼了敖炽。

我回过神来，跑过去一把抓住她的胳膊："你如何知道子淼？"

"子淼？"她一脸茫然，"这个人叫子淼吗？"

"你不认识他？"我脑子里简直乱作一团。

青童继续茫然着："他是姐姐你梦中的人，我如何识得？"

梦中的人……梦？

我突然想起昨夜的梦，子淼的音容依然清晰，可那只是一个梦罢了！

"我能从镜中看到你们的梦。"她认真道，"最清晰的那个，一定是你们最在乎的，但又无法再回来的。"

我愣住。敖炽摁住快要爆掉的脑袋，指着青童道："给我说清楚！什么镜子什么不能再回来的？"

话音未落，棺材里却有了动静。

一声长长的叹息从子淼的嘴里送出来，微闭的双眼也渐渐睁开。

敖炽一把将我拽到一旁，如临大敌。

老朽的木材随着子淼的动弹发出咯吱咯吱的声音，他慢慢从里头坐起来，四下扫视，目光从青童身上移到我们这边，不诧异也不惊慌，只淡淡道："这是何处？"

连声音都一模一样。

"子淼？"我要用很大的定力才能让自己的发音足够清晰，但我不知我是在问他还是在问我自己。

他低头看看自己所在的地方，摇头一笑："怎的坐在棺材里……"

他站起来，连跨出棺材的动作都斯文优雅，没有哪一点不像我认识的子淼。

轻轻掸掉衣裳上的木屑，他抬头望我，阔别多年的目光依旧如水温柔："姑娘是？"

我跟敖炽锁紧的眉头同时松开了——他不认识我？！

微妙的轻松感从心头闪过，这家伙果然不是子淼，不管有多么像他。

"你是子淼？"敖炽走到我跟他中间，指指身后的我，冷笑，"但你不认识她？"

他将敖炽上下打量一番，礼貌地笑了笑："在下正是子淼。但是在下并不识得这位姑娘，也不识得公子你。"

屋外突然一声惊雷，劈过的闪电照亮了屋子里每一张脸。

纵然电光惨白，眼前这男人依然眉目若画，泰然自若，竟无端端让我想起珲珑山上

魇
镜

273

那些暴雨滂沱的日子，他端立山巅，俯瞰世间，也是如现在这般，不急不躁，不动如山，以一己之力平暴雨之灾。

皮肉可以假装，嗓音可以变换，但是一个人生在骨子里的气场，怎么装……

不待敖炽回应，他侧目看看窗外，自言自语道："雨势如此之大，低洼处想必要遭难了。"旋即又问："已下了多久？外头可有人家？"

"你在担心这场雨？"我死死盯着他的脸，不放过任何一个细微的表情。

"每有暴雨，必致水患。"他走到窗前，长发在灌入的凉风与雨丝里拂动着，"保人界平安，在下责无旁贷。"

话音未落，他微闭双目，捏诀念咒，一团水光似的气流自他指尖而出，拖着长长的凤尾般的光迹，嗖一下飞出窗外，穿过雨夜直刺空中。

敖炽的惊讶，大概是没想到一个冒牌货还能似模似样地耍法术，不管此人身份为何，他指尖生出的灵气却有实实在在的力量，四周本来平稳的气流明显被这道水光扰动了。

而我的惊讶，是他刚刚使出的息雨之术，是我亲眼目睹过无数次的。

从前，每当子淼要止住某地大雨时，便以此术相制，他说只要不是滂沱成灾的雨势，都可奏效，但若已成洪涝之灾，此法便制不住了。

很快，窗外的雨声消失了，雷电也偃旗息鼓。

我不愿意相信我看到的一切，这根本说不通，他不是子淼，却能使出只有子淼能用的术法，在我们面前停住一场大雨。

我不知在想什么，突然跑出门去，站在湿气未散的地上，伸出手，试图证明我看见的不对，现在一定还在下雨，除了子淼，没有人可以让一场雨水说停就停。

但是，不管我的手伸出去多久，一滴雨水都没有，天边黑云也薄了，隐隐透出月光。

敖炽追出来问我干什么，我抓紧他的手，摇头道："这绝对不可能，他不可能有子淼才有的能力。"

"子淼才有的能力？"熟悉的声音从门口传来，他走到我们身后，仰头看天，"我本就是子淼，姑娘你何出此言？"

"你不是！"我断然道，"子淼不可能再回来。"

"能！"

青童匆匆跑出来，怀里紧抱着那个铜盘，停在我面前笃定道："姐姐，我说过我可以让那些回不来的人回来，我不骗你，更不会害你。"

我揽住她的肩膀，死死看着她怀里的铜盘："你说这是镜子？"

"是。"她点头，"它叫魔镜，与我形影不离，也只有我有使用它的能力。"

说罢，她不解地看着我，又看了看子淼，又道："难道姐姐你不想见到这个人？"

"当然不想！"

敖炽到底是爆发了，他站到子淼面前，声音冷得要冻死人："我虽然非常讨厌子淼这个人，但他既然都死了，我再是讨厌他，对一个死了的家伙，也该存有几分尊重。你这样光明正大地冒充他，大爷我可不高兴！"

子淼听了，无奈一笑："公子，在下与你素昧平生，无仇无怨，如今好端端站在此处与你说话，你却非要说我死了，在下实在难以理解。"

敖炽最后的忍耐终于在子淼的一脸无辜前烟消云散，他从牙缝中挤出两个字："妖孽！"

坏了，这家伙要动手！不等我阻止，敖炽已经一掌朝子淼的面门击去，然而子淼的身形一虚，敖炽的手掌扑了空。

"公子，你过分了！"他再出现时，已在敖炽身旁几米开外的地方，微微皱起了眉头。

我认识的子淼，身无戾气，不喜兵器，打架斗殴更是罕见，但他一旦皱了眉头，拳头也就不远了。

"打死你都不过分！"敖炽回头，目露杀气，摊开右掌，一柄红蓝火焰生成的长剑横卧其上，他执剑而起，剑锋直刺子淼眉心。

子淼腾空而起，险险避过。

他就是这样，即便是在愤怒中，也还能保持着不破口大骂的风度："无故对人痛下杀手，究竟在下是妖孽还是阁下是妖孽？！"

嗖！剑光又起，火焰如龙，被反讥为妖孽的敖炽追到空中，也不跟他对骂，所有怒气都转到手中的武器上，招招凌厉，直取性命。

子淼也不示弱，躲闪回击，更召出一条巨大的水龙与敖炽缠斗在一起。

夜空之下，两人打得难分难解，白衣与花衬衫在水流与火光中迸发出愤怒的火花。

真是烧死我我都不相信，有生之年居然还能再看到这样一幕……

想当年，我与敖炽初相见，断湖之上，他以火相攻，子淼以水龙对抗，敖炽没有讨到半分便宜，最后还被子淼的水箭剜掉几片龙鳞，狼狈而逃……陈年旧事，仍历历在目。

有时难免觉得生命就是一个圆，一不小心就回到原点。

青童被他们的刀光剑影吓到了，紧紧挨在我身旁，焦急地说："他不是坏人，你夫君也不是，为何会这样？不能再打了，会出人命的！"

我看了下战况，双方势均力敌，谁都没讨到便宜，且战火正旺，不是劝架的好时机，何况，劝架并不能从根源上解决问题。

"青童，"我转身看定她的眼睛，"你同我说实话，这个男人，还有云来客栈里那对夫妇的女婴，跟你的魔镜究竟有什么牵扯？"

她一愣："你知道那孩子的事？"

"回答我的问题。"我用力扣住她的肩膀，"再不说实话，就真的会出人命了！"

她咬咬嘴唇，把怀里的铜盘抱得更紧些："凡被魔镜照过的人，我能在镜中看见他们的梦，能被魔镜捕捉到的梦，是做梦人心中最深的牵挂。而出现在魔镜中的人或别的活物，都是模糊不清的，但是，始终会有那么一个能被我看见完整容貌的家伙，而这个家伙定然是做梦人最在乎最思念的对象。不过……"她眉头微皱，"会以这种清晰之姿出现在魔镜中的人，现实中必然已经不在了。"

我愕然地看着她怀里的铜盘："你意思是，它能照见我们心中牵挂的亡者？"

"对。"她点头，"不但能照见，我还能把他们自魔镜中带出来。"

我心下一沉，答案就是这个了……这面镜子加上这只僵尸，能把我们梦中的亡者具象化，重新带回我们身边，不止是人，甚至还有猫狗。

不可思议，真是太不可思议了，连神都很难做到这点吧。

可是，被带回身边的，真的是我们牵念的那个家伙吗？

空中的两个人依旧战斗得如火如荼，敖炽大概把心中对子淼所有的不满都发泄出来了，虽然可能连他自己都说不清，他究竟对子淼在不满些什么。

唉……

渐渐地，子淼落了下风，敖炽的剑好几次都差一点就刺到他。

被逼无奈的他突然一脚踢中敖炽的背脊，自己朝后一窜，跟敖炽拉开了距离，一段流光自他掌心而现，弯弓利箭，以水而成，犀利夺目。

他连这个武器都有……我一惊，急飞空中，几乎同一时间，水箭出弦，直指被踢了个趔趄还没来得及转身的敖炽。

"敖炽闪开！"

我一脚踢向那支水箭，可惜慢了一点，脚尖与它刚刚擦过，但幸而带起的气流稍微改变了箭的方向，最后它是擦着敖炽的右腿飞出去的，箭气划破了他的裤腿。

他的箭一开始就瞄准的是敖炽的腿，不是头或者心口。

我虽惊出一身冷汗，但这个子淼的行为，跟真正的他确实没有区别，当年子淼与敖炽大战，战况再激烈，他也从未真正起过杀心。

当年没有，今日也没有。

我挡到他们两人中间，怒道："给我住手！"

夜风飒飒，我们这三个原本不可能再同框的人，站在半空中，气喘吁吁地对望彼此。

"这是个妖孽！"

敖炽依然不肯放下他的剑，扯着自己的破裤腿愤怒道："你看！我裤子都破了！"

子淼哭笑不得："公子，你招招取我要害，我处处手下留情，如此颠倒黑白，你也是世间罕见。"

事实也的确如此，敖炽涨红了脸，长剑一挥，不服气道："少废话，今天我必然不会放过你这假冒他人的妖孽！"

我忙上去拉住他，在他耳边小声说了几句。

他脸色一变："你说真的？"

"真的。"我点头，"如此一来，说他是冒牌货好像也不妥当。毕竟他的来处太特殊了……"

敖炽执剑的手突然失了力气，慢慢垂下去，剑上的火焰也越来越小。

"鱼门国里怎么会有这种不按套路的镜子……"他有些沮丧，看看对面的子淼，又看看我，酸溜溜地问，"那现在咋办？你是不是想请他回去吃顿饭啊？我先说好啊，不停里头有他没我有我没他，我不会跟他一桌吃饭的，想都别想！"

我捶了他一拳："都什么时候你还吃醋！"

"可是，可是……"

他又急又恼地指着子淼："这厮现在就活生生杵在我们面前啊！你看他的眼神，跟你看卖烧饼的老陈的眼光就是不一样！"

我真后悔没让子淼的箭扎到他，应该多扎他几次！！

"姑娘，我从不认为武力是解决问题的最佳方式。"子淼右手一挥，弓箭消失无形，"若我们之间有什么误会，不妨坐下来说清楚。"

我看着他，但很快又把目光挪开，到现在还是很难接受一个活生生的子淼站在我面前，哪怕他的来处只是我的一场梦。

"别飘在天上了，下去说吧。"我拖着敖炽落回地上。

青童慌忙跑过来，问我们有没有怎样。

我不知该责怪她还是该感谢她，也许这个僵尸姑娘还不太懂人世间的种种规矩，也许她真的是只想用这种旁人看来匪夷所思，但对她而言易如反掌的方式，对那些她觉得对她不错的好人有所答谢。在她看来，能让你牵挂的但又永远回不来的人回来，世上还有什么礼物比这更珍贵。

"我们没事。"我还是无法责怪这个姑娘。

魇镜

277

"谢谢你送了我们这么大一个礼物啊！"敖炽就没有那么好的态度了，气哼哼地说着反话。

这个时候，子淼走了过来，对我们笑道："初次见面，尚未请教二位尊姓大名便先动了干戈，也是罪过。在下确实没有冒充任何人，更加不是你们口中的妖孽。"

我说服自己看着他的眼睛，问："那你现在认真告诉我，你是谁？"

他微一躬身，声音依然如淙淙山溪般轻缓明净："天帝座下，四方水君，子淼。"

多熟悉的一句话啊，隔了这么多年，又听到了。

不知怎的，我忽然就笑了，酸着鼻子笑的。

他的记忆以及对他自己身份的认知，究竟是他的，还是我的，已经分不清楚了。

当你的梦用这样一个有血有肉真真实实的方式站在你面前时，你看到他的眉眼，听到他的呼吸，甚至只要你愿意，往前一步就能给他一个拥抱，这种感觉实在找不出任何词汇能形容。

我此刻唯一纠结的，是以后怎么办。他不是子淼，但又是子淼，虽然以这种方式"回来"的他根本就不认识我，也没有任何跟浮珑山的过往有关的记忆。

我稍微从混乱中清醒过来的脑子里冒出了奇怪的念头，也许对他此种状态的最佳比喻，应该是一台被恢复了出厂设置的手机。

手机的牌子没有变，固有的硬件没有变，原装的系统没有变，他还是水君子淼，还是那么温和好脾气，但是，曾经装在这手机里的软件都没有了，照片没有了，音乐没有了……

"姑娘？！"子淼见我神游太虚，又轻声喊了几次，"姑娘？还未请教你尊姓大名？"

"哦，我是……"

我回过神，刚开口就被敖炽粗暴地打断："喂，你怎么不先请教我？本大爷姓敖名炽，东海……啊不是，东坊相思里著名的寻找失物的店铺'不停'的唯一男主人！你可以叫我敖先生，敖大爷也行。"

说罢，他一把将我揽过来，指着我的脑袋道："她是我夫人，所有人都喊她老板娘，我们已经有两个孩子，生活十分幸福，旁人没有任何插足的机会。"

"插足？"子淼不是很懂的样子，旋即一笑，"原来两位是开店的商人。"

我拿手肘撞了敖炽一下，痛得他赶紧撒了手，我走到子淼面前："你不知道身在何处？"

他抱歉地摇摇头："如大梦初醒，虽不知身在何处，倒也不觉慌张，且随遇而安吧。"

我想了想，说："要不你先随我回不停吧，好歹暂时有个容身之处。"

在敖炽大喊大叫之前，我及时捂住了他的嘴，又回头对青童道："你也一道吧。"

"我？"青童一愣，"你让我去你家么？"

"对。"我环顾四周，"虽然你不是常人，但好歹是个姑娘，居于荒坟之地始终不妥。"我的目光移回她脸上，"大隐于市的道理不懂？你就不怕有术士之流寻到这里找你麻烦？"

她想了想，道："这些年月，倒是没有谁真正来寻过我的麻烦。我并不害人，不过是照自己的心意四处游历，努力赚钱，旁人又何必与我过不去。"

"今天没有，不代表明天没有。"我笑笑，"而且我还有些问题想问你。老实说你住的这块地方横竖都不是个适合聊天说话的地方。还是去我家中吧，只要你还打算留在东坊，以后的日子你都可以住在我的店里，不收你房钱。"

她思索片刻，道："姐姐盛情邀请，本不该拒绝，但我住惯了这里，高床暖枕倒也未必消受得了。"

见她态度坚决，我也不好勉强，只说："既然你心意已决，那就算了吧。不过我还是邀你去我家中坐坐，哪怕就是一天。就算你不吃饭，也让我送你一身新衣裳。"

"送我新衣裳？"她有些受宠若惊。

"就当我给你的回礼吧。"我看了子淼一眼，"毕竟你送了我这么贵重的一份礼物。"

她终于点了头："也好，我就去打扰一天吧。"

我松了口气，又对子淼道："你有没有意见？"

"我未想好去处，既然老板娘盛情，我却之不恭。"子淼朝我一躬身，"打扰了。"

敖炽的眼睛已经能吃人了，拽下我的手冲他大喊："你还真不拿自己当外人啊！"

见他如此狂躁，子淼摇头笑笑，退后一步对我道："敖公子如果不欢迎我去，我也可以不去。"

"我们家我说了算。"我踹了敖炽一脚，然后下意识地拉住子淼的胳膊，"走吧。"

这完全是一个无意识的动作，曾经的浮珑山上，我总是会习惯性地拉子淼的胳膊，遇到有求于他时还会摇几下，而他总是温和地对我微笑，就算不能答应我，也会摸摸我的头同我讲道理。

许多我不理解的事，都是这样被他一点点耐心教授明白。

我曾以为，此生是再没有机会拉住他的胳膊了。

真实的体温透过他的衣裳传到我的指尖，我有些失神，然而除开这种熟悉的温暖，一点仿若针刺的痛觉突然扎进我的手指，我倒抽一口凉气，一下子松开了手。

没有谁注意到我这个小动作，敖炽硬是钻到我跟子淼中间把我们隔开，恶狠狠瞪我一眼："我还活着呢！你居然当我面抓别的男人的手！不过看在你知错能改马上撒手的态度上，我原谅你。"

我看了看自己的手指，那细微的痛感还在。好奇怪，现在是夏天，也不容易起静电啊。

"你能不能不要这么敏感！"我无奈道，"你我都知道他不完全算是子淼。"

"我不管，反正他们一模一样。"敖炽撇嘴，"反正我看到那张脸我心里就拧巴。你说那厮是不是八字有问题啊，怎么老是死不干净一样？"

"敖炽，会不会说人话啊！"

"爷本来就不是人！"

吵闹着走出几步，我回头，发现子淼并没有跟上来，而是站在原地，垂着头，不知在看什么。

我折回去，停在他面前："怎么了？"

"我……"他的口齿突然含混起来，慢慢抬起头，脸色比刚才难看了许多，白皙中透着一股青灰之气。

不等我开口，一阵疾风扑面而来，只听噗一声响，一支铁箭悍然从子淼心口钻出来，乌黑的箭头寒光慑人，殷红的鲜血沿着箭尖迅速滴落下来。

子淼微张着口，本能地捂住心口，软软地跪了下来，倒在我身上。

我知道，他不是真正的子淼，可为什么他倒下时，那支由背后而来的暗箭却像扎在我的心口上一样？

敖炽冲过来，青童在惊叫，我跪在地上抱着血流不止的子淼不知所措。

为何会这样……

天边，又隐隐响起了雷声。

【第十章】寇争

【我不姓花，我姓寇，我叫寇争。】

◉ 楔子 ◉

对不起，我不想逃命，不想等十年，如果要发生什么，就在今天发生好了。

一 ✦

染到我身上的血，没有半分虚假，黏稠，温热。

惊雷之中的夜空还没有落下雨来，危险地集聚着爆发的力量。我眼里暂时看不到任何别的东西，只有一支穿心铁箭与怀里奄奄一息的人。

"子淼！"我不敢摇晃他，连自己的身体都不敢动弹半分，我怕自己任何一个动作都是莽撞，会让他再一次消失眼前。

奇怪的是，明明在严重失血中的他，脸上那层诡异的青灰之气反而消失无踪，只剩越发苍白的颜色。

他半睁着眼睛，强留着最后一丝意识，吃力地看着心口上的箭尖，无奈地笑笑："此箭甚准……"

命都要丢了，还是一点脾气都没有。

"谁！哪个孙子在背后暗算人！滚出来！"我却被他危在旦夕的笑容实实在在地激怒了，左右环顾，四下除了破败的木屋，风声与孤坟，哪里都是黑的。

敖炽站在我身后，一言不发，紧握着拳头，不乱看，只定下心神看着前方，头也不回地说："还能说话就没死，你号什么号。"

"姐姐……"

吓坏了的青童手足无措地朝我们这边挪，敖炽一声怒吼："站住！马上趴在地上，抱住头。"

谁也不知道会不会有第二支箭，也不知道藏在黑暗里的人还想锁定哪个目标。

青童一哆嗦，赶紧抱头趴下，嘴里喃喃："为何会这样……为何会这样……"

看来，天天挨打也不能锻炼胆量，纵然是只僵尸，还是逃不脱小姑娘的性子。可我没有时间去安抚她，这支铁箭不寻常，子淼的血流得异常快。

"你们速速离开，勿要管我。"他的嘴唇白成了纸，"能驭此箭必为高手，你们莫要为我这一面之交的人伤了自己。"

他真的跟我记忆中那个人没有丝毫区别……不等我开口，敖炽抢先道："我说那个人，受不受伤这种事我自己说了算，你要是还有口气就留给自己，把嘴巴闭上。这世上最该弄死你的人是我，我不能把这个殊荣让给别人！"

子淼虚弱之极地笑："在下依然不明你我之间何仇何怨……"

这两个家伙真是……我深呼吸一口，扭头对敖炽道："我要救他。"

"你……"敖炽回头，瞪大眼睛，"你是个失去过知觉的人！你现在的身体没法支撑你想干的蠢事！"

"能做多少是多少。"我闭上眼，凝神静气，心口下渐渐亮起一团光。

不用看我也猜到此刻敖炽脸上是什么表情，我甚至有极大可能在接下来的一秒钟被他一掌劈晕扛走，但我还是不能眼看着一个有血有肉活生生的子淼死在自己怀里，这样的时刻我已无暇介意他的来历，就算他是我的梦，我也不要这个梦支离破碎。我从来不敢骗自己有多希望他能好好活着，有妻有子，安稳自在，天气好的时候会偶尔来看我，聊到过去时，我会笑着说你知不知道当年我多恨你，然后他会笑着说"那今天我请你全家老小吃饭赔罪"——这才是我的梦，一辈子都不会实现的梦。

我也不知道如何去解释此刻"一定要救活这个人"的执念，我跟许多人或者妖怪都说过执念是最不必的东西，但现在我居然不能说服自己。

深藏在我身体里的光，是我的元神，我的身体可以残破，灵力可以不灵，但元神受损的话，我可能失去人形变回浮珑山上的那棵树，也可能连从头来过的机会都没有，不但人形不保，连一脉相承的真身也枯萎成灰。但是，要救一个必死的人，也只有这样的风险才匹配相等的机会。违逆天命，不是摆个帅气的姿势就够了。

冰凉的雨点落到我脸上，但我什么都听不到，世界被静音了。

"被我的箭射中的妖邪，救不活。"

一个老迈但中气十足的声音撕破了虚假的安静。

闪电亮起，我猛然睁开眼，被打断的气息让心口的光骤然隐去。不远不近的木屋顶上，站出来一个人影，闪电照出了他滑稽的花褂子，以及握在他手中的一张并不太大的铁弓。我跟敖炽当然一眼认出来者是谁，连青童也一脸错愕，连声道"怎么是他"。

老头以一种与他年龄不符的敏捷跳下来，可落地时出了洋相，没控制好缓冲与平衡，摔地上了，脸着地那种。真丢人！

我眼见着他尴尬地从地上爬起来，抹了抹脸上沾的泥，一瘸一拐地朝我们走过来，停在离我五步开外的地方，咧嘴一笑："老了，腿脚不灵活，莫要见笑。"

"花爷爷？"青童难以置信地盯着他的脸，下意识地走过去，"你为何在这里？"

老头后退一步，朝青童做了个停止的动作："你站住，不要再过来。"

青童一愣，停下步子，不解地问："花爷爷，你究竟是怎么了？"

"你跟他很熟？"我警惕地看着老头子。

青童摇头："他只是我一个观众，不管我在哪里扯场子，他都会来看，给的赏钱也多。他每次给了钱就会离开，我们连一句话都没说过。花爷爷是我给他起的名字，因为他总是穿得花里胡哨。"

"路都走不利索了，箭倒是射得挺准。只剩一只眼睛是不是特别方便瞄准啊？"敖炽一步挡在我面前，冷笑，"风雨这么大，也不怕吹散了你的老骨头？"

老头嘻嘻一笑："这把老骨头早晚是要散的，但不是今天。"

"少跟你敖大爷废话！"敖炽反手指着我怀里的子淼，"这个男人虽然死了也没什么可惜，但也轮不到你说杀就杀。"

老头看看他，又看看我，说："不管你打算用什么法子救这个男人，我都是不允许的。"

我笑："你以为你有资格说这种话？"

"不是我有资格，是我的小盒子有资格。"老头从身上摸出一个亮闪闪的小玩意儿扔到我们面前。

一寸见方的小盒子，通体银白，没有多余的装饰，盒盖上镶了一块透明琉璃，能看到盒子里似乎有什么小东西在动弹。

"没毒，不是暗器，拿起来细看吧。"老头胸有成竹地微笑，"看清楚里头，你们也许会改变主意。"

敖炽白他一眼，用两根手指拈住焊在银盒上的细链子，嫌弃地把盒子送到眼前，然后倒抽了一口冷气。

"怎么了？"

我话音未落，银盒摇摇晃晃摆到面前，琉璃之下的狭小空间里，信龙兄弟在里头有气无力地扭动着。

"信龙？！"我伸手一把将银盒拽到手里，用力眨了眨眼睛，信龙还是在盒子里没错，"怎么缩成两根牙签了！"

老头嗤嗤笑出声。

"你干了什么！"敖炽一步上前揪住了老头的衣襟，"你不知道这是我家宠物吗？"

"它们若与你们无关，我就不用把它们关起来了。"老头啧啧道，"信龙可不比寻常人家能养的猫猫狗狗呢，虽不算真龙，也算龙的近亲，我活到这把年纪，也是头回见到活物。想必二位也跟我一样，不忍心看它们白白困死在我的寸步盒里吧。"

"寸步难行……寸步盒。"我冷笑，"名字倒是起得贴切。你觉得我会在意这两个家伙的生死吗？何况我的孩子差点遭了横祸，我正怀疑跟它们脱不了关系，你替我抓了，我得谢你。"

"说这种反话没啥用的。"老头不慌不忙道，"令嫒那只小猫虽跟它们脱不了关系，但你们也不至于为了这个要它们的性命。我还是那句话，你不救你怀中之人，它们就能活下来。"

敖炽把盒子从我手中夺回去，咬牙一捏，不知使了多少气力，那看似单薄的小盒子却连个凹印都没有。

"提醒一下，万一您手重把盒子捏碎了，里头的活物也会跟着四分五裂。"老头指了指敖炽手里完好无损的寸步盒，"我家的玩意儿都是死心眼儿，没有我的命令，永远不会放人，最坏不过抱着一起死。"说罢老头嘴角又扬起诡秘的笑，"关在寸步盒里的滋味可不好受，活物在里头呆不过三天就会虚弱而死。"

"你个死老头子！"敖炽一手揪住他，一手把盒子送到他面前，"立刻给我打开它，你知不知道世上只剩下多少信龙了？你又知不知道它们在黑市上的市价有多高？活的才能卖高价！大不了你放了它们，我拿去卖掉分一半钱给你！"

老头用坚定的眼神表达了"我不需要钱我也不相信你！"

我看了看怀里不知何时昏厥过去的子淼，小心地把他放平，起身擦了擦满脸的雨水，看定老头："如果我说你威胁我的砝码不够呢？不管你什么来头，你真以为一个小小的盒子能难住我？"

老头见我并不像是开玩笑，摇头叹气："你还真是固执啊……好，就算你不在乎信龙的命，那么鱼门国里的百姓呢？那些无辜的人，很可能被你此刻的决定推上绝路。这你也不在乎？"

头顶又一声惊雷。

寇争

285

"想想令嫒那只猫吧。"老头拉开敖炽的手，将铁弓用眼花缭乱的动作折叠起来，咔咔声中，不消半秒，铁弓变戏法似的成了一根不起眼的发簪，被他顺手插进花白的发髻里，"一只小猫尚且惹了乱子，何况是这样一个人物。"他顿了顿，看向敖炽，别有深意地笑笑，"方才我可是看得一清二楚，两军交战，大爷您可没占到半分便宜哪。"

敖炽恼羞成怒："刚才要不是我手下留情，他能活着让你一箭穿心？"

"你把话说清楚。"我打断敖炽，"现在我们在谈一个人的生死，你扯猫做什么！"

老头看着地上的子淼，鲜血在雨水里流成了一条小小的溪。

"花爷爷……你……你再胡闹下去，他就真的活不了了。"一直不敢说话的青童突然给他跪了下来，指着子淼道，"他是姐姐非常非常重要的人，你跟姐姐都对我好，能不能不要再这样对峙下去？有话好好说行吗？"

老头看着青童，脸色突然凝重起来，好像被雨水冲出了另一张脸孔。

"我不姓花，"他仅剩的一只眼睛里突然泛出了在我看来十分突兀的温柔，"我姓寇，我叫寇争。"

二

寇家的院落被层层叠叠大大小小的大红礼盒填满，两个仆从正满头大汗地做着清点，寇夫人一脸喜色地站在一旁，对身侧的老嬷嬷道："奶娘，回头替我准备上好的贡品，我要诵经三日，争儿婚事落定，真要多亏菩萨庇佑，治了我最大的心病。"

奶娘捂嘴一笑，连连点头："是是是。咱们少爷跟白家小姐，确是门当户对，天造地设的一对璧人哪。"

寇夫人拈着手里的佛珠，舒心地说："寇白两家联姻，今后彼此扶持，互通有无，两家前程势必如日中天，邪魔外道更是闻风丧胆了。"

奶娘连连点头，又道："只是老爷平素总要我们全家上下低调行事，夫人这些话放在心里就好，老爷若是知道了，又要教诲你许久。"

"他这个人哪……"寇夫人笑着摇摇头，"厨房那边准备得如何了？"

"照夫人拟的菜单，备得差不多了。"奶娘又笑道，"今日明明是夫人的生辰，摆的菜全是老爷爱吃的，真真是鹣鲽情深啊。"

"人越老话越多。"寇夫人嗔怪道，"聘礼清点完后，按时送去白家即可。奶娘你别顾着跟人家聊天，赶紧回来吃酒是正经。"说着她又想起一件事，道，"今早刘三姑又来订货了，一会儿你送完聘礼之后，就顺便把订单送到锻场去吧，你知道老爷最不喜欢耽搁客人了。"

奶娘想了想:"刘三姑?我怎么记得夫人你说过上个月才交了一批鱼刺钉给她,这么快就用完啦?"

"这婆子说是遇到了棘手的地妖,要多备些鱼刺钉才妥当。"寇夫人说着,四下环顾一番,"对了,争儿呢?我怎的觉着今儿一整天都没见着他?"

奶娘无奈道:"昨儿晚上就出去了,说有事,让我转告夫人说三天内回来。"

"不像话!你一定忘记提醒他今日是什么日子了!"寇夫人柳眉倒竖。

奶娘一巴掌拍在自己腿上:"瞧我这记性,昨晚他又走得急!怪我怪我!"

寇夫人生气得很:"这小子,连亲自跟我说一声都嫌麻烦么!"

"不也是怕夫人一拉着他的手就能说上两个时辰么。"奶娘想笑又不敢笑,"少爷长大啦,眼看着都要成亲了,身为寇家唯一的继承人,多去外头走动走动也不是坏事。夫人只管养尊处优貌美如花就够啦。"

"你这老婆子,越发油腔滑调。"寇夫人哼了一声,"江湖险恶,争儿才十八岁,有多少斤两我会不知?不好好在家里把手艺学起来,天天就知道往外头瞎跑。"

"儿大不由娘。以后就等着白小姐去收拾他吧。"奶娘嘻嘻笑。

"但愿争儿跟白小姐能相濡以沫,白首偕老。他们能幸福,我此生也就没有可担忧的了。"寇夫人双手合十念起了佛号,突然又像想起了什么,"还有方家定来镇宅用的银焰龙凰刀,老爷说已铸造完成,一会儿你差人去趟方家,让他们明日来取货吧。"说着,又认真叮嘱,"此事马虎不得,方夫人是我旧识,年少时曾有恩于我,如今她夫君固执己见,非要将宅子建在大煞之地,家中鸡犬不宁也不肯另择居所,只能寄望此刀可稍微抵挡煞气,保他一家平安康健吧。"

奶娘叹气:"听锻场的人说,这可是一把好刀呢,拿来镇宅未免大材小用了。"

"有什么法子。"寇夫人无奈道,"老爷起初也是不愿意的,说命由性定,方老爷非要信风水先生的荒唐话把宅子建在那里,出了祸事也不肯离开,那就是他选择的命,怨不得人。是我着实不忍方夫人被牵连,才央求老爷帮他们这个忙。但究竟能帮到多少还是未知之数,但总归是尽了我的心了。"

奶娘看着她:"夫人你就是心善。寇家杀气重,有你做女主人,确是福气。"

寇夫人笑笑:"我也盼有朝一日世无妖邪,人人安居乐业,我们寇家的锻场里不再铸造那些取命的利器,铸锅铲瓢盆才是安稳。可那一天是不是太远了?!"

"莫想那么多了,寇家如今所持之业,看似凶狠,实则也是为民除害的善事。"奶娘拍拍她的手,"你跟老爷就安心等着喝那杯媳妇茶,等着抱孙儿就好。"

寇夫人点点头，又皱起眉头："争儿回来之后立刻通知我，看我不罚他在菩萨面前跪到天亮！"

"好好好，要不要家法伺候？"

"那就算了……打坏了还如何给白家做女婿？"

主仆二人正聊得兴起时，身后回廊里匆匆走过一个身形高大的中年男子。

寇夫人见了，喊道："郭兄弟！"

男子忙停下，快步走过来，朝她拱手道："夫人有事吩咐？"

"那倒没有。"她微笑，"只是平常这时你们都在锻场忙碌，很少见你们回宅子里来。"

"锻场里的一件货缺了点东西，老爷遣我回来拿。"男子解释道，"我正要赶回去。"

寇夫人想了想，将他拉到一旁小声问："可还是为那件东西？老爷不是说暂时搁置么？"

男子点点头，道："今天老爷突然说想到了一个关键处，所以急急派我回来。"

她叹了口气："这样啊……那你快些回去吧，莫让老爷久等了。"

"是，郭义先告辞了。"他转身而去。

"郭兄弟！"她又喊道，"晚上你也准时回来吃饭，今天我让厨房专门准备了你爱吃的酱猪蹄。"

男子站定，微微愣了愣，回头道："多谢夫人。"

不多时，清点完毕的聘礼被陆续送出了寇家，热热闹闹地往白府而去。

队伍后面，寇家并不太显眼的大门依然沉默低调地隐在北坊中最普通的街道上，两侧的石墙上，用篆字各刻着两个字，一边是"勤业"，一边是"正气"。

如果说鱼门国中以西坊唐家为修筑之业翘楚，那么论金银铜铁铸造之高手，唯有北坊寇家。寻常人皆知寇家专铸刀剑利器，四坊之中名刀名剑大半出自寇家锻场，然寻常人所不知的，是一些以降妖除魔为任的术师世代均与寇家有生意往来，只因寇家锻造出的各种利器不但能伤人，还能伤妖邪。寇家的血脉天生与常人不同，凡亲手锤炼之物必得妖邪避忌，故而代代以铸造为业，明里以精湛技艺铸刀剑于江湖，暗中以这天赋异禀助术师祛除邪物，护凡人安宁。

到了今日，寇家一脉单传，只得寇争一根独苗，早日替他寻得良配开枝散叶，成了寇夫人最大的心病，好在菩萨庇佑，总算跟北坊白家即将结为姻亲，白家世代以造纸为业，虽非大富权贵，也算有家世渊源，届时白家小姐做了寇家的少夫人，一文一武，倒也匹配。虽听说白小姐生性清冷孤高，平日里不见外客，连相貌美丑都不为外间知晓，但以白老爷白夫人的相貌推测，最差也该是中人之姿，何况娶妻求淑女，只要她对寇争一心一意，容貌又有何要紧。总之，寇家上下都满心欢喜地期待着这门亲事。

但是，恰恰没有人问过寇争期待不期待。

抱歉，他不期待，一点都不。

三

"老大，还是不要进去了吧？"寇争的袖子被她扯住，眼前的荒坟被枯草覆盖了大半，支离破碎的石碑横亘在前，上头依稀可见斑驳的阴刻碑文。

寇争回头，奇怪地看着她："你怕呀？"

她支吾着不说话。他转身，看她的眼神跟看笑话一样："你是僵尸啊，我以为你看到坟墓就跟看到老家一样亲切呢。咦，话说你老窝本来也在这附近嘛。"

她把他的袖子攥得更紧了，小声说："我只是觉得这样不太好吧……你不是说背上那把刀是给你方姨家镇宅用的么，如今你将它偷出来，万一有个闪失，你爹娘那边不好交代吧？"

他啪一下重重打在她的手上，逼着她松开了自己，皱眉道："这样好的刀拿去当摆设是暴殄天物，方姨家那个宅子是没挑对地方，可他们家家道中落的根本原因不是她夫君刚愎自用么？我不做生意都知道物以稀为贵，他总是囤些到处都能看到的货色又如何卖个好价钱？还有啊，对自己的儿子又不好生管教，天天在外头惹是生非，闹得家中也鸡犬不宁。"说着，他又不屑地撇撇嘴，"人不走运，也不能都怪风水不好。"

她局促地握着自己的手，虽然一点痛觉都没有。

"但是，你说你爹娘已经答应了人家，寇家从不失信于人哪。"她还是替他担心，"你爹跟方老爷可不一样，你若胡来，他可能要打死你的。"

他噗嗤一笑，一手扶在她的肩膀上："青童啊，听你这样讲我还真羡慕你，要我跟你一样是僵尸，没有痛觉，我爹揍我多少回都不用怕了。"

她看了看他放在自己肩头的手，小声说："你究竟来这将军冢做什么？虽然传说这里头藏珍宝无数，但下墓之人几乎没有生还的，能活着出来的也变得疯疯癫癫。曾经道士和尚来去无数，道行浅的无非是落得跟那些盗墓贼一个下场，真有道行的，只得一位厉天师，他往将军冢门口设了结界挡住入口，之后此处才渐渐绝了人迹。"

他看看她认真的脸，又看看近在咫尺的入口："你怎么知道这些事？我都是好不容易才从奶娘口里套出这古墓的事情，我记得我没告诉过你。"

她坦白道："不久前一个夜里，我出来晒月亮，溜达到附近，看见几个小道士正在

寇
争

将军冢前忙活，那晚十分闷热潮湿，我看他们被蚊虫叮得满脸包，就过去跟他们说把碧环草揉烂了涂在皮肤上，蚊子就不来了。他们很是感谢我，还问我是否遇到什么麻烦了，不然大晚上的怎会孤身在此，我说我是附近猎户的女儿，我爹在不远处设陷阱抓野物。我问他们来这里干吗，他们说厉天师设在这里的结界因为年深久远，他们每隔几年都会来看看，万一结界有闪失，他们好及时修补。我还问他们这将军冢里除了财宝之外还有什么，他们支支吾吾说不上来，只说凶险得很，总之千万不要进去就是了。"

他想了想，笑："不进去我怎么拿东西给方姨家镇宅。有了这东西，方姨也就不需要这把刀了。"

她大惑不解："你要拿什么？"

"墓主的一块棺材板，一小块就够。"他越过脚下的残碑，站在黑黢黢的入口前。

她慌忙跟上去，拖住他的胳膊："你疯啦？冒这么大的风险就为一块棺材板？再说这入口是有结界的，普通人根本进不去。"

他解开背在背上的布包，从里头抽出一把寒光如雪、刀身刻龙、刀柄形似凤尾的大家伙来，光是看看都觉得此物杀气腾腾，有破风斩月之威，这么有形有神的一把好刀，拿去做摆设也着实是可惜了。

"寇家的刀，没有斩不开的东西。何况还是个年深久远的结界。"他握紧刀柄，屏住呼吸，一步步朝入口而去。果然，覆盖着入口的野草飘起来刚刚触到他额头时，他便再也走不动了，看不见的屏障横在面前，摸不到任何东西，但就是跨不过去。

没有半点犹豫，手起刀落，银光如焰。

空气里传来嘶一声响，很微弱。

他又试着往前迈了一步，成功了。

她全程捂着自己的心口，哪怕那里根本就没有跳动的心脏。

"走吧。"他有些得意地朝她勾了勾手指，开玩笑般道，"如果有什么机关暗器，记得替我挡着，反正你又不会痛。"

"好。"她看着他的笑脸，也就跟着高兴起来。每次都是这样，他的情绪可以毫无阻滞地传染她，不管身处何种境地，哪怕前无去路后有追兵，只要他对自己笑一笑，她就觉得哪怕死了也高兴，虽然她好像死不了。作为生死之间的灰色存在，因为他的存在，令到她有时候会忘记自己是一只僵尸，只是一个时刻跟在他左右的没脾气的小跟班。

认识寇争的时候，他才十二岁。那天下着大雨，她正蹲在棺材里无聊地听着墓穴外滴滴答答的雨声，放在棺材一角的白蜡烛是她最在意的东西，因为那是唯一的照明工具，已经没剩下几根了，用完了就得去外头买。如今蜡烛也涨价了，靠着仅剩的几个陪葬用的铜钱怕是撑不了多久了。正在她盘算着怎样多买些蜡烛时，裹了一身雨水与泥巴的寇争从墓穴顶上砸了下来，瘦瘦小小的一个人儿，狼狈得像只吃错了药的猴子。难得的是，他人小胆子却不小，看到墓穴里坐了一个冲他瞪大了眼睛的十七八岁的姑娘，他只是沉着地看着她身后的蜡烛问了一句："鬼也怕黑？"

她眨了眨眼睛："我不是鬼啊。"

他居然不信，骨碌一下爬起来，一只手捏住她的手腕，另一只手把指头放到她的鼻孔下。片刻，他收回手，后退半步，继续沉着道："都说鬼话连篇，果然没错。"

这小鬼……她又好气又好笑地从棺材里跳出来："我真的不是鬼。人家说鬼是没有影子的。"说罢她又来回走了几步，指着脚下的影子让他看。

"你没有呼吸。"他瞪着她，"死了就死了吧，没啥可耻的，别装活人。"

"因为我是僵尸啊。"她双手叉腰，看着比自己矮半个头的小男孩，做了个鬼脸，"不生不死的僵尸。"

"僵尸？"他一愣，旋即又不相信了，"别唬我！我可是见过僵尸的！它们的脸皱得跟风干的茄子一样，很丑很凶，要咬人要喝血！哪里是你这个样子！"

她居然高兴地指着自己："你意思是我很漂亮很温柔啰？"

"中人之姿罢了，我说别人丑也并不是赞你漂亮的意思。"他像个小大人似的叹了口气，"我家里人说过，白泉谷位处七绝之地，易招山精魑魅魉，此地又有古墓荒坟，就算真出了僵尸也不稀奇。不过，你真是僵尸？"

她蹲下去，从地上捡起一块有棱角的石头，又示意他也蹲下来，然后把石头塞到他手里，再把自己的右手掌平放到地上："你用力砸，别客气。"

他皱眉，把石头扔到地上："你让我干什么我就干什么啊，我们寇家可没这个习惯。"

"小孩你姓寇呀？"她眼珠一转，笑，"你怕砸伤我是不是？"

他瞪她："寇家的子孙，什么都不会怕。"

"那你砸啊！"

"我就不砸！"

"那就是怕！"

"我不怕，我就是不砸！"

话音未落，她突然举起石头往自己手上狠狠砸下去，他的呼吸明显急了一下，但强忍住没喊出来。

她白皙的手背上迅速瘀青了一块，一条半寸长的伤口在瘀青里豁开着，但是没有半滴血。

"一点都不疼。"她扔掉石头，胜利似的把手背对着他晃了晃，笑，"我没有痛觉的。虽然皮肤还会跟活人一样会瘀青什么的，但是伤口再深也没有血。"

他诧异地把她的手抓过来细看，又试着碰了碰她的伤处："真的不疼？"

"一点都不。"她摇头，"我真的是一只僵尸。这些伤，要不了几天就会自行愈合。"

他扯起她的裙边，从上头撕了一根布条下来，不由分说地给她的伤口缠了上去："疼不疼都是伤口，我娘说包扎上才好得快。话说你这么大个人了，怎么会蠢得拿石头砸自己的手呢？僵尸是不是都这样？"

"不是你不相信么，不是证明给你看么？"她噘着嘴看自己被包成粽子的手，"而且你干吗撕我的裙子不撕你的衣裳？"

"我的衣裳要是破了，我娘又得唠叨我一整天。"他撇撇嘴，"那如果我说你要把头砍下来再跟我聊天，我才相信你真的是不死的僵尸呢？"

"砍头？"她想了想，"这个还从来没试过，要不你试试？如果我还是没死，那要麻烦你帮我把头缝回去，我的针线活并不太好，而且我这里也没有针线。"

"你真是个疯子啊！"

"喂！小孩你别走啊，外头还在下雨，再坐会儿呗？你叫啥名字啊？从哪儿来呀？怎么掉我家来了啊？回头你能送我几根蜡烛吗？"

他们的初遇，就是这么尴尬。但是每每回想起来，她会笑，就算她没有一颗活的心脏，也觉得是从心里笑出来的。他扯下来给她包扎的布条，她一直没有扔，偷偷绑在了自己的手腕上。

她确实跟他所见到过的僵尸不一样，除了不呼吸不吃饭没有痛觉，外貌永远固定，常年住在地下墓穴之外，她哪儿哪儿都跟一个普通女子一样，不凶悍，甚至有点呆，但又有一些小固执，自己认定要做的事就一定要做下去。

相识六载，寇争从来没有跟家里人提起过他认识了一只住在白泉谷一个墓穴里的女僵尸。他父亲素来以刚直中正闻名江湖，视妖魔邪祟为天敌，以铸造可以杀死它们的利器为使命与荣耀，也正因为寇家的家业，他从小就对这些妖魔之事耳濡目染，还曾亲见过有赶时间的道士押了僵尸上门，待父亲铸造的七寸钢钉刚送出锻场，便拿来直刺僵尸心脏，将其化成一堆散发着怪味的黑灰。那时，他躲在窗后偷看，奶娘还来捂他的眼睛说'小孩子不要看这些'，但是被母亲阻止了，总是慈爱温柔的她用从未有过的严肃对奶娘说："他是寇家的孩子，就该当承受得起这些。"

本来么，也没有什么可怕的，他寇争天生胆大，区区僵尸算什么。但是，他还不想让她也被七寸钢钉化成灰，至少到现在还没有动过这样的念头。那天他冒雨去白泉谷，他跟所有人包括她在内都说的是他去找一块僻静之地练功，白泉谷这种人迹罕至的地方最合适了，毕竟他是要继承寇家的人，一个能铸造神兵利器的男人，怎么也还得有一身好功夫才算匹配，何况做这一行少不得得罪人或者别的"东西"的时候，没有点自保的本事，寇家的香火延续不到现在。他父亲就是拳术高手，作为父亲唯一的儿子，寇争从会拿勺子的年纪就开始在父亲的督促下练习拳脚，父亲说不管你怎么练，十八岁时如果你打不赢我，你就没有资格进锻场，没有资格继承寇家的家业。

真苛刻，他心里嘀咕了好久。但好像也不太能难住他，他十二岁时寇家那些陪他练拳的家丁就不再是他的对手了，能收拾他的只有父亲以及父亲的得力助手郭叔，对于拳脚功夫，他有一种天生的领悟力。所以他很自信十八岁那年他一定能打败父亲。

但是，那天他去白泉谷并不是为了练功，而是为了找一种稀有的兰花。据说这种兰花只生在白泉谷，花瓣纯白，形状奇特似鸟翅，花香清甜悠远，能持续半载不败。当然了，他自己对花花草草是没有兴趣的，但是江小莞有兴趣啊，作为北坊著名的教书先生江夫子的孙女，这个腹有诗书气质如兰的姑娘最爱的就是各式兰花。他十岁那年第一次见到江小莞时，就跟母亲说："娘，我要娶她当媳妇！"母亲笑出了声，说："我们家做的是刀光剑影的生意，会吓到江夫子的。"

他就是喜欢江小莞啊，世上怎么能有这么纤秀柔弱的姑娘呢，眼睛又那么大那么黑那么亮。跟他一般大的年纪，诗词歌赋信手拈来，还写得一手好字，跟他说话时总是一口一个寇哥哥地喊着，声音也软软细细的。

那次，是江夫子唯一一次带着江小莞来寇家，为的是来把寇家捐给江家私塾的钱退回来。念了一辈子圣贤书的江夫子历来看不惯江湖上打打杀杀的人物，虽然他不完全了解寇家的生意，也知道寇家做的是正经买卖，但光凭寇家以做刀剑利器为主这一条，他便发自内心地排斥，固执地认为寇家做的是"我不杀伯仁伯仁因我而死"的事，哪怕寇家常捐款给私塾庙宇之类的地方，他也不想跟这样的人家有任何牵扯，更不想受其恩惠。

大人之间是做不成朋友了，但寇争还年幼，常去私塾找江小莞玩耍。江夫子虽不太高兴，但也没有太过于阻止，每次他一去，江夫子还要教他一些与人为善不伤人命的道理。

寇争老早打定了主意，此生非江小莞不娶。可每次跟母亲表达这个意愿时，母亲都以"你还小"或者别的理由搪塞过去。这些事他是不太敢跟父亲说的，因为一定会被骂没有出息，尚未立业就想成家。可他真的很喜欢江小莞啊。

可惜的是，那天他在白泉谷冒雨找了大半天也没找到她说的那种兰花，反而失足掉进了女僵尸的窝里……本来是件倒霉透顶的事，却不曾想从此以后他会多了个不用吃饭也不怕疼的跟班。

那天他爬出墓穴之后，本打算再也不来的，看在她不伤人又蠢兮兮的份儿上，他也决定不把她的存在告诉任何人。但是，当她像只滑稽的老鼠似的从墓穴入口伸出脑袋冲他喊"能给我带几根蜡烛吗"的时候，他居然鬼使神差地回头说："行了行了，给你带！"

此生最后悔的，就是点了这个头吧。

她比他见过的那些丑僵尸幸福，至少她可以在没人看到的时候从墓穴里爬出来，不慌不忙地走上老远的路，去到市集上走走看看。不用吃喝不用买房，除了买蜡烛没有任何花销，不会疼不会老不会生病，她享受着人世带给她的繁华与趣味，却不需要负担人世的艰辛与辛酸。虽然因为害怕身份暴露不敢结交朋友，能毫无负担地在墓穴与人世之间游走，也是满足了，更何况，她对人类始终还有一份惧怕不曾释怀。

而她最大的幸运是，身为一只僵尸，即便混迹人群之中，也没有任何人觉察到她跟他们是不一样的，包括那些各有修为的术师道士们。关于僵尸她也多少去了解过的，江湖上那些关于僵尸的描述跟寇争说的差不多，面目丑陋，喜食人血，而且不能见阳光，根本不可能大摇大摆在街上走。只有她，是僵尸里的奇葩，除了少一口气，哪里都像个人。有时候，当她独自在墓穴外的空地上看着星空发呆时，她会觉得自己大概是老天爷的一个疏漏吧，可能他老人家在编织她的命运时走了神……

每当有这种念头时，她的手都会不由自主地放到心口上——也许，不是老天爷的责任，而是那个东西跟她的缘分？

不管怎样，认识了寇争，她终于有了墓穴与集市之外的生活。这个小子真的很勇敢，以后他一定能把寇家的家业发扬光大的吧。不过有必要这么称赞他么，寇家擅长的事不是专门对付像她这样的"妖邪"么？

但是，她就是没法不在心里称赞他，并且心甘情愿跟在他后头，去做了好些自己从前没有做过的事，比如——去杀一只藏身在溪水中，常把路过的孩子拖进水中的蛇精，去偏僻的村庄里围捕贪吃的蝙蝠怪，去无人居住的荒宅里抓有命案在身的僵尸——寇争拿到的每一个功绩里，都少不了她的协助。她不会中毒也不会被淹死，所以她可以忍住恶心抱住那条滑腻腥臭的黑蛇在水里决一死战，直到把它硬拖出水面让寇争一箭射死；她没有血不会疼，所以她可以毫无压力地把自己当成诱饵，睡在肮脏潮湿的破屋里，直到蝙蝠怪尖锐的牙齿咬进她的脖子；僵尸就更没有压力了，她像个女汉子一样从后头紧紧箍住僵尸朽烂的身体，忍受着令人作呕的气味，让寇争得了钢钉刺心的机会，七寸钢钉从僵尸背心戳出来时，若不是她退得快，连她也一并完蛋了吧。事后她看着那一地黑灰，看看自己胸前被刺出个小洞的衣裳，看看如释重负的寇争，心想他应该还在一个不分轻重的年纪吧。

不过，他们经历过的一切，都是秘密。寇争希望的是默默地成长，在所有人不知道的情况下走到一鸣惊人的那天，成为寇家最骄傲的子孙。她深知这一点，所以也知道自己永远不会出现在寇争与任何人的谈话里。她是他人生的陪练——这是有一天他们路过一间武馆时，她看到场中那个被汉子们拿来练拳脚的沙包时，心里突然冒出的想法。

但是，她愿意啊，反正自己又不会疼。

除了"陪练"的日子之外，他也会在天气不错的时候跟她坐在白泉谷的河水边钓鱼，也好奇地问过她在变成僵尸之前的经历，但她每次都搪塞过去。在他不甘心地问了好几次之后，她才说其实也没什么经历，而且时间太久好些事也记不住了，不过是村子里的一个寻常丫头，虽然父母早将她许给了指腹为婚的屠夫家的儿子，她还是忍不住喜欢上了一个来村子里借宿的书生，私奔失败，两个人被绑回来，村长说她丧德败坏，丢尽祖宗颜面，要按照祖例处罚，若那书生甘愿为她断一只手，村子里的人就当他们死了，撵出去永远不许再回来。若书生不愿意，那么她就要独自承受极刑。她说记得那个晚上全村人都出来了，她跟书生像牲口似的被绑在祠堂前，父亲恨她得很，母亲哭红了眼，但他们除了站在那里看，也做不了什么。唯一能改变她命运的书生，只在村长面前说了一句话——从头到尾都是她逼我的。然后事情就很简单了，她被绑住手脚缀上大石，扔进了村里的水塘，水刑的时间是一个时辰，如果一个时辰捞起来还能活，前事不咎。可这不是废话么，哪个活人能在水里憋一个时辰……所以她死了，被埋到了白泉谷，还是村子里的规矩，像她这样生死都不光彩的人，得埋到离村子很远的地方。

这就是她的全部经历了。他听完，默默盯着没有动静的浮漂，半晌才说："我若是你，非得断了那书生的脖子再去死。"

她笑："我早就不恨他了，人在害怕时做出任何自保的行为都是正常的。所以我才特别喜欢你啊，什么都不怕。"说着，她像是想到了一个特别有意思的问题，扭头问他，"如果要你断一只手去救江小莞的命，你会么？"

浮漂动了动，他的眼神也动了动，说："我压根不会让她陷入这样的境地。"

她打量着他线条优美的侧脸，没再说什么。

数年过去，瘦瘦小小的猴子没了踪迹，茁壮发育的身体与长年勤恳的修习让他变成了一个相貌堂堂的英武青年，他完全继承了父母在外貌上的优点，渐渐成了让不少未嫁女子暗暗谈论的对象。只是江小莞对他，还是不远不近的样子，嘴里甜甜地喊着寇哥哥，但永远只接纳他送来的花，连邀她去看花灯会都拒绝。

在寇争去私塾给江小莞送兰花时，有好几次她也在场，她常常陪他去山谷里找兰花，虽然找不到江小莞最想要的那种，也能收获到别的很美的兰花。每次她都站在私塾的对面，悄悄打量出来跟寇争道谢的江小茧，确实空谷幽兰似的姑娘，秀美娴静，知书识礼。只是这样一个姑娘，好像真的不太适合寇家的风格，虽然连她都喜欢江小茧这样的姑娘，但她不想寇争娶她，说不上具体的原因，就是觉得不合适。

水面上的浮漂又没了动静，她撑着下巴望着水面，说："你不是说你娘已经托媒人去白家提亲了么？"

他面无表情："是啊，听说白家已经同意了。"

"那你怎么办？江小茧怎么办？"她诧异地问，"还是……你打算娶两个？"

他用力弹了一下她的脑门："你脑子也僵掉了么？女人上了年纪就会很啰唆，看我娘就知道了，所以我绝对不会娶两个来烦我。"

她摸了摸脑门，嗔怪道："你这小子……"

"别叫我小子了。"他伸了个懒腰，"我现在看起来跟你一般年纪，你没有这个资格了。"

她撇撇嘴，往水里扔了一块石头。

"你干吗！"他怒道。

"把你的鱼吓走呗。"她扮个鬼脸，"帮你放生。"

"啪"一声响，她的鱼竿被一块小石头击成两截，鱼线浮漂随着断裂的一半漂向远处。

他拍拍手道："我也帮你做善事。"

还是没长大的孩子啊，她心里发着笑。

"我认真的呀，如果白家同意了，那你就得娶白小姐了。"她把脸凑到他面前，"你得想个法子才成。"

他不说话，胸有成竹地盯着波光粼粼的水面："我的事，我有数。"

四

"什么？棺材板是你替白小姐找的？"阴暗潮湿的墓道里，她微弓着身子，艰难地跟在他身后前进。

他举着临时用树枝做的火把，头也不回道："那女人说了，只要我能从这座传说中的古墓里给她取一块墓主人的棺材板，她自有办法让这门婚事告吹。"

她更惊讶了："你去找过白小姐？什么时候？"

"你不在的时候呗。"他淡淡道，"说得就像我什么事都要跟你讲一样，你又不是我什么人。"

她抿了抿嘴唇，没说话。

"反正，只要拿到棺材板，我不但不用娶她，她还额外送我她家祖传的'断头刀'。"他笑笑，"我可不会那么便宜她，既然做交易，就一定要做得划算。"

"断头刀是什么？"

"刽子手专用的刀，有些人家会拿这玩意儿镇宅。白家祖上救过一个刽子手的命，人家就把吃饭的家伙送他们了。不过白家人也并不太信这个，所以一直放在库房里吃灰。反正方姨他们又没见过银焰龙凰，拿这把刀给他们就够了，一举两得。"他有些得意地说。

她想了想，道："不太好吧……你爹不会同意的。"

"银焰龙凰在我手里，到时候交不出货的话也只能拿断头刀去顶。"他笃定道，"莫说我舍不得这把好刀，我爹也是一千个不愿意。明明是人祸，我看拿了我家的刀也未必有起色，回头说不准方家还倒打一耙说我们寇家的东西不灵光呢。"

"好像也是……"

话音未落，有限的照明范围里突然出现了一个半人高的黑影，寇争猛地停住，大刀一挥，怒斥一声："何方妖孽在此祸害人命！"

她紧张地从他背后探出头去，攥紧了拳头，做好了随时冲出去拼命的准备。

"你们……又来盗墓？"听起来略口吃的声音，有点苍老，但并不凶恶。

寇争稳了稳神，握紧刀柄朝前走了几步，一只足有半人高的巨大的……刺猬，眨巴着小眼睛出现在亮光里，树叶枯草干掉的泥浆乱七八糟地戳在它的刺上，最离奇的是它长的不是爪子，而是跟人类的手脚无异的四肢，此刻它正弯腰驼背地站立着，用最离奇的姿势挑战他们的认知。

"好大的……刺猬。"她看得傻了。

"你们家的刺猬长个人的手脚啊！"他皱眉，"果然是妖孽！"

刺猬见了他手中的刀，有些胆怯，连连摆手："我是妖，但不孽。你们还没回答我，是不是又来盗墓的啊？"说罢又低声嘀咕，"多少年没人来过了，那老道的结界还是不灵了么？"

"我们不是来盗墓的！"她赶紧说，"我们就是想来取点东西。"

"这不还是盗墓么……"刺猬又眨了眨眼睛。

"你到底是什么鬼东西！"寇争猛一挥刀，银光晃得刺猬赶紧挡了挡眼睛。

"我在这儿守着主人。"刺猬侧身朝里头指了指。

寇争又前进两步，举高火把一看，刺猬身后就是墓道尽头，一个简单的口字型空地，中间摆放着一具四分五裂的棺木，上头布满焦黑的痕迹，一副骸骨歪歪斜斜地放在棺木里，也像被烧焦了般黑漆漆的。但是离棺木不远的地方就亮眼多了，不计其数的金银玉器堆成了一座足有一米高的小山，闪瞎人眼一点不难。

她忍不住道："你把你主人烤糊了么？"

刺猬郁闷地转过身，慢吞吞地走到棺木前，一屁股坐下来，抓了个石头在手里玩，说："我主人生前痴迷术法，选了这块'风水宝地'，还在墓顶掏了个不起眼的什么'通天龙眼'，其实就是个小洞啦，他深信死后五百年内天雷经过此洞击中其肉身三次，便可化龙升天，冲破囹圄。我是他养大的，他在哪儿我就在哪儿。我在这儿不知守了多少年才等到一次雷击，可才一次就焦成了这样。更何况天地广阔，谁能保证天雷能三次都击中同一个小洞，这种缘分太艰难了，能击中一次都差不多用完一生的运气了吧……"

寇争停在离刺猬几步开外的地方，仍不太相信："你真的只是守墓而已？"

"是啊。"刺猬点头。

"那早年那些死无全尸和疯掉的人呢，难道跟你无关？"寇争追问。

刺猬无奈道："主人富有是事实，这些财物都是他生前搬进来的，但不是寻常物啊，他说这是给心怀叵测之辈的惩罚。我提醒过每一个进来盗墓的，这些财物被下了咒术，一出墓穴就会化为黑水致人疯癫，也警告过那些想杀我的人不要碰我，我的刺有剧毒，不只见血封喉，尸身还会四分五裂。可他们不肯听有什么法子。老实说，早些年我虽然凭这一身刺保了命，但也没少挨揍，你说我一只老实蹲在墓穴里的刺猬，我招谁惹谁了。"它叹气，还抹了抹发红的眼睛，又道，"幸亏后来到底是来了个明事理又真有本事的老道，把入口封了，不过下封印之前他问过我，要不要随他离开这里，我拒绝了。我走又走不快，飞又飞不了，除了不用吃喝长生不死之外，就只剩一身剧毒，外头的世界容不了我。还是在这儿守着他吧，万一他真的化龙而去，我也算见证了一个天大的奇迹。"

寇争还在犹豫着要不要相信它的话，她突然对寇争说："我信它，它没撒谎。"

他皱眉道："你哪来的自信？"

"因为它看起来蠢蠢的。"她指着刺猬笑笑，"它跟我一样，都是独自活在地底的家伙。本来能说话的机会就不多，就更不舍得把这机会拿来撒谎了。"

他慢慢放下手里的刀，看了她一眼，没再说话。

"我也跟你们这样讲了，你们还要拿东西么？或者看我不顺眼，要揍我一顿？"刺猬把石头在手上抛来抛去，一副已经习惯了的表情。

他上前一步，指着散架的棺材道："我来只是想要一块棺材板，一小块就够。"

刺猬看着他，诧异地问："你只是要一块棺材板？"

他点头："你主人应该没把棺材板一起下咒吧？"

"这倒没有。那个又不值钱。我记得主人给自己选棺材的时候还跟寿材铺的老板吵了一架，说他家的棺材太暴利。主人生前虽富有，但也真是挺抠门的。"刺猬说着说着居然哈哈笑了起来，笑着笑着又哭了，抹着眼泪道，"你们不知道，我其实挺想他的。我只有巴掌大的时候就跟他在一起了，可他活不过我。"

寇争想笑又觉得不合适，她却一点都不想笑，眼里划过一丝黯然——终究是要分开的呀。

"那你是同意了？"寇争问。

"拿去吧。"刺猬点头。

事情比想象中顺利了太多，寇争看着手里用布包好的大约五寸见方的棺材板，心头一块大石落了地。

"走吧。"他转身对她说。

"等等。"她让他把身上所有的火折子都拿出来，全部放到刺猬面前。

刺猬不明所以地看着她。

"想亮堂一点，就用这个吧。"她笑，"这里太黑了。可惜我今天没有带蜡烛，不然也全给你。"

刺猬看看地上的火折子，说："不打我还给我送东西，好难得。"

"我们不敢打你啊。"她哈哈笑。

刺猬又揉了揉眼睛，看着寇争，说："我这儿好久没人来了，你们能不能多陪我说会儿话？天亮再走，行不行？"

"我跟一只刺猬有什么可聊的？"他嫌弃地说。

"随便聊什么都可以啦。"刺猬拍拍地上，"都坐下吧。我给你们讲讲我主人的有趣的事。"

"讲啊讲啊，我最喜欢听故事了。"她赶紧坐下了，也不管在身后吹胡子瞪眼的寇争，"我一直不明白，为什么这里会被人叫将军冢？你主人是将军？"

"不啊，这里以前好像埋的是个当兵的，也许是将军吧。"

"以前？"她瞪大眼，"你主人把自己埋到人家的墓里？"

"主人并不介意啊。何况选中这里的时候，里头并没有尸骨，只有些陪葬的东西，应该只是衣冠冢吧。"

"你主人还发生了什么有趣的事……"

"我主人说呀，咱们鱼门国是一座巨大的监牢，其实外头还有更大的一个世界。"刺猬不慌不忙道。

"外头？"她一愣。

"对啊，主人说去了外头才会知道什么叫自由。那个世界的宽广与奇妙，是我们想象不到的。那里有人，有妖怪，还有神。"刺猬继续道。

她指着它："咱们鱼门国也有人有妖怪啊，你不就是么？"

"那神呢？"它反问。

"神……"她皱眉想了想，"神也有啊，庙宇里的神像，典籍里的记载……"

"你也说了只有神像，只有记载，只有百姓口中随意的流传。"刺猬打断它，"鱼门国是被神抛弃的地方啊。"

她想了半天，最后还是茫然地摇头："不明白。"

刺猬一摊手："我也不明白。但主人是这样说的。"

寇争全程皱着眉，坐在离他们很远的地方，不耐烦地参加着一只刺猬跟一只僵尸的恳谈会。

鱼门国是监狱？是被神抛弃的地方？说得好严重，可他从不觉得鱼门国有什么不好啊，真有什么外头的世界么？"外头"能比整个鱼门国还大？那得多大啊……

时间在闲聊与胡思乱想中飞速逝去。刺猬伸了个懒腰，看着墓道另一头说："差不多天亮了。"说罢又看着寇争："看你年纪不过十七八岁吧。"

寇争起身拍拍屁股上的土："是。"

"要好好留着这条命啊。"刺猬突然说。

"为啥你这话说得怪怪的。"她看着刺猬，觉得它的小眼睛里藏了事儿。

刺猬叹气："我留你们到天亮，是想帮这小哥避过一场血光之灾。"

二人俱是一愣。

"跟了主人那么多年，多少也学会了一些观望气色的本事。"刺猬坦白道，"昨日我见这小哥额头有血气凶光，若当时就放你们离开，只怕这小哥性命难保。此刻再看，凶光已失，应该安全了，但你们仍不能大意。"

"血光之灾？"寇争到底是笑出来，"你个刺猬怪还会这个啊？你怎么不去集市上摆个摊呢！"

"回去吧。"刺猬摆摆手，"出去时麻烦拿石头把入口堵死，现在没有结界了，暂时只能这样。但愿那些人没那么快发现，唉。也不知那些道士什么时候再来把结界补上，你们要是得空的话，往天仙观去给我报个信吧。"

直到离开将军冢，他都不相信所谓的血光之灾，认定那只是一只无聊的刺猬编出来逗趣的瞎话。

今天天气极差，还是清晨就黑云压顶。

走在回家的路上，不知道是不是没吃早饭的缘故，他总觉得心跳得厉害。

五

此刻，他最恨的就是那只刺猬。

如果不是它挽留，昨夜的寇家起码会多一个拼死反抗的人。

官府的衙差们在家中来来去去，盖上白布的尸体在院子里摆成了一排，白布下头，有陪他练功的家丁，有给他端茶送水的丫鬟，有帮他捉蟋蟀的小厮，他出门前，这些人还活生生的，一口一个少爷地喊着他。

父亲的遗体停放在家中的佛堂前，惨白的面色里透着一股黑气，心口上深深的剑伤是致命一击，他血迹斑斑的手里还紧紧攥着一块黑色的布巾，似是拿来蒙面的玩意儿，攥得太紧了，谁都扯不下来。

卧房里，年迈的奶娘刚刚被盖上白布，奄奄一息的母亲躺在另一张床上，束手无策的大夫抱歉地跟他说："就一口气了，她能拖到现在已是奇迹，有什么话就别耽搁了。"

说什么？他不知道要说什么，一夜未归罢了，家就成这个样子了？还有，他刚刚才想起，昨天是母亲的生辰。所有极端的情绪汹涌而上，反而堵住了他所有发泄的渠道，他没有哭，没有喊，没有怒，眼里只有死一般的安静。

"娘……我回来了。"他握住母亲冰凉的手。

母亲睁开眼，见了他，安慰地笑出来："幸好……你现在才回来。"

"谁下的手？"他忍住要掉出来的眼泪，牙咬得咯咯响。

"郭义往酒菜里落了药……半夜时，无常楼的人来了……若不是想留口气见你，我也无需装死，随你父亲去了便是……"母亲异常平静地说着，然后她示意他低下头，费力地在他耳畔耳语了片刻。

短暂的愕然从他眼里闪过，接着再也无从压抑悲伤与愤怒，他抓住床沿的手，几乎要把指甲抠进去。

"郭叔……不，这个人渣，寇家待他不薄，他怎能做出这样的恶事！"他浑身都在发抖，像是掉进了无从拯救的冰窖里。

母亲浅浅一笑："自古以来，人心最难测……嫁进寇家前我就知江湖险恶，寇家的家业太易招惹祸端，我吃斋念佛，菩萨好歹把你留下了……争儿，记住我跟你讲的话。"她用尽最后一点力气抬起手，摸着他的脸，"死去的人莫再惦记，活着的才要紧。等你有了孩子，记得烧纸跟我说……"

笑容凝在母亲的嘴角，她的手，重重地耷了下来。他跪下，眼泪不用忍也掉不出来。原来痛到极致，是哭不出来的。

他在父母的遗体前重重磕头，额头出了血也毫无感觉。

官府的头头找到他，询问了一些关于这场灭门案的线索，说他们已下了通缉令，全国缉拿嫌犯郭义及各帮凶从犯。他只淡淡地跟对方说："你们知道多少，我便知道多少。劳你们费心了。"

他站在院子里，心里只有一个声音——以后，寇家只得你一个了。

在锻场工作的工人们闻讯赶来，有的激愤难耐，有的号啕大哭，寇家一片混乱。

他第一次像个成年人那样镇定地安排所有的事，接待所有的人，他用这样的方式证明着寇家还活着。

乌云翻滚了一天，可直到天黑也没有落下雨。

闷热之极的夜里，谁也没有留意到默默离开的他。

他换了一身不起眼的灰黑衣裳，背着银焰龙凤刀，径直往锻场而去。寇家用来铸造各种器物的锻场，原本是他最不爱去的地方，尤其是夏季，里头的高温实在令人难以忍受，但今天不一样，走到哪里都觉得冷，从骨子里头冷出来。

母亲对他的耳语是，要他趁夜黑人多时乔装打扮离开寇家，离开北坊，隐姓埋名十年再回锻场去，自熔炉底座中心所指的地下取出百炼匣，里头放的是寇家最重要的《天工谱》，与还未完成的神器——魔镜。

人烟渐稀的街头，他越走越快。

娘，对不起，我不想逃命，不想等十年，如果要发生什么，就在今天发生好了。

六 ❧

空荡荡的锻场里，他站在与他一般高的熔炉前，怀里抱着个沉重的四方铁盒。

对面，十来个蒙面人手执钢刀，虎视眈眈，郭义站在蒙面人前头，横抱着双臂看着他："争儿，你比我想象中更不怕死，但也比我想象中更蠢。"

"我不想隐姓埋名，我想尽快见到你。"他咬了咬牙，"我最后喊你一次郭叔，为什么要连同无常楼这样卑劣的外人来对付我寇家，你是看着我出生的，我爹娘收留你，视你如亲弟，还让你协助管理锻场，从不薄待。你杀这些同你朝夕相处的亲人时，真的半点犹豫都没有？"

郭义笑了笑："我原本就是无常楼的少主人，他们算不得外人。"

他皱眉。

"作为曾经的大帮，盛极必衰，无常楼式微本也无话可说，我也曾想就此割断复兴我帮的念想，改名换姓，安心在寇家协助你父亲，了此余生。可你父亲真的是个天才，他居然照《天工谱》上的方法铸造出了魔镜，虽还未完工，但我已见识了魔镜的神奇，若铸造成功，此物当为举世无双的神器，捕梦为真，起死回生，那些永远离开我的人，都可以回来了。"郭义的眼中有极度的兴奋，但旋即被怒火湮没，"可你爹偏偏不再继续了，说还需要一种极难找的材料，能不能得到要看机缘，不可强求。我让他告诉我是什么，我去找，就算要走到乌川尽头我也给他找回来。他却始终不肯说。当我傻吗？他分明是不想让我再参与其中。你爹从来没有真正信任过我，《天工谱》他连碰都不许我碰，防贼一样把它藏起来。我实在不能看这神器功亏一篑！你爹娘要是老老实实告诉我《天工谱》跟魔镜收在哪里，我不会杀他们，真的不会。"

他居然笑了："我娘说过，无常楼不过就是个强盗窝子，当年被正义之士捣毁是它应得的命数。你在我家这么多年，吃了我家这么多饭，终究还是个强盗。"

郭义沉下脸，伸出手："都不必废话了。把东西给我，看在叔侄一场的情分，我留你性命。"

"我死了它才归你。"他缓缓把百炼匣放到地上，解开背上的布包。

犀利的银光从郭义眼中划过，他半眯起眼："你的拳脚，一半是我教的，你以为偷拿了这把刀就能以一敌众了？"

他不作声，将银焰龙凤横在身前："勤业，正气……郭义，你不配做我寇家的人，你甚至不配活下去。"

郭义摇摇头，眼中杀气突现，对身后的蒙面人道："杀了他。"

闪电裂过夜空，雷声惊起，凶猛的雨水哗啦而下，一点铺垫都没有。

他从来没有杀过人，只觉得刀锋砍进人肉的时候跟他斩杀妖邪时的感觉不一样，他的心会颤一下。

刀光剑影，闪电惊雷，他用自己的命去拼，鲜血在雨水里飞溅，落地汇成渐大的血河。

背上有点麻，胳膊上也是，右眼好像也看不清东西了，是不是中刀了他根本不知道，他只知道握紧刀柄，朝眼前的敌人一个一个砍下去。

直到最后一个蒙面人被砍倒，郭义才意识到自己低估了他，这个平时看起来贪玩任性的孩子，背地里做了什么他不知道的事么？

他飞身而起，一脚踢向寇争的心门，重伤的寇争没能及时避开，只觉心口一阵剧痛，

寇争

303

一股血腥味直冲喉咙，整个人朝后飞起，重重跌在地上。

郭义从地上拾起一把弯刀，一步步朝他走去："到了黄泉，替我向你爹娘问个好。"

一步之遥时，有人从暴雨里冲过来，速度快得不像人类。

她挡到郭义与寇争之间，一拳砸向郭义的脸，谁知被郭义一把扣住了手腕，顺势朝前一拉，竟把她整个人甩了出去，嘴啃泥地趴到了地上。

"青童……"寇争看清了来人，顿时怒了，"你打不过他的，走！"

郭义打量着从地上狼狈爬起来的她，揶揄道："这姑娘是谁？你可是订了亲的人了。"说罢，他面露凶相，举刀向她，"既然来了，就陪他一起走吧。"

她站在原地，看着刀尖直刺过来，突然伸手抓住刀刃，用力朝后一拉，钢刀顿时脱手飞了出去。完全没有料到她敢这样的郭义，顿时失了平衡，整个人面对面朝她倒了过去，她不躲不闪，张开双臂把他紧紧抱住，两个人一起倒在了地上。

"寇争！拿刀！"她用生平最大的嗓音喊道。

郭义用尽全力挣扎，却发现这小姑娘此时的力气大得惊人，同时她的双眼竟透出了隐隐的红光，在她的钳制下自己根本动弹不得。

寇争挺身而起，正要抓起银焰龙凰时，却迟疑了半秒，转而抓起蒙面人用的钢刀，冲上去一刀刺进了郭义的背心。

这一刀刺得太深了，刀尖扎进了地里。

"到了黄泉，给我爹娘道个歉。"他喘着大气，终是倒了下去。

雨水打在脸上，特别疼。

她还好吗，应该还好吧，僵尸不会死，不会疼……

眼前的一切，渐渐化在了雨水里。

七 ❧

她背着他在夜雨里跑了无数条街，终于敲开了一间医馆的门。放下他之后她就跑了，她怕大夫看到她心口上的刀伤。

第二天傍晚时，寇争才醒过来。慈祥的老大夫说："年轻人还是学点好，你们这些江湖青年我也是见得多了，动刀动枪打架斗殴是又蠢又危险的行为，幸好你年轻底子好，刀伤虽多，却只伤了皮肉，没大碍，但你的右眼今后怕是看不清东西了。"

他向老大夫道了谢，摘下脖子上的玉坠塞过去："走得急没带钱。这个当诊金吧。"

老大夫看了看这块玉，瞪大眼："孩子，这块玉不是便宜货啊。"

"我娘给我的。"

"那更不能给别人啊！"

"我娘去世了。"他笑笑，"人都不在了，留着它反而伤心。"

"那……那这个你记得拿上啊！"老大夫指着放在桌上的铁盒子跟一把用布包好的刀，"这是送你来的那位姑娘留下的，说你醒了一定要交给你。"

他看着那两件东西，说了声谢谢。

最后，老大夫看着这个年轻人穿好衣服，告辞出门，昨夜的雷雨把街面冲刷得非常干净，他走在斜阳里，背影特别从容。

那么，还有三件事要做，第一件，安排好家里的事；第二件事，是把棺材板交给白小姐，不过，说不定白家现在已经主动取消婚事了吧；第三件事，是要去找江小莞，这次不送花了，也不找任何借口了，他就想跟江小莞说，遇到好人家就嫁了吧。

但现在暂时还不能回家，他换了个方向，径直往白泉谷而去。因为有伤，他走得比平时慢，直到深夜，离白泉谷还有颇长一段距离。

他一屁股坐到路边的石头上，突然说："如果当时刺下去的是银焰龙凰，你很可能就是一堆黑灰了。"

她从不远处的一棵树后探出脑袋："可你换了刀。"

"总有一天会来不及换的。"他面无表情地看向她。

她从树后走出来，踢着脚下的小石子，低头道："如果那晚我真的被你甩掉了，赶不及到锻场，你肯定死了。"

"我就没想过活下来。"他把视线移到怀里冰凉的盒子上，"但既然没死，日子该怎么过，就怎么过。"他顿了顿，又说，"伤好之前，我都住在你的窝里。"

她先是一惊，然后面露喜色："好！"

八

寇争在墓穴里休养了近半个月，吃喝都由她一手包办，每天都给他摘野果挖野菜熬鱼汤，没钱买不了肉，好在鱼不用花钱，她天天去河里钓。寇争说他吃鱼吃得都要吐了，她说没钱就忍忍，等你回到寇家继续当少爷，想吃什么都行。可是话一出口她又有点后悔，就算他回到寇家，也当不了少爷了，老爷夫人都没了，又哪里来的少爷。这些日子，寇争没有表现出太多悲伤，顶多在天晴的夜里坐在墓穴外头，用剩下的那只眼睛看天，也会跟她像从前那样说话，不知情者根本看不出他曾经历过怎样的一场劫难。

他对她没有任何避忌，当着她的面打开了百炼匣，还跟她说："我们寇家铸造的物事的精巧跟玄妙，旁人是无法想象的。这匣子只有寇家血脉才能开启，郭义就算杀了我拿走它，也一辈子打不开。他虽然负责锻场的日常事务，可寇家最高深的铸造术他是接触不到的。这个人哪，以为拿走《天工谱》就能依样画葫芦，殊不知每一行都有它的'道'，像他这种心肠的人，一生都悟不出何谓'道'。"

她似懂非懂，问："那你家的'道'是什么？"

"勤业，正气。"他轻抚着里头那本发黄的册子与一块表面雾气蒙蒙的铜镜，"也许这就是寇家的道。"

这些日子，他除了吃喝休息之外，便是专心翻看那本《天工谱》，脸上时不时露出惊叹之色，偶尔还自言自语些"原来这个应该这样做"之类的话。

她对那面铜镜更有兴趣，因为她发现这面镜子平时是照不出人影的，但是如果枕着它睡觉，醒来后便能从镜面中看到自己做的梦，虽然模模糊糊的，但也十分有趣。寇争说这面镜子还没有铸造完成，按照《天工谱》上的记载，此物完成之后，光可鉴人，持镜照人后，若枕镜而卧，便可见被照之人的梦境，现于梦中之人大多模糊，而清晰者，必为梦者心头最牵念之亡者。持镜之人若再辅以秘咒，可将此亡者引出镜中带往现实，此后与活人无异。故而魔镜才有"捕梦为真，死而复生"的说法。

"没有完成，实在太可惜了。"她抱着这块铜镜直叹气，"若是完成了，能解人世多少悲苦！"

寇争没说话，半晌才道："我爹说之所以铸造不成，是因为缺一个东西。"

"什么东西？"她好奇道。

"一只乌藤子。"他答，《天工谱》上说是一种虫子，还说此物罕有，状如藤条，天生半雌半雄，半黑半白，阴阳一体之势，然其数量稀少习性刁钻，几世未必得见。以此虫入炉，可成魔镜。"他合上书，"说得如此含糊，天地之大，找一只虫实在大海捞针。"

她坐在快燃完的蜡烛前，沉默了很久，问："那你想完成魔镜么？"

"想。"他毫不犹豫地回答，"我爹生前从未对任何事半途而废，他说过得乌藤子要看机缘，不能强求，他始终不肯告诉郭义缺的是乌藤子，或许是看出了他急功近利的本性。如今他不在了，郭义也偿命了，我想试试我的机缘，以寇家最后的继承人的身份。"

她皱起眉头，思忖片刻，说："我帮你找吧！"

"不用。"他摇头，"你只需要在我不在的时候，替我看好《天工谱》跟银焰龙凰。"

她一愣："你不在的时候？"

他笑笑："我可是在寇家的锻场里连杀十三人的家伙，无论怎样，官府那边我也是要给个交代的。"

她急了："你是替父报仇为民除害，官府难道会为这个为难你？"

"杀了人就是杀了人，罚不罚我在官府，投不投案在我。"他断然道，"我意已决，你不必劝说。"

她咬了咬嘴唇，说："好。我替你守着。"

"我明天就走。去见见江小莞，再回家安置安置，就去官府投案。"

"明天？"她怔了怔，"这么快？"

他从来不与她商量任何事，他对她说的每句话都只是通知，她可能已经习惯了。

墓穴里的烛光慢慢地弱下去，她静坐在黑暗里，想着不能说的心事。

九

清晨，微雨。

他站在私塾门口，大门砰一声关上。

开门的是江夫子，江小莞就站在他身后，老头意味深长地看了他半晌，最后只说了一句："老死不相往来罢。"

他没吱声，把视线挪到江小莞脸上，视线刚一相交，她就像受惊的小鹿一样低下了头。

"小莞，找到好人家就嫁了吧。"他微笑着说了这句话，转身离开。

没有什么怨气的，换成哪家姑娘都会害怕的，灭门，报仇，鲜血与人命，不是寻常人能承担的东西。

愤愤不平的另有其人。

她终于在快要到寇宅的时候扯住了他的胳膊，如果她体内有血，那此刻必然会涨红了脸。

"怎么了？"他站定，"你的表情很奇怪啊。"

"你为什么不骂她！"因为激动，她有些语无伦次，"你对她所有的好都不算了吗？为什么要像看一个怪物那样看你！"

"好了，她怎么对我是我跟她的事，你气愤什么。"他无奈地摇摇头，拍拍她的肩，"别送了，回去吧。"

"我就是不喜欢这样的女子！"她甩开他的手，用他从没见过的愤怒斥责着，"你只瞎了一只眼睛，不是两只都瞎了吧！为何还心心念念地要娶她！我就是气不过，我就是要去打她一顿！"

"给我站住！"他一把拽住往回走的她，厉声道，"你发什么疯！我说了那是我跟她的事！"

她半个字都听不进去，用力挣扎："放开我！你喜欢谁都比喜欢她好！"

他也来了气，断然道："我就是喜欢她又如何？除了她你认为我应该喜欢谁？白小姐吗？"

"我啊！"她冲口而出，"喜欢我都比喜欢她强！"

"笑话！"他毫不犹豫道，"一个连痛觉都没有的东西，莫说女人，你连人都不是，我凭什么喜欢你！"

此话出口，他自己先愣了愣，但神色很快恢复如常，松开她的胳膊，指着江家的方向："行，你尽管去！把她打死了事！"

她却突然地安静了下来，好像被人抽走了骨头，整个人颓软下来。见她这样，他想说点什么，最终什么都没说。片刻之后，她回过神来，抬头缓缓道："我有痛觉的话，你就会喜欢我么？"

他又是一愣，皱眉道："对。如果你有那一天，我娶你。"

她笑了："好。"

这就是他们的分别了，争吵，怒意，安静，在没有停止的细雨里，他们背对背往相反的方向走去，看不到彼此的神情，甚至没有说一句再见。

他去官府自首，然后收押，调查，官府把所有应该走的程序都走完了之后，他被安了个"误杀"的罪名，判监禁五年。正式收监的那天，衙差的头头跟他说，上头已经是"体谅"了，虽然你身负灭门之仇，但杀人始终是重罪。他点头，说这是应该的，他没有半分埋怨。该杀的杀，该承担的承担，这样才算是寇家的子孙。

五年时间不长不短，狱中的日子除了偶尔的无聊，其他他还好。他拜托狱卒给他找来许多跟铸造技术有关的书籍，反反复复地读，再回想自家《天工谱》上的记载，互通有无。他把自己的想法都记录下来，画了无数张图纸，想着出狱之后要如何重振寇家的家业，要铸造出多少神奇的玩意儿。

她没有来探过监，一次都没有。

有时候，狱卒们心情好时也会给他们讲讲外头听到的稀罕事，比如哪个小伙娶了个比自己大四十岁的老婆，比如北坊哪里又出了个会飞的怪物，又比如有个姑娘在市集摆摊，把自己当沙包，只要付钱就能把她当仇人一样打。他默默听着。

当又一年的黄叶从树上飘落时，他终于走出了监狱的大门。寇家的宅子已经空无一人，锻场里的工人也四散而去，只剩下两三个不愿意走的，替人打铁为生，看到他回来时，抱着他的腿号哭不止，连声说"少爷你回来就好回来就好"。

他简单交代了几句后，便匆匆离开锻场，直奔白泉谷。在那之前，工人说江小莞两年前嫁人了，江夫子去年过世了，他只"哦"了一声。

白泉谷没有什么变化，山石如故，荒凉依然。他进到她的墓穴，里头空无一人。她睡的棺材里，有块拳头大小的石头，下头压了张用布条拴起来的纸卷。

这是他当年第一次替她包扎伤口时扯下来的裙边，以前他就说过她，留这么个破玩意儿做什么，还绑在手上。她说这是她的裙子，不能扔。

解开布条，展开纸卷，上头歪歪扭扭写着——你出狱啦！东西都存在刺猬那里。

他又四下看看，她确实不在。

这个家伙又在发什么疯！他出了墓穴，快步朝附近的将军冢而去，他不在的这五年，这丫头已经无聊到要跟那只刺猬怪当朋友了么！

十 ❧

第二次踏足将军冢时，拦住他的不是结界，而是一块块巨大的石头。比起结界，这些石头好像更费事，他花了不少力气才弄出一条可以挤进去的缝隙。

刺猬还是原来那样，先是跟他抱怨了一通天仙观的道士越发懒了，五年了都没来把结界补上，害它天天提心吊胆，然后又说好久不见你都长胡子啦。他没工夫跟它废话，直接问它青童在哪里。

刺猬慢吞吞地走到一个角落里，把百炼匣跟银焰龙凤推到他面前："她让我交给你的。"说着它又"啊"了一声，又慢吞吞地走回去，拿出一个琉璃烧成的小罐子，也一并交给他，"还有这个，一共三件东西，你点一点。"

他朝罐子里一看，里头趴着一只藤条样的虫子，半黑半白，奇丑无比，还在动。

"乌藤子？"他诧异道，"青童给你的？"

刺猬点头："她说要找到这虫子太难了，只有她有这本事。还说这个对你很要紧。"

他捏紧了罐子："她呢？"

"我咋知道。"刺猬摊手，"她是天天在外头跑的僵尸，我是大门不出二门不迈的贤惠刺猬。"

他拿上东西转身就走，刺猬在身后大喊："记得再帮我去天仙观催催那帮懒道士！！"

他在熟悉的街头疾走，寻找着每一个跟她相似的身影，但都只是相似而已。除了他，不会有人认识她，也没有人在乎她去了哪里。

他找了一整天，哪里都没有她。

深夜，他拖着疲倦的身子回到草枯花谢的家，坐在冰冷的房间里，打开了裹住银焰龙凰的黑布。当那把陪他走过了生关死劫的刀被他再次握在手里时，他竟然有些不习惯了。这些年除了看书就是写字画图，比起杀人，这双手似乎还是用在这些事上更舒服。

大概是蒙尘太久，银焰龙凰的光亮大不如前，他在刀身上移动的视线突然停住，一片浅浅的红黑色的锈蚀之迹牢牢地趴在刀刃上。

应该不关那只刺猬的事。寇家铸造的武器，就算百年不用，也不会出现分毫锈蚀之痕，更何况是银焰龙凰这种级别的宝刀。

讶异之余，他突然想到，似乎，也不是没有出现过寇家的武器被锈蚀的事件……

蜡烛只剩下小半截，火焰在拼命挣扎。

他的手指在银焰龙凰上缓慢移动，这是他对一把刀的告别，寇家打造的任何物事，一旦出现锈蚀，就意味着这件东西已经"死"了。

青童，你到底用这把刀做了什么？

身体再疲倦，也了无睡意，他把银焰龙凰仔细裹好，离家而去。

空无一人的锻场里，只剩下大大小小的锻炉与散落一地的工具，他在一块空地上挖了个坑，埋了银焰龙凰。

生于何地，归于何地。

他独自站在凋敝的秋夜里，已有寒意的风肆无忌惮地撩动他的衣衫。从没有过如此孤独的时刻，没有人出来跟他说一句话，哪怕只是一句"你折腾了一天，一定饿了吧，我给你熬鱼汤？"——怎么就莫名就想到这句话了呢。

记得母亲常说，良言一句三冬暖，恶语伤人六月寒，那个曾听了他无数恶语的人，现在又在哪里呢？

风声如泣，无人回应。

【第十一章】诱火

我每年都盼着夏天能尽早过去，可今年过去了，明年呢，后年呢……

◉ 楔子 ◉

世间并无真正坚不可摧者，万事万物不过是个圆，说到底亦是一物降一物，谁都有弱点。

一 🍃

雷声已止，大雨未减。

灯火黯淡的破屋里，子淼躺在我面前，意识全无，伤口已经不再有血流出，气息微弱成一条随时会断掉的丝。青童也躺在地上，手臂上扎进一枚细长的针，寇争老头说，针上有"咒"，僵尸也会晕，有些话，他不想她知道。

从头到尾，他都跟青童保持着距离，不触碰她分毫，还说自己年老体弱没力气，连抬她进屋都是敖炽代劳，气得敖炽直骂他老不死的，杀人的时候怎不见他年老体弱！

寇争看了看子淼，啧啧道："不愧是传说中的神，中了我的铁箭到现在还留得下一口气。"

我狠狠剜了他一眼。

"瞪我也没用，在我同你讲清了其中利害之后，你若还想救他，可见你也不是个聪明人了。"寇争笑笑，"还不如让我把你变成一头驴，好歹还能有些用处。"

敖炽揉了揉拳头："死老头说话注意点，我还活着呢，我老婆轮不到你来教训。"

"你心里其实也赞成不救他的，不是么。"寇争不慌不忙道，"一个婴孩，一只猫，尚且有如此后果，一个神又当如何？你们心头应该比我更清楚。"

几个钟头前，在寇争说出"我叫寇争"时，他出手弄晕了青童，继而才是第二句话——你碰了他，这个人便成了祸害，不能留了。而他的第三句话是 ——凡被魔镜"复活"的人，若被梦主触碰，则会良善全无，心生魔魇，变成一只嗜血杀生的怪物，活的时间越长，破坏力越大。

他说这句话时，是雨下得最大的时候，打在我脸上跟鞭子抽下来似的疼。

"我是否危言耸听，你们自己应有判断。"他认真道，"若你们非要救活他，也许我这行将就木的老头子也阻止不了你们，但我希望你们在'做好事'的同时，也有承担一切后果的能力，这后果中很可能包括了无数条无辜性命。"

刚刚还不顾一切在我身体里翻腾上涌的戾气，硬是被他这样的一番话给摁了下去，质疑，犹豫，在我的思维里胡乱地扭打着。

"你自己决定。"敖炽抹了抹脸上的雨水，面无表情地看着我怀里的子淼，"如果是别人，我有一百种方法阻止你救他。但因为是这个人，我不想左右你的选择。"

雨水好像打进了我的心里，刺刺的。直到这时我才突然意识到，从头到尾敖炽都没有阻止过我救子淼。他历来霸道，历来视子淼为眼中钉，但我知道，就算把刀塞到他手里，就算他口中喊再多次"我要弄死他"，他也不会真的对子淼下手。

如果真有一天命运恶毒到要子淼再死一次，终结子淼生命的人也不会是他，他不在乎子淼的生死，他只是本能地在乎着我的感受。

所以从来都没觉得自己嫁错了人，哪怕我们可以一天吵八次架。

"雨太大了。"我把子淼轻轻放到地上，"进屋再说。"

淅淅沥沥的雨水敲打在破朽的屋子上，好几处都漏了水，在滴滴答答的声音里，我沉下心，听完了寇争老儿的往事。

他并没有花去多少时间，但足够给听者一个沧桑漫长的世界。

摇摆的烛火里，青童不知沉进了怎样的梦里，大概因为没有呼吸，整个人出奇地平静。

此刻我的脑子是很乱的，这个已经消失在寇争的过去里的僵尸姑娘，无端端地出现在我的生活里，用一面本不该属于她的镜子，把不该回来的人带到我面前。

"你的故事还没有说完。"我看着地上这两个根本不该出现在同一个空间的人，"最重要的那部分。"

盘腿坐在地上的寇争咳嗽了几声，望着青童的脸："我找了她二十年。找不到。又找二十年，还是找不到。"

他笑笑："我没有过生日的习惯，所以今年是七十岁还是八十岁，还真不太记得。几十年过得又快，又慢。"

诡火

313

"但你终究还是在这几十年间，造出了魔镜。"我皱眉，这块能"捕梦为真，起死回生"的镜子，究竟是对伤心人的慰藉还是一场逆天而行的噩梦，是神器还是凶器，一时间竟也难以界定了。

"没有乌藤子是办不到的。"他缓缓道，"这玩意儿半阴半阳，半生半死，违背了世间最正统的生存方式。魔镜的关键之所以在它，要的就是这股有悖常理不管天道的势头吧。"

"乌藤子……"我从听到这三个字开始，就在脑中反反复复地回放，总觉得应该是在哪里听过。

早在我还生活在浮珑山上时，子淼曾带回各种古书，除了教我读书识字，也教我识别奇花异草、神兽妖魅。彼时我年少贪玩，心性不定，总是听得多记得少，但我依稀记得曾在一本与药草有关的古书上见过此物的画像，好像还说这玩意儿好丑，子淼还回我一句此物虽丑，却有大本事，能颠倒生死。我再问什么是颠倒生死，子淼却不说了，只说此物稀少，几世也未必得见，不说也罢，何况说了你也记不住。

一个连天神都说几世难见的稀罕物，身为一只根本没有什么本事的僵尸，青童她凭什么在寇争坐牢的短短五年内找到乌藤子？

我再将整个事情从头到尾过一遍，又想到青童虽是僵尸，然而她不惧光，也没有僵尸的气息，除了不呼吸、不流血、不变老，与常人无异。得是怎样的机缘，才能让一个溺亡的姑娘，用这样的方式重新"活"过来？！

另外，以寇争的描述，青童与他相伴多年，感情笃深，不论他用什么法子寻回了失踪的青童，不论青童因为何种原因不再认得他，他对青童却不该是这个样子，连碰都不碰她一下……

等等，寇争从头到尾都不碰青童？！我心里突然咯噔一下。

寇争似乎从我的表情与眼神里读到了什么，意味深长地一笑："我以为你们早该猜到了。"敖炽看看他又看看我，再看看青童跟子淼，眉宇间的诧异渐渐明显，他虽然粗枝大叶，但脑子应该也没有停止运作，我想到的事，他多少也该想到了。

"我此生都找不回青童了。"寇争长长地叹了一口气，"我差不多用尽半生时间寻她，也用尽半生时间造出了魔镜。"他抬头看向我们，指着自己，"第一个被魔镜照到的人，是我自己。"

他垂下手，笑笑："这几十年来，我很少梦见她，即便梦见了，也只是短短一瞬。魔镜完成的那天，我精疲力竭地躺在锻场的地上，那是盛夏最热的一夜，四周空无一人，工人们被我早早遣走，我抱着魔镜，小心翼翼又满怀期待，即便我看到自己的面容清清楚楚地照在镜面上，却仍不敢肯定我是否真的成功。我在锻场里寻了个更僻静的角落，忐忑地把镜子枕在头下，不多时便沉沉入眠。"

"你梦见了青童？"敖炽脱口而出。

寇争点点头："翌日我醒来之后，果真从魔镜里看到了我昨夜的梦。她还是像从前那样，坐在河边钓鱼，笑着跟我说晚上熬鱼汤，眼睛弯得像一对月牙，晨光照在她身上，连睫毛都闪着光似的。"他的嘴角微微扯动，短暂的喜悦敌不过转瞬即来的悲伤，"看着镜子中的她，我突然意识到……她的面容身形如此清晰，连放在桶里的鱼都清楚到能看到它们身上每一片鱼鳞，而四周的山树却如蒙了薄雾，模模糊糊，无论如何都看不清楚。"

要得到的答案终于得到了，我的心骤然沉到了底。

"生者不清，亡者如常。"寇争缓缓道，"这就是魔镜里的世界。山树模糊，是因为它们仍存在于原处，还是'活'的，至于那些依然一清二楚的人，却只能在你的梦里微笑了。"

他移动视线，凝视着青童的睡脸："这个明明已经被命运静止，明明不会再跟死亡牵扯上的女僵尸，怎么就笨得又死了一次呢。"

老头子红了眼眶，尚还正常的左眼里，微微有些泪光。

"被你埋掉的那把刀……"我在揣测一个最大的可能性。

"我娘说过，世间并无真正坚不可摧者，万事万物不过是个圆，说到底亦是一物降一物，谁都有弱点。"他揉了揉眼睛，努力让自己看起来不是那么难过，"寇家锻造的武器，便是众多'异类'的克星，无数妖孽，包括僵尸，都曾被寇家的武器化成黑灰。只是这些用来直接攻击对方的武器，不论刀枪还是铁钉，只要取了对方性命，自身也会出现锈蚀之迹，之后再无效用，同死去也没有分别。当我看见银焰龙凰上的锈蚀处时，其实心头已隐隐有了不祥之感，但我拼命遏制住自己所有不好的念头，跟自己说也许是她用这把刀去斩杀了阻碍她得到乌藤子的异类，如今她可能只是躲起来不见我。"

"你就这样跟自己说了四十年？找了四十年？"我看着寇争老脸上的沟壑，岁月并不因他异于常人的本事而优待他，即便他着花衣，脸带笑，让自己活得像个自由自在的怪诞老头，然而在他心中谁都看不见的地方，终是有一个永远填补不上的空洞。

"我以为在经历过那些常人不可能经历的劫难之后，我应该是个更坚强的人了，生死之事也不过如此。"他自嘲地笑笑，"但我偏偏不能够去想她的死亡，一点都不能想。"

他抬手指着自己的心口："一想到她再不会出现在我的生命里，这儿就疼。我觉得自己很没用，但无计可施。"

外头的雨小了些，但屋子里滴滴答答的漏水声仍没有止住，在我们彼此沉默的时候，

诡火

这世界总算还有点声音。

"青童死在你的银焰龙凰下？"敖炽思索再三，却很不相信自己的结论，"为什么？银焰龙凰一直是她在替你保管，后来还交给了那个谁都碰不得的刺猬怪，何人有本事取刀杀人？"

寇争伸出手，将放置在青童身旁的魔镜拿到怀中，用袖口拭去上头的水渍污迹："乌藤子一直住在她的心脏里，她不化为飞灰，乌藤子难见天日。"

不阴不阳……颠倒生死……原来竟是这样的"颠倒"。

敖炽诧异之极，又疑问道："你是说，这鬼虫子不知什么缘故钻进了青童的心脏，让本该是一具尸体的她成了个不生不死的僵尸。而她为了成全你打造魔镜的心愿，用你们家专杀僵尸的刀结束了自己的'生命'，让居住在她心脏里的乌藤子重见天日，并请了那只刺猬怪帮忙料理后事，等你出狱之后把所有你想要的东西都交给你？"

"你听得倒是仔细。"寇争深吸了口气，"那只蠢刺猬也是天字第一号的死心眼，它硬是将自己与青童的约定守了四十年。"

"那丫头不让刺猬告诉你她已经不在了？"我问道，猜出约定的内容太简单。

寇争笑笑："刺猬说，就算它不讲，有朝一日他铸成魔镜，也迟早会知道你已不在人世。她说未必，或许到了那个时候，他连青童是谁都不记得了。"

"刺猬没有阻止她？"我问。

"刺猬说，哀莫大于心死，它没本事留住死了心的人。"他垂下头，隐到阴影里的脸比任何时候都苍老，"青童对它讲，她用了三年时间去寻找疼痛，可是任凭街市上的人将她打得多狠多重，她还是不会疼，一个连痛觉都没有的家伙，确实不能称之为人。既然没有常伴他身旁的资格，不如成全他的愿望，好歹相识一场。"

我在心里叹了口气。

"我此生也算条铁打的汉子，流血受伤，荆棘坎坷，最不屑的就是后悔二字。"他仍旧擦着镜子，闲话家常般道，"但唯有两件事我悔不当初，一是自作主张去将军家，没能在寇家最需要我的时候出现；二是与她分别那天，不该说出那样一句混账话。"

一个连痛觉都没有的东西，莫说女人，你连人都不是，我凭什么喜欢你——每个字都不凶狠，但每个字都是刀。

语言是个神奇的东西，明明无状无相，却偏有杀人无形的本事。

"所以你为了你的后悔，把另一个青童带回来？！"敖炽瞪着他怀里的镜子，"可是为什么魔镜会在她手里？还被她胡乱使用！"

"魔镜铸造完成时，我也是个历经沧桑的老人了，兴奋自然是难免，但也少不了谨慎。《天工谱》上虽说明了铸造魔镜的方法，但最后一页上却写了一句话——'若成，镜花水月宜远观，生死颠倒殃无辜。'我当时想了许久也不明白这句话的意思，思考再三，我没有一开始就选择带回青童，而是选了梦中那些鱼，当年它们都被熬成了鱼汤。"

寇争笑笑："所有被魔镜照过的人，只要我愿意，便可以从镜中见到他们每个人的梦。而他们的梦会一直储在镜中，任我取拿，包括我自己的梦在内。我思考了整整三天，然后把梦中放在她脚边水桶里的一条鱼带了出来。"

他顿了顿，又道："坦白说，我被魔镜的本事吓到了。这条自镜而出的鱼，跟世上任何一条活鱼都没有两样，鲜灵灵地在水里游动，还会吐水泡。我最初的担心终于消减了，我不轻易带回青童也是怕带出来的'她'不是我想的那个人。看着这条活蹦乱跳的鱼，我很高兴，压在心头多年的内疚与悔恨好像有了挽救的希望。我跟自己说，若三天之后这条鱼没有闪失，我就把她带回来。甚至……我可以将我的父母家人也带回来。"

"然而你碰了那条鱼？"我问。

他点头："它从魔镜中出来时，我将它捧到了鱼缸里。谁知翌日一早，我去鱼缸看它时，却只看见一缸淡淡的血水，它依然在里头游来游去，可鱼缸里原来的几条鱼却死于非命，有两条被咬得肠穿肚烂，还有两条只剩下尾巴跟头，而且这些鱼的个头都比它大了许多。虽然只是鱼，可我看得背脊生寒。开始我怀疑不是它干的，因为它毕竟只是普通的小鲫鱼，何来如此凶残的性子，于是我又放了几条鱼进去，结果不多时就被它凶猛地攻击。"他皱起眉头，"杀掉那条着了魔似的鱼之后，我又带回一条鱼，结果还是一样。我整个人如坠冰窖，心想难道魔镜所谓的死而复生，就是送一个模样相同的怪物给我么？我疯了般把《天工谱》上关于魔镜的内容看了三天三夜，希望从那些已经烂熟于心的文字间找到蛛丝马迹，最后，是那句话点醒了我。我带回了第三条鱼，然后我叫了家丁来把鱼放到鱼缸，从头到尾我都与它保持距离，第二天，鱼还是老样子，第三天第四天也是，它在我家活了一整年，没有任何异样。于是我终于明白了'镜花水月宜远观'的真正含义。"

他苦笑："千方百计带回来的人，你却连对方的手指尖都不能碰一下。所谓魔镜，究竟是挽救你的遗憾，还是用另一种方式再折磨你一次，说不清楚啊。也难怪它叫魔镜，或许它带来的，只是另一场不真实的梦魇。"

屋里的滴水声渐渐稀疏下来，我想知道的秘密，正在一点点遗漏出来。

"可你还是把青童带回来了。"我看着他那张沉入往事的老脸，"并且你没有对此事后悔的表情。"

"我说过，此生只对那两件事有过悔意。"他平静道，"那个晚上，我带回了青童，在她还未醒来时，我躲到了她看不见的角落里。她醒来之后，对这个世界毫不陌生，我看着她揉了揉自己的眼睛，自言自语说了声'我怎么在这里'，然后便自顾自地离开，轻车熟路地往白泉谷而去。她的墓穴还在，她回去的第一件事不是睡觉休息，而是找东西。我躲在暗处，看见她在墓穴里出出进进，满面焦急，拼了命在找东西的样子，好几次我都忍不住想冲出去问她在找什么，可终究是忍住了。我不知道这个被魔镜带回来的青童到底在想什么，看起来我似乎比她更慌乱，更不习惯这个世界。我在墓穴外守了她三天三夜，而她就找了三天三夜，她甚至把墓穴外的土地都挖了个遍，弄到两手伤痕累累也不停下。看见她沮丧至极的模样，我心头难言的疼痛到底是击败了所有的忍耐，我走出去，走到她面前，心跳得异常厉害，我不知该给她怎样的开场白，可是就在我开口之前，她却先对我道：'老爷爷，你是住在附近的人么？最近这里有没有闹过贼啊？'"

说到这里，他又笑了："她叫我老爷爷……当僵尸就是好啊，无论如何都不会老去。"

"因你的梦而生，但偏偏不认得你……"我想到子淼也是如此，顿觉这镜子确实心狠，带回你最思念的人，你却碰不得他，他也认不得你。

"很丧气是不是，但这就是魔镜。她由我梦中而生，她所谓的记忆，无非是我自己的记忆，可她并不完整，魔镜在这一点上似乎是不可控的，复活的人会继承你多少记忆，这没有定数。唯一肯定的是，她不记得我。"他看着我，"我不介意被她当作路过的老爷爷，我竭力做出平静的样子问她是丢了东西么。她说她丢了一面镜子，很重要的镜子，她一直把它收得好好的。我说找不到就不找了吧，你看你的手已经受伤了。她说没事，她不疼，镜子一定要找到，因为那是很重要的东西。我对她说，镜子罢了，你喜欢的话我买新的送你。她说不一样的，那面镜子是天下无双的宝物，是她不要性命也要守住的东西。看着她认真的模样，我突然觉得她就是活生生的青童，我不想再纠结本质上是什么了，只当是上天终究再给了我一次机会。"

"你把魔镜交给她了？"敖炽的眉毛都要竖起来了，"你是不是老糊涂了？把这么麻烦的东西交给她？！就算她记得魔镜，也分不出真假，你若不忍心她苦寻不止，大可以给她个假的玩玩。你知不知道你的感情用事分分钟会害死人！"

"若是你心头挚爱死而复生，心心念念想要一件东西，你是给真的，还是给个假的糊弄糊弄？"寇争反问。

敖炽一时语塞，转头看我："好像也是……如果是你，我就是拼了命也把全世界的金子都堆到你面前，无论如何也不可能给你假货的。"

我瞪他一眼。

"瞪我也没用，以你的德性，就算不记得全世界了，也会记得你的金条金币金镯子。"敖炽哼了一声。

我掐了他一把："你别忘了魔镜带回来的，本质上只是你对我的记忆与思念罢了，如果那个我只记得金子，那么说明在你心里，我只是个爱钱如命的女人罢了。"

"你难道不是爱钱如命？"敖炽耸耸肩。

"二位还是不要为此争论了吧。若得善始善终，又何必用这面镜子。"寇争看我们的眼神，分明有一点羡慕。

"好吧。"我看着被他擦得干干净净的魔镜，"所以你真的是把这面镜子交给她了，这在某种程度上满足了你想补偿一些事的心情。"

"我什么都不想了，只想她高兴。"寇争继续道，"我趁她在另一头寻找时，把魔镜埋在了墓穴旁的泥地里，故意露出小半截，然后喊她过来。她得了镜子，高兴坏了，抱在怀里不撒手，直说找到了找到了，竟然藏在这里，怎么自己都不记得了。我不敢再与她接近了，就怕一个不小心碰到她，所以我很快地离开，也明白了从此之后，我只能做一个在远处照看着她的人。"

"既然照看她，又为何让她沦落到四处漂泊当人肉沙包的境地？"我疑惑道。

"当年我坐牢时，她因为我一句话，所以拿自己去当沙包，我知道时，觉得世上怎么能有人傻到用这样的法子寻找痛觉。我低估了那句话对她的伤害，也低估了我自己对她干这件蠢事的在意。或许这个心结隐匿太深，重归的青童仍然把这件事当作她生命中必须要做的事，没有人能阻止她对痛觉的执着，有了痛觉，才能被称之为人，才能跟我在一起。对她的重蹈覆辙，我已经分不清这是她此刻本身的意愿，还是我自己对那句话的悔恨与阴影不得消散的后果。"他叹气，"总之，她已经是这个样子了，不论我暗地里用多少法子去说服她劝解她，希望能把她带到正常的生活里去，她都决然拒绝，她坚持这种四处流离，以挨打为生的日子。日子一长，我也绝了改变她的念头，不管她做什么，由她去吧，只要她平静快乐。所以我成了那个经常捧她场的花爷爷，因为我总穿着喜庆的花衣裳，这几年来她走到哪里我跟到哪里。她的记性真的很差，不过半年不见，她就忘记了我是那个告诉她魔镜在哪里的老头，我也不解释，从此就当她的花爷爷吧。"

说到这儿，他微微皱了皱眉头："本以为一切都在我掌握之中，然而唯一没有算到的，是她善良如昔的性子，以及她拥有使用魔镜的能力。"

我一愣："我以为魔镜只有你们寇家才懂得使用方法，你自己必然也这么想，才会那么放心地把镜子交给她吧。"

"所以我犯了低级的错误，果然是上了年纪，脑子不好使了。"他自嘲道，"魔镜只有寇家血脉方能使用，青童来自我梦，我的梦也是我身体的一部分啊。我唯一不解的是，她知道魔镜的使用方法，却不知其中禁忌，可见这镜子确实很不友善，应该记得的偏偏

诡
火

忘记，不该记得的却分外清楚。大约两年前，青童开始用魔镜去'帮助'那些她认为对她好的人，她认为把逝去的东西带回来，就是对他们最大的报答。而我，只能不断为她善后。"

"为何不告诉她真相？哪怕你留个字条给她，也能免去这后头的种种麻烦不是吗。"我质问。

"你以为我没有说过吗？我明里暗里不知道提醒过她多少回，魔镜带回的活物，不能被梦主触碰，否则必化邪物伤及无辜。可是很奇怪，她就是记不住，就好像我从来没有提醒过一样。"他无奈地道，"我也想过收回魔镜，但一看到她用镜子去帮别人时所得到的满足与快乐，我就犹豫了。最后，我决定维持现状。"

"你能替她善后一辈子么？"敫炽冷冷道，"你真的老年痴呆了吧，真正的青童已经死了，你复制一个她已经是错误，明知这个复制品有缺陷，根本不能使用魔镜，你还要一错再错地纵容她。你已经这个岁数了，土都埋到脖子了，哪天说死就死了，你不能对那些无辜的人这么不负责。"

"至少到今天，她未铸成大错。"寇争看着他，手却指着我，"如果魔镜带回的人是她，你杀得下去么？"

"他根本就不会去用魔镜。"我替敫炽回答，"你看起来比我们老，却不比我们活得明白。我理解你所有的心情，但不能赞同你的做法。"

"你觉得我做错了？"寇争反问。

我没有说话，因为我听到身前的子淼隐隐发出了一声轻微的呻吟。

二 🍃

此刻再去讨论是非非已毫无意义，多年前那个细雨之日里，再是混账的话也说了，时至今日，再是想念的人也不在了。

我低头看着子淼，小心翼翼地握住他冰凉的手，或许是我的幻觉，一种无形且微弱的力量从我指间漏出去，再用力也抓不住。这个被魔镜带回的子淼，这个能记得过去但唯独不记得我的子淼，这个我不顾一切都想救回来的子淼，终究还是不能留下了。

只差一点，我的冲动就战胜了理智。

有生命的东西，哪有复制的可能。这也是我想同寇争说的话。

我的子淼，千年前就离开了，即便后来他以别的方式出现在我面前两次，也改变不了他化身甘霖，形神俱灭的事实。上天也是顽皮，何苦再用这样的玩笑来纠缠我，就让他安安静静地留在我心里，当一个只能被纪念的故人吧。

一滴眼泪不争气地掉下来，落到子淼的脸上。他的眼皮颤动了几下，终是没有睁开，我只感觉到掌中那只失去温度的手，用最后的力气轻轻握了握我的手。

我一直没有松手，直到他停止呼吸，直到他的身躯渐渐透明虚化，直到他无迹可寻……

梦境是我们内心最深处的思念与记忆，就算他归根到底只是魔镜依据我的记忆复制出来的替代品，我的心还是疼啊。所以我理解寇争的愧疚与懊悔，以及他为此做过的一切，但是，我不能再让事件恶化下去。

雨停了，再过一会儿，天也该亮了，梦也该醒了。我揉了揉发红的眼睛，起身深吸了口气，看着青童："他们都不是该留下的人，你我都清醒些吧。"

寇争也起身，镇定地看着我的眼睛："她无辜。"

"路人甲乙丙丁也很无辜。他们都是血肉之躯的凡人，承担不起魔镜带来的后果。你寇家既是以正气勤业为家训，这些道理还需要我跟你再讲一遍？"我又问，"难道你从未想过你父亲放弃打造魔镜的原因，可能不是因为得不到乌藤子么？"

寇争沉默不语。

"人有善恶，有灵性的器物也如是。魔镜纵然有神一般的作用，但这也改变不了它的本质。一个本就在延续错误的东西，如何能带给人真正的幸福？"我认真道，"你摸着心口问自己，如果可以时光倒流，你还是会选择把青童带回来吗？"

又是一阵长时间的沉默，直到窗外泛起微光，寇争才说："我可以收回魔镜，但我不能再一次让她化成飞灰。"

"老头，你根本不知道魔镜还在她身上留下了什么缺陷。"敖炽皱眉道，"你现在觉得只要不碰她她就不会变成杀人的怪物，可是以后呢？魔镜这东西神奇得近乎邪性，谁能保证十年百年后，被它带回来的人会不会有别的变化，毕竟你铸成这玩意儿没多少年，对它的了解还十分有限，这个险你冒不起的。"

寇争的脸白一阵红一阵，最后一字一句道："总之不能杀她。我有别的打算。"

看他的神情，如果我们要青童消失，只能先踩过他的尸体，但我不想这样做。以凡人之躯铸造神器，莫说鱼门国，就是外头的世界里，也找不出几个有这般能耐的，杀了可惜。更何况，我没有杀他的理由，一个被愧疚与思念乱了心的老头子罢了。

"别的打算？"我问他，"难不成你打算把她也变成小驴，永远关在驴圈里？"

寇争白我一眼："我年纪大了，能不浪费脚力就不浪费，寻个年轻力壮的帮帮忙也无可厚非。"

诡火

321

敖炽将他上下打量一番，问："你除了会铸造武器之外，还有把人变成驴的本事？"

"铸造之根本，无非就是形态之转换。"寇争不以为然道，"寇家世代虽是血肉之躯的凡人，但天生为妖邪所忌惮，足见体质有异常人。《天工谱》上除了铸造之术，也记载了些简单的改变其他东西的玄门术法。我资质平庸，难得其中精髓，只学会了将人变作马牛羊驴，但也从未因此害过人命，不过是图个方便，也省了车马费。"

我撇撇嘴："你寇家生意应该不错，你还缺钱不成。"

"钱多钱少于我都没有什么意义。"他摸了摸稀疏的头顶，几根雪白的头发沾在他指间，他看了看，吹走白发，"我是真的老了，多走几步路也累得慌。若非事态紧急，我又怎会拼了这条老命去阻止不明利害的你们。"

"你一直在监视我们？"敖炽问。

寇争一笑："你们不也在监视我？"

"我们根本没想过监视你，不过是顺路去勘察一下知秋馆，谁让你鬼鬼祟祟冒出来，还把个孩子变成了驴。"我更正道。

"第一次在东坊向你们问路时，我便知你们跟其他人不一样。"寇争看向敖炽，"把自己穿得像个花花绿绿的村妇，还能大大方方招摇过市的，一看就不是寻常人。"

"村妇？"敖炽生平第一次被安上这样的评价，瞬间暴跳而起，指着他的花褂子道，"你自己穿的才是村妇们最爱的大花床单！你是不是以为我不敢打死你？"

"可我的衣裳上绣的是牡丹花，好过你衣裳上的小野花。"寇争微笑，"岁数越大，越喜欢喜庆的东西，自己看了开心，别人看了也开心。"

这理由……我看着敖炽的花衬衫，突然恍然大悟："我说你为啥对花衬衫情有独钟，原来是你内心已经默认自己是个老人了，拼了命要赶在夕阳红的年纪里再灿烂一把啊。"

"你是不是站错队了？"敖炽用力戳了一下我的脑袋，扭头对寇争愤愤道，"少跟我扯这些没用的，天都要亮了，事也整清楚了，你还不把我家的信龙还给我！"

寇争一拍脑袋："差点忘了这两个小东西。"说罢，他爽快地掏出寸步盒，手指往盒盖上一摁，只听咔一声响，盒盖弹开，他反手将盒子一抖，牙签般大小的信龙兄弟呼啦啦滚下来，一挨地便化回了本来的大小，瘫在那里哼哼唧唧。

"两个家伙也是没有坏心眼的。你们也别太为难它们了。"寇争合上寸步盒，"活物在里头呆上三天就会暴毙，这话是我说来吓唬你们的。信龙可是稀罕物，就算你们不管它生死，我也舍不得杀掉的。"

"这时候装好人有意思？不管你舍不舍得，拿它俩性命威胁我们是事实。"我斜睨他一眼，起身看着仍无知觉的青童，"你还没说你的打算。"

也许，他只要不碰她，她就可以以现下的模样安安生生地活下去，什么都不会发生。如果要我为了那些可能永远都不会爆发，甚至根本不存在的"隐患"杀掉这个僵尸姑娘，我大概是下不去手的。不管她来历如何，魔镜已经让她成为了一个实实在在的存在，何况，她依旧善良。

寇争咳嗽了两声，道："在去知秋馆之前，我先去了你的不停。"

我跟敖炽对视一眼。

三 🎋

"多年前我也去过相思里，那是国主府邸所在。"他故作不解的样子，"只是这次去，发现国主府邸的位置似乎有了一些偏差呢。"

"你老了，记性太差。"我想不出更有力的解释。

这老东西话中有话。

要知道现在的国主府邸只是个赝品，当初我在真正的国主府邸旁边施了个障眼法，弄了个外人不得进入的假府邸，故意造成国主府至今荒芜没有人坐镇的假象，再把真正的国主府改造成了如今的不停，让旁人以为是紧邻国主府的一座旧宅被翻新。反正一整条相思里的宅子都长得差不多模样。迄今为止，从没有人在这点上提出过质疑。

"我刚刚说过，铸造之根本，乃形态之转换。"寇争笑笑，"我对这件事尤为敏感。实实在在的器物，不论大小种类，自有一种'重量'，扎根于世，绝不虚浮。而如今的国主府邸，看似正常，实如无根之萍，毫无重量可言，且外人不得入内，我离大门尚有三步之远，便被结界所挡。倒是它旁边的不停，根基稳固，气势充足，我在建筑风水上的造诣虽不及唐家，但也知晓宅子与所住之人息息相关，若居者体弱阴虚，宅子也必显病气，反之，若有强人坐镇，其宅也自有气势。这间平白冒出来的不停，看似个做小生意的场所，然而我却在这宅子上看出了点别的东西。"

都说人老会成精，不知道是不是应验在这个老头身上。

"你看出啥？"我继续装傻，"难道我的宅子还跟你抛媚眼不成！"

"王气。"他看定我跟敖炽，"虽然我不知这个词是否准确，但在我看来，你们的宅子透着一股刚正中直之势，而其中又有明亮温和悲悯众生之意。"

他顿了顿，又补充一句："国主之位多年悬空，前些时候倒是隐约听到有新国主到任，但很快就被更多人否定了，都说国主府现在还空着哪，哪里来的国主。"

我脸上隐隐有些被看穿的谜之尴尬，但仍然死撑住："你在我家外头随便看看就能看出这么多门道，不去给唐夫人打下手帮人看风水也是可惜了。你该不会觉得，你面前站的就是国主大人吧？"

"据说历任国主都是外来人。"他不依不饶道，"您二位穿着打扮，谈吐气质，一看就不是长居鱼门国之人。平日里跟你们相处的人，要么是知晓你们的身份，要么是太蠢所以被你们的谎话骗过去，不然你们焉能以寻常身份度日至今？我来东坊，不止是参加三府会考，更是听闻你不停的大名，特意来仔细观摩的。而且在那之前，我还费了不少时间去搜集你们不停过往的丰功伟绩。也知道你们有一儿一女，家中还养了两只信龙一头鲸，还有个叫做胖三斤的家伙伺候你们日常起居，且你们同官府的聂大人以及天衣侯也来往甚密。官府与天衣侯府素来是国主的左膀右臂，寻常生意人是不会这么容易接近这两位大人的。"他一口气说到这儿，用极其严肃的目光锁定我，斩钉截铁道，"也许你有自己的理由，不愿承认自己的身份，但在我面前，你是瞒不住的。"

稳住，必须稳住！这老东西究竟从什么时候就开始挖掘不停的秘密了？！而我居然毫无察觉？！

不等我跟敖炽再找借口，寇争突然跪下，慎重地向我磕了个头："国主大人，我寇争生性孤高，不喜求人，奈何肉身凡胎，时日无多，只求在入土之前，请国主务必施以援手。"

"要我帮你？帮你啥？你该不是要把青童交给我养吧？不行我家里宠物够多了！！"我脱口而出，旋即想自打嘴巴，这不是承认自己的身份了么！

"请你帮她出鱼门国！"他收起所有的调侃、骄傲、狡黠，用最恳切地目光看着我。

我一愣，说："这件事……你理当知道其中规矩，只有拿到龙骨帖者，才能得知龙门所在。而且唯有持龙骨帖本人可到龙门，就算你赢了，就算你得到此物，就算你把它双手奉送给青童，她也到不了龙门所在。我虽是国主，却对此地一无所知，又能帮你什么？"

"刺猬怪说过，鱼门国是被神抛弃的地方。"他皱眉，"俗话说旁观者清，我虽不知你们从前的来历，但以你们夫妇的本事，难道看不出鱼门国是一座巨大的监狱么？四坊虽大，但千万年来未有变化，我们知道世有神灵，但除了雕像，我们从未见过；我们知道李杜东坡唐诗宋词，但仅仅是从书本上知道，从没见过黄河之水天上来的壮观，甚至不知黄河长什么样子；我们也有菜谱，但其中诸多食材可闻不可见，寻遍鱼门国也不可得。可国中大多数人并没有意识到这些，即便意识到，也没有丝毫介意。"

他的语气有些激动，目光里也泛出热切的期盼："但我介意。我知道鱼门国之外，还有一个更大的世界，如果青童能到那里去，或许她会忘记那些不该被记得的过往，不再热衷于做一只挨打的沙包；也可能得到别的帮助，从此脱胎换骨，当一只不老不死、快乐幸福的僵尸；说不定在那个世界，还会遇到跟她一样的家伙，相濡以沫，天涯做伴。

鱼门国还是太小，她需要真正的自由。"

我叹气："你说的我都懂，可我说了，我虽是国主，可连我自己都不知道要如何走出鱼门国。实话跟你说吧，我是作为罪人来这里的，鱼门国就是我的监狱。虽然我一直觉得这座监狱更像个世外桃源。"

"国书！"他直言，"你身为国主，此物本该由你保管。有国书，就有出去的可能。"

"可此物已经被天衣侯没收了。"我摊手，"你也知道天衣侯是什么货色，要从他手里拿东西，可能比冲出鱼门国还难。"

他眼睛一亮："你愿意帮我？"

"你我非亲非故，还害我无故沾染一堆麻烦，我为什么要帮你？"我横抱双臂，说不上来对寇争是个什么感觉，佩服他天赋异禀能人所不能，少年坎坷没有自暴自弃，但临到老却成了个看似聪明的老糊涂虫，为了那点心结，走上一条随时会惹出大乱子的危险之路。

惦记一个人是常事，但用一辈子去惦记一个人，很难。所以我烦他，可又没法真正讨厌他。如果青童能到外头去，也许她的命运真的会不同。

"你是没有帮我的理由。"寇争起身，认真道，"如今我不当你是国主，只当你是不停的老板娘。我一开始就动了跟你做生意的念头，之前对不停的种种勘察，也是为了看看你是不是骗钱的三脚猫。但你家信龙跟青童做了朋友这件事，却是偶然，非我所为。所有对青童亲近的家伙，我都会格外留神，故而才发现常去众乐场看她的白衣盲公子是你不停的成员。我跟踪过它们几回，亲眼见着它们在不停门外化回原形，穿门而入。就在我打算择日上门同你们正式会面前，信龙带了你家愁眉不展的小丫头来找青童，我眼见着青童拿镜子照了小丫头，翌日一早，信龙便来取走了一只小猫。我没有阻止，一来是这样的小猫即便异化也威力有限，二来此事一出，我也想看看你们处理意外的本领。你们果然一路寻到青童这里。

"唯一的意外是，你们没想到青童这丫头出于好心，给你备下了这么一份'大礼'，此时我再不现身除去子淼的话，便真会祸及无辜了。而我也没想到，在你的梦里，竟然有这样一号人物，一个真正的神灵。"

信龙兄弟半死不活地被敫炽抓在手里，要不是看它们模样虚弱加上价格昂贵，把它们撒上孜然做成烤串的心都有。这些家伙啊，不论信龙还是青童还是寇争老儿自己，今日遭遇之种种麻烦，全都是好心办坏事所致，我也不知该说是遇人不淑还是流年不利，一番折腾下来，发现整件事里并没有一个真正的反派的无力感，比没饭吃的感觉还糟糕。

"你要是别这么多心眼，把勘察与搜集情报的环节都省了，一开始就来跟我谈生意，

会省去多少麻烦！"我冷哼一声，"我做生意历来童叟无欺，不停开业以来，从未辜负过客人。"

"我做事历来谨慎。何况这次我要找的东西，非同小可。"他认真看着我，"那么，你愿意接这笔生意么？"

鱼门国的国书……唯一记载了鱼门国来历以及所谓"龙门"的种种秘密的玩意儿，不止寇争，也是聂巧人心心念念想要的东西。

他们是鱼门国里的异类，不安现状，不愿被囚禁，看似平静的生活没有磨掉他们对"外头的世界"的渴望。凡是这样的人，自由才是能让他们真正活下去的唯一方式。

也许这自由里没有被"圈养"时的安逸舒适，还包含了各种未可知的危险，甚至会让你早早断送了性命。但是，若能挥刀斩棘，不负初心，以一己之力堂堂正正承担起自己的生命，那么不管你的那条路走到哪里结束，都不算遗憾。

我所理解的自由是，没有操纵，没有依赖，今日所为必成明日之果，不被任何力量干涉影响——凡有生命者，都不该是扯线的木偶。

"好。"我点点头，"我同意接这笔生意，但不是替你寻回国书，是替我自己。不停做的是寻找遗失物的生意，国书不属于你，是我丢的东西。"

寇争一笑："若是这样，是否表示我不用支付你酬劳了？"

"我不要你的钱。"我破天荒说出这样一句话来，敖炽立刻用"你是不是鬼上身了"这样的目光瞪着我。

"听说老板娘锱铢必较，最喜黄金，爱钱如命，虽说不以我的名义寻找失物，但你真的确定不用我付钱？"寇争不太相信地看着我，"我虽无大富贵，但寇家的生意还不赖的，你不用同我客气，我这个人不爱欠别人的情，还是算清楚比较好。"

我笑笑："我说不要你的钱，但没说不要报酬。"

他一愣："你不要钱，那要什么？只要是我力所能及的，都行。"

"力所能及的都可以么？"我反问。

他点点头。

我指着他一直抱在怀里的魔镜："我要它！"

他面色一变："此物虽厉害，但只有我寇家血脉可以操纵，你拿去也是无用的。"

"谁告诉你我要用它的。"我瞟他一眼，正色道，"你铸造出此物，是奇迹一件。但是此物百害无一利，你我心知肚明。虽然它于你意义非凡，但我以为，它还是消失掉更好。"

寇争沉默，下意识把镜子抱得更紧了些。

"到此为止吧。"敖炽瞪着他，"为了这个破镜子，你失去的还不够多么？死了的人就是死了，就算你弄出个一模一样的来，也不过是饮鸩止渴。生命这个东西，活着的时候要尊重，死了也不能亵渎。"说着，他又看我一眼，道："不能回来的人，放在心里想想就罢了。我也没啥意见，但若是硬要对方死而复生，我就不高兴了。"

"别装大方了，只要一提那个名字，你哪次高兴了。"我不客气地说。

"那你要我怎样？喜笑颜开敲锣打鼓庆祝一番？"敖炽没好气道，"能不能有点已婚已育妇女的觉悟！"

沉重的谈话气氛总是会被我们夫妇俩奇怪的对话打断……寇争捧起魔镜，端详了半晌，最终道："你想它怎么消失？"

"交给我吧。"我说，"我可以留下青童，但不能留下它。"

寇争思忖再三，终是将这面千古奇镜交给了我。

捧着这沉甸甸凉丝丝的物什，我看着自己映在镜面上的脸，说："抱歉，这个世界不适合你。"

四 ❧

天空已是晨曦初露，雨停风止，泥地里透着潮湿的味道，连不远处的坟地看起来也不那么触目惊心。四周安静异常，我站在屋前的空地上，长长吁了口气，幸好，什么都没发生，什么都还来得及。

"我铸造的东西，只有我能毁掉。"寇争站在我身后，口气里多少有些不舍得。

"我要它消失，并不是要毁掉它。"我头也不回，端详着手里的魔镜，喃喃道，"伤了那么多性命，花了几十年时间……唉。"我闭上眼，默念着咒语，绿光自掌中流出，藤条般滑动穿梭，将魔镜层层包裹其中，直到严丝合缝再不见其真容。

敖炽见状，皱眉道："你听那老头胡说，区区一面镜子，我一拳下去就尸骨无存了，你何苦浪费自己的元神做这样一个封印！"

我睁开眼，把包裹好的镜子交给他："剩下的交给你，弄个坑，有多深埋多深。"

敖炽一脸不高兴地接过来，左手朝前方用力一指，呵了声："破！"

只听轰一声响，泥土飞溅而出，一个半米宽的深不见底的洞轻轻松松露了出来。

"扔进去了？"他再向我确认一次。

我点头。

敖炽松手，魔镜落入洞中，他手掌一推，堆积在洞口的泥土纷纷滚落进去，眨眼间便填平了它，地面上再看不出任何痕迹。

诡火

327

寇争有些诧异地看着我做的一切，我回头道："你的寸步盒我们打不开，我的封印别人也不可能打开，此物从此与我性命相连，除非我元神消散，否则封印不解。或者你再铸造一面魔镜，不然世间再无此物。"

他沉默片刻，笑："既同意把它交出去，我已是对它绝了心思。何况我也没有那个时间了。"

"还是有些心疼吧。"我看着他一闪而过的落寞之情，"毕竟花了那么多心血。"

"其实我至今都没有太明白自己非要铸造魔镜的真正目的。"他坦白道，"一开始也许是为了子承父业，也可能是为了证明自己的实力，最后的最后却变成了对一个人执着的念想。我的大半生都放在了这面镜子上，如今我到了快入土的年纪，而它也能得个长埋黄土的结局，我想留的人也留住了，又何来心疼之说。"

言罢，他理了理衣衫，慎重地向我拱手一拜："多谢了。鱼门国能得你为国主，或许会有转机。"

"我并没有做什么，不过是听你说了一个很长的故事。"我打了个呵欠，"事已至此，我会把青童带回不停照看，你只需要去知秋馆参加考试即可，若你最终能得了法子出了鱼门国，就在外头好好等着我们。"

"我出不出得去没什么要紧，来东坊参加三府会考，只是想找一个能送她出去的机会。"他严肃道，"这已经不光是一场考试那么简单了。想得到国书的人不止你我。知秋馆中，只得一个焦点，便是那从不以真面目示人的天衣侯。"

我自然明白他话中的意思，道："我也不知道之后会发生什么，因为连我也没有见过天衣侯。但是既然我要做生意，自然会有我的打算，你我现在也算盟友，届时互相帮忙怕是少不了的，关键时刻你不要给我掉链子就行。"

"什么叫掉链子？"他不解道。

"就是不要出纰漏帮倒忙的意思，比如你把魔镜交给青童，这就是你干的最掉链子的破事！"我白他一眼。

寇争尴尬一笑，也不多争辩，只回头朝屋里看了一眼，道："那丫头就交给你们了。大约日落之后她会醒来。她生性单纯，记性又不稳定，你多费心吧，能想个法子阻止她去挨打就更好了。毕竟你跟我不同，我碰不得她，但你们可以。"

"你放心，我自有法子把她变成我不停的新帮工，她会忙得没有时间去挨打。"我耸耸肩。

"好。那我们就此别过，知秋馆再见。"他笑，正打算离开，却又停下来，还露出一丝跟他的人设完全不符的羞怯，居然红了脸对我道："那个……国主……老板娘……还有一事，不知你能否帮我？"

"你还想干吗？"见他这副鬼样子，我突然非常不安。

他犹豫片刻，说："能让我抱抱你吗？"

这是什么鬼要求！不等我反应过来，敖炽早就跳到我们中间，狞笑着说："你试试看。当着丈夫的面去抱他的妻子，你当我是死的还是死的？"

"莫生气。"他朝敖炽摆摆手，"你们想多了。我此生是不能给她一个拥抱了，知秋馆内会发生什么也是未知之数，若从此天人两隔，我希望你替我抱抱她，不管她是否记得我，都替我说一声抱歉吧。"

平平淡淡的几句话，居然就心酸起来。不管寇争干了多离谱的事，甚至还波及到了我的家人，但面对这个红着脸请我"转交"一个拥抱的老头子，我是一点脾气都没有了。

我正要点头，敖炽却拽住我，朝寇争一拍心口："既然你是为了这个，那抱我也是一样啊，大不了爷吃点亏，来吧！"

寇争嫌弃地看了他一眼："可我不想让青童被你抱……"

敖炽气得跳脚，被我扯到后面，告诉他再胡闹我就永远剥夺他吃西瓜的权利。

当云层后透出第一缕金亮的阳光时，我停在离寇争两步远的地方，说："好吧，这个拥抱我替你转交。"

寇争的老脸像朵风干的花一样绽开了，当他朝我走过来时，阳光晃到我的眼睛，恍惚中，我好像见到了一个满怀歉意的少年……

五 🍂

"你们这是去干什么大事了么？"捧着一把青菜的胖三斤诧异地看着一脸疲态的我们，"怎的敖大爷连黑眼圈都出来了？"当他看到敖炽背上背着的青童时，更诧异了，"这姑娘是谁？受伤了还是怎样？"

"一宿没睡，很难英俊。"敖炽连白眼都不想翻了，"先把能吃的都端出来，快！"

"去吧。"我朝胖三斤点点头，"这姑娘以后都会留在不停，详细情况我稍后再同你讲。先拿吃的来吧，饿坏了。"

"好好。"胖三斤赶紧往厨房去。

家里暂时腾不出多余的房间，我只好在顶楼替青童收拾出个地铺，反正僵尸不怕冷不怕热不怕蚊子，四周只有竹帘没有窗户也没什么大问题。

信龙兄弟恢复了些体力，蔫蔫儿地趴在敖炽的肩膀上，忧心忡忡地看着昏睡中的青童，问："她醒了之后，该怎么同她讲呢？她把那面镜子视如珍宝。"

"你们不担心自己会受到什么惩罚，还有心思替她着想？"我替青童盖上一床薄被，虽然明知道她不会冷。

"只要不吃了我们，什么惩罚都可以。"信龙兄弟异口同声，"我们也是不忍心见未知难过，才……"

"看来你们跟青童交情不错呢，她连魔镜的秘密都告诉你们了？"我问道。

信龙哥哥摇头道："她向我们坦白过她是僵尸，但并没有告诉我们关于魔镜的事。我们那天只是随口同她说起家里的一个小侄女因为救不活一只小猫特别伤心，她知道后就让我们寻个时间把未知带去见她，说她有法子给她一只一模一样的小猫。起初我们以为她在开玩笑，但看见未知成天闷闷不乐的样子，想着试试也无妨，便背着你们把未知带去了众乐场，并且嘱咐她一定不能跟你们讲我们化成人形，以及带她去见青童的事，不然小猫就回不来了。见了青童，她也没有说什么，只问未知有没有梦见小猫，未知说天天晚上都梦见它，然后青童就把镜子拿出来，指着未知映在镜子里的脸说'你看你长得这么可爱，以后不要再愁眉苦脸了，小猫会回来的。'然后她又要我们第二天早晨去她的住地找她，运气好的话，那只猫能回来，运气不好就得再等些时日。我们问其中玄机，她只说这是她唯一能帮我们的事了。我们也不好再多问，很快就把未知带回来。第二天我们如约去找她，果然看见她怀里抱着一只猫，模样毛色都跟死去的那只一模一样，诧异之余，她还是不肯说如何办到的。我们只好先把猫抱回来，悄悄放到不停里头。之后的事，就是你们见到的那样了……那晚出事之后，我们又悔又怕，本是一番好意，却差点连累了两个小家伙。所以我们半夜溜出去，无论如何也要找青童弄清楚，我们对她一直以诚相待，视如亲人，没有半分不良之心，她为何要弄出这种怪物来害我们。唉，谁知还没见到她，就莫名其妙被一股怪力吸进了盒子里……"

"活该！"敖炽愤愤道，"这就是自作主张的下场。我老早就同你们说过，有任何事都要先同我们讲，你们吃的饭还没有我吃的盐多，人生之险恶你们体会过多少！只有我们才是可以被无条件信任的人！"

"我们……我们只是怕……怕你们知道我们跟一只僵尸来往甚密，会对她不利。毕竟，僵尸是个敏感的存在，许多人视他们为怪物。"信龙弟弟小声解释。

"为什么是她？"我看着青童沉静的睡脸，"你们跟我也不是一天两天了，见过的怪人也不少，从未见过你们对谁如此上心。若说这姑娘的容貌，也远没有到让你俩春心大动的地步。"

两兄弟赶忙摇头摆爪，信龙哥哥道："老板娘你想多了，我们对她没有这样的想法。

她只是长得像我们认识的一位故人。虽然明知不是那个人，但我们还是忍不住想照顾她，希望她过得好。你如果要骂我们打我们，请便吧，我们绝对不还手。"

"故人？初恋？"我的八卦之血又开始涌动。

信龙兄弟扭捏着，说："许久前的事了，以后再告诉你行不行？"

算啦，谁还没点放在心里的小秘密，我没有强迫他人的习惯，只说："我不追问你们的过往，但你们要记住这次的教训，以后无论发生什么事，都不能对我们有所隐瞒。不停里的每个成员，我都有义务保证他们的安全。罚你们滚回衣柜里静思己过三天！"

"就是这样？"两兄弟难以置信。

"嫌这惩罚太轻的话，让敖炽再跟你们谈谈人生？"

"我们去思过了！"

两条信龙嗖一下从敖炽肩膀上跳下来，逃命似的下了楼。

天气很阴，午后的空气特别湿热，四周的竹帘像定住了般一动不动。魔镜的事，到此刻终是画上了勉强圆满的句号，但我总觉得这一切，又好像仅仅是另一场麻烦的开始。

敖炽在我身边坐下，皱眉看了青童一眼，问："你当真要去寻回国书，从里头找到出鱼门国的法子？"

"问得好奇怪。"我转头看着他，"你老婆几时干过出尔反尔的事？何况我已经收了魔镜为报酬，自然不能辜负寇争。"

"一年期满，你就可以堂而皇之离开鱼门国了。如果现在掺和到他们跟天衣侯的对抗里，恐怕会平白增添许多麻烦。"他顿了顿，"而且这麻烦可大可小。"

我想了想，起身走到一面竹帘前，撩开它，俯瞰着下头熟悉的街景，说："你真的觉得一年期满后，我能毫发无伤大摇大摆离开鱼门国？"

"法典上是这样说的！"敖炽加重了语气。

"东海孽龙什么时候会把法典这些东西放在眼里？"我笑问，"你不是历来我行我素无法无天的么？"

"这……我是不放在眼里，但好歹是东海龙族定下的高高在上的刑罚契约，总不会是闹着玩的东西。要是到了时限却不放你出去，我自然是要把四海龙域都闹翻天的。"敖炽认真道，"但现在离一年之期还差几个月，你中途寻找出鱼门国的法子，我怕会因此横生枝节。"

我怔怔地看着街头往来不息的男女老少，任何时候望出去，鱼门国都是风平浪静，所有人安居乐业，他们不在意此地的过去，也不多想它的未来，如此就真的可以生生不息，万年无事地生存下去么？一个被外头定性为"服刑之地"的国度，不应该是如此简单轻松的样子。

"胖三斤说过，历代国主都没能活着出去。"我看向远处，笑，"远山之上可能已经有一座为我备好的孤坟了。"

"呸呸呸！少说这些晦气话！"敖炽直吐口水，起身揽住我的肩膀，"之前那些家伙翘辫子的唯一原因是他们身边没有我！你跟我上千年的交情，咱们也算是走过刀山火海沧海桑田的老家伙了，我的实力你还不了解？莫说个小小的鱼门国，就算是龙域天界，只要我没死，他们谁都休想动你分毫。"

我看着他总是自信爆棚的眼睛："正因为你在我身边，我反而有更大的担忧。"

他一愣："你这是什么话？"

"真正的龙，是不能进入鱼门国的。"我到底是把埋在心头很久的不安说了出来，"你究竟是如何进来的？说实话。"

敖炽的神情顿时严肃起来，认真道："就是我之前同你说的那样。我逼迫那些人将我送到鱼门国外，看着立在水面上的界碑，我本已做好了要拼尽全力破坏阻挡我的任何力量的准备，然而什么都没有发生，没有任何障碍，我一步便跨过了界碑，除了进入鱼门国的瞬间我觉得身体有些微微的刺痛之外，再无任何异常。这就是实话。"

我相信这是实话，但我的心反而又往下沉了一截。

"一切如此顺利……"我缓缓道，"岂不是向外证明，你不是真正的龙。"

敖炽一怔，旋即不以为然道："我亲娘是妖怪，我身上本就流着妖怪的血。纵然我有龙的外形与能力，还有东海龙王嫡孙的地位，但我根本不在意旁人拿什么身份来看待我。"

"但东海龙王在意！"我的眉头深深锁起，"可能，无藏青霜更在意。"

此言一出，敖炽似乎也想到了什么，脸色微微一变。

"虽然我跟你爷爷都知道你母亲的故事，但你别忘了，当年你爷爷对外宣称你们两兄弟是你父亲跟不知名的龙女所生。在你们龙域的历史里，是没有你亲生母亲的一切的。你从出生到现在，都是一只高贵纯粹的龙，有龙王宠爱，众臣膜拜，连天神都要给你几分薄面。"我想到了最坏的一个假设，"如果有人要将你从尊贵的东海龙王继承人变成众矢之的，只需要让你顺顺利利进入鱼门国就好。"

这么简单的道理，我们一开始就应该想到的。"这……"敖炽的脸色越发难看，"只要一想到你们母子在这样一个鬼地方，我哪里顾得了那么多。"

"也许，你才是某些人的目标。而我只是个诱饵。"我握住他的手，"在一个我们完全不了解的地方，如果发生了什么不得了的事，我们没有援助，没有退路。所以我一定要找到国书，万一有什么变故，我们不至于一点应变的法子都没有。"我顿了顿，认真道，"敖炽，我越发认为，我们应该尽早回到我们本来的世界。"

见我煞有介事的模样，敖炽反而笑了，摸了摸我绷紧的脸："放松些吧，事情可能没你想的那么糟糕。我进了鱼门国又如何，不是真龙又如何，只要我还是你夫君，你还是我妻子，两个小东西平平安安，天下之大，我们一家四口哪里不能去？顶多我今后再不踏足龙域，大不了老家伙再跟大家撒个谎，说我英年早逝，从此大家一刀两断，各自清净。"

他总是喜欢把话说得这么容易，血脉亲情，恩怨纠缠，哪是说断就能断的。

"好吧，我们刚刚说的这些姑且放下。"我不想再让这个闷热的午后更压抑了，"吃饭去吧，眼下还得想想青童醒过来后，我们要怎么编排个故事给她，以及如何让她安安心心留在不停当帮工。"

"说实话吧，把魔镜的真相告诉她。"敖炽说道。

"现在还不行。这样她可能更会念念不忘。"我想了想，"这姑娘心眼儿实在，我倒是有个法子。"

正说着，一阵噔噔噔的脚步声从楼梯那边传来，浆糊跟未知一人手里捏着一张纸跑上楼来。未知扑到我怀里，说："三斤叔叔说你们回来了，你们去哪里了呀？"

我捏了捏她的鼻子："爸妈昨晚去见个朋友，聊得太开心了，所以现在才回来。"

"哦。"未知点点头，旋即指着青童道，"是去见这个姐姐么？"

浆糊也咦了一声，小声问我："妈，这个姐姐是谁呀？为啥睡在我们家里啊？"

"她是青童姐姐，她以后都会留在我们的不停里当帮工。"我把两个小家伙拉到面前嘱咐道，"她身体不太好，所以现在要休息一下。总之你们以后要跟她好好相处，尤其是不许想出什么鬼点子去戏弄她。"

"帮工？"浆糊歪头想了想，"跟三斤叔叔还有赵公子叔叔还有纸片儿阿姨一样么？"

我摸摸他的脑袋："对。"

"妈……"未知的神情忽然忧伤起来。

"怎么了，突然就不高兴了？"我奇怪地问她。

小丫头慢吞吞地把捏在手里的纸放到我面前—— 一张她画的画，虽然笔画幼稚用色大胆，但我还是大概认得出她画的是我们原本的不停，尽管她把屋檐下的灯笼画得像个难看的柿子，把赵公子画得像个短路的机器人……

"你们今天一上午都在画画么？可是浆糊你的手才受了伤啊。"我又拿过浆糊手里的画，居然画的也是我们忘川的不停，不过画风就更抽象凌乱些，费了好大劲儿才看出那个在半空中飞的家伙是纸片儿不是只蛾子……

浆糊抬起还缠着绷带的左手看了看："不疼了啊，而且我是用右手画画的。"

"好吧。我知道你们两个小东西就是闲不住。"我看着两幅"大作"，"怎么你们画的是同一个地方呢？"

"妈，"未知撇着小嘴道，"我们什么时候才能回家啊？"

"我想吃赵公子叔叔煮的面。"浆糊认真道，"虽然三斤叔叔煮的面也很好吃，但跟赵公子叔叔的不一样。"

来到鱼门国这么些时日，从来没有听到两个小家伙说想回家，我还一直以为他们在哪里都能玩得很开心。

我把两个小东西搂到怀里："怎么突然想回家了？这里也是我们的家啊。妈妈不是说过么，只要有爸爸妈妈，有浆糊未知，不管我们在哪里，哪里就是我们的家。"

未知摇头道："不一样的。"

浆糊说："我们的家里，不会有那么凶的猫。"

小孩子的情绪确实特别容易受到影响，那晚的事情大概已经让他们失去了安全感。

我立刻安抚他们："我们肯定会回家的，但还得再等些时日。爸爸妈妈向你们保证，从今以后，不管在我们的哪个家里，都不会再出现任何很凶的动物，你们不要害怕。"

"可是……"未知还是一脸不满意的样子，"可是除了很凶的猫，家里还有别的看不见的东西，它把我跟浆糊种的花都烧死了。"

闻言，我跟敖炽俱是一惊，敖炽忙问："什么看不见的东西？我们不在家的时候你们又遇到什么事了？受伤了没有？"旋即又道，"不对，我们给不停设了结界，任何鬼东西都进不来的啊。"

"你别急，听他们说。"我瞪了他一眼，又看着两个小家伙，"到底怎么了？"

未知跟浆糊对视一眼，一人牵一个，把我们往楼下带。

六 🌸

不停的院子里，有一块小角落是我们专门留给两个小家伙玩泥巴的。上个月他们自己拿了花种，垦土浇水捉虫，居然把这块小小的自留地照顾得特别好，没多久花种就发了芽，两个孩子开心得不得了，眼见着枝条已经茁壮，开花之期指日可待。

可此时此刻在我们眼前的，却只有十几株焦黑的残枝，有几株已经坍在地上，剩下的也只是像个死而不僵的尸体一样，勉强立在土里。看残枝上的痕迹，火烧无疑。

我明明记得我们出门前一切还好好的啊。

"怎么会这样？谁这么无聊放火烧这个地方？"我大惑不解，家里只有胖三斤跟两个小家伙，而且就算有外人潜入纵火行凶，又怎么可能只烧这个小角落？！真是见了鬼了，不停最近是得罪什么人了么，前后脚的出怪事，先是凶猫伤人，又有歹徒纵火。

"我们清早起来时，就这样了。"浆糊说，"我没有玩火，未知也没有，三斤叔叔也没有。"

未知心疼地摸着那些残枝，委屈地说："我们好不容易种出来的呢。"

小小的泥地上，一片死气沉沉。

"不止是这里，青蛙也烧死了。"浆糊的话又把我们吓了一跳。

我皱眉："什么叫青蛙也烧死了？"

"就是今天早上啊，一只被烧得焦黑的青蛙漂在水塘里，我们赶紧叫了三斤叔叔来，他叹了口气，把青蛙捞起来扔掉了。"未知赶紧说。

我扭头就往厨房去。路过水塘时，我看见阿灯在水里闷闷不乐地吐着泡泡，我喊它，它像没听见似的。自从住进这里以来，它天天跟那些青蛙为伴，说不定已经结下了我不知道的超越种族的友谊，如果真有青蛙被烧死了，它会难过也是正常。

可是，青蛙本来就在水里啊，就算它蹲在荷叶上，真的遇火烧身的话，跳到水里也不过是眨眼的事，哪那么容易就烧死了？我越想越蹊跷，三步并两步进了厨房。

胖三斤刚刚揭开热气腾腾的蒸笼，从里头拿出一碟馒头，见我急匆匆地进来，他忙道："馒头好了，等我把粥盛好就能开饭了，你们再等等。"

"吃饭的事先放放。"我走到他面前，"那些花跟青蛙是怎么回事？"

胖三斤一愣，一时没有反应过来的样子："花？青蛙？"我指着门外："浆糊跟未知种的花全被烧死了，他们说池塘里有只青蛙也被烧得焦黑。"

"哦，原来你说这个。"胖三斤叹了口气。

"谁干的？"我质问，"为何我们回来时你没有告诉我们？"

胖三斤往围裙上擦了擦手，无奈地说："这些年来，年年如此，我见惯不惊，所以并没有太当一回事。刚刚看你们一脸疲态，也就没有及时同你们讲。"

"年年如此？"我愣了愣，"这话怎么说？"

胖三斤道："其实我也不太记得从哪一年开始，好像是几十年前或者百年前吧，每年只要一入暑，鱼门国里就有类似事件发生，总有些生灵，不论是动物或植物，会无端端地燃出火来，且这些事件吧，离中元节越近，发生得越频繁。早些年无非是哪里的野草焦了一小片，又或者几盆花莫名化了焦土，后来就渐渐听到有小动物也有类似遭遇，什么小鸟啊蝴蝶啊，有时还有猫猫狗狗。但是只要过了中元节，这种怪事就平息下去，等到次年入暑时再来。"

"为何从来没听你说起过!"我斥责道,"这么古怪而且危险的事!"

他坦白道:"因为至今都查不出原因,百姓里还流传起一个说法,说这种诡火跟恶鬼一样,不能说它,看见了都只当没有看见,见怪不怪的话它觉得没意思就不会再作乱了,所以每年入暑之后,大家都对这样的事三缄其口,只在心头默默祈祷不要是自家受损就好。"

"莫非是魁?"我脱口而出,第一个想到的就是魁这种凶妖。

上回丽夜书事件时,虽不是真正的魁作怪,但也算是见识了魁的破坏力,但转念一想,除了真正的丽夜书之外,鱼门国里是否还别的魁的后代不说,就算有,以魁的力量,真要烧起来,又岂止是烧这么一点点范围。何况不停是有结界的,再厉害的魁也没法到我的地盘行凶,再说若真有一只魁厉害到能突破结界,又怎么可能只烧几枝花一只青蛙就罢手呢。

"我觉得不是。"胖三斤道,"魁是引火烧物,对受害者来说,火是从外头来的。但鱼门国里的诡火不是这样。所有被这种火烧死的东西,都是从自己体内燃出来的火。近几年来,诡火造成的事故其实是越来越严重了,去年,西坊那边还死了一个人,听说是正好好跟家里人吃着饭,一股烈火突然就从他心口里烧了出来,很快整个人就成了个火球。唉。"

说罢,他赶紧往地上吐了三次口水,又对着虚空中不同方向拜拜:"我刚刚什么都没说,说了的也吐出去了,有怪莫怪啊!"

"自燃?"我诧异道。他点头:"所以一入夏我就提醒你们要多喝水降温,自己也常做消暑降温的饮食给你们,就是担心这个。我总想着咱们不停好歹也是国主府,怎么着也有王气镇着,哪晓得这诡火也是不给面子,居然闹到这里来。"

我想了想,又确定一次:"这么多年了,真的一点蛛丝马迹都没有?"

"没有。聂大人也花了不少时间查过,仍然毫无结果。这诡火如幽灵一般,来去无踪,不留丝毫痕迹。"胖三斤肯定道,旋即又露出了担忧的神色,"我每年都盼着夏天能尽早过去,可今年过去了,明年呢,后年呢……而且照这个势头下去,我真怕有一天,鱼门国里会寸草不生。"

寸草不生?!

我的心脏像被一只冰冷的手用力捏了一下,眼前不知怎的,突然冒出了一片烈焰冲天如在地狱的场面。

好像,真的要发生什么了不得的事了……

【第十二章】天衣

天衣，来处不明，人形，生四翼，为女娲所收留，善筑结界，无不可困者。

◉ 楔子 ◉

恶魔最大的成就，不是坏人的作恶多端，而是好人的袖手旁观。

一

我又做了奇怪的梦，梦里没有人，只有无边无际的黑暗与不断划过的星辰，我在无形的轨道里漂浮，不记得来处，不知道去处，时间变得毫无意义，有人跟我说话，不要怕，不要怕，该到的地方总会抵达……

这不算什么噩梦，就是醒来后我头疼得厉害，身体在抽离梦境的瞬间仿佛被掏空了一下，然后就是巨大的饥饿感，这个早晨我吃掉了四碗粥，三张烙饼，还有半个西瓜。

饭桌前胖三斤看着我，有点担心："老板娘，你是不是眼见考期已到，紧张过度了？"

没错，今天就是三府会考之期，昨天傍晚，天衣侯府的人又来送了一份公函，内容无非是提醒我不要忘记了会考时间，照那公函上的"指示"，考官们得在今天日落后正式进驻知秋馆。

其实跟所有惧怕考试的学生一样，真到了要进考场那天，反而不紧张了，纠结难捱的只是等待中的那些日子。所以胖三斤猜错了，我的心情已经跟从前不同了，一点都不紧张，反而因为即将见到那个我一直见不到的人而有所期待。

"不，我只是饿。"我吞下最后一口西瓜，打了个饱嗝。

"哪有人一大早吃西瓜的！"敖炽撕扯着手里的半个饼，心疼地看着我吐出来的西瓜籽儿，嘀咕，"早知道昨晚一口气全吃了，还想着留到今天榨汁喝呢……"

"所以继扫地机之后，你最新迷恋的东西又变成西瓜了吗？"我白他一眼，"你能不能迷恋一点跟你身份匹配的东西！"

"西瓜多好啊！一身都是宝！"敖炽不服气道，"肉能吃，皮能拿来炒肉，籽儿还能炒成瓜子，相见恨晚！等以后回家了，我第一件事就是把咱家外头那间水果店里的西瓜全包了！我铁了心要当一个出色的吃瓜群众！"

"我也要当吃瓜群众！"未知摇着勺子忙不迭地支持她爹。

敖炽满意地跟她击了个掌。我跟浆糊默契地奉上了"快来看智障"的目光。

记得敖炽跟未知以前最喜欢吃的水果并不是西瓜，而是猕猴桃跟榴莲，而且未知最喜欢把榴莲肉放到冰箱里冻起来，说冰冻后的榴莲肉比冰淇淋还好吃，后果是每次一开冰箱门就生无可恋……可惜鱼门国里并没有这两种水果，想来也是委屈这对父女了。

"老板娘，要不要替你收拾些行李？"胖三斤提醒道，"这三府会考也不是一天两天能完事的，你看要不要给你带些吃的用的？"

"带吧，多准备点你今天整的这个烙饼，里头再多加点肉馅，我喜欢吃肉。"敖炽抢先一步道。我瞪着他："你爱不爱吃肉跟这有啥关系？"

"怎么没关系！一去肯定好些天吧，万一那个知秋馆里伙食不好，好歹还有点干粮混肚子。"敖炽一本正经道。

"你要跟我一起去？"我诧异道，"你去干啥？"

"你也知道能去到知秋馆的人都是怪物，你一个人怎么应付？"敖炽边嚼饼子边道，"一开始我就没打算让你单独进去。"

"你怎么进去？"我反问，"上次你就领教过了，那儿的结界如此之强。"

"上回我是随便试试，没拿真本事。"敖炽看着我，眼神骤然犀利，"这世上还有什么地方是我去不了的么？"

见状，胖三斤及时打了圆场："老板娘，我虽没考过试，但您既是国主，又为主考官，身边有个人跟从也是正常。那知秋馆有结界，你们之前进不去，怕是还未到考官入场之日，故而不曾解开吧。"

敖炽连连点头："就是，又不是什么大事！大不了我吃点亏，扮成你的侍卫进去就是。我看谁敢把国主大人的侍卫拦在外头！"

"是这么个道理。"胖三斤永远这么善解人意，"之前老板娘您总不愿暴露身份，我给你们备了些东西，可能用得上。"说罢，他起身出去，不一会儿拿了两个东西回来，坐回我跟敖炽面前。

两个木制的面具，一个狐狸脸，一个小猪脸。

他把狐狸脸递给我，小猪脸递给敖炽："最简单有效的法子，我用了最结实的牛筋做绳子，估计拿刀都很难割断，所以你们不用担心被人认出真面目。"

胖三斤确实是个全才，饭做得好，写小曲儿也不错，作诗也不差，还会裁衣裳，连做个面具也是手工精制，里里外外打磨得光光滑滑，拿来挂墙上当个艺术品都绰绰有余。我试着往脸上一戴，大小松紧都合适，跟量身定做的没两样，心下顿时喜欢得很。

敖炽脸色就没那么好看了，抓着他的面具横看竖看，最后翻出个死鱼眼瞪住胖三斤："为啥给我个猪？"

胖三斤哈哈一笑："敖大爷你不觉得这只小猪脸很可爱吗？你看，我把它的嘴巴画得往上翘，笑得多开心！我也是希望你们开心去开心回嘛。"

"行，就这么办吧。"我把小猪面具扯过来往敖炽头上一套，"你还想要啥？猪有什么不好？种族歧视啊？"

敖炽把面具扯下来，哭丧个脸："好歹给我整个老虎啊！豹子也比这个好啊！"

"你是去当跟班的，不要太高调。"我笑，扭头对胖三斤道，"谢谢啊。"

胖三斤认真看着我们两个："我听说去参加考试的人，都是鱼门国里各有本事的人物，你们要处处留心才是。"

"放心，我是去监考，不是去打架。"我看着手里的面具，"两件事拜托你。"

"浆糊跟未知我会照看好的。"他直言，"另一件呢？"

我拍了拍他的肩膀："做好饭等我们。我要吃双份的荷叶蒸排骨。"

他先是一愣，旋即笑道："好。这些日子，你们不嫌弃吃我做的饭，我还是挺高兴的。"

"以你的厨艺，莫说鱼门国了，就是放到外头，也是一等一的。"我诚挚地夸奖他。

"谢了。"胖三斤起身收拾碗筷，"你们休息去吧，养足精神才好应付考生。还有什么想带走的，让我准备就是。"

胖三斤去厨房洗碗时，我把未知跟浆糊拉到面前，叮嘱道："爸爸妈妈这几天要去办事，不会回来，凡事要听三斤叔叔的话。"

"哦。"未知不高兴地噘起嘴，"那你们要快些回来才是。"

"办好这件事，我们就回来，一天都不会耽搁。"敖炽向她保证。

"这件事是不是很难？"浆糊问。

"也不是很难，就是要应付一些可能比较麻烦的家伙。"我只能这样回答他，"总之你跟未知要相互照应着，我们没有回来时，你们不许私自溜出门。"

"好的。"浆糊拍心口，"你们不在时还有我哪，我会看着未知的。"

我摸摸他的头，还没说话，就被突然走进来的人打断了。

青童一手握着毛笔，一手抓着一碟墨汁，左肩上站着信龙哥哥，右肩上站着信龙弟弟，左看右看，嘟嘟囔囔地走了进来。给她换的那件浅绿色的新衣裳上，心口最显眼的地方赫然写着"我是青童"四个字，再仔细看，信龙兄弟的背上居然也有字，"我是信龙哥哥"以及"我是信龙弟弟"。

"你们这是干啥？"敖炽奇怪地看着他们三个。

"你面前这个凶神恶煞的男人，是敖大爷，他是老板娘的丈夫，也是不停的男主人。"信龙看向敖大爷所在的方向，"青童，你要记住了。"

"好的。"青童赶紧走上来，将敖炽上下打量一番，举起毛笔就要往他心口上写字。

"你干吗！"敖炽抓住她的手，"这是我的衣裳，不是给你练字的纸！"

"敖大爷你就随她去吧。"信龙哥哥无奈道，"这也是我们俩刚刚替她想到的法子。不然她每天都会忘记我们是谁，每天都会问一遍。"

对，这事回头我还得跟寇争说一声，青童醒来之后，不但不记得自己是谁，对身边人的记忆也只能维持一天，也就是说我们头天才跟她讲明了我们是谁，翌日她就会忘得干干净净，简直可以拍一部奇幻版的《我的失忆女友》。虽然这有点麻烦，但也不能完全算坏事，因为她无法维持记忆，所以我说什么她就信什么，我告诉她她叫青童，因为欠了我很多钱，所以现在是不停里的帮工，直到把债务还清才能离开。尽管每天都要说一次也有点烦，但也总比让她继续出去当人肉沙包好。唉，就当我亏本，看似找个帮工，其实是找了个白吃白住的包袱。反正这事多少都算信龙兄弟惹出来的，讲解员这个任务交给它们也算是活该……

"你就让她写吧。"我对敖炽道，"反正你那花衬衫又没有任何美感。"说着，我和颜悦色地对青童道："你尽管往他身上写。"

"你……"敖炽无奈，只得松开手，又不能把青童打一顿。

"好的。"青童高兴地举起笔，往敖炽心口上写了"这是敖大爷"五个很丑的字。

"青童，你不能厚此薄彼。"敖炽低头看了看自己的衬衫，一把把我拽过来，指着我，"她是不停的女主人，也是雇佣你的老板娘，来，不要客气，写在她脸上吧！"

"敖炽你信不信你会永远失去当吃瓜群众的机会！"

"雨露均沾嘛，你也不想青童天天问你是谁吧。"

青童歪着脑袋看了我半响，说："好漂亮的衣裳呀，沾上墨汁可惜了。"

话音刚落，她举起笔，又在敖炽身上写了一句："旁边穿绿衣的女子是老板娘"，写完后还画了个指向我的箭头。

我立刻就爆笑出来了。

敖炽扯着自己一塌糊涂的衬衫，暴怒道："你这丫头咋不按套路来？我的衣裳就不可惜吗？不可惜吗！！！"

青童完全不受他情绪的影响，满意地笑："好了，这下记住了。"

又在浆糊跟未知身上写好了字，她才心满意足地走出去，往厨房那边找胖三斤去了。

"早知道当初把她跟魔镜一起埋了……"敖炽心疼地看着自己的衬衫。

"算了吧，她能这样，已经很好了。"我看着青童轻松无比的背影，"你难道还希望她继续做一个只记得所有的不幸福的僵尸么。"

敖炽苦恼地挠头发："怎么会这样啊，是不是寇争老儿把她弄晕的针出了问题啊！"

"未必。"我摇头，"青童由魔镜而来，如今魔镜被我彻底封印，或许这多少也影响到了青童吧。"

"如果我们离开鱼门国，你也打算带上她？"敖炽不放心地问了一句。

我笑笑："不停里若多一个只有一天记忆的僵尸帮工，也不坏啊，还能给赵公子跟纸片儿打打下手。"说着我又狡黠地挤挤眼，"你看，她记性这么差，肯定不会记得工钱这种事。而且她又不用吃饭，简直是零成本帮工呢！你看事情眼光要放远一点。"

"不要啊！"敖炽抱头做痛苦状。

我摸摸他的头，笑着出了房间。

池塘里，阿灯依然闷闷不乐地在水里吐着泡泡，大概还在为青蛙的事伤心。说来，不停里最让人省心的，除了胖三斤，就是阿灯了，需要它的时候，它在，不需要它的时候，它安静地呆在角落里，不聒噪，不惹事。所以，除了胖三斤，我还要拜托的家伙，就是它了。

"阿灯！"我唤它。

它从水下露出脑袋来，呆呆地望着我。

"阿灯，我跟敖炽要去办一件要紧的事。"我说。

阿灯继续呆呆地望着我。

我坐到塘边，看着自己水中的倒影："如果我们不在的时候，不停发生了什么危险，你不要有任何犹豫，立刻带上不停所有的人离开。去哪里你决定，你是龙王坐骑，也是我不停里的一员，我知道你并非是个只知吃土豆饼的废物。所以，能办到吗？"

阿灯拍了拍尾巴，水花溅到我脸上。

我笑："那就这么说定了。若我们能全身而退，我请你吃各种土豆制品。"

阿灯吐了几个水泡，重新沉进了水里。郁积在我心头的不安从来没有减少过，敖炽进入鱼门国可能是旁人的一个阴谋，神秘的诡火事件可能是不祥的先兆，我可以做的，只能是在随机应变的前提下，尽量防患于未然。

浮生物语
肆
下

342

剩下的大半天时间，我带领整个不停的成员，把这间我住了大半年的地方打扫了一遍，我要求他们在我们回来前，必须保持相同的整洁。其实我不知道我为啥会动了做清洁的念头，虽然我住在这里的时间并不长，但这些时日的精彩与惊心，并不亚于我经历过的任何一段时光，这里可以说是我的半个家，现在我要第一次以国主的身份去做一件很重要的事，于是总想着在离开前，用大扫除这种方式当作一种表达纪念的仪式。可是，为什么要是"纪念"呢？我又想到了知秋馆门前的对联，以及那对象征了"有进无出"的貔貅塑像。

我，不会再回到这里了么？

一阵与夏季不符的冷风，吹动了小院里的花草，也吹皱了平静的池水。

二 🎀

当天边只剩下一缕红霞时，我跟敖炽走出了大门，除了面具，我什么都没带。敖炽倒是背了一堆吃的，还带了一个西瓜……为了降低辨识度，我在旗袍之外罩了一件男子穿的白色大袖长衫，宽松飘逸，仙风道骨，还把长发也挽到头顶，用一支朴素的木钗别住，眨眼看去，就是个偏瘦的斯文男青年，敖炽则换下了他最爱的花衬衫，老老实实穿了一件黑袍子，扎上腰带，拖鞋也换成了布鞋。

胖三斤带着两个小家伙要送我们，被我拒绝了，我只叮嘱他们好好留在这里，我们回来之前如无必要不要出门，不停有结界，外人要不请而入很难，但如果里头的人经常出入，结界力量会受到影响，反正胖三斤已经准备了足够吃几个月的食物。

最后，我跟敖炽用力抱了抱浆糊跟未知。

直到我们走出了相思里，他们还站在不停门口，虽然我没回头，但我知道。

我跟敖炽一路上都没怎么说话，快走到知秋馆时，他突然拉住我。

"我还是那句话，凡事不要逞强，有我在，就用不着你。"他认真道，"我不知道那里会有什么人跟事在等我们，一切顺利固然好，若有任何不妥，打得过就打，打不过就跑。"

我笑着安慰他："我们去当考官，应该担心的人是考生才对。"

"你我都是老江湖了，前头危险还是平安，多少有个预感。"敖炽皱眉，"我不知道天衣侯究竟是以什么标准发放那张'准考证'，但是一个寇争就能整出这么大的事，其他人也不会是吃素的。说是为鱼门国选拔人才，且不论选拔的人怀了怎样的心思，光是去参选的人，也未必是真为了平步青云为国效力。除了寇争，这群人，只怕都是不安于室呢。"

我举起狐狸面具，笑："再聪明的猎人，也总会遇到一只能气死他的狐狸。"

敖炽看了一眼自己的面具，冷笑："如果是这样，那必然是因为狐狸身边有一只比她还聪明的猪，谢谢。"

我们应该轻松些。街景如故，只是地面的气温比平常略高，好像暑气并没有因为太阳的下山而淡去，踩在坚硬的地上，还穿着鞋子，都觉得每走一步脚底就多一分灼人的感觉。许多人都边走边擦汗，抱怨着这场不去的炎热。

离知秋馆还有一段距离，便看到门口站了一个人。

我俩扣上面具，走近一瞧，却是那天衣侯身边的霜官姑娘。见了我们，霜官赶忙跑下石阶，对我们微一躬身："好久不见了老板娘。二位的装束让人耳目一新呢。"

"这都被你认出来了？"我掀开面具，瞪着这个一贯灵巧冷静，跟她主子的气场不谋而合的姑娘。

"霜官奉侯爷之命，在此恭候老板娘，哦不，国主大驾。"说罢，霜官又看了敖炽一眼。

"怎么，不能携家眷入场？"我见她这模样，又道，"如果不行，我让他回去便是。"

"不不，每位考官都可携一位随从入场，不然我又如何能进得了知秋馆。"霜官笑道，"只是还请国主夫君要仔细遵守知秋馆里的规矩，万不可轻举妄动。"

"我还能把你们知秋馆拆了不成！切！"敖炽不耐烦道。

"您说笑了。"霜官做了个请的姿势，"二位这边请，人已到齐，只等你们入场，知秋馆便要封馆开考了。"

我点点头，随她往大门走去。天知地知春去秋来，风起云起君生吾息——大门两侧的对联又一次清晰印入眼中，平庸的字句究竟是为了充数，还是绵里藏针暗有玄机，不得而知。黑石貔貅依然高高在上地蹲在那里，明明只是个死物，经过它们时，却总觉得有目光在冷冷追随你。

结界确实消失了，我跟敖炽毫无阻碍地站在了大门前。

霜官轻轻一推门，吱呀一声，一片绿植满园的空间从门缝里渐渐露出来。

"请吧。"她让到一旁。

我暗自吸了口气，跟敖炽对视一眼，一前一后迈过了门槛。

不大不小的一间宅子，中间的空地上种满各种花草植物，几条碎石小路嵌在其中，正中间是一座小小的凉亭，围绕着这片空地的，便是一圈在建筑风格上一模一样的房间，除了从房顶上垂吊下来的绿色藤蔓让它们看起来多了一分清幽之气，知秋馆跟我见过的任何一所宅子一样，并没有出众之处。

霜官一直盯着我们脸上的面具，掩口一笑："这面具也是有趣。两位这是不愿以真面目示人呢。"

"你家侯爷有过之而无不及。"我笑。

霜官笑着摇摇头，带着我们往左边第一间房走去："这些就是供考生们住宿休息的房间。"只见房门前挂了个木牌，上头用朱砂写了个"谢"字，她指着这间房道，"这里头住的是平安当铺的谢天贵，谢老板。"

"当铺老板也想走入仕途为国效命呢？"我调侃道。

"人各有志。"霜官一笑，"谢老板有一双鉴宝识宝辨真假的好眼睛，为人据说也是极大方的。"

"哦。"我点点头，揶揄道，"难不成是侯爷宝物太多，缺一个替他把关的不成。"

"国主大人说笑了。"霜官继续往前，第二间房挂了"宋"姓的牌子，"这是千手绣坊的当家人宋娘子，天生一双巧手，能蒙眼绣花，飞针走线的本事天下第一。平日里吃斋念佛，都说她是个善人。"

"侯爷选人还真是广纳贤才呢。"我笑笑，一个绣花的女子，能为她安排什么职位？

第三间房，姓"姚"。霜官说姚先生是一代大儒，不但博学，教书育人也是一把好手。我心想，若真是眼光独到的一代大儒，这位倒还能给他安排个什么大学士之类的位置。

第四间房，姓"乔"。住的是盖世武馆的馆主乔坤，一身好武功，侠肝义胆，还是个怜老惜贫的侠客般的人物。

这些人物，我是听都没有听说过，可见鱼门国之大，人口之多，只短短半年时间是无法体会的。

再往前，一间房挂了"寇"，一间房挂了"白"。

"寇家先生精于铸造，手艺巧夺天工，同行之中只怕无人能出其右。"霜官自是不知寇争与我的渊源，自顾自地说着，"白氏一家以造纸为业，鱼门国半数以上的纸张都是出自他家，也是业界翘楚。"

白氏一家，造纸为业……我记得寇争当年可是跟白家小姐有过婚约的，但最后如何，寇争并没有提过，当年若不是为白小姐去将军家里取一块棺材板，寇争的人生只怕会有别的枝节。如今两家人同时入选会考，还是左右邻居，倒也是巧得很呢。

"三府会考的考生就这六人？"我往前看去，最后几间房没有挂牌子。

"这次就这六人。"霜官点头，"原本还有天仙观的木道长，唐府的唐夫人，然木道长说自己无心仕途，只一心想将天仙观发扬光大，唐夫人则说唐家事务繁忙，独子又未娶亲，内忧外患，她多修几座好房子多建几条大路就是为国效力了，考试这种事，她并无兴趣。"

345

我笑，顶着个公家名衔受人辖制，哪有自由自在打着高人名号四处敛财来得舒坦，除非太阳自西边出来，木道长这唯利是图的老头子才会有一颗为人民服务的公仆心。至于唐夫人这样的铁娘子，在唐府做老大做惯了，哪又可能屈身于天衣侯府或官府之下。选这两人来考试，也是天衣侯自作多情了。

霜官径直往前走，停在最末一间屋子，也是门庭看起来最大的一间前头："侯爷与聂大人，还有各位考生们已在里头等候多时，请入内。"

说罢，她轻轻叩了三下门，慢慢推开。

我开始紧张了，一门之隔，便是之前千呼万唤都不出来的天衣侯，也不知是男是女，是高是矮，是美是丑，还是跟我一样，把自己包成一个粽子。

跨过门槛，室内所有目光都在此时投到我跟敖炽身上。

房间很大，左右各列三席，描画精致的漆案上摆满酒菜蔬果，左边第一席坐了个留着八字胡的五十岁左右的胖大叔，心口上挂了个金柄雕花类似放大镜的玩意儿；第二席是个豹眼虬髯，孔武有力的中年汉子，感觉他一条大腿都比我的腰粗；第三席是个三十出头的女人，神态安详，娴静清秀，一双美手甚是惹眼，白皙修长，嫩如春葱。对照霜官之前的描述，对上号倒也不难，开当铺的，开武馆的，搞刺绣的。右边第一席不用介绍了，寇争老儿正抓了一只鸡腿在手里，笑眯眯地看着我，第二席却是个年纪不超过二十岁的妹子，脂粉不施，一身素白衣裙，梳了个温婉的随云髻，发间不见钗环，只挽上几条细白缎带，懒懒垂下，颇有些不食人间烟火的韵味，想来这就是跟寇争老儿有过婚约的白小姐的后人了。最后一席，是个大袖宽袍，有魏晋之风的银发瘦老头，几缕胡须从下巴垂到了心口，看这派头，当是那满腹经纶的"大儒"无疑。

正对面还有三席，中间空着，右边坐着正喝酒的聂巧人，左边……我只觉得眼前一黑，不是我紧张得晕过去了，而是那个人大概把家里能找出来的黑布都裹到自己身上了，一件巨大的带帽披风把这个人变成了个会呼吸的黑洞，深深隐在帽中的脸孔不露分毫，并且这么热的天，那帽子的边缘还缀上了一层厚厚的皮毛，真的不怕长痱子么？我以为我就算捂得严实了，这位更是远在我之上，不但不露脸，居然连手上都戴着黑色的手套。

这就是天衣侯……然而见了跟没见又有什么两样？！

见我们进来，天衣侯与聂巧人不慌不忙地从席上走下来，微微躬身道："恭迎国主大人。"其他人也赶紧起身，齐刷刷朝我们道："恭迎国主大人。"其中几人见了敖炽脸上的面具，一副想笑又得憋着的样子。

"见侯爷一面太不容易了。"我停在天衣侯面前，一把抓住他的手使劲握了握，从手掌骨骼来看，应该是个男人。从身材来看，比敖炽矮一些，胖瘦不知。

他抽回手，道："闻名不如见面，国主大人果然与众不同，这面具好生精致。"

男人的声音，低沉且沙哑，中间还夹杂着几声不舒服的咳嗽。

"侯爷这是身体抱恙？"我关切道。

"常年如此，国主勿要介意，请入席，此乃我们专为考生们设下的晚宴。"他退开半步，请我入座。

"快请吧，就等着国主大人您了。"聂巧人假模假样地做了个请的姿势，在我走过他面前时，压低声音道："搞成这鬼样子做什么？吃饭怎么办？"

我回头瞪他，指了指自己的嘴："瞎呀，嘴那里是掏了洞的！"

他给了我一个白眼。

我坐下，敖炽站在我身后，天衣侯与聂巧人重新入座，堂下六人这才坐下。

晚宴的气氛稍许有些凝重。聂巧人侧过身子对我小声道："说点什么，你可是国主。"

我说啥啊？！想了想，我只得端起酒杯，清了清嗓子，道："三府会考重开，为国选拔贤能，这是天大的好事。能坐在这里的人，都非等闲。希望你们在接下来的考试中各展所长，呃，友谊第一，比赛第二。"

说完了。

六位考生互看一眼，起身对我举杯道："定不负国主嘱托。"

坐定之后，那开当铺的谢天贵首先道："此番能得见国主，也是我们三生有幸。只是不曾想到国主大人乃一介女流，果然巾帼不让须眉呢。只是小人斗胆一问，不知国主以面具遮挡真容，是何缘故？"

这胖大叔心里大概是以为我长得丑所以不敢见人吧，呵呵呵呵。

"这位想必是鉴宝无数的谢老板。"我笑，"谢老板的眼睛是拿来鉴赏宝品美物的，我生来貌丑，实在不愿谢老板为此浪费了眼力。何况，我身为主考官，若喜怒形于色，多少会影响到考生们的情绪，遮住了不是更好？"

谢天贵有些尴尬，忙道："国主考虑周详，小人唐突了。"

这时，那宋娘子开了口："国主大人，小妇人生平第一次得了云头白笺，进了这知秋馆，心下是又激动又荣幸。只是入了知秋馆多日，今日才得见三位考官，却不知究竟要到几时才是真正的会考之期？"三十多的女人，嗓音却柔软甜腻得像个少女，也不知是不是刺绣功夫了得的女子，都是这般细致的品貌。

什么时候正式考试？我怎么知道！

我跟聂巧人不约而同把目光投向了正襟危坐的天衣侯。

"会考之期……"他咳嗽了几声，"第一道试题已送到你们房间里去了。大家安心吃

天衣

完这餐饭，回去好好答题吧。"

真是让人一点防范都没有呢，我凳子还没坐热哪，没有任何铺垫就扯到了第一道试题……等一下，不是说出题这种事要考官们一起商量的么？

"已经有第一道试题了？"我比宋娘子问得还快。

天衣侯点头。

"他们总共要做多少试题？"我赶紧又问，要是做什么黑猫淘气三千问的话，那我几个月都别想出去了！

天衣侯竖起三根手指："三题，足够。"

我一颗心落了地，还好还好，三道题，一天一题也就三天而已。

"我一直以为你应当会先同我们商议一番。"聂巧人冷眼看着他，"看来侯爷打算独当一面？"

天衣侯又咳嗽了几声，平静道："国主与聂大人均是首次任考官，这里头有何规矩，二位并不熟悉，故而我才主动代劳，并无冒犯之意。"

"什么题？"我好奇道，"斗文还是比武？"

天衣侯一声轻笑，摆摆手："都不是。"

"莫非要我们比绣花？"一直闷声吃饭的白小姐笑了笑，看向对面的宋娘子，"这可不公平呢。"

宋娘子掩口一笑，拿手肘碰了碰身旁的乔坤："若是比试谁的力气大，咱们乔馆主可是不战而胜呢。"

被这风情万种的女子一调笑，乔坤脸一红，哈哈直笑，不知如何回应。

这些人，变着法儿地互相夸赞么？身为竞争者，难得还能做出这么融洽的样子，也不知真刀真枪比试起来时，还能不能这么一团和气。

"三府会考，公平公正，必不会拣各位的长处为试题。"天衣侯淡淡道，"第一题，乃是要各位去寻物。"说罢，他又看向我这边，故意道："想必国主对这道试题最有心得。"

我看了他一眼，没说话。

"既然大家已没了进餐的心思，我就把第一题当众解说一番吧。"天衣侯转头看向身旁的霜官，"把东西拿上来。"

"是。"霜官领命而去，不多时便返回，手里拎了个红布盖着的四方玩意儿，轻轻放到天衣侯的桌上。

天衣侯揭开红布，下头却是个竹编的鸟笼子，九只麻雀在里头跳来跳去，叽叽喳喳。

完全猜不透一笼子麻雀跟考试题有什么关系，难道天衣侯变态到要把麻雀都放了然后让大家去找回来？这么无聊的试题怎么能匹配得起如此高大上的三府会考？我暗自下了决心，如果第一题真是这样，我立刻把面前的菜汤扣到天衣侯头上，跟他说"对不起我不陪智障玩耍"然后拂袖而去。

天衣侯的手指轻轻叩了叩鸟笼，道："其余六个鸟笼已送至你们的房间，均是九只麻雀。你们要寻的东西，是一个蜡丸，里头封存着第二道试题的内容。而这个蜡丸，就在其中一只麻雀的肚子里。天明之前未得蜡丸者，视为失败，逐出知秋馆，此生再无入知秋馆的资格。"

所有人的脸色都很微妙，因为这道题看起来实在是简单，除非这些麻雀是妖魔化身，有以一敌十的本事。

"就是这样？"乔坤脱口而出，"这么简单？"

"是。"天衣侯点头，"第一题虽简单，却关系到完成第二题的时间，越早得到蜡丸，便能越早得到试题。我提醒一下，这第二题吧，内容都是一样的，但若是得的晚了，让别人抢了先机，只怕是要后悔的。"

"侯爷。"一直默不作声的姚先生起身朝他作揖道，"老夫只有一事不明。"

"姚先生请讲。"

"这三府会考，若我们六人都顺利完成试题，是否表示六人都是胜者，可同获嘉奖？"姚先生问道。

天衣侯一笑："千军万马来，不见一将还。自三府会考开考以来，从未有过姚先生设想的情况。"

姚先生面色一变，不再说话。

天衣侯起身，走前一步，对堂下众人慎重道："照规矩，第二题以最先完成的三位为胜者。此三人不但能得到完成第三题的资格，还能额外获得一件宝贵的奖励。"

考生们的眼睛放了光，迫不及待地看着他。

"龙骨帖。"他淡淡道，"此物不用我讲，你们也知其贵重了。"

谢天贵的杯子滚到了地上，被他一时激动给碰的。

"侯爷，真是龙骨帖？"谢天贵难以置信地问，"可至龙门所在的龙骨帖？"

天衣侯又一声轻笑："龙门一跃，鱼成神龙，正是那可以满足你们最大心愿的龙骨帖。"

考生们面面相觑，脸上的表情各不相同。

但最蒙的那个，是我啊！

我瞪着天衣侯："龙门一跃，鱼成神龙？这话怎么讲？"

天衣侯看我一眼，直言："水中鱼想成龙，地上人想成神，本是一回事。此处称鱼门国，

天
衣

并非国民乃鱼类所化，而是将这个愿望化在了这几个字里。虽只是个比喻，但有本事'鱼跃龙门'出得了这鱼门国的人，从今而后堪比神龙，要风得风，逍遥三界，也是等闲事了。"

我听得心头直冷笑，道："侯爷确定过一道所谓的'龙门'就能化腐朽为神奇，将一条普通的咸鱼变成呼风唤雨的'龙'？"

天衣侯点头："国主，你对鱼门国还知之甚少。若龙门没有这样的好处，国中的佼佼者们又何需年复一年地期待得到龙骨帖呢。"

我皱眉，又道："照你这样讲，凡是得了龙骨帖者，便能去龙门跳一跳，可据我所知，龙门一年一开，此刻离龙门再开之时还早呢。"

"一年一开？国主从哪里听来的？"天衣侯轻笑，"任何时候，只要手握龙骨帖，便能至龙门一试，至于能不能'跃'过去，各凭本事了。"

啥？东海龙族的法典上说一年后"优者可敕"，胖三斤说龙门一年一开，逗我玩？

"想得到龙骨帖只有参加三府会考这一条路？"我又问。

"是。"天衣侯道，"国中知龙骨帖者多，知如何得龙骨帖者少。其间甚多谣言，有说龙骨帖收在深山，有说龙骨帖藏在乌川下一条大鱼腹中，还有许多千奇百怪的'化龙'之法，多年来也少不得有人为这样的谣言吃了苦头，甚至丢了性命。日子一长，许多人也就不信龙骨帖是真实存在的物事，收了那份要离开鱼门国的心，安安稳稳过起了日子，连说起它的时候都越发少了。最后，龙骨帖的种种只在极个别人的口中相传，这一小部分人，从未绝了要'跃龙门'的心，而他们，往往身怀绝技，是人中翘楚，不甘心在鱼门国了却一生。"

此言一出，堂下六人的表情更是微妙。

敖炽终于忍不住，跳出来质问道："照你这么说，考试考得好便能得到龙骨帖，就有了离开鱼门国的机会，若这些选出来的'贤能'在得了龙骨帖后，运气又特别好过了龙门的话，那你还哪来的人才为国效力啊？人才都流失了好吗！那这三府会考意义何在！"

"还是那句话，人各有志。"天衣侯淡淡道，"每个人都有选择的权利，强求无用。得了龙骨帖仍愿留下的，自然更好。"说着，天衣侯笑道，"就算今年留不住一个贤才，有国主与您这样的大才坐镇，鱼门国仍可兴旺吧。"

敖炽就是听不得夸奖，隔着面具我都能感受到他喜笑颜开的表情。

天衣侯看向堂下众人，问："各位都明白了吧？"

"明白！"六人异口同声。

我从他们的眼中看到了一种叫"兴奋"的玩意儿，或许也只有他们这些"有本事"的人，才会对化身为"龙"叱咤天下这件事有如此大的期待，平平无奇心性淡泊的小老百姓们，想的只会是今天吃什么，明天要不要给孩子买件新衣裳，或者隔壁的姑娘到底喜不喜欢我。两者相比，谁更好，我不评价，不过是如人饮水罢了。

所谓的晚宴，在表面平静但暗流渐涌的气氛中结束了。作为国主的第一次亮相，完全被天衣侯抢去了风头。我好几次偷偷看这个男子，真真是天衣无缝，我不了解他，抓不到他任何破绽，也暂时没有想到要如何从他身上寻找国书的蛛丝马迹。

淡白的月色笼在窗上，敖炽在我旁边睡得鼾声不止，而我翻来覆去难以入眠。

其他六间房的主人，大概比我更睡不着吧……

三 ❧

迷迷糊糊熬到了天光微明，有人来敲门。

我踹了敖炽一脚让他去开门，他睡眼惺忪地爬起来，揉着眼睛走到门前，不耐烦地问："谁啊！这一大早的！"

"我是霜官，侯爷请两位到大厅一聚。"

"天还没亮哪！聚个头啊！"

"请莫耽搁，霜官告退。"

"我管你侯爷不侯爷，爱等多久等多久。"敖炽骂骂咧咧地走回来，钻进被窝打算再睡个回笼觉。

我坐起来，看看天色，确实还很早，用力拍了拍敖炽："起来吧。"

"不要！"敖炽扯过被子蒙住脑袋。我用力一掐他大腿，他嗷一声弹起来。

"这么早喊我们去，怕不是为了跟我们一起吃早饭。快起来！"我穿衣下床。

片刻之后，我跟敖炽呵欠连天地站在昨天吃饭的房间里。

一个考生都没有，只有天衣侯与霜官，还有聂巧人。

"面具摘了吧。"聂巧人从身旁的桌子上抓了两个还热乎乎的包子扔给我们，"这里都是老熟人。"

我将面具掀到头顶，咬了一大口包子，白菜素馅儿的，味道还可以。

"我以为考生应该比考官起得早。"我边嚼边看向天衣侯，"咱们这三府会考真是一点都没有考试的气氛，大家都随便得很哪。"

天衣侯笑笑："考生们起得比我们早多了，此刻怕已经在赶往目的地的途中了。"

我不解："目的地？"

"请国主来，是为了查看他们第一道试题完成得如何。"天衣侯咳嗽了几声，"走吧。"

完全不知他葫芦里卖的什么药。我跟敖炽顺手多拿了一个包子，狐疑地跟着他走了出去。

霜官推开谢天贵的房间，房间里空空荡荡，床铺根本没有人睡过的痕迹，中间的圆桌上，那鸟笼敞开着，九只麻雀横七竖八地倒在血泊里，每只都被开膛破肚。

我皱了皱眉。

天衣侯问："国主可看清楚了？"我瞟他一眼，没说话。

"继续吧。"他转身出门。

乔坤房间里的景象跟谢天贵那边差不多，看起来好像还要更惨烈些，麻雀全被拧断了脖子。宋娘子这里稍微好一些，虽然麻雀也都死光了，但是肚子上的豁口全被她用线缝上了，血迹也被擦得干干净净。姚先生房里更有意思，九只死掉的麻雀全被他好好地裹到了白纸里，整整齐齐堆到笼子里，笼子前头还拿小碗装了些水果，三根早已燃尽的细香插在水果上，搞得像个潦草的供桌。

寇争的房门还没推开，便听到一阵叽叽喳喳的鸟鸣。鸟笼里只躺了一只死去的麻雀，其余八只活蹦乱跳。隔壁白小姐的房里更热闹，九只麻雀都生龙活虎，在笼子里你推我撞，迫不及待要出去。

走廊上，天衣侯接过霜官递过来的鸟笼，打开笼门，幸存的麻雀们呼啦啦拍着翅膀冲向天空。

回想着刚刚在各房间中见到的场面，我开口道："侯爷出的题目，果然刁钻古怪。"

"我以为国主会跟旁人一样觉得我出的题目甚是无聊呢。"天衣侯放下空空的鸟笼，笑道，"若国主是考生，此题要如何作答？"

其实很难答，若我只是个不通灵力的凡人，要我从九只麻雀的腹中寻一个我必须要得到的蜡丸，也许我会跟谢天贵之流一样，将之逐个开膛剖肚，运气不好的话，便跟那四人一样，得杀到最后一只。

"你这样问毫无意义。"我直言，"我只需用一丁点灵力，就能看出哪只麻雀身上有我要的东西。"

天衣侯咳嗽几声，问："凡催动灵力，不论多少，总是损元气的。几只微不足道的麻雀罢了，动刀不比动灵力来得容易？"

"也是一条性命。"我真是讨厌他这种自以为是的漠然口气，"既有法子，又何苦连累无辜。"

天衣侯不再言语，转身朝院子中间走去："该去看看考生们第二道试题完成得如何了。"

"等等，第一题就这么完啦？"我追上去挡住他，"你说第二题藏在蜡丸里，得不到蜡丸者便告失败。"

"是啊。考生们此刻都不见了踪影，想必应该都拿到了。"他淡淡道，"第一题，怕是没有输家。"

"输赢很明显吧。"我冷笑，"其他人搞得尸横遍野才能得到蜡丸，寇争只损一只，白小姐九只俱在，若要定个输赢，他二人远胜其他。"

天衣侯轻笑："国主似乎对这两位青睐有加。"

"客观评价罢了。"我严肃道。

全程沉默的聂巧人突然开口道："侯爷这第一题，考的不是如何拿到蜡丸吧。"

"聂大人这话很有意思。"天衣侯看他一眼，"拿不到蜡丸便要出局，不考这个又考什么？"说罢，他绕过我继续向前，"走吧，再晚些我怕追不上他们了。"

追上他们？！他径直走到知秋馆中央那凉亭之中，整个亭子的地面是个用黑白两色石头砌成的八卦图，中心点嵌了一个直径三寸的石球，被一圈古怪的符号围绕着。

他蹲下来，将手放到石球上，又回头对我们道："诸位都站到我身边来，莫要离那么远。"

我跟敖炽对视一眼，又跟聂巧人交换了一下眼神，皆怀着一分警觉之心站到了天衣侯身边。只见他手下一使力，将石球朝左边一转，又朝右边转了两下，我们只觉脚下微有颤动，还没眨眼的工夫，凉亭地上的石板便嗖一下朝四周缩去，就像有人突然拿一把刀把我们所站之处以外的地方突然掏空似的，一圈以我们所在的位置为圆心的石阶出现在眼前，延伸而下，深不见底。变化来得太突然，敖炽一脚还没来得及缩回来，身子一晃，差点从石阶上滚下去。一座看似寻常的凉亭下头，居然有这样精巧宏大的布置，我是小看了貌不惊人的知秋馆了。

"请。"天衣侯第一个走下石阶，不慌不忙，霜官紧跟在后。

敖炽拉了我的手，警惕地走了下去，聂巧人最后下来，待他整个人没入地下时，我只觉眼前一黑，从头顶投下的光线瞬间消失，抬头一看，亭子底部的石板已经严丝合缝地关上了。

地面下的空间极大，石阶周围空空荡荡，连个石壁都看不见，我们像走在一截漂浮在虚无之中的道路上，但并没有伸手不见五指，因为天衣侯每走一步，我们头顶便会多一团亮光，那是无数悬浮于空中的蜡烛，精灵似的为我们照亮前路。

完全无法估算这圈圆形的石阶有多长，只知道我们一直往下走，往下走。

直到隐隐有水声传来，石阶才终于到了尽头。

一片开阔地从我们脚下延展开去，泥土不干不湿，踩上去软软的又不黏脚，很是舒服，一些大大小小各种颜色的鹅卵石嵌在泥中，五彩斑斓的模样竟很好看。

天衣侯停在前头，他身后不远处，是一条宽阔的河，无数烛光在水面上星星点点地亮起，与水面的倒影交相辉映，远远看去居然有一种恍见银河的美感。流过的河水有规律地冲击着河岸，九根粗大的木桩一字排开立在岸上，上头系着扎实的麻绳，但是有几根绳子似是被人用利器斩断了，无力地垂下来，被不时卷来的河水推动着。

天衣侯俯身拾起一条断绳，自言自语道："竟一艘都没有留下。"

"什么鬼地方！"敖炽环顾四周，一阵阵不知来处的风，湿湿凉凉地扑到我们每个人脸上。

我走上前，看着眼前一切，问："这些木头桩子，是拿来固定船只的？"

天衣侯叹气，放下短绳："是啊。九只船，六个人，却一只都不剩。"

"这究竟是何处？"聂巧人看不出端倪，质问道，"你究竟在蜡丸里藏了一道什么题？"

"开启石阶的方法，以及简单的路线图。"天衣侯看向河水流去的方向，"路线尽头，便是乌川尽头。"

所有人脸色一变，乌川尽头，这个在鱼门国中被无数次提起过，无数次忌惮过的，被形容成鬼门关一般的地方，居然是第二道试题？

"你真让他们去乌川尽头？"我站到天衣侯面前，必须要得到他最正式的确认。

"既是考试，又怎能弄虚作假。自然是真的。"天衣侯平静道，"乌川尽头的岸上有一块石碑，三块龙骨帖就放在石碑前，最先抵达的三人可将之收入囊中。这就是蜡丸中的第二道试题。且看他六人中有几人能答出来。"

聂巧人大概是我们之中脸色最难看的一个，乌川尽头是他恐惧的根源，亦是他遗忘却又无法解脱的心结。

"你意思是，我们也要跟着去乌川尽头？"敖炽问道。

"不然如何评定成绩？"天衣侯道，"最后一题，亦要在乌川尽头才可公布。"

敖炽四下探看一番，说："我看这水流十分湍急，深不见底，还不知下头有多少吃人的暗流，你说要去乌川尽头，怎么去，游过去么？"

"最少应该有三只船留下才是啊。"天衣侯摇头一笑，"这些家伙啊。"

我大概猜出是怎么回事了，第二题拼的是时间与速度，先到者胜，看来有先得到蜡丸到了这里的人，自己上船出发不说，还顺手将剩下的船只都"放生"了，后来者没了船，又如何到乌川尽头。啧啧，为了求胜，还真是费尽了心思。

"也不碍事。"天衣侯朝霜官招了招手，霜官点点头，径直往水中走去，身子突然往下一倒。我吓了一跳，不等我喊出声来，却见扑进水里的霜官没了踪影，只见一条小船，平平稳稳地停在岸边。

天衣侯不作任何解释，径直上了船，朝我们招招手，示意我们赶紧上去。

"我去，变形金刚啊……"敖炽嘀咕着。我瞪了他一眼，略一犹豫，还是拽着他上了船。

聂巧人落在最后，愣站在水边，没有要上来的意思。

"喂！"我喊他。

他回过神来，神色复杂地看着我。

"你不想去？"我问他。

他不说话。

我看了看前方，又问："你害怕？"

他不说话。

"如果你停在这里，就只能永远怕下去。"我没有看他，一直望着前面，"实在不想去，就算了。"

"等一下。"他咬了咬牙，终是跳上了船。

几乎同时，我们身子一晃，这小小的木船已然快速朝前而去。

扑到脸上的风更大了，我们的衣袂像云一样飞动着。在烛光的照耀下，我看见河流两侧渐渐出现了连绵不断的山壁，奇石纵横，宛如异界。

"这是通往乌川尽头最快的路线。"天衣侯盘腿坐下，直视前方。

敖炽蹲在后头，很不习惯地左敲一下右敲一下，喊道："好好一个大姑娘被你弄成一艘船……你不考虑一下人家的感受吗？"

天衣侯头也不回道："她本就属于我，我要她为人便为人，要她为舟便为舟，旁人休要操心了。"

敖炽哼了一声，又问："你这船上没吃没喝，我可是听说到乌川尽头要很长时间！"

"我说了，我们走的是到乌川尽头最快的路线。"天衣侯道，"抵达之前，以你的体格，断然是饿不死的。"

我看着端坐船头，纹丝不动的天衣侯，认真问道："国人都道乌川尽头是虎狼之地，说不得，去不得，那里究竟有什么，会让人如此恐惧？"

天衣侯轻笑："有生，有死。"他顿了顿，又道，"还有龙门。"

心脏好像被什么东西击中了。

一切我想知道答案的东西，突然用意想不到的速度汹涌而来，看似离我一直那么远

的东西，马上就要出现在眼前，纵然是个千锤百炼的老妖怪，心下也难免忐忑不安。但是，幸好我身边还有人，可信赖的人。

我看了看一脸不耐烦的敖炽，以及神色凝重的聂巧人。

水声激烈，船的速度越来越快。

当头顶的烛光越来越少，而光线却越来越强的时候，我意识到我们的船正从那片诡秘的地下河流中驶出，以一种我们感觉不到的倾斜的角度，顺流而上，重新回到地面上的世界。

天空完全取代了烛光，光线穿过云层落进眼睛，我不敢多看，觉得刺眼，两岸的景色也恢复了正常，山石花草，擦身而过。

时间大概只过了不到两个钟头。

沿途的河道除了我们，也渐渐出现了别的船只，有商船，有渔船，还有停在岸边悠闲垂钓的小舟，一路上风平浪静。

"走捷径难免要担一些风险。"已经坐成了一尊雕像的天衣侯终于又开了口，当前方的水面隐隐出现了一层昏蒙蒙的灰雾时。

敖炽见了，顿觉不妥，起身指着前方道："你们看见那片雾没有？"

"这个时候，这个天气，水面上断然是不会起雾的。"聂巧人皱眉。

我看着那团灰雾离我们越来越近，一股与夏季无关的冷风从雾中钻出，将我整个身体都裹起来似的。

好冷。

眨眼之间，我们的船已经快速地扎进了雾中。眼前突然就灰了，好似被灌满了灰尘，看什么都是朦朦胧胧的。

船速放缓了些，行驶了十来分钟，也不见雾气散去，反有越来越浓之势。

"救命啊！！救命啊！！"

"有妖怪啊！！救我们啊！！"

突然，前方传来一阵阵凄厉的呼救声。

我扯了扯敖炽："听到了？"

"我又不聋！"敖炽站起来，警惕地看向声音的来处，"留神些，说不定呼救的人才是想吃人的妖怪。"

"妖怪就没有。"天衣侯平静道，"这段水域有个名字叫鱼腹湾，这水下住了一条以人为食的大鱼，名唤巨尾，身量庞大，满口利齿，据说它的尾巴露出水面时，连太阳都会被遮住。常有不知厉害的船只误入，船上人无一例外填了鱼腹。"

话音刚落，我们的右前方出现了一艘被砸得稀巴烂的商船，凌乱的船板漂浮在水面，十几个人落在水里，有的抱着船板，有的靠自己挣扎着漂浮，一个个拼了命地叫喊着。

突然，一束诡异的红光从水下射出，不等我看清水下有什么，一头可比巨鲸的黑鱼从那些人中间一跃而出，硕大的鱼尾高高扬起，展开的鱼鳍如大鹏之翅，确有遮天蔽日的霸气，只是鱼头上那双堪比车灯大小的红眼，却透着让人不寒而栗且杀气腾腾的凶光。

黑鱼的一跃一落，掀起的水花简直铺天盖地，连离他们尚有距离的我们都被泼得浑身湿透，避无可避。更倒霉的是那十几个人，被水浪直接卷到了半空中，那黑鱼只管张嘴，便跟我们平日里将抛起的花生接到嘴里似的，一口气便吞了两人。

"孽畜！"我怒，腾一下站起来。

"国主。"天衣侯淡淡道，"巨尾生性残暴，且睚眦必报，今日你不管此事，我们自顾自走了，会免去不少麻烦。若你插手，弄丢了它的食物，此鱼必不会善罢甘休，会一路追逐，不吃尽我们不回头。"

我冷冷看了他一眼："这鱼要是吃十几个你，我是不会管的。"

这究竟是怎样一个人啊，拿无辜生灵去送死在先，身为天衣侯，管天下民生，眼见自己国人蒙难却无动于衷。

"从来只见人吃鱼，哪来鱼吃人的道理。"敖炽话音未落，人已经嗖一下飞出去了。

聂巧人什么也没说，只将手中长剑一横，纵身跃出船外，踩水如履平地，直奔落水者而去。

我懒得理这冷血怪物，拔了一根头发化成长绳，飞身而起，朝那黑鱼冲去。

这辈子都没见过这么大的鱼，比阿灯都大得多得多，模样还比阿灯丑那么多，黑色的鳞片又粗又厚，巨大的鱼嘴里布满了锯齿般的尖牙，完全就是个膨胀变异版的食人鱼。

敖炽一拳击在黑鱼的头顶，这一拳的力量将四周的空气都震荡了一下，黑鱼发出嘶嘶的声音，轰然沉下了水面。我一抛绳子，将幸存者们的腰缠得紧紧实实，又朝另一头的聂巧人喊了一声，他立刻明白，抓住绳子的另一头，两人一用力，硬是将剩下的十来个人一把从水里扯了起来，飞快地离开那片危险的水域，回到我们的船边。

那边，敖炽也随着那黑鱼一起到了水下，聂巧人要去帮忙，被我拽住："一条鱼，他应付得了。"

突然，那边掀起了比刚刚更高的水浪，那黑鱼从水中刚露出半个身子，却又被拖了回去。红光黑影之间，又见一道紫气缠绕其中，鱼尾之外，恍惚又见一条紫色巨尾露出水面，一把拍到鱼尾上，硬是不给它任何冲出水面的机会。

慢慢地，水浪平息，最后竟连个漩涡都没有了。

又等了几分钟，黑鱼的头浮了上来，紧跟着，鱼鳍浮了上来，再然后就是一些巨大的肉块。

最后的最后，平静的水面突然炸开，水花之中，敖炽一跃而出，完好无损地落回船上，第一句话就是："鱼肚子里头到处都是黏答答的！！恶心坏了！！"

"你被它吞了？"聂巧人打量着他。

敖炽白他一眼："那叫战术！从内部瓦解敌人是最有效的！"

聂巧人一皱眉，又道："刚刚我似乎看到水里还有别的东西，一条紫色的大尾巴。"

敖炽眼珠一转，戳着他的心口道："爷跟那条鱼生死搏斗的时候不见你来帮个忙！居然还有工夫在那边眼花！"

"你夫人不要我帮忙的。"聂巧人指着我道。

"你一直说尊严比什么都重要的。"我朝敖炽耸耸肩，"一条鱼而已嘛。"

敖炽耷拉下眼皮："可那条鱼真的好大啊，牙齿跟刀一样。"

眼前的灰雾，渐渐地薄了，四周缓缓地亮起来。

一直隔岸观火的天衣侯这才回头看看我们，又看看被我的绳子牵扯着的，漂在我们船边的幸存者们。

"如果你们打不过那条鱼，又该如何？"他摇头，"这些人与我们非亲非故，生死又有什么要紧的。若真被这件事扯了后腿，你们不会后悔么？"

敖炽抹了一把脸上的水，冷冷道："不露脸的怪物，你肯定没听过一个故事，说的是有个自以为是的家伙，他们村子里天天来强盗，第一天，他听到别人家在求救，他锁好门，拍着心口说'幸好不是我'，不管。第二天，又听到别人求救，他还是说'幸好不是我'。第三天第四天第N天，直到整个村子的人被杀光了，强盗找到了他家，这时候他也喊救命，可也在这个时候他才发现，已经没有人能救他了。"

听罢，天衣侯一笑："那是这个人太蠢，打不过还可以逃啊，非要死守在一个地方。"

"逃到哪里，这个人的结局应该都是一样的。"我也笑，把身上湿透的外衣脱了扔掉，又看了看水里那些惊魂未定的人，"把他们送回岸上吧。"

"回到岸上那反而是害死他们了。"天衣侯笑出声来，"鱼怎么能到岸上去呢。"

我一愣，眼前突然一暗，什么蓝天白云，什么商船渔船，什么花草河岸，头顶依然是那一盏盏烛光，两旁也还是那怪石嶙峋高不可攀的石壁。

再看被我们救回的幸存者，哪里又是人，不过是十来条被绳子绑住的鲤鱼，正在船边扑腾扑腾地挣扎呢。

我们根本没离开过这条地下的长河，刚刚的一幕只是幻境？

敖炽揉了揉眼睛，突然觉得自己受到了戏弄，一把扯住天衣侯，举起了拳头："你搞的鬼是不是？！"

"我说过走捷径便要承担风险。"天衣侯镇定道，"这便是这段水域的危险。你觉得那是幻境，倒也未必是幻境。"

我让敖炽松开他，这家伙好生厉害，竟然在我们每个人都清醒时，让我们毫无察觉地陷入一场天衣无缝的幻境。

天衣侯理了理衣裳，依然不动如山地坐在船头，船速又恢复了正常。

"刚刚你讲的故事，其实我很喜欢。"他忽然这样说，目光投向了左前方。

一艘小船映入眼帘，船上那拼命摇桨的人十分眼熟，我仔细一看，分明是开当铺的谢天贵，此刻他正一脸期待地看着前方，用力划着桨，可是，他的船却始终停在原地，一动不动。

诧异之下，我喊了一声："谢老板！"

他像是没有听见，继续划啊划啊。

我提高声音又喊了一次，他还是没反应。

"莫再喊他了，随他去吧。"天衣侯摇摇头，"如今，他跟我们并不在一个地方。"

"不在一个地方？"聂巧人愣了愣，"什么意思？"

天衣侯将绳子一扯，放了所有的鲤鱼，只剩下一条在手中，对准谢老板扔了过去，只见那条鱼直接从他身体里透了过去，毫无阻碍地落入水中。

"为何会这样？"我不解，"难道……他还留在幻境中？"

"方才你们不杀那黑鱼，如今也会跟他一样。"天衣侯左手一挥，谢老板所在的水面上突然映出了清晰的画面，里头也是蓝天白云，有渔船经过，他驾的小船跟我们一样，扎进了灰雾之中，然而面对即将葬身鱼腹的人，他选择的是充耳不闻，火速绕过去。

"此后，他只能一直在另一个地方的河水里划啊划啊，七天之后，魂飞魄散。"天衣侯平静道，"能醒过来的，才叫幻境。醒不过来的，跟真实又有何区别。所以我才说幻境未必是幻境，一切端看你如何选择。"

我们的船，离谢老板越来越远，我回头，他还在那里划啊划。

第二道试题，原来是要命的。

不管我喜不喜欢这些萍水相逢的人，我还是从心里希望不要在前头再看到一个不停地划啊划的人，一点都不希望。

可是，我的希望只是希望。

没隔多久，我又看到了姚先生，再往前，是乔坤，最后出现的，是宋娘子。

他们的船出现在不同的地方，但每个人都是一脸憧憬地握着木桨，拼命地往一个永远都到不了的尽头划啊划啊。

他们跟谢天贵做了一样的选择，更有甚者如乔坤，起初救了几个落水者，后来眼见黑鱼追来，他竟将救上来的人毫不犹豫地推进了鱼口，趁着黑鱼进食的工夫，飞快地逃了。

为了拿一颗蜡丸，可以屠杀生灵，虽然只是几只麻雀，但若今后麻雀换成了人，又该如何？为了不影响前进的路，可以对旁人的生死袖手旁观，甚至将他人性命当垫脚石。这些，就是平日里被人尊崇着，称赞着的"贤能"？！风调雨顺时，许多事看不出端倪，真要到生死一刻，才是人心尽显之时吧。

我没有一种坏人得到惩罚的痛快感，心里反而沉重得很，有失望，有难受，但还是有欣慰，因为，我没有看见寇争与白小姐，至少现在还没有。

但我好怕在前头任何一个地方看见他们，不到乌川尽头，我这颗心一直悬着。

可是我又隐隐地坚信，纵然世上有谢天贵乔坤之流，也一定会有跟他们截然不同的另一种人存在。

我们的船上突然变得特别安静，连敖炽都没有多聒噪一句。

哗哗的水声是四周唯一的动静，头顶的烛光依旧温暖地照亮前路，却不知又过去了几个钟头，只听得天衣侯说了一句："快到了。"

五 🌿

我们的船转过一个急弯，突然一个剧烈的颠簸，船上所有人都被颠得离开了原地，魂都要飞出来似的，落回原处的瞬间，眼前便真的亮起来了。

白云如丝，骄阳刺眼，连吹来的风都带着真实的热度，我半眯着眼睛仰头看天，判断着这会不会又是一个幻境。

河川两旁不再是花草丛生的低矮河岸，而是一排连绵不断的凌云高峰，黛翠相间，云遮雾绕，看着却是眼熟。低头看河水，已改了流向，如今我们是逆流而行，且河水颜色也比之前清透了不少，没有看见鱼，倒是零星有几朵白牡丹似的花朵优优雅雅地自水下流过。

我又抬头看两侧山峦，再低头看水中牡丹，如此反复几次，突然反应过来："这里不是我初入鱼门国时经过的地方么？"我指着山顶某处，"按我的家伙说，历代国主的坟墓就在那里。"

天衣侯仍旧坐得稳如磐石，只道："那里是鱼门国最高的地方了。"

敖炽左右环顾，道："是了！我也记得这块地方，我来时也是从这里进去，只是当时是夜晚，但看那山峦的形状，肯定是同个地方。"他皱眉，"你说我们的目的地是乌川尽头，难不成这尽头，就是鱼门国的入口？"

天衣侯不答话，船忽然拐了个弯，往一片水草丛生浮萍遮面几乎看不见空隙的窄道里而去，窄道尽头便是那高耸入云的山峰，肉眼看去并无去路，再往前我们的船就要撞山了。

聂巧人看着越发逼近的石壁："你就不怕你家霜官姑娘撞破头么？"

"且安心坐下。"天衣侯平静道。

说来也怪，水草浮萍在我们面前听话地分开去，眼见着已是无路可走，可真到了石壁前，却见一条蜿蜒水道延伸往前，刚刚能容下我们的船。

行驶其中，只觉水流平稳，划过船底的白牡丹越来越多，清丽多姿，美如梦境，然而，白花之下又隐见红影，我突然想起初入鱼门国那天，游弋在牡丹之下的红色彼岸花——花开花落各千年，花叶世世不相见。赤火高烧幽川岸，但指坦途到黄泉——记得我还问过胖三斤，为何此地会有彼岸花，且还长在水里，他只说"这里是鱼门国"。

我抬头问天衣侯："为何水中会有彼岸花？"

"有多少死去的灵魂，就有多少彼岸花在此漂浮。"他淡淡道，"此花本就与生命无关，在水里还是在地上，并不要紧。"

"那白牡丹呢？"我又问，"这花在水里可活不了。"

天衣侯沉默片刻，道："原是没有的。也许有些人的灵魂跟别人的不一样吧。"

不等我再追问下去，狭窄的空间顿时豁然开朗，一片白石累积而成的河岸横亘在前方，岸边，居然还坐着两个钓鱼的闲人。

仔细一看，却是寇争与白小姐。

见了我们，寇争拍拍屁股站起来，笑道："我当是我们的对手终于赶来了呢，原来却是诸位考官啊。"说着，他拍了拍白小姐的肩，"你输了。"

白小姐长长叹了口气，摇头道："好了，我会教你的。"

"要教我折会飞的那种哦！"寇争笑眯眯道。

"啰唆。"白小姐起身，凤眼一斜，打量着从船上跳下来的我们，不满道："你们可知我们在这河岸上等了多久，此地连个可休息的干净地儿都没有，这日头毒的，晒得我脸都黑了。"说着，她又踮脚朝我们身后眺望了一番，奇怪道，"就你们？后面没有其他人了？"

我摇头："他们已经不及格了，不会再来了。"

"哦？"寇争道，"不会吧，我们赶到那地下码头时，一条船都没剩下，想来那四位应该比我们先到才是呢。"

"你们到时便一条船都没有了？"我奇怪地问，"那你们如何到此地的？"

"游过来的。"寇争嘿嘿一笑，旋即被白小姐打了一拳："没正经的老东西。"然后她才正色道："我折了一条纸船，凑合着来了。"

"纸船？"敖炽指着他们两个，爆笑道，"你们俩加起来怎么也得两百斤，纸船能托住你们才有鬼！不不，先告诉我你上哪儿找那么大的纸折纸船？"

白小姐看都不看他一眼，只从袖口中取了一张两寸见方的白纸出来，只见她手指娴熟地翻飞折叠，不消片刻，一只小小的纸船便停在她掌心，她随手一抛，纸船落地，顿时胀成了寻常船只的大小，装两三人毫无问题。

虽然对我来说，这样的本事不过雕虫小技，但对寻常人而言，能做到这般娴熟，也非等闲。

"可以啊，还有这本事。"玩心大起的敖炽噌一下跳进船里，用力踩了踩，"可纸船会渗水啊。你把我放水里去试试。"

白小姐左手一推，纸船嗖一下滑进了水里，敖炽一个趔趄坐下去，抓住船舷朝她骂道："你一个姑娘家，动作倒是轻点啊！"

白小姐不说话，手指一转，那纸船就跟得了她的令似的，在原地打起圈来，且越转越快。敖炽在里头鬼哭狼嚎，最后直接被甩了出来，四仰八叉地倒在地上。

"白小姐好手段。"我鼓掌，"这种话多的人就是欠收拾。"

她微微一笑，一摆手，水中的纸船呼一下缩回本来大小，很快被河水湿透，在水中化成了一团慢慢散去的纸浆。

"我白家世代以造纸为业，但凡与纸有关的物事，我多少能料理一二。"她谦虚地朝我微一颔首，"在国主大人面前卖弄，勿要见怪才是。"

敖炽天旋地转地爬起来，居然也没生气，还说："真的好结实啊！完全不漏水！"然后跟跟跄跄跑过来，甩了甩脑袋看定白小姐："你用的什么纸？"

我赶紧把他扯到身后："你问这个干啥！"

他小声道："钱也是纸啊！她既能用这种纸造船，肯定也能用它做钞票啊！"

"对不起我追不上你的思维了。给我闭嘴！还有，造假钞是犯法的！"我白他一眼，不好意思地朝白小姐笑笑："外子唐突了，白小姐莫要笑话。"

她又上下打量我们一番，俏皮一笑："之前见二位戴着面具，还以为是怎样穷凶极恶的人呢，原来竟是一对璧人。国主大人，您比我想象中年轻太多。"

啊咧，我尴尬地摸了摸头顶，原本戴在那儿的面具已经没了踪迹，敖炽也是，大概是之前在幻境中与黑鱼交手时丢失了。

我只好微笑道："因为我们也怕被太阳晒黑。"

她咪咪一笑，又望了望我们身后，问："他们果真不来了？"

"你们就没想过，所有的船都不见了是有人故意为之？"聂巧人反问，"如今你们不骂他们活该还要在乎他们来不来？"

白小姐道："若真能断我们去路，也是他们的本事。人若心头只有输赢，会使出何种手段都不稀奇。我们各行各路，又何必要骂他们。"

"白小姐年纪轻轻，看事情倒是很豁达。"我笑，"只是我有一事不明。"

"麻雀的事？"不等我说完她已然猜到我的问题，笑着拍了拍寇争的肩膀，"这老呆子有主意，他见九只麻雀从外看去大小一致并无差别，便自己动手做了一杆小秤，逐一给它们过秤，九只里头八只的重量都相差不大，唯有一只比其他八只都重，想必就是腹中那蜡丸的重量了。剖开看了，确实如此。虽是雀鸟，如无必要，妄杀无辜也是不好。"

"还是运气。"寇争咧嘴一笑，"若是哪只贪吃太多，比别人重了，也是冤枉。"

"看来寇老先生跟白小姐的交情非同一般呢。"我看着他二人，"你得了题，没想着自顾自去了，反拿去与白小姐共享，让她那九只麻雀都好端端地留下了。"

寇争撇撇嘴："反正题目都是一样的，何必多造杀孽。"

一直同我们保持着合理距离的天衣侯开口道："能惜别人的命，才能惜自己的命，寇先生与白小姐，得龙骨帖当之无愧。"

就在天衣侯身后数米开外的地方，立着一块三尺高的石碑，上头没有字也没有图，光溜溜的一块，突兀地立在这片河岸上。石碑下整整齐齐地堆着三块差不多大小的石头，第三块石头上似乎挂着个不大但白晃晃的东西，旁边两块石头倒是空的。

一路惊奇，我居然差点忘了他们来乌川尽头的目的。

"你们拿到龙骨帖了？"我急忙问道。

寇争与白小姐对视一眼，从各自身上摸出一块用细绳穿起来的，打磨成跟麻将牌差不多大小的长方形白色骨头，上头没有任何东西，一眼看去平平无奇，连地摊上十块钱三个的坠子都不如。

许多人日思夜想的东西，就这样随随便便出现在眼前。天衣侯的手指一勾，第三块石头上的龙骨帖落到他手中："可惜了，今年只得两人到此。"

我环顾四周，这河岸似是藏在山峦另一面的隐秘之地，除了面前那一片深水，其余三面竟是一望无际，无花无草，无人无树，只得一些氤氲的雾气在里头丝丝游动，这河岸之宽阔，出乎意料，若只得一个人在这里，大概会有一种被全宇宙抛弃的失落与寂寞。

"这便是乌川尽头？"我看着天衣侯，传说中的穷凶极恶之地呢？要人性命的怪物呢？难道只是一片空荡荡的岸吗？

天衣侯点点头："是。"

白小姐皱眉："跟传说中太不相同。"

寇争的注意力一直放在天衣侯手中的龙骨帖上，心头不知在盘算着什么。

"如今我们已完成第二题，第三题呢？"白小姐将龙骨帖紧紧捏在手里，"侯爷将题目又藏到了哪里？"

龙骨帖在天衣侯手中晃来晃去，他端详着这个小玩意儿，笑："不藏。随我来吧。"

"去哪里？"

"龙门。"

六 ❧

一路上都特别安静，所有人包括敖炽都没有多发出一丁点儿动静，大家默默地踩在脚下大大小小的白石头上，跟着天衣侯越过石碑，一直向前，丝丝的薄雾被我们搅动，幽灵般在四周飞舞，方才还包裹着我们的暑气此刻也都消散无踪，围绕着我们的只有渐浓的凉意。

一望无际的世界里，仿佛只剩下我们六个人。

气氛略有些紧张。

对天衣侯的属性我到现在也不能下定论，他明明是个活生生的人，却像影子一样活在鱼门国里，哪里都看不见他的身影，但哪里都有他的存在，他对这个国度了如指掌，但却又总是一副"我知道但我并不想太干涉"的态度，你可以说他孤高怪僻，也可以说他大隐于市，说是我的属下，但他对于这个国度的重量，其实远高于我。既然有这么一号人物存在，又何苦再往里头塞什么所谓的国主。

"离开鱼门国，是你们所有人的愿望吧。"天衣侯忽然开口，"包括国主大人。"

众人脸色微变。

这样的气氛与环境，我突然没了说谎遮掩的兴致："我们一家本就不属于这里。鱼门国并不坏，但我真正的家在忘川，一个不太大的城市，那里有一条灰墙青瓦的巷子，巷口有两棵对望的梧桐树，枝繁叶茂的，附近还有很多卖小吃的小店。我在那里开了一个店，卖过甜品，做过旅舍，我用一杯叫浮生的苦得要死的茶，结识了一群千奇百怪的奇葩。我的人生在那里转折，结婚，生子。如果我是一棵树，那么我的根在那里，不是在鱼门国。"

聂巧人先是一惊，旋即笑了："原来你从前真是老板娘……难怪如此斤斤计较，爱钱如命。"

"不能辜负上天给我的才能。"我回敬他一个不要脸的微笑。

天衣侯一笑，又问："聂大人呢？"

聂巧人皱眉："我一度只想离乌川尽头远一点，再远一点。可我最终明白，如果不回到这里，我永远不可能远离。出不出鱼门国，我并不在乎，我只是讨厌自己一无所知地被圈禁起来的感觉。为何鱼门国要有'门'，为何这里的人不能自由出入，为何要被关起来，为何不能按照自己的意愿选择想要的生活？"

天衣侯咳嗽了几声，淡淡道："聂大人比我想象中更心思细腻，能想到别人都想不到的地方。"

这时寇争赶紧摆着手，插嘴道："我没想过要出鱼门国啊，真的。"

你当然不想，你想送出去的是另一个人，我白他一眼。

"是么。"天衣侯欣慰道，"若能得寇先生这样的大才为国效力，也是百姓之福呢。"

寇争打着哈哈应付过去，这老头子的最终目的从来不是龙骨帖，他要的是国书，不知他藏了什么法子能从天衣侯身上找到这件东西。

"白小姐呢？"天衣侯头也不回道，"你既与寇先生意气相投，莫非是巾帼不让须眉，也打算尽自己一份力为百姓们谋福祉？"

白小姐一笑："侯爷是高人，实在没有必要在你面前花言巧语。我并没有那么伟大，白家家业既传到我这里，我便不能丢了先人的面子。而我白家一直在找一件物事，可此物鱼门国中并没有，我出去，仅是为了此事。此次机缘巧合让我得了龙骨帖，若能出了鱼门国去，小女子自是感激不尽。"

"白小姐倒是个老实人。"天衣侯笑出声来，"能走到这里，已属不易，能不能得偿所愿，也是你们自己的选择。"

已经走了很久，四周的景色依然没有什么变化，只是这脚下的土地越来越软，颜色也越来越淡，越来越透明，原本是白石铺成的路，如今像是被抽去了本来颜色，半透明的石子下，隐隐透出些红光，明明灭灭的，而且，越往前走，脚下的热度越高。方才随天衣侯一路走来，原本连暑热都感受不到了，现在却像是掉进了火炉，连我身上号称冬暖夏凉的鮸蚕旗袍都没有原先那么好使了，奇特的热气从脚底直钻到背脊，我居然有些冒汗了。

敖炽抹了一把额头上的汗，冲天衣侯喊道:“还要走多远？你要把我们带到哪里去？”

“要走到岸的边缘。”天衣侯镇定自若，步伐保持着跟刚才一样的速度。

寇争跟白小姐对视一眼，没说话，也没放慢脚步。

聂巧人的脸色最不好看，时不时低头看脚下，眉宇间有一种刻意隐忍住的痛苦的纠结。

当身边的雾气一丝都不见时，我们的脚下也变成了一团赤红的混沌，既不像水，也不是云，像滚滚的烟雾被压在一块玻璃下，翻腾不止。

渐渐地，我发现我们走的路越来越窄，世界仿佛在收紧。

前方，是一片起伏的高坡，远远看去，像一片高高扬起的红色的浪。

天衣侯不慌不忙地走向坡顶，我们也只得随他一同上去，这脚下，却是越来越烫了。

高坡不算陡，走上去没费什么力气，但是，我所有的力气却在登上坡顶的刹那，被眼前所见吓跑了，腿软了一下，幸好被敖炽及时拽住。

眼前那一大片凹下去的是什么？海吗？红色的海吗？之前被压制在脚下的红雾如海浪般朝四面八方铺开了去，根本看不到边际，两座笔直向前的吊桥，没有任何固定与牵引，漂浮在这片巨大的“红海”上，一条向左前方，一条往右前方，如一个倒过来的八字，但起点都是一样的，就是我们现在所站的坡顶。

吊桥没有扶手，只有一块块大小不一的木板，紧挨着悬在空中，一直往自己的方向延伸，尽头淹没在一片氤氲的红气里。

别说让人走上这座桥，只是这么看一看，都恐怖得让你不想再看第二眼，我不知道桥下翻滚的红浪里有什么，我只知道不能掉下去，绝对不能。

“两座桥都通往龙门。”天衣侯伸出手，突然将手中的龙骨帖扔了出去，小小的一块牌子瞬间淹没在红浪之中。他拍拍手，平静道：“这下头有些热，虽然看起来不像真正的火，但也跟火海差不多了。”

聂巧人的脸色比刚才更难看了，一只手下意识地摁了摁自己的太阳穴。

敖炽神色一变，指着那火海某处道：“那下头有东西？”

我顺着他的手指看去，火海中确实有个玩意儿一跃而过，速度太快看不出端倪，如海中的鱼在水里迅速穿梭似的，并且，好像还不止一个。

而寇争的注意力还在刚刚被扔掉的龙骨帖上，心疼道：“侯爷这是何苦，如此宝贵的龙骨帖说扔就扔了！”

天衣侯回头看他一眼，笑笑："你想把它送给什么人么？"

寇争一愣。

"没有用的，不靠自己走到这里的人，你送一百个龙骨帖也是无用的。"天衣侯道，"至于你们拿到的龙骨帖，也可以扔了。"

白小姐一惊："侯爷这是什么意思？"

"你们都知传闻是得了龙骨帖便可到龙门。"天衣侯面对"火海"，双臂轻舒，"如今你们已经到了，龙骨帖也就无用了。"

"不是得到龙骨帖就能出龙门么？"寇争急问。

天衣侯笑笑："到龙门与出龙门，并非一回事呀。"

"侯爷，莫要戏耍我们才是。"寇争一改之前的嬉皮笑脸，眼中隐隐有了杀气。

"冷静些吧。"天衣侯道，"你们还不知第三题是什么呢。"

"洗耳恭听！"白小姐压下怒意与焦躁，深呼吸了三次。

寇争看着眼前的两座桥："鱼门国最大的秘密，便是有此'火海'。而火海之中有毕方兽，生性凶残，以火为食，鱼门国未建之前，此地本是毕方兽之巢穴，血火如海，状若地狱，毕方兽之火，状如血雾，风不能熄，水不能灭。然鱼门国的祖先到此之后，毕方兽被驱赶囚禁至乌川尽头，以此岸为界，火不能过，人类方才有了生存下去的条件，开垦土地，建立四坊。但如今，此岸之力日渐稀薄，那毕方兽的邪火已隐隐渗入乌川，流至四坊，每至中元前后暑气最盛之时，这些零星的邪火便如无形的毒，沾染到花草人兽的身上，沾染得多了，进了体内，那花草也好，人兽也罢，都逃不了成灰的结局。"

"这就是国中百姓连说都不敢说的诡火的来历？"我想到了不停里被烧死的花与青蛙，我曾想了一万种原因，都没想到这种会从身体里将活物烧死的火，居然是来自这里。

天衣侯点头。

敖炽皱眉道："我只知上古时有毕方鸟，从没听过什么毕方兽。"

"毕方鸟乃是毕方兽里的一个分支罢了，你大可将你眼前见到的这些毕方兽看作它们的祖先，而且是比它们的子孙强悍百倍的祖先。"天衣侯如是道。

"侯爷说这些，跟第三道试题有何关联？"白小姐冷静问道。

"方才我说过了，隔绝毕方兽的'岸'已经日渐稀薄了。"他看着脚下的滚滚火海，"一旦我们所站的岸彻底崩溃，毕方兽蜂拥而出，鱼门国留不下一个活口，届时草木飞灰，人兽成烟，这千万年的好光景，只消一瞬便成炼狱。"

此话一出，所有人的脸色都变得难看了。

天衣侯回过头，看着我们所有人："但你们是鱼门国里的佼佼者，所以你们有选择生死的权利。"他指着那两座桥，"两条路都可过龙门。左边那条，无惊无险，畅行无阻，走完之后，龙门也就过了，从此你就是外头的人，鱼门国的生死与你无关，但是这条路与'岸'息息相关，每有人经此路过一次龙门，'岸'的力量便会消退一分，也就是说，选这条路的人可以轻松离开，但是，鱼门国也会因为他的离开而离覆灭更近一步。"

大家都没说话。

"右边那条呢？"我问。

"右边那条，与'岸'无关，虽也可出龙门，但选这条路的人要从毕方兽聚集的区域穿过，换言之，若他无法击败毕方兽，就只能把自己的性命留下来。这条路，九死一生，凶险之极。但若走得出去，不但他可得自由，毕方兽被灭，鱼门国亦可保平安。"天衣侯站在两条路的起点上，郑重道，"第三题就是选择，左，还是右。"

寇争跟白小姐，包括聂巧人在内，都陷入了极大的矛盾中。

这种题太棘手了，换成我，往左还是往右，竟也无法立刻决定。

"想来侯爷这么多年也不是第一次站在这里，第一次同别人讲这样的话了。"聂巧人深吸了口气，"我冒昧一问，从前站在这里的那些人，选左边的多，还是右边的多。"

天衣侯笑笑："只得一人选右边，其余的，都拣了左边那条。"

答案出乎意料，又在情理之中。事关生死，谁又愿意为了那些今后与自己再无相干的人搭上唾手可得的自由，甚至宝贵的性命。

但，又确实是个让人失望的答案。

血一般的火海就在前方翻滚，我们却陷入了死一般的沉寂。

"我不选行不行，我弃权。"寇争突然开口。

"为何？"天衣侯道。

"选左边，我担不起祸害无辜的罪孽。选右边，我不敢保证我能活着，在我的心愿没有完成前，我不想死。"寇争慎重地回答。

天衣侯点点头，问白小姐："你呢？"

白小姐暗暗攥紧了拳头，咬牙道："右边。"

"为何？"天衣侯的语气里有一半惊讶，一半赞赏。

白小姐直言："我只是出去找东西，鱼门国是我家，刘府何府张老五还欠了我家几笔款子没付。"她一笑，"我是要回来的。若因为我的离开害自己的家都没了，我怕我家先祖从地府里撵出来掐死我。"

我跟白小姐不熟，也不了解她究竟是怎样一个人，但如此弱女子却能说出这样的话，我也是意外的。

天衣侯沉默了片刻，忽然轻轻叹了口气："另一个选右边的人，跟你一样，也是一位女子。"

"谁？"白小姐立刻问道。

"她闺名牡丹。"天衣侯的声音变得特别轻特别轻，"爱吃，爱玩，个子娇小，力气却很大。"说着，他停住，不再讲关于那个牡丹的事，而是看定寇争与白小姐："选好了？不改了？"

两人皆点头。

"国主，你呢？"他突然问我。

我一愣："我？我又不是考生，为什么要答题？"

"虽然你不是考生，但你现在就站在可以走出鱼门国的地方，若你愿意，你可以同他们一样，选一条路离开。但凡到了龙门，谁都有出去的权利，国主你也一样。"他认真道。

"我……"我怎么选？左边肯定不行，我干不出这事，选右边去跟连我都没听说过的毕方兽PK？可我是树啊，天生怕火，万一烧起来了咋整，大风大浪都过来了，却在小小一个鱼门国里翻了船，两个娃还小呢，忘川的不停里还藏着好多金子哪，银行里还存着好多现金哪！怎么选？

"国主大人？"天衣侯看着满脸都是戏的我。

我无奈："右边。"

"为何？"

"我不能输给老百姓啊。"我朝白小姐努努嘴。

天衣侯一声轻笑："我知道你无论如何都不会选左边。"

我白他一眼："别摆出了解我的样子，我们不熟。"

"确定这就是你们给我的，第三道试题的答案？"他又问了一遍。

"确定。"我们仨异口同声。

他点点头，左臂一挥，大袖如云飞起，落下时，左边那座桥竟无踪可寻，火海之上，只得一条生死路。

所有人俱是一惊，白小姐脱口而出："怎的只剩一座桥了？"

天衣侯转身看向那唯一的一座桥："想'鱼跃龙门'，从来就只有这一条路。"

"你到底在搞什么名堂？"敖炽怒道，"一会儿幻境，一会儿龙骨帖，一会儿又让他们选左还是右，什么都选好了，你又说只有一条路。老东西，你是生活太寂寞了所以找一堆人陪你玩耍么？"

"你自己要进来，进来了又这么没耐性。"天衣侯看都不看他一眼，只转头对我们三人道，"方才你们若选了左边，此刻乌川之中的彼岸花只怕又要多出三朵了。"

这家伙总是会冷不丁甩出一句吓死人的话。

"大哥，你到底想怎样？"我的耐心真的不够用了。

"所有选了左边的人，最后都被一只怪物吞掉了。"他的情绪不被任何人影响，仍旧平静得像一潭死水，"他们的魂魄堆积在这片岸上，我们刚刚踩过的，并不只是一片河岸，而是数百年来，想以这种方式离开鱼门国但最终失败的生命。"他看我一眼，"这些丧命的人中，包括了之前的历任国主。我顾着他们的体面，好歹将他们的遗物打了个包，埋到那山顶之上做了个衣冠冢。"

我的"前任"们就是这样死掉的……并不怎么体面啊。

我心头一阵寒意，刚刚走过的那么长的距离里，究竟埋藏了多少人的残骸……

"你意思是，这里还有比毕方兽还要厉害的怪物？"敖炽质问，"而且这怪物专吃那些不顾鱼门国百姓死活，妄想不费吹灰之力离开鱼门国的家伙？"

天衣侯叹气："不然怎么办呢。"

"那怪物……你搞出来的吧。"我看着他的背影，"就跟之前的黑鱼一样。从头到尾，什么都是你在布置，你在引导。甚至今年的三府会考，也是你提出来的。"

"不这样，又怎能选出我要的人呢？"他笑笑，"一个人走这条路，九死一生，但若有人相伴，走出去机会也就大了。你们，不试试？"

"你大爷的！这是能随便试试的事吗！"敖炽怒道，"分分钟送死的事，你让我们试试？"

"唯有这一条路，可以出得鱼门国。试试就还有机会，不试，便一点机会都没有了。"

然而，天衣侯话音未落，一支锋利的箭擦过敖炽的耳朵，箭头闪着寒光，停在离他咽喉不到半寸的地方。

寇争头上的发簪没了踪影，手里却多了一把看着眼熟的铁弓，弓弦并没有松开，还拉得满满的。老头动作好快。

"我只要一松手，管你是天衣侯还是神仙还是妖魔，这支铁箭都会插进你的喉咙。"寇争冷冷道，"我寇家的本事，你应该知道。"

天衣侯镇定自若："我知。"

"我不信你说的，我不信只有这一条九死一生的路才能出鱼门国！"寇争道，"国书！我只想要这个！"

"你以为国书上记载了别的离开鱼门国的法子？"天衣侯轻笑，"没错，确实有。"

说罢，他一挥手，霜官竟凭空而现，失了意识般倒在地上。

"我若告诉你，跟那些麻雀一样，国书我就放在她的肚子里，你们若想要，便杀了她开膛剖肚吧。"他说得极认真。

寇争心思一晃，那铁箭当啷一声落了地。

天衣侯趁这工夫腾身而起，大袖如翅，飞到火海之上匿了踪影。

我真想骂人，我以为寇争能想出什么逆天的好法子逼天衣侯交出国书，原来也落入了武力逼迫的套路。但是，以天衣侯的本事，又哪至于被一支铁箭吓住？

果不其然，寇争的手还没碰到霜官，那丫头的身体已经呼一下缩小，化成一片黑色的羽毛，在地上微微颤动。

她本就属于我。我要她为人便为人，要她为舟便为舟——我突然想起天衣侯说的话，难不成那个对他忠心耿耿的霜官，只是一片羽毛幻化而成的？如果这片羽毛属于天衣侯，那他是个什么玩意儿？

"想要国书，过桥来拿。"空中忽然传来天衣侯带着回音的话语。

七

所有人面面相觑，好一会儿，白小姐捶了寇争一拳："你咋就这么沉不住气！不是说了要等机会等机会的吗！天衣侯不是你家随便就能收拾的妖魔僵尸，一支箭怎能奈何得了他！"

"你还说只要近了他的身就自有办法寻得国书所在，一路跟着他到这里，你的法子呢？国书呢？"寇争也梗着脖子质问她。

"我只料理跟纸有关的物事！"白小姐杏眼含怒，"除非国书不是一本书！"

寇争一愣："不是书？"

"国书历来也只是传闻，敢问你们谁家亲眼见过？"白小姐将众人扫视一遍，"若天衣侯所言非虚，那么自有三府会考以来，多少人命丧于此，龙骨帖也好，国书也罢，想用各种法子接近天衣侯得到这些东西的人无非只得一个目的，出去。这个饵，钓上了多少条蠢鱼！而且这些蠢鱼在参加这场考试之前，个个都顶着'贤能''大才''各行翘楚'这般的名号，可说是国中的佼佼者，天衣侯用这种方式将国中最优秀的人挑选集中，然后便是刚刚我们所经过的那般，能活着走到这里的人有多少，变成岸上孤魂的又是多少？事到如今，你们难道仍不怀疑天衣侯的真正动机么？他是要'选贤'还是要'好心成全'大家离开的愿望，还是用他最擅长的方式剪除国中最有可能对他造成威胁的人？"

对于一个控制欲极强的人来说，此生最不能容忍的，怕就是曾经被他所控制的人，反过来有了钳制他的能力吧。以我跟天衣侯为数不多的交道来看，这种喜欢藏在阴影里运筹帷幄的人，确实会喜欢一切尽在掌握的感觉，他可以体贴照顾那些对他来说完全无害的寻常百姓，但同样也会对其中的佼佼者深感不安，他在乎这无冕之王的地位，以及那无可动摇的生杀予夺的权力。什么国主，他应该从未放在眼里。

鱼门国中，怎会有这样一号人物？！

"白小姐说的有道理。"我看着眼前那一块块浮在空中的木板，谁都不知道它们会把走上去的人带去哪里，"眼下只有两个选择，要么进，要么退。"

敖炽拉住我："那老家伙满口浑话，没一句真的，从幻境那里就开始耍我们，他说过桥就拿国书，你信？究竟有没有国书都要打个问号呢。这火海之中的玩意儿，连我都没有见过，亦没有十足把握处理周全！我们是有娃的人。起码，你得退。"

我没吱声，扭头看向另外三人："求生是本能，若要回去，也不是什么丢人的事。"

寇争冷笑："只有过了那桥，才知真假。若根本没有国书，我纵是一死，也要拉那撒谎的人同下地狱。你们要回去，请便。"

"我不退。"白小姐望着脚下的火海，"也许天衣侯说了许多谎话，但有一点应该不假，不管这火海里的玩意儿是什么，它确实已经开始祸害到了鱼门国。连我们这般的人都退了，只怕鱼门国离亡国之日也不远了。覆巢之下，焉有完卵。倒不如两眼一抹黑，去了再说。"

聂巧人是最沉默的一个，连眼神都有些恍惚，他只是盯着那翻滚的火海，却不知在想什么。

"太多了……"他突然开口，又转身看着我们，很难受地摁着自己的脑袋，"太多了！"

"什么太多了？"敖炽狐疑地瞪着他，"你鬼上身了？"

聂巧人的呼吸十分不平稳，他指着火海："那下头，好多怪物，红色的，鱼一样游荡，非常危险。"

我看他这个样子，问道："你是不是想起什么了？"

他额头上冒出了冷汗，摇头："只得一些零散片段，我定是来过这里的。"

"那……你留下？"我觉得这是我认识聂巧人以来，他状态最差的一次，曾经处变不惊意气风发的聂大人，好像被这火海里的热气烧融了一般。

"不。"他断然拒绝，"我得跟着你们。"

"你确定你能撑住？"我又问一遍。

他皱眉，用极冷的目光看向火海之中："撑不住的时候，不撑就是。"

"这可不像聂大人说的话。"我看着他。

他深吸了口气，站直了身子，突然一步就跨上了面前的木板，动作之迅速之果决把所有人吓了一跳。漂浮的木板因为突然而来的重量，产生了轻微的摇动。

聂巧人稳住身子，回头看我们："我做事素来不爱拖拉，你们要来便来。"说完也不管后头的人，径直踏着木板往前而去。

"我要去。"我对敖炽道，"两个小家伙有胖三斤跟阿灯照顾着，不会有事。真正会带给他们危险的东西在前面，如果我后退，那危险迟早会扑过来。"

敖炽咬咬牙，没再说话。

所有人都达成了默契，我们进，不退。

当我真正踏上这条所谓的"桥"时，才真切地感受到什么是万丈地狱里的一线生机，巨大到看不清边际的火海上，我们所有人的性命安危只能寄托在这条孤零零的"路"上，每走一步，脚下的木板便摇晃几下，稍不留神就有滑进火海的危险。我试过飞起来，可身体有一种异样的沉重，不是来自顶上的压力，而是火海中渗出的怪异力量，使劲将人往下拉。

完全无法估算这座根本不算桥的桥有多长，也数不清我走过了多少块木板，敖炽在我身后，时不时低声提醒我小心些，我前头的白小姐倒是每一步都走得稳稳当当，她前头的寇争就比较急了，有时候一步跨两块木板，我还听到他抱怨最前头的聂巧人走得太慢。

眼中的景色似乎一直没有什么改变，前头是他们一个个晃动的后脑勺，脚下是翻滚不止的血雾般的火海，每往前一段距离，就觉得四周的空气更压抑更灼热，我看到白小姐的后背的衣裳都被汗水湿透了一块。

如果这条路够长，不用走到尽头我们就会变成烤干的腊肉了。

但是，渐渐就有些不对了，我觉得这些木板的角度在产生变化，之前一直是水平向前，但现在每一块都比前一块低，逐渐成了一条往下的阶梯。

所有人都发现了，而我们的队伍也在这时停住了。

最前面的聂巧人回过头，大声说："这座桥伸到海里去了，上头没有路了。"

我侧身一看，果然在他前头，确实一块木板都没有了，火海的海面已经与我们的脚齐平，一步也不能多迈了。

心知不妙的我突然回头，发现以敖炽为界，他身后那些走过的木板已经全部消失，此刻我们五人一人踩着一块木板，孤零零傻兮兮地飘在一片诡异的火海之上，前无去路，后无援兵。

敖炽擦了一把汗，又试着往天上蹿了蹿，没蹿起来，暗骂道："不现原形怕是飞不起来。天衣侯那王八蛋是要逼我们下海啊？"

聂巧人蹲下来，若有所思地看着面前的"海水"，也不知出于什么心思，居然将手朝那片涌到他脚边的血红的雾气伸了出去。

突然，一只血红的手，生了尖利的指甲，从海中赫然探出，猛地抓住了聂巧人的手臂，一把将他拖了下去。

这不是真正的海，只是无数翻滚的带着热气的血红色雾气集聚在一起，所以，聂巧人掉下去时，没有任何声音。寇争本能地跳到他的木板上去抓他，人没有抓住，自己倒是失了平衡，一点不耽搁地掉了下去。

"寇争！"白小姐大叫，旋即将裙子一拎，牙一咬，踩着木板就冲了下去，眨眼就不见了人影。

"这些人脑子进水了。"敖炽骂道，"他们以为下的是酒店的游泳池么！"

我竭力冷静下来，他们三人踩过的木板都还在，但实际上路并没有在这里断掉，我隐隐看见"海面"之下还有木板。

真要我们下海？！可是这下面的温度好高！

我回头对敖炽道："一会儿如果我熟了，就别把我捞出来了。"

"啥？"

敖炽还没反应过来，我已然一横心，踩着往海里去的木板，箭一般冲了出去。

敖炽的大吼大叫我已经听不到了，都说世间最凶险之地莫过刀山火海，我没爬过刀山，今天就下一次火海吧，没有回头路，我也不想回头，心中想知道的事情太多，积聚太久，会变成一口怒气，我好歹是个老妖怪，何曾受过这样的愚弄。如果等我的是一个圈套，那么我愿意用事实证明，你圈不住我。

我已经不管自己出不出得去鱼门国了，现下就一个念头，抓住天衣侯，把他那身讨厌的黑袍子狠狠拽下来，我要看清楚这个自以为是的老家伙究竟是什么三头六臂的鬼样子！

眼前突然就红了，不是黑了。我不知道自己这一口气冲到了海中多深的地方，抬头，只见一大片云雾状的红气在迅速游动，有光穿过，乍眼看去真有身在一片红色海洋的错觉，除了——这里没有鱼。

我的身体在这片"水"中漂浮着，四周都看不到尽头。

突然，我眉头一皱，身体迅速地朝左边一闪，一个巨大的影子嗖一下擦了过去，我再慢半拍，便要被这庞然大物给撞飞了去，仅仅是它掀起的气流的波动，都让我晃悠了好几下才稳住身子。

定睛一看，前方立了个身量足足是正常人两倍的家伙，体态倒是像人，面目也似人，只是双耳尖尖，红眼大口，容貌狰狞，尤其一身皮肤，全是火红颜色，根须似的青黑经络在皮下隐隐跳动，背后，一对蝙蝠似的大翅膀缓缓摆动，十足的怪物。

但是，当我看到对方肩膀上生出的一对牛角状物体时，心里咯噔一下——虽然颜色跟款式有点不同，但面前这个怪物跟聂巧人变身时的模样……也太像了。

正走神时，这怪物闪电般朝我又冲了过来，我顺势朝上方一蹿，它冲过了头，却立刻翻身而回，异常敏捷地抓住了我的左脚。

脚踝处顿时一股钻心的疼痛，好像踩在了熊熊的火里一般。

这怪物，便是毕方兽了？！

我疼得慌，心下一急，也想不出别的脱身的法子，举起右掌，使出一身灵力，朝怪物的天灵盖猛劈下去，只听它发出"哗"一声怪叫，捂着脑袋逃开了去。

我抬脚一看，左脚踝上果真跟烧着了似的，留下了几根红红的指印。能在我的身体上如此轻易地留下伤口，换个肉体凡胎的普通人，只怕刚刚这一下已经化成灰烬了吧。这毕方兽根本就是行走中的一团火啊！

吃了痛的毕方兽怒气更盛，竟跟一头杀红了眼的鲨鱼似的，扭动着身子从一团红雾的深处钻了出来，用更快的速度朝我冲过来，一双红眼怒得几乎要喷出血来。

我见它这次是拼了老命，不敢大意，火速扯了两根头发化了绳子，蛇一般蹿过去将它从头到脚捆成个粽子，旋即用力收紧，我下了大力气，就算是条大白鲨，这样勒下去，骨头也被我绞碎了。不要小看我的头发，那可是世界上最坚韧的东西之一。

可是，它还没断气，我的绳子就先投降了，一节一节化成了还带着火星子的灰，转眼无踪。

还剩半条命的毕方兽一点也没耽搁，一边朝我冲过来，一边大口一张，喷出一条血红的火焰，像条舌头似的朝我舔过来。

坏了，忽略我的属性了，我是树，忌火。

紧要关头，紫色的大龙从我身侧飞速游来，龙尾一摆，将毕方兽狠狠拍了老远，还趔趄着打了好几个滚儿，同时不给它任何喘息的机会，猛扑过去，龙口一开，直接咬住了它的咽喉，用力一甩，身首异处，战斗结束。

"你小心烧伤！"

我话音未落，突然化回人形的敖炽已经捂着嘴直跳脚了，还鬼叫着："烫死了烫死了！"

天衣

375

"你怎样了？"我赶忙过去扶住他，"那毕方兽碰不得，一碰就会烧伤，连你我都不能幸免！"

"你不早说！"敖炽哭丧个脸。

"我看看你的嘴！"我心急地拉下他的手，然后……然后我笑了……我知道现在的时间地点气氛都不对我不该笑，但是，面对一个红肠嘴的敖炽我真的不能忍啊，比某位梁姓影帝的著名香肠嘴还严重。

"你笑个屁啊！爷用自己的美貌换回了你的安全你懂不懂？"敖炽一手摸着自己的嘴唇，一手拽住我，"这下面能见度太低，无法估算敌情，我们回上头去！"

"寇争他们还在这里！"我四下看去，却没有他们的踪影。

"他们也不是吃素的！先上去再说。"

敖炽不由分说拖着我往上游，但很快又停住了，我只听到他骂了一句脏话。

一般来说，如果不是情况特别糟糕，敖炽不会骂脏话。

我不知道四周发生了什么，本来之前是有光的，但现在变暗了，只见四面八方都有影子，密密麻麻地朝我们这边涌来，真的是密密麻麻，根本算不出数量。

我突然意识到，这片所谓的火海，根本就是聚集在此的毕方兽们身上散发出来的"火气"凝聚而成，能将原本无形的"气"聚成一片海，可见此地毕方兽的数量会是个天文数字。

刚才仅仅一只就让我跟敖炽受了伤，如果几百只，甚至几千只毕方兽找过来……

不敢想！我们不了解这种怪物，不知道它的弱点，现在莫说击败它们，能活着脱身已是不易了。

敖炽一把推开我，指着左边一处影子看起来略少的方向："你快从那儿钻出去！想法子回上头去！我先跟它们玩玩。"

"玩个屁！"我怒了，"强龙不压地头蛇，你打得过那么多吗？"我扯住他的胳膊，"一起走！"

敖炽叹气："果然好多主角都是死于话多。算了，都别走了，能收拾多少算多少！"

确实走不了了，无数毕方兽已经挥动着翅膀出现在离我们不到十米的地方，血红的眼睛里只有一个目标。

正在这时，一股异常的气浪从我们脚下爆出，我眼看着四周的红雾被推开了去，连带着所有的毕方兽也像被大风刮走的叶子一样，翻滚向后，要不是敖炽死死拉住我的手，而有人又在底下死死拉住了敖炽的脚，毫无防备的我们也一样飞出去了。

低头一看，竟是聂巧人，不过是化回了本相的聂巧人，他身后，跟着衣裳被烧得破破烂烂，狼狈不堪的寇争和白小姐。

"跟我来！"聂巧人松开敖炽，身子一沉，往下游去。

八 ❧

下沉，下沉，一直下沉，我不知道我们跟着聂巧人下沉了多少米，只感觉这片毕方兽栖息的"海"似乎是没有底的。

温度没有丝毫下降，反而越来越高，高到连呼吸都有些困难了。

终于，聂巧人停了下来，而所有人的视线，也在这个时候猛然亮起来。

我们落脚的地方，是一大片黑色的石滩，石滩中间是一块巨大的空洞，一团赤红的火焰，透着妖异的光，漂浮于空洞之上，乍眼看去，这团火的形状却像个侧卧而眠的女子。

火光在聂巧人红色的眸子里跳动，他凝视着这团怪异的火焰，道："这是毕方火母。所有的毕方兽，都因火母而生。"

"火母？"敖炽脱口而出，"火还能生孩子？还能生这么多？"

"火母甚至比神更早出现在这个世界。"聂巧人道，"它是所有毕方兽的母亲，只要它一日未熄，毕方兽便会源源不断地来到世上，永不灭绝。火母没有意识，不会跟外界交流，它只会本能地对抗所有想熄灭它的人。你也可以把它看作一个工具，这个工具只做一件事，就是制造毕方兽。所以毕方兽本身也并没有什么智慧，它们没有感情，不会说话，终日在这个出不去的地方里饥饿地游荡着。"

"饥饿地游荡？"我不解。

"传言里毕方兽以火为食，实情却是它们以一切生灵为食，它们爱吃的不是火，而是在火中挣扎，离死亡只有一步但又还活着的猎物。这是毕方兽们进食的习惯。它们还有变幻的能力，可以在吃掉猎物后将自己变成对方的模样，如此更有利于接近其他猎物。只要不自己弄伤自己，或者不被知晓自己身份的人弄伤，便不会露出本相。"聂巧人皱起眉头，"然而自从被困在乌川尽头之后，毕方兽们已经饥饿了太久太久，可它们天生体魄强健，没有痛感，也不会饿死，只会在饥饿中等待。待到束缚它们的力量渐渐弱去，鱼门国便再也不是鱼门国了。"

众人沉默，气氛压抑。

"你想起来了？"我看着聂巧人，"你跟那群毕方兽……"

"曾经，我也是它们中的一员。"他平静道。

白小姐眼神复杂地看着他："聂大人，你看起来跟他们并不一样。"

"聂大人？你还管我叫聂大人么。"他苦笑，"曾经我跟它们一样，在这片火海里穿梭，在同类的嘶吼与无尽的饥饿中浑噩度日。可是有一天，有个人走到火海前，在那里站了好久，我在下头看着这个人，虽然隔着雾气看不真切对方的模样，但我知道只要我稍微跳起来，就能把对方抓下来吃掉。而就在不久前，有个女子进了火海，挥舞着两把弯刀，杀了上百只毕方兽，但最终她还是输了，被我的同伴们分吃得一干二净。我没有吃到，所以真的很饿。我想吃掉这个人。"他沉默片刻，又道，"但是，就在我杀心已起之时，一滴水落进了火海，它没有被这里的热度蒸发掉，笔直地掉下来，我正仰着脸，不曾想这滴水竟端端落到了我的眼睛里。我从未感受过这么寒凉的东西，心头顿时闷得慌，好像有一道口子裂开了，又疼，又伤心。

"我终是没有对那个人下手。之后，那个人再也没有来过。而我却在一天天变化着，我有了思维，有了感知悲喜的能力，眼前还时不时幻觉般出现一些奇特的画面，一个让我陌生的世界，那里没有血一样的火焰，没有凶狠的嘶吼，有花有草，有山水有房屋，还有各种各样的人在繁华中穿梭，另外……我也有了对身边这些同类们的厌恶与恐惧。我想离开这里，远远离开这里。终于有一天，我浮到离海面最近的地方，海面上有一座桥，我们平日里只能在桥下的空间里生活，无法突破到桥面以上的高度，只要一靠近那座桥，我们就会被一股力量压回去，身体还会巨痛。可我知道，只有突破这个限制，走上了那座桥，我才能过上我想要的生活。所以我疯了一般往上去，不管那股力量有多大，我的身体有多疼，我都要往上爬。最后，从这股力量中我找到了一点缝隙，我拼命往里钻，但翅膀却卡在了外头，于是我硬是折断了它们，循着这条看不见的缝隙，爬到了桥面上。

"我站在桥上，身体竟变了颜色，火一般的红色悉数消褪，我成了一个黑色的怪物，背上的断翅处也缩成了两个不起眼的伤口。狂喜的我一开始选择了往前走，结果发现桥的末端是往下的，又进了海中，我自然是不可能再去的，于是我折返回去，一直走一直走，走过了一片白石河岸，最后跌进一条河里，待我醒来时，浑身是伤，头疼如裂，之前的事是分毫都想不起来了。"

听罢了他的讲述，我叹了口气："难怪你一直对乌川尽头如此恐惧。活在这样一群怪物中，谁都会跟你一样。只是，你说滴进你眼睛的那滴水……"

"应该是那个人的眼泪。"聂巧人道，"我至今都不知此人是谁，如今回想起来，只觉这必是个伤心至死的人。"

敖炽摸着自己的嘴唇道："一滴眼泪就能改变一只怪物，那流下这滴眼泪的人本身肯定也是个怪物！"

我白他一眼："听说当年女娲一滴眼泪还能让枯木逢春，焦土重生呢。"

"传说罢了，女娲有那么厉害嘛！"敖炽扭头看着聂巧人，"对于你的过去，大家都了解了，这些都不是关键。关键是，这个火母，要如何熄灭？我可不能放任这些喜欢随时把别人当烤肉的怪物再留在世上，就算你曾经是它们之中的一员，我也不会改变这个想法。"

白小姐想了想，道："就算灭了火母，也仅仅是阻止再有新的毕方兽出现，你们别忘了，咱们头顶上还有一堆呢，说不定一会儿它们就能找到这儿来。当务之急，应该是对付它们。"

"火母一灭，毕方再无。"聂巧人指着自己，"我们的命，跟火母是连在一起的。"

这应该是我今天听到的最好的一个消息，但是……

"你们的命与火母相连？"我突然意识到一个问题，看定聂巧人，"如果火母被灭，世上所有的毕方兽都会消失，那你呢？"

聂巧人一笑："我受了他人一滴眼泪，成了毕方兽中的异类，但我始终还是来自火母，所以，我也会消失的。"

众人面面相觑。

寇争挠着本就没剩下的几根头发："刚才若不是聂大人出手相助，我跟白小姐只怕已经惹火烧身，不得善终了。"

聂巧人并不应他，朝火母走近了几步，道："毕方之火，风不能熄，水不能灭，唯以火攻火。"他回过头，看着我们，"你们若能引来比火母更厉害的火源，一切便可结束。如果你们不能胜过火母，被惊动的它会用最快的速度将你们化成灰烬。这场仗没有打和的可能，要么你们，要么我们，总有一方要永远离开。"

这时，我们的头顶突然传来异常的波动，夹杂着此起彼伏的怪叫。

"它们寻来了。"聂巧人望着上头，"毕方兽最大的秘密我已经告诉你们了，能否寻到法子，看你们的造化。我先去抵挡一阵，你们没有多少时间。"

"聂巧人！"我突然一把抓住他。

我觉得，只要一松手，他便再不会回来了。

他看着我，完全不英俊的脸上浮出一个坦然的笑："从今以后，'暗'再拿我没有法子了。它拿走了鲈儿的身体，你替我取回来，也不枉你我相识一场。"

我紧抿着嘴唇，不松手又能怎样呢。往事历历，关于聂巧人的记忆大多是他怎么惹我生气的，相识至今，我跟他竟连一杯茶都没喝过，每次我都说要寻个时间让他坐下来好好喝一杯浮生，看他被茶水苦死的样子一定非常令人快乐，可总是没有寻到时间。以后，真的是没有时间了。

他拉下我的手，突然像个长辈一样摸了摸我的头："我是官府之首，如果毕方兽的存

天衣

379

在会令鱼门国毁于一旦，我是不同意的。"

说罢，他纵身一跃，很快消失在我们头顶的红雾里。

我深吸了口气，用最快的速度收起所有的难过，将敖炽拉到一旁，问道："既然只能以火攻火，你东海龙族善水善火，想来也只有你的海蓝真火了。"

敖炽点点头："放心，管它水母火母，我的海蓝真火专烧一切邪祟之物，这火母养出这么些吃人的怪物，就算它不危及到鱼门国的安危，我也不能留它。"

"只是……"我面露担忧之色。

"你怕我输给它？"敖炽皱眉。

我沉默片刻，抬头一笑："不，我们家敖大爷从来不会输。"

"乖，这态度才是端正的。"他轻松一笑，旋即转身对寇争他们道："你们闪开一些。"

寇争狐疑地看着他："你要做什么？我正跟白小姐商量要怎样用火才能对付火母。"

"你一个打铁的懂什么，别瞎掺和了，我知道怎么做。"敖炽把他拨到一旁。

"我们寇家可是天天要跟火打交道的！"寇争不服。

敖炽眼神一冷，干脆腾身而起，现了原形，巨大的龙头正对着寇争，道："你那点烧火的功夫，留着煮饭吃！"

纵然寇争也是见过大世面的人，铁铮铮的一条汉子，终是被敖炽吓得一屁股坐到了地上。他指着敖炽，手指不住地抖："你你……你……你是龙？"

白小姐虽还站得稳当，但脸色也真是随了她的姓，煞白如纸。

我上前将寇争拎起来，又拖着白小姐后退几步，道："他是什么不重要，重要的是，可能只有他有资格同火母一战。"

敖炽转过身，游到火母面前，深深运了一口气，只见那红蓝相绕的火焰呼一声自他口中熊熊奔出，直扑火母，片刻便将它包裹其中。

寇争跟白小姐看得呆了去。

我的全部注意力都放在火母身上，起初它一动不动，紧跟着像是觉着疼了一般，竟动弹了起来，颜色也越变越红，最后竟如一个人一样站了起来，体积也越变越大，一股红焰自它身上钻出来，如一只大手死死抵住海蓝真火的围攻，渐渐地，竟将海蓝真火一点点推了回去。

敖炽见状，更下了狠力，海蓝真火的火势瞬间比方才大了两倍不止，硬是将那红焰又摁了回去，一旦火母的全身都被海蓝真火包住，莫说一个火母，十个也能被化掉。

我心里很紧张，但我不能说话，更不能喊敖炽加油，绝不能让他分心，操纵海蓝真火的时候不能有任何闪失，否则真火倒灌，伤了内腑，敖炽轻则重伤，重则丢命。

但是，敖炽好像有些顶不住了，我眼见着他的海蓝真火又一次被推了回去，不论他再怎么耗损力气，海蓝真火也没有往前移动半寸，相反地，火母的"手"离他的身体越来越近。

怎么办，我能做什么？难道要找个灭火器对着火母乱喷吗？！可这里也没有灭火器啊！

"坏了，我们这边的火越来越小了！"白小姐抓住寇争的手臂焦急道，"你快想想办法啊！"

寇争使劲挠头："我在想在想！火小的话加柴就行了，可这也不是我们家的炉子啊。"

火小的话，加柴就行了？

我心头一亮，这么简单的事怎么我没想到！

我一跃而起，十分干脆地落到敖炽喷出的海蓝真火之中，浮于其中，闭目屏息，很快，一点点的绿光从我身体里飘出。

海蓝真火不是普通的火焰，本身是没有温度的，但它却拥有从内部瓦解邪祟之物的能力，若拿它去烧一个普通人，只怕连对方的头发都烧不断，但对邪物而言，此火便是一道催命的符。这火母本身力量极大，如果海蓝真火不加大火势的话，不是它的对手。我虽不会用火，可我是一棵树啊，还有什么能比我自己更能助长火势的，若此法奏效，我的真元加上海蓝真火，木火相扶，或可一搏。

至于别的，我没工夫去想。

虽然鱼门国说来跟我没多大关系，里头也有许多像那些失败的考生一样惹人心寒的家伙，但更多的，还是那些踏实生活，手无寸铁，可能连杀鸡都不太敢的普通人，我比他们厉害多了，所以，这种凶险的事就由厉害的人来做吧。

"滚开！"我听到敖炽从牙缝里挤出来的两个字。

"不要分神，功亏一篑的话我就跟你离婚！"我闭着眼，平静道。

敖炽肯定气疯了，但我知道他不会做我不要他做的事。

我听到了寇争的惊呼。

"火大了！大了！"

我的真元每散发一点，海蓝真火的火焰就增强一分，此刻我漂浮在这片红蓝的火焰中，我的生命化成一点点绿色的光，慢慢融进火里。我的背后，是我最重要也最信赖的丈夫，我们俩都在拼命。

火母的体积不再增大，海蓝真火已然包裹住了它的大半个身体，但是，也就此僵持起来，它无法击退我们，我们也不能再往前一步将它彻底吞噬。

但我们还是吃亏的，因为我已经开始头晕了，身体里的虚空感越来越明显。

不行啊，要是我死在这儿了，连来参加追悼会的人都不会有吧，没有人知道我在这里，就算知道了他们也进不来吧。啊，要是九厄在这儿就好了，不对，他能干什么，陪火母喝酒把它灌醉么……我怎么突然有点想念他了。或者现在把翎上召唤来行不行，一刀劈了这怪物……就算赵公子在我身边也行啊，铜墙铁壁，一世无伤，什么毕方兽都烧不到我了吧……

我真想那些家伙啊，可惜他们现在一个都不在。

我的思维越发散乱起来，我不知道自己还能当多久的"燃料"，但我不能停下。

突然，一只手搭到了我的左肩上，又一只手，搭到了我的右肩上，带着温度的力量像水流一样注进我的身体，整个人都清醒了不少。

睁眼一看，寇争在左，白小姐在右。

"我看出来了，你在烧你的命。"白小姐皱眉，"但我怕你不够，我来加点柴。"

"我已经老了，不知道还剩下多少命，你将就着用吧。"寇争咬牙道。

这两个人，正把他们体内一股真气往我身上送。我不清楚凡人的真气跟妖怪的真元相差多少力量，只在这一刻，我觉得两者并没有区别。

我坦然地接受了他们的好意，如果这样都不行，死在一块儿也能做个伴儿。

海蓝真火攻陷的面积又增加了，如今已蔓延到火母的心口上，这个巨大的人形火焰开始发出凄厉的不人不鬼的嚣叫。

头顶上传来凶狠的嘶吼与打斗的动静，我想象着聂巧人以一敌众的场面。

每个人都在打仗。

就差那么一点了，我的呼吸越来越急促，聂巧人再是英勇，也不可能抵挡那么多敌人，如果不能在毕方兽杀来之前结束了火母，我家浆糊跟未知就要成孤儿了。

千钧一发之际，一股不属于我们三个人中任何一个的力量，突然加入进来。

我回头，寇争身后，多了一个人，黑袍加身不露面，一只手抵在寇争的背脊上。

这杀千刀的天衣侯！

他从哪里冒出来的！

"勿要多话，集中精神。"他冷冷道。

我只得回头，暂时屏蔽一切杂念，五条命在这个时候交缠在一起，海蓝真火腾一声增强了数倍，仿佛一条巨大的火龙，一口将火母吞了进去，形成了一个硕大的火球，一股力量在火球中横冲直撞，伴着诡异的叫声，垂死挣扎。突然，只见红蓝两道强光自火球中射出，紧跟着轰一声巨响，火球炸裂开来，无数红色的碎片在火焰的包裹下铺散到空中，简直就是一颗行星在我们面前爆炸的阵势。而此刻我唯一的感觉居然是，真他奶奶的好看啊！

可是，我的眼睛也真的要被闪瞎了。

我再也浮不起来了，只能听从身体自己的意愿，不断地往下坠。

我看到的最后一幕，是头顶上开出了一朵又一朵花，很大的花，红色的，黑色的，迷乱地层叠在一起，一会儿是花，一会儿，是聂巧人的脸……

九

我不会真的瞎了吧，为什么眼前只有白茫茫的一片？等等，怎么还有一个黑点飞过去，好像还有翅膀，那是一只鹰还是别的鸟？光虽然强，但并不像刚才那样刺得我眼睛疼，几朵云缓缓地飘过来，在风里变幻着形状。

我眨眨眼，没瞎啊，白茫茫的一片是天空啊。

身体好轻松，连呼吸进来的空气都特别干净似的，躺着看天，莫名的惬意呢。

但是，惬意只维持了几秒，回过神来的我唰一下从地上坐起来，背脊上跟过了电似的，火母呢？我记得刚刚有一场巨大的爆炸，那家伙是被炸成一朵礼花了吗？眼前只剩下凌乱的画面，心跳得厉害。

散乱的神思好不容易聚拢来，我四下一看，敖炽在我身后躺成了一个难看的"大字形"，寇争斜躺在我右侧，一只胳膊压在白小姐的腰上。身下是松软的泥地，长着一蓬蓬嫩绿的草，还零星开出几朵各色的野花。我转回头，愣愣地看着前方，然后本能地缩回了腿，原本停在脚边的几颗小石子受了动静，骨碌碌地滚了下去，没有任何回音。

我们在一座山的山顶。

天上有云，眼前也有云，像一件件展开的纱衣，薄如蝉翼，悠悠流动。

我听到敖炽打了个响亮的喷嚏。他睁开眼，腾一下坐起来，红肠嘴比刚才稍微消减了一些，如梦初醒地乱喊道："这什么鬼地方？我是谁？你是谁？我的西瓜呢？"

待他看清楚我的脸之后，这才松了口大气，然后面露凶相，一把将我抱到怀里，跟个泼妇一样捶着我的背："你想死也不能让我当凶手！你这个疯婆子！大与的疯婆子！"

"疼疼！"我龇牙咧嘴道。

他赶紧收手，依然愤怒地瞪着我，把我的脸转过来转过去地看："怎样了？零件什么的还好吗？烧到哪里没有？"

我打开他的手："还是原厂设置，没损坏。就是稍微有点电量不足。"我看着他略显苍白的脸，"你呢？主板啥的还好么？"

"跟你一样，低电量。"敖炽深吸了口气，"没事，充充电就好了。"

此刻的对话听来好笑，但刚刚，我们真的把命都交出去了。

"我们的对话很奇怪呢。"我跟敖炽互看着对方的脸，他忽然笑出来，揽着我的脖子，把额头贴到我的额头上，什么话都不用说了。

幸好，都活下来了。那边也有了动静，醒来的白小姐把寇争的胳膊推下去，顺势还踢了他一脚，皱眉骂道："老不死的占我便宜！"寇争这才哼哼唧唧地扭动着身子，说了声："腰真软，胳膊放上头好舒服。"又挨了一脚。

这颗心，到现在总算是放下了大半。我起身走到边缘，朝下一看，山脚下却是一片空荡荡的盆地，即便从如此高的地方看下去，这盆地都显得特别巨大，根本看不到底，正中间只得一个针眼大小的黑点。我的视线沿着盆地向外移动，只见一条缎带似的河，夹在山峦之中蜿蜒而行，往四坊所在的方向流去。

"这是鱼门国最高的云峰。"有人在说话。

我一惊，突然想起刚刚我似乎还漏掉了一个人。

放眼看去，除了我们四人，并没有其他人，待我再一转头，前方已然多了一个人，背对着我们，站在离万丈悬崖只有半步的地方，黑袍随风摇动。

"今后，'诡火'只会成为鱼门国百姓茶余饭后的谈资。"他俯瞰着脚下，"一切都可以留下来了。"

我真的很想一脚踹到他屁股上，但忍住了。

"你到底是什么人？"我知道这个问题很俗，但我不得不俗气，这个可以在鱼门国中只手遮天，可以把我跟敖炽都拿来戏弄一番的人，如果不让我知道他的真面目，我死都不会甘心的。

我听到他发出一声轻笑。"东居国主西居官，天衣侯人独坐南。四坊同筑乌川上，不跃龙门不知险。"他缓缓道，"国主还在，侯爷还在，官府的家伙却再不能回来了。"

我心头一刺。如果火母已灭，那聂巧人……是真的回不来了。

"火海已空，毕方绝迹。"他看着脚下那块空空的盆地，沉默片刻之后，他伸手摘掉了手套，然后掀开了帽子，解开了衣裳，乌云似的黑袍，落到地上。

他转过身，微笑："谢了。"

好真诚的微笑。

但是，我的心却像是从万丈悬崖上跌了下去，又弹了回来，差点回不到我的身体似的。

敖炽只是皱了眉头，但是，我分明听到他倒吸了一口凉气。

"胖三斤……"我看着眼前的人，双手攥成了拳头。

还是那件白色的衣裳，还是那个瘦得连风都要吹走的男人，清秀的眉眼，温和的笑容，所有关于胖三斤的一切都疯狂地涌到我脑中。

寇争愣了半天，指着他："这……这不是你家那个打杂的么？"

"做饭是我的爱好之一。"他朝寇争一笑。

我张着嘴，所有词句都堵在喉咙，一个都出不来。形如鬼魅、善恶未知的天衣侯，洗衣做饭带孩子的胖三斤，对不起我真的连不上，这道题太难了我不会做。

他看着我，轻轻说："既然老板娘说不出话来，那便听我说吧。"

我看着那双再熟悉不过的眼睛，脑子里回荡的只有"老板娘吃饭啦！我做了荷叶排骨诶！""浆糊未知快来试试我做的新衣裳！"这样的话。这才是我的胖三斤啊。

"你们不是要国书么？"他看了看寇争与白小姐，笑着指了指自己的脑袋，"真正的国书，在这里头。除此之外，都是赝品。"

白小姐咬了咬嘴唇，道："你说过了桥，就给我们国书。如今我们过了，你该履行诺言。"

他笑："一个人守着这本'国书'，也是很寂寞的。"

寇争大声道："鱼门国究竟因何而生？"

"如今的人类，由女娲而生。"他转头看向远处，"可他们并不是这世界上第一批人类。"

"不是第一批？"白小姐一愣，"这是何说法？难不成之前还有一批人？"

"天地初成，女娲与诸神合力，劈山开河，杀妖兽，清瘴气，再以生出无数生灵的泥土为根本，造出了人类，并教给他们如何在这世界上生存下去的技能。人类没有辜负神的好意，他们很聪明，举一反三，融会贯通，没有用去多长的时间，便在世上建立起了属于人类自己的国度，其文明之繁荣，不输后来的大唐盛世。"他叹了口气，"可是后来，人类却触怒了神。'人心如毒，贪欲横流，勾结妖邪在前，毁天地清明在后，不行善举，不念神恩。不可留。'诸神对人类下了这样的审判，原本要立即引天雷地火灭世，然女娲心有不忍，于是诸神中有人提议将世间众人驱赶囚禁至龙域之中的毕方巢穴，自生自灭。"

"毕方巢穴？"敖炽皱眉，"毕方巢穴为何会在龙域之中？"

"龙族与诸神同时诞生在这个世界，一个在水，一个在地，平日里各行其政，互不干扰，但偶尔也会守望互助。在龙与神来这世界之前，这里妖兽横行，处处瘴气毒雾，毕方兽亦是其中之一，此兽虽属火性，却偏爱临水而居，龙族出现之后，欲以天下之海为己用，而当时海域之中大部分为毕方兽占据，于是，龙族的第一场仗，对手便是毕方兽。一仗打下来，毕方兽大败，最后退居到海中一块巨岛之上，那岛屿生来宽阔如陆地，其中还有河流山川。"

"龙族本欲将之赶尽杀绝，奈何未得攻破火母之法，孤岛一役，打得极惨烈，一方穷追不舍，一方垂死还击，竟没能分出胜负。龙族死伤无数，毕方火母亦被重伤。龙族无奈，向诸神求助，女娲便遣天衣至此岛，筑结界，为免再兴干戈死伤无数，她取龙血于天衣，结界生成之日，毕方永不得出，龙族亦永不得入。而那毕方火母为龙族重伤，一众毕方兽失了支撑的根源，虽不至于丢了性命，但也陷入了蛰眠状态。从此，四海龙域之中，便多了这样一个'囚笼'，但从此也算相安无事了。"他回头看了敖炽一眼，笑，"那时候，你的祖先们还不够强大。不过，你今日算是为他们争回了一些面子。"说着他又顿了顿，别有深意道，"不过你身为龙族却过了结界，也是个异数。"

敖炽略有些尴尬，将胖三斤上下打量一番："你说女娲遣天衣筑结界？天衣是什么东西？"

他笑着指了指自己："就是我这个东西。"

我看着他，喃喃："天衣……天衣侯……"

这时，我眼前一晃，四只巨大的黑色羽翼唰一下展开在胖三斤的身后，他的脚轻轻往地上一点，整个人便浮在了半空中。

众人又被他吓了一跳。

"天衣，来处不明，人形，生四翼，为女娲所收留，善筑结界，无不可困者。"他落回地上，羽翼上泛着奇异的光，"那时的人间太糟糕了，我的诸多同伴被诸神拿去，困妖兽，困洪荒，困疫病，一切会危害这世界但一时又不能被彻底消除的，都由我们来封禁。天衣结界，只可进，不可出，以魂为锁，不死不灭。"

"以魂为锁，不死不灭……只可进，不可出……"我反复揣摩他这些话，心下一沉，"你的意思是，这里的结界就是你天衣的精魄，只要你还活着，这里的一切就永远不能出去？"

"老板娘总是那么清醒。"他笑道，"世上没有比我更可靠更牢固的'锁'了，我来到这里，终日守着那群睡觉的毕方兽。老实说，比起之前跟女娲在一起的日子，这儿实在是太冷清太无聊了。可是有什么法子呢，我是天衣，我存在的意义就是困住别人，当然，也困住了自己。这就是我的天命。

"外头是什么样子，我只能在结界的边缘，听那些路过的龙或者别的什么虾兵蟹将说起，他们说世上有了一种叫人类的活物，很聪明，他们修房铺路，织布耕种，还会造各种各样精巧的玩意儿。有时候，我还会拜托那常来聊天的家伙们替我寻点有趣的玩意儿来，我好打发时间。他们给我带过吃的，带过书本画册，带过刀剑，还带过用泥巴烧成的各种小兽与碗碟，我从这些东西上看到了外头的光景，原来世上除了神，人也还满厉害的呢。"

说到这儿，他眼睛里的神采突然淡了下去："我曾想，要是我能跟人类在一起就好了，多有意思的日子。但我没想到，我的愿望成了真。那天天气不好，下大雨，我一觉醒来，被吓了一大跳，这里怎么突然多了这么多奇怪的动物，跟我有点像，但是他们没有翅膀，男女老少，密密麻麻地聚集在这里，一脸惶恐的样子。跟他们一起的，还有许多牛羊猪马之类的动物，这些动物我在他们带给我的画册里见过。我隐了身形，我比他们还惶恐，难道这就是人类？那那些怪物又是什么？这时，我听到有人在外头喊我的名字。我去到结界的边缘，看到了龙王与女娲，以及另外一位我连名字都不记得的神。我问他们这些是什么。女娲说，那是人，世上所有的人。我诧异极了。另一位神说，他们是被神抛弃的罪人。然后将他们的罪行一一说给我听，最后说女娲仁慈，不忍处决，故而将他们囚禁于此，还赐他们牲畜五谷。"

听到这儿，白小姐忍不住道："囚禁？他们明知这里有毕方兽，一旦火母伤势恢复，毕方兽们醒来，他们不也是难逃一死？！还赐给五谷牲畜……多此一举。"

"自己亲自杀人的感觉，并不会很好。"他笑笑，"神都这样说了，那就只能这样了。我独自回去，躲在暗处看着这些惊惶的脸孔，那些娃娃还那么小，他们要怎么跟'妖邪勾结'？那些老头老妇，走路都在打晃，又如何对神不敬？但是，神确实遗弃了他们。我不知道毕方兽们还有多久醒来，我只知道，送他们来这里的人，其实根本没打算让他们活下来，只是不想让血沾到自己手上罢了。"

"你做了什么？"我看着他的眼睛，"他们本不该活下来。"

"他们不知自己到了什么地方，一开始都很慌乱，四处乱撞，也有一些人误打误撞寻到了结界的入口，也就是后来鱼门国界碑所在的地方，然后他们发现再不能往外一步。至于没有走到入口的人，不论他们往哪个方向走，都走不出这座孤岛。我的生活突然一点都不无聊了，光是看这些人每天在干些什么都足够打发时间。他们暂时还没有发现毕方兽的存在，这些家伙都睡在入口附近一座山脚下的暗洞里，没有一点动静。我不知道它们几时会醒，如果醒了，我就只能看它们如何觅食了。"

他坐了下来，像一只落地休息的大鸟："当这些人发现无法离开这里时，他们中的一部分反而平静下来，他们就地取材，生起了火，把石头磨成锋利的武器，伐木开田，一点一点把这里改变了模样。我这里同你们讲起来，不过三两句话的事，可事实上，这'一点点'变化，少说也用去了数百年。我眼见着荒草丛生的土地上冒出了一间间房屋，田里长出了各种可以吃的东西，圈里的牲畜活蹦乱跳。最重要的是，这里的人口也在增长，最初的惊慌失措已经没有了，这些看起来随便就能被弄死的人，虽然只有不到百年的寿命，却一代一代地繁衍下来。

"我收起了翅膀，穿上他们织出来的布匹，混迹在他们之中，跟他们放马牧羊，帮他们修房铺路，还跟他们一起酿酒收庄稼，然后大家围在一起像个疯子一样围着篝火转圈跳舞。那些孩子叫我无名叔叔，因为我说我没有名字，他们把自己的糖块分给我，把刚钓上来的鱼送给我。时间一长，我都快忘记我是有翅膀的家伙，跟他们不一样。"他顿了顿，梳理着脑中积存太久的记忆，"而我一直想不通的是，就是这样一群人类，聪明、勤奋，友善，虽然其中也有脾气不好的，但无论怎么看，都跟'被神遗弃的罪人'扯不上关系，他们真的是因为犯了天大的不可饶恕的罪过才被送到这里的么？但是，不管我想不想得通，当几千年过去后，毕方火母的伤是养得差不多了。"

"你赶在这群怪物醒过来之前，把它们困在了乌川尽头？"敖炽看着他的背影，有些难以置信，"这可不是一个小工程。"

"我是打不过毕方兽的，虽然它们也伤不了我。"他坦白道，"神把他们造出来的第一批人类当作罪人关在这里，虽是缓刑，但也算准了他们不会活下来。我不是神，管不了神的想法，我只是不想他们刚刚建起的世界毁于一旦。如果这里变成一片火海，我的日子岂不是又回到了从前。跟毕方兽为伍哪里有跟人类在一起有趣。所以我搭进去半条命在结界之中再筑结界，将毕方兽封在乌川尽头，如此就算它们醒来，也伤不到人。"

"你不怕神找你算账？"我一挑眉，"他们一个不高兴就灭世，你敢触怒他们？"

"我怕啊。"他笑，"虽然我的结界很坚固，如果我不愿意，神都进不来。但我还是担心的，毕竟他们那么强大，那么高高在上。我甚至想了各种好笑的借口，万一他们来找我麻烦，我该怎么应付。但是，几百年过去了，几千年又过去了，我都没等到一个来同我算账的神。后来我才知道，外头发生了大事，女娲没了，跟着她的那些神也没了。有新的神接管了世界，而这世界，也有了新的人类。我所困住的这个世界，渐渐从所谓的历史中消失了。

"但龙族还多少记得这里，知道这里关着一批有罪的人，但时间已然过去了太久，完全知晓真相的人也逐一离开了，龙族的后裔们将这里视为一座龙不能进入的监狱。也不知是哪一代的龙王还给这里起了个'鱼门国'的名字，我听外头那些家伙讲，龙王说人好比鱼，神好比龙，是鱼就不该动那些当龙的念头。再后来，他们渐渐开始将他们认为对龙族有极大危害的'罪人'遣送到这里，还同我说，既然这里的罪人都还活着，那就给他们一个国主，都是罪人，看看谁能把谁制服了。其实我真的很想邀请他们进来生活一段时间，我想跟他们讲，这里的人不是你们想象的那样，这里也并非罪恶堆积的地狱。但是他们进不来，而我也不打算多费口舌同他们解释。既然他们要弄一个国主来'以恶制恶'，就随他们高兴吧。"

"所以你成了历任国主的保姆。"我想起了他第一天来接我时的情景，"你的身份还真多。"

"只有当你亲自见证了一个国度的诞生与繁衍，你才会明白这是一件多么奇妙的事。成千上万年过去，荒岛成了四坊，人们安居乐业，没有变的只有那条长长的河，因为它深不见底，一眼看去水色泛黑，所以才被他们称为乌川。"他笑了笑，"我除了当国主的仆从，还当过街头的贩子，抬轿的轿夫，开店的老板，抓鬼的道士。我依然常常让外头的伙伴替我送来一些跟外面有关的东西，除了吃的用的以及各种动物或者种子，其他最多的就是书籍了。书是好东西，记载了太多有用的东西。我将这些书集中起来，放到国中，随百姓们取看。从古至今，虽然鱼门国与外界隔绝，但许多东西并没有落下。慢慢地，鱼门国有了自己的制度，有了官府，后来有国主之后，还有了国主府。我既然对鱼门国的一切了如指掌，索性也就建了一座天衣侯府，专管民生琐事。"

"听起来一切都很好。"我朝他走近了一步，指着我们脚下流动不止的乌川，"但那些死去的人……"

"毕方兽的数量越来越多了。"他平静道，"乌川尽头的结界却在一天天虚弱下去，原本筑造它的时候，我的损耗就太多了。千万年过去，我也老了。我是天衣，不是不死鸟。我也曾想过，不如了结了性命，散了鱼门国的结界，让百姓们远离此地，反正最初的神都不在了。但我忽略了一件事，我命终结时，两个结界都会同时消失，饥饿多年的毕方兽自然倾巢而出，国中百姓就算没了结界阻挡，靠各自的脚力又能跑出去多远，还是逃不了故土成灰，尸骸不剩的结局。"

"你起了杀心？"寇争皱眉，"杀毕方兽？"

"我说过我不是毕方兽的对手。"他淡淡道，"所以我只能寄望于你们，寄望于鱼门国里的人，寄望于从外头来的，敢冒犯龙族的'罪人'。我以天衣侯的身份，设了所谓的三府会考。"

"你希望用这个选出国中的佼佼者，用这种法子让他们去除掉毕方兽？"我看着他，"可你明知道那是曾经跟龙族打成平手的家伙，一般人去根本就是送死。"

"我是起了杀心，但我要杀的不是毕方兽。"他一动不动地看着脚下的乌川。

众人俱是一愣。

"三府会考是几百年前开始的，也是在那个时候，乌川尽头的结界已经快要挡不住毕方兽了。所以我需要外力。"他平静地说，"我许以高官厚禄，平步青云，再后来又散布出龙骨帖与国书的传言，加上'鱼跃龙门便成神龙'这样的诱惑，就是为了吸引各怀目的的人。我考的不止是本事，还有人性。那些最终进入知秋馆的人，以及选错了路的国主，留着性命也无用，不如留下魂魄积于岸中，助我结界牢固。"

我诧异道："你用亡魂巩固乌川尽头的结界，那座'岸'？"

"也是治标不治本的事，但我只能继续下去。"他笑笑，"你大可说我是个杀人不眨眼的畜生。"

"我来这里之前，三府会考明明停考了好些年。"我皱眉道，"为什么？"

"因为，到了最近这百年，连这个法子也不太顶用了。毕方兽的火气已经开始外侵。"他叹气，"我做好了看鱼门国灰飞烟灭的准备。这个陪了我千万年的世界，我只能陪它到这里了。"

我沉默良久："如果，我没有来鱼门国，如果，今年的考生都如谢天贵之流……"

"我是求过神的，虽然不知道该求哪位神。"他回头看着我，笑，"我求他说，如果我不能让这里留下来，那么就给我一个能让这里留下来的人。我不知道神听见没有，反正没过多久，我就接到了龙族的通知，说又有一位新国主要来了。"

"你在离我最近的地方监视我。"我瞪着他。

"是观察，不是监视。"他纠正我，"我发现，你的确跟之前的国主们不一样。虽然爱钱如命，但你从没有为自己的欲念去做过任何见不得人的事。尽管我一直不知用什么法子才能彻底击败毕方火母，但我知道，起码去做这件事的人必须是心甘情愿的。无数次的三府会考，我每一次都希望能有人选右边的路。就算最终也不能击败毕方火母，起码也没有死得太窝囊。"

我突然想起了一个人，问："你说曾经有一个家伙选了右边！"

他愣了愣，眼神突然落寞起来。

"牡丹是上一任的国主。"他的表情慢慢温柔起来，"她说自己被送来这里之前，干的是屠龙斩蛟的勾当。她爱吃，力气很大，能空手折断一把钢刀，还喜欢说笑话，常常说了一堆笑话，我没笑，她笑得在地上打滚。她跟你有些像，见不得杀人放火欺凌弱小这样的事，经常跟人打架。回来我还得给她上药。她爱吃我做的饭，总是吃不够的样子。"一些埋藏了很久的悲伤慢慢浮上了他的眸子，"那天的情景，跟你们之前几乎一模一样，区别只是，她没有遇到愿意跟她一样选择右边的人。在她走上桥之前，我想过要拉住她。但最终还是没有。我从来没有追问过她来鱼门国之前究竟干了什么，我只知道我拉不住她，她说，她喜欢这里，像喜欢我一样喜欢这里，所以她做不了任何伤害这里的事。我眼看着她被毕方兽围在中间，手中的弯刀挥舞出雪亮的光，我什么都做不了，我理智地跟自己说，'岸'已经很虚弱了，我要留着最后的力气，不能为别的事损耗，能多守一阵，便多守一阵吧。"

众人听罢，面色凝重，都没有说话。

"牡丹走后，我突然发现我居然连一个可以跟对方说我心里好难受的朋友都没有，我的寿命太长，身边的人却太短，越到后头，我越不爱与人交往了。那天我独自走到火海边缘，我蹲在离毕方兽最近的地方，心想干脆让它们把我抓下去吃掉吧，但我是天衣啊，但凡被我囚禁的东西都伤害不了我。真可悲呢，除了自己结束性命，谁都不能将我怎样。而我的理智却还在拉扯着我，说不能死不能死。想着想着，从来没有哭过的我，居然掉了一滴眼泪。"他笑着摇摇头，"连我自己都不知道，我的眼泪居然会落到一只毕方兽的眼睛里，而且还让这怪物变了样子。我甚至都不知它是如何突破我的结界，还以聂巧人的身份来到了四坊之中。我的确会去查鱼门国中许多人的底细，我也知道聂巧人来历可疑，与众不同，但我确实没想到他是一只毕方兽，因为他身上一点毕方兽的'气味'都没有。若不是在火海他自己说了出来，我都不知道我的一滴眼泪竟然有这样的用处。早知如此，我应该天天去火海大哭一场。"

我也不知道现在应该是哭还是笑了，是该指责这个男人还是该感谢他。

"牡丹走后，乌川里不知怎的生出了一朵朵白牡丹。以前我们总是一桌吃饭，她不在了，我便再也不进食了。曾经她总说，我做的每一道饭菜她都要第一个吃。连我的名字都是她起的，说我太瘦了，要一天胖三斤才够。"他笑看着我，"这些话说出来也是惹人笑呢。你们不要讲给别人听。"

他是高深莫测的天衣侯，是喜笑颜开照顾国主起居的胖三斤，然而这么多年，他连一个可以说"我很难过"的人都没有。他负担着一个国度的生命，却不能去救一个自己喜爱的女人，他让许多人丢了性命，却又用这种所谓的残忍阻挡着一个地狱，在一次又一次的失望里固执地等着一些希望。

"这就是所有了？"我深深地吸了口气，看着他的笑脸，好像他还是那个每天喊我吃饭的胖三斤，"如果不是有聂巧人知道对付毕方兽的法子，如果我们几人中但凡有一人失误……"

"如果这样，我是不会现身的，我会看着你们被毕方兽化成灰烬。然后继续留着我的力量，在我彻底不能负担之前，继续等下一个可能击败毕方兽的人。"他认真地说，"等到最后一刻。"

"你的出场时间还算得真精确。"敖炽狠狠瞪了他一眼，"就算你最后不出来，我们四个也能把火母收拾了！"

他笑："我说过我是很理智的。没有必胜的把握，我不会动手。"

"我还有一点不明白。"我突然问。

"什么？"

"既然鱼门国千万年来都被封禁，那么在这里头肆虐的各种妖物又是哪里来的？"我回想着在鱼门国这些时日来遇到的种种事件，尤其那些本已该灭绝的玩意儿。

他说："鱼门国前身本就是一片巨大的孤岛，有山河植物，甚至各种矿藏，也称得上是资源丰饶了。早在毕方兽退守岛上之前，那里就有各种妖物出没，被我封禁之后，它们自然也出不去。天长日久的，也就闹出些事来了。何况，鱼门国是个真实存在的地方，自有天地灵气，千万年时间中，会滋生出妖物也不足为怪。"

"有一只本该在上古时就灭绝的妖物'暗'，是你将它封印在寒明洞中的？"

他摇头："寒明洞里的冰柱一直就在那里，不是我做的。"

我跟敖炽对视一眼，如果'暗'不是他封印的，那是谁？

"好了。"他站起身，朝四坊所在的方向看了看，笑，"你们已经过了'龙门'，可以离开了。"

白小姐苦笑："根本就没有什么'龙门'，只有一座鬼门关罢了。"

我看着敖炽："你看，我就说你们那部所谓的法典不可信吧。还说什么一年期满就能出来，当初制定这部法典的人应该抓出来打一顿，想来他根本就不知道鱼门国是个什么地方，还以为是你们龙宫的后花园，想进就进，想出就出。"

敖炽尴尬道："那狗屁法典又不是我写的！"

我转头又对胖三斤道："你也是，你既然都默许龙族把这里当成他们家的监狱，你为什么不纠正他们的错误？"

"我说了，他们就不往里头送'国主'了么？"他笑笑，"这些年送进来的'国主'没一个活着出去，难道他们会不知道？但他们还是没有修改什么法典，也没有停止这项惩罚，可见他们从来就不希望'国主'出来。所谓法典，不过是给旁人摆摆样子，顺便彰显自己的大度吧。总不能白纸黑字写上'我就是要送你去死'吧。"

听了这话，敖炽的脸色变得特别难看。我知道他在想什么，我抓住他的手，笑："别生气，不是没事吗？"敖炽没说话。

"我不知道你究竟做了什么得罪了龙族，要被送来这里，但我真心感谢把你送到这里来的人。"胖三斤走到我面前，用从前叮嘱我小心着凉的语气道，"离开之后，万事小心。千方百计要把你送进来的人，只怕不会善罢甘休。"

我点点头。

随后，他走到寇争跟白小姐面前，特别真诚地给他们鞠了一躬："谢了。"

说罢，他俯身从地上拾起了一块尖锐的石头，笑着问寇争："寇先生最擅铸造兵器，却不知你有没有将一块石头铸成兵器的本事？"

寇争一愣："石头？我寇家历来是以金银铜铁为铸造原料。"

他笑："那这点你比不过我。"话音未落，他手指一拂，白光闪过，那石头竟被他化作了一支石箭，嗖一下射向了天空。

我心头突然有了不好的预感。

不等众人反应过来，他突然挥动双翼，直奔空中，那飞出去的石箭竟半路上回了头，带着雪亮的光迹，从他的心口一穿而过，最后铛一声扎到地上，又化回了石头的模样。

"胖三斤！"我惊叫。

他停在半空，捂着心口，俯瞰着我跟敖炽，微笑："我一直想跟牡丹过上的生活，最后却跟你们过上了，这些年我除了做饭，还学作诗作曲，学绣花裁衣，木工手艺，其实只是我太寂寞了。谢谢你们一家让我的寂寞变得有了意义，不要跟浆糊未知说我死了，尤其是未知，那个小丫头死了只猫都难过成那样。"他的呼吸急促起来，身体也渐渐虚化，"老板娘，鱼门国的祖先究竟为何被囚禁，有机会的话，替我寻一下原因吧，毕竟'罪人'之名太重了。就算是我同你做的生意，不过，报酬只能在梦里给你了。"

"你给我下来！"我怒喊。

"我不消失，你们如何出鱼门国。"他如释重负地闭上眼，"撑了这么多年，也是有点累了呢。"

黑白的光交缠在一起，自他的心口飞出，蚕丝般将他整个人包裹其中，很快，只听轻微的嘭一声，天空中再没了他的身影，只留满天黑羽，纷纷扬扬地落下来，一挨地便化成一道青烟。

这时，一道不易察觉的光线，从整个鱼门国的上空划过去，之后便踪迹全无。

四周变得异常宁静。千万年的坚守，各种角色的交替，天衣侯，胖三斤，那个离我又远又近的人，终于可以休息了。

天知地知春去秋来，风起云起君生吾息——这是他写的吧，他的一生，他的结局。

若他去了另一个世界，但愿那个世界有一朵牡丹花吧，能吃能睡，能跑能跳还能讲笑话的牡丹。

我靠在敖炽怀里，红了眼睛。

◉ 尾声 ◉

"她就交给你了。"不停的院子里，寇争远远地站着，看了一眼坐在阿灯背上正跟浆糊未知玩耍的青童。

"你呢？"我问他。

"国主走了，聂大人没了，天衣侯也没了，我还是留在这儿比较好。"他认真道。

"我也会暂时留下来。毕竟国人并不知道在他们看不见的地方，发生过这么大的变故。而且如今结界已无，我们得寻个法子，慢慢将此事告知众人，要走要留，看各自的意愿吧。"白小姐说道，"何况鱼门国不再是监狱，龙族那边早晚会知道，总得有人去应付他们。待一切尘埃落定，我会去你的世界找我要的东西。到时候有缘再见吧。"

"好。我家在忘川，还是开了一间叫'不停'的店。"我笑看着她，"很好找的，许多妖怪都知道。"

"妖怪？！"她又将我上下打量一番，"你到底是什么人？"

我耸耸肩："下次见到我的时候，我请你喝茶，然后跟你讲我的故事。"

白小姐想了想，也没有再追问下去，只点点头："可以。"

敖炽走过来，手上拎着简单的行李，说："走吧。"

阿灯甩了甩尾巴，身形又大了一倍。

我跟敖炽跳上去，敖炽拍了拍阿灯的背。

"等一下。"我突然喊道，然后跳下去，径直跑进了厨房，出来时，手上多了一条白色的围裙。

胖三斤在厨房忙碌的时候，总是戴着这条围裙。

我想把这条围裙带回去，如果以后我做饭，也可以用一用。

敖炽见了我手上的东西，没说什么，只问："可以了么？"

我将我这个住了大半年的地方又环顾了一次，笑笑，对白小姐他们道："以后怕是没有国主来了，你们有空就来这里坐坐，顺便打扫打扫吧。"

"放心，你这宅子我很中意，虽然我家不在东坊，但我不介意有一座别苑。"白小姐笑道。

嗯，我可以放心了。

阿灯越升越高，我的"不停"离我越来越远，寇争跟白小姐在对我们挥着手臂，慢慢地，一切都消失在了渐浓的云雾中。

我没有去跟唐夫人木道长告别，我真怕木道长舍不得我走拉着我的袖子擦鼻涕，也怕唐夫人扯住我问长问短，我本就是突然闯入他们生活的人，就让我突然离开吧，不要牵挂，各自安好。

"妈，我们真的回家了吗？"未知抱着我，高兴地问。

我亲了一下她的额头："对，我们回家。"两个小家伙都高兴得直拍手。

"你是老板娘，你是敖大爷。"青童在我们后面，又把我们的名字重复了一遍。信龙兄弟站在她的肩膀上，连声称赞："对对对！没认错！"她高兴地看着它们："那你们是谁？"

我摇头一笑。

终于要回家了。

阿灯在天空中平稳地游动着，我低头看去，还隐约能看见四坊的影子。

这里的生活没有任何改变，孩子们背着书包往学堂去，卖早点的人早早支起了炉灶，招呼着客人，姑娘们在成衣店里讨论着哪件衣裙更好看，男子为如何博得心上人的欢心愁眉不展，街市如故，繁华依然……他们没有见过毕方兽的凶狠，不用去对付幻境里的黑鱼，也不需要去选择走左边还是走右边，他们只需要继续他们现在的生活就可以了。

如果，没有那只胆大包天敢与神作对的天衣，没有那个挖空心思的天衣侯，脚下这座国度里的人，早在千万年前就该消失在火海之中了。而他们，跟他一点关系都没有。

我不记得是谁跟我讲过，恶魔最大的成就，不是坏人的作恶多端，而是好人的袖手旁观。

"妈。"未知又喊我。

"怎么了？"

"三斤叔叔为什么都不来送我们？"她噘起嘴道。

我笑："不是说了吗，三斤叔叔去了一个很远很远的和尚庙里抄经书去了，太忙了，没时间来送我们啊。"

浆糊又道："三斤叔叔又不是和尚，为什么突然去抄经书呢？"

这时，敖炽瞟了我一眼，我知道他肯定在心里骂我撒个谎都不会撒，编什么理由不好非说人家去和尚庙了。

我不理他，摸着浆糊的脑袋道："因为那个和尚庙的住持跟他是朋友啊，经书要手抄才有诚意，庙里的经书不够了，所以三斤叔叔去帮忙了。"

浆糊点点头，又问："那他抄什么经书啊？"

我想了想，说："《地藏经》。"

"《地藏经》？是你以前说过的地藏菩萨的经么？"未知插嘴问道。

天
衣

395

"地藏菩萨是什么菩萨啊？"浆糊看了未知一眼，"为啥你知道我不知道？"

未知得意地说："因为我记性比你好啊！"

"不许闹了。"我把他们两个揽到怀里，说，"传说中这位地藏菩萨，慈悲众生，隐忍如山。他于佛祖面前发了宏愿，这宏愿被世人概括成四句话。"

"哪四句啊？"浆糊忙问。

"地狱未空，誓不成佛。众生渡尽，方证菩提。"

两个小家伙挠着脑袋："什么意思啊？"

"等你们长大了就明白了。"我拧了拧他们的鼻子，"你们现在还太小，经历过的事情也太少。"

未知嘟囔着："我已经长大了。"

"是啊，你们还会不停地长大。"我笑，"前提是好好吃饭，好好睡觉，还要多运动。"

"知道啦！"

"我要吃赵公子叔叔煮的面条！"

"我也要吃！"

我看着两个聒噪的小东西，把头靠在敖炽的肩膀上，轻轻地吁了口气。

"累了？"他问我。

"你爷爷那边……"

"先回家。"

"但是……"

"睡一会儿吧，我拉着你呢，不会掉下去的。"

"好吧。"

在他身边，我是可以安心睡过去的，没有什么可担心。

金色的大鲸在云层中游动，温柔的光线照在我们身上，我慢慢闭上了眼睛。

醒来的时候，我会听到纸片儿的尖叫，还会看到端着面条，哽咽着说不出话的赵公子吧，还有九厥那个蹭吃王，他不会把我放在家里的好酒全喝光了吧，还有甲乙那个闷葫芦，应该不会给不停惹麻烦吧……

阔别多日，不知你们是否安好？

我们回来了。

（全文完）

　　我望着四周寥落的景色，三三两两的袋鼠在栅栏前发呆，有的蹲在地上的沙坑里睡觉，对世界完全不感兴趣的样子，已经不够明亮的玻璃展柜里，几只叫不出品种的小蜥蜴倒是灵巧地爬来爬去，水泥浇成的格子里，几棵很不精神的树在风里摇摆，两只同样不精神的考拉坐在树杈间闭目养神，安静得不像活物像照片。而类似这样的格子有很长一排，每个格子上都用白油漆写了编号。

　　这就是所谓的蓝石头动物公园的全部阵容了。对比它的票价，任谁都会骂一声骗子吧。

　　"开心了吧？"敖炽朝树上努努嘴，"你那二分之一的进度条可以拉完了。"

　　完全没有想抱这两个家伙的冲动，感觉像是去逗弄病入膏肓的病人似的，既无趣，又于心不忍。周边的环境太萧瑟，再浓厚的游兴都冲淡了。

　　杰克还是很认真地带领我们沿着脚下那条碎石弯路前进，很负责地跟我们讲解这是什么动物，那是什么飞鸟，年龄多大了，习性如何，在微妙的尴尬里很努力地向我们证明多余的票钱也不算白花。

　　"你一个病愈中的小孩子，挣这么多钱干什么？"我对杰克的兴趣比这里的动物大。

　　"旅费。"他坦白道，"再等两年，身体更好些了，我想回萨尔菲去看看。"

　　萨尔菲？完全没听说过这个地方。

　　"那是我以前的家乡，南边很小的一座城，我家在一条名叫橙子的街上，整个楼都是白色的，围了褐色的栅栏，种了花与树。我父亲修起来的，那时我还小，母亲常牵着我给他送午餐，他从高高的梯子上下来，一定会先抱起我转几个圈，母亲一边把食物摆出来，一边嗔怪他不洗手弄脏我的脸跟衣裳，然后我们一家坐在那把旧到发黄的大遮阳伞下，吃光所有东西。"他从眼睛里笑出来，在这个笑意的末尾，他又耸耸肩，"我八岁那年他们离婚了。父亲去做了别人的父亲。母亲带着我来到这里。"

"那还回去干啥？"敖炽直言，"那里什么都没有了。"

杰克挠挠头："那天被推进手术室时，我想，如果生命就只剩这么多，我希望起码能在死前梦到那个地方。具体理由，我也说不上。"他又拍拍心口，笑："幸好没死，我还有机会回去。"

敖炽扭过头小声对我道："这娃脑子不是很好。"

我瞪他一眼。

逛完这个所谓的动物公园，用不了两个钟头。

实在想不到那张广告单非要把我弄来这里的缘故。

"这一个区域都是考拉。"杰克回到正题，指着我们走过的这排水泥格子说，"一共有二十一间。"

二十一间……

"总共也没几只。"敖炽撇嘴。

"养不起了。"杰克无奈道，"而且作为一个私人性质的动物园，要面对许多法律上的问题，能开门营业，已经是想了很多办法了。也许明年，或者后年，就会有人来通知我们闭园了。"

话音未落，一阵略刺耳的声音从最后一个水泥格子里传出来。

我循声而去，在这个为考拉准备的第 21 号"房间"里，我看到了一个异类——

一只不但没有睡觉，还站在地上不断用爪子扒拉靠墙摆放的石棉瓦的考拉，不但扒拉，还时不时往上跳几下，可它的身体似乎又承受不了这样的运动量，跳几下便要休息好一阵子，然后继续。

即便如此，整个地盘也属它最精神，简直浑身都贴满了"我要越狱"的标签，跟其他同类的画风截然相反。

连敖炽都觉得诧异，就考拉这个物种慵懒到死的习性而言，这位兄弟的行为实在出尘脱俗。

"你们给它吃兴奋剂了？"敖炽走到格子间前，低头看着这只潜在越狱犯，它完全无视有多少人在围观，始终如一地坚持它的行动。

"那是船长。"杰克跟过去，"它是我们这里现有的年龄最大的考拉。当年是跟着它的哥哥披萨一起从外地被带来的。这里原本是它们兄弟俩的居所，前年披萨去世之后，船长的行为就变得有些怪异了，不爱呆在树下，在里头到处扒拉跳跃，想越狱的样子。从今年开始，船长的健康状况也出了些问题，毕竟它年龄也不小了。最近几个月，它'越狱'的时间越来越短，像你们看见的那样，它休息的时间越来越多了。"

揣在我裤兜里的广告单突然扭动起来，我不动声色地一巴掌拍下去，旋即问"它们兄弟俩从哪里来的？"

"离这里五百公里外的森林，因为挨着一条叫朗杜的河，所以也叫朗杜森林。"杰克确实对这里非常了解，"你们可以给它拍个视频，毕竟像船长这么积极的考拉不是很常见。"

"已经拍啦。"敖炽冲他晃了晃手机。

"那边还有各种鹦鹉哦。"杰克朝前走去，"很漂亮的。"

也在这时，广告单从我裤兜里钻出来，借着风，缓缓落到船长头上，停留了一阵子才落了地。

我跟敖炽对视一眼。

那么，一切都跟船长有关了？！

杰克自然没有留意到身后发生过的一切，仍然专注于做一个称职的导游。

当时间过去两个钟头后，我们的蓝石头公园半日游宣告结束。

杰克一直把我们送上车，祝我们旅途愉快。

我额外付了小费给他。

他不要，说我们已经多买了两张票，够了。

我硬塞给他，说就当为他的返乡之旅贡献几公里的力量吧。

他犹豫片刻，勉强收了，要离开时他又回头，对我们说："我想回萨尔菲的原因，其实是我离开时，在后院里埋了一个铁盒子，里头有我小时候的玩具，以及一张我们一家三口的合照。"他顿了顿，"他们离婚之后，母亲把我们所有的合影都烧了。"

说罢，他朝我们笑笑，挥挥手："再见，中国来的朋友。"

再见。

不过跟你们的船长，我们还不能再见。

天黑之后，我跟敖炽又回到了蓝石头，当然，这回肯定是没有买门票了。

都这个时候了，船长还没睡，坐在被它挠出无数爪痕的墙边发呆。

广告单躺在离它最近的地方，在看到我们时，又亮起只有我们能看到的光。

它慢慢飞起来，停在我跟敖炽面前。

"我们已经在这里了，你想怎样？"我问。

广告单越来越亮，亮到晃眼，然后在到达极限时，突然散成无数光点，雪一般落到我跟敖炽的身上。

那一瞬间，我眼前不再是漆黑的夜空，也不是冰冷的水泥格子，清澈透亮的河水在淙淙流动，阳光一碰到水面就变成一尾尾活泼的鱼，粼粼波光，闪烁不止，岸边的树林里，光影斑驳，颜色温柔，应该是春天的模样，悦耳的鸟鸣声中，两只考拉坐在树上大吃桉树叶，我甚至能听到它们欢快咀嚼的声音。吃着吃着，两个家伙居然一先一后地睡过去，其中一只的嘴里还衔着半片没吃完的树叶。

再没有比这更惬意的场面了。

时间仿佛为眼前的一切停留住，阳光的温度真实到像是落在了我身上。

可是，很快就不对了。

刺耳的电锯声越来越近，越来越响，树木一棵接一棵倒下。

动物们四散而逃，连阳光也躲进密云之后。

两只考拉醒过来，惊恐地抓紧不堪一击的树枝。

我什么也看不见了，除了两双绝望的眼睛。

一切到此为止。

我深吸了口气，眼前的景物恢复如常，水泥格子间依然坚硬地圈住执着于越狱的船长。

"那团光……"敖炽眨了眨眼，朝船长努努嘴，"是它哥哥？"

"不确定。也许是。"我看向脚下，广告单躺在我脚下，一动不动，一直停在它上头的光，已然无迹可寻。

原来，考拉也会有执念。

执念这种东西，很容易成为精怪，可对这个平凡的小家伙而言，纵然成了精怪，也仅仅只能是一团没有形体，甚至连基本的语言功能都没有的，虚弱的光，唯一的优势是，它能在第一时间分辨出谁是人类，谁是拥有超越了人类的能力的妖怪。

天知道它依托在广告单上，等待一个可以帮它完成心愿的家伙，等了多久，找了多久。

它不在了，可船长还在。

而现在，它是彻底不在了。

我拾起广告单，此刻它仅仅只是一张广告单了。

这只才诞生了没几年的精怪，为了让我们了解它们那段永远讲不出口的心情，尽了全力。

考拉啊，本来就笨笨的，变成了精怪，也未见得聪明多少。

片刻之后，敖炽看我："帮它越狱？"

我看着手里的广告单，笑："我抱它。"

"它蛮臭的……"

"再臭也是我二分之一的进度条！"

"……"

抱歉了杰克，船长我们带走了。

这个夜里，我们得活得像个妖怪，带着一只考拉，用最短的时间，飞到那个五百公里外的朗杜森林。

可是，等我们到了才发现，这个森林已经秃了一半，被锯断的树桩密密麻麻地遗留在杂乱的地上。

怀里的船长挣脱出来，笨拙地落到地上，在树桩上东嗅嗅，西闻闻，一直浑浊的眼睛好像突然有了光，即便眼前景色不复从前，那块承载了生命中最幸福的记忆的地方也还是在的，并且永远不会消失。

船长慢吞吞地往前走，离我们越来越远，再往前，就是仅剩的树林了。

"在这里生活，它可能会死得更快。"敖炽看着它毛茸茸的背影，"这里的环境比那格子间还坏一点。"他转过头看我，"你确定不再把它送回去？"

"如果它觉得格子间比这里好，就不会每天都越狱了。"我笑笑，"或许船长觉得，只要能回到故乡，披萨就还活着。"

"你把它想得太感性了吧？"敖炽白我一眼，"说不定它只是觉得这片树林的叶子比较好吃。"

"随你怎么想。"我盯着船长即将进入的，那片仅剩的森林，顺手拔了三根头发下来，闭上眼，默念了几句咒语，三道淡绿的光华从我手中升起，在夜空中无限延展，快速飞入树林，把每棵树都绕了一圈之后，才渐渐消失。

以后，没有电锯能锯断这里的任何一棵树。

这一半森林，就算我送给船长了，作为我终于完成抱考拉这个心愿的谢礼吧。

我能为这一片森林挡住电锯，也能为第二片第三片第十片森林做同样的事，可是，我挡不住世界上所有的电锯。

以后应该不会再见面了，船长也好，杰克也好。

就是不知道当杰克收到一份来自萨尔菲的快递时，是惊喜还是惊吓。

在去布里斯班之前，我跟敖炽顺便飞了去萨尔菲，在那条叫橙子街的地方找到了一座围着褐色栅栏的白房子，住在那里的男主人跟杰克很像，我们去时，他正跟妻子一道，在院落里修剪花草，女儿从屋子里跑出来，手里拎着舞会穿的裙子，问他们哪件更好看。

我想说白色那件好看，但我不能让他们看见咱们，毕竟，我们是去他们家后院挖东西的。

记载了幸福的东西，还是不要长埋地下比较好。

敖炽说我多管闲事，然而挖土时他最卖力。

这么一看，旅行不光是玩，我们也挺忙的，摊手。

我们在澳洲．完

附：裟椤双树出版作品表
浮生物语单行本系列——
《浮生物语·壹》
《浮生物语·贰》
《浮生物语·叁（上册）》
《浮生物语·叁（下册）》
《浮生物语·肆（上）鱼门国主》
《浮生物语·肆（下）天衣侯人》
《浮生物语·伍（上）西溟幽海》
前传：《浮生物语·浮珑》
番外集：《浮生物语·七夜》

浮生物语衍生作品——
浮生物语大画集
浮生物语系列绘本
浮生物语漫画

钟家系列——
《降灵家族》
《雌雄怪盗》
《与魅共舞》
《三界宅急送》

百妖谱系列——
《百妖谱·壹》
《百妖谱·贰》

其他中短篇集——
《陌上桑》
《山·十二记》

除以上作品之外，任何冠名"裟椤双树"为作者或以"浮生物语"等为标题之图书，皆与本人无关，并对任何盗版行为保留诉诸法律的权利。请读者认清正版，谨慎购买。

The story of fleeting life

浮生物语·肆（下）·天衣侯人

作者
裟椤双树

选题策划
知音动漫图书·新阅坊

封面插图
鹿菏

内文插图
鹿菏

封面设计
陈启

图片总监
杨小娟

特约编辑
万旭进

执行编辑
王傲雪

责任发行
周冬梅

出版社
长江文艺出版社

总出品
湖北知音动漫有限公司

制作出品
知音动漫图书·新阅坊

官方论坛
http://xsbbs.zymk.cn

平台支持

知音漫客　小说绘

图书在版编目（CIP）数据

浮生物语.肆.下，天衣侯人 / 裟椤双树著 .—— 修

订本 .—— 武汉：长江文艺出版社，2018.9

ISBN 978-7-5702-0032-0

Ⅰ.①浮… Ⅱ.①裟… Ⅲ.①长篇小说–中国–当代

Ⅳ.① I247.5

中国版本图书馆 CIP 数据核字 (2017) 第 294684 号

责任编辑：曹　程　孙晓雪

特约编辑：万旭进　王傲雪　　　　　**责任校对**：陈　琪

装帧设计：陈　启　郑雨薇　　　　　**责任印制**：邱　莉　　胡丽平

出版：　长江出版传媒　　长江文艺出版社

地址：武汉市雄楚大街 268 号　　　　**邮编**：430070

发行：长江文艺出版社

电话：027—87679360

http://www.cjlap.com

印刷：浙江新华数码印务有限公司

开本：710 毫米 ×1000 毫米　　　1/16　　**印张**：25.25　　**插页**：5 页

版次：2018 年 9 月第 1 版　　　　2018 年 9 月第 1 次印刷

字数：428 千字

定价：42.80 元